中国电影集团公司艺术家系列丛书

电影·生活·梦

霍庄散文集

霍庄◎著

中国电影出版社
2018·北京

上　霍庄　为次年入学考试拍的侧面照　1959年

中　霍庄　北京电影学院大二时期　1962年

下　霍庄　莎迷剧社小剧场导演《第十二夜》时的留影　2016年

目　录

第三部分　追忆名师(一)

第四部分　追忆名师(二)

第五部分　浅议中年艺术家

第六部分　家族篇

序 言

中国电影集团启动了“中国电影集团公司艺术家系列丛书”出版计划，问我有没有东西，我说：有！就把我从1978年到现在写的80多万字散文《电影·生活·梦》告诉了他们。实施这个计划的主编和编辑们看后觉得不错，我很高兴。这件事使我又重新感受到了年轻时在北影学习、生活和工作的那种幸福感。在整理旧稿时我发现：有些原本是写给自己、从未想过发表的文字，回头看来不仅质量高，而且很有社会意义，就也稍加改动，编了进去。有些旧稿重新阅读时，感到写得不够充分或还不到位，于是又修改并增加了一些内容。有的是我一直想写，却因为教书占据了太多时间，没有写。这次，我拒绝了所有的课约，专门静下心来，把那些一直想写而没有写的文章写了出来。如此，不仅这本书变得厚实了，其文学性也增加了。

这部散文集的基本脉络是再现我从一个电影学院表演系的毕业生怎样一步步成长为编剧、导演和制片人的历程。其中，我把家人和我的生活——实际上，这也都是和我的艺术生涯紧密相连的——也加了一些进去。于是，就成了目前本书的基本格局。其实，书里的一些文章，纯粹源于我对写作的热爱。积习使我跟随着时间的脚步，把我的学习和生活，特别是各级领导、老艺术家们对我的关心都一一记录了下来。不想，这些东西成了可贵的史料。中影集团请年轻人帮我把曾在各种报纸杂志发表的文章集结成册，使之成书出版，这真是一件功德无量的大好事，对此我深表感谢。

北影是由延安电影团和华北电影队接收原中电三厂建立起来的。领导和主创班子以及基本的艺术和技术队伍都是从延安或上海来的，政治素质很高。我之所以历经许多磨难至今依然开朗、阳光，是和北影这样一个好的政治环境分不开的。本书是我对北影的一份心。我爱北影！年事已高的我每每想起这些往事，那份发自内心深处的对北影的爱就会像温泉汩汩泛起。

本书记录的一些事，不论大小都是我真实的经历。老北影人都是它的见证。我觉得这些文字比我拍出的电影更重要。一位电影名家说过，书籍常常比拍摄的影片行之更远。这话说得真好！

是的。我希望人们通过我的这些记事文字能永远记住老北影的先驱者披荆斩棘创建北影，并使她成为北京乃至中国的一块金字招牌所付出的艰辛……

2017年末

第一部分

创作谈

为了迎接春天

——创作《残雪》的初衷

“严冬过后，总会留下一些残雪的。”但我们决不能因为还有残雪，就对春天的到来丧失信心。

春天总是在同严冬及残雪的搏斗当中到来的……

——这便是我和晓星在创作电影剧本《残雪》时的想法。

“四人帮”被打倒了，但他们在十年动乱中所造成的恶果却依然存在。走后门、特权思想、干部特殊化问题，像瘟疫一样腐蚀着党和国家的健康肌体，使党和人民群众在几十年风雨斗争中所建立起来的密切联系遭到了严重破坏。

这些现象曾使我们产生忧虑，党的优良传统还要不要继承、发扬？祖国四个现代化的宏伟目标还要不要实现？是党的十一届三中全会，拨开了我们心头的迷雾。全会公报以正视问题、解决问题的实事求是的精神，对我们党和国家所面临的各种形势作了极为透辟的分析。这一伟大历史性文献使我们对未来充满了信心，我们党不仅必将战胜林彪、“四人帮”留下的种种遗患，而且一定能把祖国引向一条光辉灿烂的壮丽坦途。

公报明确地昭示我们：光辉灿烂的未来是要靠战斗去创造的。

党的十一届三中全会后，党中央带领全党和全国人民有计划有步骤地开始了整顿党风的工作，这使我们深受鼓舞。

作为文艺战士，应如何投入这一战斗？

就在这时，我们听到这样一件事：党的一位高级干部在官复原职以后，发现儿子嫌弃那个在动乱中与他结合的妻子不匹配了，并且离婚回到了北京……这位身居高位的父亲知道后一气之下把儿子赶出了家门，并亲赴边远山区对儿媳作了妥善的安排……

这种把儿子推给社会的做法对不对似乎还可以斟酌，但他那种是非分明、珍视党的原则的作风却深深地打动了我们。他的行为使那些热衷搞特殊化的人相形见绌，与

《残雪》获1980年文化部优秀影片奖后的留影（左一手持奖状者为主演李岩，左二为长春电影制片厂厂长苏云，右二为该片导演姜树森，右一为编剧霍庄）

其形成了鲜明的对照。

由此我们又想到了平时所见到的许多始终保持党的光荣传统和优良作风的老干部们以及他们闪光的灵魂……

于是，一个创作意念产生了：我们为什么不将这些人物集中起来化为艺术形象，用电影的武器把他们拍出来呢？

群众之所以对官僚主义、特权思想和不正之风怀有极大的义愤，不正是因为大家迫切希望我们党能够保持和发扬战争年代所形成的与群众同甘苦、共命运的优良作风吗？这样的艺术形象如果塑造得好，是可以很好地表达出广大群众的这种愿望和要求的。

揭露和鞭挞社会的不良现象是一种战斗，歌颂和赞扬社会中的美好事物也是一种战斗。当时，揭露社会弊端的作品已经比较多了，而从正面表现与各种社会弊端进行斗争的这类作品却还缺少。而我们觉得，当社会上有些人，特别是一部分青年，出现某种思想混乱的时候，这类作品对于坚定人们的信念，鼓舞人们的斗志，激发人们建设四个现代化的热情，更有教育意义。

就这样，我们开始了电影剧本《残雪》的创作……

有人说，你们剧本中的主人公太理想化了。我们说这是可能的。而对于那些官僚主义、热衷特权的人，我们愿意送去一面镜子，希望他们经常对照自己，时时想到我们党是一个执政党，党风问题关系到我们党的生死存亡！

还有那些身居高位，却时时想的是“有权不用、过期作废”的人们，你们就不想想这种思想有多危险吗？

严冬过后，尽管春寒料峭，但大地回春的时令已到。我们相信，残雪的融化是势不可当的！

1980年3月

致读者

剧本《盛夏》在《电影创作》1984年第5期发表以后，首先引起了青年读者的强烈反响，写来不少信和稿。他们一致肯定剧本引导青年自学向上的积极意义，也提出不足之处要作者修改，我们乐意在读者与作者之间建立这样的桥梁，以便检验作品，促进创作。下面是作者的“总复”。(《电影创作》编辑部)

《盛夏》发表以后，收到不少读者的来信。在肯定剧本积极意义的同时，也指出不少切实存在的问题。编辑部让我们对读者的关心作一“总复”，使我们有机会将想写进剧本而没写进去，想写好而又未能写好的地方做一番补缀，真是再好不过了！

说实在的，在我们把《盛夏》稿子交给编辑部的时候，是信心不足的。这主要因为我们对剧本的关键环节还缺乏表现手段：盛夏为了学习，付出了巨大的代价。其结果，虽未成“材”，却大大提高了她的素质……而这一点，我们没有诉诸形象的表现。我们是靠了一本日记，用主人公“简单”“说”的办法“对付”的。除此而外，还有一些其他问题。如开头和结尾比较一般，人物发展的个别层次有欠清晰，某些细节、语言乃至文字不够准确，记者的设置过于落套，等等。我们之所以明知剧本不够成熟却还敢于把它抛出去，主要基于两点考虑：一是剧本写到一半时我们又接受了厂里其它创作任务，几方面的事压得我们有些喘不过气来。二是对《盛夏》的关键环节感到在短时间内找不到解决办法，只能先放下来做一个冷处理，同时，听听读者的想法和意见。

我们的确没想到，就是这样一个思考尚未成熟的作品，仅因还有几丝可取之处，就受到了这么多读者的关心。这使我们不由得想起一位批评家说过的话——我们的读者既是宽容的，也是有水平的。这对我们实在是个难得的鼓励。

《盛夏》的构思是在一个极其偶然的机会中产生的。

那是一个炎热的夏日的傍晚。我在一个小饭铺喝啤酒，偶然遇到一些长头发、奇装异服的青年男女。开始，我有些讨厌他们。经交谈，对他们的经历（在动乱中长大，缺少文化；上山下乡，几经周折才调回城里，等待他们的又是待业；那天他们是拿了第一个月的工资，依照很久以前在期盼当中的约定来这里痛饮相庆的）渐渐产生了同情。酒至半酣，我同他们谈起了读书、理想等诸多问题。不期，他们一个个眼里竟泛起了泪花！其中一个告诉我："师傅！不瞒您说，我要不想念书，不想上大学，我是××养的！我在小学一直是大队长，中学一直是团支部书记……"说完，在酒兴中竟憋不住伏向桌头，抽动双肩，哭了。

我深深地为他们的情绪所感染，劝说道："你们可以自学呀！"

他们却在对我历数了一番他们的环境和处境后，反问道："学，有什么用呢？"

我说："学，总归有用！"然而，话一出口，连我自己都觉得这回答实在过于苍白无力了。

那么，我们应该怎么回答他们呢？这引起了我深长的思索。

又是一个炎热的夏夜。我同宿舍大院的青年们一起乘凉、交谈。我又一次提出自学的问题。没想到，他们也是用了与前几乎完全相同的口气和语言问我："学，有什么用呢？"我发现，这是目前青年当中一个相当普遍的想法。我们就是在多次遇到这样的规劝和反诘后，想到需要通过电影的形式来反映一下青年的学习问题的。

我们提出了一个自学成材的构思去同青年们商量。不期，他们的反映却是异乎寻常的冷淡。他们说："自学成材，能有几个呢？"这一提法虽不无偏颇（自学成材的作品应该说对青年还是有激励作用的），却使我们很受震动。

我们又搞了一个方案：写一个青年工人开始连"称职"的水平都没有，不能胜任的痛苦使他想到自学，而终于成了一个好工人。

我们又去征求意见。征求的对象是一位女售货员。她说："这对广大青年工人也许有些积极意义，可我们呢？"这是我们事先所不曾想到的。

就是在这些谈话中，我们才知道，北京市基于对首都的前景设想，以后不再发展工业。要有相当多的青年去做商业或其他服务行业的工作。就是在这次谈话中，我们才知道，在安置青年时竟有不通过考核，也不管你是否是人才，究竟有无特长，仅依当地的名额，就一股脑儿把某一地区的青年塞进某一商店或某一服务行业的事。（这实在是简便而又有"效率"的好办法！）

《盛夏和她的未婚夫》剧照（左为葛优，中为红鹰，右为肖雄）

这位女售货员的提问和她所讲的情况，使我们的认识又进了一层：一定不能把学习的目的搞得过于“实用”，要有较大的普遍意义。自学，可以同一个人的本职工作直接有关，也可以同他的本职工作“无关”，重要的是在提高素质，于自学之中去寻求和创造自身的价值，使自己成为一个有理想、有文化，与时代的发展和社会的前进相适应的人！

既然目前有这么多青年要在商业和服务行业工作，而这一领域的工作又常常被人视为“简单”和没什么可学。我们何不就从这里入手来塑造一个艺术形象，以她的经历去生动地说明，就是在这样的岗位上也需要学习和提高自己的素质呢？

我们就是在明确了这样的思想后，才发现坐在我们面前的这位普通的女售货员已不是一个对我们的构思进行评判的朋友，而是一个有着珍贵的艺术价值的模特了！

她就是在动乱当中毕业的高中生，毕业后被分到一家副食商场做售货员。她考过两次大学，均未考上。现在虽早已超过入学年龄却仍在坚持自学，劲头儿一点未减当年。在言谈话语中，她给我们的印象最突出的就是特别有修养，有一种说不出、道不明的气质：文明、清醒，有理想，有追求，有自尊，完全没有浑浑噩噩与低级、庸俗的气味……这不正是我们所苦苦寻觅的吗？

然而，我们却没有这方面的生活。她一个人的经历，也难免局限；解决这一问题的唯一途径就是去深入生活（到商店卖肉）和进行采访。虽然，最后完成的《盛夏》已同这位姑娘的经历相去甚远。然而她的那种特殊的气质和修养却始终起到了“性格核心”的作用。她的这种气质难道不正是当今许多青年所需要具备的吗？

对剧本的形式问题，我们也花了很长时间反复推敲、琢磨。毋庸赘言，我们的青年在当前很需要英雄主义的教育。我们文艺工作者需要而且应该创造出更多的各式各样的英雄人物，为青年们提供学习的榜样。然而，青年们也需要另外一种典型：亲切的、和他们有着相同或类似的经历，虽非英雄，却积极向上，具有引导和启迪作用的普通人的形象。一位拍摄青年题材影片的导演曾对我说过："青年不希望别人总是摆出一副教师爷的架势去教训他们，而希望人们能以平等的方式同他们交换意见……"我们于是想到了国外"心理分析片"的写法。这种影片擅长用描写普通人琐碎的生活来揭示主题。我们考虑，这种样式可能会造成一种与青年促膝交谈，倾心相见的效果，或许可以使青年看后觉得亲切些?

这一想法使我们确定了《盛夏》目前所采取的样式。然而未曾想到，一动起笔来，竟是这样力不从心！仅前半部的两万余字就耗去了我们将近半年的时间！后半部则因时间仓促而未能贯彻到底。效果也果然和我们的努力成正比。我们花了功夫的地方，大部分意图读者都感受到了。匆促的地方，读者也理所当然地提出了批评。遗憾、追悔已成后话。

然而，对《盛夏》我们还是要修改的。并且一定要设法改好，争取达到拍摄水平。

一位青年来信谈到，他几次想自学都因没解决好学习目的而中断了。读了《盛夏》他觉得可以坚持下去了。尽管我们对《盛夏》很不满意，这位青年读者的寥寥数语还是使我们在不安之中感到了几丝欣慰！谢谢大家的关心。

1983年

再致读者

——《盛夏和她的未婚夫》主题琐议

一位青年读过电影剧本《盛夏》的发表稿后，问我们："从我一分配到XX商店当了售货员，就像钉子一样被钉死在那里。我渴望学习，却总遭歧视。即使在做好本职工作的前提下，报考大学也被斥为'追求资产阶级名利思想'……你们为什么不把我们的这种苦衷表现一下呢？……"

这一发问，引起了我们的思考，并联想到很多很多。

为什么有些青年懒于学习？有些人曾一度热情很高，为什么却又不能坚持下去？为什么我们在报刊上一再号召青年学习，而许多人至今仍无动于衷呢？……正是这一发问使我们找到了一把开启青年心灵的钥匙，使我们苦于不能把剧本的主题引向深入的烦恼为之一解。

这一发问，把我们的素材点"活"了！过去，我们虽然了解到许多青年在自学中的苦衷，但却从未把它们与当前我们在培养、选拔和使用人才方面的许多弊病联系起来。许多极"左"路线所造成的轻视知识分子、平均主义、"大锅饭"等思想影响还深深地残留在许多人的头脑之中，在人事管理制度和人才使用方面托门子、走路子、任人唯亲等不正之风不仅依然存在，而且还有继续发展的可能……在这种情况下，青年的自学热情和奋发精神怎能不受影响，不被销蚀呢？

在采访过程中，青年们向我们倾诉他们最大的烦恼。其中之一就是似乎他们在平凡岗位工作一辈子才算“安心本职工作”，你什么都不干，没人管，你要想学习点儿知识，领导、群众就要批评你“想跳槽”“不安心本职工作”，他们对这些说法简直腻味透了！

开始，我们还不太理解，难道“安心本职工作”的提法不对吗？但当我们了解了他们的处境后，我们渐渐对他们的想法产生了同情。试想：一方面有些人仅因有个好爸爸或其他什么过硬的关系就可以有个好工作，而一方面又要求身处平凡岗位的普通青年“安心本职工作”，即使你有着较高的文化程度或专长，也必须如此，青年该做何感想？为什么不可以都像考大学一样，通过实力一决高下呢？

请不要误会我们是在鼓励青年“不要安心本职工作”。我们只觉得，这一提法有较大的片面性。搞不好还会发生误解。我们认为，正确的提法应是在做好本职工作的前提下，允许青年有发挥自己的兴趣、爱好、个性与专长的广阔天地。否则，不仅达不到使青年安心本职工作的目的，还有可能使一些上进心较强的青年在思想上产生苦闷。用“安心本职工作”的提法，把青年像钉子一样钉死在某个位置上的做法，既不符合科学社会主义的原理，也对四化建设需要培养和造就大量人才，养成坚韧不拔、勇于奋争的民族性格不利，甚至还会助长不正之风的蔓延和滋生。

我们的发表稿，虽旨在积极倡导青年学习却未触及如上问题，青年读后感到“缺少冲击力”和“感召力”也就毫不足怪了。

当代青年，在表面上有时表现为牢骚满腹，怨气多多；但当你一旦了解了他们，就会发现在他们的牢骚与怨气背后，往往在潜意识中涌动着深沉的思考与探求。十年动乱，加之于我们身上的苦难与加之他们身上的苦难其实是不一样的。我们至少可以不必为求学、就业这些关乎一生的问题担忧，而他们却不得不为此而奔忙与苦恼。所以从一定意义上讲，他们对长期极“左”路线所造成的种种恶果，较之我们有着更为深刻的认识和感受。因而，对改变现状，探寻一种新的，能给青年的进取带来广阔前景与多种机会的要求也就强烈和迫切得多！如果我们不把他们的这种要求反映出来，只是像我们的发表稿那样从过来人的角度，用“学吧！学吧！即使不能成材，也会使你在素质方面得到提高！”这种近乎絮叨的说教去规劝他们，是断乎收不到任何效果的。

青年期望我们的作品为他们鲜明地提出这样的主张，即一个人，不管眼下从事的是何等平凡的工作，只要肯努力，并加以坚持，而不是仰仗后台或依靠门路，最终都有实现理想的可能。即使在这种智力、学力、毅力……诸多方面的竞争和角逐中失败，他们也会觉得前途是有希望的。因为今天的失败将会为明天的成功铺平道路。所谓人才的选拔，只有以这样的方式出现才能激起全社会，尤其是青年，在进取方面发挥重要作用；所谓提高素质，只有在这样的前提下，才有号召力。这既是青年发自肺腑的呼声，也是他们从切身痛苦的经历中总结出的一个崭新的人才学的思想。

《盛夏和她的未婚夫》剧照（左为该片主演肖雄，右为该片编剧之一徐晓星）

在这次修改中，我们对盛夏付出巨大代价去报考大学，认真参加角逐做了着意的强调和渲染，目的在于把青年的这一心声传达出来！

在人才学中，对一个人有无理想和是否具备为成功而奋斗的顽强气质，十分重视。我们在深入生活、收集素材的过程中惊异地发现：大凡学有所成，或在自学中能排除各种干扰，持之以恒的人，同那些不是浅尝辄止，便是中途放弃的人有一个最大的不同，这就是，他们的自学永远是同对人生理想的探索和追求紧紧联系在一起的。理想造成了他们顽强的气质，顽强的气质又反过来使他们一步步接近理想的实现。这使我们深受启发。

我们觉得盛夏的性格就应该是这样的。找到了盛夏的性格特征，我们前面所陈述的思想就有了得以阐发的依托和附丽。最后，我们还想讲一讲人物的结局。因为结局不同，而所传达的思想亦不同。

我们曾设想，如果要使盛夏经过长期奋争而以成材作为结局，或许可以将我们上述所要揭示的思想表达得较为淋漓尽致。但势必落入以前同类作品的窠臼。这种作品因写得太多，太滥，早已使青年感到厌烦。而且，我们始终觉得这样描写青年自学，总有用千分之几、万分之几的成功者为青年构筑幻想的嫌疑。既然我们的目的是在实现盛夏性格中理想的确立和顽强气质的养成，那么，她最后是否真的考取大学便不重要了。我们觉得与其采取让她获得成功的方式，使青年从中看到希望，受到鼓舞，还不如让她在结局时仍同绝大多数奋进中的青年一样，是个连大学都没考取尚未“学有所成”的人，使青年觉得更为亲切。(社会现实告诉我们的是：当今考上了大学的能有几个？)只要我们充分展示出她通过自学已具备的人生理想和顽强气质，看到她将来“肯定有会出息”，也就足够了。

我们觉得，这一结局给青年带来的希望或许较之让其成功更加切实得多，也有力得多！

我们不知道这样的思考和判断是否正确。我们期待着读者和观众的批评、指正。

1985年8月

《无名三侠客》创作谈

近年来，随着电影市场进入低谷，各个电影厂为了生存，纷纷打起了武打片的主意。这种做法也的确使各个电影厂亏损的状况有了些许的改善。尽管编剧、导演和武师都拿出了浑身解数，把中国历史上能找出的历史故事都找了出来，但打来打去除了三拳两脚，还是三拳两脚，很难出新。尽管中国武术的遗产非常丰富，门派繁多，几年下来也很难拍出什么花样儿了。现在，厂里给了我一个剧本：《魂断扬州路》。怎么拍？怎么才能拍出新意?

这使我颇费心思。

阅读剧本期间，其中提到了牛，我很犯怵。原因显而易见。导演在选择演员一旦失当，常常需要多费好多力气。牛是牲口，如何才能让它们也能按导演的要求做戏呢？在剧本里只有一场有牛的戏：牛群挡道。说难也难不到哪儿去。好在我接拍武打戏是有准备的。当时有许多港台导演在凌子风导演拍《骆驼祥子》时搭的西四一条街拍戏。成志谷厂长号召导演们去向港台导演们学学人家怎么靠电影赚钱。所以我常常半夜爬起来去看拍戏。明白了一些道理。开拍前我又找了好多武打戏的录像带在家里反复看，于是接过《魂断扬州路》后，我一直在琢磨怎样才能拍出新意。

原本牛在剧本中只有一场戏。但我看着看着，牛这个本来让我为难的东西却突然在我心里亮了起来。我何不拍一部从头到尾都是人和牛对打的戏呢？人牛大战，这岂不是正是我突破旧套，寻找新意的一个突破口吗？对！就是它！于是原剧本中的牛群挡道就变成了现在影片中的人牛大战。

初步的想法定了，一系列实施过程所面临的各种问题也就都浮了上来。

首先是剧本。我在夜里爬起来到外景场地去看港台导演拍戏时才知道，拍武打戏是不需要剧本的。有的只是一个大纲。有一次他们拍戏，有个演员说："这场戏不是昨天拍了吗？"现场制片部门的人说，导演和武师觉得没拍出东西，就没洗（即没洗

《无名三侠客》剧照（左为该片武指兼老二扮演者黄德刚，中为老大的扮演者王珏，右为老三的扮演者周龙）

印）。哇！我们拍戏胶片那么紧张，他们却可以整本整本地拍了就不要了，我很羡慕。我改剧本时，严格地说，是在写分镜头时，文戏几乎百分之八十都改成和牛有关的戏了。武打部分，我就写了一个意念，既没内容，也没分镜头。说实在的，那个分镜头实际是对付厂里下生产命令的。究竟怎么拍？我还在酝酿。因为我看港台导演拍戏没剧本，我也想试试。

接下来就是景的问题了。制片部门曾提出，能不能不出外景，全部场景都在北影的外景场地拍。这样可以节约大批资金。这部戏是我和制片主任承包的。我也曾一度犹豫，出外景势必延长周期，物价上涨，光吃一项就会比在厂里拍戏多出很多……成本太大赚不回来怎么办？是美工师屠居华坚持一定要去南方。指出这部戏一定要有“江南秀色”。不然不美，如何能挣钱？并点出一定要找到茅竹的竹林，让牛在茅竹竹林里打才有意思……我的犹豫被他讲的这句话打动了。在茅竹竹林里人牛大战多好看！我的举棋不定，忽然之间就变成非去不可，不去不成了。

在杭州云栖我们很快找到了一片茅竹竹林。粗大高耸的茅竹竹林，连绵成片，一望无边，又大又野，非常符合我想象的人牛大战的需求……这是很符合我的导演构思的。景有了，牛呢？这可给道具部门出了难题。众所周知，那时农村政策早已改成分田到户了。牛也分到农民家去散养了。到哪儿才能找到牛群？即使有，可我需要的是一群，牛不仅要吃而且要拉要撒，那么多，怎么管理？但这难不倒摄制组的人。他们知道，创作从来是难的。他们很快找到农民，弄到了一群水牛，每天到点来，拍完走，解决了这个难题。牛其实只是活道具，实现我的人牛大战的导演构想，武师还要设法在动作设计上完成我的导演构思。

大家知道，牛是有脾气的。而且力大无穷，又长着两只利角。如何摆布？又如何保证安全？况且我的要求又不低。武师们说：“霍导真能出‘幺蛾子’，不光要求牛挡

《无名三侠客》工作照（右二为导演霍庄）

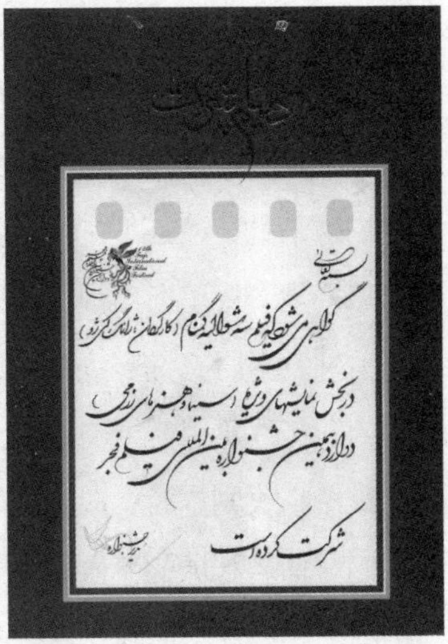

《无名三侠客》在伊朗首届国际武打影片电影节获优秀影片奖的证书

路，还要牛顶人，牛撞人，牛挑人，牛炸群，牛说话……”一个武师说，他拍了十几部戏，连从十几层楼上往下跳我都没怕过，但拍跟牛交手这还是头一遭。

难虽难，但武师们并未因此而退缩，他们说：“我们干的就是这个！”我们的武师可谓各个是英雄好汉。一进现场，他们就开始了对牛性的摸索。小伙子们很聪明，没几天他们就摸透了牛脾气：怎样接近牛，让它们听他们的摆布，做戏，又怎样把它们惹怒，顶他们，挑他们，做各种危险动作……开始了对我导演构思的实际实施。于是——

牛，炸群了！

牛，顶人了！

牛，挑人了！而且一个接一个……一会儿，一个被挑向了半空；一会儿，一个又被挑下了沟底，有的在空中还撞在了一起，有的还被挂在了茅竹的梢头……一群野性的牛终于成了他们手中训练有素的帮手。不过最难的还是牛说话。道具部门给牛买了各式各样的好吃的：鸡蛋、馒头、饼干，但牛却不屑一顾。后来还是找了一些牛最爱吃的草。牛终于开口了（其实就是开始咀嚼），但嘴边老是露草，最后道具部门把那草揉成了草团，牛的嘴不仅动了，而且显现出“赃官儿！你往哪儿跑！”的口型。并把张仁（剧中的赃官）顶翻在牛肚子底下。

一场场人牛大战的戏就这样一点点变成了现实。

在拍人牛大战的同时，原剧本给我们提供了一种借鉴美国公路片的可能。于是，我在拍摄时便借用了一些美国公路片的技法，把戏变成了一个从武昌府出发到扬州去，一路不断发生变迁的戏，也很见效果。

原来，我在分镜头时，只给人牛大战留了三十多个镜号。可拍起来见到效果后，我越拍越来劲，接连增加了几百个镜号。直到剪完接出后，我才知道，我们整整拍了两本。接到影片里自然很见光彩。

另外，当时有许多人认为，武打片好看卖钱就行，不需要什么主题。但我却执拗地认为武打片不仅也要有主题，而且需要让观众从中收获一些有积极意义的东西。所以，我在修改剧本时，以这样一个本来只是为了娱乐而拍的武打片为载体，阐明了一下人们对功名利禄的不同态度，让人们能够想到现实生后，想到自己……我不知道我虽拍的是武打片，但我是不是又回到老路上去了？

云栖远我们而去了，牛尿牛粪的臊味和臭气也远我们而去了，竹林的蚊虫叮咬和难熬的炎热也远我们而去了，留在我们记忆里的只还剩下劳动而后的欣慰……

但我时不时地一直在想，我的创新的一些想法，是对，还是错呢？

1993年1月8日

附记

文中所说的故事，都是二十多年前的事了。值得欣慰的是，由于我们的这些努力最后给厂里赚了75万多元。这在当时已经是获利比较多的战绩了。后来厂里又把这部影片送到了伊朗参展首届世界武打片电影节，获得了优秀影片奖。

谈影片《魔鬼发卡》与学习

一

说起这部影片有很多话想说，经验、教训，感慨非常多。拍摄前，我们的确没有想到会得奖，而且是四个国家级大奖。“五个一工程奖”“华表奖”“童牛奖”（获其中两个单项奖），还收到了北京儿童电影节、新加坡儿童电影节的参展邀请。

这部戏让我懂得最多的就是学习。学习既是一种能力，也是一种习惯，更是人的一生中和吃饭、睡觉一样不可或缺的需要……

社会在进步。电影事业在发展。学院教育所给予我们的东西怎么往高估计都不过，那是我们从事电影事业的开端和前进的基础。然而，要想跟上这个飞速发展的时代，只有一个办法，那就是学习！舍此，没有第二个办法。

说来有趣，拍儿童片我第一个“老师”竟是我四岁的女儿。当时，她还在上幼儿园。我最感幸福的事就是躺在床上给她讲故事。她听起故事来没够，讲完一个，就要磨着我再讲一个。“再讲一个！再讲一个！……”有时一天不知要讲多少。幸好我当过编剧，给小孩子即兴编个故事并不难。我讲的故事总是有一点思想的。总之，一定要给孩子一点积极的思想影响。那天我讲的时候，不知怎么，忽然想到了应该叫孩子懂得珍惜时间，于是就讲了这样一个故事：有个漂亮的女王说她有一个神奇的发卡，戴在头上什么都不学就会。孩子们戴上了。果然许多东西他们不学就会。可惜好景不长，三个孩子很快都变成了小老头儿、小老太太。他们追悔莫及，三人正不知如何是好，一个蒙面大汉出现了，他告诉他们，这是那个女王干的。要想回到你们的童年，你们就要努力把魔鬼偷走的时间夺回来。于是，在蒙面大汉的帮助下，经过一场鏖战，击败了魔鬼女王，他们又都回到了自己的童年……我女儿那时已拍过一部电影《都市和尚》。加之，我做后期时喜欢带着她，从看样片、剪接、录音一直到做特技和跟着摄影师到洗印车间打前置，她都跟着。特别是我和她妈妈谈剧本，她总跟着

《魔鬼发卡》获第六届童牛奖优秀故事片奖

我们，无形中对电影有了一种直观的了解。所以，在她听完这个故事后，突然爬起来说："哎？爸爸！这不是一个很好的电影吗？你和妈妈写，我来演，好吗？"

她的话提醒了我："这个故事还真是一个好故事。至少核儿是成立的！"

这就是我女儿给我上的第一课。

没有她，我对儿童喜欢什么样的电影完全没有概念。我觉得她说得很对，就和她妈妈说了。说完，她也很同意。

说干就干。我们在那次谈话后的第二天就停下了手中的题材，开始了构思和写作。学习当然离不开读书，离不开老师，特别是大师，但千万也不要忘记了孩子。现在的孩子学习途径很多：电视、手机、电子游戏，还有电影，等等，他们也有他们的智慧。冷不丁说出一句话可能就解答了你想了很久都没想清楚的问题……

学电影也是一样。这次学习创作儿童片就是一个非常好的范例。

二

写儿童片、拍儿童片对我们几乎完全是一个崭新的课题。我们原来以为和写别的题材一样，可以驾轻就熟把它写出来，其实我们错了。一切都要重新学习。那时，我们已发表或拍摄了十几部电影剧本。而这一次是我们创作电影剧本的生涯中最难的一次。一写就是两年。成稿后，我通过郭玲玲把稿子送给了当时的儿影厂的厂长陈锦俶。当时他们正缺剧本。我们的剧本虽不成功，但还是给打印出来叫艺委会讨论。结果没通过。尽管如此，陈锦俶认为，剧本虽不够好，但"戏核儿"没问题。对我们在喜剧方面的追求给予了肯定。这使我们深受鼓舞。我们认真审视了剧本后发现，我们是按成年人的套路去设置矛盾、刻画人物、构筑情节的。而且，把我女儿喜欢看的部分都磨没了。其中原有的一条爱情线索是最明显的适例。还有，缺少足够的笑料……

怎么办？

这时候，我们才知道，我们首要的任务不是写作，而是学习。

为此，我们找了大量的儿童片的录像带、光盘来看。中国的，外国的，大凡当时能找来的，我们都看了。我们的结论是：除了上面说的那几点，还有缺少童趣和过于概念化。要写好只能推倒重来。

我们从立意、结构、人物设置、情节的发展做了颠覆性的修改。觉得差不多了，这才把剧本交了上去。当时北影也有一年一部儿童片任务的。厂里知道我这有个儿童片的剧本，就给要去了。当时还很不成熟，但认为有基础，就送到了艺委会，请老艺术家们帮忙提高和改进。

大家知道，北影的艺委会的组成全是大艺术家。这使我有了一次很好的学习机会。

那次讨论收获甚大。水华、陈怀皑、马德波、马林等老专家、老导演和老评论家和原厂长都参加了。为此，我还专门写了一篇短文，发表在《北影画报》和我厂发行科主办的《北影新片》上（参见本书《水华导演谈儿童片〈魔鬼发卡〉》，不再赘述）。

这次学习我们最大的收获有三点：一、要加强喜剧；二、故事的源头不对，稳不住；三、片长过长，低幼年龄段的孩子坐不住，需要删减……

这些意见弥足珍贵。

这里我还要感谢的是蔡明夫妇。我原本是想请蔡明来演幻真女王的。她没档期，但出于友情请她爱人给我们详细地提了很多意见。说是提意见，实际上她又给了我们一次绝好的学习机会。他们年轻，当时都处在表演和教学的第一线。他们的观念比我要前卫得多。他们的意见非常具体。比如：片中的臭球儿就是她爱人想出来的。另外，原本要搭的一堂景，后改成了那个旋转的大球，不仅大幅度地降低了成本，还增加了童趣。他们的意见给影片增色不少。另外，原来我们写的幻真和蒙面大汉穿的都是古代服装。他认为不妥，这才改成了目前这样一种充满现代感，又有许多孩子们经常玩儿的玩具元素的东西，效果非常出众。

众所周知，修改也是一种学习。我们把艺委会那些意见落实到剧本里去，是一件颇不容易的事。可以说是花了大力气，经过七次大的修改，才找到了现在的开头。去掉了蒙面大汉和幻真之间复杂而又曲折的爱情线索。去掉了赘肉，使线索清晰了，篇幅也减下来了。最后完成时，只剩下了八本多，并顺利获得了通过……

这次的结果让我们懂得了不间断地学习是多么重要。艺术创作是难的，但不管多难，只要学习就能把问题解决，就能进步！我在独立做导演之前，曾有一段和水华近距离的接触。主要是奉厂里之命为他组稿。他除了艺术上给我很多指导以外，还有一些十分重要的教导。特别是学习。他说："要学会听反面意见。""一定要听，而且要听各方面的意见。除了听，还要思考，特别是换位思考。学会从善如流。"这些话对我的成长影响很大。试想，如果没有童影艺委会、北影艺委会和蔡明夫妇的帮助，我们听完意见，没有认真学习和改正，能有后来的结果吗？

这些经验都告诉我们学习的重要。

三

剧本有了。我没想到寻找资金是一个更为艰难的学习过程。当时的厂长改革很有魄力，把能赚钱的导演组织起来，成立了六个工作室。每个工作室给两万元启动资金。让导演们自己去融资投拍电影。我是六个经部里批准，以个人名义成立工作室的导演之一。我拿了厂里和工作室的公章给许多儿童产品、用品的大企业写了信，向他们求助。最后，只有娃哈哈集团和石花洞国家地质公园明确给了回复。后来许多人让我谈经验。我就把我给娃哈哈等单位写的信拿给了他们看。我说我的"经验"就是说实话。当时娃哈哈负责这部戏投资的高级顾问王维元先生和副总施穗明先生说："找我们娃哈哈寻求帮助的人很多，都说他们的项目如何如何好，一定能赚钱。只有你明确说了要赔钱。很诚恳。原来电影是很赚钱的，拍儿童片赔一些对厂家无所谓。现在电影市场很不好，再以企业的名义替国家赔钱拍儿童片完成政府行为已担负不起了，只好向我们求助……很实在。估计宗总有可能同意。"果不出他所料，文件送上去后，宗庆后先生很快就作了批示。最令我感动的是，我们原来要的只是30万元。他说，你们的目标只是把影片拍出来。但我们的想法是，既然要拍，就拍好。把原来的30万元，提高到了50万元。并很快就请我和艺术副厂长赵绍义去把合同签了。

事后，我听宗庆后身边的人说，他在做企业之前就对儿童文学有兴趣。据说，他自己还写过儿童文学之类的作品，至于发表没有就不得而知了。所以，我那次融资成功有很大偶然性。我是后来读了很多电影管理学方面的著作，看了许多这方面成功的经验，又看了很多相关的数据，才明白了怎样才能融到资。在商品经济的社会里，作为电影人，要想多给自己创造拍片机会，除了要会写剧本（这是融资的利器），就是要学会融资。这就需下功夫重新学习很多新的东西，要求自己不停地更新观念，才能适应这一瞬息变化的社会。我就是学习后，才知道艺术模式，对成功影片的相关数据的统计和积累，长期扩展人脉，交朋友，无偿地为他人作嫁衣，讲求信誉等，这些说法看起来含金量并不是很高，但却是要认认真真下决心去学才能掌握，否则就只能被时代淘汰。

还有一些简单的技术问题，比如写策划书、写影片的故事梗概、写可行性报告等，这都是现代社会搞影视不可或缺的必修课，必须学习。我找到娃哈哈除了我将有关情况全部实话实说以外，没有任何经验可谈。真正成功的原因只能说是我们撞了好运，碰到一个有了实力之后热心于公共事业的好人——宗庆后。在那个时候，我不懂，也没想到融资原来是经济运转中的一门专门的学科。后来，拍摄长篇电视连续剧《月牙儿与阳光》我就比较自觉了。最后融资是我写了故事梗概、策划书和可行性报告后，为国际电视总公司和华谊兄弟做了许多说媒拉纤的工作，才融资成功的。我越到后来越感到我学习电影管理学是学对了。解决了我剧本写作前的题材选择问题和影片完成后的销售问题。

《魔鬼发卡》是我这种学习的开始。到目前为止，我还在学。我想说的一句话就是我要感谢我的学生，我把他们送进顶级的艺术院校后，他们没到大三就已超过了我。每当我有问题，他们都能给我很多新鲜的理念和操作方式。我有问题也老问他们。随时有问题，随时能找到"老师"，他们虽小，但反应快，学习能力强，是我们老人不可小觑的一股新生力量。我年龄虽然老了，但我的心一点儿也没老，而且一直在向他们学习！

我真幸运！厂里一没戏拍我就去从事艺术备考教育了。表面看，是我把孩子们一个个送进了顶级的艺术院校，但实际却为我后来的学习培养了一批"老师"。所以，现在人们看我能熟练地玩儿电脑、玩儿微信、玩儿远程教学、微信支付等新潮的电子技术，其实都是向我的学生们学习的结果。

向晚辈后生学，向社会生活中出现的新事物学，应该成为我们老年人的一种生存方式……

四

做人，也是要学习的。许多成功的艺术家在他们得奖或其他场合发表成功经验的时候都会提到一句话："作艺先做人。"许多人都认为他们的话只是"做做样子，专拣好听的说”。殊不知，许多人就是这样做的。通过拍这部戏，使我认识到这句话绝非只是一句好听的空话。

比如剧本阶段。蔡明凭什么帮我？人们常说“她是不老的神话”和“春晚的常青树”。年年春晚她是不可或缺的人之一。过去其实我并不了解她。我们认识时，她才不到十八岁。第一次近距离接触是在广州。她在拍一部长影的戏。我和钱江一行去看景，当时正在筹备我的处女作《台湾姑娘》。那时她很小，非常好玩儿，人见人爱。她和钱师傅一起拍过《海霞》。她去看钱江，叫钱江“钱爷爷！”叫我“叔叔！”，我逗她说：“不行！也得叫我爷爷！”从此就成了我们俩关系中的一个噱头。一见面我就让她叫“爷爷”，直到她长大了，我才停止了和她开了多年的这个玩笑。后来她之所以能成为著名演员和笑星，除了她的天赋、才华和刻苦以外，我以为，绝对和她的乐于助人有关。她看了我们《魔鬼发卡》的剧本，认为是“能成事儿的”，便把她的爱人介绍给了我们。她爱人居然像正经完成一项他们单位交办的任务一样，仔细看了剧本，提了很多意见和建议，使我们的剧本有了一个面貌上的变化。但是他们连一个钱字儿都没提。我想这就是蔡明之所以能成为著名演员和笑星最根本的原因。

这件事让我学到了很多。

另外还要提到两个人：一个是牛振华，一个是刘亚津。他们拍完最后一场戏都是假装去喝水或办事想偷偷溜掉的。要不是被制片主任发现，他们都是不打算拿片酬的。他们的理由极其简单：“我们知道这是儿童片，没什么钱，算了吧！”但我们还是坚持给了。当时一方坚持给，一方坚决不要的情景简直就像到了《镜花缘》里的君子国。

看来只是一种做人的品质与风格的问题。但我在整理旧稿准备结集成书发表时，看了一个有关片酬的谈话节目，学到很多新的东西，使我感到应该把这些新学到的东西加进去。

因为对我们的今天太重要了。

那期节目有个演员我觉得特别令人敬佩。他没有把明星的高片酬问题孤立起来看，而是把这一问题提高到我国分配制度，以及对社会政治的影响中去看的。“物有所值”也罢，“愿打愿挨”也罢，事实上明星高片酬的问题已经造成了我国分配制度的严重不公。并且拉大了一个涉及社会稳定中最重要的问题，即贫富差距，也叫基尼系数的问题。我国的基尼系数已经超过了全世界社会学家公认的红线，即已经影响到了社会稳定，危及到了国家的安危……明星高片酬的问题使得制作成本加大，使制作方不得不压缩制作费用，严重影响了影视作品的质量……但我以为这还是小事，真正的大事是它严重影响了我们国家的未来——青少年——的人生观和价值取向。2017年北京电影学院表演系本科招生考试报名人数达8000多人。平均100多人才录取一个，这正常吗？这和当年我们年轻时自觉自愿“到边疆去！到祖国最需要的地方去！”如何相比？这说明什么？习近平同志多次讲到信仰和信念的危机是最严重的危机。他说得多切中时弊啊！我们为什么不多思考思考他的话呢？我在这里重复那位演员的话没他说得好，也没他说得丰富，但就这已足以让我们影视部门的管理者猛醒，该出台一些新的法律与法规遏制种种不良现象的恶性发展了。我之所以要加上这一段，就是希望这种现象有所改变。

写于1995年，改于2017年

《两个小鸽迷》改编记

去年四五月份，我的朋友尹志义给了我一个名叫《和平鸽》的电影剧本。当时，他还是个初学写作的年轻人。看后，我不知应该怎样评价。因为题材非常新鲜，而且还有许多想法十分可贵。有些篇幅和段落还写得相当精彩。他的一些别出心裁处，可能缺少技巧，但却是我们专业人员想都想不出来的。但总体看来在许多处都明显有些稚嫩和青涩，拿出去，电影厂恐怕很难接受。

但我真的不是一般的喜欢，而是非常喜欢。

我给我的朋友提了很多意见和建议。他很赞成。但是他觉得自己很难改好了，干脆就把稿子继续修改的事情完全交给了我。当时我很忙，但是在儿童电影这么不景气的情况下，还有人这样执着于这一事业，而且写出了十分新颖且有一定质量的剧本，我觉得还是应该给他更多的帮助与支持。

当时，如果抓紧把本子改完，是可以在当年就拍出来的。所以，我和爱人商量了一下，立刻放下手中的活儿，投入到《和平鸽》的剧本修改中来了……好在我们年轻，能熬，大约用了两个月便拿出了一稿。而且，这一稿很快就在儿童电影学会几个老师手中传阅了一遍。这一稿虽说并不那么尽如人意，但我却从他们的口中得到了一句非常中肯的评价：从剧本中，看到了霍庄的想法和激情！这个片子很有意义。

为了摆脱儿童片总是被人认为“小人小马小刀枪”和“小儿科”的偏见，儿童电影学会想了很多办法，希望我突破“小人小马小刀枪”的格局，拿出一部好作品，只有这样才能改变影圈内外对儿童片的偏见，舍此，没有别的办法！他们见我如此钟情儿童片，并已付出行动，给了我多方面的支持！

会长于蓝同志亲自出马为影片融资，从广州请来了一家基金会的负责人，在奥林匹克饭店召开儿童电影学会的年会时把她介绍给了我。副会长陈锦俶也主动请来了时任山西电影制片厂厂长的范茂洲洽谈请我去山西拍摄此片的事宜。中央台影视部也看好这部影片，提出购买版权的问题……那时，我的霍庄工作室还开办着，我通过朋友找到了著名画家石虎的夫人。因为她想做电影。她看了剧本很感兴趣，我就把她的代理人请到了厂里洽谈投资问题。一时间弄得风风火火很是热闹，但是最后却没有拍成。个中原因是很值得我们深思的。我以为，这是我们的体制中有许多需要改进的地方。

我们夫妇拍摄的儿童电影《魔鬼发卡》刚刚获得了那一年的四个奖项。而且在“华表奖”和“五个一工程”两个重要奖项中均获第一，但由我们改编出的儿童片剧本却不让我们导，道理在哪里？让人想不通。

《魔鬼发卡》虽然得了四个重要奖项，但我却没有一点获奖的喜悦，因为如果在资金充足的情况下，我们可能会拍得更好。说实在的，每每重看这部影片，我都想重拍一次。这次《和平鸽》可能有我个性过于耿直的原因，但是随便更换导演，而且更换的人在水平上也并不比我高，所以，我就宁可不拍，也不接受这种带有“屈辱性”的决定：更换导演。那些不打算用我的剧本，重打鼓另开张的人，不是最后还是因为改不出来剧本而放下了吗？《魔鬼发卡》还有更早一些的《月牙儿》都有很多应该接受的教训，所以对待《和平鸽》我下了决心，不把剧本修改满意，不把资金筹足，我绝不开机！我已经是一位电影老兵了。来日苦短。多拍一部少拍一部都无所谓，但作为一个电影战线的老兵，我希望把我们的体制改变一下，各个电影厂可以自由选择拍摄题材合作者，一部好的剧本不能只在刊物上发表一下就完了，它原本是应该最终呈现在银幕上的。

另外，过去我们拍戏只是凭感觉，但当我们已经成熟以后，就应注入更多一些理性的色彩了。这是一种精神。不管我们的拍摄资金来自何处，即使来自民营公司，那也是社会财富，我们不能掉以轻心地随意挥霍！

我已过从心所欲之年，但童心依旧。我给自己作画刻的印章有一枚即是“老顽童”，我丝毫不以为别人这样称呼我时是一种贬义，反而觉得是对我老年生活的一种赞誉。我的率真，我的遇事“爱较真儿”，常常使人觉得就是一个大孩子！然而在了解了我的生活日程表以后，你才会知道我是怎样的刻苦好学。再大的挫折，绝不会影响我的乐观向上。

我们夫妇之所以从《残雪》（编剧）、《月牙儿》（编、导）为开端，又随潮流而动，拍了一些“我们并不喜欢，只是不想待着”才拍的商业影片，而且还是从头学起，现在又成了儿童片的编剧和导演，是有我们非常深入的思考的。

去年，在儿童电影研讨会上，我在各种场合，在谈关于“培养跨世纪人才”的问题。这个问题的提出当然是对的。但在实践中，许多老师，尤其是家长却都把时间、精力和金钱放到了孩子们的学习成绩上，往往忽略了教育孩子怎么做人！这绝对是一个严重的误区。著名科学家爱因斯坦在第二次世界大战后，对那些曾为纳粹研究杀人武器的科学家进行审判时，说过一段十分深刻而又发人深省的话：“我们虽然给了他们以科学的智慧，但是我们却没有给他们以做人的智慧，这是我们人类应该永远汲取的一个教训！”而这也正是我在儿童片研讨会上专门论及的一个问题：我们的影片应该在孩子的人格的塑造上多做些努力。我们原本在艺术生涯的最后几年的冲刺中，不再拍商业片，而改拍几部“对儿童的人生道路能产生影响”的电影。突出要教会孩子“做人的智慧”。所以我们才又把我写的《和平鸽》改出了一稿，《电影创作》在发表时给改成了《齐放和他的鸽子》这一稿已经是我们的第四稿了。当我们给了儿童电影学会的老艺术家们看后，他们非常兴奋，而且说了许多夸奖的话：“真是文如其人啊！”并说我修改过的稿子“是一次可喜的进展”“是霍庄那颗老而未泯的童心！”“突出了做人的主题。”

“做人！”这难道不是我们长时间为儿童苦苦寻觅而要努力从多方面去表现的主题吗？

而我们这部《齐放和他的鸽子》正是从培养孩子爱心入手，以朴实无华的艺术手法去引导孩子怎么去做人的一部作品！

表面看来，我们写的只是两个孩子养了一对鸽子的事儿。而随着情节的展开，我们却把剧本故事的情节引到了“鸽品与人品”上去了。从而，就使它从一般或者平庸的作品中脱颖而出，不仅在形式上新颖别致，而且在内容上，也从两个小孩的寻常事件进入了一个以揭示两个儿童的心灵世界为主的艺术境界。

为了塑造好两个崭新的儿童艺术形象，我们的确使出了吃奶的劲儿。

首先是齐放这个角色。他姨夫曾是在部队专门饲养军鸽的专家。因此，他自幼受姨夫的熏陶，不仅成了一个在鸽市上常见的小鸽迷，而且还是同学、邻居遇到鸽子的事常要求他的“鸽子小博士”。但是他妈妈却好洁癖，因而坚决反对他养鸽子……事情偏偏有凑巧。一位“因家里出了些事，没精力，也不再想养鸽子”的叔叔在听了他讲的“鸽经”后有感于他“是个养鸽子好手”，而决心把他的一对儿本来想找个合适的人才卖掉的鸽子，白白送给了他！于是，矛盾也就由此引起而步步深入，将一个崭新的儿童形象活脱脱地给描绘与勾勒了出来。

剧本在塑造齐放的性格时，着墨的重点是在两个方面：一是他的执着和顽强，凡事不达目的绝不罢休；另一个则是与主题直接相关的善良与爱心。

原作者小尹对齐放这一人物写得是否硬朗十分关注。他艺术感觉很好，但他始终没能讲出为什么要写的硬朗。对这一问题，我也倾注了很多心血才搞清楚。因为中国这一代，大多都是独生子女，他们的吃喝用度以及种种花销可以说来得太容易了。从这一点讲，他们是幸福的。而且这也是社会发展的必然结果。让他们知道我们祖国的历史，知道前辈所经受过的种种苦难等，虽十分必要，但用那些过往的旧事生硬地对小观众进行说教，不如让我们到孩子们当今的生活中去寻求营养，将蕴藏在他们身上那些熠熠闪光，能够代表他们能肩起21世纪建设祖国的那种种精神品质集中起来放到小主人公的形象中去，岂不更能使我们的小观众觉得亲切吗？

从这个剧本的实践看，我们的努力是成功的。

我们之所以花了那么多心血，苦心孤诣地构想了那么多情节，从他的妈妈坚决不让养，他非要养；到几经奋斗得胜后又“乘胜追击”，让他父亲从遥远的信鸽王国荷兰给他买来了一只优秀的种鸽；最后终于在他的苦心培育下，使一只幼鸽在北京至南京上千千米的竞翔中获得亚军，而成为名鸽……乍一看说的都是鸽子，而实际却是想把我们在生活中看到的，许多具有执着顽强的性格都集中起来，化为艺术全都再现到了齐放身上，从而一个跨世纪的新一代的坚强硬朗的榜样或楷模不就生动鲜活地树立在我们的面前了吗？

但是，从全剧的结构与铺排看，作者还是把揭示齐放的爱心，描写他如何做人放在了主要和重心的地位。因为这毕竟是齐放性格的核心。

这里最重要的铺垫即是他和苏小朋的关系。二人在出场前就为评三好学生而有过隔阂。苏小朋来送卷子又发现他旷课在家孵鸽子，将此事报告给了老师，从而使二人的矛盾进一步加深。但是当他已得知对方得了白血病，很快就要死掉后，很快就捐弃前“仇”投入为苏小朋的募捐活动中。开始他卖掉了多年集邮积攒下来的珍贵邮票，继而又卖掉了他多年积攒下来的各国硬币，直到他们发现这一点点钱对治疗苏小朋的病只是杯水车薪后，终于经过痛苦的思想斗争而把自己一直得奖的鸽子和另一只他父亲从荷兰历经曲折买回来的种鸽送到了拍卖会上准备卖掉。但是当拍卖会主办方提出，他的鸽子是只刚刚引进的“外鸽”，资料不全，不能入拍后，他登台声泪俱下地讲述了他们急等钱用的原因，恳求主办方允许他们入拍的一场把剧情推向了高潮。在关键时刻，给他种鸽的荷兰信鸽公司的总裁蒙美儿先生及代表贝蒂小姐的态度又引起了一次更大的波澜，从而把拉板车的老大爷等一大批普通人善良的人性和美好情操全都扭在了一起，并得到了真切的体现。齐放性格中的爱心也正是在这样一种氛围中放出了夺目的异彩！

说这部作品塑造了一个崭新的儿童形象，还有一个重要原因，就是我们终于见到了我们的儿童和大量的现代通信工具，诸如传呼机、移动电话、国际长途以及电脑等家用电器结合在一起。过去，我们看到外国影片出现这样的场景或场面，常常只能慨叹：人家实在是太先进了！而今天这些先进的道具场景也出现在了我们的作品里。

当然，这部作品就目前看，显得还不够完整。由于篇幅的原因就不在这里一一剖析了。

我现在只有一个愿望，就是希望把这个剧本推上银幕……

1997年3月

关于《会唱歌的土豆》

这一期所发的电影文学剧本《会唱歌的土豆》，是首师大教授、著名儿童文学作家冉红女士在十二年前，上影厂还是吴贻弓主政的时候，由石晓华女士请到上影写出来的。后因儿童片不赚钱又下了马。这样一搁就是十二年。后由儿童电影学会副会长陈锦俶推荐给我时，自然已时过境迁，许多内容与当今的社会生活对不上号了。接不接？我当时很犹豫。一则是冉红女士很忙，她说，你如感兴趣，就由你全权去修改了。二则是，电影这样不景气，儿童片谁给钱呢？所以她的本子在我的手中搁了好长时间，一直没有回话。

但是，为什么我又迟迟没有退呢？

这一点连我自己当时都不很明白！

一个过了时的剧本，一个尚不知是否有人投资的剧本，但我却放在床头一而再，再而三拿起来。我究竟在寻找什么呢？

冉红女士是位活动家。她除教课外，本来社会活动就很多，但她还总是可以"没事儿找事儿""无中生有"地琢磨出许多事儿来。一天，我忽然接到她的电话说在首师大和其他几位教授倡导下成立了一个"儿童文学研究所"，希望我去参加一下。

我深感荣幸。但叫我准备一下发言，我又有些发愁了。不过我还是去了。我万万没想到，就是在这个会上我才发现：在当今儿童文学，尤其是儿童影视，备受冷落，甚而被有些人视为"小儿科""赔钱货"的时候，却有那么多专家、学者和社会名流在关注着这一十分冷寂而又重要的领域。这使我深受感动。并在这个成立大会上，我学到了很多东西。

会上，一位北京市人大常委会副主任的发言使我记忆尤深！

他说："小平同志在十二大提出的二十年（国民经济）翻两番的计划已经基本实现。但这一计划的实现，从某种意义上说，还是比较容易的。因为我们的基数比较低。但到了下一世纪，再翻两番，相对来说就比这一次难多了。到那时，就要看我们发展中的科技含量了。因此，如何培养现在正处于低幼年龄段儿童这一代的科技素质，提高他们对科学的兴趣，就成了当务之急。希望我们的文艺家要给予特别注意！……”

这时，也正是这时，我的心禁不住地跳了起来。冉红女士的剧本《会唱歌的土豆》之所以在我的床头放了那么久，我之所以犹豫再三，而始终不肯放弃，难道不也正是基于一种朦胧的和这一想法类似的思想吗？当然，我知道，我不可能有那位市人大常委会副主任那么高的水平，也很难像他一样，只用几句话，就把那样深刻的思想简单而又清晰地概括出来；但作为一个艺术家，肩上所担负的使命，我从未忘记过，也未敢忘记过！（我无心在这里自夸，但当有人把艺术家本来应有的这一使命感也视为“观念陈旧”时，我也就只好在这里顺便提上一句，无非是想借此亮明一下自己的观点而已。）我也正是在这时，才理解了陈锦俶副会长的苦心；也正是在这时，才又一次明白了冉红那本尘封多年、连纸都变得发黄的剧本留下来的原因所在！

回家后，我又和往常一样，又一次打开了中央台第五频道。那是体育台，而且是我非常喜爱的一个频道。那天，播出的刚好是一场田径比赛，而且刚好是接力赛。而我是想看足球的。开始，我觉得有点扫兴，但看着，看着，我的头脑里却出现了一个个与画面里所呈现的激烈的竞技场面一样，一个完全是由我想象出来的场面：一个个早已鬓发斑白的，一个个如我已年过五十，继而是一个个年轻的，总之是一代又一代的文学家、电影艺术家们，以及圈内的和圈外的各界人士们都像电视里在播放的节目一样，一棒接一棒地在传下去。他们心里想的和正在做的都是：儿童！儿童！祖国的希望！祖国的未来！我的脑子乱了！我的视线也乱了！但我的构思却渐渐清晰了！在那以后的不久我告诉冉红，我已经动笔了！……

许多事都是说起来容易，做起来难的。我没想到，就是这样一个看上去并不复杂的儿童电影剧本，我和我的爱人在一起居然一稿一稿地接连写了八稿！

开始，我只是想把冉红原稿中与当今生活不太相符的部分“翻译”一下，另外再加一点孩子们喜欢的东西就行了。因为人物性格、主题思想在冉红的稿子里都有了。谁知，送出去给几位研究儿童电影的资深人士一看，对我的反馈竟是：外在！但我很快就发现我的想法太简单了。一个剧本要想与时代同步，使读者和观众，特别是小观众产生共鸣绝不是修修补补，加一点儿外在的皮毛就可以解决的。只有从当今的生活出发，才能将冉红的剧本“翻译”过来。她的剧本在当时之所以受到关注，那是她对那个时代的社会生活观察、体验、研究的成果。我们这一稿之所以外在，原因就在我们有点儿投机取巧，只想做个“翻译”，而没有像她那样，认认真真，像蜜蜂采蜜一样到生活中去提炼。原因找到，我就深入到孩子们中间去了。路走对了，但难度加大了。这就是我们同行所说的，瞎编容易创作难。这不仅需要掌握生活素材，而且还要提炼，直到发现人物和找到构思。而生活之大，有如海洋。即使是儿童，哪怕还是处在低幼年龄段的儿童，他们的生活也是和大人一样，总要涉及方方面面的。我和孩子们、家长们交谈，我和老师、专家交谈……最后，我还很偶然地和一位科研工作者做了一次深入的交谈，并从中受到启示，找到了如何修改《会唱歌的土豆》剧本的出路。

几年来，从电视的报道中得知，我国的高考状元接连三年都是女孩子，她的谈话，也就是从这一条报道开始的。她说：“我看这不是什么好现象！我就是女性，而且在科研战线干了一辈子，我也与我身边的男性一样，做出了自己的建树。但如果从对我们民族经济的腾飞和科技的发展来看，我还是觉得接连三年的高考状元都是女的，不是什么好事。说明目前我们的教育有很大问题！

“我不反对高考按分择优录取，否则‘文化大革命’当中走后门那类的弊端又要重现！但也不能只靠分数！如目前这样，许多男孩子很可能在小学升初中时就被淘汰。而这些男孩子，很可能只是因为成熟晚，在女孩子已经知道了用功以后，他们还在淘气！这样的所谓‘择优录取’制度，虽然有它的合理性，但也有它不利的一面。即很可能把一些极有才华，只是成熟较晚的男孩子，过早地淘汰出局了……

“再一点就是在学校学得好，不等于将来一定能出成果！

“所以，我总觉得，在分数的背后，似乎有一种比分数更为重要的东西……

“但究竟是什么呢？我也不知道！这只是从我个人的经验和体会出发，发一点我个人的感慨而已！……”

这里我们无暇去分析这位女科技人员在议论中的是是非非，但她在这里所提出的“有一种似乎比分数更重要的东西”却引起了我们的深思。

她提的这一问题果然引起了教育部门最高领导的注意。就在我们剧本写完，交艺委会讨论时，我去开家长会。我坐在女儿矮小的课桌上听到了我国的小学教育将由应试教育向素质教育转变的报告！

说实在的，我们写这剧本时，“应试教育”和“素质教育”两个词还没有诞生，而写完之后，则已成为小学里时时必谈、处处必谈的问题了！

“分儿，分儿，学生的命根！……”应试教育虽然把过去曾横行一时的特权现象和走后门等不正之风彻底荡涤殆尽了。但却又把我们可爱的下一代抛入了书山题海的深渊，实在不利于少年儿童的成长。

我原以为这一十分正确而又英明的政策一出台，问题即可迎刃而解。没想到，阻力根本不是来自学校，而是来自家长！因为现在家家都是独生子女，家家都渴望自己的孩子成才！现在孩子又这么多，竞争又如此激烈，哪一个家长愿意让自己的孩子在这样一个事关孩子一生的竞技场上失败呢？真是任重而道远！

我这才知道，冉红和我办了一件的的确确十分有意义的事儿！

当我得到消息，说这部由冉红女士和我共同创作的《会唱歌的土豆》将要在我厂的刊物《电影创作》上发表时，正好赶上九届全国人大的召开。而这次大会的一个重要的主题也正好是科学和教育！我深感欣慰。我不管这个本子日后是否能够投拍，只要社会的发展和实践证明了我对这一题材的判断是正确的，我也就满足了……

1998年3月

大山情

——《月月》拍摄散记

青山，远去了。

碧水，远去了。

大轿车转过一个山弯，又转过一个山弯，那熟悉的山民、街道、房屋、小河便一一被无情的山崖所隔断，从我们的视野中消失了。我们在湖北省保康县寺坪镇这个山村度过的两个月的外景生活也随之结束了。

汽车的马达在轰响。

车厢里没有一个人说话。

青山、碧水，是远去了吗？在这里劳动、生息、繁衍的山民们也远去了吗？

不！

汽车虽然载着我们远去了，但我们的心却长久地留在了那里。山民们是离我们远去了，但他们那质朴而敦厚的民风民情，却深深地镶嵌在我们的记忆里……

哦，那是一串串怎样闪亮的记忆明珠呦！

——大爷，这堵墙碍事，得拆！

——行！

——大娘，这个树杈碍事，得锯！

——行！

——大哥，这儿我们得砌个牛棚，可能碍点事……

——砌吧！

——大嫂，我们……我们想借您的孩子……拍个镜头。

——抱去！

——您可以帮我们组织三百人左右的群众演员吗？

——可以！你们拍电影，是帮助我们建设精神文明嘛，我们应该支持！（这是区长说的。果然他亲自挂帅，层层动员，秩序井然地帮我们拍完了一个又一个大场面。）

——同志们，同志们！我们这场戏是演夏天的事，为了拍出真实的效果，请乡亲们把外面的夹衣、棉袄脱掉……

——如果能光膀子，扇扇子就更好啦！

深秋的打谷场上，一幕动人的情景出现了：二百多名群众演员，仅仅一两分钟，便脱去了秋衣或冬衣，露出了穿在里面的夏装。有的小伙子还真的光了膀子，“啪嗒，啪嗒”地扇起大蒲扇。一场十分真实的夏景就这样拍成了。

——大哥，我们要过河！

船来了，撑船的不是大哥，却是大嫂。

——大哥呢？

——种麦子去了。

——我们……要他拍戏哩！

——你们等着，我去喊……

实拍时，大哥一分一秒都不差地出场了。

——这是摄制组给你的酬劳。

——不不不！

几只粗大的手摇个不停。有人说：我有拖拉机呢！一天就是十几块，误个工，还能向你们公家要钱？就是要给，你们自己这一天的工钱，和我一天的工钱也差得远呐！

不是有人认为现在又是“有钱能使鬼推磨”的时代了吗？但这句话，至少在大山里不大灵验。

现在，我们已是坐在了剪辑台前，离那山区有几千里。编机画框里再次展现出湖北省保康县寺坪镇那绿茵茵的青山、清亮亮的碧水，再次展现出那里质朴而又敦厚的民风民情……啊，这就是《月月》的外景地。

导演在山里的声音又在我们的耳边响起：

“瞧！人家山民是怎么说话和走路的？

“看！那大哥和大嫂在开玩笑、逗趣呢！

“瞧！他们怎么撑船的？上山、下山，手里都拎的什么？……

“看！他们在笑什么？”

演员们依照导演的要求，到山区老乡家的茅屋去了，到地头去了，到山区老百姓的心里去了……

那编机画框里的灵魂、血肉不正是来自那山崖下的茅屋和地头吗？

牛叫了。

鸡叫了。

狗也叫了。

不知怎的，我又好像回到了寺坪镇的深山里。那高亢而又激昂的放排号子一声重似一声地，又在我的耳边唱起：

太阳往上来，
搭个望郎台；
站在台上望，
望郎早归来。

太阳当顶过，
肚子有点饿；
喊上主人家，
煮点汤汤喝。

吃了中午饭，
幺姑靠门站；
想起爹和娘，
哪日得见面？

爹妈念起来，
常常挂心怀；
拜上奴丈夫
望孩早回来……

这号子，从内容看，创作的年月该相当久远了。当地人管这些绝美的民歌叫“酸曲儿”，我太喜欢了。所以我至今很庆幸我为这些会唱酸曲儿的能手摆了一桌简单的酒席，让他们边喝边给我们唱。他们会的酸曲儿真多，你一曲，他一曲，整整唱了大半宿。那部影片的作曲是赵季平，他把他们唱的“酸曲儿”都记了下来当素材。等进了录音棚，我才忽然意识到，那次“宴请”那些民歌能手给我们唱的酸曲儿有多重要，“酸曲儿”经过赵季平的创作，当地质朴的民风民情，旖旎美丽的风光和山民们日复一日的劳动和生活全从他的音符里扑面而来。再加上吴雁泽的演唱，实在给影片增添了不少色彩……

但还有一个问题一直盘旋在我的脑海：这歌词的作者究竟是谁呢？这个奇妙的想法，执着地萦绕在我的心里，挥之不去。让我总忍不住地想，想，想……最后，由此及彼，由表及里，又想到了我们正在编机前进行剪辑的这部电影。

这电影是我们写的。

这电影也是我们拍的。

但是，细细想来，她真是我们写、我们拍的吗？她的主人究竟是谁呢？

哦，她又让我想起了生活在遥远的大山里淳朴、憨厚的山民们。

艺术是人民创造的……

1986年3月

我的梦

从初中开始，我便悄悄做起了我的画家梦。除了我和妈妈没人知道我有这样的梦。我自幼丧父，母亲忙于为生活奔波，无暇顾及。我悄悄做着我的画家梦。我虽有梦想，但却调皮得出奇。一次我把纸篓反扣在开着一条缝儿的门上，原本是搞恶作剧，想把纸篓扣我一个同学的头上的，谁知，进来的却是一位老师。吓得我从二楼跳了下去……还有一次，我在放学路上把电线杆子上的路灯打碎了。不料，管片儿民警就站在我的身后，于是，我就成了不光彩的“俘虏”……追忆当年，我想我一定是属于“人人见了愁”的那种坏孩子。然而，坏归坏，我依然做着我的画家梦……

其实我这梦还可以追溯到更早。

那大约是我四五年级的时候吧！我几乎每天都去看小人书。没有钱，我就从我的饭钱里省。那时我妈妈每天给我中饭的钱是一千元（旧币，合现在大致等于一毛钱），可以买老秤十两荞面条吃。但我每天都只吃半斤（即八两），可以剩下两百元就可以圆我的梦，去看小人书了。那时小人书的出租价是一分钱一本每小时。一个七八岁的孩子是不可能懂得什么“精读”与“泛读”之类做学问的方法的。但我最喜欢的是张乐平所绘的《三毛流浪记》、刘继卣所绘的《水浒传》和志愿军入朝参战的故事。看了就要学，所以，看一遍总嫌没把连环画中的人物学到位，于是就捡那几本我爱看的小人书一遍又一遍地看。谁知，这正应了一般学者读书的正途“精读”与“泛读”的结合……这种学习自然很容易见到成效。慢慢地，我成了那时我们班上画三毛头像、画“古人儿”（这是班上同学给我的画起的一种名字，其实就是我从《水浒传》连环画中学来的那些身着铠甲的人物），画志愿军飞机击落美军飞机的能手……我也不知当年的我是怎么回事，爱画画，甚至为了学习书法，用6B铅笔到城外的野碑上做拓片，那么淘气！偷鸡摸狗拔蒜苗，无恶不作。结果被告到学校，后果可想而知。学校把我偷掰老乡玉米的事儿登在了黑板报上。此事一公布，我立刻被搞得“声名狼藉”了。而世界上的事儿又常常祸不单行。我本来就不算好孩子，这一来就更“坏”

《高尔基》(作者高中一年级时的习作，油画)

了。老师为了“严格教育我”，总挑我的错，原本一直喜欢在作业本上画画的我，过去没有事儿，现在却突然变成了极大的罪过。老师十分震怒。把我狠狠地批评了一顿……但没想到的是，因祸得福，使我因此赢得了我的一批“粉丝”。许多同学都纷纷请我画三毛，画古人儿，画志愿军的飞机打美军的飞机……说实在的，这种鼓励比我后来拍电影得了“政府奖”还高兴。

然而，让我最感幸运的是我结识了一位“右派”老师。他原本是一位中学的美术教员。划为“右派”后，有些心灰意懒。见我画画有些天赋，就叫我去跟他学画画。这样，我的美术训练就走上了正路。他从让我画线条开始，慢慢画几何图形，再画石膏，画速写，最后还教我学水彩和油画。我觉得收获最大的还是他教我怎样临摹。而干这些事是需要花钱的，所以才有了这篇文章开头的那句话：“除了我和妈妈没人知道我有这样的梦。”我感谢妈妈，她看我的画的确不错，于是在经济那么拮据的情况下，还是给我买了画箱、画架和各种颜料，她的目的很简单，画画儿就不会到处淘气给她惹祸了。我看妈妈不容易，还和我们胡同的发小们一起到大乘巷胡同口的一家玻璃厂去洗瓶子。一天八毛钱。然后我们攒起来一起去买画具。(他们在我的影响下也都喜欢画画了。后来他们一个考上了天津大学建筑系，一个进了乐器厂做美工设计。)

这恐怕才是我真正开始做画家梦的缘起。以前只能说是兴趣养成的一个过程。

但是考美院谈何容易！我和我们班两个也学美术的相比，差得很多。到了北师大二附中后，又遇到了更高的高手，我气馁了。但在高考时，我还是要了一份艺术院校的招生简章。我惊喜地发现那上面北京电影学院有表演系。因为我在高中时很喜欢舞蹈、唱歌和朗诵。还和班里热爱话剧的同学演过话剧。我的心眼儿很活，就这样，我把旧的梦打碎了，但我在心里又诞生了一个新的梦。对艺术的爱使我投拍的剧本融资顺利，那将是我拍摄的第十部电影！……生活真是个谜。谁能想到当年那个调皮捣蛋的“坏孩子”居然成了电影导演呢？这一切连我自己都未曾想到！

当然我现在早就不做画家梦了。但我却一刻也不曾停歇。也许所有的艺术家都和我一样吧，只有有梦才能活着！

说实在的，我的梦还多着呢！那一部部未成形的想法和影片都令我激动。我一定要在未来的几十年里，一个个地把她们变成现实！

1994年写于从艺三十周年

第二部分

随感录

访美杂谈

我访美归来，正赶上特殊时刻，似乎从哪个角度来写一篇访美的文章都很不合时宜。这样，我就把当时的一些感受留了下来。不想，一搁就是十几年。当时写，可能有当时的感觉。但放到今天写，却也有放在今天的好处。说实在的，那时，我和许多著名的电影艺术家还住在一幢破旧的筒子楼里。何时能住上一套有自己的厨房和洗手间的单元房似乎还是一件遥远的事。但今天我却已经住在了百十平方米的新式结构的楼房里……这是我当时连想也不敢想的事。因此，在那样的情况下看美国，和在今天这样的情况下看美国，其感受肯定是大不相同的。

改革开放之初，我曾向一位访美归来的老同志问过：美国到底怎么样？他想了一下，还是说了实话："去一趟真憋气，一看人家，简直觉得几十年革命白干了！"他在向我谈及美国诸多比我们好的地方时，一直带着一种负疚的感觉，好像这样说，很对不起他的那些在抗日战争和解放战争从他身边倒下去的战友！他慨叹："咱要赶上人家，少说也得两百年！……"说实在的，我访美归来，也有同感。当时，我们还没有超市；许多紧俏物资还须排队；由于冷藏的规模较低，市场上的鸡鸭鱼肉及水果蔬菜，也远不及美国超市我所亲见的那样丰富和新鲜。至于服务，那就差得更多了……当时，在我们那个破筒子楼里，洗澡还须在用木板搭起的公共"澡房"里自己打水，烧水冲洗。而在美国许多风格迥异的私宅里几乎都有样式和大小不同的游泳池……差距实在是太大了！然而，谁曾料想，仅仅十年——才十年呵！我们国家，特别是北京，就变成如此繁花似锦，婀娜多姿了。连美国总统小布什来华后也禁不住发出赞叹："北京的变化实在太大了！"……我们只要去一趟王府井的步行街或西单购物中心，甚至随便去一家大超市，除了人多这一点与美国不同以外，至少在商业街区的景观方面，差距已经不大了。另外，还有汽车。我访美时，中国的私家车还是一件新鲜事。而现在，只要看一眼我们厂楼下那一个个停车场的拥挤情况，人民生活水准

作者1989年在旧金山的金门大桥前留影

提高的幅度也就可想而知了……

我走在街头，看到一块块绿地和纯粹是为了美化，而不再只是为了实用才修建的各种花坛、喷泉、雕塑等花园式的建筑艺术，使我不由从心底漾起一阵骄傲：做中国人真好！当年看了美国而后所产生的那种感叹、羡慕，以及迫切想要奋起直追的种种情愫杂糅一起的复杂心理，早已被一种前所未有的舒心和自信代替了……这篇访美的文章，如放在当年写，我想我是不会有这样的心境的。因此，与其把我当时那种类似初见世面的井底之蛙所发出的感慨记述下来，倒不如将那些见闻与我们国家，特别是电影这十多年来的变化所产生的感触和思考一并写出，或许更有意义。

我在美一共去了三个城市，逗留26天。这是去前就安排好的。旧金山和洛杉矶在西部，纽约在东部。在短短的26天里，恐怕除了看电影、座谈、办事、旅游外，便只能是疲于奔命，把时间消耗在旅途上了。因此，我出发前就想好，除了多看以外，一有机会，就与人交谈。这样，也许才能使我的收获更丰厚些。

一、好莱坞

作为电影人，我最想看，现在也最想说的，当然是好莱坞。去前，我在厂里接待外宾时，曾听老厂长说过，我厂是亚洲第一大厂。我也曾为此感到骄傲过。但到了好莱坞我才知道，我们这个亚洲第一大厂与之相比，只能算作一个生产影片的手工作坊！好莱坞的设备、规模，他们的经营模式、管理理念、人才机制，尤其是与科学技术的自觉与完美的结合等，使我第一次知道了什么才叫电影工业！我们北影虽然也是企业（当时还是我国文化事业中唯一以产业形式存在的文化工厂），在经济上虽说也是自负盈亏，但这一切可以说和美国完全不是一个概念。其中最大的不同，就是人家投入不论大小，全是私人资本。而且全然没有政府在经济上的支持！那时，我国电影的经济收入虽已呈锐减态势，但每年对国家还是有所贡献的。而在美国，电影的收入竟在美国国民经济各种行业的收入中位居第三，甚至第二！这使当时的我不能不感到惊讶！然而十年过去，我们国家的电影，不管其前进的步履如何蹒跚，道路怎样充满曲折，但还是取得了许多长足的进展。我记得，我们第四代电影导演刚刚肩起生产第一线的重任时，我国洗印专家王雄对我说，他在与美国同行探讨我们摄影师拍出的影片为什么总是不够透时，那位美国同行竟说："这不是摄影的问题。你们的摄影师在世界都是一流的，是洗印和设备的问题。"为了证明这一点，他从王雄手中拿走了一段我们摄影师拍的胶片。等他再次来华时，将那段由他们洗印的胶片放给了王雄看。王雄说："人家洗得确实透！"录音也是一样。那时，我们标放的音响设备，还远不及现在的商用影院。就这样，我们对放出的美国影片的音响，就已赞叹不已。谁知，在广电总局拨款将我厂的录音设备更新后，就连刚出道的录音师也能录出那种曾经让我们惊叹不已的音响！（我这里指的不是艺术方面的处理）这就是说，我们的艺术家和技术人员并不比谁差！他们的聪明才智和艺术才华，只有有了先进的设备的支持，才能给他们的想象以有力的翅膀！那时，我们还不知何为数字技术。看了美国大片，很为其中一些镜头及场面恢宏、逼真和奇特而感到困惑：他们是怎样拍出来的呢？而现在，我们不光有了自己的数字设备，而且还专门拍出了自己的第一部数字短片……这不能不令人感到欣慰。而这些在设备方面的变化与更新，不仅使我们今天的电影在质量上有了极大的提高，更对我国今后的电影在整体进步上，带来深远的影响！

另外，人家还有一点与我们不同。他们的电影界与金融界之间有一种经济上的积极的互动关系。而我厂好像从宋崇任厂长时，便与银行断绝了贷款往来。银行的企业性质就决定了它必然是"嫌贫爱富"的。电影不景气，人家自然也就不会给你贷款！在我印象中，好像除了四川一家省行曾给谢晋的《鸦片战争》贷过款外，其他几个省份给电影的贷款，均一败涂地。最后全变成了死账、坏账。而在美国，电影与金融的关系却是始终处在一种良性的互动循环之中的……然而，电影既然是产业，我想如不靠我们转变观念和赢得市场，电影与金融之间的良性互动关系恐怕还是一时建立不起来的……

其次，对好莱坞的各种先进技术，我自然兴趣更大。由于许多导演访美归来都已写过不少这方面的文章，所以，我只想讲一下我在好莱坞看到的"玩儿火"与"玩儿水"。

谁都知道,“玩儿水”与“玩儿火”是令电影人最为头疼的两大问题。稍不注意,就会酿成重大事故!但在好莱坞却解决得非常好。在好莱坞旅游城即可看到这样的情景:一座大楼着火了!而且火势很大,很猛。但是,当那位假扮导演的人喊完:“停!”时,那火竟在一秒不到之内,没用任何让你看得见的消防设备,便自动熄灭了!而我们似乎还没找到这样好的办法!

说到“玩儿水”就更绝了!当我乘坐好莱坞的旅游车穿过一条山洞时,忽然“发生强烈地震”,列车被迫“停”了下来!导游员以她生动的语言和表演向乘客做了有如身临其境的讲解。随着地震的态势越来越严重,火车两旁的洞壁发生了多处断裂!洪水——应当说是巨大的洪水——便伴着骇人的轰鸣,从一处处断裂的巨大缝隙中奔涌出来!而且,水流越来越大,以致冲得列车的车身不住晃动,连洪水击起的水雾都扑进了窗里!但是,最后的结果正如讲解员所说:“大家不要慌!不要乱!洪水过去,我们就会把大家安全地送到目的地的!……”当让每一个游客过足了身处地震之中的“非常体验”和“恐惧之瘾”后,洪水才一点点非常真实地退了下去……列车又“恢复了原有的安全”。这不禁使我想起了我曾拍过的一部影片。棚里的景搭起来以后,我总觉得少一点生气。美工师也有同感。于是提出,想在一处山崖上加一道瀑布。我很高兴。没想到,等验景时,那道瀑布展现出来只有可怜的一尺多宽!我要求加大。美工师和制景部门说这已是咱摄影棚最大的吞吐量了!他们同时告诉我:“您拍时镜头千万不要太长。否则,摄影棚就无法将那么大的水量排出去了!……”两相比较,我实在想不出好莱坞究竟是怎样将那么大的进水量和排水量解决的!

但我相信,我们既然连数字技术这样大的高科技问题都可以解决,像摄影棚进水排水的问题也绝不在话下。听说,我厂在加入电影集团后,又要兴建新的摄影棚了。我想,在新建的摄影棚里进、排水的问题恐怕早已列在设计的议题之中了……

二、诚信无价

在美国还有一点给我感触很深。那就是诚信的价值。我无论到了哪个城市,那里领馆的负责人或工作人员都会提醒我:在美国,即使连坐公共汽车逃票那样小的错误都不要犯。否则,不光你下面的访问要受影响,将来你再来美,无论是因公还是因私,都会遇到麻烦!我说,我知道。因为美国对所有人,包括外来人员,在网上都有信誉记录。许多电影里都表现过:在美有过不良记录的人,想再找份工作,即使有人担保，也很困难！……而这一制度，对国民道德的影响之大，却是我去前不曾料到的。

有一次，我在一个电影学院的校友家聊天。他说，一个刚从中国回来的美国朋友正在算他乘坐出租汽车的账目。我向他开玩笑道："你连一张单据都没有，怎么证明全是你因公消费呢？"他说："我因私乘车回来是从不记账的！"我说："你要把自己乘车的钱也算进去，你们老板怎么发现呢？"他的脸上出现了一种非常惊讶的表情："为什么要这样呢？"我说："你们的报销制度也太简单了。这岂不是一个很大的漏洞吗？"他说："不！道德是堵塞漏洞最有效的办法。一个人，一旦在一个小的问题上做了手脚，将来就要在大的问题上重犯。等养成习惯，势必被人发现。到那时，我这一辈子就完了！这种事是任何时候都是不能做的……"我那位中国朋友说："美国人就这么简单。像中国那样胡乱报销出租车票的现象，我不敢说没有，但是很少！"

他顺便又给我讲了一下诚信在美国生活中的重要。

他问我："你知道，一个人在美国怎么才叫混开吗？"我说不知道。他说："最重要的就是你是否在银行取得了信誉。美国人看来一般比我们挣得要多，但他们很少攒钱。甚至喜欢贷款买房买车，今天花明天的钱。而我们中国人忧患意识比他们强，总觉得银行有几个钱，心里才踏实。所以很爱存钱。而这样做，在美国是极易混开的。美国的银行非常注意储户的信誉。一旦发现你每月有存款，而且月月都存。一旦时间长达三年以上，马上就有很多家银行的雇员前来登门向你提供各种消费卡，让你花钱。如你手中有什么项目，而你的收入又具备相应的偿付能力，他们就会非常痛快地给你贷款。到这样的时候，你就可以算在美国混开了……"

这个介绍，使我更深入地了解了诚信在美国的重要。随着我们国家的入世，和改革开放的深入发展，原来花公家的钱不心疼，报销制度在执行上的极度松弛，不也随着各种机制的变化，变得越来越少，而诚信也越来越被人们看重了吗？

美国不管在台湾问题、双边贸易以及其他诸多领域无端地给我们制造了多少麻烦，但他们的国民在诚信问题上所持的态度还是非常值得我们赞赏的。

三、也谈教育

不知何故，我总觉得，应该把我听到的一些有关教育的故事也放在这样一篇文章里。那些故事绝大多数都是我在返国前，中影公司驻洛杉矶办事处为我举行的告别聚会上听到的。应当说，那些故事对我思想的冲击是很大的。

那是我回国的前一天晚上。在办事处不大的住所里，一下来了几十个电影学院的同学。等来了之后，我才知道，其中绝大多数我都不认识。因为我们相差的年级太多了。他们来送我，虽有为学兄送行之意，但最主要的，还是为带信。因为赴美时，早已带足了四分或八分的邮票。一遇有人回国，他们便托人把信带回，一到北京，放进邮筒，即可用四分或八分将越洋的信件寄至家中了。(那时本市寄一封信是四分，寄往外地是八分。)那天，我们喝了酒。然后就神侃起来。他们都较我年轻，互相谈的多是孩子教育问题。听后，使我感慨殊多。

在美国，孩子们在课堂上是可以把脚放在桌上的。另外，还可以不写作业。谁写了，就可以得到一张午餐券，权当奖励。但我不知道是不是美国所有的学校都是如此？也不知道是否正是因此，才使比尔·盖茨诞生在这个国度？我国的杨振宁和李政道是否也正是因为到了这样一个国度，才成了诺贝尔奖奖金的得主？美国孩子在玩儿上的自由是中国孩子想都想不来的。现在虽早已把所谓应试教育改成了素质教育，但家长的望子成龙、望女成凤使学校如放弃了应试教育，很可能便声誉扫地！其结果，应试教育只是在名义上取消了，而实际上较之过去，仍是有过之而无不及。考试好，孩子将来就真的有出息，反之则一塌糊涂。事实上真的如此吗？难说！最近，网上就爆出一条新闻：一位中国学生竟因托福考了一百分而被美国学校拒之门外了！理由是：像这样具有应试能力的人，还会有创造性吗？在美国许多百万、千万，甚至亿万富翁的孩子自上了小学，就让他通过给人送报纸或其他方式去挣钱。让他在真实的生活中去了解商品和交换的关系。而我们许多穷家的孩子却也都如少爷一般，只要你好好读书，就可以什么都不干。这样长大的孩子不用说未必成龙成凤，说不定连起码的孝心都没有！对教育我虽是门外汉，但直觉却告诉我，重视教育，不一定就是重视考试！

美国在做物理和化学实验时，校方规定的一组套语使我很感兴趣。那就是：在学生做完实验后，向大家宣读他的实验报告时，一定要用学校编好的套语说："我的研究表明——"众所周知，中学生的实验，只能是最初级的实验，但校方的这种规定，对学生在潜移默化中形成的自信却是难以估量的。这些年，我们国家在各个方面都发生了巨大变化。这变化中，也包含了民族性格的变化。比如：足球场的看台上出现的花脸球迷，演唱会上那疯狂的叫喊，等等。这种狂放的举动，在我们尚处年轻时是绝对不敢的。随着这许多生活习惯的演变，过去那种假道学的面孔少了，假谦虚的面孔也少了。年轻人开始比较敢于张扬自己的个性了……对此，我是最感欣慰的。这些变化，看来似与电影无关。而在我看来，却是有着根本上的联系的。试想，一个不是以党和人民的感情，而只是看领导眼色行事，一切不是以党，而是以领导个人的好恶为取舍，只知把功夫做在片外，而不是片内的人，还有什么个性而言？而一个连个性，甚至自尊都没有的人，还能创作出什么好的作品呢？ 现在年轻人比较敢于张扬自己了，因而在创作中自然也就比较注意个性了，我想这种变化，一定会给我们电影乃至所有文学艺术，甚至科学事业的发展，带来好处！……

四、归国热

打开国门后，人们在眼界大开的同时，各种牢骚和不满也随着民主进程的加快而变得多了起来。一时间，出国竟成热门。其中，虽有不少人是为着求学、深造，也不乏有为探亲访友去开阔眼界的；然而，把出国，特别是去美国，当作了他们寻找美好生活的一种理想和途径的人也应当说不少。当时，我们国家“来去自由”的政策还没有出台。一些人为了达到出国的目的，便采取了铤而走险，以非法手段离境的也不在少数。

我在访美时，就遇到一桩。

那是我回国那天。在肯尼迪机场，我刚刚登上返国的班机，忽然听广播里说起飞的时间要推迟。原因是有八位已把行李装好的乘客突然失踪了。可能是怕有爆炸物，所以，须待把行李查明后方能起飞。我邻座的一位乘客听后，立刻笑骂道：“这几个王八蛋！我就知道他们要跑！”我这才知道广播里说的，其实就是他的同伴。我问他：“你干吗不劝劝他们？”他说：“这是劝能劝的回来的吗？”那几个人现在肯定已经拿到了绿卡，甚至已经是美国公民了。但我不知道，假如他们看到了今天的祖国的变化，又作何感想呢？当年，我的一些亲戚、朋友在那时的思潮下，也有不少人到美国去了。然而，这几年，却一个个又都回来了。于是一个与当年出国热相映成趣地又出现了一个归国热。甚至还相应地出现了一个反映这种现象的专有名词——海归。至于原因，有人不好意思说。有人则直言不讳：美国已发展多年，机会多已被人占满。而中国正在发展，到处充满了机会。另外，美国不管怎样，终究在文化背景上与我们不同……这不禁让我想起了当年钱学森在人大上提出“来去自由”的建议是多么具有远见卓识。同时也证明了，当年走的许多人事实上同我们一样是珍爱生他、养他的这片热土的。钱学森说得既谦虚又实在：当年我走，是因为中国不好。后来，中国好了，我不是又回来了吗？而今的事实也正如他所料，许多出于各种原因而离国他去的游子，看到祖国各方面的发展都这样蒸蒸日上，不很快就又都回来了吗？

我不知道在我回国那天“跑”了的几个人，他们回来了没有？

我也不知道，他们后悔了吗？那样非法的跑是不对的。但只要你回来，我想祖国和人民还是欢迎你们的。

1990年1月

在卡塔赫纳电影节

卡塔赫纳电影节创办于1960年，地点在哥伦比亚共和国玻利瓦尔省的首府卡塔赫纳。是南美洲唯一正式的国际电影节，也是拉丁美洲地区首屈一指的电影节。该电影节一年举办一次。参赛的范围只限于伊比利亚半岛国家和拉丁美洲国家。其他国家和地区的影片可以参加展映，却不在参赛之列。每年6月举行，为期一周左右。主要设的奖项是“印第安卡塔丽娜金像奖”，分为金像奖、银像奖、铜像奖3种。

1989年，我受电影节邀请前往该电影节展映我和徐晓星拍摄的电影《月牙儿》。整个代表团只有我一个人。到了波哥大中国驻哥大使馆又增加了一个西语翻译，代表团这才成了两个人。

说实在的，我原来对国家与国家之间的各种交流虽然觉得很有必要，但了解甚浅。只有一般性的认识。觉得不同地域、不同民族、不同社会制度的国家和人民经常互相交往，能互相促进各国之间政治、经济、文化和艺术的发展，可对世界的和平和进步作出贡献。而更多的东西就不知道了。对电影方面与各个国家之间的往来我似乎理解又不太理解，想得比较抽象。在机会来到我头上的时候，到了国外的电影节，我才发现各国电影人之间的交往对彼此的发展实在是太重要了。

互相学习的前提是相互了解。就像我们对哥伦比亚了解甚少一样，哥伦比亚的电影人，对我们的了解也所知无多。

到了那里，这个问题很快就凸显了出来。

在波哥大经过两天的学习后，我便和翻译一起到卡塔赫纳电影节报到。到时已经很晚了。第二天起来，立刻请翻译给我读电影代表团到达卡塔赫纳电影节后的消息和报道。没想到，还真发现了大问题。翻译说哥伦比亚最重要的报纸上把我们国家的国名写成了“中华共和国”，我们感到问题严重。因为全世界都知道中国还没有完全统一。弄不好会让读者以为是台湾的代表团。我们立即报告大使馆，请示处理办法。

大使馆很快就作了回复。说哥伦比亚是一个对中国非常友好的国家。这次在报道中弄错了国名肯定是笔误，但绝不会有任何恶意。让我们去找报社，请他们次日发一条消息更正一下即可。我们立刻就打车去了那家报社。报社负责人立刻道了歉并把那位记者叫来了。那位记者知道他把我们国家的国名写错时非常紧张，连连道歉。看来他对这件事情的后果估计比我们还严重，脸色都有些变了。没等我们提要求，他就主动说，明天在报纸上，一定发一条消息，表示道歉。同时，把国名更正为：中华人民共和国。我这时才感到，彼此互相的了解太重要了。不然怎么会出现这种错误呢？在电影节快结束的那天晚上，我和翻译二人到电影节的主会场走一走，主要是怕再次出现什么错误的地方。开始，我们在颁奖的舞台上看了一遍，主要是检查一下国旗，没有错误，这才放心了。接着，我们又到了一处副会场。那里是一处装饰性很强的地方。插有很多小国旗，所有到会的国家国旗都一样大。我们去检查了一下，还真发现了问题。晚会组织者把我们的五星红旗中间那颗最大的五角星做成了六个角。我们告诉了电影节组委会。分管这件事的是一位中年女士，她对中国代表团一直非常友好，连有一天中餐的自助餐有金枪鱼沙拉都跑上楼来告诉我们早些去，晚了就没有了。日程虽只有七天，但她对我们的悉心照料我们是心存感激的。出了这样的错，想改显然来不及，不改这算什么呢？她只好以充满歉意的语气告诉我们，晚会只有三个多小时，这面旗子也很小，没有人会去打开细看。改是来不及了，人们也不会太注意。这给了他们一个教训，以后再举办电影节，就会对这样的问题注意了。我和翻译商量了一下，觉得只要他们承认错了就行了。两三个小时不会造成任何影响，就没有过分对她再要求什么。她作为电影节的一个日常负责人已经说错了，事情到此也就可以算了结了。但这两件事对我思想上的震动很大。这就是各国电影人之间的交往太少的缘故。如果我们各国各种的往来多些，再多些，还会出现这种不应该出现的错误吗？

沟通、交往，实在是太重要了！

这时我在想，哥伦比亚记者和晚会组织者对我们了解不多，那么我对哥伦比亚的了解又怎样呢？这么一想，心立刻虚了。我赶紧补课，万一遇到什么情况，我连人家的国名和国旗都弄错了，岂不给中国丢人！我立刻问翻译，哥伦比亚的国名全称是什么？问后才知道，全称叫：哥伦比亚共和国。并亲眼去看了一眼哥伦比亚的国旗。因为电影节通用的语言除了主办方的语言而外，还有英语。所以，我又查了我随身携带的袖珍本英语字典，发现：哥伦比亚的国名与美国名校哥伦比亚大学的校名在中文的译法上虽一模一样，但英语的拼法却不同。哥伦比亚国名的拼法是：Colombia，而美国名校哥伦比亚大学的校名的拼法则是Columbia，中间只差一个字母。当在影院放完我带的展映影片《月牙儿》后，我十分庆幸自己把这个字弄清楚了。因为看完电影有一些年轻人拿着我们印的宣传册请我签名，我就用汉、英两种文字签了个名，并故意把这个字用上了：哥伦比亚是个美丽的国家，我会永远记住她！……

电影节除了看参赛的电影和参加展映的电影以外，还安排了户外的演出。那次演出很特别，不是一个节目演完再演另一个，而是几台节目在广场同时演。观众选择看哪个就看哪个。有点像中国的庙会。虽然有些互相干扰，但很热闹。这样做主办方显然是有用意的，主要是为给大家一些自由活动的空间和交流的机会。有些歌舞节目我们在拉美国家的电影里似乎也看过，但在现场看，特别是在户外看，多种节目一齐演，和我们在国内电影里看到的感觉是完全不一样的。现场的感觉好多了，让人如醉如痴。

那些热烈的，充满拉丁风味的舞蹈和歌曲实在是太迷人了。这些节目有一个共同的特点就是节奏鲜明，热情，欢快，奔放，充满了西班牙的斗牛士的感觉和风采，使你在听和看时坐不住，想马上动起来参加进去。可惜，我带的是个“傻瓜”照相机，尽管我激动地拍了许多照片，结果洗出来才知道曝光度不够，所以全是黑乎乎的，只能看到一点儿人影。我遗憾的心情读者可想而知。那是主办方的一番苦心，让我们了解哥伦比亚啊！可我却没能把它们拍下来带回国内，让更多的国人也看到……

电影节还请一家赞助商为来自世界各地的客人准备了一次啤酒晚会。晚会地点选择在一段古城墙上。别有韵致。好像一下就把我们拉回到了一个很久远，很久远的年代……

另外，主办方为了让不同国家、不同地区的客人能互相交流，专门请了许多能讲一口流利英语的大学生作为志愿者参加晚会，给大家当翻译。这样不管你从哪里来，彼此都可以通过英语来互相交流。

卡塔赫纳是个滨海城市，所以海鲜十分丰富。那天主办方给大家准备了烧大虾。个头儿很大，味道也鲜美极了，但我不知道晚会还发给每个人一个柠檬是什么意思。一个大学生志愿者发现了，她端过她的盘子，剥开柠檬的皮，给我示范往大虾上挤柠檬汁，我这才知道那柠檬是当作调料用的。现在，在国内这样吃的海鲜已经很常见也很普通了，但在改革开放之初我们出国的人几乎都是“老土”。

1989年作者在卡塔赫纳电影节与外国朋友亲切交谈

从给我们示范怎样用柠檬当调料吃大虾，我们自然而然就聊了起来。聊天伊始，有几个姑娘大约见我们是中国人就也凑了过来。我问她们喜欢看中国电影吗？她们说喜欢。我问她们最喜欢中国的哪部影片？她们的回答是：《少林寺》。我听后有些啼笑皆非，因为《少林寺》是香港拍摄的电影，当时香港还没有回归。但她们对香港和内地的关系却一点也不知道。我觉得她们远在拉美不可能了解那么细致，不知道或许也很正常，无可厚非。况且，香港是我国固有的领土，我也不能说不是我国出品的啊！我不愿意谈及一百年前我们曾经的屈辱，就把话题转到了中国武术上。那些大学生不知武术为何物，我也不会说，只好比划。他们明白后有两种说法，一个是“中国功夫”，另一个译法是“中国拳击”。后来我在报刊上看到“中国功夫”的译法似乎是正确的。连我们自己国家的外语杂志涉及武术这个词时，用的也是“中国功夫”。

电影节还给我们安排了三次活动。一次是和法国电影代表团的代表见面，同时电视台现场直播。一次是与哥伦比亚电影工作者洽谈有没有合作的可能。最后是一次记者招待会。

与法国电影代表团的见面是希望我们两个远道而来，一个来自西方，一个来自东方的国家，能谈谈我们对卡塔赫纳电影节的看法和感受。没想到我们的见面都很尴尬。因为我没看他们带来展映的影片，他们也没看我带的影片。一下好像没有了话题。但当他们问及我喜欢哪些法国影片时，我说我非常喜欢特吕弗的《四百下》。他们很高兴。于是，我们就这部影片以及法国的新浪潮谈了起来。因为特吕弗的《四百下》对世界电影的影响是很大的。谈的过程中我们彼此发现，我们的共同话题很多。这样才使电视台摆脱了尴尬的局面，采访组的摄像机也一直转个不停。估计导演可以把这次的谈话节目做下来了。而且，我觉得一定十分精彩。

和哥伦比亚电影人的会面主要是和一位漂亮的中年女士。她的公司在哥伦比亚可能是比较大的一个。所以，来参加见面会的人对她都十分尊重。寒暄时，都说：“啊！你还是那么漂亮！”她说：“谢谢！我老了！我把青春都献给电影事业了！”然后，我们就交谈起来。

她非常渴望和中国合作拍摄一部类似《少林寺》那样的影片。但没有剧本。我即兴想了一个简单的设想：有一个哥伦比亚的小伙子到少林寺去学少林拳，并和一个中国姑娘之间产生爱情的故事。他学成后回国成了打击黑恶势力的能手。里面既有少林功夫，也有哥伦比亚的风情。我们就着这一即兴的设想随便编了很多情节，时不时把我们彼此逗得大笑起来。最后，她严肃下来，问我需要多少钱？我说，要看剧本完成以后的情况和领导的想法。我们国家对外合拍电影是有一套专门的系统和机构的。主要看合拍公司的意见。她希望我把我的想法写出来寄去，我答应了。但回国后我就接戏了。我总觉得这是一件没谱的事儿。所以想了一段时间，还是放下了。会议不长，但双方谈得很痛快，笑声不断。为电影节留下了值得回忆的一笔。

在记者招待会上，我只简约地讲了我们中国革命电影怎样从三十年代的一个电影小组和根据地的电影团一直发展到今天的这种局面，很不容易。早期我们是向美国好莱坞电影学习，中华人民共和国成立以后，在一个较长的时间里一直是向苏联学习。并在苏联帮助下，建立了电影学院。关于《月牙儿》，我怕他们误会这是当今中国的模样，特地向他们说明了那是旧中国的模样。今天的中国已经完全不是电影里的那个样子了。时间很短。我说完，又即席回答了几个问题就结束了。

这次访问的高潮是哥中友好协会的会长，亲自驾车请我们去旅游和到他家做客。卡塔赫纳是个美丽的滨海城市，他带我们去了海滨和一家古老的教堂和博物馆，最后还去了他的家。

但给我印象较深的还是那家博物馆。我原来一直以为拉美的历史应该不会太悠久，完全没有根据地以为应该是从哥伦布发现新大陆前后开始的。其实，完全不是这样！我参观了那里的博物馆才知道，大约在公元前一万年就已经有人类在这块土地上活动了，而且还创造了用木制和石制的工具种植玉米、木薯等农作物，织棉布等农业和手工业的文明，并且还在很早的时候就创造出了较高水平的提炼黄金和打造各种黄金装饰品的技术……这一切使我大吃一惊，感觉自己的知识构架太过狭窄和浅薄了。哥伦比亚原来是如此伟大的一个国家！拥有着让全人类都为之骄傲的灿烂辉煌的文化。哥伦比亚还是人类的早期智慧的发祥地之一……这次来哥伦比亚参加电影作品的展映收获实在是太大了！

短短的十一天，很快就过去了。当我坐着飞机离开这个美丽的国家时，一件让我心里发堵的事不知怎么忽然把我心头那种美好的惜别之情代替了。电影节上穿插有一个小小的“节目”，即卖纪念照。电影节请来了一位摄影师拍摄了很多为各国来宾参加各种活动的纪念照。谁想买掏钱就可以买。我听了很高兴，就赶紧和翻译去了。但到了那里才发现，给我们拍的照片少之又少。原因很简单，在我之前每届前去参展的中国人手里都没太多的外汇，参加电影节发的钱也少得可怜，人家拍了我们老没人买，人家自然也就不拍了。我了解了这个情况后，我连挑也没挑就把仅有的五张照片全买了。我的意思是说：中国在变。中国人的富裕程度也在变！再来参展的中国人绝不会再让这里的商家失望！这样想着，我的心又飞回到祖国去了。想起那地覆天翻的改革大潮，我心潮澎湃。祖国啊！让改革开放的步子迈得更大一些，更快一些吧！让百姓的钱袋子尽快地鼓起来，鼓得再高一些吧！我坚信，用不了多少年，我们的电影代表团一定能带着我们改革开放的成果，在世界各个电影节上放出华美的异彩！

飞机进入了云层。不时“撞”向舷窗，并迅速离去，好快啊！我们的飞机！这速度莫不是在告诉我，那就是我们祖国前进的步伐吗？

是的！我们中国在不久的未来一定会在各个方面都冲到世界的前沿去！努力吧，中国人！重担就在我们每一个人的肩上！

1990年4月

我的书房

从我还在电影学院读书时，我就期望能有一间自己的书房。这个隐秘的愿望是我在一个偶然的机会窥见著名作家海默的书房之后萌生的。当时，我在表演系读书。我们班正在排演海默新写的一部话剧《故乡》。老师带我们几个学生就剧中的一些具体问题去向海默请教，才使我得以见到他那间幽雅、静谧，宛如图书馆一般的书房。

他有多少书，我不知道。但我却记得他家排列整齐、纷立如林、高至屋顶的书架上的书较之一个大学生用节约伙食账买下的全部书籍还多！

真是太令人神往了！

回来后，我曾同我同桌的女同学就作家海默的书房发了足足有一个多小时的感慨。

我说："我真希望将来我也能有那么一间书房，也能有那么多藏书！"

我同桌的女同学说："那你必须改行！只有当作家或者有稿费，才有可能！"

我没说话，但心里却已悄悄立下宏愿：将来一定要当一名电影编剧！

光阴荏苒。转眼二十多年过去。我想当电影编剧的宏愿虽然实现了，但我的书房却远还没有着落！

这中间原因很多。钱在我这固然是个实际问题，但每月省出5到10元买书还是可以办到的。但盛放书籍的房间，即房子问题，却实难解决。我直到今年四月之前，才只有一间房子。读者可能不信，一个大学毕业生，又是电影编剧，而且已经有二十多年工龄了，怎么才有一间房子？然而，这却是事实！

说起这，原因就更复杂了。

首先，我多年来一直是两地分居，厂里没让我住集体宿舍就算够照顾我了。更何况，从我一结婚，厂里就把我爱人从西影长期借调到北影，使我免受了两地分居之苦，并于去年正式调进了北影。我还有什么好说？之前鉴于中国人口实在太多，又怕添丁加口两地问题不好解决，一直未敢生育。所以我们清清爽爽的两口之家，使我们面对许多两世同堂的人就缺少了一个要房的坚实理由。我多年蒙受厂里照顾，深觉厂里对我不薄。每每念及要房，总觉十分碍口。因此，在许多年中，我只提出过一次要求，希望将我换至二楼的西头。那里有块八米见方的拐角，可做厨房。但就这样一个要求，在僧多粥少的情况下，也未能如愿。我想建立一间自己书房的念头，也就在这种无望的期盼中自行泯灭了。

是我们国家这几年建设速度突然加快，党的知识分子政策的落实的速度也加快了，诸多因素才使我那久久压在心底的愿望，像一块尚留于心的一丝余火重又燃烧起来！

我们厂接连盖了三栋大楼。所有老同志的问题均已解决。我的同龄人（包括那些在“文化大革命”后毕业的同学）也大都搬进了新居。唯独我，因为没有孩子，依然蜷缩在原来仅有的那间斗室里。

我沉不住气了，一蹦三尺高。以我那学过表演，可以从台口一直传到最后一排的大嗓门，向厂里提出了申请。我罗列了一大串理由，都是实实在在的困难。但真正促使我如此急切要房的原因，还是因我的书报杂志太多，早已堆放得无处下脚。每每查阅资料，都要搬开床板（因为床下盈尺高的空间也早被书报杂志填满），实在苦不堪言。我是搞文学创作的，写一纸报告，还不为难。于是便在口谈之后，又以文字的形式将我的苦状据实书写了一番。并且声泪俱下，请厂领导到我家看看！

我厂分管行政的副厂长第二天真的来了。谈到我写的报告还掉了眼泪。但他的回答却是厂里没房！厂里像我这样的情况还有很多……

我失望了。但我并没死心，经常放下手头创作到管理科去软磨硬泡。其结果仍是一无所获。后来，不知何时，已退休的老厂长汪洋提出一项建议：可把剧团废置的一间八十多平方米的排练厅改为住房。新厂长很快同意了！我们听后十分振奋。不料，剧团领导却不同意，因为近期他们成立了一间“明星公司”，正用那间排练厅做仓库！我们不干了！难道我们如许大活人，还不及市场滞销的录像机更有价值？于是我联合业已分到那间仓库八分之一的八家人一起同剧团领导展开了一场旷日持久的舌战。但剧团提出厂里需给“明星公司”修建一家“门脸儿”。厂里同意了。谁知门脸儿建成，我们翘盼已久的那间仓库即将付诸施工之时，剧团领导却已更换新人，将原案又推翻了！据传此间得知文化部将要把剧团大院和我们现在住的宿舍一起推平改建电影宫。剧团领导想多留一点平方米数以待将来搬迁时可借机改善一下他们目前办公条件过于拥塞的状况。我们自然十分恼火，便不顾一切，又同剧团新任领导扯破了脸皮。中间不知经过多少回合，最后直到把矛盾上交到胡启明厂长那里，厂长下了死命令，问题才算最终解决……

《月牙儿》在国际上获奖后，作者接受电视台采访，采访地点就是作者逼仄的书房

我终于得到了一块可以辟为书房的空间：十点零八平方米！得到这个消息时，我和妻子正在平顶山为该市承担一部电视连续剧的剧本创作。（事有凑巧，那天刚好是我45岁的生日！）我们买了酒，美美庆祝了一番。创作任务完成后，我们一回到北京，便怀着难以言状的欢欣，投入了搬家，喷浆、购置家具，虽然很苦重，但内心却十分高兴。我原来有一间十六平方米的老房。新分的房子只有十点八平方米。我们的安排原则是：小房间索性让它挤，这样大房间才显得空。实践证明，我们的想法很好。经过调整，原来那间果然十分宽敞。面南的窗下是我的写字台，台前是一张新买的带有扶手和靠背的四轮转椅，东、西两面全是书柜，整整排满了两面墙。靠北只放了一个小衣柜和单人冰箱。其余大约足足有六平方米的地方全部留为空间，供我写作时，徘徊思索之用。

哈！我终于有资格写一篇《我的书房》参加《光明日报》的征文活动了！但此征文持续已半年有余，现在他们还要吗？

有人敲门。来者是我的邻居。他说，据可靠消息，我们毗邻的是两个大院，明确在一两年中就要推平、搬迁了！

我不敢相信。但希望却使我在全然没有思考材料的情况下，像构思作品一样驰骋想象起来：将来……搬迁后……我的书房，又将怎样呢？

我们这个奇怪的年代啊！尽管它常有一些令人感到啼笑皆非的酸苦，但是希望不也时时总在叩击我们通往未来的大门吗？

1986年初

劳动实习之歌

——整理旧稿偶得

退休之后，我常把过去写的一些稿子拿出来翻阅，看能不能结集成册，编出几本书来。因为稿子太多，在四十多年的时间里，我除了写了些剧本、小说（包括长篇小说）而外，还发表了80多万字各式各样的文章，包括理论、散文、杂谈，等等。电脑里存了不少，但在我使用电脑之前，大多是我的手写稿。每每为找一篇文章，总要翻箱倒柜，把过去的旧杂志、旧报纸、旧书和旧稿子像摆地摊一样，铺满整个客厅和书房。一天，我爱人在帮我找一篇我与一位著名作家一唱一和的诗作时，把我几个柜子的旧稿全拿了出来。就在她翻找我那些旧稿时，忽然笑了："你看看你二十多岁写的诗……"听口气，她好像是在嘲笑我当年旧作的稚嫩和青涩。但她说不是！她说，是她看了我的诗忽然使她想起她参军后的新兵集训……

我拿过那本已经泛黄的硬皮本，看了起来。就诗作而言，的确有些稚嫩和青涩。但还是让我想起了当年我们在延庆县高妙屯劳动实习的日子……

大学毕业生要到农村去参加劳动实习这个政策是1964年，也就是我们毕业的那一年开始施行的。毕业前，我们电影学院奉北京市委大学部的要求与全北京市所有大学应届毕业生一起专门到工人体育场听周总理的报告：劳动与革命。后来北京市市长彭真同志又给我们讲了一次。主要内容是知识分子一定要走与工农相结合的道路，否则是没有前途的……回来我们还进行了认真的讨论。

毕业分到北影，我们各个科系的同学全部报到后，厂里很快就由人事科安排我们到北京远郊区延庆县去劳动实习。当时，厂里对这件事是很重视的。由厂长汪洋同志亲自带着北影厂的领导一行五人到小西天北影演员剧团来为我们送行。行前，汪洋同志还做了简短的讲话，内容是劳动对他这一生思想改造所起的积极作用。他很会说话，嗓门大且有煽动力。他叫我们好好向贫下中农学习，实习完了，他们一定再来亲自欢迎我们回厂。

汪洋同志讲完话，我们就一起坐上厂里为我们准备的大卡车出发了。

开始我们是分别驻在大榆树和高妙屯两个大队。实际就是两个自然村。后为了管理方便，就都集中到高妙屯一个大队去了。

带队的是张纯朴和邢培修。全队大约二十五六个人。

现在的人我不知道对我们这样的经历会怎样想，我们当时是非常高兴的。因为无论是平时读报，还是上课学习“马列主义基础”“艺术概论”和“作品分析”等课程都离不开“与工农相结合”和“文艺为工农兵服务”这几个字。这样的思想早已深入到我们的骨髓了。所以我们的高兴是真的发自内心的高兴。

下面的几首诗是最好的证明。因为没有真情实感是不可能写出来的。

去延庆的路上

公路盘折崎岖，
苍穹蔚蓝明丽。

汽车乘载着我们，
飞快地向延庆驶去。

激动的心啊，按捺不住！
——我们是去劳动实习！

巍峨的长城蜿蜒逶迤，
她叮咛我们要把党的话牢记！

路旁的小树招手微笑，
她在等待我们归来时的好消息！

汽车的马达轰响着替我们回答：
决不辜负你们的这番心意！

车尾扬起了黄色尘烟，
车上飞出了欢声笑语！

1964年11月10日

我从来没写过诗。这是我平生写的第一首诗。没想到，我写出来以后，竟受到了大家一致的称赞。我们的副队长邢培修也表扬了我，这给我很大激励。打那以后，我便一发而不可遏制，几乎天天写，时时写，处处写，越写越多，有的还真写得不错，只可惜我从来没想过发表之类的事，随手就丢了。最可惜的是我和赵绍义合写的那篇用作演出用的长诗，每场演出都是以我们那首长诗做开场。效果非常好。许雷跟我说，他存有一份。那时他很健康，我就一直没着急去拿。谁想到他突然就得了病，我连他病重的消息都没得到，他就走了。后来，我问过她女儿芃芃，她说找不到了。不知咱们劳动实习队的人，谁手中还有。如还有哪位有心人留着那份油印的稿子，希望和我联系。我定有重谢。其实，我知道，从文学的角度说，那些诗并没有什么价值，但回头看来，却是对我们这一代人思想成长的一种珍贵的记忆。这种记忆在别人那里也许并不重要，但在我和我们却弥足珍贵。当然，我说我没学过写诗，一下就会写了，绝不是在夸我的无师自通。完全不是！对这个问题我考虑过。可能和我毕业于表演系有关。在校四年，为了完成作业、考试、演出……我不知我朗诵过、背诵过多少中国的、外国的、古代的、现代的诗词。背多了，有意无意就对写诗的规律也就有了一些了解。所以，一上手就或多或少像那么回事了。况且，学了四年艺术，一到农村生活，看到的、听到的、感受到的沸腾的生活与原来城市的生活和校园的生活完全不一样，各种东西的刺激，使当时正处在对各种新事物反应灵敏的年龄，难免诗兴大发，于是就写了起来。灵感每天都在我的心中涌动，诗歌也就一首接一首地写了出来……

我想我的这个总结是有道理的。

下面这首诗就是一个例证。它记载了我劳动实习第一天的真实感受。

第一课

今天是劳动实习的第一天，
我心里热乎乎，
两手痒抓抓。

队里的家什，
放在那里一大堆，
两眼看准了一把耙。

听说使耙最难学，
我想较较劲儿，
偏要试试它！

细心的队长见到了，
微微笑了笑，
接着发了话——

“小霍！咱们平地去，
我拿上这把锨，
你呢，扛上那把耙！”

我接过耙子放在肩膀上，
雄赳赳地把地下，
脸上乐成了一朵花。

下工的时候，
我看了看使耙的手，
——两只全都挂彩啦！

但我的心却兴奋地在跳，
在这劳动实习的第一天，
我学会了——使耙！

1964年11月11日

我想大家看了立刻就能知道这是我的真情流露。不光有事儿，有感情，还有年、月、日。我们刚到那里，主要的工作就是劳动，在劳动中对照自己的思想感情与工农兵之间的差距，改造自己，提高自己。所以，在我的诗歌里，有相当多的一部分写的是劳动。

打井之歌

在风卷雪花的隆冬，
我和社员们一起打井，
迎着扑面的黄沙，
迎着凛冽的寒风。
接班人在经受革命的洗礼，
温室的花朵在风沙中锻炼过硬。
辛勤的劳动，换来
一眼井水清清。
清清的井水浇田，换来
年年的五谷丰登。
——这是集体的创造。
中间也有我的劳动！

1965年3月27日

这样内容的诗还有很多很多，我觉得作为一篇散文，有一两首说明问题就行了。

我们在农村，除参加劳动还组织安排了很多很有意义的活动。当时是1964年，正好是新中国成立15年。为新中国的建立而战斗过的前辈们不仅还都健在，从工作角度说，也正当年。比如：我们延庆县的第一书记就是当地游击队的一位领导人，后来又参了军。新中国成立后成了延庆县的县委书记。劳动实习队就曾请县委书记的通讯员王大爷，给我们讲县委书记和他过去的战斗故事。他当时已经五十多岁了，身体健硕，而且就住我们村。为了提高我们的思想觉悟，实习队就特意邀请他来给我们讲他过去的战斗故事。

这些故事显然也是写诗的好素材。因此，我也写了一些这方面的诗歌。

崇高的记忆

我不知道我们的县委书记，
经历过多少战斗的风雨，
他有着说不完的战斗故事，
而且记忆是那样准确，清晰！

他背得出他战友和战士的一切，
姓名、年龄、思想和事迹。
甚至连细节都没忘掉，
就像对今天县里的一切一样熟悉！

一天他来看望他的通讯员，
话题自然而然讲起了过去。
这才使我了解了我们的书记，
对过去怎么有那样深刻的记忆……

在我眼前出现了一幅幅图画，
我们的书记正站在指挥所里，
用望远镜观察战斗情况，
看得见山顶冲锋的红旗。

红旗在激战的炮火中翻飞，
终于插上了敌人固守的高地。
喊杀声变成了欢呼声，
我们取得了战斗的胜利！

野花散发着馥郁的幽香，
彩霞装扮着胜利的战旗。

山顶还冒着缕缕硝烟，
战斗的枪声已渐渐停息。

书记走出了指挥所，
深吸了一口野外新鲜的空气。
用毛巾擦了一把脸上的汗水，
大踏步向山顶走去。

他是去总结战斗情况，
踏遍了山顶战士冲锋的足迹，
哪怕这次战斗只有一个伤亡，
也会引起他的深思和注意。

因为我们书记还有一个心思，
只有通讯员才了解他的“秘密”。
他要最后看一眼牺牲的战士，
把他们永远永远记在心里。

书记带着这样的情思，
总结过多少战斗和战役，
他从中贪婪地吸收着思想营养，
增添着勇往直前的毅力和勇气。

他多少次带着战士扑向敌人，
扫荡着通向新中国道上的荆棘。
时光的飞逝虽在他的前额留下犁痕，
但却冲不掉他心中崇高的记忆！

记忆驱散了当年的满天乌云，

我又看到了我所熟悉的县委书记，
此刻他正和老通讯员侃侃而谈，
讲着那使他们欣慰而又难忘的过去。

我听着两位革命前辈的交谈，
心底油然产生一种深深的敬意。
想起平时群众对他的夸赞，
字字句句又在我的耳边响起：

大家说他工作起来像头雄狮，
不畏困难，不怕艰苦，不知休息。
对自己的要求简直近乎“苛刻”，
成绩再大也不能使他对自己满意。

这当然是崇高的理想在鼓舞着他。
但还有一种深厚的情感燃烧在他心里。
那是对死去烈士的深切怀念，
也是对今天胜利果实的无比珍惜……

1965年5月17日

劳动实习队除了把老同志请进来给我们讲革命故事，也要求我们走出去，深入到贫下中农家里去访贫问苦和主动向老同志去求教和学习。琪琴高娃当时是做得最好的，是劳动实习队树立的典型。她经常到县委书记的通讯员王大爷家去，帮他做家务，听他讲故事，建立了非常深厚的感情。经她建议，劳动实习队还请王大爷给我们讲了他的战斗故事。一天我去找他想询问一些战斗故事的细节，碰巧他睡了。我就把看到他时的所见所想用诗的形式记录了下来。

房东大爷睡着了

房东大爷睡着了，

他睡得很香，很香。
盖着一件老羊皮袄，
头就枕在胳膊上。
大爷！
你知道不，知道不？
你睡的是家里的热炕，
不是征战的沙场。
为什么不枕枕头？
还把头放在胳膊上？
这老游击队员发出了轻微的鼾声，
好像在回答我心里的问话一样：
“和平了，生活好了，
这又怎么样？
不用枕头，
我睡得不是一样香？！
我稍稍打个盹，
待会儿还要去烧队里的白薯炕……”
我有心把枕头拿过来，
给大爷轻轻枕上，
又怕吵醒大爷，
看他睡得有多香！
我看着大爷饱经风霜的脸庞，
想起他平时对我的教导，
好像春风暖着我的心房。
“不要光记着劳动
还要把思想改造经常想想，
更不能忘了过去
革命的传统要牢记心上！”
……

……

渐渐的，我的血管里像有了大爷的血在奔流，

我的一生，决心要过得像大爷一样。

为了无产阶级的革命事业，

我要贡献出我青春的热血满腔。

永远把毛泽东思想的红旗高高举起，

让雄伟的《国际歌》唱的更响更亮！

大爷还在睡着，

他睡得很香很香……

1965年1月

当时是全国扫盲运动的尾声。历经多年，许多人都摆脱了文盲状态。可我们的老支书却因为忙而落后了。他奋起直追。我看到他戴着老花镜在灯下学习识字的情景，很感动。其实，他虽不识字，但极有智慧，能处理许多棘手的问题。在村里威望很高。他虽因年纪大，错过了读书的最好年龄，所以才拼命学习，大约这就是他嗜烟如命的原因吧！他从不吸卷烟，大概是和他的经济情况有关，只能吸旱烟。我去教他学文化，最怕他吸旱烟。大概烟锅儿有油烟子味儿，所以，一看到有纸，他就会把烟叶子卷起来像吸纸烟一样吸，很呛。我当时也是吸烟的。但像他那么冲的烟我吸不了。连被动吸都受不了。我送他纸烟就是怕他吸旱烟。他很不好意思接，慢慢熟了，知道了我一闻到他的旱烟味儿就咳嗽，他才不再拒绝。我教得很认真，他学得也很认真。就是记不住。但他却从来没有间断和停止过。这种韧劲使我深受感动。

大概就是他的这种韧劲起了作用。我们走时，他已学会了用字典，可以靠查字典从头到尾读完一篇上级的文件了。他告诉我后，我可能比他还要高兴。我看到他那在风吹日晒中变得黑红的脸庞，布满深深的褶皱，一头白发在夜里灯下学习文化的情景，我不免拿起了笔和本……

这首诗，就是献给他的。

白发少年

夜，已经很深，很深。

只有闹钟还在“嘀嗒”“嘀嗒”，
老支书坐在灯下学文化，
看得清脸上的皱纹，两鬓的银花。

为了握紧印把子[1]，
为了给贫下中农当家，
老支书买来毛主席的书，
识字不多读不下。

鬼子、蒋匪他没有怕，
文化关能难倒他？
每晚他都是这样写啊写，
全神贯注，一笔又一画……

老人年迈六十，
两眼已经昏花，
看去宛如少年，
一派童颜鹤发！

1965年3月

清明节是乡亲们为亲人扫墓的时间。但我们去的地方是老区，有许多牺牲的烈士。我们便也和烈士的遗属一起去扫墓。那时不像现在要扫墓去商店就有现成的鲜花和花圈可买。我们送的花圈全是我们和村里的红领巾们一起到地里采来野花自己动手编的。我和少先队员们一起编花圈时，想到了许多，许多。特别是老乡们聊天时讲起的许多抗日战争和解放战争先烈们与敌周旋的故事。下面这首诗，记述的就是我们编花圈和为烈士祭扫的情景。

[1] 当时，北京评剧院依照阶级和阶级斗争的观点曾编排和演出过一部评剧，剧名叫《夺印》，印就是官印，是代表权力的意思。《夺印》火了，“阶级敌人总是想夺我们的印把子，我们必须保卫我们无产阶级的印把子”，这句话就成了那时的一个流行语。这里是依照当时的原样抄录出来。

清明扫墓

编呀编，编花圈，
清明春风吹满园。
阳光多灿烂！
鲜艳的红领巾
映着湛蓝的天。

编呀编，编花圈，
几条柳枝青青，
几朵白花灿灿。
心里悼念着烈士，
手里不停地在编，
继承烈士的雄心，
全编在花圈里边！

编呀编，编花圈，
春风满园，
阳光灿烂，
红领巾红，
天色湛蓝！
拖拉机在播种，
工厂烟囱冒烟，
民兵们在操练。
烈士坟前，
鲜花一片。

编呀编，编花圈，
清明春风吹满园。

阳光多灿烂！
鲜艳的红领巾，
映着湛蓝的天……

1965年4月

扫墓前，我以为烈士的坟前和周围一定会有许多青松翠柏。墓碑上可能还刻着他们的英雄事迹。但我们到了坟前，发现只有几座长满青草的坟堆。而且，连碑和碑文都没有。树是有的。但没有墓前一般都有的青松翠柏。有的只是遍地皆有的榆树。我问朱队长，怎么没有立个碑和种几棵松柏呢？朱队长说，大队早有这个想法，就是没钱……我很难过。但朱队长却很有信心地说："你放心！会有的！只是早晚的问题……"看着坟冢旁边正在欢笑中播种的人们，听着布谷鸟一声接一声地叫着，我禁不住写出了下面的诗句。

播种念亲人

布谷鸟用它美丽的歌喉，
给人们带来了新春。
我们欢笑着在地里播种，
走过一座烈士的坟。
我们停止了笑声，
怕吵醒这可敬的亲人！
——他是抗日战争中牺牲的，
死前曾与敌人浴血死拼，
完成了掩护老乡撤退的任务，
用他年轻的生命，一颗火热的心！
那也是旧历的三月，
鬼子夺走了我们的新春，
布谷鸟也曾歌唱，
地里却没有庄稼人……
我们放慢了脚步，

想着坟里的年轻人，

他们像在和我们一起欢笑，

在春耕播种中并肩前进！

啊！布谷鸟叫得是那么深情，

声声都在叩击着我们年轻的心。

感谢布谷鸟的提醒，

我们永远永远不会忘记他们！

1965年5月

我们除了劳动，还是县委县政府随时可以调动的一支文艺队伍。当时全国都在宣传乌兰牧骑。我们劳动实习队也以乌兰牧骑为榜样，组织排练的节目也都是可以到田间地头去演出的。一次县委县政府召开“三干会”——这是当时基层经常召开的一种会议。每当中央或上级有什么新的精神和指示需要传达，就要召集公社一级、大队一级、生产队一级一共三级干部开会。这种会在当时通常叫作“三干会”。每遇“三干会”，县里总要请我们到县政府礼堂给全县前来开会的三级代表演出。这些小节目都是我们平常在农闲时自己创作和排练的。节目花色十分繁多。有大型诗歌集体朗诵。有经典歌曲大合唱，如白毛女选段《红头绳》。有以时事为题材的大型活报剧。有山东柳琴、天津快板、岔曲、西河大鼓、绕口令、对口词和相声。有舞蹈和小歌剧。有二胡齐奏、手风琴独奏和唢呐独奏。有独唱、女声二重唱和男声小合唱……我们这些在大学学了四年艺术后，突然被送到了一片生活的海洋里，创作激情就像被点燃的干柴一样，立刻燃起了团团烈火。像高礼先，他原本是学摄影的。喜欢音乐，擅长二胡。但在农村劳动中忽然作曲的欲望大发，写了一首《塞外放驴》，并与我和另外两位二胡爱好者一起演出了一个二胡四重奏。屠居华、张今标都是学美工的，但都有模有样地演出了舞蹈。幽默、诙谐之态可掬。蔡明是学录音的，在活报剧里演的美国总统约翰逊每次都会让观众笑得肚子疼。工程系的吕静安居然也和我跳起了新疆舞，每跳完一次都要返场……节目太多了，难以尽数。而且，不是一台。根据观众的不同，每次都会对节目做些调整。演出效果好极了。厂里对我们的这种活动很支持。只要我们演出有需要，队长张纯朴就要往厂里跑，借服装，借道具……我们的所有要求，厂里从来都是全力满足的。

说实在的，我这一生在年轻时一直是做演员的。各式各样的演出不知经历了多少，但我最感幸福的，还是我在劳动实习那个阶段的演出。我后来思考过，我们当时演出既没钱，也没名，我们连一张节目单都没印过。而且，我们那些演出再怎么受欢迎，也不可能比剧团里的正式演出质量高，为什么在乡下的演出能给我那么难忘的幸福感呢？结论是：价值的体现！我毫不夸张地说，我们在农村土台子上的演出是我一生见过的最大的“剧场”。观众绝对上万！我们有一次在山里演出，舞台对面环绕我们台下的三面全是大山。演出还没开始，台下或坐马扎，或坐板凳，甚至席地而坐的乡亲们早就坐满了。周围的树上也爬满了人。最让我吃惊的是对面左中右三面大山的山坡也坐满了人。天黑后，演出开始了。我在后台还能看到对面山上乡亲们抽烟的火光一闪一闪的，布满了三面的山坡。我当时在想，他们能听到我们的台词吗？那一刻，也就是在那一刻，我感觉幸福极了。因为我从没觉得我和我们能被这么多人需要！观众的反应也异常强烈。掌声，叫好声，一浪高过一浪。所有的小节目几乎各个都要返场。我怎么能不感到幸福呢？

幸福感撞击着我的心，诗句自然而然也就从心底流了出来。

演出行

塞外的风沙，
染黄我们的脸，
一阵大雨冲洗，
又露出我们欢乐的容颜。

我们进山去演出，
歌声伴着车轮转，
为工农兵服务记在心，
风中雨中逞心愿……

最大的幸福

我，
——党的文艺兵。

去演出，
慰问筑路工。
队长告诉我，
他们都是好民兵。
来自各公社，
全是贫农下中农。
听到这些话，
心里紧张又激动，
我走上台去，
“唱支山歌给党听。”
唱完了，
台下传来热烈的掌声。
多么幸福啊，
这才是我需要的精彩人生！

1965年3月30日

前面第一首诗是一个真实的故事。那天我们去演出遇到了大雨。如果是现在演出遇雨因为有大轿车，谁也不会觉得是个事儿。可那时我们不管到哪里去演出，从来都是坐卡车。那天的雨还挺大。那里的春天来得比城里要晚得多，正值春寒料峭，风一吹，冷得很！真把我们浇惨了。开始，大家还各自想办法遮挡一下脑袋，最后能想出的措施都没用了，我们干脆把用来挡雨的报纸、杂志和衣服都扔了或收起来，大家彼此看着对方被浇湿的样子，大笑着一面开玩笑，一面打闹起来。年轻的时光真好啊！衣服都被浇湿了，我们还有心打闹！突然，不知谁起了调，我们就唱起了：“革命人永远是年轻！”歌声好洪亮啊！一时间，传遍了道路两旁的农舍、大山、峡谷和溪流……现在想起那一天，一切还宛如昨日。当时的幸福感，还像回味起自己喝过的一杯好酒，醇厚的酒香直到今天还依然停留在唇边！

这两首诗是我在车上吟出，下车后匆促写的。比较粗。没什么诗味儿，一直想改，不知怎么却给忘了。但它的纪念意义很高，我还是把它收进了我这篇散文。读者不必认真去计较它品质的高下，就权当是一首打油诗吧！现在我们的文艺工作已经不再提“为工农兵服务”了，但那是时代的记忆，我觉得还是不改为好。现在的人看了，难道不能从中看出我们那时对理想的追求有多虔诚吗？

虔诚，这才是这两首质量不高的诗歌的价值和意义……

当然，我们去慰问筑路工，我们也需要参加一些劳动，结识一些筑路工。因此，我也写了一些歌颂筑路工的诗。没有太好的，但也是我们当时走与工农相结合的道路的一种见证。

记建设山区的英雄

荒山，野岭
面目狰狞。
野草，乱石
到处丛生。
建设山区的人们看着却很平常，
他们来了，好像回到自己的家中！
用野草乱石搭起了温暖的土炕，
在荒山野岭盖起了舒适的工棚。
他们没有休息，
就开始了辛勤的劳动。
打成了山井，
清凉甜净，
修成了公路，
直通北京……

1965年5月

劳动实习转眼已经过半。不知是我们北影劳动实习队干得好，还是我们有一台晚会，北京市委大学部召开劳动实习代表会，我们全体一起参加了。到了那里我们就在开幕式上进行了演出。演出后，有几个高中同学看到了我。演出一完，就跑到后台来找我。我这才知道，他们来的只是劳动实习队的三个代表，而我们却是全队悉数参加的。大会还请许雷作为我们劳动实习队的优秀典型上台作了发言。这是我们全体劳动实习队的光荣，我们大家自然也觉得十分骄傲。

劳动实习代表会即景

迎春花
金灿灿。
什么人在花丛中间？
他们在把什么交谈？

“我们是优秀的劳动实习队；
我们的演出受到了夸赞；
迎春花转瞬就会凋谢
我们却要把光荣保持到永远……

“思想改造是一辈子的事，
我们毕生永远不会间断！
我们深知肩上的担子有多重，
任重道远不畏难！……”

金黄的花儿耀眼，
迎春花开得正艳，
代表们话劳动实习，
花丛中谈得正酣……

1965年5月

劳动实习代表会开过以后，我们更来劲了。我们都没想到时间怎么过得这么快，一个完整的春种秋收就在不经意中过去了。我们既尝到了耕耘播种的艰辛，也尝到了丰收的喜悦。我们这时候才理解了劳动为什么是伟大的。说实在的，劳动过程的苦重是对我们最大的锻炼。在我印象中，播种倒并不很累，真正累的是间苗和拔麦子。那种苦重才是对我们心灵和体魄最大的考验和锻炼。事实上，第一天乡亲们就告诉了我们，间苗和拔麦子腰会很疼的，你们要悠着点儿干。但我们没以为然。一路干，一路还比赛看谁干得快，没到中午就都垮了下来。快到收工时，我们所有人几乎都是在地里爬着在干了。第二天，起床后连走到地边儿的力气都没有了。还没干活就已经犯怵了。我们知道，考验我们的时候到了。我们没有一个人退缩。劳动之所以伟大正在于此。即付出和创造。你只有付出了艰辛的汗水，腰酸腿疼和无冬历夏的那种“苦其心志，饿其体肤”的艰难历程，你才会理解什么是创造！什么是“四体不勤，五谷不分”。再看到劳动人民终年累月不辞辛苦地耕耘播种，你的感受和过去就完全不一样了。如果有人问我们参加劳动实习最大的收获是什么，一句话：劳动给了我们一个魂。一个有信仰、有理想、有奋斗目标的魂。只有劳动才能创造世界。劳动光荣，剥削可耻！我们只有走与工农相结合的道路，我们才能生活得有意义。

转眼之间，我们都已到了望八之年。我的前半生虽经历了曲曲折折，但在我刚刚迈进社会生活的大门所经历的劳动实习所收获的一切，使我们知道了怎样应对各种诱惑……我们的感情发生了许多根本的变化！

比如：拔麦子。那是我们第一天参加收获。当我看到拉车的老汉往粮仓拉新麦时，我好激动。我的感情和过去已经完全不一样了。我的诗也和过去完全不一样了。贫下中农的喜悦也就是我们的喜悦了。拔麦子的劳动虽然苦重，但我们的心里真高兴！因为那是我们亲身经历的一次从种到收和变成餐桌上的果实啊！

丰收乐

村里的车倌王老七，
脸上乐得像涂了蜜。
两撇花白的小胡子
在咧开的嘴上高翘起。
我问王老七：
“啥事让您这样喜？”
老汉挤挤眼，
笑着没言语。
扬起鞭子打了个响儿
赶着牲口撒开了蹄。

吓得我后退一步抬头看：
呵呵，一车金黄金黄的麦子，
高得出奇！

1965年7月

麦收因为劳动强度大，所以吃得好。但吃的仍然是去年的旧粮。因为新粮下来还有个过程。过了没多久，我们终于吃上了由我们亲手种的新粮磨成的面。房东在给我们擀面条时告诉我们："这是今年你们种的新粮……"这位大嫂太会说话了，明明我们是跟着乡亲一起种的，但她却说是我们种的。我们听了好高兴啊！我长到23岁，大约还真没吃过新粮。所以当房东告诉我今天的面条是我们自己种的新粮时，我觉得那是我有生以来吃的最香最好吃的面条。劳动真伟大！劳动可以种出粮食，劳动可以创造世界。但是劳动也是艰苦的。所以人类才会从原始共产主义慢慢演化成奴隶和奴隶主有阶级的社会……再经过革命而一直演化到今天。现在又让我们首先认识劳动和劳动人民。只有认识了劳动人民，才会认识到我们今天这个社会的主人是谁！

立场的转变是我们最根本的转变。立场变了，思想感情也就变了。这恐怕是我们最大的收获！

上工去

集合哨子一声响，
站出一队紫脸膛。
个个膀宽腰粗
——好莽撞！
全不见，
白面书生旧模样。
下地去，
各个锄头肩上扛。
雄赳赳，
气昂昂。
串串笑声，

击碎了晨光。

1964年10月

这首诗写的虽然只是我们上工去的一个瞬间，但却将我们的精神面貌和外表准确地概括了出来。我们在与工农相结合的道路上所起的变化也就都跃然纸上了……

但是千里搭凉棚，没有不散的筵席。在我们已经习惯了，甚至爱上了劳动，爱上了农村生活，和乡亲们结下了深厚的感情时，我们的劳动实习已接近了尾声。果然，我们很快就接到厂里让我们回厂参加“四清”运动的消息，这消息很快就在村里传开了。

我在去吃最后一顿派饭[1]时，做饭的大娘一直在抹眼泪。

为了告别乡亲们，我们给村里演出了一场我们在延庆劳动实习间创作的节目。

掌声、叫好声接连不断！队长简短告别的话，不知惹下了多少乡亲流下不忍离别的泪水。那一夜，所有劳动实习队队员住的人家都整宿整宿没有睡，天南地北地说着惜别的话。到了第二天清晨，厂里的汽车来了。我们都哭了。我们站在车下和那些已建立起深厚感情的乡亲们说着彼此的心里话。我们都知道我们该走了，但没有一个人上车。乡亲们越来越多，黑压压的把通往城里的路全都塞满了。乡亲们都想往前挤，和我们每一个队员近距离地作一次告别。那时不兴拥抱，但彼此的手一直紧紧地握着，谁也不肯撒开。如果有个摄影师用“大炮”去拍这个场面，恐怕需要把摇臂一直伸到最长、最高才能把这个场面概括下来！

抽泣声。远远近近都是抽泣声！

我们最后还是上了车。卡车一启动，抽泣声一下加大了！当我们的卡车慢慢驶去，渐渐远离了乡亲们，我们一直还在回头傻傻地回望着，直到车子马上就要拐弯儿了，乡亲们还站在原地看着我们没有散去……

拐弯了。我们再也看不见前来送我们的乡亲了。整个卡车上没有一个人在说话。一直到了长城，我们的情绪才稍有缓解……

我这篇散文终于写完了。写到最后我有些累，起身休息时，我爱人把我即将完稿的稿子全看了。她忽然和我探讨起来。她说我诗中对人物、事件和环境等文学元素

[1] 干部下乡时，分派到农户家中吃饭。

的描写很有时代感，感情也很真挚，和她们当年的新兵集训非常像。她转业也已经四十四年了，可那段生活和我们一样，至今难忘！我以为她要沿着她的话题继续说下去，但她却突然一个横切就把话题扯到现在的世风日下和教育问题上来了。

她说："如果，现在对大学毕业生也能要求他们到基层劳动一个阶段，我觉得我们今天整个社会在思想作风和道德品质上会比现在好得多……"

但我觉得，她的想法很不现实。我厂"文化大革命"以后来的大学生从分到北影时，劳动实习的政策还在执行。但最后的流产与他们的表现好坏无关。而是基层已经不再有人民公社了，让个体户的农民再接受这些大学毕业生已不可能。后来接受他们的县只好让他们到基层的农村电影院参加一些实际工作，但基层影院也并不情愿接待他们。他们能干的也就是在电影院检检票之类的事，与党中央原来的想法风马牛不相及。他们将情况汇报给领导，领导只能让他们回来了。我厂的问题绝不是孤立和个别的。其他单位也遇到了同样的问题，所以，以后就再没听说大学毕业生毕业后参加劳动实习的事。但我一直在想，市场经济代替了计划经济，人民生活水平的确比过去高多了。但人与人之间的关系还能像我们当年那样吗？我的回答是：不能！但我一直在想，我们难道不能探索出一条既能让人们的生活富裕起来，又能让人与人之间保持一种真挚亲密的关系吗？

文章写完了，但我们年轻时的这段生活却一直留在我的心灵深处。生活不会倒流，但我的大半生能始终不忘初衷，在各种各样的考验面前能从容走过，我以为与我们年轻时的那段经历和后来许许多多下部队、到工厂这些经历分不开。

我不是说，劳动实习或者下工厂、下部队这些形式绝对好，也不是说应该恢复。其实这些形式虽然好，却也是很容易作假的。苦熬一年半载，想表现出色并不难。回城以后又怎么样不是每个人都能一直保持下去的。我想说的是这些想法和政策的初衷。那时党要求我们这样去做，实际是把我们的人生观、世界观摆在首位的。而不是像现在，把分儿放在了第一位，所以才会出现校园暴力、高智商犯罪等不可思议的事。

人不是动物。你来到了这个世界，难道不应该首先想想你究竟为什么活着吗？

我们整个社会都应该为这个话题想想办法……

2017年整理

为微力量艺考学校而作

我既非官员，也非老总，撰写卷首语似乎不是我的事。既然叫我写，我也就只能凭着我作为一个艺术家和一位艺考老师的良心，随性地对前来我们微力量PFU就学的孩子说几句心里话。

我们这次老总带队，由专家、博士、硕士组成的团队从北京前往长沙遴选艺考生来京学习，显然绝不只是来招生而已，而是一个有着多重目标和带有创新性的计划……

首先，我们谈得最多的是蔡元培先生所说的："教育者，人格养成之事业也。"这是我国教育史上最经典的一句话。艺考，毫无疑问要学艺术。但艺考首先是一种教育。其次才是备战艺考。当然，学习艺术永远是需要才华的。但是，光有才华就行吗？历史上的反动官僚、文人和各类从业者不乏有才华之人，但最后却站到了人民和历史的对立面，成了人类耻于的狗屎堆。才华何益？ 所以，我们的PFU首先要做的是让这批有才华、有希望、有前途的青年以人格的培养。让他们首先能有做人的智慧。

其次，艺术才华对你们现在来说，只能叫做一种潜质。我们选择了你们就说明你们有这种潜质，但潜质实际只能说相当于一块璞。璞之所以被称为"璞"，是因为内中有玉。经过玉人的开掘和打磨是可以成为晶莹剔透的玉石的。然而，由璞而玉，再由玉而精美的首饰或艺术品是需要玉人的时间、智慧和汗水打磨的。璞对于匠人比较简单，因为璞没有意志。而艺考生则不然，他们是有个人的性格和意志的。我们作为"匠人"，责任就是把你们的天赋和才华开掘出来。而这种开掘我们需竭力以尽为师之道自不待说，而你们的勤奋才是最重要的。否则，我们再有经验和实力也于事无补。一辆汽车，只有发动机飞速旋转，车子才能跑得快。光靠推是万万做不到的。另外艺人有句格言："台上一分钟，台下十年功。"讲的则是艺术成果来自于勤学苦练。一部《红楼梦》，曹雪芹整整为之付出了十年艰辛。多么不容易啊！请注意：这是艺术工作者生活和学习的常态。你们初入此道，首先就是要养成勤奋的好习惯，否则将一事无成！

最后，送你们“八字箴言”。一曰：志向。志向不高远，难有动力，难成大器。二曰：兴趣。既然选择了艺术，那就要全心全意热爱她。而热爱才是最好的老师。你们只有对艺术充满兴趣，才能学好。三曰：方法。“工欲善其事，必先利其器。”要想创作一尊雕像，没有好的雕刻刀是万万不行的。艺考也是一样。要讲求方法。四曰：坚持。艺术是一门考验人的意志和耐性的工作。不能持之以恒是断断学不了，也干不了艺术的。年轻人学东西常常表现为“五分钟热情”，这是不行的。意志是要靠锤炼的。中间肯定会有反复。反复也不要怕，出现了中断或怠惰，勇敢地把它捡起来就是了。在这不停的断断续续的煎熬中，你的意志就会变得坚强起来。这就是我这里说的坚持。

在我手机的个性签名中写的是：电影是我的宗教。我是无神论者，但电影就是我生命的图腾。我像清教徒一样虔诚地热爱她，为她可以牺牲一切。这是我的格言。我在这里把它赠送给你们，以求共勉和互相激励！

附记

在微力量艺考学校结业典礼上，发言结束后我又即席赋诗一首，也一并抄录如下。我之所以把这篇讲话稿和诗一并收录本书，因为它们表达了我对当今教育的一些见解。我认为教育是关乎民族前途和发展的大事情，当然包括艺术教育。任何时候都不能简单地以分数和升学率为标准，而是始终要把塑造人的品格放在第一位。然而现在有些学校竟然恢复了解放前体罚的陋习。据说一位主张体罚的校长对记者喊道：“你可以告我去！我这里年年高考升学率都是全省第一。”而且，据该校学生说，是家长要求学校进行体罚的。这就更荒谬了。我只是个普通教师，无权去管，但我可以讲出我的主张。如果我们教出的人材，缺少做人的智慧，我们的GDP再高又有什么价值呢？

献给有梦的你

啊，年轻的朋友，
有梦真好。
她如此绚丽多姿，
梦就是你奋斗的目标。
目标既已设定，
那就要奋力奔跑！

请记住，梦是阳光，
她能把你前行的道路照耀。
梦是催人奋进的鼓点，
不准你有丝毫的懈怠与浮躁。
梦是胜利的旗帜，她的
猎猎作响就是你冲锋的号角。
人生能有几回搏，请抓住
这黄金的分分秒秒！
为了祖国和人民，
为了续写前辈的骄傲，
请点燃你生命的火炬吧，
用拼搏把你的青春燃烧！
挥起你生命的巨笔，
在艺考的路上泼墨挥毫！
只有懂得拼搏的人才知道，
拼搏是享受，
拼搏是幸福的“煎熬”！
当把胜利的旗帜插上峰顶，
迎风舞动，用来宣泄你
舒心的欢笑。
在那时，回眸今日，
你才知道，
今天的拼搏
为你的将来开辟了
一条通往成功的阳光大道！
今天的拼搏
将是你一生永恒的骄傲！

2016年8月

第三部分

追忆名师（一）

宋庆龄与电影《风暴》和《小花》

看了这个标题人们可能很奇怪。宋庆龄，一个曾担任国家副主席、全国人大常委会副委员长，后被追认为国家名誉主席的人，怎么会和两部具体的影片联系在一起呢？然而这却是事实。我们所以要把这些相对她充满艰难曲折而伟大的一生只是一件很小很小的事写出来，就是因为事情虽小，却可以使我们管窥宋庆龄先生那种助人为乐的博大胸怀和一颗伟大的心……

先说电影《风暴》。

大凡从五十年代走过来的人都知道，《风暴》是1959年与《青春之歌》《红旗谱》等一齐为国庆十周年献礼所拍摄的一部优秀影片。该片是由青年艺术剧院著名导演金山创作的话剧《红色风暴》改编而成的。电影也是由他本人亲自执导和主演的。金山对艺术创作的认真是尽人皆知的。用“苛求”两个字来概括也一点不过分。这部戏的摄影师是朱今明，美工师是秦威，道具组组长是张先春。这几位也一样是对艺术认真到了近乎“苛求”的大师。大约也就是他们的这种近乎“苛求”的态度，使这部影片和宋庆龄副主席联系了起来。

电影《风暴》中有一场戏，表现的是吴佩孚接待罢工代表林祥谦等人的谈判。他一边以十分谦和的态度与林祥谦等代表谈话，并做出认真听取他们要求的样子；一边却在欲将林祥谦等人枪毙的名单上打了红钩：执行枪决……

这个细节对揭示这个反动军阀的阴险是多么好和准确的一笔呀！

为了拍好这场戏，金山同志和美工师秦威都仔细研究了有关资料。金山对美工师的整体设计很满意。但在验景时，他却发现陈设道具中吴佩孚的沙发和他查阅的资料不相符。秦威和张先春也知道，因为他们也查阅了相关资料。而且在准备这堂景时，秦威和张先春已经做了大量工作。他们不仅和青艺的舞台美工就这场戏的陈设做了深度的交流，并找过剧院里可以进入当时英国代办处的人带他们到里面看过一次。他们从那里墙上的大幅油画呀，屋里的考究的陈设呀，找到了灵感。但人家那里是不准拍照的，只好把有用的记在脑子里。并按照他们看过的陈设设计出了这堂景的方案。金山自然满意。但就是那个沙发找不到。为找这个沙发他们连故宫都去了，也没解决。金山指出不对后，张先春就把他和秦威想尽办法没找到这个沙发的经过告诉了金山。金山只用不容商量的语气说："那怎么成呢？"张先春知道导演的要求是对的，只好硬着头皮答应再去找。在当年这种沙发是买不到的。只有借。可到哪儿借呢？而且第二天就拍。为此，他连夜翻阅史料，终于在天亮时弄清了吴佩孚的沙发在中华人民共和国成立时，党中央邀请宋庆龄先生北上来京就任国家副主席时，安排到了宋庆龄家里。

下落有了，张先春却犯了难。为了一部影片的陈设道具，去打搅国家副主席合适吗？但是，导演和美工师的要求摆在那里，又不能含糊。而且时间那么紧……怎么办？

宋庆龄先生当时是国家副主席，像那样属于历史文物的沙发肯定是放在客厅里，用来接待国内、外来宾用的。我们拿去拍戏会不会搞坏，而最后影响她的工作和带来不便呢？

他很踌躇。但在"大跃进"的年代，不管干什么，都要讲求"多、快、好、省"。进度受到影响是说不过去的。"大跃进"的做法过分强调了人们的主观能动性，伴随着历史的前进和我们党在经济建设方面的经验日渐成熟，已被否定了。但在当时，由于中国的百年积弱，站起来的中国人民那种热切期盼祖国能够尽快强大起来的愿望却是真诚的。在那样的时代背景下，人们都有一股子"邪"劲。只要是好事，是利国利民的事就敢于大胆去做，而且无所畏惧！张先春也就是秉承着当时那样的一种精神到厂里开了介绍信，说要去宋庆龄副主席家借沙发！但此事并没有那么简单，需要有部长的批示同意才行。就这样，他又找了当时分管电影的副部长夏衍。

夏衍批示后，他很快拿着介绍信来到了当时还在东交民巷宋副主席的家。但到那里后，他的心里又开始打鼓了：宋副主席能答应吗？万一因安全等问题连门都不能进怎么办？令张先春没想到的是，一切竟出乎意料得顺利。到了宋庆龄副主席的家里，宋副主席没打一点磕巴就答应了……

当时她不在，经电话请示，她明确表示全力支持。

那是一个法国沙发。样子很漂亮，虽然有点旧，也不能修复。但因那是文物，须认真仔细对待才行。张先春全答应了。金山导演非常高兴。第二天戏总算准时开场了。当演员往上一坐，沙发里却忽然出现了音乐！演员一下子就出了戏。导演为此又把张先春叫了过来"'艺术'！你说说，这个问题怎么解决？"不解决，演员做戏肯定受到影响。"艺术"是张先春的外号。最早是这部戏的摄影师朱今明叫起来的。起因是他每当在卡画面出现问题时，总要叫张先春去想办法，"来！你给'艺术艺术！'……"他每次都解决得很好。于是，就得了"艺术"这样一个绰号。张先春毕竟见多识广，他说："没事儿！这里面肯定有个八音盒。等八音盒里的动力弦的弦劲释放完了，音乐自然也就停了。"果然，一支乐曲完毕，沙发里的音乐便不再响了。戏这才又进行下去……

这场戏过去了，新的问题又出现了，这就是影片中英国大使馆那场戏。当时的主要问题是几部为国庆献礼的大戏都在紧张拍摄。摄影棚极度紧张。没有棚搭英国大使馆那堂景。在"大跃进"年代，拍摄周期是不允许等的。怎么办？大助理程荣远（后为北影美工师）找到一堂实景。他认为只要在这堂景里装上几个吊灯，再加上两根柱子就可以把这堂景解决。导演、摄影师和美工师都认为可行。难题又一次摆在了张先春面前。制片主任要求他在一天时间里找到几个吊灯！这可难坏了张先春。这个问题如放在今天是很容易就可以解决的。只要在灯具市场转一圈，或者请灯具厂家定做一个，都不是难事。但当时我们国家根本还没有装修公司，更不用说什么灯具市场了。这一次又使张先春犯了难。为此，他再次想到了宋庆龄副主席家。因为他去过，知道她家有那样几个大吊灯。不仅漂亮，而且也符合戏里的要求。但这一次动静就太大了。因为吊灯是要从屋顶拆下来搬走的。拆完，用完，还要再装上去……而且，我们已经打搅过宋副主席一次了。再去，会不会有"蹬鼻子上脸"的感觉？这使张先春很觉为难的同时也深感不安。但为了艺术，为了达到导演的要求，他还是硬着头皮拿着介绍信去了。没想到这次和上次一样，宋副主席也十分痛快就答应了。就这样使电影《风暴》中英国大使馆那堂景总算高质量地完成了。

这件事虽小，但我们不妨将心比心地想一下，如果有人无端打搅你，想借你家的吊灯，须从房顶拆下来，用完再装上去，把你家庭的平静生活搅得乱七八糟，你能答应吗？我们拍戏时，为了解决景的问题经常有偿地和一些寻常百姓商量到他们的家里去拍戏，多数总是遭到拒绝。但作为国家副主席的宋庆龄先生却如此慷慨无私，全力支持，这不能不使人倍觉感动！

再说《小花》。

这是“文化大革命”后拍摄的一部歌颂桐柏山斗争的革命历史题材的影片。影片中由葛存壮饰演的那个反面角色有一个特写镜头：在桌前看希特勒写的《我的奋斗》。这是一部禁书，我厂资料室没有，街上也买不到。怎么办？张先春想到了北图（即当时的北京图书馆，现为中国国家图书馆）。但北图不借，说这是禁书，使他一下犯了难。大家集思广益，在万难之余，想到一个人，即隋永清。她是宋庆龄的养女。一直生活在宋庆龄家，是直接可以和宋副主席说上话的。于是大家说：“让小隋拿宋庆龄的借书证不就借出来了！”而且当时小隋就在《小花》剧组拍戏。导演黄健中又是小隋的好朋友，于是就把这个难题交给了她。她虽没把握，但还是答应了。当她把这个想法告诉宋副主席时，她明确表示了反对：“那是一本很坏的书，你们借它做啥子用？”小隋讲明原委后，她才表示同意。但在她把借书证拿给小隋时，表示了高度的原则性：“你可以给摄制组去借，但我现在必须讲明，谁也不能看。你首先不能看。借来直接拿到摄制组。从头至尾要由你保管，不能转手他人。拍完，立刻还到北图去……”小隋答应了。

当她拿着宋庆龄的借书证来到北图后，经核实，很顺利就借到了这本书。她一直认真地捧着这本书，没给任何一个人看。拍到这个镜头时，她把这本书直接交给了葛存壮，一拍完，就由组里派车直接送到了北京图书馆。把书还完后，北图还专门给宋副主席打了电话，问首长对他们的服务是否满意。宋庆龄对他们的工作表示了感谢。

助人为乐是一种人们常常津津乐道的一种美德。但做起来并没有那么容易。像我们这种超乎寻常的打搅，她一点不烦，而且全力支持，使去联系工作的人没有一点精神压力。的确是这两个摄制组的工作人员都没想到的。

《风暴》和《小花》出品时，中国电影还没有设立任何奖项，却都成了业内外公认的经典。从来没人知道，这中间还有着宋庆龄先生的一份功劳。尤其是《风暴》，没有她的支持和帮助，是绝不会有现在大家看到的这种效果的。

我们应该永远记住宋庆龄先生的这份功劳，并向她学习！

附记

正文写过总觉得还应做一番补缀。这件事后来不知怎么让中央领导同志知道了，首长对摄制组做出严厉的批评：“你们怎么可以随便去惊动宋副主席呢？”但吊灯已经装上了。

我听几个老人说，我们的老厂长汪洋对这件事承担了主要责任，为了对中央的批评有个交代，他除作了自我批评外，还在大会上“批评”了张先春：“大春！你玩得太大啦！”但他是笑着说的。这实际上对张先春在艺术上的刻意追求的态度还是支持和欣赏的。

现在我们看《风暴》和《小花》光知道好，却常常把张先春等这样的工人师傅（他现在已经是技师了）忘记了。其实，他只是我们老北影一代人中的一个。他们这批人默默工作，为打造北影这块“金字招牌”立下了汗马功劳……知道了这些有关影片生产和制作的故事和曲折经历后，我们除了应该记住当时那样好的一批主创，还应该记住那样好的一位“国母”。她给我们电影事业的支持实在太大了。这个故事真可以与她对两部影片的支持一样名垂史册……

2010年3月6日

钟惦棐与电影《残雪》

今年是钟老逝世二十周年。浓浓的思念，使我不得不把他当年作为一个长者对我和晓星两个尚无作品问世的小青年的关心追记下来。这既是我们发自内心的一种悼念，更是对钟老一些有关电影的至理名言的珍贵记载。

那是1979年。我和晓星把我们刚刚写出的一部名为《私访》的处女作（油印稿）送给了厂办公室主任张子芳同志。因为她是钟惦棐的老伴儿。当时，我们的心情是非常忐忑的。一是我们不知道张子芳同志是否愿意帮我们转交；二是我们不知道像钟老那样的名家愿不愿意给我们这样的无名小辈看剧本。然而，事情大出我们的意料。几天以后我们就收到了钟老热情洋溢的回信。（这封信我至今还小心地保存着。）而更让我们受宠若惊的是：我们还收到了钟老的热情邀请，去他家谈剧本的修改。

我不知道应该怎样形容我们当时的心情。在那段时间——不是一天两天——我全是在一种极度兴奋的情绪中度过的。

到钟老家和他见面的一瞬非常有趣。去前我虽然听说他好像肝不太好，但在我见到他时，他却全无病色，而且红光满面。见到他那样和颜悦色地接待我们，我很为自己在“文化大革命”当中给他的大名和《电影的锣鼓》打过无数次红叉而惭愧。所以一见到他，除了表示歉意外，我说的就是：“我从没想过您的样子是这样的！”

他爽朗地笑了：“我没长着青面獠牙吧？”

我们都大笑起来。

当我们的谈话进入正题后，他第一个向我问的就是，“你哪里来的这些生活？”

我说，我们是在一次与朋友的聚会中听到一个故事。说的是我党一位著名的高级将领在复出后，他的儿子就和他的儿媳离婚了。当他问及离婚的原因时，儿子的回答有些支支吾吾。为了弄清原委，他借养病之便亲自到儿子插队的农村去了。当他了解到自己的儿子在最困难的时候，那家人像亲儿子一样收留了他，并且有了一个孙子后，不仅谴责了自己儿子的忘恩负义，而且把孙子认下并养了起来……后来我又讲了我在编辑部当编辑时在新疆组稿长达五年，常常去下生活的经历。而我的岳父又是部队的一位高级干部，他们的生活和经历也都给了我们以素材和灵感，等等。

他这才问我："你为什么要把他写成一个党和国家领导人呢？"

我说，我们的主题是批评特权现象的。这种事关全局的大问题，主人公的级别设置太低说不清楚……

他又问："你有这样的生活吗？"

我说：不多。在作品里更多的是我们对现实寄予的一种期望。我作为编辑时，曾陪电影剧本《毛泽民》的作者收集素材，和他一起采访过许多和毛泽民共同战斗过，又被盛世才抛进监狱的一些党的高级干部。为了写新疆另一个剧本还亲自受到过王震同志在西单寓所的接见。另外，由于宋庆龄同志的养女在我厂，常约我们到她家做客……问完这些我这才知道，他对这个问题的关注是怕我们有太具体的描写对象。当他了解了我们的创作始末后，他才说："你把你的主人公写得这样高，可能不好通过。但你的主人公其实只是一个身份，并没有涉及更多的政治生活和历史性活动。而且，你又是歌颂的。我看倒无大碍……为什么我们什么人都可以虚构，党和国家领导人就不能虚构呢？如果单从这个作品看，我倒觉得对揭示主题有好处。这个问题就先这样。通不过再说。我认为这不应该是个禁区……"

——这是迄今为止，我从电影理论家那里听到的在文艺作品里描写党和国家领导人最开放的言论。

后来，我们把我们的主人公的身份从党和国家领导人改成了党的高级干部，那是我们采纳了冯牧同志的意见。他的意见主要是：不像！也没必要。《残雪》是我们的处女作，我们没敢拿我们的处女作冒险。因为我们最需要的是成功的激励。

第二就是关于片名。我们的剧本给他送去时，叫《私访》。我和晓星在想出《私访》这个片名时，曾非常振奋，觉得贴切极了。而且我们认为一定很有票房。没想到他却说：这个片名不好！他说，你们描写的是一位党的高级干部，一提"私访"就让我想起历史上那些为民请命的清官了。这不好，而且很不好！封建！当时我们虽没想通，却也未加申辩。直到我们回到家才意识到他的提醒有多么重要。经过几天的左思右想，我们才从剧本的台词中想出一个片名。那就是最后定下来的"残雪"。我们觉得很好，只是心中没底，于是打电话向他请教。他听了以后说："很好。第一，它不

该片导演、编剧之一霍庄（左一）在1980年文化部优秀影片奖颁奖典礼上与长影厂厂长苏云（左二）、主演斯琴高娃（右二）、主演李岩（右三）、北影厂厂长汪洋（右一）及导演姜树森（左三）合影留念

概念；其次，残雪寓意不久就要融化，未来是光明的。我觉得不错！”这样，我们在到长影修改剧本时，就正式把这个片名定了下来。

第三是关于主人公的名字。我们写的时候叫陈平。他说叫程平就可以嘛！所以，在他给我的信上，至今还是程平。他的意思是不要让人从我们的作品里去附会我们写的是陈云、邓小平。冯牧同志也有这个意见。后来，我们出于对周总理的热爱又把人物的名字改成了周风。当时，我们很希望让黄健中来导演这部戏，就把他也吸收到编剧中来。他认为周风这个名字不好。说往任何党的领导人身上靠都不好。在他的建议下又给改成了现在的“周丰”。

第四是对该片主题和社会背景的关系。我们的油印稿可以说只是纯粹的反特权。这的确是当时人们普遍关注的一个热点话题。但没有与十一届三中全会联系起来。他提出应该和我们党的这次具有转折意义的会议联系起来。他提出这个意见后，我们的稿子已经成型，一下不知如何修改。这苦恼了我们很长时间。直到《电影创作》打出小样，马上就要发表了。我才在改小样时，蓦然想出现在发表稿的结尾那段旁白：

“周丰同志去开会了。他开的什么会？我们不知道。他是怎样把基层群众的意见带给中央的？我们也不知道。我们只知道，在那以后党中央召开了十一届三中全会。

“全会在人民中产生了强烈的影响……”

改完，我就给老人打了电话。他认为很好。把一个单纯的批评特权现象的作品的内涵扩大到了对十一届三中全会的背景的概括。作品有了余韵，主题也更深刻了。

第五是关于主人公之子周伟光的身份。故事的原型是插队知青。他建议改为林业大学毕业生。因为主人公在得知他的下级为讨好他，没跟他商量就以“工作需要”把他的儿子调回了北京。他认为不妥，就又把儿子调回了新疆。他说，主人公的儿子如不改成林业大学毕业生这就要涉及知青返城的问题。如果这么写，主人公坚持原则是坚持了，那一下涉及的就是几百万的知青呀！这是一个既敏感又政策性很强的问题，不解决好，是会招人讨厌的。另外我认为周伟光应该是个聪明的孩子，他在林业战线上应该是有作为的，让他回去不仅不让人觉得“左”，而是必须、有用，这就好了。这一修改字数虽然不多，但意义却非常重大。没有钟老的提醒，我们可能想不了这么周到，在政治上也不会有他的那种高度。

《残雪》一经问世，电影局发表在《人民日报》的通稿就表扬了我们的这部作品。接下来就得了1980年政府奖中的最佳影片奖。现在回想起来，如果没有钟老（当然也包括冯牧同志），我们的这部作品会是一种什么成色呢？她还能得奖吗？一个人对某部作品提的意见的好坏对错都是要经过时间的检验的。二十多年过去了，我们重翻在听了钟老的意见以前的稿子和改过的稿子，心中真是感慨万千！钟老当年的那些意见经过了二十多年岁月的考验，依旧闪烁着智慧的光华！这是多么了不起的一件事呵！

二十多年了，我们对钟老的思念却从来没有停止过。每当我在书架上找书，或者翻阅旧杂志找资料，只要一看到“钟惦棐”三个字，我都要怦然心动。这种刻骨铭心的感念之情虽是深藏于心底的，但却是永远难忘的。他睿智的文思、崇高的品格和严谨的治学精神将永远留在我们心里，变为一种恒久的财富存留在中国电影的青史的舞台上！

钟老！我们尊敬的师长！我们永远怀念您！

2007年12月

愧对恩师

在钟惦棐逝世20周年由中国电影评论学会和电影卫星频道节目制作中心举办的研讨会上，我本应该有三篇钟老的文章提供给大会的。但我藏书较多，发表过的文章底稿也多，很难找。最后只找到一篇。另外两篇较长，内容也很有分量，我们把能翻的地方全翻了一遍，但没找到。没有证据就往外说，有吹牛之嫌。因为钟老作为电影人物，他的地位实在是太高了！但隐匿钟老的文章，又罪莫大焉。所以，这件事在我心里一直是个事。现在终于找到了另外两篇，看到钟老的字迹和他那尖锐而又中肯的批评，真是感慨万端。特别是他有几处，写了长长的一段，又用墨笔统统划去，还有许多夹批、侧批等细小的改动。其治学态度的严谨、认真，仅从文章纸面，就让我和晓星十分感动。他对我和晓星创作的剧本《残雪》点评所用的字数几乎快赶上我们的剧本的长度了，实在不知用什么语言来形容！除了多次谈话，还写了整整三封信啊！

大概他对我们的剧本写的是党群关系，而且是从积极方面写的，很看重。另外是我们的作品一看就是有生活的，所以除了多次谈话而外，还接连写了三封信。

作者只是两位无名小卒，而阅稿者却是一位中国顶级的美学大家。读者可以想见两位无名小卒当时的心情。第一封信和谈话早已见诸为悼念钟惦棐逝世20周年《电影锣鼓之世纪回声》所编的文集里。这里展示的是他的后两封信。第一封比较短。后来的两篇比较长。看得出，他自读了我们的稿子以后，一直在思索，用心极深。比如，我们原来写的主人公是党和国家领导人。原来他没有反对。而在第二封信里他有了改动。“陈（即陈平，是我们原来写的主人公的名字，容易让人觉得是陈云、邓小平）最好不是有头有脸的中央干部。高于正部级的干部就行。”这和他第一次和我们谈话时说的，“你的主人公其实只是一个身份，并没有涉及更多的政治生活和历史性活动。而且，你又是歌颂的。我看倒无大碍……为什么我们什么人都可以虚构，党和国家领导人就不能虚构呢？这不应该是个禁区……”在我看来，这一改动，他是经过审慎思考的。职位太高容易让观众去对号入座，胡猜乱想，降低剧本的思想含义。而高于部级，级别仍然很高，对剧本的思想没有任何影响，反而使剧本的含义更具普遍意义了。

我们改是改了，但我们真实的思想却是怕通不过，让已快成功的剧本胎死腹中。现在想起来我们是愧对钟老的。我们想得没他那么深。

剧本开头过于庄严也过于平淡的意见，我们改掉了天安门前扫雪机在扫雪的一组画面。原来，我们是想以此寓意我们整个国家正处在一个拨乱反正的时期，清除严冬的残雪，迎来春天的意思。所以我们把场景选在了天安门广场。人民纪念堂和烈士纪念碑前的松柏枝头，雪在融化……并用一派欣欣向荣的景象衬托扫雪机在工作……引出旁白：

“这个故事本来是生活中的一件真事。当事人我们都很熟悉。他的名字我们经常能从报纸上见到，但那都是报道他的政治活动，这里所要讲的却是：他是怎样对待和处理家庭问题的……”

听了钟老的意见，我们改成了一组冰河解冻的画面和披着皑皑白雪的松枝的枝头，残雪在融化……没那么庄严了，但解冻的含义却比原来明显了。

旁白也改成了：“这是生活激流里所掀起的一朵普通的浪花。主人公是一位党的高级干部。他的名字叫周丰……

“你可能在报纸上见过他的名字，但那只是报道他出席会议，或者是参加某项活动的消息……

“而这里所要讲的却是他是怎样对待和处理家庭问题的……”

钟老的第三点意见是：“结尾不是艺术，而是法制宣传。最好不是这样，艺术还应该是艺术。”

我们在看到这条意见时，虽说没有别人在身边，但我们的脸还是有一种发烧的感觉。这条意见太中肯了。我们的结尾写得简直就像报纸的社论，但就深度来讲又远远不可能有报纸深刻。我们当即就做了修改。好在赶在了发表之前。《电影创作》上发表的结尾就是我们听了钟老意见以后改出来的：“周丰同志去开会了。他开的什么会？我们不知道。他是怎样把基层群众的意见带给中央的？我们也不知道。我们只知道，在那以后党中央召开了十一届三中全会。

“全会在人民中产生了强烈的反响……”

另外，钟老批评我们文字上有“帮气”。这可能和我在“文化大革命”中写的大字报和批判稿过多有关。我们在写的时候是小心而又小心，就怕有这种感觉。结果还是没能彻底抛弃那种恶劣的文风。如今重读原稿，真有想钻入地缝的感觉。

“陈伟光其人从始至终有脸谱化的毛病，也就是说，他被鞭挞，但不深刻，同时也在很大程度上影响了全片的深度——同时对陈伟光的深刻程度有影响。”说实在的，对钟老这段话，我们当时真是绞尽脑汁思考来着，但没想明白。而这回重读原稿，我们夫妇都深深地为当时水平之低而感到汗颜！我们塑造的陈伟光实际就是一个“新时代僑内”的符号，没一点鲜活的东西，没一点儿“人味”，我们怎么居然就感觉不到！蠢哪！但一切都晚了！这是我们最感到对不起钟老的地方。

“戏进尾声，又突然出现王嫂和吴献这样的新人，一般是艺术描写所不允许的。”

钟老这条批评意见一看就是一个对艺术规律掌握十分娴熟的美学家才能提出来的。所有熟悉艺术创作的人都知道，在所有艺术技巧当中，最难驾驭的技巧就是结构。开头和高潮是剧本两个非常重要的支点。对此我们在写到一半的时候就发现了。但我们都知道：剧本的改动总是牵一发而动全身的。我们豁出去动了几次，也没找到解决办法。最后只好还是采用了目前这样一个最笨的办法：在快结尾时又设置了两个新的人物是我们在构思之初就没想好的结果。钟老提出后，我们又想了很多办法也没解决。这只能说，我们当时在创作上太稚嫩了。而这是不可能一时半会儿就解决的。想起来真是愧对钟老。

我们这次重看他的信，想法很多很多。如果都说出来，不仅会使文章过于冗长，而且也没了重点。我这次最想说的，其实就一个问题，那就是创作态度。

2014年10月15日，习近平总书记在文艺工作座谈会上发表重要讲话，列举了不少文艺创作中存在的问题，如“有数量缺质量”“抄袭模仿”“千篇一律”“机械化生产”“快餐式消费”，等等。我们当年还只是急于求成，就受到了钟老严厉的批评，而今天出现的浮躁比起当年的我们，简直不知该怎样形容了。若钟老健在，肯定会大声疾呼对此进行抨击的。

浮躁是艺术创作的敌人。但当下的影视界却充斥着诸多浮躁。最突出的就是不深入生活，不认真查阅资料，只要有人给钱，一两个星期就能写出一部电影剧本。这样的剧本只能依靠胡编乱造，依靠主观臆想去编造离奇的情节。这些年充斥银幕与荧屏的作品诸如宫斗剧、谍战剧、古装剧、时装剧、家庭伦理剧，等等，还有一种称为“年代剧”的“剧种”。（我认为，年代剧这个剧种的提法就不通，却频频流行于专业人员口中。请问：“年代剧”这一概念的科学性在哪儿？其内涵和外延又如何界定？）这实在是中国影视理论界的悲哀！最让人受不了的就是所谓“抗日神剧”。我们的抗日英雄居然留的是现代小青年时髦发式！这就不仅是浮躁，连一个艺术家所必须具有的基本操守都没有了……不再说“雷剧”了。究其原因，就是一个“钱”字在作祟。其目的就是一个：利用这些离奇的情节、古怪的造型和所谓的明星来招揽观众，争取高额的票房收入。既是如此，你又何必要搞艺术呢？

我把钟老的文章发表出来，只有一个目的。希望大家能好好看看钟老这篇文章。牢记艺术家肩上所应有的社会责任与担当！作为一个有操守的艺术家，不要做金钱的奴隶！

2017年5月

附：钟惦棐的信

第一封

一、开头过于庄严，也过于平淡，文章最好不是从陈平的解放做起。陈也最好不是有头有脸的中央干部。高于部长级的干部就行。

二、电影语言比较丰富，但需保证一般人能看懂，跳动尽量小一些好。

三、结尾不是艺术，而是法制宣传。最好不是这样，艺术还应该是艺术。

四、部分对话需再加工——不要强制人物去交代剧情。

五、关键在于从始至终陈平的头上都没有灵光，在北京有灵光，也不好。

六、陈伟光其人从始至终有脸谱化的毛病，也就是说，他被鞭挞，但不深刻，同时也在很大程度上影响了全片的深度——同时对陈伟光的深刻程度有影响。

七、是个切合时宜的剧本，但要在思想上更深一些，否则这也很可能是个宣传剧。

八、全剧最动人处在陈平夫妇劈柴，这样的段落可惜少了些。

九、最少得有几处能显示电影美的地方，使人除了为内容所说服，也为美所深深吸引。除表演，摄影就该有些出色的镜头。

十、陈平在张秀云眼前出现后，就会立刻传开去，要注意此点。

（后来剧本将陈平改为周丰，将陈伟光改为周伟光）[1]

第二封

霍庄同志：

信悉。你既急着去长影，我便只好遵嘱写信了。

看过清样，以为你们是要在《电影创作》第二期发的，因此很着急，要你们来，打算谈三点：一、这个剧本的“震源”和“震中”；二、前部有一些对话不真实，周丰夫妇到张秀云家前的戏，尤不真实；三、对周伟光的描写有个认识和方法问题。

剧本的冲突，核心是由于周丰的重新工作，即“我爸爸”的地位变了来的，因此，我把它叫作“震源”；居于“震中”的人物，照一般理解，应该是张秀云。如果按《秦香莲》的命名方法，剧本就应该叫《张秀云》。而《残雪》之所以为《残雪》，恰恰是“震中”变了。张秀云的幸或不幸，只关系她和小伟的命运。而于周丰，则首先是关系到党的命运，以及与我们的社会有关的道德风尚问题。因此周丰反居“震中”。此事对他的震动比之张秀云要剧烈而且深刻得多。《残雪》之有意义，之所以不同于一般的个人悲喜剧，要点就在这里。我为它写“引言”着重点也放在这里。清样看后，我以为这方面不是加强而是削弱了。这是使我不安的原因之一。

其二，剧本前部仍有不少对话是说明动作和介绍剧情的。如杜远征烧鱼和为丈夫量血压。凡此种种，除了极特殊的和剧情发展有关的，我以为都应视为生活中的习惯动作，不值得去说的——

周伟光兴冲冲走进：“妈妈！……嗬，大鲤鱼，怎么吃？”

杜远征：“干烧呗！”

或周丰夫妇到新疆后：

冷清清一轮明月，孤悬穹顶。

招待所的小院。空旷，寂寥……只有周丰夫妇这个房间亮着幽幽的光。

---

[1] 作者注。

蟋蟀又叫了，长短相间。

杜远征望着周丰建议道：“老周……我们是不是……找几个同志……一起聊聊？”

周丰从痛苦的思索中醒来，向老伴儿望去。

周丰的眼睛有些湿润：“不了吧……大家都休息了！”

这些描写本来是很好的，想不到下面却是：

杜远征：“那……我给你量量血压！”

这或者可以说是我对电影对话中的一种观点、一种主张，而且未必会为多数人所接受，但我想说，只要我们留心观察生活，生活本身就是这样的；许许多多的动作，它就是动作，不需要说明。我们有些影片之所以经不起一看再看，就因为它是“一元一次方程式”。对话不是丰富了动作，而是把动作平面化，或者说稀释了。严格说来，我们的电影通常是从文学剧本开始，从画面、镜头的运动和人物动作方面考虑得少，说明已经习惯了的舞台思维还没有确定地为电影思维所代替，像《从前西部的故事》[1]那样，就依靠一系列的镜头的组接，把我们引入到故事中去，我们恐怕还有一段相当长的路程要走，但也不一定。电影意识是可以加强的。银幕是可以被感知的。手段是可以掌握的。当前的问题是它的必要性还强调得很不够。

用人物对话交代剧情，下面的方式，我是否已经指出过？

飞机的小舱里，周丰和杜远征低声交谈着。

杜远征：“说变就变，昨天还说去北戴河，今天又变成去新疆了！”

周丰：“你放心，到新疆我的病就好了！”

杜远征不大高兴地：“跟中央打过招呼了？”

周丰：“唔。”

杜远征：“……出来不带保卫人员，瞧你将来挨批评吧！”

[1] 常译作《西部往事》（赛尔乔·莱翁内，1968）。

这自然还有一种办法，就是把这些对话都改成过去时，把他们曾经说过的这些，这里是重新提起，听起来会舒服些，但也不因此就好许多。重复这些话，只能说明这一对老夫妻精神境界并不开阔，他们的头脑里所想的，也就是他们正在做的。而我的美学观点恰巧相反，在如此这般的特定场合：蓝天、白云和蜿蜒眼底的祁连山脉，他们会引起点会对更多人都有意义的话题。

这个问题在去年的导演会议上，我便提过。但我始终没有说清楚，并且直到今天我也还没有赋予它应有的理论形式。只是最近补课时读了狄德罗的《论戏剧艺术》，其中谈到对话的部分，我以为直到今天对我们也还大有值得吟味之处。他同样是把生活看作不停地运动变化的实体，把人的心理活动看作是瞬息变化中的奇异景象。他列举了英国剧作家李罗在《伦敦商人》中的一段对话——

> 拔纳威尔：你不知道我对她疯狂到怎样程度……热在我心中把善恶之心烧毁到怎样的地步！……听着……假使她要我害死你……你不知道我是否会不照她的话去做。
>
> 朋友：我的朋友，千万不要把你的弱点夸张。
>
> 拔纳威尔：是的，我毫不怀疑……我可能把你害死了。
>
> 朋友：我们还没有拥抱呢，过来。

抄录这段对话是为使我们明白狄德罗本人对它的评述：

> “我们还没有拥抱呢”对“我可能把你害死了”来说，这是一句怎样的答语啊！

紧接着，狄德罗风趣地——

> 假如我有一个儿子竟不能理会其中的联系，我宁愿没有这么个儿子，是的，我对他会比对那个谋杀叔父的凶手拔纳威尔更厌恶。

狄德罗在这里的优异处，是他先注意到人物的对话和人物性格间的有机联系，又注意到在很多时候人物的对话和人物的性格分离，这一决定性的契机，就是场合。即人物所面对的时刻和环境。他说："在戏剧里，人们要求一切性格始终如一。"这是一个错误，只是被剧本的短促过程掩盖罢了：因为在生活中，人们离开原有的性格和场合是多么多呵！

在我们的电影文学中，前者一般是注意到的。后者却极少见，而电影比之戏剧，场合变化之大简直是不成比例的。周丰和杜远征算是在飞机的座舱里，如果不在，应该去掉哪一两句对话呢？

再就是有些对话缺少余韵或者说不含蓄，如秦小红抄张秀云的邮件地址：

张秀云："你这是干嘛？"

秦小红："你甭管！"

我以为"你甭管！"改为"留个纪念"，就更能表现秦小红的敢于把天捅个窟窿的泼辣性格，在这件事上，她比张秀云看得远，想得深。清样中写她给周丰的信，末尾的一些话，就已经不是秦小红不含蓄，而是影片的格调"直、露、多、粗"了。你虽然借小红的信作旁白："这种结果，究竟是和'四人帮'有什么区别？我们党的光荣传统和优良作风到底还要不要？作为党的一位高级负责同志，在全国人民面前的表率作用，难道就是这样的吗？"

作为文风，有"帮气"；作为艺术，用了如此之多的强音，实际上掩饰了精而雕之，雕而刻之的过硬功夫。艺术，就总体而言，还是恩格斯说过的那几句话："作者的见解愈隐蔽，对艺术作品就愈好。"这"隐蔽"丝毫也不是模棱两可，或者没有强烈的爱憎，而是因为它是艺术作品。作者的见解既寓于他的总体构思，也写于作品的字里行间，通过艺术描写，引导出一个必然的结论。鲁迅的《祝福》从表面看，虽然是属于"四叔"一边的，而实际上恰恰是通过"四叔"一家来衬托祥林嫂日益加深其不幸的命运。从表面看，冈察洛夫为了"伺候"奥勃洛莫夫起床，就费了十万多字，但恰恰是冈察洛夫狠狠鞭挞了这个用农奴制的奶汁喂养大的"废物点心"。

剧本写张秀云离婚归家一场戏，我以为很能表现我们当前的电影文学水平和它存在的问题：秀云先是在门口看见儿子小伟，被他的可爱和失去父亲的可怜再也不能控制自己——

张秀云向里屋跑去。

她扑在母亲怀里，失声痛哭。

张父闷闷地抽着烟斗："秀云！不哭……"

张秀云呜咽着，尽量不使自己哭出声来。

张母："让她哭吧，要不，憋出病来……"老人说着，眼眶也湿润了。

张父："哼！离婚也兴走后门……"

小伟走来，懂事地偎依在姥姥膝下。

张秀云忍住哭泣，将沉重的小伟抱了起来，她十分真切地问道："小伟，妈妈好不好？"

小伟乖觉地："好……"

张秀云泪如泉涌，爆发地狂吻起孩子来。

我认为这只能是构成这场戏的十种对话方案之一。它"似曾相识"，一般说来，可以适用于许多种类似的场合。原因就是它没有自己特定的颜色。"离婚也兴走后门"这也许是特定的，但它孤零零的，前后都没有关照。所谓表示了一定的水平，一是反映出我们看这一类的作品究竟是比较多的。二是它也能获得一定的剧场效果。所谓又说明着当前的问题，这就是它没有在现有水平上确定地往前跨进一步，涂上这个剧本的特定色彩。我之所以说，不能过分看重剧场效果，就是满足于一般的剧场效果写的东西，未必经得起咀嚼。而文艺劳动在它的特定意义上说来，就是不可能满足于一般。因此我认为它只能是十种可能之一。这你就可以了解我看过清样后的焦急心情。经过十分努力，能做到的恐就是三四分。还应该像猫已经抓住老鼠一样，多哼哼……法国古典主义批评家布瓦洛是这么写的——

从从容容写作吧，不管人怎么催逼，万物以敏捷自豪，求速度只是傻气；你说你笔头很快，一篇诗走笔而成，这不说明你多才，只说明你欠精审。我宁爱一条小溪流过细软的沙土，徐徐地蜿蜒流过那开花的草场，而不爱泛滥的洪流像骤雨一般翻滚，在泥泞的地面上夹着沙石的奔腾。劝你从容地忙着，总不要失掉耐心；还要十遍，二十遍修改你的作品，要不断地润色它，润色，再润色才对；有时候可以增添，却常要割爱删弃。

读者在第一句之末，做了如下的注释："斯居德里为了原谅自己，老是说他写得那么快是被人家催逼的。"（布瓦洛原注）布瓦洛还曾说："一个作品不能表现出修改太过，但是实际上修改越多越好，往往就是由于修改，经过刮垢磨光的功夫，才能使读者感到文章天成，妙手偶得之趣。"

而这后几句话，正是我上次见你们时，欲言又止之处。你们为了强调纪录风格，保持了现在的开头方法，而我以为它有两个缺陷：一是因为要表现周丰是中央一级的领导干部，似乎他就只能在这样的场合露面，我却不以为然；二是看来有如行云流水似的开头或结尾，恰恰是经过千锤百炼的结果。最近看了一部新片《奇怪的女人》，我就注意到它把故事引入到纠葛中去只用了稀疏的几笔，而这几笔，很可能便是百折千回的结果。那种以为纪录风格便是信手拈来的东西，恐怕是未必的。

我说有的描写不真实，主要是指周丰夫妇在张秀云家门前那场戏。老两口既"踌躇"，又"胆怯"，似为了加强银幕上的戏剧性，但它既不符合杜远征的历史，更不符合周丰的社会地位和性格。

最后关于周伟光。剧本到后部表现出两大弱点，既相联系，又相区别。

剧本清样从第四十六节开始，已经是个断线风筝了，照我的说法，是处于"震中"的周丰，已经完满地结束了新疆之行。儿子回新疆或者不回新疆和影片题旨关系都不很大了。剧本又写了长长的十三节，乃是由于你们对周伟光的解释有些偏激的缘故。

从历史上看，高干子弟亦并不都是"衙内"。南北朝时期北魏的大政治家崔浩就是高干子弟，南朝的文选家萧统也是高干子弟，孙权、曹丕、曹植也都是高干子弟。其中有不少人对中国历史有很大的建树。大体说来，他们比较懂得政治机器是怎么回事。

因此我以为在高干子弟问题上，也尽可能避免世俗观点，而在艺术上更不能是集坏事之大成。周伟光在张秀云问题上暴露出"我老子""你老子"主义和■[1]美的世俗观点，但不一定在其他方面都一味拆烂污[2]了，说不定在其他方面倒是非常正确的。这样不仅可信，而且更突出了他在新疆的离婚事件对许多具有相同观点的人都是一个教训。

[1] 原稿此字难识。

[2] 吴语方言，指做事苟且马虎、不负责任。

如果是这样，后面的弯子就不算难扭，也就更用不着劳驾当年在根据地哺育过周伟光的王嫂出场了。戏近尾声，又突然出现王嫂和吴猷这样的新人，一般是艺术描写所不允许的。

来信说很担心把新疆写得落后了，我倒不以为这事是值得伤脑筋的。“你老子”和“我老子”是蒙昧主义流行病，不写新疆，写北京，就没了吗？

插图使我很不理解。我原以为不是这个剧本的，琢磨了几天，才明白那些亲吻和偎依是周伟光回北京后的艳遇，而这一部分恰是我怀疑它存在的必要性的。我在“引言”中企图阐明的题旨，不仅不能说明剧本，和插图就更显得不太协调了。

听说《电影创作》第二期发表的《雾》，是据它的四幅插图而作！我于是惴惴然了，对形势我是愈来愈跟不上了。

1980年3月5日

两见夏衍

一

我第一次知道夏衍这个名字是在上中学的时候。因为课本上有一篇课文叫《包身工》。我很喜欢。打那以后，就陆陆续续看了一些他的作品。然而，我真正对他开始有些了解，那已是在我考上北京电影学院之后了。那时，我在表演系就读。我的形象比较“洋”，再加上很瘦，在那个工农兵形象吃香的年代，我在教学剧目中能担任的角色很少。我很痛苦。觉得那些小角色满足不了我的求知欲望，想改行学习理论或做编剧。后来，我们老师带我们去了海默家，请他给我们讲我们正在排练他写的剧本《故乡》。他家藏书甚多。屋子是个细长条，很大，但几乎没什么家具，只有书架。曲里拐弯，就像城墙似的。上面摆满了书籍。然后在最里间才是他的那个狭小，但充满书香，仅有一张沙发和小圆桌的书房。我们就是在那里面对面地听他讲他那个剧本的创作过程。他那堆满书籍的屋子太让我羡慕和神往了。从此，我就迷恋上了写作，很想做一个像他那样的编剧。我向教授艺术概论和作品分析的汪流老师请教怎样学写剧本。经他推荐，我看了夏衍的那本《写电影剧本的几个问题》。这本书我读了好多遍，使我知道了写剧本是有规律可循的。这就是我学习写剧本的启蒙教育。因此，我对夏衍有了一种崇拜的心情。那么艰深复杂的道理经他一讲，竟变得如此浅显易懂，让人敬佩。

毕业后分配到北影。夏衍在我心目中的形象就更高大了。因为这时我已有幸每天都可以与过去只能在电影杂志和画报上见到的艺术家零距离接触了。他们每每提到夏衍，从口气上就能感受到他们对夏衍同志超乎寻常的尊敬。特别是厂长汪洋。他对夏衍有一句名言：“夏公的话是金口玉言。”我厂的影片无论从剧本还是到完成片，夏衍看后从来都是一言九鼎，提的意见没人不服。只可惜，这样的时间太短了。“整风”一开始，人们对他的提法就比较谨慎了。我们劳动实习回来，老厂长汪洋也已失势。在置景车间贴的大字报连周扬的名字都赫然成了批判对象。夏衍就更不消说了。我们因为是刚刚毕业的大学生，厂里很重视。所以经过党委特许才让进去看大字报，厂里一般员工好像是不准看的。很神秘。等我们“四清”回来，“文化大革命”就开始了。周扬、林默涵、夏衍、陈荒煤（他是从四川调回来接受“帮助”的）都已经变成“黑帮分子”在大会小会上轮番批斗了。口称“夏公的话是金口玉言”的汪洋厂长也因那句话而被斗惨了。夏衍好像是部级领导第一个被拉到北影接受批斗的。我就是在这样一种政治氛围中第一次见到他。

那是工作队组织的一次批斗会。地点在我们厂的食堂兼礼堂召开的。我坐在第一排。夏衍挨斗站的地方就在我的眼前不足一米。他面目清癯，讲的是一口南方话。对群众的批斗，他没有一点抵触。叫他低头，他低头，叫他说话，他说话。看上去一点也不紧张。

那次会议工作组是经过精心准备的。对他的批判给我留下了深刻的印象。在后来的十年中，我们重复了无数次，所以难以忘记。现在记起的大约有以下几点：

1. 批判他反对毛主席

具体的根据除了他在电影界的各种“错误言论”以外，重点是他在“大跃进”出现问题后，指责当时党的领导“头脑太热”“虚夸得很”，恶毒咒骂大跃进“把建设社会主义看得太容易”。并把攻击的矛头直接指向我们伟大的领袖毛主席。

对此他是坚决不承认的。他也不正面反对。只说：我不反对毛主席。中国革命从星星之火到建立新中国经过许多次失败和牺牲，很不容易。我对毛主席是很崇拜的。我不会反对毛主席……声音不高，通过麦克风可以让全场到会的人都听得见。群众的不满和让他老实交代的声音也就更高了。

2. 批判他主张“阶级斗争熄灭论”和“离经叛道论”

夏衍同志在他当部长时说过：“土改结束了”“公私合营也结束了”“国内阶级斗争也结束了”。因此，他顺理成章地提出面对新时代，我们的电影应该表现什么？夏衍同志明确提出：“我们的文艺应该关注我们的现实生活，写我们工作中出现的‘缺点、问题和错误’。”因此，他很有针对性地提出要敢于正面接触现实和现实中存在的矛盾。这一提法从现在看，当然是对的。但当时因大家都经过反右运动，心存疑惧。他开导大家说：“我们为什么不敢写呢？无非就是一个‘怕’字。怕写现实的斗争会在政治上出毛病，思想上有顾虑。但事实上，许多地方都发生了严重的问题。矛盾是客观存在的。对这些矛盾、文学艺术是有责任去接触和加以表现的……”于是，他的这些话就成了号召作家、艺术家反党的证据。“阶级斗争熄灭论”是夏衍为他提出“离经叛道论”[1]提供的理论基础。但他对自己提倡过的这些话，如不要把题材限制得那么窄，仅仅限于抗日战争和解放战争那点事儿。另外，他还曾一度因上海是中国较早经历过资本主义的城市，主张上海的电影制片厂可以着重拍摄一些我们的同盟军资产阶级、小资产阶级的作品……在那样的政治气氛下，他承认了这种提法有些欠妥。但在大会上，他对“离经叛道论”还是做出了自己的解释。他说：“我的确讲了反对我们的电影总是老一套的‘革命经’‘战争道’，我的意思是离开了‘革命经’‘战争道’，我们就没东西了。我指的仅仅是电影创作。完全是善意的。我主张要搞一些轻松的、多样化的题材。没有别的意思……”

批判他的内容还有一点就是对他提倡写历史剧的问题。他曾说：“历史上的事情，常常可以借古喻今。历史上也有巧合，古代有这件事，今天也可以有。”所以，他支持吴晗写《海瑞罢官》。还借此鼓吹“海瑞精神”，说：“我们有些同志敢于坚持真理，见义勇为。教育他们的不一定是什么教科书，而是包公，是海瑞。”于是，就把他的这些言论归结为借古喻今，借古“讽”今，用古人、死人来攻击党和社会主义……对此，他在那么巨大的政治压力下，只承认自己的世界观没改造好，有的提法，“现在看”是“措辞欠妥”，而不是反党反社会主义。他说，我是受苏联十月革命和五四运动影响成长起来的，我怎么会反对革命呢？当时的群众自然说他：“不老实！”接着一片愤怒的声讨。

3. 批他所谓的“三自一中心”[2]，推行“艺术家治厂”

当时大学里都在主张“教授治校”，他在电影界也提出过：“今后，艺术与技术上的问题，主要依靠艺术家自己来解决。”所以给他上纲上线说是他在电影战线实行资产阶级专政，力图从根本上取消党的领导，为全面推行他的修正主义路线提供组织保证。

最后，夏衍同志在会上作了“检查”。实际是一些解释：“我过去一向觉得自己革命多年，思想里是没有资产阶级思想和资产阶级世界观的。现在看来，我头脑中的资

［1］他说：“我们现在的影片是老一套的‘革命经’‘战争道’。离开这一‘经’一‘道’，就没有东西。这样是搞不出新品种来的。我今天的发言就是离经叛道之言。”

［2］自由结合、自选题材、自负盈亏、导演中心。

产阶级的世界观还是很多的。连周总理都说，他头脑里还有许多没有改造好的东西，我就更不用说了。回去以后，我一定认真检讨自己的资产阶级世界观和修正主义的东西，跟上时代的脚步。”他对问题的回答十分谨慎，措辞很小心。把自己的问题始终保持在世界观没改造好这一条底线上，始终没有承认自己是“三反分子”。在那样的政治气氛下，群众对他的态度自然很不满意。说他是想用“世界观问题”蒙混过关。对他的结论是混进党内和政府内的“修正主义分子”和“反革命分子”，必须认真考虑，交代自己的问题……

说实在的，就这次批判会而言，那只是我国文化史上非常短暂的一瞬，我为什么要把它如此详尽地写出来呢？前面批判夏衍的所谓“错误言论”，几乎在大会、小会、大字报、小字报及各种场合下我们说了不下千遍，纵跨十年，我们居然没有觉得我们做的是一桩桩蠢事！我们批判的，不！应该说是“残酷斗争、无情打击”的是我们党最坚贞、最有贡献的一批民族精英。夏衍只是其中之一。有一篇纪念他的文章写得好。文章说：“夏衍不仅是一位优秀的共产党员，他还是中国革命的知识分子探索真理、坚持真理的一个优秀代表……”遗憾的是许多年过去，人们已经把这些都忘记了。特别是年轻人。有一次在摄制组拍戏，一位中年化妆师说，你问问他们（指几个年轻人），连“四人帮”的名字都说不上来。我和几个组里的人问了。他们真的没有一个人说得出来。我觉得，这是一件很可怕的事。一个民族是不能没有记忆的。古语有云：“以史为鉴，可知兴替。”我作为一个亲历者希望我们的后人再也不要重复我们做过的蠢事。批夏衍那些话在“文化大革命”中我们说了十年，可谓“记忆深刻”。趁我们记忆还好，我们有责任告诉后来者。历史的教训绝对不能重演。

二

我真正和他的零距离接触是在打倒“四人帮”之后。那时我已从演员剧团调到了编辑部（后改叫文学部），在组稿组做编辑。主要任务就是跑西北，请这五省的作家为我厂写电影剧本。而我和夏衍的认识和近距离向他学习，主要是因为电影剧本《毛泽民》。因为当时新疆军区文工团有个年轻的创作员叫杨正昌，写了一个剧本叫《毛泽民》。讲的是我们党在新疆创办办事处的故事。其实，毛泽民原来是借道新疆到苏联看病的。当时中苏边界发生了鼠疫，只好滞留新疆。而盛世才在金树仁倒台后，几经周折虽取得了新疆统治权的名义，但实际控制的只有迪化（即当今的乌鲁木齐）周围，北疆有马仲英，伊犁有张元培，兵力都比他强大。为此，他借助苏联军队两次帮忙，击退了马、张才站稳脚跟。当时，他看到延安很受全国人民的欢迎和支持，又投机提出与中共合作，请求中共派干部去一起建设新疆。于是，中央这才批准了毛泽民化名周彬，与陈潭秋、林基路等同志留新工作。这个剧本写的就是毛泽民在新疆担任财政厅厅长和民政厅厅长期间，为建设新疆做出的贡献。后因盛世才背信弃义，为投靠蒋介石，把陈潭秋、毛泽民、林基路等人一起杀害了。而这个故事写的就是我们党的这些干部如何与盛世才进行斗争和最后牺牲的故事。剧本名字是《毛泽民》，写的却是新疆办事处。凌子风看了觉得题材很好，想拍。编辑部叫我去新疆与编剧接触一下。我就去了。

稿子拿回后，编辑部讨论后虽没通过，但这个剧本作为一个题材还是报上去了。夏衍同志得知后，很重视。要求我们把稿子送给他看。他挨斗十年平反后很想工作。邓小平同志考虑他年事已高，又被打伤致残，就给了他一个“电影医生”的头衔。虽不是正式职务，但他干得却非常非常认真。当时国庆三十周年在即，他决心像国庆十周年抓出了《青春之歌》《聂耳》《我们村里的年轻人》等十部优秀影片一样，再抓十部优秀影片向国庆三十周年献礼。《毛泽民》这个题材就是他想作为为国庆三十周年的献礼片来抓的。这个消息传来，对我厂、对作者自然都是一种莫大的激励与鼓舞。他看了第一稿虽然觉得有待提高，但认为有基础，就把它列入了为国庆三十周年献礼的片目当中。

杨正昌得知后，很振奋。为此他做了大量的准备工作。很细致。他把当时被关进监狱的所有人的名单都找齐了，作为采访线索。我们编辑部因有夏衍同志的意见也很重视。当时我们采访的任务很大，因绝大多数都是我们党的高级干部，就给了我们一部小轿车。我们俩跑了大约有一个多月，后又去江西，走武汉，入四川，把名单上的所有人物都采访了一遍。现在我能记起的只有：高登榜，独伊（瞿秋白同志的女儿），方志纯、朱旦华夫妇，陈潭秋的夫人和武空副司令方槐等；还有许多许多，我都记不起名字了。总之资料非常丰富。杨正昌最后的构思好像是从王震同志率领的二军和六军解放新疆开始，采取时空交错的结构方式，把追查杀害陈潭秋、毛泽民、林基路等人的凶手同毛泽民同志在新疆期间的事迹两条线交叉起来展开情节，通过毛泽民和陈潭秋等与盛世才的斗争将毛泽民的形象树立起来。稿成后，我们呈送给夏衍同志审阅，很快我们就接到编辑部领导的通知，说夏衍同志要接见作者和我，并派车把我们送到了他家。

我们到了他家后，才发现这位全国赫赫有名的“大修正主义分子”就住在一所小四合院的北房里。而且只有两间，一明一暗。一间是卧室兼书房，一间是会客室。好在和电影局是同一条胡同，很近。电影局位于中间。他家在胡同东口不远。房间里的陈设也极其质朴、简单。我感慨万千。当初，我们诬蔑他为修正主义分子实在太冤枉他了。他原来竟是这样一个艰苦朴素的人！

这时他的外貌和当年他挨斗时我见到的他已完全判若两人了。那时的他虽也十分瘦弱，但很健康。而这时的他，已苍老了许多。一条腿已被打成残疾，走路很吃力。我们到他家时，他正在看稿子，所以出来时，鼻梁上架着老花镜，手里还拿着大约是正在看的一个剧本，我们赶紧上前扶他在椅子上坐下。他虽只走了几步，但已有些气喘吁吁了。看来他的健康状况非常不好。但在这样的一种健康状况下，他还在努力工作……我虽然一直在笑着和他寒暄，但我的心却一直在检讨，在流泪……

坐下后，他并没有立刻谈我们的剧本，谈的却是他看过许多送来的剧本的感受。他说，打倒“四人帮”已经这么久了，我们在创作理论上的拨乱反正还差得很远。送来的稿子肯定都是一关一关通过认为好的才送到他这里。可是，“四人帮”时期的创作思想留下的余毒还很严重，比如：总是喜欢把主人公塑造得像神仙一样高大全，不食人间烟火，对主题的提炼往往也很直白，总是在讲政治的需要。看来对“四人帮”时期创作思想的批判还是做得不够……聊了一会儿当时的创作思想后，才言归正传，谈我们的剧本《毛泽民》。我原以为，他会对剧本的成败得失和修改方向提出他的意见。我没想到，他更关心的是我们采访的结果和各种故事。杨正昌便谈了起来。谈完他才说，你们收集的素材太丰富了，肯定可以写好。给了许多鼓励。但最后还是感觉对盛世才这个反面人物刻画得不够好，没有把他放到那个历史环境里去刻画他内心世界的起伏变化。一个在南京的小军官，觉得在南京很难出头，居然敢去当时的不毛之地新疆，一会儿投靠斯大林，还偷偷加入了苏共，一会儿投靠我们党，最后又去投靠蒋介石……在金树仁统治新疆时，让他剿匪，他每次都打胜仗，但就是不彻底肃清，总要留下一部分，不然他就没价值了。很狡猾。你们收集的这些资料很丰富，完全可以把这个人物写好。但没写好。对立面没写好，毛泽民的形象也就树立不起来。毛泽民的资料你们收集得也很丰富。给我印象最深的就是敌人十八天不给他送水送饭，他居然安然无恙。原来是一位维吾尔族老大爷偷偷给他送水和饭，很动人。这些故事也没放进去，很可惜。另外就是剧本的中心事件不清楚，反面人物的细节比主人公的细节还丰富……看得出，他对剧本研究得很仔细，所有意见都用蝇头小字写在了他的一个小本上。我们听他意见时，他戴着老花镜，是一条一条给我们说的。我当时的工作是文学编辑，很知道看剧本的辛苦。他作为中国革命电影的创始人之一，干的却是像我们编辑部外稿编辑一样最基础的工作，这使我了解了他对电影的爱和想为国庆三十周年拍出十部献礼片的决心有多大！说实在的，我是深深地被他这种精神感动了。可惜的是，当我们再次到他那里听意见时，他却告诉我们：他请示了上级，关于新疆办事处中央还没有结论，这个剧本不能拍。（我觉得当时领导在政治上也并没有完全从过去的思维定式中走出来。新疆办事处能有什么路线问题？）我和作者都很失望。心想，这样的结论他完全可以打个电话告诉我们，为什么还叫我们去呢？

原来，他另有想法。

他在讲完领导的意见后，向我们谈起了另外一个构思。他说，你们讲的毛泽民同志在开始长征时，作为瑞金中华苏维埃共和国国家银行行长，组成几支大队，靠肩挑手扛，带着银行里的各种金银珠宝跟着部队走，虽然牺牲很大，但还是把当时中央银行的财产全都运送到了延安，没丢一个铜板。这个故事很感人，应该写。另外一个是毛泽民同志在红军即将离开瑞金根据地时，许多百姓手里还有许多国家银行的纸币，在红军经济供给十分紧张的情况下，全部将红区百姓手中的纸币兑换成了钢洋，以维护我党的信誉，不让多年来一直支持红军的百姓在经济上遭受损失，像爱护我们的眼睛一样爱护群众和我们党的关系……这些故事更感人。这是多么有远见卓识的一个举措啊！……这两件事是可以进入同一个构思的。但是，这样改就完全是另外一个剧本了。当时，我们了解到这方面的素材很少，而且其中要涉及许多经济领域的知识，要写，只能另起炉灶，写出另一个《毛泽民》了。那样，我们采访、学习和写作的量就太大了。后来，杨正昌表示想再写一个有关民族团结的剧本。我们领导同意了。但他寄来以后，没有通过。这件事就这样不了了之了。

说实在的，在打倒“四人帮”以后，我国文学界曾经一度出现过非常繁荣的局面。但大多都和揭露“文化大革命”负面的影响有关。那时，有关方面虽还没有明令禁止描写“文化大革命”。但是那样的作品太多了，肯定对我党的形象有影响。所以，有关方面很快采取了刹车措施。而其他方面的剧本又很少。所以夏衍同志虽做了很大努力，最后成活的只有一部《李四光》。但就这一件事却给我们展示出一个对中国电影事业呕心沥血的领导者的形象！俗话说，窥一斑而知全豹，如果我不是亲眼见了夏衍同志为剧本《毛泽民》所做的努力，很可能根本就不知道夏衍同志为国庆三十周年付出了多少努力和汗水……

三

大约是1984年或1985年，中国电影文学学会在京丰宾馆召开了一次电影看片会。几乎全国所有的电影编剧或写过电影剧本的作家都来了。大会邀请夏衍同志到会讲话。那天，夏衍同志说："我是突然接到通知的，完全没有准备。但是看到近来的电影出现了一些问题，有很多话想说，所以还是来了……"

那几年，电影界经过拨乱反正，曾一度有过十分可喜的繁荣。出现了一批优秀的影片和新人。他说，十年动乱之后，我们曾担心我们的电影事业会青黄不接，但这几年我们电影界发展的情况告诉我们，这种担心完全是多余的。一大批中青年电影工作者拍出了一大批与老一代电影工作者完全不同的好作品。他们有朝气，不保守，敢于创新，很让人振奋。事实上，他们已经成为我们电影事业的主力军。夏衍同志很高兴。

但是，这种景象没多久，电影经济就出现了大幅度下滑。夏衍同志虽已退休多年，但对电影事业发展的关注却始终没有停止。那天，他脱口就讲出了一个数字：今年一年电影的票房收入直降了两亿多，而且这种下滑还在继续……他有些焦虑。呼吁尽快提高电影的票价。他讲的一个经济学方面的道理令我印象深刻。他说：我们国家发行的钞票是货币，而不是金币。货币发行的数量是以我们国家生产的煤、油、粮、棉等生活必需品的总量为基础发行的。而金币则是以一个国家的黄金储备为基础发行的。第二次世界大战后，美元比黄金的价格还稳定，有些国家就以他们库存的美元为基础来决定钱币发行的数量。这也是一种金币。我们国家发行的货币数量除了以当时生产的煤、油、粮、棉等生活必需品的总量为基础外，还有一项指标，就是娱乐。中华人民共和国成立之初，我们国家最普遍的娱乐形式就是电影，所以当时就以电影票的价格作为我们发行货币总量的娱乐指标延续下来。直到夏衍讲话时，各种娱乐项目（如音乐会、芭蕾舞、综艺节目等）票价都涨了。只有电影票没涨。因为电影票一涨，就意味着全国各行各业的从业人员消费指数增长了。消费指数一涨，国家就要给全国人民涨工资……这个数字太大了，所以一直没敢动。但各行各业的物价都涨了，电影生产的成本也就涨了。而且涨的幅度还很大。但电影票的票价没涨，电影票房收入的亏损就可想而知了。当时，各个电影厂的厂长和艺术创作人员虽使出了浑身解数也回天乏术。他和负责电影发行部门的领导向上面提了多次希望电影票涨价，也没得到满意的结果。所以那天他再次建议，电影院要尽快提高电影票的价格……我们的老副局长季洪同志也曾多次呼吁要尽快提高电影票的价格，挽救电影，也没得到满意的结果。后来，我们电影界的日子慢慢好过了，就是从电影票价格放开，好的影院提到了50元一张以后开始的。我觉得，这和当时在电影发行战线工作的老同志一直不断努力是分不开的。其中应该说也有夏衍同志的一份功劳。

最让我吃惊的是，我以为他还会像以前那样强调电影的教育功能、认识功能和审美功能等问题。令我没想到的是，他却花了很大的篇幅去讲电影除了艺术属性而外，还具有商品属性的问题。并明确提出，“电影是最富群众性的艺术，除了要考虑到群众的欣赏问题之外，还要考虑到电影作品的经济效益问题”。他还讲到，“我们三十年代搞‘左翼’电影时就很注意票房”“因为我们靠的是私营公司投资，所以必须考虑票房。当时，由于日本占领了东三省，民族危亡迫在眉睫，人们希望看‘左翼’电影。所以我们的‘左翼’电影才得以生存。但这和我们当时就很注意票房分不开。比如写家长里短就是我们那时总结出的经验”“现在我们的电影赔钱，除了上面讲的提高票价这一原因而外，娱乐形式的多样化和年轻人的自学风很盛都形成了和电影争夺市场的因素”。他分析得很详细也很到位。但是，面对如此严峻的形势，他一点也没对电影的意识流、生活流、现代主义等各种颇有异议的主义进行批评。反而觉得这些都是一种可贵的探索。“过去我们是封闭的。现在开放了，一下子涌进这么多东西，我们总有一个学习和消化的过程嘛！”“年轻人思想敏锐，看到别人有好的东西就想学。是好事。不让年轻人学怎么行？无非是发现学得不好，改了就是了嘛！不要一出现学习外国就一棍子打回去。总之，要提倡探索。我们的领导同志，对年轻人的探索要支持。他们年轻，缺少经验，难免犯错误，对他们的缺点、错误，要疏导，不要东堵西塞。”他的这些话因给了年轻人以支持，给与会者的印象极深，并赢得了阵阵掌声。我对他这样一个八十多岁的人一点不因循守旧感到十分敬佩。

说到创新和反映新的生活现象，电影里就必不可少会出现一些当时生活中出现的现象。比如留长发啦，穿喇叭裤啦，穿超短裙或露胳膊露腿儿啦，跳迪斯科啦，等等。当时的观众指责和抨击这些形象在电影里出现得很厉害。但他却觉得这些五花八门、形象各异的生活现象出现在电影里很正常，是当今生活的一种反映。不必大惊小怪。不会因为电影里出现了这些东西而亡党亡国！……思想很是开放。

那天，他的讲话很长，涉及的问题非常多。比如电影的质量问题。他说，电影票房下滑以来，出现了很多一心只为赚钱，不顾艺术质量的作品，而且趣味也很低俗。主要是迎合某些观众的低级趣味。他说，他管这种现象叫作“脏、乱、差”。完全忘记了电影在移风易俗、建设精神文明方面的义务和社会责任。另外，历史遗留下来的“直、露、粗、多”的问题也没有完全解决。在商品经济的冲击下，这种现象就更显得严重。

他说，他理解这种现象的出现和票房下滑有关，但绝不能为了赢得票房而去迎合低级趣味和媚俗。他把这一现象提高到是“整个电影队伍的素质问题”。他用了很大篇幅来谈电影队伍的业务学习问题。他不仅说到了编、导、演、摄、录、美和音乐这些主要部门要提高素质，就连化、服、道、特技等各个部门也都提到了要提高素质。因为电影不是靠编导等主要部门就可以提高的。最后，它归结为，我们的电影不能持久地保证质量，就是我们对自身的基本素质问题没有解决。

对提高素质问题，他在强调要学习电影理论和学习外国方面说了很多。他还说了要学习历史。不仅要学习党史、近代史，还要学通史，不懂得历史怎么搞创作？另外，他大概感到了，经过十年动乱，那段时间我们国家在科学领域的许多方面相比世界落后了。所以还专门谈了让我们广大电影工作者学习科学的问题。

那天他谈得非常广泛。一位长者渴望后人尽快成长的那种殷殷之情溢于言表，很是感人。他说了很多，说到学习唯物论和辩证法时，他有些激动。他说，我们的电影在一个比较长的时间里，一直是被“左”的思想统治着。全国第四届文代会开过以后，虽然不再提“文艺为政治服务”和“为工农兵服务”的口号了，但实际上，这种思想倾向一直阴魂不散。还是不敢触及社会矛盾，特别是尖锐的社会矛盾。事实上大多数人，还是觉得“左”些没有风险，“右”了就可能出麻烦。他说：“我为什么要强调学习辩证唯物主义和历史唯物主义呢？这不光是我们的世界观，也是我们的思想方法。既是这样，我们就不能否认矛盾是事物发展和前进的动力。我们为什么还要怕触及社会矛盾呢？要相信我们的社会主义制度。我们连‘文化大革命’这么大的错误都可以纠正，我们还怕什么？只要我们的立场是正确的，就没什么可怕。‘文化大革命’期间我为了这一条，挨了不少斗。但我至今不悔。‘文化大革命’前，我在接待外宾时，有一个外国客人问我，‘你们这么强调社会主义的优越性？为什么再没有诞生过鲁迅、郭沫若、茅盾这样的大作家，连你和张添翼这样的作家也没产生呢’？我无言以对，只好搪塞过去。”“所以，我还是我原来的论调。我们的文艺要想发展，就不能回避社会矛盾的问题。我们不仅要敢于触及社会矛盾，还要勇于触及尖锐的社会矛盾。只有这样，艺术才能对推动社会历史向前发展起到积极作用。粉饰太平、掩盖矛盾不是唯物主义。我反正已经八十多岁，快九十岁了。也没什么可怕了……我们电影工作者首先要自我松绑。我们的领导者也要主动解除一些不应有的禁锢，让创作人员能放开手脚……只有这样才能出现百花齐放和生动活泼的创作局面……”他的这种敢于坚持真理的态度的确是我们后人学习的榜样……

不过说实在的。那天，从他讲话的情况看，他的确没准备。所以讲得有些拉杂，另外可能年纪大了，有些啰唆。但我却听得津津有味。因为，我觉得他那天的“拉杂”和“啰唆”应该翻译为“苦口婆心”。但有些人却表现得对他有些不恭。因为他讲到哪里都有些情不自禁地展开来讲，生怕我们年轻人听不懂。加之，那次到会的人来自全国各地，平时见不着，会议上见到了自然有许多话要说。所以会场有些嘈杂。当夏衍同志讲到艺术技巧时，他又展开来说了。这些东西对到会的人来说，可能大多数人不仅懂了，甚至早就会用了。坐在我身边的两位年轻作家不耐烦了，就说：“真啰唆！”我生气了。会议开到一半，他们就一直在聊天，我就很不高兴，听到他们这样讲夏衍，我就说了一句：“你们小点儿声好不好？你们不爱听我们还要听呢！”他们看了我一眼，便真的起身走了。

我不知道那两位年轻的作家现在怎样想，那是夏衍同志留给我们多么重要的一笔文化遗产啊！他那渴望我们进步，苦口婆心对我们讲的那略显沙哑的声音，他热爱电影事业的那种眼神都离我们远去了！我多么希望他还能活着啊！

我们永远不要忘记他！

附记

夏衍同志离我们远去已经许多年了。但他那清癯、睿智的脸庞却总在我的脑海里出现。他爱电影，爱得深沉，爱得执着，每每看到他的照片，我就会感觉到他眼睛里好像总有一种不肯撒手而去的感觉。我和他接触不多，但嘈杂的、悦耳的“远距离接触”在那不堪回首的日子里，以至浴火重生后的日子我的耳边却从来没有中断过对他的批判与歌颂。他太让我尊敬了。所以我想写一篇关于他的纪念文章的念头始终无法打消。不过，记忆这个东西一方面很可贵；另一方面也有些不可靠。好在和我有同样经历的人都还在。我不敢说我记得很周全，也不敢说我的记忆句句都对。这只是我的一种感情而已。希望和我年龄差不多，了解夏衍同志的人予以帮助和指正。他是我们中国电影人不应忘记的一个人。

2017年5月

深切怀念周巍峙、王昆两位导师

我和周巍峙部长，严格得说只有一面之识。和王昆老师相识的时间虽然比较久，但她也没教过我，那我为什么将他们称为导师呢？

这里有许多令人难忘的故事。

那就让我从一个普通的一天说起吧。那天，我在厂里碰见了我的好朋友周七月。我问他："你爸（即周巍峙部长）今年九十几了？"他说："98了。"我又问："你爸身体怎么样？"他说："很好。"我说想抽空去看看他。他说："算了！看了你会觉得很不舒服，他已经完全不是当年那个样子了。"我说，那我也想去看看，他把我爱人调进了北京，我连句谢谢的话都没说，我会觉得心里不安的。他说："那你就去吧！去前跟我说一声，我给你安排。最好是星期天，这样就连我妈也一起见了。"我说好。

30年了，我从未看望过老部长和他的老伴儿王昆老师，为什么我会突然想去看他和王昆老师呢？原因很简单。他们老了，而他们又有大恩于我。我早就应该对他们当面说一声谢谢，但30年倏忽而过，这么重要的一件事我竟始终没做！

我1976年结婚，我爱人在西影，我在北影。两地问题虽有老厂长汪洋同志的照顾，刚结婚就把她借到了北影，从未受过两地分居之苦，但户口问题却一直没能解决。生活还是很不方便。那时每月要寄粮票、油票和其他票证。另外北京有一些与外地不同的供应，比如酒类、糖类等都需要凭一个一张白色的印有12个月小格子的单页小本儿购买。我爱人是西安户口，所以这些都没有份儿。说起来是小事，但想起来，也常常让人有种说不出的不快。当然，对我们来讲，最重要的还是学习。那时看进口影片还没有完全放开，没有北影职工证是不能进北影礼堂的。这对我爱人是最痛苦的一件事。大家看完了影片常常要坐下来讨论一下。而她根本没看，不参加会不好，参加吧，自己连片子都没看！能说什么？比学习还重要的自然是女方没户口，我们不敢要孩子。要了，解决进京问题就不是她一个人而是两个人了……总之，生活学习都有很多不便。最令我们感到害怕的是，那时听说中央有个精神，一定要将北京人控制在一千万之内。是真是假虽不得知，但对我们无论如何是一个可怕的消息。我们只好加快解决两地问题的步伐。我们托了很多人都没解决。按照当时党的政策，我们是中年知识分子，属于应该照顾的那部分人。但具体办起来就没那么简单了。在我们深感走投无路的时候，我忽然想到了周七月。我们在凌子风拍《骆驼祥子》时，我和周七月在一个组。从相识到相知，渐渐成了好朋友。没想到当我找到他时，他也只能说，我可做不了我爸的主……

他说的是实话。

当时，他父母刚落实政策，还没分到房子，暂时住在老文化部的几间办公室里。那里离我厂很远。七月想买一辆摩托车，上班省点儿力，就这样一个很合理的要求，他爸爸妈妈都不准。大家知道，拍电影是件苦差事。拍完戏，一个个早已筋疲力尽，倒头就能睡着，而他却还要骑自行车回家。第二天还没歇过来，就又要起床骑车赶到厂里跟着剧组出发。其疲倦程度可想而知。买辆摩托车的要求并不过分。但在当时，摩托车毕竟不是一般大众所能买得起的。所以，他爸爸妈妈都不同意。原因是：影响不好……由此及彼，我们就不难想出，他要提出想给自已的一个朋友利用他爸爸的权力调进北京，成功的概率几乎为零。我说，我找你妈妈行不行？

在此之前，我们从未谈起过我认识他妈妈。他很奇怪，问我："你们什么时候认识我妈的？"

我说，是1965年我们在长治"四清"的时候。我们"四清"工作队在长治集训，北影和东方歌舞团同住在县招待所。因老在一起为当地领导和群众演出，所以就认识了。说到当时的县招待所我想解释几句。那可不是现在的年轻人经常见到的那种与一星或三星级宾馆相类的县招待所。那时的招待所就和大车店差不多。没有床，只有大通炕。一旦有公社、大队、生产队三级干部会，村里的基层干部，实际也就是农民朋友，就都集中到这里来。所以屋子里总有一股常年去不掉的旱烟味和捉不完的虱子。（老同志告诉我们，那叫"革命虫"。）我厂著名导演水华，还有许许多多大编剧、大导演、大演员都和大家一样住在这里。王昆老师和东方歌舞团的演职员们也都住在同样水平的大车店里。我们男同志过这一关（当时称生活关）还比较好过，我不知道王昆老师和她的东方歌舞团那些漂亮娇小的女同志是怎么过的？我看到的只是他们团在王昆老师领导下，一个个天天都是欢天喜地的。不仅没有一个人叫苦，而且天天坚持练功，坚持排练节目。天一亮，东方歌舞团的舞蹈演员们就都高高抬起她们的大长腿把脚放到墙壁上，开始压腿；声乐演员就在院中开始练嗓子了。虽说身在农村，但他们团那种积极上进和刻苦追求艺术的团风，还是给人留下了深刻的印象。如果没有王昆老师这样的领导，断乎不会让一个文艺团体能有如此蓬勃向上的朝气和浓郁的艺术氛围。当地领导见北影和东方歌舞团来了，自然会提出观看演出的愿望。就这样，我便得到一个难得的荣幸——与王昆等著名演员同台演出。我们集训的时间很长，大约有两个多月。所以，我们演出的场次也相当频繁。谁是总导演我不知道，但她是我们整个晚会的总头儿我还是记得很清楚的。他们东方歌舞团主要是演歌舞，我们北影演员剧团则把全部语言类的节目承担下来了。我是在一个多口相声《六畜兴旺》里演一个角色。没多少戏份。但演出毕竟使我们相熟了。我们年轻人都随他们团里的人叫她老师，其实，她一天也没教过我。她大概是因为从延安来的，所以非常朴实。她和她们团里的年轻人平时非常随便。说她像妈妈，似乎她还没那么大。说像姐姐，她又好像比大家大得多了一些。慢慢地，我们就和她相处也比较随便了。我和她的相识很平常，也没什么故事。

但“四清”一结束，“文化大革命”就开始了。她的厄运也就来了。虽然我不知他们团斗她的理由是什么，但北影的形势使我想到她肯定也已成为“黑帮分子”。因为那时的当权派和所谓的“三名三高”都被揪了出来。她是“双料货”，自然在劫难逃。那时，我们厂在小关，东方歌舞团在和平里。两个单位离得很近。中间没有多少建筑物，只是一条马路和一望无边的农田、菜地。她天天都在那里的菜地劳动。这说明，她肯定被“揪”出来了。我们上下班都要从她劳动的菜地路过，每天上下班的时间也几乎一样，所以自然会经常碰到她。开始，我们看到她，她好像是怕牵连我们，所以故意装作没看到一样。我们年轻人没包袱，自然依旧像演出时一样叫她“王昆老师！”开始她的笑还是比较有分寸的，明显地是想和我们保持距离，不想让我们因与她画不清界限而遇到麻烦。渐渐地见多了，大家总是那样热情，她也就对我们恢复了原有的亲切。大概是由于她是从农村走出来的，对劳动一点儿不怵，每天都是乐呵呵的。一天我们又是在下班的时候从她参加劳动的地块旁边路过。我听见他们带队的人说：“收吧！”她便拍拍手上的泥土，直起身来对迎面碰上的我们笑了。她见我们仍那样热情地叫她：“王昆老师！”她还是像平常那样随便答应一声，并不攀谈，便在我们身后与她同劳动的人一起向着他们团的方向走去了。

其实我说了这么多，就一个意思：我们虽然认识，但没有任何一点私交。第一，辈分不同；第二，身份相去甚远；作为小人物，我在她那里，既谈不上喜欢与否，也谈不上讨厌与否。而我，就是凭着这么一层仅仅算作“认识”的关系就向周七月提出了找他母亲把我爱人从西安调到北京来的要求！这是不是过于贸然和不懂事了？连我自己都觉得很唐突。可是，北京的人口一旦超过了一千万怎么办？我也是实在没有办法才这样做的。但七月还是答应了。他说：“这样吧！我可以带你们到我家去，我妈管不管我就不知道了。在我爸那儿很简单，符合政策的，他准办。不符合政策的，他怎么也不可能办。你们这事儿，我估计能办……”

就这样，我们在一个星期天，到了周七月家。

七月当时是单独住在旁边的一间小屋里。我们在七月那间小屋谈了很久，主要是研究见面的方案。只有七月觉得没那么复杂，他说：“我爸要觉得符合政策规定的，能解决的就解决了。不能解决就是不能解决。”他把话说得如此明白，我和我爱人也就终止了研究，硬着头皮随七月走进了他家。

我们真是太幸运了。开门的正好是王昆老师。看来她家平时客人很多，所以对我们的到来并不感到奇怪，所以笑着说：“哟！是你呀！快进来！快进来！”我们就进去了。既感到受宠若惊，又很局促。但我还是讲了我们的来意。在我说完之后，几乎没有等待的时间，王昆老师就说话了：“你们去客厅吧！我给你们叫老周去！”

就这样，七月又把我们带到了他家的客厅。

又是一段艰难的等待。还好，大约也就一两分钟，周部长就来了。握手寒暄后，就让我们坐下了。他眼睛直视着我，我有些紧张。但他办事的简洁和干练给我留下了深刻的印象。我们坐下后，他在我们夫妇面前盯视着我们走了三四个来回，然后就直奔主题开始了问话：“你叫霍庄？”我说：“是。”他又问我爱人：“你叫徐晓星？”我爱人也回答：“是。”“你们需要解决夫妻两地问题？”我又回答：“是。”接下来，他就没再提任何具体问题，只说：“汪洋同志什么意见？”我说：“我们分居已经八年了，再往下感觉没希望了，所以我想调到西影去，汪洋同志不放。”他听后说：“你让汪洋同志打个报告，我来批。”说完就走了。我当时都懵了。八年没有解决的问题，在周部长这里这么干脆就解决了？这是真的吗？我当时的感觉完全是如处梦中！

回来以后，我就按周部长的意思，给汪洋厂长做了汇报。汪洋同志立刻就给我打了报告，并当即由我厂工作人员送给了周部长。

两天后，我就从厂长办公室见到了签有周部长大名，表示“同意”的回函。七月得知后，叮嘱我：“你现在就可以去劳动人事部要进京的指标了。”我拿到手续后又犯难了。按当时的规定，调进北京一个人需要三个正部长签字同意。文化部同意了，劳动人事部怎么办？我们一个人也不认识呀！但既然有了文化部部长的同意，那就撞一头吧！我很快就去了劳动人事部。事出意料，这一关过得异常顺利。门房问我：“你找谁？”我说：“找部长。”他问我：“找哪位部长？”我说：“正部长。”他问我：“姓什么？”我说：“不知道。”门房只好问我什么事。我拿出有周部长批示的文件把事情一说，门房就给我打了一个电话。电话打完，他就让我填写了一张条子进去了。

很快，我就见到了部长的秘书。我把批件给了他，他认真仔细地看了一遍说：“你坐！部长有客人，等部长把客人送走，我就给你送进去。”我说：“如果今天办不成，办完您就打这个电话，我就能来。”他说：“不用！那样你又得跑一趟！”他的态度非常好。

我很感动。

过一会儿，部长的客人走了。他就给部长把我的批件送去了。大约只有一分钟，他就带着部长同意给一名进京指标的批件回来了。去前我的心一直是“扑通，扑通”的，一路上一直在不停地算计着万一部长不同意，我该怎么办。没想到有了周部长的批示，后面的一切就一路顺风顺水了！

我高兴极了。

回家后，我把事情的过程讲给了我爱人听，她也很高兴。我们决定马上抓紧去公安部办理户口问题。原本说是我去办的。但第二天厂里却要求我出差，这事儿就只好由我爱人去办了。好在出差的时间不长。但这件事对我们夫妇却是天一样大的事。我人虽在外出差，但心里却一直还惦记着这件事。那时，通讯远远没有现在这么方便，在外打长途报销也是要有正当理由的。我们收入也不高，想来想去觉得打也没什么意义，就没打。等我把事情办完，就立刻坐火车回到了北京。没想到，到家时偏偏我爱人不在家。于是，我就又开始胡思乱想起来：是不是进京户口又有什么新精神？还是公安局那边的规定我们不符合？总之，期盼值越高就越容易胡思乱想。就在这时，我爱人回来了。她告诉我，一切都办好了，并把刚刚办完的户口本递给了我看。我接过一看，真是大喜过望。她不仅把公安部的手续办了，连户口本上她的那一页都已加进了户口本里。里边原本只有我一个人，现在我的那页的下边又多了一个我爱人！我把户口本还给她，叫她收好。她把户口本往胸前一放，长吁一口气说："哦！八年了！总算解决了！"

想起当初那一刻，周部长和王昆老师对我们的关心又一次暖暖地流过了我们的心田。

下面我讲的看去好似与此无关的小事，但这件小事却证明了很多东西。

那是在凌子风导演去世一周年的那天。凌子风的夫人韩兰芳邀请我去参加一个追思会。去的人很多。其中还有原实验话剧院院长舒强的女儿、北京电影学院的教授舒晓鸣。她是专门研究凌子风的，而我则是凌子风的徒弟。所以韩兰芳女士把我们都请去了。在那里我又一次见到了周部长。那时，他已退居二线，到文联去工作了。在会上周部长专门做了《我喜欢凌子风》的主题发言。他讲得既风趣幽默，又实实在在。全是凌子风在延安年轻时的一些趣事。比如，他如何心灵手巧，排《日出》没有沙发，凌子风怎样把老乡的炕桌、凳子加上被褥包上一层布就做成了沙发，而且很像。还有凌子风排演"田庄剧"[1]的事。中午休息时，舒晓鸣问我认识周部长吗，我说认识。并把我认识的由来说了说，主要是我想当面对他表示一下感谢。她说，走！咱们看他去。我就跟着去了。路上她把她爸在延安时期和周部长的关系也简约地给我说了说。到了那里舒晓鸣问："周部长！你还认识我吗？"周部长看了她半天说："不认识。"她说："我是舒强的女儿舒晓鸣呀！"她这么一说，周部长就开口了："你都长这么大了，我怎么认识？"接着就打开了话匣子，说了许多当年他和舒强在一起的往事。说的是舒强，但看得出，他对自己在年轻时能够选择走上革命道路深感欣慰……在他们说话时，我在周部长面前来回走了好几遍，目的是想知道他还认识不认识我。认识，我就好开口了。不想，他好像根本不认识我。于是，我也就取消了我原来的想法，因为要找他说话的人非常多。其实，有些话埋在我心里已经多少年了，一直没机会。现在机会来了，我不知为什么，我却没能走上前去，把我那些话告诉他……但周部长帮我们解决两地问题，原来没有一点儿人情色彩，真是如周七月所说，按政策能解决的，他很快就能给你解决；不能解决的，那就是不能解决。我存在心底的话虽然没说出来，但周部长办事没有一点儿个人动机的磊落胸怀却又一次更深地打动了我！

后来，我在2002年给老舍先生过103岁的冥诞时（可能有人会问，103岁即不逢

[1] 战争期间为了适应战斗环境和农村演出的特点，凌倡导不用布景，利用现成的街道、打麦场、大的院落，用生活中的真人真事就地取材自编成剧来宣传抗战，创造了"田庄剧"这一演出形式。

五，也不逢十，为什么要过冥诞呢？这是因为热爱老舍的人太多了，年年都有人张罗为老舍先生过生日），又见到了周部长和王昆老师。会上，有田壮壮和我发言。散会后，我去和周部长和王昆老师打招呼，这次周部长仍然不记得帮我办过事。其实，那天会上我发言时，主持人是介绍了我的名字的，我想他会想起我来的。没想到，他仍然不记得我。王昆老师热情地向他介绍：这是霍庄呀！周部长仍是一脸茫然，我说，我们夫妻两地问题就是您帮着解决的……他好像也完全没有这样的记忆。看来，被他帮助过的人太多了。加之，我那次和他见面顶多不到三分钟，他没有印象太正常了。像他这样既是领导又是著名作曲家（《中国人民志愿军战歌》就是他的作品），别人记住他很容易，他要记住所有人那就难了。这使我又一次感受到，他帮助我们全然没有一点儿私心和人情色彩，纯粹是因为工作需要。他给我们解决问题，纯粹是因为中央有解决中年知识分子两地问题的政策。他对我的全然没有印象，反而更增加了我对他的敬意。然而，这次我最大的收获是我和王昆老师交换了手机号。

她知道我的性格，没事我是绝不会打搅她的。她虽然早就离休了，但我从电视和报纸上经常看到她的消息。离休后，她从未停止过对中国声乐事业乃至整个音乐、舞蹈界的关心。从某种意义上说，她比在职时更忙了。直到有一次我有一个在电视台工作的朋友需要请他们团的一位著名歌唱家做嘉宾，我看我的朋友急得不行，这才抱着试试看的心情给王昆老师打了一个电话。不料，她问明缘由，很快就把那位歌唱家的电话给了我。办完事，王昆老师忽然提出一个问题，她说为迎接党的十七大，她想请人创作一部长篇电视连续剧《白毛女》。我说，《白毛女》虽是经典，但它早已普及到全国，妇孺皆知了。再拍会有人看吗？一部电影篇幅那么短，抻成一部电视连续剧肯定很稀释，效果不一定好……不想，王昆老师却说，我不是那个意思。我是想从抗战胜利到国共和谈破裂，我党深入农村进行土地革命开始。在七大召开前夕，发现了《白毛女》这样一个题材，延安“鲁艺”怎样组织最好的创作干部连夜赶写剧本，边写边排，最后才创作出我们现在看到的大型歌剧《白毛女》。作品在七大上演出大获成功。于是，就由延安又传到了各个根据地，各根据地的演出团体配合“土改”广泛进行宣传，对启发农民积极参加土地改革和动员参军起到了非常积极的作用。当时在各根据地的演出团体都演《白毛女》。这里有很多故事，观众都是来自农村的农民和部队战士。而战士又大多来自农村。剧情讲的内容和他们的生活非常贴近，所以有的战士看到黄世仁和穆仁智欺压杨白劳父女，内心十分难平，就把剧中人当作了真的黄世仁和穆仁智开了枪，差点儿把演员打死。至此，以后各个部队明确规定了，在看《白毛女》时，一律不准带枪。后来这部戏几乎就成了搞“土改”的地方必演的剧目。新中国成立后，《白毛女》成为经典，不仅拍成了电影，还成了许多歌剧演出团体的保留剧目……从某种意义上讲，《白毛女》可以说是我党现代史的一个重要侧面……我听后，觉得这个构想太了不起了。我很动心。但我当时正在写另一个电视剧剧本，我只好实话实说，等我写完这个剧本再考虑行不行？王昆老师说，不行！因为从现在着手，到十七大时间已经很紧迫了。她说自从她有了这个想法以后，这个题材很令她着迷，常常想得睡不着觉……结果我还是婉言拒绝了这件事。后来，好像是中央台拿她的这些想法按照时间顺序，一期一期地用专题片的办法记录了下来。我是从节目中看到的。很感人。加之，我的那个剧本也没弄成，所以非常后悔。后悔当初为什么没跟着王昆老师把《白毛女》写了。那种后悔不是一般的后悔，而是一种刻骨铭心的后悔，不仅后悔，而且有一种深深的自责，觉得很对不起王昆老师。今年，我在完成一个剧本后，重新选择题材时，又碰到了周七月。我就把我想写《白毛女》的想法告诉了他。我说十七大、十八大都过去了，我们用这个故事来迎接建党95周年好不好？并邀请他，咱们俩一块儿做好不好？七月当时就拒绝了。我很奇怪。他的回答着实有些令我吃惊。他说：“你可以找她把这个题材捡起来。她肯定高兴。但是千万别提我，你要提，马上在她那儿就成事儿了。”我说这能成什么事？就是成事儿，也只能是好事儿呀！他说：“我爸我妈你还不了解？我什么都不干，没事儿。我要跟他们一块儿干点儿什么，他们就感觉我是想利用他们手里的权力和影响搞特权了。”我很为七月惋惜。现在是个“拼爹”的年代，别人要是有他这样的爹和娘，早不知干出多少大事儿了，而七月不仅完全靠不上，反而还处处要受到父母身份的制约……这太像他们两位老人的为人了。话是这么说，七月的才华虽被耽误得不轻，但两位老人的严于律己和严格要求子女的精神还是令我十分敬佩的……

这次我和七月的见面，就是这篇文章开头讲的那次见面。如果当时抓得紧，我就可以当面把我对两位老人的感激之情告诉他们了。我以为他们既然非常健康，机会还多得很。谁想到，仅仅由于我一时忙于教书，竟使我这一愿望变成了终生的遗憾！周部长去世时，我正在武汉教学，回来后，我一直还是在教书，教书，教书，不想竟把前往七月家去看望王昆老师的事耽搁了。后来我听我的朋友们说，王昆老师当时正为她的一次个人演唱会在排练。她忽然觉得有些不舒服，让她的学生们送她去医院，谁知道，等到了医院做完CT时，她的大脑里已出现大面积出血，抢救无效撒手人寰了。我听到这消息时，十分震惊。因为听说此前，她已年近九旬还没有高血压，身体应说是很好的，怎么就……？然而这是事实。你不接受也得接受。生活有时就是这么残酷！

现在回到这篇文章的开头，我想读者可能就理解我为什么会称周部长和王昆老师是导师了吧。导师不在于他教过你没有，而在于他们的以身垂范曾给了你什么影响。他们的无私，他们对普通人发自内心的关怀，他们的以身作则，他们对党的忠诚与热爱……使我懂得了怎样做人，怎样做事。这样的人，难道我们不应该叫他导师吗？

2015年12月

远远近近看荒煤

看了标题，可能有人会问，什么叫“远远近近看荒煤”呀？

是这样：一般来说，荒煤离我们是很“远”的。他1938年就到延安了。去之前，在30年代初就参加了“左翼”的文学活动，写了许多进步小说。1938年到延安后，在延安“鲁艺”任教；新中国成立后，他又先任电影局局长而后任文化部副部长。我们和他的距离当然很“远”。再者就是人家的著述，从30年代就开始发表作品和理论文章。新中国成立后，从他的岗位角度，又一直在撰写有关电影的指导性的文章和创作散文纪事之类的作品，更是硕果累累。我们认识他只能是通过他的文章或作品——在《电影艺术》或《当代电影》及其他电影或文学刊物上认识他和了解他了。这充其量也就只能算是远远地“望其项背”而已，当然很“远”。

但文章标题怎么又谈到了“近”呢？

原因很简单。因为他的夫人就是我在北京电影学院就读时我们班的主任教员。她叫张昕。作为老师，她非常喜欢学生。有事儿没事儿，都喜欢叫学生到她家去玩儿。就这样，我们就与这位大名鼎鼎的文化界领导人有了许多零距离接触的机会。接触中，他给我们留下了很深很深的印象。而这些印象应当说都是非常宝贵的精神财富。现在，他走了。我们作为晚辈，不敢把与他接触时所听、所见等诸多实践与教诲随着时间一起泯灭。于是，就产生了写这样一篇纪念性的文字：远远近近看荒煤。

我们第一次见到这位“真神”是在我们第一次演《雷雨》时，张昕老师把他请来了。他看了以后，表扬了我们。这就是我们见到他的第一次。

第二次见他使人感到很有趣。那是在困难时期，新学年排演一个苏联的戏剧片段，我对戏份太少有意见，很痛苦，为此跑到张昕老师家去诉苦。其实，当时她已不在我们班任教了，但她依然很关心我们，所以我想找的还是她。那天我哭了。我说：“就那么点儿戏，一共十二句话，根本满足不了我的求知欲。”我们谈了很长时间。这话题自然沉重，而且耗时较长。不知不觉就到了饭点儿。大概和我们谈的话题有关，而且也没谈完，所以张昕老师执意留我吃饭。那是一个粮食十分紧缺的年代，一般谁也不会留别人在家吃饭的。我不吃。张昕老师非留不可。我觉得这等于夺人家的口粮，所以坚决不干。但我再三推辞也不成，最后还是留在那里吃饭了。因为是休息日，所以荒煤同志在家。于是就和荒煤同桌吃了一次"家宴"。那是一张和老北京人家里的炕桌一样的小饭桌。我们坐下了，荒煤同志很快就来了。荒煤虽是局长，家里也没有好吃的。主食是窝头。菜也很简单。他见我留在那里，好像只说了一句什么客套话，然后就吃起来。我和张昕老师还在有一句没一句地继续着我们的谈话，荒煤却好像根本没有我们的存在，一直用他那对深邃的目光在思索着什么。我觉得有些局促。张昕老师发现后就说："你甭理他，他就这样儿，什么时候都有事儿要想……"他很快吃完就走了……我们吃了一会儿也就吃完了。事情虽已过去多年，但他边吃饭，边思考问题的样子至今还留在我的心里。

第三次和他的零距离接触，时间、地点都很有趣。那是1963年。正处在学习雷锋的年代里。我们同学学雷锋，一般都是帮助同学做好事，比如谁来不及洗泡在水房里的衣服，别的同学见到就会帮他洗，洗后也绝不会告诉是自己洗的，如此等等。但在团委转发的电影局学雷锋的一篇通讯里写的竟是荒煤同志学雷锋。该文说荒煤同志学雷锋的具体行动就是为给国家节约汽油，放弃了上班坐小轿车，而改坐公共汽车了……没想到，他学雷锋的行动竟坚持了那么多年。有一次还真让我碰到了。那年，上级不知叫他写什么文章，给他"关"在了颐和园一个小院里。张昕老师跟我们说暑假可以找她去玩儿。其实，我们虽都很想去，谁也不会去。因为那样会打搅荒煤同志写作。

不巧，我有一天去西直门外办事，上车时，碰到了荒煤正好在通往颐和园的公共汽车上。那是一路开往颐和园的起点站。我不知他从哪里来。总之，他是徒步赶上那辆车的。平时，他从来都是整洁有序的。但那天他却狼狈极了，满脑门子汗，上衣也早都被汗水浸透了。而且，领口是敞开的。他刚刚占好最后一排的一个座位，却又突然站起掏钱要去买冰棍。我本来是想避开他的，因为我不想让他知道我看到了他狼狈的样子。但他却站起来要下车买冰棍，我怕他丢了座位，只好站了出来："陈局长！我帮您去买吧！"但他还不好意思："不不！我自己来，自己来！……"及至我已跳下车，买了一根后，才知道他想自己买的原因是降暑。一根对他显然不够。他连忙对我说："三根！三根！我要三根！"我就又返身回去给他买了两根……看来他实在是太热了。在那既没有空调，又没其他降温的措施的年月里，三根都未必能把他那一身暑热降下来……在那一瞬间，我忽然想起团委转发的那篇荒煤学雷锋的文章，他放弃了小车而改坐公共汽车的事。有人对此很不以为然，说这是领导给大家"做做样子"。而在我看到了他的"狼狈相"以后，我才想到不坐小车，却要四处奔忙对一位四十多岁的人其实绝不是像有些人说的"做做样子"那么简单。而绝对是一种真诚……

第四次和他的零距离接触，简直就是喜剧。那大约是1964年。极"左"风暴开始肆虐。我们从报上看到我们一向尊敬的荒煤副部长被免职了。究竟什么原因我们不知道，但我们班同学在私下里曾多次议论过，觉得没有道理。其实，不光我们班，可以说是整个学院，没有一个人觉得这是一个正确的决定。私下里，甚至公开场合都在为荒煤抱不平。(现在的年轻人可能不知道，当时这样说是十分难能可贵的。因为这种言论是有可能在政治上招来灭顶之灾的！)但是由于他思维严谨，作风正派，理论水平高，特别是工作态度，什么时候都是一如既往、超乎寻常地努力……是尽人皆知的。凭什么要把这样的一个好干部整下去呢？然而，这就是历史。谁也没有办法。

我就是在这样一个时代背景下到张昕老师家去的。那时不像现在，到谁家去是需要先用电话打个招呼的。当时他家虽有电话，可我们都没有，基本上都是"生闯"的。大家谁也不以为这是缺少修养或没礼貌。有一天，我又"生闯"到张昕老师家去了。去的意思就是按我们班里同学的议论，去安慰一下张昕老师。而我家离张昕老师家最近，我抽空就去了。但不巧的是，张昕老师要洗澡。他家虽有洗澡的澡盆，却没有热水供应。只能用放在洗澡间的一个蜂窝煤炉子烧一大桶水，等水热了倒进澡盆才能洗。我去的时候，刚好是水烧热的时候。所以，张昕老师就把荒煤请出来陪我。我受宠若惊。忙说："没事没事！您去洗，我就在这儿等您就行了……"但张昕老师还是把他请了出来。

就这样，我就和他又有了一次零距离接触。

这次接触，我才知道了什么叫作"闷葫芦"——这是他给自己起的别称。

我和他无论从什么角度来说，都属于"相去甚远"的人。说什么呢？我本来是去安慰张昕老师的，虽然我们都知道，这变故的缘由来自于他。但又不知原因。怎么说呢？

我们枯坐了一会儿，他什么也没说。连一句客套的话也没说。纯粹是听命于张昕老师的安排，微微仰着头，坐在那里“陪我”。

我问：“您近来身体还好吧？”

但他却连我这样一句礼貌性的问话也没有回答。我见他实在没话跟我说，我就把我们班和学院里许多人对他被免职很不满，为他打抱不平的话对他说了。他仍然没说一句话。而且，他用一种完全没有内容、没有倾向的眼光看了我一会儿，既没有惊讶，也没有因我讲的内容而表现出相应的眼神。我见他如此，下面也就不知该说什么了。

就这样，我们又枯坐了很长很长一段时间，直到张昕老师把澡洗完。

那是多么漫长的一段时间啊！我难受极了，因为实在不知说什么。现在想起来，觉得简直就是一出喜剧。

“文化大革命”结束，我到重庆出差。在那里打听到了张昕老师的地址，我就贸然“闯”到了她的家里。张昕老师非常高兴。专门带我和她的小外孙女去了一趟公园。在那里可以俯瞰整个重庆。我们在那里还吃了一顿扣肉。那时，他们在重庆只有十四五平方米的一间屋子，住着一家三代。我问张昕老师：“房子这么小，荒煤同志住哪里？”张昕老师说：“住单位。家里实在没地方……”回到家，我们又一起包了一顿饺子。包饺子时，他回来了。张昕老师叫他吃饺子，他不知为什么，并没吃，拿了一些东西就走了。这次他说的话最多没有超过十个字。

再后来，我再见到他，那时他已经得到平反，回北京了。那时候，还没安排工作，住在张昕老师姐姐家里。有一天看参考片，我骑车给荒煤和张昕老师去送票。这次的荒煤较之以前简直判若两人。见我去了，他很热情。亲自给我拿来一个芒果，说：“这个芒果太熟了，有地方熟过了，要削掉才好吃。我刚才就吃了一个，很甜。”说着就给我削了起来。我不敢让他劳动，抢着要自己来，但他削得很快，没等我抢到手他已经削完了。最让我感动的是，我吃完后，因为手很黏，我只好张着两手和他及张昕老师聊天。他心很细，立刻带我到卫生间去把手洗了。对此我感触颇深。“文化大革命”是灾难。我曾亲眼看过无数次他挨斗和“坐飞机”的样子。但“文化大革命”也练人。使他这样一个只知做学问和工作的人学会了细致地招呼他人。那天，他很开心，说了很多话。虽说都是打问北影老艺术家，特别是他在延安一起走过来的老相识。但他的笑是很罕见的，也是欢快的……

然而真正让我了解了荒煤，还是1980年我的影片《残雪》获奖那次和他的接触。一天，我们原本是要下楼去开会的，但突然接到发奖大会的通知，叫我们获奖编剧到一个小会议室去开会。我们到了那里才知道，是荒煤同志来了，要和我们获奖影片的作者谈一谈。

他的开场白很简单，就是说了剧本创作对电影事业发展的重要性。他很想听听我们这些获奖者深入生活的情况，以及创作过程和经验，想从中取得一些规律性的东西……

我这才知道荒煤工作是如此深入和注重方法。他找得奖者来谈经验，然后再加以总结、推广，这不是对全局很有推动作用的宏观设想吗？

那天，他听得异常认真，而且时不时要做些记录。他最关心的是我们的生活是从哪里来的。我把我在西北五省的各种情况，特别是打倒“四人帮”之前和以后的种种令人触目惊心的社会情况向他做了汇报。我见他很有兴趣，时不时还要问上一两句，所以谈得很细。没想到，我们这些人谈的情况竟成了不久之后他去长影作关于剧本创作问题的报告的主要素材。我这才理解到荒煤同志的报告为什么总那么引人入胜和切中时弊了。因为他太深入和注意调查研究了！

还有一次是我们编导室全体创作人员谈电影创作如何解放思想，目前大家都在选择什么题材。他来了。谈了没多久，他就请梁晓声发言。梁晓声当时是我们编导室年纪最小的一个，也是作品出的最多和最快的一个。他看问题总是一针见血，入木三分，被有些人认为过激。但荒煤同志却当场支持了他。他说：“我们一定要解放思想，不要被极‘左’思想束缚……梁晓声不就是一个很好的典型吗？他的作品我读了以后，许多都可以改编成电影。说明我们北影不是没有题材，而是没有去抓……”我这才知道，他从电影局的角度来抓北影也是十分深入和有着明确目的的。

给我印象最深的还是他在解放思想阶段做了许多深入细致的工作。那时，“四人帮”虽然打倒了，但极“左”思想还使很多人“心有余悸”，这种状态极大地影响着电影事业的发展。那天他来就是帮助我们解放思想的。诸如：如何理解“为工农兵服务”“文艺与政治之间的关系”“在文艺作品里揭批‘四人帮’的简单化的问题”，等等，都给了我们以深刻的启迪。我简直不知道，他在行政工作那么忙的情况下是怎样读了那么多小说、电影剧本和评论文章的。而且，绝对是博学强记，在闲谈中可以讲出许多作品作为例子，将他思索的成果说出来！真是令人赞叹不已。

作者参加陈荒煤诞辰100周年纪念会筹备期间在荒煤遗像前留影

那时思想界思想非常活跃，各个大学都有名家讲课。为此，我专门买了一辆摩托车奔跑于各个大学。因为我觉得听课比阅读来得快，对我学习创作有好处。有一次，我看到师范大学一个公告牌上写着×月×日陈荒煤同志将来校作学术报告。我看了通知后就按时去了。人很多。他讲得很大胆，比如：“对为工农兵服务的理解。不要还像过去一样，只有写工农兵，表现工农兵，才叫为工农兵服务。知识分子经过这么多年的改造，早已成了无产阶级当中的一员了。写知识分子也是为工农兵服务嘛！……”听到这里我立刻就想到周扬“文化大革命”前写的那篇社论《为最广大的人民群众服务》，结果在“文化大革命”中被斗了好多年……还有文艺为政治服务的问题，不要把文艺观点和政治混为一谈，动不动就给人打成“右派”“右倾机会主义分子”或“反革命”……而且明确说了：“这是没有道理的。”另外，他对“文化大革命”中对人性论的批判进行了较为深刻的批判，说：“没有人性，没有人情，哪里会有感人的艺术！”这些话今天听来似乎并没有什么，可大家不要忘记了时代啊！当时极“左”思想虽已被批判，但人们还是不能把文艺和政治分开，很怕“揪辫子”“打棍子”，尤其怕“戴帽子”……他这样的讲座我听了大约有三次。像他从小说《伤痕》提到对“伤痕文学”的看法，“思考的一代”等都是在那一阶段提出来的。当时，由于我本身就“心有余悸”，所以对他当时那些言论很觉吓人。如果没有张昕老师这层关系，我也许听听就罢了。但因为有这层关系，我很怕他说得太冲而又招来政治上的恶果，脖颈子有些发麻。直到全国第四届文代会召开，小平同志明确提出了文艺工作不再提“为工农兵服务”和“为无产阶级政治服务”的口号，我才理解了他当时的四处奔走呼号，实际上是很负责任地为了文学艺术以及电影的健康发展在开辟道路……

他离休后，自己并没有休息。我每次去他家，都看到他在整理文稿，满地都是他的旧稿子，看上去好像是在整理他的旧作。我和他打招呼，他仍然是很简单地回答一下，就继续工作了。好勤奋啊！……

一转眼，二十多年过去了。回想过去，荒煤为我们的文学艺术和电影事业作出了多么大的贡献啊！

我们应该永远怀念他……

2017年5月

附：关于张昕老师

张昕老师是荒煤同志的爱人，她的名字可能除了电影界的人士，几乎没人知道。她似乎也从没奢望成为公众人物。但她对自己的本职工作——表演艺术教育——却极为认真。由于她热爱本职工作，热爱学生，所以，她和她在几十年教过的一年一届，数不清多少班的学生都长期保持着密切的关系。我们都毕业半个世纪了，依然联系不断，至少节日会打个电话问候问候。这可能和我们是电影学院，又是表演系这个特殊专业有关。我曾和我的中学校友聊过，你们和你们的老师有我们这样的关系吗？有的学校有，但是很少。

我说张昕老师很爱我们只是我们的一种感受。这种感受的来源除了她的行为而外，她从来没用语言表达过。有一件小事。那是在困难时期，大家都吃不饱的艰苦岁月。一天学校给大家买了许多柿子。一人四个。买完，我用衣服迫不及待地擦了擦就吃起来。张昕老师看见我迫不及待的样子，问："涩不涩？"我说："涩。"她立刻流露出了痛苦的样子。她的那个表情，让我记了整整一辈子。另外更有趣的是，她爱我们的方式就是"骂"。我们都是挨着她的"骂"长大的。她快言快语，用语尖刻犀利，不管我们怎样努力创作的小品，她永远能找出"骂"的道理。更有趣的是我们一个个还都特别"贱"，挨了骂，还想找她看。结果又是一顿"骂"。不！准确地说是"批评"。她从不说脏话，即使圈内几乎人人嘴上都有的"国骂"她也从没说过一次。那么她老"骂"学生是不是一种"癖好"呢？恰恰相反！和她接触多了，我们慢慢就知道了，她在艺术上是个完美主义者。我只要把她批评我们的要求方式说一下大家就能明白了。我们在大一大二，艺术上还处于十分稚嫩的时候，她看了我们的小品就一直在用高标准要求我们："你们这哪儿叫戏剧语言哪？你看夏衍（她会随口举上一个例子），人家是怎么提炼语言的！"我们排《雷雨》，稍稍读错一句台词，她就立刻批评道："曹禺的台词你们也敢乱改？重来！曹禺的台词一个字也不能改！"我们这才慢慢明白，她批评我们的作业，永远是拿经典、拿国粹、拿世界名著作为标准来要求我们的，我们"挨骂"也就理所应当了！但最终我们的收益也是最大的。

她的"骂"使我们知道了真正好的标准是什么；

她的"骂"使我们知道了艺术是一个崇高的殿堂；

她的"骂"使我们知道了对艺术是要有敬畏之心的；

她的"骂"使我们知道了天外有天，对艺术的追求是永无止境的……

我之所以在书稿已经定下来之后，又加补了这样一篇附文，就在于我想对她这样一个默默无闻，但却始终如一、忠诚于艺术教育的人，表示一下感谢。我写了十几部电影剧本，不管好坏，我都送给了她，她从没拒绝过。她当时还没有离休，工作之忙是可以想见的。但她全看了，而且看完全都专门给我谈了意见。她可以说是我全部作品完成后的第一个读者。记得我写完《盛夏和她的未婚夫》(当时叫《盛夏》)，在文学部受到了许多老同志的肯定，我很得意，自觉较前进步了许多。打印后，又给她送去了。不料又是一顿"痛批"。后来，剧本通过了，她又在上课之余，跑到我家，把她给我提出的意见十分肯定地讲了一遍，怕我不改。

或许，这就是为什么能让离开她几十年的学生，总会想念她，路过北京总要去看望她的原因。

所有她教过的学生都十分尊敬她。

她也确实值得人们的尊敬！

最后，我想说，我这里说的虽然只有张昕，其实，让我不时思念的，还有很多老师。比如：邸力、申伸、李慧颖、马精武、钱学格，以及其他课业的老师……还有我们可敬可爱的张珉院长！写到这里，我才知道，我想说的，想写的，其实是我的母校，整个的电影学院！

如今，张昕老师已经九十八岁了，身体依然健硕，耳聪目明。我希望她能创造一个不老的神话！

下面是我在她九十六岁时写的一首诗，一并放在这里以资留念。她生日那天去的人太多了。我没好意思念，现在发表出来，供大家一起再温习一下当年的情景吧！

2017年11月29日

致张昕

当年，一只风华正茂的手，
把我们牵进了
北京电影学院的大门口。
谁承想，
这一牵就是半个世纪啊，
直到九十有六。
您随时关切着
我们的成长和成就。
就像关切自己的孩子，
不让我们在前进的路上
稍有疏漏。
“人生道路多坎坷，
你们应该这样儿……
这样儿……这样儿走！
不管道路多曲折，
做人不能没骨头！
诚实、正直和善良
做人永远不能丢！……”
我们按您说的话做了，
有甜头，也吃了不少苦头。
但我们无怨无悔，
因为它成就了我们的品质，
永远可以坦荡阔步朝前走！
您那颗心的高能辐射
永远温暖在我们的心头！
如今我们也老了，
漫长的时日

才让我们知道老酒
只有年深日久才醇厚！
啊！老师，这是怎样
闪光的职业啊！
只有用一生的忠诚
才能把它铸就！
张昕老师，您做到了！
我们就是您永远的
骄傲和成就！
九十有六不算老
我们的未来
还要共牵手！
谱写电影新华章
直到永久的永久！
就像霍金说的物理时间
永远没有尽头的尽头！

我与司徒慧敏的一面之识

说起来我都觉得惭愧，我是考上北京电影学院以后才知道司徒慧敏这个响亮的名字的。后来学了电影史，才对他有了初步的了解。再后来随着学业进展和视野的开阔，对他的了解也就越来越多了。特别是他的儿子司徒兆敦就在我们学校，比我高一级，在导演系就读。与他又从生到熟，成为朋友。许多同学都谈起过他的父亲，这样就有了更多的了解。

毕业后分配到北影。我们周围有许多老同志都和他共过事，每每谈起与他共事时的感觉总是充满了崇敬。这样一来，就更使我对这个人充满了好奇，但我始终没见过他。因为那时我只是个学生。到了北影，我也一直是个普通的艺术干部，自然没有资格和机会见到这位在电影界的重量级领导人。

我周围的老同志说，他是我们电影界资格最老的一个。他1925年就加入了共青团，1927年就加入了共产党。还说，他会四门外语，是电影全才，从艺术到技术无所不能。他们说得最多，也最令我崇敬的是：他是中国革命电影的创始人之一。1932年，他在瞿秋白同志提议下与夏衍、阿英三人一起创建了我们党的电影小组。他联合了一批左翼和进步的艺术工作者，共同拍摄了《桃李劫》《自由神》《都市风光》和《风云儿女》等左翼电影，配合了当时的革命形势，鼓舞了广大人民抗日救亡的爱国热情。再后来，他又积极组织拍摄反帝反封建题材的影片，团结和争取了电影界的大多数人士，对保护和发展进步影片起了很大作用。1937年秋天，抗日战争爆发，他根据党的指示，转到香港开展抗战电影工作，组织和亲自拍摄了《孤岛天堂》《白云故乡》《游击进行曲》和《血溅宝山城》等影片。以后，又参加和组织了“旅港剧人协会”，团结了在港的电影界、文艺界人士。1943年，他在重庆担任党领导的中国艺术剧社的领导工作，从事革命戏剧活动。抗日战争胜利后，他于1946年7月远涉重洋到美国学习电影技术和电影管理，同时从事华侨工作。在美国期间，他导演和摄制的纪录片《中国民族舞蹈》曾获

1948年英国爱丁堡纪录影片电影节优秀奖。1952年4月，司徒慧敏回到国内，从此致力于新中国电影事业的建设和发展。他为发展我国社会主义电影电视事业，为制订振兴我国电影技术的奋斗目标，建立现代化电影技术体系做了许多重要贡献。

王雄是我厂洗印方面的专家。晚年他请我帮他写回忆录，我们开始变成了朋友。有一次跟他闲谈，说起了我和司徒慧敏的一面之识，讲到司徒慧敏对我的热心帮助，一下就拉开了他的话匣子。他讲司徒这个人对培养年轻人从来就是这个样子。他感慨颇多，给我举了许多例子。（在我给他准备回忆录时，这段谈话录音至今还保存在我的电脑里。）就是从司徒慧敏怎样在政治上保护他说起的。那是在我厂“整风”时，洗印厂有个“掺沙子”（那时电影界被称为“修正主义的大染缸”，所以从部队调来许多干部，称为“掺沙子”）的干部，向一个也是“掺沙子”来的，在海军管过技术的领导汇报说，在洗印部门挖出一个汪洋安插在那里的坏人。他的领导因过去在海军是管技术的，知道技术干部的重要，感到对方说法不对头，就将此事汇报给了司徒慧敏。司徒部长听了很生气。他说，王雄是我们党一手培养起来的年轻技术干部（当时王雄只有二十几岁），怎么可能是坏人呢！但在那种特定的形势下，他知道硬顶不行。于是就把王雄正式推荐给了正在领导拍摄大型音乐舞蹈史诗《东方红》的总政领导陈亚丁。就这样，王雄莫名其妙地拿着介绍信来到了总政陈亚丁处去报到。报到后他说：“我是搞洗印的，无须到摄制组……”但陈亚丁却说，这是司徒部长的意见。在那种情况下，司徒部长也不便对王雄说出他是在保护他，只好说这次的大型音乐舞蹈史诗《东方红》总导演是周总理，洗印一点儿问题也不能出。这部戏洗坏了是绝对不可能补拍的。而且还告诉他，他已经在文化部后面给他安排了一间房子叫他住在那里，让他认真抓《东方红》的洗印。至于司徒部长调他去给《东方红》搞洗印的目的其实是保护他的一种措施。那都是后来别人给他讲了来龙去脉，他才知道的。

许多老同志，像朱今明、钱江、王澍等都有很多零零散散的故事，而且都充满了传奇色彩。使我这样一个受理想主义教育长大的青年对他的崇敬感情更是与日俱增。但我从入学到入行，直至“文化大革命”结束，我却从来没有见到过这位在我内心崇敬已久的传奇人物。

1978年深秋，我极为荣幸地见到了他！

那一年，党中央有鉴于“闭关锁国”多年，我们的领导干部眼界都比较狭隘，号召各行各业部以上的领导最好都出去看看。各个大专院校也纷纷开始派遣教师出国访问或派学生到国外留学。电影界也开始在酝酿派遣专业人员赴美留学。那时我在北影编辑部当编辑。业余和我爱人一起正在创作电影剧本《残雪》，编辑工作是不坐班的。所以，传达这个消息时，我不在。当我得到这个消息时，报名时间已经过了。但我不愿失去这个公派留学的机会，于是就去找老厂长汪洋。汪洋说，没办法。除非你去找司徒……

他们是好朋友，所以只叫姓，而不叫名。可我不认识他呀！他又是那么大的人物！怎么办？最后，我还是选择了撞一头的做法。那时年轻，做什么都有股子闯劲。我从厂长办公室走出来就骑车奔文化部去了。到了那里一问，我才知道他不在文化部办公，他平时都是在文化部教育司上班。传达室给了我一个教育司的地址，我骑上车又奔了教育司。

我印象中教育司是在沙滩那边的一幢楼里。到了那里，传达室问我找谁，我说我找"司徒部长"。那时司一级、部一级的机关门禁不那么严。传达室问我什么事，我如实说了，他就给我打了电话。没想到就这样轻易让我进去了。我见到他时，他好像刚接待客人。等客人出来，我和他们正好走一错肩。那是一个有里外间的办公室。他刚走进里屋，我就跟着进去了。他见我来了，就很随意地转过身靠在了写字台上，抄着手和我谈了起来。

我万没想到这位我心仪已久、视为传奇的人物竟质朴得就像一位邻居大叔！

说实在的，在我被传达室告知部长已答应见我后，我是既兴奋又紧张的。但见到他以后，没想到他竟是抄着手的那样一个姿势，随意得让你难以想象！但看得出他办事很讲效率，所以一见面就把传达室告诉他的话单刀直入地向我提了出来："你想报考去留学？"

我回答："是的。"他既不像个我想象中的大官儿（那时叫大干部），又不像我想象中满腹经纶的学者。虽然，很有气质，但质朴和平易得惊人。

他又说："我印象里你们这一代人都是学俄语的……你有英语基础吗？"

我说："不太好。我在电影学院上的是英语班。不过，我主要是在干校时学的。"

他很奇怪："干校怎么会学英语呢？"

我就把在干校的事情告诉了他。当时一个同志问我为什么要学帝国主义的语言，我讲了列宁和毛主席学习英语的事情，那人无话可说了。但要求我用毛主席语录或英文版的毛主席著作和我当时拿着的一本英语杂志来学，我只好遵从。

抓"5·16分子"[1]的运动发现错了以后，宣传队名誉扫地，就让北影厂的老领导

[1]"5·16分子"是一个莫须有的组织，但"文化大革命"后期却花了很长时间发动了一次大抓"5·16分子"的错误运动。伤害了很多好同志。后得到彻底纠正。

都出来主持工作了。从那时候起，就允许大家可以读书、写剧本和学习外语了。我是从尼克松访华后真正开始学英语的。因为我感到俄语不会有太多用处了。

他对我讲的这段生活很感兴趣，问："你学得怎么样？"我说："我学的东西可能不大有用了……"他不同意，认为学了早晚会有用。并问："你学的是什么？"

我用英语给他背诵了："领导我们事业的核心力量是中国共产党，指导我们思想的理论基础是马克思列宁主义。"还有"下定决心，不怕牺牲，排除万难，去争取胜利。"听后他也笑了，而且笑得特别开心。他没说，但我觉得他对我讲给他的故事感到很滑稽。他建议我："你应该多学些口语和电影方面的术语。"他说："外语这个东西其实并不难，关键在于能否坚持……"

我说："我能坚持。"

就这样，他说："各个院校的报名表已经报到我这里了，我还没有往上送。所以，还来得及。我给你加上吧！"

我激动极了："谢谢您！"

他却说："谢什么！好好准备考试，争取能够通过！"

就这样，我怀着万分感激和激动的心情，从他的办公室走了。

回来后，我一大早起来就背英语，然后回来准备考试。（大凡在小西天剧团宿舍和我做过邻居的人都会记得我那时拼死拼活学外语的样子。）但我刚刚准备到一半，我的剧本《残雪》在被我厂和西影否定后，被长影通过了。责任编辑通知我立刻去长春修改剧本。接到这个喜讯后，我和我爱人真不知道该怎么办了。因为《残雪》是我和我爱人的处女作！是去长影修改剧本，准备投拍？还是放弃《残雪》，去准备留学呢？两好相比，还是《残雪》对我们的发展更实惠。所以，我选择了放弃参加留学考试。虽有遗憾，但我们的《残雪》毕竟成功了。公映以后，还得了1980年政府奖的优秀影片奖。当初的遗憾也就渐渐化解了。

是的，为留学被司徒部长批准的机会考试错过了，但他那和蔼可亲、平易质朴的形象却永久地留在了我的记忆里……

2015年12月

怀念汪洋

汪洋(1916—1998)

纪念汪洋是一件非常有意义的事。应当说，这是我国电影界政治生活中的一件大事。因为他与老一代电影艺术的领导集体代表着新中国电影事业从草创到成熟并逐步走向辉煌。在他的领导下，北影不仅拍出了成千上万部的优秀电影和电视剧。这些作品在国内连连得奖自不待说，在国际上还获得了许多大奖，创下了北京电影制片厂这块享誉世界的金字招牌；他还培养出了一代又一代优秀的无产阶级的艺术家、高级技术人员、高级技工为代表的完整的艺术创作队伍、技术队伍。他是新中国电影事业一个时代的缩影和代表人物，而且是重要的代表人物之一。每一个和他共过事的电影工作者都不会忘记他！

在他的身上有许多优秀品质。但我始终以为仅用“优秀品质”来概括是远远不够的。在我看来，他的优秀品质应该称之为一种精神。

什么精神？

延安精神！

而延安精神又是什么呢？

很简单，就是：全心全意为人民服务。

多么熟悉而又重要的话啊！这是毛主席提出来的，是由老一代中国革命实践者实践和传承下来的，我们永远也不能丢弃的一种传统。丢弃了这一传统，我们伟大的党就变味了！

我们纪念汪洋，实际就是学习汪洋，最重要的就是继承他给我们留下来的这种革命传统和精神！

汪洋和我虽一个是厂长，一个是普通导演，但在几十年的相处之中，我们一直是同志关系。他对我有许多关心和照顾，没有任何个人企图和要求，只是因为他是厂长。我的困难、我的问题都是他的责任，将其完全视作他个人的事，如此而已。在他那里，全心全意为人民服务已经深深进入了他的骨髓。

为此，我想讲几件非常具体的琐事，从这些琐事中，大家就可以看到他对全心全意为人民服务的理解和实践了。

第一件事。"文化大革命"中，他被打倒了。到干校劳动时，他和我们所有员工一起被安排在同一张大通铺上。我很幸运。我的铺位和他的铺位相挨着。他是靠墙第一，我是靠墙第二。在一起长达三年之久。他那时是处于被打倒的状态，我和他混在一起已全然没有了局促和拘谨，慢慢还建立起了一种非常随意说笑的关系。当时我总觉得除了种水稻就是种水稻，时间浪费得很厉害，而我又是一个很惜时的人，所以就开始学起了外语。我这样做在极"左"横行的年代显得与当时的时代气氛很"格格不入"。有一个宣传队的年轻同志居然问我：你为什么要学习帝国主义的语言？我讲了列宁和毛主席学习英语的故事。他没了话，但限定我必须用英语的毛主席语录或报纸来学英语。但汪洋同志不一样。他身处逆境，却敢于旗帜鲜明地偷偷支持我。当时他只是从牛棚放了出来，并未解放和重新安排工作。那天他看我晚上到点没学英语，就问："你怎么不学了？"我对他讲了白天的事，准备星期天回家买了英语的毛主席语录和 *BEIJING REVIEW*[1] 再学。但汪洋同志看旁边只有一个老实巴交的服装师傅便对我眯起眼睛扬了一下头，像是在说，"没事儿！"还悄声对我说，"学习贵在坚持！罗敬宇[2]就是在'三反五反打老虎'时学的俄语。你可以躲在蚊帐里查字典嘛！"我很感动，也真的按他说的话做了。当我第一次出国，在旧金山我自己用英语解决了一切通过海关入境的语言时，非常兴奋，立刻想到了汪洋对我的鼓励。不然，我怎么可能具备这种语言能力？没这种能力，那次我真就把我的行李丢了！

第二件事。林彪事件发生后，审查"5·16"的工作停了下来。当时的我属于被

[1] 一种英语杂志。

[2] 罗敬宇是钱壮飞烈士的女婿。北京电影制片厂的总工程师。

污为“5·16分子”的员工。原本看得很严，现在也开始松了下来。我想去石家庄探亲，由于当时正值插秧，有些人又被抽调回厂参加样板戏的拍摄，劳动力非常紧张。没批准。我和宣传队吵了起来，说我三年没探亲了，他们也没有批准。我急了，就负气没去上工，准备在开我的批判会时大吵一架，让宣传队没办法下台。因为审查“5·16”的运动搞错了，宣传队名誉扫地，我也就变得放肆起来。当时，为了稳住局面，加之中央开始落实政策，解放干部，就把汪洋等过去的老干部都安排到了一定的岗位上。那天我没去上工，他是清清楚楚的，大家也是清清楚楚的，但是没人举报和揭发我。最后，在那么森严的管理下居然没事。过了好多天，重新回到领导岗位的汪洋（很滑稽，那么大的干部仅让他担任我所在的三连连长）在没人的时候，很严肃地对我说：“你那天不上工是不对的。大家同情你，没人说。我也就没说。但我要告诉你，不上工是不对的。我们不是为宣传队或个人干活！一方面是锻炼，一方面也是落实毛主席的‘以粮为纲’嘛！”我被错划为“5·16分子”，关了好几年，情绪很大。整天骂骂咧咧的，情绪很不稳定。汪洋同志和我谈话后，我的情绪才慢慢稳定下来。

第三件事。他在“文化大革命”当中发现我有些写作能力。“文化大革命”中，我虽然不记得我写过什么了，但在我的大字报里肯定有过无数次中伤他的内容。因为他是北影头号“走资派”嘛！但他不仅不计较我们对他在大字报中说过什么，反而从中看出了我的长处，这是何等宽阔的心胸啊！过去常听老同志说：“海量汪洋”。我是从他调我去政治部宣传组那次才感受到的。当时，“四人帮”刚刚打倒，厂里厂外，整个系统批判“四人帮”的集会非常多，几乎每天都要写批判“四人帮”的报告、发言或批判稿，这么大的文字量全让他自己写，显然不可能。就这样，政治部就把我和彭名燕调到了宣传组，在王俊臣领导下工作。他和丁峤发言机会最多，我于是就成了专门给他们俩写批判稿和发言稿的人。每次都是他们提出一定的观点、基本事实和一个框架，然后由我去执笔成文，会上他们便可以此为据自由发挥。后来我才知道调我去政治部是他的意思。我得知后问他，您怎么会想到我？他的回答异常简单：“你很爱学习嘛！”显然，他是在干校发现的。当时，在毛主席发出“要学一点儿马列”的号召后，我们干校正值冬闲，每天学习的都是马列。所以他说，在干校时他就发现我对马恩列斯[1]的著作比较熟悉。这倒是真的。因为我在电影学院学习时，学的是表演，

[1] 马克思、恩格斯、列宁、斯大林的并称。出自毛泽东《反对党内的资产阶级思想》。

但我的形象距离工农兵比较远，专业也不太好。所以每次分配角色，我的戏份总是很少。我很失落。于是就一头钻到了经典著作阅览室，读起了马恩列斯等人的著作，想在将来当一名美学家。不想就连我比较喜欢做理论这一点也被他细心地发现了。当然最令我感动的还是他的不计前嫌那种广阔的胸怀。

第四件事。在我第二次婚姻刚刚开始，我很为我们的夫妻两地发愁。我就想出一个折中的办法。请汪洋同志帮忙把我爱人借调过来。他听后有些为难，就说："你先给她找个窝儿，看有没有哪个剧组需要，完了再谈。"我就去找了凌子风，问他需不需要场记。得到首肯后，我又去找汪洋。汪洋向我讲起了他的苦衷。他说，按政策，够条件的有很多，但是只能条件成熟一个调一个。我单独给你解决了，别的人就会说我一碗水没有端平。在我已经开门准备走的时候，他突然又把我叫了回去："哎？你看这样行不行？田玮（时任西影厂厂长）来北京开会，给他安排在了文化部招待所，他觉得不方便，给我打电话想住到咱们招待所来。明天我给你派个车，你去把他接来，由他提出让你爱人到咱们厂来学习，你看这样好不好？"我照着他的话做了。田玮一到北影招待所，就写了请北影允许我爱人来学习的报告，汪洋同志立刻在报告上批了一个英语字母W（这是他习惯的签字方式），然后让我在厂办张清山那里备了个案。就这样，我们结婚不久，我爱人就被借调到了北影。从此直到正式调来，一直也没回去过。我们虽是夫妻两地，但却没受过一天两地分居之苦。这要感谢汪洋同志的关心和照顾。在这里，我还想补充一句：在汪洋同志给我们夫妇解决了两地问题时，他自己的儿子还待在西北的边陲，何时能调回北京尚不得知！……

第五件事。我们婚后因有汪洋同志的关照，虽没受两地分居之苦，但也还有很多琐碎的事很恼人。比如每月要从西安往北京寄粮票和其他票证，最让我们痛苦的还是学习问题。我爱人因没有北影工作证而不能看参考片。这对干电影的人来说可是个大问题。另外就是我们不敢生孩子，生了孩子调进北京时，就不仅要解决一个户口，而是两个了。所以婚后一直没生。我问过汪洋，也找过很多人，都没能解决。最后，是我病急乱投医，通过周七月找到王昆老师，见到了周巍峙部长才解决。他见到我和我的爱人后，在我们面前走了几个来回，问了我们的姓名和要求后，第一句实质性的问话就是："汪洋同志什么意见？"我说："因为两地分居时间太长了，觉得没希望了，想调西影。汪洋同志不放。"周部长说："你让汪洋同志打个报告。我来批。"汪洋得知后，很快就打了一份报告。几天以后，问题就解决了。为什么？就是为了落实党中央提出的中年知识分子政策。但我觉得我和晓星还是应该感谢汪洋同志。

如果说，我或多或少还在他的身边干过几天，不足为例，那么在他卸任时，对接替他职务的马林同志交代工作时，给了马林一份名单："请你把这八个人的老婆调进来。这是我答应过的。"其中除我之外，还有一些普通工人的名字。其中有一个就是我的朋友。他爱人在一家工厂上班，路很远，他们又刚刚有了小孩，很困难。马林答应了，最后真的就都调进了北影厂。

第六件事。就是我的处女作的诞生。从拍成影片的意义上说，我的处女作是《残雪》。其实我真正的处女作是《台湾姑娘》，写的是台湾的"二·二八"起义。这个剧本写成后，文学部很快就看中了。让我到上海台湾事务办公室和福建台湾事务办公室去采访。回来又改了一遍就通过了，由钱江、赵元联合执导，孙昌一摄影，我任副导演，一起去福建和广州深入生活和修改剧本。中间钱江被召回参加全国政协会议，厂里让我们全回来，我们就一起都回来了。回来才知道党对台的政策改变了，不再提"我们一定要解放台湾！"了。这就是说我的剧本不可能再拍了。这个戏虽没能问世，但汪洋同志对新人的培养所付出的心血和努力确实是令人难忘的。

说起这个剧本，还有一段趣事。我的剧本写完第一稿就给钱江送去了。他很喜欢。很快就递到了汪洋手里。汪洋同志也很喜欢，就批示给文学部，让他们协助年轻同志把剧本改好。有一次，我和钱江一起碰到了汪洋。汪洋说："钱师傅！你别再想别的题材啦！就拍小霍的《台湾姑娘》吧！"并打趣地说："就这个名字就值两毛五！"说完，他很诙谐地笑了，我们也笑了。因为"文化大革命"中批判他时，有个典故。就是他很喜欢由张弦编剧、成荫导演的《上海姑娘》，并在大会上讲了一句话："就这个名字就值两毛五。"（这是当时全国电影的统一票价）结果"文化大革命"中挨了不知多少次批。而我的剧本又有"姑娘"两个字。他说话时故意诙谐地用了这两个字，很幽默。所以，我们都笑了。《台湾姑娘》那么快通过、建组和去广东、海南深入生活全都有赖于汪洋同志对年轻同志的关心和培养。一个剧本总会有些瑕疵和不足。有人提出不同意见时，汪洋做了许多细致的工作，最后才通过上马。这个戏最后虽没能面世，但他为此付出的心血却是我们后人永远不能忘记的。

第七件事。那就是《残雪》的故事了。《台湾姑娘》没能问世，我就又给钱江写了一个剧本，这就是后来在长影问世的《残雪》。我送给钱江，钱江刚刚拍完一个类似的题材，没要。我又送给凌子风，凌子风认为"是个小玩意儿"，也没要。汪洋同志也有他的看法，我只好向其他厂投稿。长影很快就要了。问世后，就得了当年政府奖的最佳影片奖。其实，他作为厂长对一个半个剧本判断失误很正常，但他却不。有一天我和他在主楼的楼道里碰到了，他立刻热情地走上前来和我握手说：“祝贺祝贺！……”并说：“这是我们在选题上的一个失误！主要是对你剧本写的十一届三中全会后中国社会的变化不敏感……”很是恳切。我赶忙说：“言重了！言重了！”然后他还说了一些鼓励我的话。一个老资格的革命者、一个厂长能够有这样的自我批评的精神，我深为感动。

第八件事。就是汪洋同志的办事民主。他要提拔一个人或每年拍什么戏，他都能广泛征求意见。有一年，全年的拍摄计划已经定了下来。当时电影事业正在萎缩，汪洋同志对此非常重视。所以召集会议，为怎样不让北影亏损广泛征求意见。大家谈了许多意见。第二天，汪洋同志就作了回应：“我们的节目要调整！”并在各种场合和大家讨论。我就是在去食堂吃饭的路上才知道这回事儿的。“我们的拍摄计划要调剂！要抓时代热点，现在电影市场不好，我们又要政治上不出问题，还不能亏损，很难！……”我在感受到他办事民主的同时，也深深感受到了他管理北影的这副担子不轻，他的操劳也实在不容易。

拉拉杂杂说了许多。其实，要是这样说下去，还有很多很多话要说。而我真正要说的话只有一个意思：什么叫全心全意为人民服务？这就是全心全意为人民服务。没有私心，一切都按照党的政策办。无须送礼，无须求人。他不是对我，他对厂里所有人都是一碗水端平的，没有远近亲疏。我到现在最怀念的是，在汪洋同志领导下，我们从政治到业务到生活都很轻松。你需要解决的个人问题，只要符合政策，在他心里就一定能挂上号，到时候就一定能够解决。

有人说延安精神过时了。我说不对。在我看来，这种精神和这个传统不仅不会过时，而且绝不能丢弃！这种传统和精神一定会随着时代的前进而发扬光大！作为后人，我们应当像珍爱自己的眼睛一样，珍惜她！

汪洋同志！我们想念您！

附记

这是我应邀在中国电影博物馆召开的纪念汪洋同志百年诞辰的追思会上的发言。因为时间有限，我原本只想读一首我写的诗就够了。但会上发言者踊跃，我也忍不住说了几句。没想到，说起和汪洋同志在一起生活的情景，我的情绪竟一下失控，哽咽起来，以致无法把我想说的话说清楚。其实，我想说的话只有几句，那就是：在汪洋领导下的北影，我们是幸福的，我们可以感受到那种主人翁的感觉。我希望汪洋同志以及那些从延安走过来的老同志给我们厂留下的好传统能保持下去……

下面就是我为纪念汪洋同志百年诞辰写的一首诗：

致汪洋

历史在说，人民在说，
汪洋是一团燃烧的电影之火！
他跟着党一路走来，
直到建立了
我们的人民共和国。
他用青春、热血和理想，
在抗日战争，解放战争的
枪林弹雨中往来穿梭，
铸就了中国早期革命电影的
累累硕果。

我们难以忘记，
他领导的华北电影队，
驮着简陋的电影器材
和破旧的马车，
抓拍镜头，报道战况。
全然不顾呼啸掠过的
飞机、炸弹和炮火！
更难以让人忘记，
他团结了多少
为理想而投身革命的
美丽姑娘和阳光小伙。

胶片奇缺，他们就
努力节省每一个片格，
不懂技术，他就带领他们
刻苦学习，奋力拼搏！
啊，一部部
我们的根据地的电影诞生了！
一朵朵电影之花
在硝烟和艰难困苦中，
结出了灿烂的革命圣果。
那绝不仅仅是珍贵的史料啊，
更是艺术之树上鲜艳夺目的花朵！
中国的电影史，不能没有这一页啊，
这一页，将以他的英雄身姿
永远在中国电影史上
熠熠闪烁！

人民的北京电影制片厂
建立起来了！
一支革命的电影队伍诞生了！
建国第一个十年，
他就为人民奉献出了
一部部名垂史册的
电影颂歌。
但在这些影片上没有
他的名字。
他不需要，
因为他心中只有
他的人民和他的祖国！

啊，他走了。

不！他还活着！

他——还——活——着！

他还要培养后进。

他还要让那些电影宿将

发挥余热！

不信，请你们屏住呼吸，

侧耳细听——

侧耳细听

历史的诉说，人民的诉说，

汪洋，

是一曲永远唱不完的

动人的电影之歌。

2015年11月

从汪洋的用人说开去

时间老人是最公正的法官。世间的一切功过是非谁都糊弄不过去。汪洋同志在用人方面独树一帜，有很多自己的创造。“文化大革命”中被批判为“招降纳叛”，而且加上了反党反社会主义的大帽子。几十年过去，我们回头再看，他的所谓“招降纳叛”究竟是为了什么？又是为了谁？人们这时才发现：那是一个尽心尽责在完成一个国企厂长职责的企业家所干的一些了不起的事！

我们从对几个特殊人物的使用可以看出他在起用干部上的高屋建瓴。

他对行政干部和艺术干部的使用都是正确的，这一点已经得到上上下下的一致认同，我们就不必再说了。

但他对一些普通，但有特殊才能的干部的使用却是很值得我们后人去回味和研究的。

比如：桂蔼如。他年轻时毕业于南京国立剧专，是两位大名家谢晋、陈怀皑的同学，他虽博览群书，却不会写剧本更不会导演。但他记忆力惊人。无论中国的诗词歌赋还是诸子百家，他当即就能说出出处。我在长治“四清”时和他在一个大队。他的博学多识给我留下了深刻印象。我们一起待了一年，我从他那里学到了许多东西。他为人正直，从不争名争利。在人品上绝对是个没有毛病的人。说起才能来，许多人认为他是个绣花枕头，中看不中用，充其量就是一个老学究。但在汪洋眼里，他却是一个宝。因为汪洋领导的是一个超大型的文化企业，而且是央企，领导着一大批大艺术家和各种行当的知识分子。这样一个企业如何能没有一个上规模上档次的资料室呢？这个活儿，能干的，只要有些个人想法的肯定不干，没能力的又干不了。桂蔼如于是就在汪洋的脑海里脱颖而出了。在“四清”时，老桂曾给我讲过他和其他几位同行创建北影资料室的过程。那时候，北影很有钱。每月都有一笔固定的经费购买书籍。他说：“我这辈子没别的爱好，就爱看书。厂里买书主要是靠我买……”“买书是个学问，一切要为创作服务。北影不同于别的单位，有许多特殊需要，常常要买很多社会上的禁书。其他单位不能买，咱们北影可以买。其中还有好多善本，一般单位买不起，咱北影全买得起……”“有时也要买一些当红的可以改编电影的小说。主要是给创作干部看……”“一般来说，我开出的书单，剧本副厂长都能批。批完，我就可以去买了。我很会买，葛琴[1]经常说我有想法……”“买完，编好号，我就捆好骑着自行车带回家去先看……”在长治“四清”时，我特别喜欢往他那里跑，主要是去听他讲那些在别处听不到的故事。在长治后土门村那样一个穷乡僻壤的小土窑里还能听到许多历史上的正面或反面的大人物的秘闻，很觉享受……后来，我从剧团调到了编辑部，当了编辑，为了实现自己当编剧的梦想，我一有空就泡在资料室里，在书的海洋里寻找可供我改编成剧本的题材。当时给我的感觉就是，我们的资料室真全，要啥有啥！我的没能问世的处女作《台湾姑娘》里许多资料就是在他那里找到的。老桂对资料室里的一切真是太熟了。我分管的组稿省份是西北五省，没机会到南方去。我说，我没见过茶场什么样，你这有表现茶场的形象的东西吗？他马上给我找出一大堆画报。就这样，我在没有经费的情况下，第一次看到了采茶姑娘是怎样围着一丛丛圆圆的茶树在采茶，也在那些画报里看到了茶农是怎样炒茶的……我一下就知道该怎样描写了。这些文字，直到厂里给了我深入生活的经费，让我到了南方，看到了真实的茶场我也没有改过。如果没有资料室，没有老桂，我能有这次机会吗？

再一个人就是我们厂卫生所的王大夫。许多人不知道，他在学校时是个高材生，毕业后表现也不错。但年轻气盛，对所有新鲜的技术都感兴趣。结果他在大胆使用一种新技术时，出了事故，导致了一个病人的死亡，结果被吊销了医生的处方权。而我厂当时整体员工的年龄虽很年轻，但毕竟还有不少老职工。在接连出现中年和老年职工因患心梗和脑卒中或其他原因导致死亡或受伤后，这一情况引起了汪洋的重视。卫生所设备差，人手不够，这些都使他深感忧虑，但厂里的卫生所并不很好找人。学医的谁不想去大医院一展身手，而甘愿窝在一家工厂的卫生所了此一生呢？汪洋不是想找一个能对付事儿的大夫，他是要找一个能解决问题的好大夫！就在这时，他听到有一个年轻大夫因出了重大事故而被吊销了处方权，但在大学时却是一个高材生，汪洋就通过考核把他调进了我厂的卫生所。假如一个根本不把全厂职工的生老病死和健康

[1] 著名作家，“文化大革命”前任北影厂的剧本副厂长。

放在心上的厂长，他会管这个事儿吗？而且，他起用的又是一个出过大事故的大夫，他与王大夫既不沾亲也不带故，他何必要冒这样的风险呢？

下面两个人物是我一直不大理解的。一个是王莹，一个是赵慧深。在汪洋同志恢复工作后，他工作超常得积极。一个星期只回一次家。晚上就睡在生产办的里间，处理各种问题。那时，我是单身，也很少回剧团宿舍，就住在三楼我的办公室里。整栋大楼到了晚上就我们两人和二楼的电话员小曹。给我印象最深的就是汪洋要看很多剧本。因为他有时会打电话叫我到楼下和我聊，大概他觉得聊别的我也不懂，所以聊的都是剧本。有时对某个剧本我们会聊得很深，有时，聊不出想法，便天南海北地谈起来。

有一次我把我一直搞不懂的一个问题提了出来。我说："全厂，特别是老同志对您的用人都十分欣赏。（因为这是重新起用汪洋后，给汪洋'招降纳叛'平了反，大家谈得比较多的一个话题。）可我不大明白，像王莹、赵慧深这样的人物为什么一定要搜罗到北影来呢？"

说实在的，"文化大革命"我们造了半天反，我们连北影的基本情况都没弄清。所以汪洋一开口，我就发现了我的问题问得有些蠢。"赵慧深在'文化大革命'前还是咱们厂编辑部主任你都不知道？"

我真不知道。

另外，我从汪洋那里才知道，她从一开始从事话剧活动，就因在曹禺刚写出的新戏《雷雨》中扮演蘩漪一角而轰动天津。后又参演了袁牧之的《马路天使》，在电影界引起轰动。"八一三"事变后，她参加上海救亡演剧队四队，奔赴各地进行抗日演出活动。1941年在重庆一直非常活跃，积极宣传抗日。抗战胜利后又毅然奔赴苏北解放区，在东北戏曲研究院、中央电影局剧本创作所一直都是骨干。她的剧本写得很好，看剧本很有一套。她不光是我们厂最称职的编辑部主任，也是我国戏剧界在抗敌演剧队方面的一个杰出的代表。

我听汪洋介绍她的履历，感到汪洋对自己手下的干部实在是太熟悉了。

王莹也是。我听到的王莹和汪洋介绍的王莹几乎是两个人。我在大学学中国电影史时，虽然知道这个人，进厂后也知道这个人在我们厂，但从来没见过她。后听军工宣队讲北影已经"修"[1]到了什么程度时，曾拿王莹做过例子，说："'没来北影不

[1] 指"修正主义"。

知道，一来北影吓一跳。’王莹的事儿说出来大家可能都不信。她住在西山，从来不上班（我们厂的创作干部是从来不坐班的，这是宣传队少见多怪了），我们说不上班不给工资她才来。她上班还不喝厂里锅炉烧的水，要带西山的水她才喝，你们说她‘修’到了什么程度！她常年脱离生活，连人话都不会说了。军宣队员去听会，她居然说，‘我原来以为军宣队是军人，一定很粗鲁的。但一见面，听了他们的发言，我发现，他们一点儿也不粗鲁……’”

那位宣传队员很有口才，由于他的善于渲染，把我们都逗乐了。但汪洋对此好像不大信，所以没表态。他说，王莹是个非常善良的人。当初夏衍刚刚写完《赛金花》，江青想演赛金花，但导演却请的是王莹。王莹不争，请导演把自己换下来，让江青演。导演不干。夏衍想和稀泥弄个AB角，这个稀泥也没和好，后来是别的事给岔过去了，这出戏才不了了之。还有一次，王莹主演一部戏的剧场和梅兰芳演戏的剧场正好对门，双方票头卖票都十分卖力，大有打擂台的意思。王莹觉得不好，就买了一束鲜花送给了梅先生。梅先生也以礼相待，送给她一束鲜花。从此，二人不仅没有造成芥蒂，反而成了好朋友。汪洋说，她不光是个好演员，而且，还是个好编剧、好作家。写过《宝姑》和《两种美国人》，很有才华……

我由此及彼，又想起了我们北影剧团演员的“花色”。这个问题至今还是北影人津津乐道的一个话题。汪洋对全国各地新出现的演员永远保持着一种高度的关注。基本上可以说，出来一个要一个，每个都有他们的特色。年轻小生最早是郭允泰，后来更出色的有张平、于洋、赵联、张亮。这些演员戏路子都很宽，演我军高级将领、老干部也都可以。演反派的更齐全：演大官的有项堃、李林，中等官阶的有方辉、李梦瑶，演狗腿子的有陈志坚、郭秉和封顺……女性演员也很齐全：小花旦有秦文、谢芳、俞平，大青衣有吴素琴、黄素影，反派有……在这样一篇文章中把我们当年北影剧团的花名表按适合他们的角色历数一遍显然是不可能的。但我信笔写下的这些就已足以说明汪洋同志在演员阵容的构建上所花的心血了！

说到这些人，汪洋讲起了他年轻时的雄心壮志。他很为自己没能彻底实现而感到遗憾。我要把北影打造成金字招牌有什么错？要求作品“精致考究”有什么错？不过，他对在北影用影片造就出了“四大帅”“四大师”和“四大美工”颇为满意。他说，中华人民共和国成立初期，虽说也拍出了一些好片子，但只能说是让他们练手，到了国庆十周年，他们都成熟了，所以拍了一批精品。可惜“十大编剧”我虽然下

作者在汪洋诞辰100周年纪念会的纪念面板前

大功夫做了宣传，也给了不少机会，但成绩没有几位大帅、大师突出。

“四大帅”“四大师”“四大美工”组成的四大集体在汪洋“精致考究”的宗旨下，的确为我厂立下了汗马功劳。但“十大编剧”，就汪洋的想法，那是电影厂的原料车间。他之所以设想是十个，除了为有足够的，而且源源不断的剧本供导演去挑选，让大师们能拍摄出精品，同时还可以留出余地去培养新生力量。

说到赵慧深和王莹，她们不仅有创作能力，还各自代表了中国电影史的一个特定的方向。一个具有金字招牌的电影厂怎么能没有传承呢?

他每说完一段，就会用他带有几分乡音的语气问我一句：“是不是？是不是？”

我没经历过商品经济的时代，自然答不上来。但我听他滔滔不绝讲他昔日构建北影的构想，我佩服极了。我忽然觉得，汪洋对如何建设北影，就像我们构思出的一个剧本一样，有开头，有起承转合，有跌宕起伏，有高潮结尾，缜密极了。

最让我感动的是他思想的与时俱进。我是在参观电影博物馆和集团组织的纪念他的展板上，看到最早提出对北影进行改革的也是他。他的想法不仅非常现实、可行，而且非常先进!

我很赞成纪念汪洋同志百年诞辰的会上大家的发言，对汪洋应该成立专门的组织对他进行研究。这对北影的发展太重要了。汪洋同志走了，但我不希望因为他的辞世，他的很多思想就由此中断了。他的思想一点也不陈旧，而且一点也没有过时。看看他关于改革开放的设想就清楚了。我相信，汪洋同志的思想一定能发扬光大！我们北影的将来将越来越美好！……

2015年12月

第四部分

追忆名师（二）

记水华的几段往事

说起水华，现在很多年轻人都不知道他是谁了，这的确让人感到有些遗憾。这可能和水华同志一生为人低调，拍片选择题材又超常严谨，所以一生作品不多，理论文字更是少之又少有关。但不管怎么说，当一提到他的作品：《白毛女》《林家铺子》《革命家庭》《烈火中永生》《伤逝》等影片，却没有人不知道！足见人们常说的“作品常常要比人行之更远”这句老话有多么深刻！虽然他的名字可能被人遗忘，但他的作品却永远不会被人们遗忘。事实上，他永远是我们电影人心中的楷模！

水华，原名张水华，是我国电影史上最为重要的代表人物之一。在他的盛年时期曾被海内外的业内人士称为“中国电影第一人”。1994年曾被中国电影导演协会授予“终生成就奖”。1995年，在他刚刚辞世不久，又恰逢纪念世界电影100周年、中国电影90周年的中国电影“世纪奖”的评奖。在该次活动中，他被评为中国电影最佳导演之一。他的《林家铺子》获中国电影90周年优秀影片。

他从第三届全国人大就一直是历届的人大代表。“文化大革命”后，又历任第五、第六、第七届全国政协委员、中国文联委员、中国电影家协会常务理事……

翻开《水华集》，一个个令人尊敬的老艺术家和文艺界与他相识的老一代领导人，诸如陈白尘、汪洋、赵丹、于蓝、谢添、陈强、赵子岳等，都怀着无比的真诚表述出了他们和水华在一起工作时的缅怀之情和尊敬之情！他们用的一般也都是“德高望重”“德才兼备”“中国老一代电影人的楷模”等字眼，足见他在电影界内的威望之高，影响之深……

他们用的词汇对水华来说绝无过誉之意，都是他们发自内心的一种尊敬之情。对水华来讲，他的确是当之无愧的。

我们应该永远记住他。

记得还是在我很小的时候，大约是我上初中的时候吧，才知道水华这个名字。那是从电影《白毛女》开始的。那时，我是绝不会想到后来我会如此幸运，不仅能和他同在北影工作，而且都在导演室，甚至还差一点成为他的助手和学生！

这实在是我一生的一大幸运。

事情是这样的：1985年，在几度要求调到导演室工作未能批准后，我找到时任我厂导演室主任的郭维同志。他开始也不同意。他说："现在导演室的导演已经不少了。我们只缺副导演，不缺导演！……"而我的要求就是当副导演。他听说后，觉得我的要求并不高，所以很快就同意了。但却提出一个条件。他说："水华同志好久没拍戏了。很需要有人给他专门组稿。你当过编辑，又写了几个剧本，你去给水华组组稿，搞成了你就跟他学拍戏不是挺好吗？……"听了这样的话，我差点儿激动地跳起来！郭维是拍过《董存瑞》和《智取华山》等优秀影片的著名导演。1957年被错划为"右派"，在他最好的那段年华没能有机会拍戏。这是很可惜的。但他对党的忠诚和对电影事业的热爱却始终没有改变。谈到水华，他没有一点自以为是名导演的感觉，反而把自己说得很低，而且情真意切。他说："像我们这样的导演多拍一部少拍一部都是小事，但不能让水华没戏拍！你调来以后，就专门按他的要求去组稿，让他多拍几部戏。这对中国电影比什么都重要！……"这种完全从电影事业大局入手来当室主任的思维方式很令我敬佩。给水华组稿和当助手，我当然更是求之不得……就这样，我要求了几年的事——调到导演室——就这样得到了圆满的解决。

我调进导演室的第二天，就依郭维同志的意见到了水华家，向他转述了郭维同志的意见。大约他也知道了此事，所以非常高兴地接待了我。

那是我第一次去水华家。一进客厅，我就怔住了。因为我从没见过谁家客厅布置得像电影院一样：许多沙发都一律冲西，像影院的椅子都对着银幕一样，对着电视。完全不像是一个家，而像是一个电影院。真是太奇特了！如果这是凌子风家，似乎很正常。因为他说话办事太艺术，太不拘一格了。但水华……在我心里始终是个严谨有加，长者风度十足的人。在我的想象中，他家的陈设恐怕应当是比较正规严谨，中规中矩的那种。但我没想到，他家的陈设却是这么贴近电影，这么富于个性！事情虽小，但从中却可以看出他对电影事业的热爱有多深！而且他的骨子里的确是一个真真正正的艺术家！他拉我到他家客厅最后一排紧挨在一起的两个小沙发上，坐下谈了起来。那情景就像不是在一个人的家里，而像在一个放映间或小剧场里一样。

那次谈话时间很长。大约有两个多小时，甚至更长。话题主要是他究竟想要拍什么，他需要什么样的剧本。他谈得很随意，涉及的问题也非常宽泛。许多我已记不清了，但主要内容我还是记得的。主要就是以下几方面：

因为我将要做的工作是为他组稿。所以我们的第一个话题自然而然就是他对题材的想法。他的回答很简单，就是一定要关注重大问题。他见我有点懵，就用他惯有的谦逊与和蔼的态度说："这是一个艺术家的社会责任感的问题。拍什么，不拍什么，都要想到它有没有意义；要拍，就要让它能留得下来；你看世界上所有著名导演拍的影片之所以能产生巨大的影响，绝大部分都是重大题材。我们不是追求什么名利，但选择题材必须要有艺术家的社会责任感，对人们的思想和社会生活有推动作用……"这一席话看似平常，但从水华的嘴里说出来，又是带着经验和感受说出来的，就显得分量很重。而且他的那种诚恳使得这种明显是前辈对后人谆谆教诲的话语，在让你感到获益匪浅的同时，却又没有一点居高临下的感觉。

关于题材的选择问题，他向我谈了三种意向。一个是："我想拍一部反映党群关系的影片……"我说："您不是拍了《蓝花》吗？"（意思就是《蓝色的花》）。他没有接我的话茬儿，但从他的表情看他似乎对他刚拍完不久的影片并不满意。而且也没把他拍的那部影片的得失展开来说。但他却很快从我们党的历史，特别是抗日战争和解放战争为什么取得胜利，并与他个人的经历相结合，讲了许多大大小小、断断续续的故事，用以说明他为什么要拍这一类题材的影片。他没针砭什么，但看得出他对"文化大革命"以后我们党群众关系出现了一些不尽人意的东西很为痛心和关切。他的思想很明确："战争时期需要搞好党群关系，经济建设时期同样也要搞好党群关系……"换言之，作为一名艺术家，他对这样一个问题是应该给予高度关注的。

在谈党群关系时，他对我比较强调地谈到了反腐问题。

这着实让我吃了一惊。这个提法在今天听起来已经不会有什么吓人的感觉了。但这在1985年却不同。因为那时人们似乎还都沉浸在对"文化大革命"的反思之中，很少有人注意或谈及腐败。报纸上也没有"反腐"这样的提法。人们虽已感觉到了这个问题，但由于那时的人都是从"反右"和"文化大革命"中走过来的，因此对比较尖锐的政治问题说起来还存在着一定程度的"心有余悸"。一般在党报没有正式提出某一观点之前，还都不敢公开抨击这一越来越严重的社会现象。

我第一次听到的公开抨击"腐败"现象是1984年我厂编导两个主要创作部门召开的研讨会上郭维同志的发言。他对我们党出现的日渐严重的腐败现象很愤怒，说到激动处不仅提高了嗓音大声说了一句："腐败！"而且说时还用手掌狠狠地拍了一下我们围坐的乒乓球案子。当时，我确实被他这样一句话吓得后脖颈发凉。我虽然认为他说的是对的，但还是有些替他担心。事后，我厂一位厂领导也对他的这一发言有些担心，说："这'老右派'又开始作上了！……"因为他在1957年曾被错划为"右派"，发言时刚刚平反不久。在水华那里我是第二次听到这样尖锐地批评我党的腐败现象。

这使我很觉感动。

因为水华是一个说话极其严谨的人。"文化大革命"前，许多电影刊物的编辑看了他的电影都很喜欢，希望他能把经验写出来供大家分享。但他从来不写。"文化大革命"当中斗他时，有人甚至把他这种拒绝写创作谈和评论说成是他"对党有戒心"。"文化大革命"后，人们对他这种从不写创作谈和评论文章依然认为是"他在文艺战线经历了太多的风雨，在极"左"路线下，为了维护自己的创作权利的一种自我保护……"这一次之所以让我特别感动，主要有两点：一个是我从他脸上的表情和说话的语气中，我可以感到他作为一个执政党的党员看到党的威信因腐败的出现有一种切肤之痛！他对我说的"一个艺术家要有社会责任感"，那真是一种发自内心的爱党之情！一个是他真的相信我们国家的文艺的春天来了！再不会，也不可能因为一部戏或者几句话就把人打成"反革命"或"右派""右倾"之类的事了！换句话说，也就是水华在思想上真的解放了！我这才理解了他为什么在拍了一部表现党群关系的《蓝色的花》之后，还要再拍一部同样题材的影片！原来是角度变了。他并不是想拍一部同样内容的影片，而是要拍一个更能振聋发聩的影片。

这种变化还表现在他对其他题材的关注上。

比如他的第二点想法就是："我想拍一部探索农村怎样才能富起来的片子……"请注意：当时"农业学大寨"的口号还没取消。农村改革究竟应该走一条什么样的道路，还没定论。但"想吃米，找万里……"的顺口溜已早被群众在热烈传诵了。他有句话给我印象很深，那就是"要振兴中国经济，实现四化，太需要一些振聋发聩的作品了！"水华作为一个年已望七的老人不仅没有一点保守，反而能站在改革开放的潮头为一次新的中国农村的大变革奔走呼号，不能不令人敬佩！

一开始，我简直觉得这些想法已经不太像水华了。但在多次交流中我感到，他对十一届三中全会的公报特别满意，彻底放下了包袱。原来那个绝少写文章，说话也极其谨慎的水华，彻底抛去了原来非常注意在政治上保护自己的沉重感，胆子大了起来……

第三点意见是他说："我想拍一部关于引进竞争机制的影片。"他说："一个国家没有竞争怎么行呢？当年周总理就批评过我们，'都是社会主义把你们养懒了'！现在想起这句话含义还是很深刻，很值得我们回味。不管干什么都是'干不干二斤半'！怎么行？"为此，他专门向我推荐了一部叶楠同志写的短篇小说叫《一车西瓜》。故事很短，但很能说明问题。这个故事讲的是一个农村老大爷把自留地里种的西瓜想进城去卖。他是一个笃信社会主义好的人，即对社会上新出现的个体经济很反感，认为是"走资本主义道路"。他的"一定要走社会主义道路"的概念，实际就是必须把西瓜卖给公家的单位，即当时的合作社。没想到半路从庄稼地里就蹿出一对小青年，要用高价买他那车西瓜。他坚决不卖。到了城里，合作社下班了。又有人劝他卖给自己，价钱也比合作社高，他又不卖。他就就近在小旅店住了一宿，第二天还是要卖给合作社，但合作社的人的态度却十分恶劣。几经周折，他大为扫兴，最后他还是把西瓜卖给了个体户……（大意）水华讲这部作品实际是在阐述他的思想。他说事情很小，但说明的问题很大。当然，他不是要把这么小的故事搬上银幕，而是想拍一部引进竞争机制的影片。我很感兴趣。

事后，我到处找这样的小说，都没找到。后来，施文心推荐给我一篇小说，讲述的是北京早期个体户开饭馆的故事。主人公是一个很有个性，胆子大，又很有想法的年轻人，开了一个饭馆。针对当时的饭馆服务都很差的现状，他不仅搞了装修，播放音乐，服务态度也特别好，来吃饭的人都感到很舒适，结果赚了很多钱。这个小说不仅文风独特，思想也极其前卫，很有暗示私有制比公有制好的意味，并且明确提出了挣钱的问题。（这在当时是很吓人的！）据她说，作者告诉她，这个小说曾给许多大刊物寄过，都没人敢发表，所以发表在一个我从来不知道的刊物上。我非常喜欢这部中篇小说，虽然我明知水华不可能拍，但我还是给他送去了。我想听听他的看法。但是，没想到，水华却迟迟没有表态。当我问及他时，他却说："我想再看几遍……"这与我给他送去其他小说所经常出现的反馈形成了极大的反差。别的小说，我送去后，他很快就能回话。比如：我曾把铁凝写的《没有纽扣的红衬衫》给他看，他大概在第二天我们到导演室去开一周一次的例会时，他就告诉了我："这部小说很好。特别是铁凝，她的文学气质很好……"并很委婉地说："这个小说年轻人一定可以拍个好电影……"对其他作品，他不管要不要，都有非常具体的回答。当时我们国家还没有私人电话，我每次都是到小西天北影宿舍的门房去接听他的电话。他每次的反馈都很快，但每个电话时间却很长。常常在我后面等了有两三个人，他才把话讲完……后来我才理解，他是想告诉我，他不喜欢我送去的作品，但他又不愿意伤我自尊心。所以，他总是把我给他送去的作品掰开揉碎，有根有据地跟我讲，这部作品优点在哪里，缺点在哪里。虽从不明确说他不喜欢，但也要讲出证据。唯独对施文心送的这部作品，他既没退回，也没给我回话。当我问及他时，他总说："我还没想好，还要看……"但直到他给了我一篇报告文学，希望我找一位年轻人来改编，我问他对那部小说的看法，他还是没谈。是拿不准？还是没下定决心？至今我仍不得知。但这篇篇幅并不很长的报告文学，我才知道他肯定是支持的。因为这篇报告文字的内容是西四两家新开的饭馆互相竞争的故事。较之施文心给我那篇小说尖锐多了！这篇报告文字讲的是两家个体户在经营中为了占住西四这一方宝地，各自不停花样翻新，绞尽脑汁压倒对方，结果是双方谁也没被对方挤倒，倒是一些一直隔岸观火、自认为是铁饭碗的国营老大渐渐地吃不住劲了……我接过这个任务后，把它交给了我厂文学部副主任曹洪祥。他听是给水华写，很积极。没出一个月就写出一稿。但我看了以后觉得不理想，给否了。我将结果告诉了水华。劝他暂时不用看了，但他却坚持要看。我只好给他送去了。稿子不是很成熟，但他看得却很认真，从社会发展和经济学的角度谈了很多意见。我都一一对曹洪祥做了转达。没想到曹洪祥却为难了。他说，这些意见都很好，但这是我的经济学知识达不到的。并明确表示推了。我劝他坚持下去、"把这次写作当作一次学习不好吗？"他说考虑考虑，最后还是不了了之了。

这里我还想插入一段由此引出的关于《人到中年》的话题。因为施文心在当时是专门负责京津地区组稿的。当我问及上次她推荐的那部作品的名称和发表刊物时，她说她都不记得了。我只好作罢。但她却和我说，当她拿到了《人到中年》这部小说时，找了好几个大导演，希望他们能拍。唯独没找水华。因为她考虑水华在政治上是非常谨慎的。后来当作者把改编权给了长影后，她和水华闲聊起此事时，却没想到，水华非常喜欢这部作品，而且很愿意把它拍成电影。但为时已晚。我说，你当时跟我说就好了。因为大家可能都不了解水华在那个时期的创作思想。我说，我要不是给他组稿，我都不知道，十一届三中全会以后，水华的创作思想在政治上是很解放的……

2012年9月13日

水华在“四清”

我第一次和水华同志近距离接触是1965年我们在山西长治地区搞“四清”。当时我和许多人跟水华分在了一个大组学习。他来得比大家晚，来了以后就和我们早来一步的人一起学习有关“四清”运动的中央文件。那时县里的招待所远不及现在，不仅没有空调和各种卫生设备，连床铺都没有，所有人都睡在南北相对的两条到处都是虱子和跳蚤的大通炕上。水华来了，也和大家一样睡在这种大通炕上。对此，大概是他有过长期在农村生活和工作的经历，所以，他一点也没觉得有什么不适应。当他发现自己身上也染上了虱子后，一点没大惊小怪。他一面熟练地捉着虱子，一面笑着说：“我身上也有‘革命虫’了……”我就是在那次才知道，所有参加革命比较早的老同志，在延安都接受了毛主席提出的“改造思想”这个概念。因此像水华这样从延安“鲁艺”走过来的老同志，都曾到工农兵中生活和实行“三同”（即同吃、同住、同劳动），因此，对身上长虱子都很适应。而且在延安时期还给虱子起了个充满革命浪漫主义的别称：“革命虫”。

而这里我想说的是，水华到长治参加“四清”还是引起了许多我不曾料到的热议。

那时，我刚刚大学毕业，对厂里的情况可以说一无所知。对他的到来，我虽感到有机会能近距离接触而高兴，却完全没感到有什么不正常。但对许多老同志就不一样了。按理，参加“四清”在当时的说法是到农村去“搞政治运动”，并非是为创作而去深入生活。但所有人还是把它看作了艺术家“到火热的斗争中去”的一种形式。开始，大家都很积极。但话里话外还是可以听出有些牢骚。大意是：“老拍戏的需要生活，但不下生活；没戏拍的，老替有戏拍的去下生活……”所以才对水华的到来引起了诸多热议。在他们心中甚至把水华的到来当成了某种象征和标志：“看来，这次中央是真下决心了。”甚至指名道姓地说：“这不！连水华也下来了！”水华听了这与他相关的批评非常豁达，流露出一种从善如流的笑表示接受。他在发言时总是认真地检讨自己："多年来已忘记了毛主席让我们'从小鲁艺到大鲁艺去'的教导，有意无意、或多或少忽视了长期地、无条件地深入到火热的斗争生活中去的话，开始受到了修正主义的影响……"他的自我批评很诚恳："进城后，特别是实行工资制以后，自己就已渐渐开始脱离群众了。这里虽有一个资产阶级法权问题，但和群众的收入差别还是逐渐拉大了。在党提出反修防修的政治任务以后，我常想，我们花钱可能是以十块钱或者一块钱为一个单位。超过这个数字我会考虑花还是不花。但群众，特别是农村群众很可能是以一毛钱为一个单位，超过一毛钱，这个东西他们很可能就不买了。这种差别使我们常常在自觉和不自觉中就与群众的感情拉远了……"这些话，今天看来也许并不完全正确，但他那种虔诚地要和群众打成一片的精神却完全是发自内心的。

然而，那次给我印象最深的还是他对自己刚刚拍完的《烈火中永生》的无休止的检讨。而且每每总是和自己的世界观联系在一起，没有做到"活到老，学到老，改造到老……"让人感到有些不解。因为我们大学毕业分到北影后就按规定去到农村实习了。回厂时，厂里就是用刚刚拍完的新片《烈火中永生》欢迎我们进厂的。我们看了这部影片都觉得非常感人，大家一致的评价是思想性和艺术性俱佳。那么，水华同志为什么却一而再、再而三地做检讨呢？他谈了许多创作与世界观的改造之间的关系问题。他总说艺术家的思想水平是创作人物的思想基础。自己思想高大不起来，作品里的人物就高大不起来。在我们看来，"双枪老太婆"应该说已经塑造得相当完美了，但他还是不断地和自己的世界观联系起来说自己没拍好。他讲过多次："我很想把双枪老太婆这个形象塑造好，但最后因为自己的思想不够高大，所以怎么也不能使这个形象高大起来。最后充其量不过就是她的丈夫被敌人残杀后，把头挂在了城墙上，双枪老太婆应该很悲痛，又不能表现出悲痛，如此而已……我曾想过很多办法，让她更高大一些，但由于受到自己思想水平和世界观的局限，怎么也没想出办法……"并且说："这样的教训是很深刻的……"他很诚恳地说："我们必须牢记'活到老，学到老，改造到老'这句话"。给我的感觉是他的创作态度太过严谨了，事情已经过去半年多了，他还在不停地思索自己的失误和不足，而且每逢有会必然要检讨一番，有必要吗？当然，当时每天的会议都是"四清"运动的学习会，他的检讨也永远都是和"四清"运动的意义，特别是对创作人员在改造思想方面的意义联系在一起的。因此谁也没感到有什么不正常。我心里的这种不解，也就在不知不觉中藏到了心底深处，不曾表露。

其实，这里是大有原因的。

直到“文化大革命”结束以后，当我读到水华和于蓝合作发表的一篇追念周总理的文章《一场特殊的战斗》才知道了其中的真相。

原来，在《烈火中永生》这部影片拍完后，便受到了当时主管文艺的最高领导周扬、林默涵等同志的高度评价。大家都很高兴。不料，没过几天，却又被在中宣部电影处任职的江青狠狠批了一通！这使水华和我厂领导以及主创们都很发懵。实在不知道这是怎么回事。后来，是于蓝同志在一个非常偶然的机会中见到了周总理，就把他们的痛苦、困惑和不解转告给了周总理。周总理又专门调看了此片，听取了各级领导和各方面的各种不同意见，包括外国友人的意见，让摄制组做了一些小的修改，就在全国发行上映了。

发行上映后，在国内引起了强烈的反响，一致认为是不可多得的一部好影片。

这一次的政治险情虽在周总理的关怀下顺利度过了，但江青对他和影片那么严厉的批判，再加上她的特殊身份，自然让一贯以思考深邃缜密的水华知道，便感到此事未必这样简单，很可能还没有过去。特别是他的为人谦虚，遇事总能替别人着想和从自己身上找原因，事情虽然过去了，他却一直还在余悸之中反复思考自己有没有什么做的不对，或者还不够好……

现在回想起来，他去长治参加“四清”运动总是不断地检讨我想肯定和这次挨批有关。当时的领导对他当然了解，所以，这既是让他有机会去锻炼一下，也是对他的一种在政治上的保护。

据我后来和该片副导演赵元同志（她后来是电影《报童》《红楼梦》的导演之一）讲，水华对这部电影倾注的心力是很大的。赵元说，水华拍这部戏和往常拍戏一样，总是希望能把编剧的所有东西“榨干”。赵元年轻时做过演员，很有模仿能力，所以对我说时学着两位编剧的四川话：“我们都没得了！水华导演还要榨干我们……”她还专门跟我说了双枪老太婆的一些真实的故事，非常感人。其中有一段是她（双枪老太婆）由于工作忙，只好把自己的孩子托付给了一位阿姨。她丈夫牺牲那天，孩子刚好有些不舒服，阿姨为孩子作出了很大努力，但还没好转。而这时正好是她看到自己丈夫牺牲，人头被挂在城墙上之后。回家她很悲痛，但却不能在阿姨面前表现出来，但她高兴不起来是很自然的事。不想阿姨却想多了，以为她是以无言的方式在怪罪阿姨对孩子照顾不周，哭了。她一方面要忍受丧夫的痛苦，一方面还要去消除阿姨的误会，这本是多么感人的故事呀！但当时正在大规模地批判“人性论”和“资产阶级人道主义”，他们明明知道这是很动人的素材，思虑再三，还是没有用或不敢用！类似这样的例子她还说了很多，现在想起来实在让人难以理解。这对水华导演的艺术才华的发挥无疑也是一种浪费和摧残！我们后人听了都感觉遗憾和愤怒！但在那时，水华却只检讨自己，对这些背后的故事只字不提。

噩梦总算过去了。八届十一中全会开过以后，我们才看到一个真正的水华。他为我们的影坛奉献出了两部优秀的作品：《蓝色的花》和《伤逝》。作为艺委会的主任，他又为北影年轻的编剧、导演的扶持作出了许多无私的贡献。

2011年11月

水华导演谈儿童片《魔鬼发卡》

曾因拍摄过电影《白毛女》《林家铺子》《革命家庭》《烈火中永生》等名片而被称为“中国电影第一人”的水华同志，虽然多年未再拍片，但他却一直兼任着北影艺委会的主任。为奋战在第一线的中青年导演在背后默默地做着无私的奉献。众所周知，由于电影经济的大幅度滑坡，出现了许多令人感到困惑，又感到无奈的事。但水华同志却始终不改初衷。虽然他知道，单凭他或者电影战线的老兵是难以扭转这种局面的（更何况这种局面的深处有时与中国经济的巨大进步联系在一起）。但一有机会，他还是要把自己大半生的革命和艺术经验传授给中青年导演和其他部门的晚辈们。

最近，我在参加的一次由他主持的艺委会上亲耳聆听到他的发言，感触颇深。

说实在的，那天我未敢奢望像水华这样的大艺术家会参加我和晓星这样两个普通导演所写的一个极为普通的儿童片剧本的讨论。谁知，恰恰相反，大约正是因为我们写的是儿童片（即《魔鬼发卡》），他不仅来了，其他北影艺委会的成员，除未在京的以外，全部都到齐了。这实在使我和晓星感动之余，有些受宠若惊。

现在影片虽已拍完，但他的发言至今还萦绕在我的耳边……

我深知，当时我和晓星合作写的电影剧本《魔鬼发卡》是很不成熟的。我们希望通过这些老艺术家的指点而使剧本有面貌上的改观。不料，我们听到了很多十分尖锐而又中肯的批评。同时，更听到了一些令我们深为感动和鼓舞的鼓励。其中尤以水华同志所作的总结发言，是我记忆最为深刻的。

他说：“我没写过，也没拍过儿童片。读的也不是很多。我既不能像马德波同志那样引经据典，把剧本的成败得失说得井井有条，也不能像陈怀皑那样出很多具体的主意。但我很想谈谈我的感受。

“读了你的剧本一个突出的感受便是兴奋，这个剧本我只读了两遍，我看的

《魔鬼发卡》剧照（幻真与三个儿童演员，赵丽娟饰幻真）

时候一直在笑，我的老伴问我，‘你在看什么？’，我说，‘我在看一个儿童片剧本’……

“我已经很久没有这样兴奋了。包围我们儿童的不好的东西实在太多了。……有一次我孙子不知从哪儿弄来一本画报之类的东西在那里读，我拿过来一看，竟是一本内容很低级，甚至是淫秽的东西，可见这种包围之深。……我看了这个剧本之所以兴奋，可能是他与那些一味向钱看的东西不同，是引导孩子们思想向上的……我对儿童片情况了解不多，好像这种童话的故事，这种给学龄前儿童和小学初年级学生拍的影片近年来不是很多……”

接着作为一个老导演，他还是给剧本细致地提了很多意见，也出了许多主意，但我万万没有想到像水华同志这样一个充满长者之风，遇事总是十分沉着、冷静，极善思索和长于理智看问题的人竟然动起感情来。他说：“小霍，你做了一件善事，一件大好事，在当前许多人把钱看得很重的时候，你们能冒着剧本有可能没人投拍的风险，去写儿童片的本子，听说还写了好几稿，花了很多时间。这是一种境界，我，怎么说呢？作为一个老的电影工作者，一个老人，或者就是我张水华吧！谢谢你，你为现在的儿童做了一件善事，一件大好事，听说，还到娃哈哈那里筹了资？能把这件事办成，我很感动，我谢谢你……”

会场一下静了下来，大家都被水华同志这种真挚的感情打动了，我也在感动中以为这些话“与剧本无关”而终止了记录。事后，我十分后悔，为什么没把他那充满感情色彩的语言记录下来呢！水华同志说：“我谢谢你！”这里的“我”字，难道真的仅仅代表的是他自己吗？水华同志从不恭维别人，而我们的剧本又尚在修改当中，他何至于用“谢谢你！”这样的词汇呢？……水华同志用的词句十分质朴，也不见锋芒，但从他对当今现状的痛切感受出发所说的这些话难道不正是对我国电影儿童片所处的“既不死，又难活”的状况所做的既准确而又切中时弊的一种针砭吗？其实，我是出于许多个人的动机，当然，也有我对社会和职业的责任感等多种复杂的因素才写出了这样一个剧本的，我怎么能仅仅因为它的内容尚好，便把水华同志说的“谢谢你！”的“你”字，就真正当成了我呢。他所说的“我”字，分量实在是太重了。可以说代表对一代人的期望，我直到现在才顿悟到，水华同志那天对《魔鬼发卡》所发表的那番议论，实际也是针对着整个中国电影，而尤其针对着中国儿童电影的现状和处境的……

我们未来的影片能把水华同志所用的那个“我”字所包含的丰富内涵和殷切期望表达出来吗？

我的心，至今还是沉甸甸的……

1994年12月

《边城》与凌子风的“变法”

《边城》是凌子风导演生涯中的重要作品之一。甚至可以说，是他毕生的扛鼎之作。《边城》不仅使他获得了中国电影人视为最高的奖项——金鸡奖的最佳导演奖。而且，还获得了加拿大蒙特利尔电影节评委会荣誉奖。然而，令人遗憾的是该片完成时正赶上我国电影市场的急剧下滑，因而并未在票房上体现出其应有的效应。然而，这并不影响《边城》的艺术价值和在中国电影史上的地位。《边城》作为一部有着独特个性和韵味，浓郁的湘西地域色彩和高品位的审美追求的影片，至今仍放射着耀眼的光华。

《边城》问世前，凌子风的作品，大多都是题材重大，表现手段粗犷、浑厚，在创作风格上以狂放恣肆、气蕴深厚见长。但在创作内容和创作方法上却比较传统，基本上都是革命历史题材或当代题材（当代题材拍得一般都不太理想）。而在创作方法上，则始终采取革命的现实主义的方法，以经过提炼和戏剧化的生活形态为特征。但《边城》不同。无论从选材到完成后的风格都与他以前的影片不一样。许多人看了《边城》后都说，凌子风怎么拍出了这样一部电影？其实，这正是凌子风大力追求的结果。说到这里，我们就不得不提到凌子风当年的所谓“变法”了。

《骆驼祥子》拍成后，取得了轰动性的效果。但他并不满足，他想利用打倒“四人帮”后开始宽松起来的创作环境，拍出一些艺术价值较高的电影作品。而电影《边城》就是他这种努力的成果。

大凡在《边城》摄制组工作过的人都记得，凌子风在初建组时常讲的一句话：“齐白石五十岁还能变法，我也要变法！……”开始时，我们大家都不太理解。因为齐白石的变法，有齐白石当时的处境与生存状况。当时，齐白石已年近五十，却尚未成名，这使得他不得不常常靠出卖自己模仿名家的假画来度日。是陈师曾在画摊上发现了他，指出他那幅标明是“陈师曾”的画是赝品，并告之自己就是陈师曾……齐白石是老实人，亲睹“真人”，只好向他讲明了自己的窘况。陈师曾见齐白石诚惶诚恐

《边城》工作照（后排中为导演凌子风，后排左为美工师夏如金，后排右为摄影师梁子勇，前排为照明师王琦珊）

的样子，不仅没有使他难堪，反而十分赞赏，说："你画得太像了，确实到了乱真的程度，连我自己都分不出来了！……"陈劝他："你的画已画到这种境界，何必还要模仿他人呢？"齐白石听了很受鼓舞，于是才决心"变法"，不再东模西仿，而是在多年模仿各派名家打下的坚实基础上，择己所长，创立了以大写意为主的独立画派……

而凌子风则不同。他在延安和根据地既已有了名气。进城后，一出手便拍了《中华女儿》，不仅在国际上得了奖，而且在全国一举成名……至《红旗谱》问世，他早已是全国闻名的大导演了。但他在拍了《骆驼祥子》，又进入了一个新的辉煌期后，何以还是要把齐白石五十岁变法一事挂在嘴边呢？……直至《边城》拍完，我们才理解：他当时这样做，并非是想效仿齐白石；而是见齐白石已到了知天命的年龄，仍有改变画风和勇于进取的精神，值得学习……才是他老把"齐白石五十岁还变法"的话挂在嘴边的真实想法。

从后来凌子风拍摄《边城》的过程看，没有齐白石的那种老而弥坚、勇于进取的精神是绝拍不好，甚至是拍不了《边城》的。

凌子风拍摄《边城》的过程，可以说是一个既充满痛苦，又充满了探索快感的过程。个中艰辛，恐怕只有凌子风本人知道。我们能提供给大家的，充其量也只能是从旁观察到的一些皮毛。我们把他的这些皮毛如实地记述下来，倘能对电影评论家和电影史家在研究时有些用处，或对当前的电影创作有所借鉴和启迪，我们的目的也就达到了。

凌子风拍《边城》大致可以分为以下四个阶段：

一、选材和剧本阶段

凌子风要变法，首先就要找到一个从根本上和他以前作品风格迥异的剧本。为此，他做了多种努力。一些细致的过程我们就不讲了。但其中，他曾找我们夫妇帮他改编钱钟书先生的《围城》和找人改编《浮生六记》即是两个突出的事例。因为这些选择对他来说，跳跃性太大了。当时许多人都劝他，认为他拍这样的作品不合适。但他却执意要拍。直到我们看了《围城》，表示对上海的生活和钱先生那种独有的俏皮根本摸不着门儿，请他另找熟习上海的高手改编后，他的热情才渐渐冷却下去……至于《浮生六记》他曾找过安徽的作家肖马。但后来结果如何，我们就不知道了。但这两个想法，前后经过大约也就几个月。时间不长，但从中我们可以看到他那时的思想和选材上的变化。当时，他还选择了一些其他题材，也都与他以往的风格完全不同。最后虽没成，但从他选择的这些题材上，我们可以发现一个重要特点，即都没有什么故事，偏散，重人物，重韵味……因此，最后他选中了《边城》也就毫不奇怪了。

事后，我们曾为他庆幸，倘若他当时真的找到了一个能把《围城》改好的人，也未必是好事。因为任何导演都不是万能的。一旦拍坏，别人绝不会因此还照样赞扬他有勇气，而会认为他老了，拍不了戏了……所以说，凌子风拍《边城》冒的风险的确是很大的。说实在的，他最后选中《边城》时，我们在内心也是持怀疑态度的。出于他长时间对我们的关心，我们很怕他失败。但他却深深地陷了进去，我们也只能跟着他往前走。凌子风选定《边城》是他到湘西采风回来以后，这时他已不仅仅是喜欢《边城》，可以说，他这时已是沉醉其间了。在这段时间里，他的嘴边除仍不停地说“我要变法，变法！要学齐白石！”而外，便是他对《边城》那种近乎带着疯狂和醉意的欣赏：“沈从文的《边城》太有意思了！整篇小说，从头到尾，就是一个老头儿一个小姑娘，一条船和一条狗……多有意思！”看着他宛如带着小饮之后的微醺，不住地重复着这段在理论上全然没有意义的话，我们确实不太知道他喜欢的是什么。直到他说得多了，我们又和他一起反复读了小说，听了他断断续续的一些想法，才慢慢理解了他的追求。大凡了解凌子风的人都知道，他对他想要什么，常常比较朦胧。但对他不要什么，他却非常清楚。只有经过一轮一轮的否定，直到他雷打不动地抓到了什么，死不放手的时候，那就是他真要拍的了。我们也只有在这时才能慢慢了解到，他想要的其实就是《边城》那种味道！

《边城》是一部地域色彩很浓的作品。其中除自然风光、白塔、吊脚楼夹峙的河街外，更有朴素的市井民情和当地普通人的古道热肠。凌子风虽然没有湘西的生活，但他却是学美术出身。对湘西那种到处都是挂满露珠的绿，和一年到头总是飘着雾霭，有如国画一般的美，似乎有种与生俱来的感悟能力。而对沈老作品中那种如诗如歌的韵味，更使他的美术功底得到了一个很好的发挥机会……据沈老自己讲，他的这部作品是他离开家乡以后，漂泊在外，“常常念及家乡种种情形”和古朴的民风而写出来的。其中有很多他在怀念家乡时理想主义的东西……非常独特。而这才是凌子风苦苦寻觅的。我们也是在后来和他交流多了，才慢慢理解了他为什么一定要拍《边城》！

去湘西采风回来后，他就“疯”了起来！为此，他曾制订过一个庞大的计划。他说，他要拍一部诗的电影。而且，提出了要组织一个用现在的话说，可以叫作超豪华的阵容。他说，他要当这部影片的总导演，请×××当摄影导演，请黄永玉（他不仅是湘西人，而且还和沈老有亲戚关系，对《边城》描写的生活非常熟习）当美术导演，请刘庄当音乐导演等；只是由于种种原因，最后没有实现。尽管如此，我们还是可以从中看到他对《边城》这部作品爱到了什么程度。

然而，《边城》的上马并非一帆风顺。这里首先涉及的就是沈从文这个人。沈老虽是大作家，但在文学史上是一个非常奇特的人物。即自打一解放，在一个很长的时间里，海峡两岸都拒绝发表他的作品。究竟缘何如此，已无从可考。沈老只好放下他心爱的文学而去研究古代服装了。大师就是大师，文学冷落了他，但他在明清服装方面的研究同样取得了很大成果。直到沈老作品能够发表时，他已写不动了。但他的那部长达几十万言的《中国古代服饰研究》却得以问世，并收到了轰动性的效果。凌子风是说过，他拍《边城》有“为沈从文打抱不平”的意思，但这绝对不是主要原因。真正的原因还是他喜欢沈老作品中那种人与人之间朴素的民风以及沈老采取的那种恬淡、空灵，那种像散文诗一般的样式。这就是说，只有这样，他才能以此为基础拍出一部与他以前作品完全不同的影片来……

但《边城》的上马还遇到一些其他阻力。其中一个就是沈老的作品诞生在1934年，故事的背景虽然是模糊的，但对当时中国大的政治背景——东三省的沦陷和高涨的抗战呼声全然没有呼应。他写的只是湘西那里宛如世外桃源一般的古朴的民俗民风。将这样一部作品搬上银幕，的确与中华人民共和国成立以来通过剧本的传统不太相符。这些同志的一个主要理由也是“该作品拍出来没有意义”……而恰逢其时，上影厂也有一位大导演先行一步，看上了这部作品，并已改出剧本。那个电影剧本的写法和北影持反对意见的人思路相同，所以就把当时的时代背景加了进去。我们

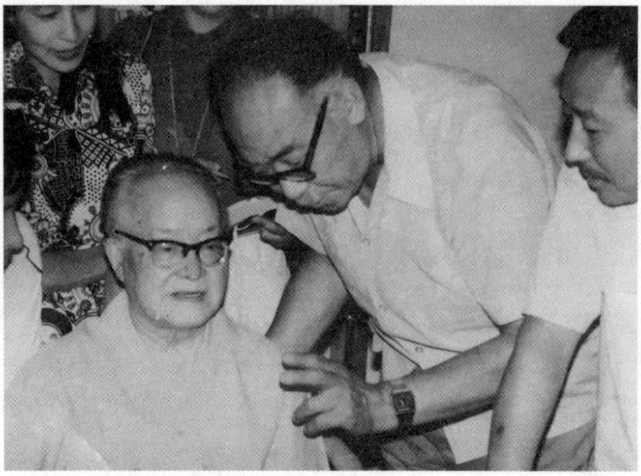

凌子风与沈从文谈《边城》剧本的改编问题（左为沈从文，中为凌子风，右为夏如金）

如果抛开是否忠于原著这一点来看，这个剧本还是一个很好的电影剧本。但沈老看了却说："非要在我这样一部作品里加上一个大的政治背景，哪里还是我沈从文的东西呢？……与其这样，还不如不拍！"最后那个剧本只在上影厂的厂刊上发表了一下，便把拍摄电影的版权交到了凌子风的手里。凌导后来在改编时，虽把年代改到了民初，但持反对态度的人仍认为拍这样一部作品没有意义……最后，是在荒煤同志和汪洋厂长的大力支持下，才得以上马。

但是真正进入创作阶段以后，各种难题就接踵而来了。首先就是剧本。他虽找了姚云女士，一位熟习南方生活，又颇有业绩的年轻作家为其编剧。（姚云后又找了他的朋友李隽培一起合作）凌导为了让他们写好剧本，特意安排了他们去湘西深入生活，收集素材，并与他们"滚"在一起交流想法。几易其稿，最后才写出了现在发表于《电影创作》的那一稿。稿子刚刚出来时，他是满意的。但是对一个已经古稀的老人，变法谈何容易！ 随着他再度到湘西看景，和对作品认识的深入，他才发现，他在剧本阶段与作者交流时，自己的惯性思维还是不自觉地在顽强起着作用！其中最要命的就是编故事。即把原作戏剧化的路子像幽灵一样对他起着作用……他发现这个问题后，非常警惕，因而一次又一次地对剧本和影片做了大量的修改……

为了便于说明凌子风的变法之难，我们想用简约的文字，把《边城》的故事做一介绍还是很有必要的。

其实，《边城》的故事极其简单。写的就是一个渡口上老船工为他渐渐长大、已情窦初开的孙女翠翠婚事操心的事。他原来有一个女儿，偷偷爱上了一个茶峒的屯防军人，并且怀了孕。二人本想逃至下游去结婚。但老船工的女儿不愿离开孤独的父亲，屯防兵见此，也不愿违背军人的责任。但二人又都想生不同衾，死同穴！……结果，男方却在一次急病中死去了。女方则偷偷生下肚里的孩子后，故意喝了很多河里的冷水自尽了。这孩子就是翠翠。老船工见自己年纪越来越老，孙女的年龄又越来越大，便开始为身后孙女的归宿操心。当时刚好有一个家境富裕的船总，名叫顺顺，他有两个儿子：大佬天保和二佬傩送。这两个儿子同时喜欢上了翠翠。而翠翠在情窦初开时，她是喜欢傩送的。但在内心又有些朦胧。对老大的感情也有感觉，却又不知如何应对。老船工摸不透孙女的心思，便说，"车有车路，马有马路"，任其挑选。车路，即是请媒人来正正经经地说媒；马路，则是在对面的山崖上唱三年六个月的歌……老大找了媒人，却没有结果；而这时，老二知道此事后，便坦率地告诉哥哥他也喜欢翠翠。兄弟俩不愿为此使枪动杖，于是商量好，都走马路，用唱歌来让翠翠选择。老大不会唱歌，没有自信。老二决定两人轮流唱歌，但实际全由他一人来唱，最后让翠翠选择，这样公平些。老大不干。"要唱就自己唱！"但也没结果……最后，一件意外的事发生了。老大在一次外出时被水淹死了。而老二却认为哥哥的死是老船工办事"粘粘泥泥不利索而不明不白死去的"，遂离家出走了。其父顺顺也为此很生气，明确对老船工表示不再谈及这桩婚事。这给老船工打击很大。回家后就得了病，在一个雷雨交加的夜里，死去了。翠翠得知死因后，哭了一晚上。

结尾则是一句充满诗意而又耐人寻味的话：这个人（即二佬）也许永远不回来了。也许"明天"回来！

按照这一基本构思，既可以写出一部冲突激烈，起伏跌宕很大，又很煽情的故事；也可以把故事淡化，通过细致的心理描写，把故事中的几个人物凸现出来，造成意境，把湘西那远离城市喧嚣，在边城的一隅依旧保留着的那种平静、古朴而又十分平淡的凡人小事，用诗的笔法点染出来……前者无疑是他的强项，他只需按照原来的套路，把这个故事讲清楚就已经是创新了。但出来的作品是不是沈老的原著和追求就难说了。但后者对凌导就不一样了。这样做，对他就简直有如脱胎换骨！但他的"变法"决心已定，这些困难是难不住他的。在他努力下，由姚云、李隽培改编的剧本很快便通过投拍了。但一建组就使他改变原来的套路增加了不少困难。他是改了不少，但最后还是在沈老小说的基础上编了兄弟俩同时爱上了一个姑娘的故事……沈老看了姚、李的改编本后，虽也表示满意，但依旧以那种老知识分子的认真，用蝇头小楷在打印本上写了一万多字的改评意见。[1] 凌子风除对他又不意陷入了编故事的毛病不满

[1] 详见凌子风在香港《八方论坛丛刊》第10辑发表的《边城》改评本。

外，对沈老的意见也很重视。于是，一次大刀阔斧的改动，即在分镜头时对剧本做了一次大的手术。对一个年近七旬的老人，"变法" 之难，可见一斑。

二、分镜头阶段

我们知道，凌子风是那种说动就动的人。他一发现自己原来的创作套路又在作祟后，便再次警惕起来。决定依照他"变法"的思路再改一稿。分镜头开始，他还是像往常一样，先和大家一起神侃，然后由他回去整理。这回也一样。但自从他发现大家也并不那么理解他后，便回家自己一边修改剧本，一边去分镜头了。这时的凌子风对《边城》应该说已吃得很透了。因此改起来也较快。当时正值酷暑，那时又没有家用空调和电脑，但他还是在电风扇的吹拂下用手写的办法，以九天的速度，赶出一稿，赶得两只胳膊底下全是痱子。然而从他兴奋的情绪上，我们感到了他对自己在"变法"的道路上一定是取得了进展。

这一稿才是付之拍摄的真正脚本。[1]

虽说在这一稿中，他只做了两件事：一个是把沈老的意见全部糅了进去。二是他在姚、李二人写的那一稿的基础上又向小说大大地靠近了一步。这样，通过表现三次端午节老船工操心孙女婚事的心路历程为线索，将翠翠与大佬和二佬见面、接触等一些琐碎小事如散漫的诗歌一样串了起来。一部崭新的，与凌子风历来的风格迥异的拍摄蓝图，便初具规模了。在这里，凌导着意表现的是老船工对孙女的心事揣摩不透所表现出的"弯弯绕"和孙女翠翠的"情窦初开"。但他却故意不加强调和渲染，使翠翠与大佬和二佬的几次见面与接触好似全然没有任何创作者主观的刻意强调。但恰恰如此，反而使这些琐碎的小事竟如颗颗珍珠，以其特殊的韵味，闪现出了熠熠夺目的光辉。鉴于篇幅有限，我们只能将分镜头剧本中，翠翠与大佬、二佬仅有的几次接触作一对比，看看凌导是怎样表现的……

大佬对翠翠有情有义。而且，在第二个端午节翠翠与爷爷到他家躲雨时，便以眉目传情的方式和送了一只肥鸭子作出了表达……在打着火把回家的路上，爷爷以开玩笑的语气问翠翠："顺顺家的大佬说想派媒人来说媒，要你做媳妇，你怎么想呵？"

[1] 详见北岳文艺出版社2004年出版的《边城》及改评本174页的评注：1983年凌子风准备把《边城》再次搬上银幕时，曾请沈从文审阅电影文学剧本，由此留下了多处改评意见。后来凌子风执导的电影《边城》，是用另外改写的台本，和当时的电影文学剧本已大不相同。

翠翠一下就生气了……恰巧，大佬下青浪滩时，又正好是翠翠为他过渡。翠翠是专门想过她和大佬的事儿的，她也看到了大佬火辣辣的目光，但她却只是一把又一把地拉动着缆绳，默默不语……

但对二佬就不同了。

二佬从家里赶来给老船工送酒葫芦，翠翠很不好意思，这时正好有人高喊：“有人过渡！”翠翠便借机跑了出去。二佬对老船工说，“伯伯！你家翠翠长大了，真好看！”便走了。但等爷爷准备给二佬过渡，叫她回家去烧火做饭时，她却什么也不说，就把爷爷撂在了岸边，自己上船去给二佬过渡了。她还是什么也不说，默默地用两手缓慢而有节奏地拉动着缆绳……经过短暂的沉默之后，二佬开口了。他邀请她和她爷爷去看赛龙舟，问她去不去。她说：“不去！”二佬问：“为什么？”她说：“我要守渡船。”二佬说：“不是有你爷爷吗？”她说：“我陪爷爷。”二佬又进一步问：“我要找人来替你们守渡船呢？”翠翠仍说：“爷爷去，我就去……”对她在心里朦胧喜欢的人面前，保持了足够的矜持……而二佬虽年轻，但却表现出了作为一个男人的大度：“我一会儿就去叫人来替你们守渡船……”翠翠没有任何表情。但等二佬走远了，她却憋不住地把头回过来，频频遥望着在绵绵的雨幕中二佬渐渐远去的背影……一回到家，她便明显地露出了发自内心的喜悦。她见爷爷正在烧饭，便主动承担过来：“我做吧！”并把二佬邀请他们爷孙去看赛龙船的事儿告诉了爷爷，并问：“您去吗？”爷爷故意地：“你去吗？”她说：“你去我就去。”……过了一会儿，她却以极其委婉的方式向爷爷表达了她的心迹：“刚才那个人姓什么？”爷爷笑着反问她：“你说呢？”她却说：“一本百家姓上好多人。我不知道他姓什么！”爷爷笑了，只说：“你知道——！”

这是多么精到的选择！又是提炼得多么富于韵味的语言呵！

等他们到了顺顺家的吊脚楼前时，看赛龙舟的人人山人海。二佬去赛龙舟了。爷爷问翠翠：“二佬说，他想请咱们到楼上去看！你去不去？”翠翠却说：“我不去！我陪爷爷去。”爷爷这时已明了了孙女的心迹，便又笑了：“好！我去！你陪我去——！”待赛完龙舟，二佬指挥的龙舟得了头名——这是他最希望在心爱的姑娘面前得到的奖赏——高兴得从船上掉进了水里……这时，翠翠的狗丢了。在她找狗的过程中，听到了有人议论她和二佬的婚事，说“他（这么好的小伙子）不要团总的碾房，而要去守渡船呢！”（意指他不打算要团总的女儿而要和翠翠结婚）她不高兴了。下楼时，刚好和二佬在楼梯上“狭路相逢”。二佬问：“怎么？就走呵？”她知道众人已经知道他们的关系，见二佬又如此全不避讳，很不高兴。于是就一句话也不接，只愣愣地站在那里……良久，她才与二佬错肩而过，把二佬一个人扔在了那里……但她的不快还存留在心里。狗的出现（它是从河里游上来的）使她终于又有了一吐心中块垒的机会，指桑骂槐道："你疯什么！ 谁人让你也跳进了河里！"把对二佬的不满发泄了出来……

后来，大佬在青浪滩淹死了。二佬也不再谈及与翠翠的婚事，出走了。出走时喊："有人过渡喽——！"老船工让翠翠去，自己收拾菜地。翠翠去了。一见是二佬，她掉头就跑回去了。最后还是老船工给二佬过的渡。二佬对老船工十分冷淡……当爷爷知道大佬死后，二佬对他和翠翠的婚事也失去了兴趣，精神上受到的打击很大。于是，爷爷便在一个雷雨交加的夜晚死去了。这时的翠翠已经知道了一切。她哭了。这样刚好接到沈老原作结尾的那句话：这个人也许永远不回来了。也许"明天"回来！……不能再举例了。通篇分镜头，这样精彩的段落可谓比比皆是。这虽不是定稿，但距凌子风"变法"的成功已相距不远了……

三、拍摄阶段

这个阶段应当说，是凌子风的"变法"，或曰"和自己打架"更为艰巨的一个阶段。这里我们想着重谈谈凌导当时的创作心态、现场的执行问题、景和演员的表演……

这里有几件趣事很值得玩味。

1. 凌导发怒了

老船工家搭好以后请凌导去验景。说实在的，美工师夏如金从设计到搭建好，都绝对是一流的。但凌导看后却突发邪火，把老船工家门前搭的一条长长的栏杆全给踢掉了！ 其实设计这条栏杆老夏还是很有想法的。如抛开《边城》这部影片非常特定的需求，这个设计无论从哪个角度来说，都是非常出色的。首先，它可以不致使老船工家一出门就是一片草坪，显得呆板和缺少变化。其次，有这样一道前景不仅便于摄影师构图，同时，拍出来也有层次。一旦导演想在全景用移动镜头，有这个前景和没这个前景是大不一样的。如果有什么不好，只是，而且仅仅是，稍稍多了一点人为的痕迹。而就是这一点点不足，就把凌导惹怒了！大凡读过沈从文改评意见的人都知道，沈老对"反映小城应有的静""形成素朴的静"等表现小城自然本来的面貌非常重视。而在茶峒那里是没人在门前搭建这种栏杆的。但是，把这样一道栏杆去掉本是一件很简单的事，凌导何以要发那么大的火呢？其实那条栏杆只是一个导火线。真正的原因是：凌导一边在拍，厂里却时不时总有大道或小道的消息传来，该片要下马，弄得他总是心神不宁； 再一个则是他虽通过分镜头已经大大向原著靠近了一步，但拍出的东西总是和他心里想的相距较远……夏如金不光是他的爱将，更是他的好友，心里有火不对自己人发，对谁发。与其说，凌子风对那堂景不满意，不如说，是对那影片的命运常常表现出一种无奈的担忧，以及对“变法”心中没底！——这就是他的当时创作心态。

2. 现场亲自执行

凌导年纪大以后，现场从来都是由他的副导演执行的。但这次却不然。 这倒不是对我们不放心，而主要是由于在进入现场前，他有很多感觉既没诉诸文字，也没具体的方案，除了分镜头剧本中有的那些戏以外，即兴拍的东西特别多。而这些东西将来怎么用，不光主创们不知道，有些连他自己也不太清楚。这从他后来接受记者采访时的录音就可以知道。他说：“现在大家都说《边城》好，可《边城》是怎么拍出来的，连我自己都不知道！”其实，他这样说并不完全正确。如果他是莫名其妙就把《边城》拍出来了，那是绝不会拍得那么好，也不可能拍得那么有韵味。他说的“不知道”，其实只能说他没有非常明确的意念而已，而实际上，涌动在他心里的那一片混混沌沌的感觉始终是“清清楚楚”的。不然，等到剪接台上怎么就像呼风唤雨一样，要什么镜头，就有什么镜头呢？他一边剪，一边为自己庆幸：“你说，当时我怎么就想到了要拍这样一组镜头呢？”这就只有他自己和在场的人知道了。他拍《边城》之所以不让助手执行，主要是他自己在心里还有另外一部《边城》。但一时还说不清，只是一些感觉而已。比如： 他每进一堂新的景，有时就是按照脚本拍完就完的，有时却不然。他一看到某堂景觉得里边有另一部他心里的《边城》，他就拍起来没完没了了！一场戏有时就是一两句话，比如，就是让翠翠或者她的狗从这里向那里跑一趟。既没故事，也没人物……有好几次，按剧本要求的戏早就拍完了，但他却没完没了地拍，拍，拍！连吃饭的时间他也不停，大家虽有意见也不敢说，一任他从十二点一直拍到下午两点才吃饭！当时大家都议论：“拍这些东西有用吗？”没想到这些镜头在剪接时，居然无一“糟蹋”，几乎百分之九十九全接了进去！而这才是他多年以来，第一次不顾年事已高，再次亲临一线，自己去喊“预备——开始！……

停！”的真实原因。

另外，以往他拍戏是很讲究构图的。摄影师梁子勇和他合作多年，对他这一点，可谓知之甚深。但这一次两人却常有龃龉。主要原因就是这次在拍摄群众场面时，他一反往常，采取的是让当地请来的农民现场“随便走”。有时人多，有时就空了。梁子勇对镜头“空了”不能接受。而他却追求这种原生态的东西，说“空就空点！……”对光的要求也是如此，“黑就黑点，自然就好！”……梁子勇了解了他的意图后，两人的合作才又重归默契……

严格来说，在外景凌导虽花了很大力气，但由于那些“下马的消息”对他情绪还是有影响的，拍得有些粗糙。回厂后，各种谣言没有了（也许是解决了？），在棚里拍戏，可以一点点抠了，弥补了好多外景的不足，使影片在质量上得到了很好的保证。

3. 关于外景

《边城》拍得好，与景的关联甚大。影片出来以后，大家都以为湘西地处偏远，为这部影片保留了许多近乎原始的景地，从而使该片的制作捡了许多“现成”。其实根本不是。片中的白塔、老船工家和门前的草地、用缆绳引船渡河的野渡、吊脚楼、包括赛龙舟那片宽阔的河面全是专门为这个戏修建的。这里特别应该提到的就是那片宽阔的河面。那是凤凰县和花园县政府因以他们出了沈从文和黄永玉这样的名人和作品特意出资开掘的。其景的营造工程量有多大就可见一斑了。凌子风在这方面的付出，是让人难以想象的。分镜头前，他带领主创人员跑遍了湘西，特别是沈老和黄永玉推荐的一些景点，他全都跑到了。而且，还定下来不少。但复查外景时却全变了样儿。有的是被洪水冲了，有的则因大水已过，赛不了龙船，不能用了。但他一点不以为然。为了拍出沈老原作的韵味，他又开始了对景的构成与拍摄，重新上路看景去了。最后影片里的景之所以广为称道，除了美工师的功劳而外，凌导在美术方面的修养也起了非常重要的作用。影片出来以后，许多人都说：凌子风的《边城》哪里是在拍电影，简直就是用他深厚的美术功底，以湘西大自然这块画布，以光线和色彩当笔，在胶片上吟诗作画！……的确如此。他除了把他对沈老作品的一些独特的感悟，通过与美工师和摄影师进行交流外，在选景时，他的确是花了大力气的。这一点，连他年轻的司机跟着他跋山涉水，看完这里，又看那里……在体力上都有些支持不住了。但他还在不停地找，不停地看，不停地像诗人推敲文字一样，一处一处地筛选和苦苦寻觅。直到觉得那景与沈老那不朽诗篇中的感觉和韵味一样，他才心满意足……

特别是在现场，他跑来跑去，大声嚷嚷这里放烟，那里放烟……包括放多少，从哪边放，他都要操心……那一头飘扬的白发，疯子一样地大声吼叫，从而在湘西那块大画布上用胶片作出了一幅流动的长卷：《边城》。其成果真可与唐代大诗人王维的诗作一般，既可称为是“画中有诗”，又可称为“诗中有画”。影片拍出后在造型上的成功，给了凌导以心灵上的满足与回报。

4. 天然去雕饰

凌导过去的影片在表演上的把握是比较传统的。虽都是经过对生活的提炼与加工，但与生活本来的状态还是有些距离的。其实，这种对表演的要求，不是他一个人如此，应该说，他们那一代，甚至好莱坞都是如此……但是随着电影事业的飞速发展和进步，新的电影观念出现了。作为一个已年近七旬的老人，他没有丝毫的墨守成规，而是还对许多新鲜的东西给予了热情的欢迎和支持。而这种欢迎和支持自然也就融进了他的“变法”。对《边城》表演的要求就是一例。他的一个总的提法就是“天然去雕饰”。所有的戏既应该是经过提炼的，同时又不要留有任何表演痕迹的。然而片中除了小主人公翠翠的扮演者戴呐外，全都是老演员。让他们在很短的时间里把几十年积累起来，而且是奉为神明的东西一下抛掉，谈何容易！所以在现场，他一反过去认为“演员的创作情绪是非常脆弱的……”“要爱护……”等信条，也出现了“骂场”现象。因此在影片完成后，媒体采访他的时候，他只说，他对戴呐和冯汉元的表演满意。“戴呐最好！没有一点儿表演的痕迹”“与沈从文的原著很对味儿”……这是他对自己作品的苛求。从整体来说，《边城》一班演员的表演应当说还是相当出色的。我们这里想说明的只是凌导对这部影片表演风格的追求，也是相当狠的。

5. 演员的选择

沈老作品里的主人公翠翠年仅十五，但写的却是一个爱情故事。当时，汪洋同志很怕现代人不理解，建议让刚刚得了奖的李羚来演。但凌子风执意不同意。一定要按照沈老的原著去找。即一定找十五岁左右，而且一定要像湘西那一带“额头高高的，眼睛凹进去”的那种女孩儿。否则，很难符合小说中那种情窦初开的感觉……我们跑遍全国，给他找了两个，他最终选定了戴呐。事实证明他的这一选择是完全正确的。

四、剪接、录音与音乐阶段

这一阶段对《边城》可以说至关重要。后来，我们在闲聊当中总结《边城》时，曾有过“剧本——分镜头——现场——剪录，四次大的改动，才完成了该片……”的说法。虽说一般导演也都如此，但他每一道工艺流程的改变之大都是超乎寻常的。与其他导演的正常工艺流程形成了巨大的反差！说到他这次的剪接和录音，其改动简直就是重新结构！老剪接师王诚是凌导多年的合作伙伴。因合作已成默契，所以上剪接台前也没更多与凌导交流。没想到，粗剪后既没故事，也没韵味。等凌导看完和她交流时，连她自己都笑了。为此她不仅重新看了一遍分镜头，而且阅读了小说，找到“范儿”以后，将原来按一般影片的节奏剪出的镜头一个个加长以后才使影片初见韵味。但总的看下来，还是不那么够味儿！而这就是拍摄的问题，而不是剪接所能解决的了。为此，凌导又对结构进行了多次调整。发现在拍摄过程中，仍保留了许多处“老毛病”，他都一一按小说做了调整。这就说明，他在拍摄时，虽对自己习惯性的东西有所警惕，但一不小心还是有许多处出现了故伎重演。幸而，他心里始终还有一个朦胧的《边城》，这样才没有使他在最后的剪定时，没有可用的镜头弥补。然而，经过结构调整后的影片虽又前进了一步，但还不够味儿，这时，他才意识到，这样一部充满散文诗一样风格的影片，是离不开沈老本身的那种描述的！为此，他这才放弃了“使用旁白是导演没本事”的观念，从沈从文小说中那美妙独特的文字中几经精选，才写成了最后的旁白。

我们知道，旁白是要有一定的画面支撑的。这时，他在外景拍的那些大家认为没用的镜头，如雨打芭蕉；雨滴在船头四溅；翠翠独坐山坡吹笛子；蒙蒙细雨中，群众演员的摆渡等镜头这时全成了宝贝。另外，他又把三次端午节互相衔接，作为起承转合的过场戏全部拿掉，用一两个画面支撑，以一段旁白便将两个大段落接起来，使整个影片的效果完全不同了。不仅使影片简洁多了，而且很出韵味……

说到音乐，作曲刘庄是立了大功的。她几去湘西采风，但写出的东西，她总不满意。后来，她才发现，是她找不到一种乐器来表达她的感觉。为此，她找到乐器厂，依照她的想法专门制作了一根很粗的笛子，经过一位演奏员的反复练习和与画面对位，终于使她感到“对味儿了！”这是刘庄和乐器厂一起“发明”的一种新的笛子。并且就以《边城》命名，称“边城笛”。这个笛子成了全片最主要的乐器。

五、荒煤的意见

陈荒煤同志来审查那天，正赶上凌导接到联星老师病危通知。他只好上医院而由徐晓星来接待荒煤同志。荒煤看了双片后，对这部影片的艺术成就给予了充分的肯定。他说，很美，像散文诗……并且说，电影虽分主流电影与非主流电影，但这种电影也是当今社会生活的一种需要。并提出了一点十分具体的意见。即老船工的女儿故意喝了很多河里的冷水自尽了的镜头拍了没有？我说拍了。他建议："你一定告诉疯子（指凌子风），把那些镜头接进去，否则老船工的性格不易被人理解……"然而可惜的是，拷贝已经做出，一切都来不及了。

总之，遗憾还是有的，但从整体来说，它无疑是一部堪称经典的影片。凌子风去了，但我们相信他的"变法"和经验将与他的影片一起给我们的后人以启迪……

2004年7月

简谈凌子风晚年创作辉煌期的形成过程

——为凌子风导演辞世一周年而作

提到新中国的早期电影，人们自然而然就要想到凌子风。从他的《中华女儿》《母亲》……一直到《红旗谱》，一部部优秀的电影佳作，使他当之无愧地成为新中国电影的奠基人之一。这些作品之所以直到今天依然有着鲜活的生命力，这实在是一种历史的幸运。因为在凌导拍摄这些作品时，远远没有今天年轻的电影人这么好的创作环境。《武训传》的导演孙瑜就是一个突出的事例。他本是一个十分杰出的导演，然而就是因为他拍了电影《武训传》，结果不仅在政治上遭到了灭顶之灾，而且，一下就蹲了二十多年的冷板凳。直到打倒“四人帮”，他才重获新生。而凌导这样一个很有个性，而又极不安分的人，之所以能幸免于难，则是由于许多许多偶然因素造成的。当我们回首他晚年创作辉煌期的作品，研究这一电影现象成因时，追溯一下他的个性，以及他创作这些作品时的环境和心态是十分必要的。

说到他的个性，我首先想到的就是他的那个著名的绰号：疯子。乍听起来，人们一定会因其容易产生误会而排斥它。凌子风却不然。他大概觉得这个绰号比较能概括他的个性，所以从一开始叫起来，他便欣然接受了。为此他还将自己的原名凌风改成了凌风子。后因友人相劝，他才又将自己的官名改为凌子风。这虽只是一件小事，但仅从这一点，我们就可以看出他的个性是多么鲜明了。他的这一改动是非常正确的，因为只有这一绰号才能较为准确地概括出他的为人和性格：他那令人发烫的热情；他的不知疲倦和恨不得一年拍二十部戏的拼命精神；他的博才多艺和丰富的艺术想象力；他那即使倒霉到底，也要生活得舒服自在，也要乐观的生活态度；他甚至连着装也要与众不同，等等。假如他不是这样一种性格，我们是很难想象他是怎样拍出那些脍炙人口的影片的。北影的老厂长汪洋就曾跟几个为他张罗稿子的责任编辑说过：“你们一定要找那种能让‘疯子’疯起来的本子。只要让他疯起来了，片子也就拍好了……” 所以“疯子”这个绰号，就像当年人们称呼章太炎和女革命家秋瑾一样，对他实在是一种十分准确的概括和褒奖。

但是，像他这样一个个性如此鲜明，而又异常直率，从不知保卫自己的人，为什么居然在那个十分忌讳谈“创作个性”和“表现自我”的时代，不仅没有遇到一丝一毫的风险，反而拍出了像《中华女儿》《母亲》以及《红旗谱》等一批优秀的电影作品呢？这除了有陈波儿、夏衍、陈荒煤、汪洋等一批卓越的电影事业领导人对他备加关心和爱护这一特殊条件之外，与他本人就是从革命战争当中走过来的一分子有很大关系。

比如《中华女儿》。这部影片描写的就是典型的“革命经”和“战争道”。片中的内容可以说就是他本人刚刚走过的一段革命历程。因此，拍这部影片时，他很容易一下就“疯”了起来。因为他从年轻时代起便以极高的爱国热情投奔延安，参加了革命。 后来又以极高的革命热情到大后方与日寇周旋。他除了从事革命的戏剧工作以外，还当过武工队长，真刀真枪地和日本鬼子交过手。这些战争生活不仅陶冶了他的思想和情操，更给他拍摄这部影片提供了宝贵的生活积累，他与片中的胡秀芝和冷云等人的性格和思想可以说本来就是息息相通的。因此，他的创作激情和个性，或曰他的“疯”，便自然而然以一个革命者的面貌表现了出来。这种个性虽然只是他的一个侧面，但这一 侧面在那个“文艺必须为无产阶级的政治服务”的年代，显然还不会给他带来任何麻烦。

打倒“四人帮”后，我曾作为责任编辑和编剧在他的身边活动了将近十年。闲暇时，曾听他以欣慰的语气谈起他拍摄《中华女儿》时的许多情况。他说，拍这部影片时，“我们那才叫初生牛犊不怕虎呢！全摄制组，除了摄影师只拍过一些纪录片以外，没有一个人拍过故事片。但是，我们刚进城，刚刚接管了电影厂，不会拍，也得拍，还一定得拍好！”当时主管电影局的陈波儿和袁牧之等人就也曾用类似的语言给过他们鼓舞与支持。这就是凌子风他们当时接拍这部影片的环境和心态。“那个时侯……”他说，“我们哪知道什么叫导演构思和总体把握呵！我们连镜头该怎么接也不懂。 最后是把别人拍过的影片拿来一尺一尺地拉着看，才一点一点弄明白……”用他的话来说，那部影片就是在领导的支持下，用革命刚刚胜利给他们带来的那种热情拍出来的。这些故事看去好似与创作无关，但从他对他（们）当时那种心态的描述中，我们不是也可从中领略到他拍这部片子时的一点“疯”劲儿吗？虽然，那部影片的最后成功，主要还是应当归功于凌子风多年来的生活和艺术积累。(他既专门地学过戏剧，又专门地学过美术，在根据地又从事过多年的“田庄剧”或舞台戏的导演，他本人又会写剧本，等等。) 然而，从某种意义上说，如果没有他（们）当时的那种心态和他的那股“疯”劲儿，他们是不可能克服那么多在我们今天根本无法想象的困难，一出手便在国际上获得大奖的。而凌子风的创作个性也正是在这样一个特殊的年代、特殊的环境里，以他对革命胜利的沉醉感而得到展现的。

他后来的几部作品也大致如此。这中间虽然也曾有过一些小的坎坷，但对他的创作生涯都没产生过大的影响。那时候，他虽然对把电影的路子搞得那么窄有意见，但他“又不愿意待着”。于是也就只好在“文艺要为无产阶级的政治服务”和“革命经”“战争道”的路子上走了下去，并通过艺术实践，使自己在电影导演创作的道路上渐渐成熟起来。

在这方面最突出的事例当推《红旗谱》。四十多年过去了，我至今依然记得成年的虎子，即主人公朱老忠，路过地主冯兰池家，拒不接受冯家定下的规矩：必须下车时，说：“这个规矩得改改了！”然后挥起鞭子当着冯家人的面把车赶了过去。那一组镜头，和加了残响而得到夸张的那一声声鞭响，既让人看了非常过瘾、解气，又感受到了一种美的享受和艺术满足。这是典型的充满凌子风魅力的创作风格。在那个影片通过的政治口径小得几近针眼儿的年代，他能把一部影片拍得那么漂亮和富于个性，而又能获准通过，其原因也就在于此。我们在文章的开头将他的这种现象称之为一种“历史的幸运”，道理也正在这里。

然而，这还远远不是凌子风。真正的凌子风是在夏公（即夏衍）明确提出了“离经叛道论”以后才初步显露出来的。他在听了夏公的报告，读了文化部电影局颁布的电影四十条 以后，他那极不安分的个性和对艺术规律的熟谙，使他再也按捺不住自己，而“疯”了起来。这才是那个真实的、才华横溢和具有鲜明个性的凌子风。他这时的一个突出表现就是他为自己后半生提出了一个令时人瞠目结舌的创作计划。其中最著名的例子就是：他要拍《燕子李三》和《孔雀公主》，并表示要在该片中表现人体美。更有甚者，他还在一次创作会上声言“要拍一辈子《红楼梦》和《金瓶梅》”。……这一计划在当年，显然是过于“激进”了。《金瓶梅》即使是在今天能不能拍，和怎样拍也还是值得商榷的。其结果，当然只能以流产作罢。而后来成为他的代表作之一的《骆驼祥子》也正是在这时提出的。只是因为他尊重艺术规律，坚决不肯把祥子这样一个人物无端地拔高成为英雄，使其成为一名地下工作者而没有付诸拍摄。

其实，大凡从那个时代走过来的人都知道，夏公之所以要提出“离经叛道论”，并非否定“革命经”和“战争道”。他只是作为当时电影事业的主要负责人感到电影作为一门艺术，如果只限于革命和战争的题材，对于我们这样一个在当时就已有六七亿人口的大国，题材毕竟过于狭窄了。而且，电影既然是一门艺术，除了要担起所应担起的教育功能而外，还应担起艺术所应担起的“认识功能”和“审美功能”。因此，他在明确提出了“离经叛道论”的同时，也并没有忘记肯定新中国成立以后包括凌子风作品在内的那一批专门以写“革命经”和“战争道”为内容的影片，对新中国经济和文化建设曾起到不可估量的历史作用。他之所以要别出心裁地用“离经叛道”这样近乎叛逆的语言来阐明他的观点，主要是他对那时的极“左”思潮的严重和根深蒂固有着深刻了解，感到非如此便不足以撼动，才出此“下策”的。然而，他的这种大无畏的气魄和胆识，只给电影事业带来了一个短暂的春天，便结束了。他自己则也因之落马，并做了十多年的囚徒。而作为夏公“离经叛道论”的积极响应者，凌子风自然也难逃厄运。并为他那不曾得到实施的创作计划，在后来的“文化大革命”中整整挨了十年批，写了十年检查。

然而凌子风就是凌子风。当“文化大革命”后期，他作为一名老干部刚刚获得解放，便在他接受的第一部影片《海霞》的拍摄过程中与“四人帮”派来的军代表产生了直接冲突。他作为一名艺术家，当然是要尊重艺术规律的。但领导他的那位军代表却说他这是“修正主义文艺思潮的卷土重来”。于是，他便不顾再次被打倒的政治压力而发出了义正词严的抗争：“我是导演还是你是导演？”其结果可想而知，他在接到“四人帮”的政治指令“ 停拍整顿”后，一回厂便被撤换下来，并再次被打入了“冷宫”。

接下来，我们就要谈及一部对他晚年出现的创作辉煌期产生过重要影响的影片了。这就是他在打倒“四人帮”以后所拍的第一部影片：《李四光》。

这部影片虽然最后得了奖，在当时也曾产生过较为广泛和积极的影响，但却全然没有他的创作风格，至少表现得很不充分。因而在艺术上显得有些干巴和概念化。我们之所以说这部影片对他晚年出现的创作辉煌期产生过重要影响，主要是指他在拍了这部影片后，随着思想解放运动的逐步深入，特别是小平同志在第四次文代会发表讲话之后，他对自己的创作思想也做了一个较长时间和较为深入的思索，并从“寻找自我”这一艺术创作最根本的规律上找到了突破口，而最终确立了他今后的艺术道路该怎么走。这才有了他晚年所出现的创作辉煌期。

小平同志在“讲话”中说：“文艺这种复杂的精神劳动非常需要文艺家发挥个人的创造精神。写什么和怎样写，只能由艺术家在艺术实践中去探索和逐步求得解决。在这方面，（政府）不要横加干涉。”这一讲话又一次让凌子风“疯”了起来。然而，大凡熟知他的人都知道，他并不十分擅长理论，他对这一讲话的强烈反应主要表现在他拍《李四光》时，片内和片外所出现的不安和躁动上。

先说片内。

《李四光》本是夏衍同志复出后，为国庆三十周年献礼所筹拍的十部影片之一。凌子风在接受这一影片的拍摄任务时，是很兴奋的。当时，他和全国人民一样，感到“四人帮”被打倒了，我们国家又焕发了新的生机。加之科学大会的召开，更在精神上给了他极大的鼓舞。为此，他为拍好这部影片，做了很多努力。从他与作者一道修改剧本起，便开始了一次极为深入和广泛的采访。从李四光的家人，到他的亲朋好友、同事、学生……总之，一切和李四光有过接触的人，他几乎都采访到了。每次采访归来，他还都亲自把采访的记录整理成文，并打印出来，编成一本一本的小册子，发给组里人，特别是演员看。又请了像孙道临和俞平这样的著名演员担纲男女主演。为了对李四光这样一位在我国科学界有过深远影响的地质学家有较为深入和感性的了解，在采景时，他几乎把李四光走过的足迹全走了一遍……另外，他还找了好多描写科学家的参考片给大家看……总之，他的准备不可谓不充分，也不可谓不细致，然而一拍起来，他却始终也没“疯”起来。这时，他的第一个反应就是：“以后再也不能这么干了。”“老是过了今天，不知道明儿的日子怎么过，这怎么成？”平时，和凌子风一道工作，从来都是一件快事。但拍李四光却不同。我们看到的他，总是在被痛苦折磨中的躁动和不安。他不断地看那些采访李四光的记录，找人谈拍摄方案，但就是总也拿不出“绝活儿”来。其实，原因很简单。他虽是一个学识和爱好都相当广泛的导演，但也并不是万能的。他虽为拍好这部影片作了相当充分的准备，但他得到的东西毕竟都是一些他并没有多少直接感受的“二手货”。而这些“二手货”，显然是不能让他“疯”起来的。

他的这种躁动和不安则更多地表现在片外，即下面他准备拍什么上。

一天，他看了一篇新疆监狱的报道。其中关于毛泽民同志牺牲的事迹，他十分感动。于是，他表示要拍《毛泽民》。为此，我到了新疆，找了新疆军区文工团的青年作者杨正昌，开始给他写《毛泽民》。结果，易稿数次，他也没拍。后来，他又提出拍齐白石，并请了他非常欣赏的文学编辑施文心给他写出了关于齐白石的故事《大将之门》。最后，他也没有拍。在这一过程中，他还想过要拍中国历史上的著名地理学家徐霞客，并打算自己亲自动笔撰写剧本。为此，他跑了许多地方，最后，还是放下了。"文化大革命"前，他就想过要拍李劫人的《死水微澜》，并把这一任务交给了当时编辑部的西南组，最后也没弄成。后来，不知谁又把张洁写的《爱，是不能忘记的》推荐给了他。他一下激动起来，一连看了好几篇张洁的新作。当时，张洁是一名中国文坛上刚刚升起的新星。她的每一篇新作都深深地打动了凌子风。于是，他又表示"要拍一辈子张洁"。当时围绕在他身边的人，又给他紧锣密鼓地忙活了一阵子，结果他还是没有拍。弄得汪洋同志都急了，让制片主任好好"劝劝疯子"，叫他"别像狗熊掰棒子一样，掰一个，扔一个"。结果，依然未能奏效。其实，以上我提到的这些，还并非全部，只是我们记忆较深，并已写成和发表出来的题材或计划而已。至于那些只让他激动了几天就过去了的想法就更不计其数了。

那么，在他拍摄《李四光》的前前后后，究竟想了些什么呢?

这是当时我非常想知道的一个问题。因为当时编辑部在墙上挂有一张大表，每个编辑在组什么稿，一年有几部都标得清清楚楚，别的责任编辑名字后面几乎都是长长的一串，而唯独我的名字后面却是一串空白……我想改变这种状况，提高我的组稿成活率，就必须首先弄清他的想法。没想到，在我苦不堪言的情况下，他给我的回答竟是："我也不知道！我的要求就是'喜欢'！……"这句话使我非常失望。直到后来，通过和他一起研究稿子，我才渐渐明白，他这句话看上去普普通通，全然没有一点理论色彩，但却是他经过几年的探索，所得出来的一句带有规律性的大实话！这句话听来确实有些过于笼统了，但实际在他心里却是有着十分具体的内容的。

我也是后来在与他的一些闲谈中，才慢慢悟出他的"我喜欢"三个字的真实含义的。

有一次，我和他谈起了《金瓶梅》。我对他在"文化大革命"前想拍《红楼梦》很理解，而对他那么钟情于《金瓶梅》表示有点不解。没想到我这么一说，一下把在他心中憋了大约足有几十年的话题全给勾了出来。

他说："我就不明白，上边为什么就是不准拍呢？《金瓶梅》里是有糟粕，但那完全是可以避开的呀！"

我问他："《金瓶梅》里最让您激动的是什么呢？"

他的回答异常肯定："潘金莲。这个人物多让人同情呵！"他问我："你还记得书里对潘金莲的身世那段描写吗？"

我说："记得！"然后，就在他的追问下，把潘金莲原本是良家妇女，如何因少年丧父，母亲没钱度日，卖给王招宣府家学艺；后来，王死了，她母亲又把她转卖给了张大户。张大户年近六十，却膝下无子无女，其妻为取悦于他，将白玉莲和潘金莲买到了家中，先是做弹唱使女，后又被收作妾。张大户病重，其妻认定是潘金莲"蛊惑"所致。终日毒打，张大户只好将她放在了下人武大郎家。开始只是"应名儿"嫁给武大郎，但张死后，张妻为了整她，却逼着她真的嫁给了武大郎……说到这里，他问我："如果你是女的，先让你不明不白跟一老头儿同床共枕，后来又让你嫁一个侏儒，你怎么想？"

他说："这段白描在厚厚的三大本《金瓶梅》里，顶多超不过两篇。但是，我要拍，就一定把她推到前景来。先拍她的聪明、善良，看到街坊被嫁出去的女孩儿既有幸运的，也有倒霉的，产生了好多想法，就给自个儿烧香，希望有个好的结果。没想到，自个儿的爹突然死了。她家从此断了生计，为了活下去，只好听娘摆布。而且，一点儿办法也没有——你想，当时的她，照现在的话说，也不过就是个孩子嘛！……然后再集中展示她的两场戏，一场是她成了一个老头儿的玩物以后的痛苦，再写她让张大户的媳妇逼着跟武大郎上床，非得让她给武大生出个孩子来……这多有意思！有了这两场戏，往后她即使变得再坏，人们也就不会把她的坏赖在她身上，而认为是那个社会不好，她不变坏，就没法儿活！让人知道，中国几千年妇女的日子就是这么过的……这有什么不能拍呢？"

他还说了几场戏。给我印象最深的就是，自潘金莲已成了西门庆第五房小老婆以后，在西门家她正处于最得势的时候，忽然发现西门庆又喜欢上了李瓶儿，她为了保住自己已得到的位置，不惜取悦于他。一边替他瞒着上房，一边又给他们私会创造条件，直至把隔在两家中间的那道墙拆了……李瓶儿的丈夫死后，又在她的一手操办下，给娶过来，做了"妹妹"。"这多有戏呀！你想，甭管西门庆多坏，反正她自嫁给了他以后，在那个社会，对她这样一个身世的人，就算有了一个好归宿。可西门庆一下又爱上了李瓶儿，她能不吃醋吗？但是她得忍，一边装笑脸，一边还在给西门庆和李瓶儿牵线搭桥，你说这是什么滋味？”

他还说：“最让我感动的是，她给西门庆用嘴对着阳具喝尿的那场戏。这虽然不能拍，可是完全可以把它推到后景去。让西门庆把这当作一件得意的事，在李瓶儿吃醋的时候，跟李瓶儿讲出来，李瓶儿这才产生了警惕，知道西门庆为什么和她正处在‘新婚宴尔’的时候，还能那么想着潘金莲……我就是看了那场戏才产生创作冲动的。潘金莲太让人同情了……这是多么真实、多么深刻的一笔呀！……”

“另外……我也喜欢《金瓶梅》的气势！上至太师蔡京，下至三教九流，全写到了。那才叫真正的‘波澜壮阔’呢！……”

我看着他手舞足蹈，说得满脸通红的样子，这才忽然明白，他说的“我喜欢”是什么意思。他讲的《金瓶梅》早已不是兰陵笑笑生的《金瓶梅》，而是凌子风的《金瓶梅》了。

他的《金瓶梅》—— 一个多么独特地关注女性命运的视角！一个多么独特地对人性的开掘！一个多么富于创作个性的价值取向呵！如果真的拍出来，那一定是一部非常“凌子风化”的作品。

这样，我也就明白了，他在拍《李四光》时所表现出的躁动不安，实际就是他在以他自己的方式——要什么和不要什么——这种形象思维的筛选法，在总结自己。通过这一段总结，他终于在创作上为自己找到了一个能充分展示他的个性和才华的路……他的这种躁动不安和苦苦思索是以他选定了老舍的《月牙儿》和《骆驼祥子》为终结和转移的。

这件事，说来好像有点儿偶然，而实则却是出于必然。那是他的两个外国朋友（英国的白霞和德国的吴伟）在闲谈时给他提出的一个建议。他们说：“你对老北京那么熟悉，为什么不把老舍先生的《月牙儿》搬上银幕呢？”他听了之后，一下就“疯”起来了。他不仅接受了这一建议，而且还由此及彼，想到了《骆驼祥子》。并决定将两部影片放到一起套拍。《骆驼祥子》的剧本由他自己亲自撰写，而让我在他的指导下去写《月牙儿》。虽然，他套拍的设想没有得到支持，汪洋厂长让他先拍好一部，再拍一部，所以最后只拍了《骆驼祥子》。但在拍《骆驼祥子》时，我们的确见到了一个和拍《李四光》时全然判若两人的凌子风。拍《李四光》时，我们见到的他，经常是愁眉苦脸；而拍《骆驼祥子》时，却总是口若悬河，字字珠玑。如果两相

《骆驼祥子》剧照（张丰毅饰演祥子）

对照，我们就可以看到找到了“自我”的凌子风，与没找到“自我”的凌子风有多么大的差异了。

为了说明凌子风在找到了“自我”后如鱼得水到了一个怎样的程度，和让人们知道他在《骆驼祥子》之后，为什么又能出现一个辉煌期，我们不妨对他拍这部影片时的“疯”多说几句。

首先，在剧本阶段，他就“疯”得可以。在那个“阶级斗争天天讲”刚刚结束的年代，人们处理剧本中的阶级冲突时，一般还都心存余悸。尤其在处理像祥子这样当时还被称为“一号人物”的艺术形象时，都较为谨慎，不敢过于离谱。而他却不然。

有一次，他问我：“你说，祥子的生活理想是什么？”

我说：“买车。然后拉自己的车，不受拴车的气……”

“对！那后来呢？”

他没等我回答，就滔滔不绝讲了起来，“后来……”他说，“他一有了钱，就会买第二辆，第三辆……而最后让自己也成为一个拴车的！——他和虎妞的关系一定不能处理得十分概念——要不你就没法儿解释他为什么会答应虎妞在刘四爷过生日的时候，给刘四爷送八仙人儿，并同意借机提出给刘四爷做干儿子——这当中是有虎妞用她‘有了’来胁迫他的成分，他对这也很觉得恶心，可他毕竟接受了！这样，祥子这个人物的心理动作线才能清晰——从他的个人奋斗，到让虎妞拉下水；然后又别别扭扭接受了虎妞的安排——跟她结了婚，然后等着回去接刘四爷的班儿。……没想到刘四爷一耍性子，跑了！他十分坦然地接受这一现实：‘我靠拉车能养活你！’没想到虎妞又因为难产死了—— 这是老舍非常绝妙的一笔。看着好像挺偶然，其实，这是因为她这个时候已经真的成了拉车人的媳妇了，他也就只能接受拉车阶级的必然命运——死！但他个人奋斗的理想并没破灭。所以，他才去找小福子：‘等我混好了，我来接你！’于是，他又去奋斗了……结果小福子不愿意被逼为娼，上吊了，他也沦落街头，成了乞丐……这样，这个人物才是活的……”

这些看法，在今天已不会成为什么问题了，但在当时，这样处理祥子和虎妞之间的阶级冲突还是比较“胆大包天”的。遗憾的是，最后在片中的处理，却不知为什么，大约还是迫于当时环境的压力吧，在片中的表现远远没有他说得好。

而对虎妞的形象设计，从他一让斯琴高娃演，就遭到了普遍反对，说：“她太漂亮了！”他的回答也异常简单：“‘钟楼怪人’里的怪人倒是丑，可那是艺术吗？”

虎妞在老舍的原著中是一个剥削者，但他却执意不把她处理得像原著中那么毒，那么狠，那么坏……因为小说和电影不是一回事儿……这些想法在当时也都是很别出心裁的。

对这些成败得失，我本来是不想谈的。只是有关《骆驼祥子》的评论中对这些问题很少提及，或虽有提及，但却不知他的最初想法，所以，我们才在这里作了一些补缀。拍摄《骆驼祥子》时凌子风几乎一直处于一种亢奋状态。新的环境，再加一个新的他，所以一“疯”，就“疯”出了几个中国电影史上的“第一”来。

第一个“第一”就是在汪洋厂长的支持下，花了十几万（约相当于现在的一百八十万元）在北影院里搭了一条当时被称为“西四一条街”的半永久性的实景。所谓“半永久性”系指这种景，骨架都是真砖真瓦搭起来的。但又可以根据新的剧组的需要，换窗改门加零碎儿，使其成为一条新的大街或一堂堂新景，以供拍摄。为后来厂内厂外拍的许多影片提供了方便，并为我厂出租场地获取了可观的利润……

第二个“第一”是在棚里用真砖真瓦搭了一个小院；除后墙为了打灯和安排机位以外，全是一比一用真砖真瓦盖起来的……

第三个“第一”是“玩儿民俗”。拍这部影片前，他曾说过，他要把这部影片拍成一部“老北京的风俗画”。为了实现这一目标，他做了多方面的努力。

比如：

1. 他对老北京的民俗应该说是相当熟悉的。但他还是专门请了北京的民俗学家毓继明作他的顾问。

2. 在拍摄片中婚丧嫁娶的场面时，他不仅对虎妞乘坐的轿子从轿顶轿围轿杆轿屉一一作了对照检查，而且还将过火盆、用轿帘堵门、过门槛儿、揭盖头等民俗过程巧妙地糅进了剧情。拍出殡也是一样。用的轿夫和杠头都是当年真的从事这一行业的人，虽然显得老了一些，但走出的步伐就是与一般的群众演员不一样。

3. 在拍天桥和白塔寺那几场戏时，他花的功夫就更大了。幸好凌子风一直与一些老艺人保持着联系，找到一个，一下就找到了一片。所以，在天桥和白塔寺上亮出的全是当年的真人真家伙。这里有两件事特别值得一提。一个是当年在天桥练硬气功的老汉。那年他已七十多岁了。他的绝活儿就是把一大块青石板压在肚子上，用油锤砸。凌子风问他："您还成吗？"那老汉的回答也很爽快："没问题！"于是，这才有了祥子和虎妞看他表演硬气功的那场戏。再一个就是拉洋片的那位老艺人（好像艺名叫大金牙）。当年他在天桥是十分有名的。凌子风找到他时，他因年事已高，早唱不动了。但他太爱自己的"玩意儿"了，居然顶着"文化大革命"破"四旧"时，不怕被人发现和打倒的压力，硬是把自己的那套家什留了下来，而且还偷偷地把自己的"玩意儿"传给了儿子。而他的儿子和他又长得其像无比，所以才有许多对当年天桥十分熟悉的人看了凌子风的《骆驼祥子》很觉奇怪，"当年的大金牙怎么还这样年轻呢？"这实在是凌子风和他影片的一大幸运。

4. 在拍西四那条街时，为了把当时夜市卖的小吃再现得像那么回事，他和道具师傅也是费尽了心机。这场戏如果是在今天拍，可以说并非难事。因为几乎所有的传统小吃都已恢复上市了。而在当时，许多老北京的传统小吃，都被当作"四旧"铲除了。他只好和道具师傅一起到处寻找线索，一家一家地把那些小业主找回来。这才有了片中西四那条街上的茶汤、豆汁儿咸菜加焦圈儿、褡裢火烧、爆肚儿、羊杂碎，等等。为了真实，他让道具部门在张罗这些家伙什儿的时候，连人也一起叫来，所以，拍出的西四夜市才十分逼真。那些"群众演员"不仅手底下的活儿非常熟练、地道，而且连吆喝的声儿也都和当年一模一样。

5. 对再现老北京的各种节日，他也给予了极大关注。像片中的兔儿爷兔奶奶、莲花灯和一些爆竹、烟花等，当时也早没有了。最后都是由道具师傅找到了当年的手艺人，为影片特制出来的。

还有很多，如都一一列举出来，未免使文章变得过于冗长和啰唆了，还是就此打住为好。

第四个"第一"则是在报纸上公开登报找演员。

当时，"文化大革命"刚刚结束，演员队伍有些青黄不接。为了找到一个好祥子，三个副导演几乎跑遍了全国，也没找到。幸好，他在筹备影片时，一位曾在第一个打入好莱坞的华裔摄影师黄宗沾那里学过摄影的朋友，知道他要拍《骆驼祥子》后，便把黄宗沾计划拍《骆驼祥子》时拍的一张车夫的照片给了他。他就把这张照片以"祥子，你在哪里？”为题在《北京晚报》登了出去。谁知，这篇告示一经见报，北影第二天就乱了营。所有楼里全都挤满了“祥子”。而且，见门就推，逢人便问：“您看，我能演祥子吗？”搞得不可收拾。为此，剧组只好采取应急措施，把专门负责演员的副导演在传达室前安了一张桌子，接待想来竞演祥子的人。这样，才把这次选祥子的“运动”了结了。为此，他不知挨了多少骂：“凌子风真是个疯子！”

但是，不管怎么样，他毕竟成功了！影片放映后，好评如潮，我们也从找到了“自我”的凌子风，和没找到“自我”的凌子风的巨大反差中看到：尊重艺术规律和艺术家的创造性对我们的艺术创作有多么重要。

有了这次的成功，凌子风便一发而不可遏止了。这也就是在那之后，他能拍出像《边城》《春桃》《狂》等一系列优秀作品，和在晚年出现了被人们称之为“辉煌期”的根本原因。

在我国的电影史上，能出现像凌子风这样的导演，是我们的骄傲。全方位、多角度地对他的作品进行有计划的研究，对我国电影事业的发展，和提高我们电影队伍的创作水平都是十分有益的。我不懂理论，之所以在创作之余，非要班门弄斧，弄这么一篇不知是否能被称为理论的理论文章，主要是觉得我们在他身边工作过，看到和听到许多他对各种艺术问题的想法和见解。如不把这些东西记载下来，十分可惜。至于写成之后，它在理论上是否得当，我觉得并不重要。对我来说，最重要的就是把有关他的那些至少是我认为有价值的东西记载下来，我也就算对得起这位曾经给过我帮助和指导的前辈了。

也许，有的年轻人会说：“像他这样在艺术上十分成熟的大师，怎么会到将近晚年才去思考创作个性的问题呢？”我们的回答很简单：这是一个时代的悲剧。因为这在当时是犯忌的。轻则要挨批，说你是“资产阶级的个人主义和自我膨胀”；重则还会与作品中的问题一起受到政治上的责难以至打击。凌子风能在花甲之年赶上打倒“四人帮”，和以第四次文代会为转捩的“文艺的春天”，是他的幸福。对这一点，他是非常珍惜的。他的晚年是在十分紧张、充实和繁忙中度过的。在他为影片《狂》剪片子时，我的剪接室正好在他隔壁。一天中午吃盒饭的时候，他来和我聊天。我见他脸上显出一种很少见到的疲倦，便禁不住问道：“您拍戏累不累？”言下之意是想叫他“悠着点儿”。没想到他却说：“还成！不过，整个片子下来，那还是有点累的……”说完，他带着几分得意对我说：“这次，我给片子拍了一些资料，等你空的时候我给你看看！我自己看了都不知道我哪儿来得那么大精神头，头发龇着，衣服咧着，一会儿上，一会儿下的……谁都说我不像个快八十的人！……”

在《狂》之后，年近八十的他，又开始了新的跋涉。有一次，他约我和晓星到他家去玩儿，他又挥动起他的大手给我们讲起了弘一法师（即李叔同）和作家郁达夫的故事来。他说：“我至少还可以再拍三部戏……”谁想到，就在我们期待着他的作品诞生的时候，他却因患癌症带着《弘一法师》和《郁达夫》两部尚未完成的梦，闭眼了。说起来，上帝真是不公平，为什么偏要把这样的厄运那么早地降临在他这样一个身体健壮、精力充沛而又执着于艺术的人身上呢？

写到这里，我又想起了他临终给我们留下的那句话：我爱这个美丽的世界……

他已经辞世一年了，但我总觉得他还活着……

写于2000年3月2日，凌子风逝世一周年祭日

凌子风的一段鲜为人知的经历

这个稿子在我抽屉里压了已经快三年了。我始终也没想把它寄出……我的想法很简单。因为这虽是一篇讲述凌子风的故事，但我总觉得，可能会伤及另一位也是让我十分尊敬的人。那就是凌子风的老伴——石联星大姐。

凌子风过世后，我和晓星曾写过一篇悼文《只恨时光不倒流》，发表在《工人日报》上。对和凌导在一起“谈艺术，谈人生，骂街，说笑话，大俗大雅，大说大笑，没大没小……”的时光表示了深切的怀恋。不料，他的女儿凌丽看后找上门来，让我们讲讲有关她父亲的事。我说：“这你应该比我们清楚呵！”但她却说：“您错了！我从小住校学大提琴，进了北京女排后，打上了主力，长年在外参加比赛，除了年节，很少回家。所以，对我父母的了解，远不及你们这些给他当助手的人知道的更多……”这样，我们就在与她的神说海聊中，想起了这样一段有关凌子风的往事。凌子风的这段故事，当属“鲜为人知”。我问过一些他的同龄人和老同志，他们也不知道，或知之甚少。凌子风的女儿听后，当即表示希望我把它写出来。但我顾虑重重，说：“这恐怕不妥吧？这可能会伤及你的母亲！……”但她却说，“没关系！那是历史嘛！”我说：“他的这段经历其实与你父亲的艺术生涯并没太多关联……”但她却执意希望我把这段故事写出来。这样，我才答应了。

这就是这篇文章的由来。

但写好后，我却迟迟没有寄出。原因还是怕可能伤及联星大姐……

这段经历的确有些传奇色彩。而且，是由凌子风亲口讲述给我们的。他说：“如果后来真的按当时既定的方向发展，那恐怕就没有今天的凌子风，而完全是另外一个凌子风了……”

事情是这样的：有一天我们在谈剧本。不知怎么，我们忽然说起了坐飞机的事。我们问：“您第一次坐飞机是什么时候？”他说：“那可就早了！……”当时，他是说了年份的，只是我没记住。“中央有位负责同志（他没讲是谁，他用了这样一种语气，我们也就不好多问），让我马上交接工作，然后接受新的分配。去哪儿？干什么？都没跟我交代，也不许问。连什么时候回来都没跟我说。光告诉我到了那儿你就全知道了！可是，石联星不同意。死说活说都没用。我就跟她吵了起来。那大概是我们俩吵得最凶的一次。整整吵了一夜，她就是想不通。我跟她说这是党的任务，又是中央负责同志交办的，我们怎么能不服从呢？她不听，我也没办法。当中央负责同志问：‘联星同志同意吗？’我说：‘没问题！’第二天，我背着她，拿上几样简单的行李就走了。那就是我第一次上飞机。嘿！没想到，石联星也不知从哪儿打听到我要走，很快就追来了。她上了飞机还是一通哭，就是不让我走。当时，飞机都发动了，她就是不下飞机！她不下飞机，我也不能走呵！弄得我真难看！我说，‘这是党的决定，我是党员，坚决服从党的决定’。她就是不干。我们一下就僵在那儿了。最后，还是那位中央负责同志派人了结了此事。那位中央负责同志说，‘考虑联星同志个人经历了太多的苦难，我们就改换其他同志去吧！’就这样我愣没走成。那次可真把我气坏了。我回去就摔。把我们窑洞里能摔的东西都摔了，也没能让我解气！……”

当时，他一边说，我就一边在想，延安虽有机场，可并没有每日必飞的班机。大凡在延安起落的飞机，几乎都在史书上有所记载。那次给他的任务需要坐飞机走，足见非同寻常。莫非是中央把办公地点迁到了西柏坡村之后？我是和凌丽谈起这件事来，才有些后悔：当初，为什么不把这件事问得再详细一点？

当时我们只问了：“后来您弄清了让您上哪儿和干什么了吗？”

他说：“没有。”

我们又问：“后来是谁顶替您去了呢？”

他也说：“不知道！”

我问：“当时您要真去了，也许就没有今天的成就了。您是觉得后悔呢？还是庆幸？”

他说：“我们当时想的就是革命需要，哪儿知道什么名不名的！”

我们还在不停地发问：“当时，您发那么大的火儿是为什么呢？”

他说：“党的信任。中央负责同志的信任。”

听了他的话我沉思了良久。说实在的，我们长年工作在他身边，自认对他是了解的。他是一个1937年就到了延安的老同志，这是众所周知的。他的才华横溢，他的说话没遮没拦，他的热爱生活，他痴迷艺术，顽强执着，追求到了让人把他称为“疯子”的状态……他的浪漫和备招女人喜欢……他待人坦诚，乃至到了从不避讳自己隐私的程度……总之，好的，坏的，都有许多可圈可点之处。但这一次却实把我们都“震”了！因为我们确实没有想到，在他嘻嘻哈哈的背后，在骨子里却是如此的严肃！对自已认定的理想和信念竟是如此的坚定和执着！而对党又是如此忠诚！人们常说，了解一个人是很难的。对此，我非常同意。凌子风的这次聊天讲出的故事，可以说又为这种说法提供了一个佐证。我们的确不曾想过，这样一个爱说爱笑，从未让人感到多么深沉的老头儿，内心深处竟是这样一种情怀！

一天，凌丽再次来访。问及我的文章写了没写。我推说太忙，其实是我并不想写……没想到凌丽将话锋一转，跟我说起了央视为纪念长征胜利六十五周年，要给她母亲做一部专题片的事来。她说，“今天我去‘人艺’（即北京人民艺术剧院的简称，是她妈妈最后所在的工作单位）了。”她晃动着和她父亲一样的大手跟我说：“人艺的领导真不错！对这部片子非常支持！连我妈妈的原始档案都给我看了！我妈妈真了不起！好多事我以前都不知道。在她的档案里，能证明她个人经历的，绝大多数都是红军时期的老同志。光总理的亲笔信就有两封。还有朱老总（即朱德）的……你看！你看哪！……”直到她把她母亲的一些经历连说带念地说了一遍以后，她才又回到她想让我写的那篇文章上来，“你不是怕伤及我母亲才不愿意写吗？你不用怕！看了这些档案你知道了吧？ 我妈在跟我爸结婚以前实在是太苦太苦了！她为革命所做出的牺牲也实在太大太大了！……她的前一个丈夫是红军的高级将领。在长征当中牺牲了。后来，她又经历了许许多多像《红旗飘飘》《星火燎原》那些革命回忆录上所说的种种磨难和生离死别……（有些事我以为这是不应在这里写出的，所以只能用这样一句话来形容，留给人们去想象。）到了延安，她好不容易有了个家，我爸又要走，她能不哭吗？她又那么爱我爸，当然不能让我爸走。这种事只有她的亲人才能理解。她是很早就参加了革命，觉悟是应该比别人高，可她也是人哪！ 她的确是像那位中央负责同志说的‘经历了太多的苦难’，才不让我爸走的。这有什么不正当？你就照实写就行了。都九十年代了，我就不信现在的人连这都不能理解！”

我看着联星大姐的档案，虽是抄件，但我们从新中国成立走过来的人对周总理和朱老总的字体都是熟悉的。所以一到我的眼里，便一下全变成了真迹！我读着那一份份言简意赅，说的都是一些并无感情色彩，只是讲述一些事实的材料，却把我的思绪带到了我们党所经历过的白色恐怖的年代，长征路上的连天烽火和前仆后继的巨大牺牲……我没从那个年代走过，只能凭借我看过的文艺作品去思考、想象……“我们的联星大姐呵！您是怎么承受了那么多的牺牲和苦难而度过了您一生最美好的年华呢？”我哽咽了。是的。过去，我只知道她演过赵一曼，是我们新中国成立后的第一位红色明星。后来，我考取了电影学院，别的老师告诉我，她在瑞金时期，就与李伯钊等三人齐名为苏区“三大赤色明星”……关于她的婚姻，我们倒是听凌子风讲过：“她原来的丈夫可了不得！行军作战，每到一个驻地，常常是朱老总和康大姐住里屋，他们住外屋。他要活到现在肯定也是个元帅！可惜战死了！……”但我们从没有想到联星大姐的经历，除此而外，还有那么多的坎坷和苦难！多到恐怕连作家都不一定想象得出！难怪那位“中央负责同志”那么轻易就把那样一项重要的使命更换他人了！

国庆节快到了。我忽然想到如果把凌子风的这段经历和联星大姐的经历一并写出，不就可以避免我几年来一直担心的那个问题了吗？在这样的时节，把那些为共和国的成立曾付出过血的代价的人写出来，岂不是一件很有意义的事吗？

凌导的这段鲜为人知的经历，对当时尚属年轻的我，曾产生过极大的震憾。我不知将他的这段经历和联星大姐的经历，对当代的青年是否也会像当年的我，在情感上造成巨大的震动，在心灵上激荡起巨大的波澜。

我很为自己曾在这样一些人的身边生活和工作而感到骄傲……

2010年2月

只恨时光不倒流

当我和晓星为“凌子风追思会”准备发言时，我们首先忆起的是我们曾和凌子风导演在一起生活和工作的许多“空间”：北影十七号楼靠西的那个向阳的小房间——我们就是在那里跟着他筹备电影《李四光》。后来，就是北影招待所的208房间和中间会议室。再后来又回到了十七楼二层——我们又跟着他把老舍先生的《骆驼祥子》和沈从文先生的《边城》搬上了银幕。再再后来，我们又跟着他搬到了主楼西边会议室里间的那个小屋……接着，是他那充满艺术氛围的家，还有拍戏一起用过的摄影棚、外景场地、录音楼、剪接室、音乐棚、混录棚……这一个个从我们脑际闪过，我们这些只在电影学院的书本里学到电影基础知识的青年们，跟着他——我们的导师——把书本知识慢慢变成了实践经验。最后又一个个变成了大明星（如斯琴高娃、张丰毅、颜彼得、殷心等）和独立拍片的导演。我们在一起谈艺术，谈人生，说笑话，争论，吵架，骂街，开过分的玩笑，大俗大雅，大说大笑，没大没小……就这样，很多年一下就过去了。但许多往事就像发生在昨天一样，清晰、鲜活、令人难忘！

有一次，我和晓星不知为什么吵了起来，凌导和所有人劝架的方式都不一样。他见我把身边的一个枕头向晓星扔了过去，他就顺手把一面不大不小的镜子递给了晓星，并用撺掇的语气说：“拽他！”晓星“扑哧”笑了，我也笑了。大家也都笑了……当时我们和他在一起并没有怎么觉得需要珍惜。总觉得世界是我们的，时间也是属于我们的。这样的日子我们可以永远地、无休无止地过下去……直到他走了，他真的走了，直到我们来到他的追思会的会场，并精确地算出他已离开我们一百一十六天时，我们仍无法接受这一事实。然而，这是无法追回和改变的。这时，我们才知道，我们原来在一起的那种充满友谊、充满欢乐、充满艺术氛围的日子再也没有了。而且再也不会有了！我们也正是到了这样的时候才知道，当初在一起时的分分秒秒是何等可贵，何等幸福，何等值得珍惜啊！我们这些给他做过编辑、场记、副导演和其他助手的人将永远把这些令人难忘的日子记在心里！

追思一位艺术家，人们往往总是想到他的作品。这是正确的。但不知为什么，在追思凌子风时，我们想到的总是那些经常和他在一起生活和工作的人。当然，这中间也有他的同辈或较他稍晚一些的大师们。也有许多接受过他的指导、熏陶和影响，从无名小卒而进入艺术大家行列的晚辈们。在这中间，我和晓星是最不争气的了。在我们不足挂齿的一些成果中，如果还有一些闪光的东西的话，人们还是可以看出这种影响和师承关系的。……我们之所以总是这样想，就是觉得他像一团炽热的火球，不断地将他身上的热能毫无保留地传给下一代。而下一代，又以他的精神传给了更新的一代。面对这样的事实，我们应该怎样评价凌导的贡献才算恰当和准确呢?

《月牙儿》是我们夫妇独立执导的第一部戏。剧本原本是凌导叫我给他写的。当时，他想和《骆驼祥子》一起套拍，但汪洋同志担心这样做两部戏都拍不好，没同意。于是就把《月牙儿》暂时放下了。在这之后，他又拍了两部戏，而这时我们这一代已经一个个都开始独立拍戏了。一天，新上任的厂长胡其明把我叫到了他的办公室，让我和晓星把《月牙儿》搬上银幕。胡厂长这样大胆起用年轻人使我既感到很意外，又很兴奋。但我总觉得没底，想请凌导做我们的顾问。胡厂长马上就同意了。就这样我们带着这一请求来到了凌导家。但我们不曾想到，凌导说："哟！我也正想拍呢！我和兰芳（指凌子风爱人）已经开笔了。"这使我们感到十分尴尬。但是，当我们还没想出怎样回答，凌导马上爽快地做出了表示："你们拍吧！我支持！"而且说："我相信你们一定能够拍好。"最令我感动的还是他与老舍家人的一次通话。因为《月牙儿》是老舍先生的重要作品，谁来拍，他的家人自然十分重视。而当时我和晓星还是无名小辈，因此有些不放心，为此还专门给凌导打了一个电话。最后是凌导和胡厂长一起做了推荐才把此事促成。

我们知道，选材问题是导演创作当中的大问题。凌导可以在不到一秒钟的时间里，就把他酝酿了多年的题材让给了我们。这是一种什么精神?我们之所以在追忆他的时候，首先想到的不是他的作品，而是他对晚辈的关怀与支持，原因也正在这里。

当然，追忆一位艺术家，确实还是应当首先追忆他的作品。但是这个题目太大了，绝非一篇短文所能说清的。开会前我们曾准备了一篇发言提纲。题目是《凌子风的作品为什么会具有永久的魅力？》，但一到会场我们便感到题目太专业、太理论化了。所以就临时做了即兴发言。但我们仍然觉得原来的题目是一个十分值得专家和理论家深入研究的一个问题。因为任何一个作家或艺术家都希望自己的作品能永久流传。但当我们经历了半个世纪的风风雨雨，再回头看我们的电影时才发现，能做到这一点的有几人呢？但凌导的作品是经得住时间和政治风云的考验的。

这的确是值得我们深思的一个文艺现象。

大凡了解凌子风的人都知道，他并不擅长理论。但他拍电影为什么还能如创作之初一样一直放射着夺目的光华呢？我们在追思会上很想就这一问题谈谈我们粗浅的认识和感受。因为我们在一个较长的时间里做过他的助手（编辑、场记、副导演），尤其对他的两部力作《骆驼祥子》和《边城》了解较多。但那天要发言的人太多了，实在有所不便。而这么重要的内容在一篇即兴发言里又不可能说清，所以就只有等待其他机会了。但这篇文章我们肯定要写的。因为我们没有权利把他的两部力作从创作萌动到最后完成这么重要的资料任其随着时光的流逝而自生自灭。另外，这也是我们的一种感情。不把它写出来，我们的心里会不安的。

其实，我们的立论非常简单。凌子风的作品为什么具有永久的魅力？我们认为这是来自他人格的魅力，来自他对艺术的基本态度：真诚！他虽不擅长理论，却不乏洞察事物的敏锐感觉。他写戏，拍戏，就是凭感觉，靠才华；凭他的纯真、质朴和良知。既不赶时髦，也不趋炎附势，因此才会出现这样一种较为特殊的艺术现象。古人有云："一语天然万古心，豪华落尽见真淳。"用这句话来解释凌子风的作品何以具有永恒的魅力是最准确不过的了。

在凌导的遗体告别仪式上，出现了一个天堂里的凌导更为告慰的事，那就是一些根本与他素不相识而又年龄各异的人来到他的灵前痛哭流涕地高喊："凌老——！走好——！"我们以为，这才是对凌老，对他的人格，对他的作品最公正也是最崇高的评价。

凌老！这是我们第一次这样叫您。因为您走了，因为您从来没有在我们面前摆过架子，我们在您面前总是没大没小，但我们在心里对您是最最尊敬的。我们真希望时光能倒流，希望您能有一天，还像从前一样，一到点儿就出现在我们一起共同生活和工作的小屋、外景场地和各种摄影棚里。这样的机会真的就没有了吗？

凌导！我们想您——！

1999年7月23日

“我爱这美丽的世界”

——凌子风百年冥诞祭

凌子风逝世一周年追思会上中堂处的照片

“我爱这美丽的世界”，是凌子风辞世时讲的最后一句话。他给我们，也是给世人留下的最深刻，也是最具个性色彩的一句话。所以，当凌丽把凌子风写的《风——凌子风自述》送到我和晓星手上，邀请我们夫妇参加他父亲这本书的发布会时，我不知怎么，脑海里如海浪般奔涌而出的全是一些琐事。但那一切都是那么鲜活，那么生动，宛如就发生在昨天，不！现在！眼前！……

奇怪得很，在此时，我怎么会想起一些琐碎细小，甚至让人感到没有多少追忆价值的事呢？

噢！大概就和他的这句话讲得太经典了有关！

是的，这个世界实在是太美丽了。

它让我们想到：他怎样自己动手用破碎的泡沫砖做了一个搓脚石。做好，用完，坐在招待的浴室的长凳上让我看他搓完的那双大脚：“你看！这一搓，我的脚跟年轻人的一样光溜儿……”还有，他在“五七”干校的场院北边满头大汗地为连队做包饺子用的绞馅机……更有他一边说：“瞧瞧！瞧瞧！都这样了也没人管！……”一边拿着一把大剪刀修剪录音楼南边那条已经长疯了的树墙……他给北影幼儿园小朋友做围嘴儿……在家里为阳台上各式各样的花花草草浇水、施肥、剪枝……聊天时，把一只叫不上名字的鸟架在手臂上喂食……拍戏之余和我们小辈们一起写字、画画……多了！多了！全是琐事！

晓星和我聊了好久，也都是些琐事，小事……是这诸多小事太过温馨，让我们对过往产生了无尽的怀恋？还是期许这一切能重复再来？噢，封面上那熟悉的字体，书中一张张熟悉的照片……他，他怎么就没了呢？

情感的波涛过去，理性的思考也就慢慢浮了上来……当《当代电影》的编辑向晓星和我约稿的电话打来，我和晓星正吃饭，我讲了他们的意图后，晓星和我就边吃边聊了起来。我们很快就缕出了凌导的三个“热爱”。

一、爱生活

一般来说，没有一个艺术家不热爱生活的。否则，他就搞不了创作。即使搞了，作品也一定干巴巴，缺少人情味。凌子风的作品之所以好看、耐看，经得住历史的检验，一个重要原因就是他热爱生活。首先，从他讲究的衣着就可以看出他对生活的热爱。他的裤线永远笔直，皮鞋永远锃光瓦亮，上衣永远熨烫得平平整整，而且十分注意色调的协调与搭配。偶尔穿西装，他的领带永远打得规规整整，熨熨帖帖。六七十岁了，有鉴于他的阅历、学养和才气，再加上他的那种衣着打扮，使他永远给人以风流倜傥和帅气的印象，绝不输任何年轻小伙儿！特别是在春秋两季，他穿着那一套套风衣或夹大衣，再配上高挑的身材，更显帅气！除了在拍戏现场，他永远像个绅士！只有在片场，人们才会看到一个头发蓬乱，衣服敞着，跑来跑去不断大声吼叫的他……其实，那也是他。只不过是另一个在苦苦追寻艺术的凌子风而已……

其次，他家里的陈设、装饰十分别致、考究。当他分到三里河南沙沟两套两居一厅的新房后，装修时他跟我们说，他打算把卧室和书房分别刷成红色和蓝色，我们当时觉得太怪了，坚决反对。不想等装修完了，效果出奇得好！他的家具、陈设也都十分考究，处处充满了艺术气息。墙上挂着的字画，多出自名家之手。郭沫若的字，齐白石、李苦禅、钟灵的画，一切都摆放得那么妥帖，充满了韵致。特别是他的许多小摆件儿。有朋友送的，有他自己做的，还有许多古董、文玩等，使每个房间、每个角落都自成一体，又和整套房间互相协调，充满了变化。值得一提的是，这一切都是他自己构想出来和动手实施的。我们尤其喜欢他的阳台。阳台一般是没有暖气的。他为了让他的花儿和鸟儿别冻着，专门放置了一个蜂窝煤炉子。这还不说，他是干电影的，又是学美术出身，对光很敏感。为客人来观赏花儿时的美感，他还在阳台的各个角落为花装了不同照度的灯，不同的时间打出不同的效果，使阳台能够通过用光而千变万化。特别是他打出的那种月光的效果，让人感到如临仙境……还有他侍弄的那些鸟儿，他可不是只为听鸟叫或遛鸟健身。他养了好多鸟，还给它们“建”了好多精致的小房子，并编了号。鸟儿们似乎也很懂他的苦心，所以晚上各归各巢。所以他说，他的鸟都是有户口的……太有情趣了！更让人想不到的是，他的花儿大部分不是买的，而是他看景、拍戏时从野外采来的。晓星说：“凌导拍戏为什么给人感觉那么美，那么厚实，那么经琢磨？一个重要原因就是他走到哪儿都随时随地在积累，从什么琐碎的事物里都能找出美来。野花那么多，他几乎都能叫出名字，什么季节开什么花，收获时结什么果，他都知道……”我们不妨想想，作为一位高产的导演平日在创作上就已够忙了，但他在紧张的创作生活中还能有这么多需要大量时间和精力去侍弄的爱好。没有对生活的热爱，他怎么会去做这些事情呢？

二、爱家人

一个人对家庭的态度往往能透视出他对艺术的态度。他对石联星那种从骨子里透出的爱给我们以深刻的印象。有几件事是非常感人的。许多和他们从延安一起走过来的老同志都说他把联星老师带过来的女儿梅子的关系处理得特别好。他们说，他非常喜欢梅子。一结婚就把梅子架在肩膀上，别人问起时，他都会乐呵呵地说：“这是我的女儿！”使一个在长征路上牺牲了父亲的烈士遗孤从还没懂事起，就没受过一点缺少父爱的苦痛，直至长大。在有了自己的女儿和儿子后，他对梅子的爱永远都超过凌丽和凌飞。这难道不是对联星老师的一种别样的爱吗？

他对联星老师的爱还有两件事让人难忘。第一件是联星老师罹患癌症后，他正在筹拍《骆驼祥子》。过去一向精力充沛的他，忽然明显感到精力不足了。谈剧本修改时和分镜头时，他经常没说几句就开始打盹儿，而且时间很长。大家也不敢叫醒他，直到他猛然醒了，便不好意思地说：“刚才说到哪儿了？”当它看完表，知道自己已经睡了很长时间后，才解释道：“昨儿我没睡好！……”后来，因为这样的事太多了，他才告诉我们，联星老师患癌以后，消化不好，嘴里常有异味。他说：“那味儿很呛，常常把我熏醒！石联星又爱打呼儿，我一宿几乎睡不了多久！”我们劝他：“你不能搬到别的屋去睡吗？这样下去，把你的身体也搞垮了……”他的回答竟然是：“我做不出来！你知道夜里她有什么事儿？万一有意外呢？……”

还有一件事更令人感动，那就是他的朋友为联星老师找到一个偏方。那药很贵，凌子风毫不犹豫就买了。然而，药的服法很古怪。需在服食前把药切成很小很小一般大的颗粒。凌导很快学会了切割方法，我们去他家办事或看联星老师的时候，常看到他戴着老花镜，坐在桌头拿着他篆刻制印的小刀，一块一块地切割药粒……不知是药真的起了作用，还是精神作用，反正联星老师病情一度好转了许多。凌导高兴极了。每逢我们去看他，他总会用放着欣喜的眼光问我们："石联星气色是不是好多了？"一般家庭的针线活儿都是女性承担。但在他家，裁剪缝制以及修修补补都是他干。他的女红非常优秀。其针脚之细密堪称艺术！

啊！老伴儿，老伴儿，什么叫老伴儿？凌导用他对联星老师病后服侍的态度对此做了最好的诠释！

他对子女的爱也是十分鲜明的。他个子高，联星老师个子也高，所以他们的孩子个子也都高，这在那个时代就躲避不了干体育了。其实，他是不赞成子女从事体育的，因为职业生命太短了。但在荣高棠同志的一再劝说下，他还是服从国家需要让孩子干了体育：凌飞成了国家篮球队的队员，凌丽成了北京队的排球运动员。他送菊子（即凌丽）去打排球时，用语十分幽默："去吧！干体育能换一副好下水。"（因为那时三年困难时期刚过，干体育吃得好）他好像并不怎么懂球，看球的次数也极少，纯粹是为陪朋友。他的看，与其说是看球，毋庸说是看凌飞。凌飞拿球他就两眼放光，凌飞进球他就鼓掌叫好。儿女干体育的结果正如他所料，很快就面临了第二次择业。凌飞要出国学摄影，他立刻就开始为凌飞出国做各种准备。那时国门刚刚打开，要到处找人咨询和问路，凌飞很努力，他也很帮忙，最终，终于让凌飞如愿以偿，去了法国。凌丽想学唱歌，他就亲自去找王昆介绍老师。娄乾贵、侯俊波和凌青云这些名演员名师都为凌丽做过老师。学成后，他还带我们去北京饭店参加凌丽的演唱会……他给凌丽画的那幅画的题字很代表她对女儿的爱。他在一幅画上画了两种不可能在同一季节开的花：荷花和菊花。然后题字："戊辰之秋，为菊儿作荷菊，两者虽一水一陆，概属菊性格，不为不可也。"对女儿品格的赞赏，溢于言表。

他夸子女给我们的印象是最深的。那种欣赏，那种得意，完全是掩饰不住的。他说："凌飞从小做事就有想法，有条理。我们从来没教他，他把从小学一年级到今天（当时好像是在上高中）的课本和作业本都保存得好好的……"看得出他对儿子这种品质非常欣赏。他对大女儿梅子最为喜爱。我们在翻看他家的旧照片时，曾看到一张很有趣的老照片。他骑着马，穿着军大衣走在前面，后面是穿着小军大衣骑着小驴的梅子。每每看到这张照片，他就会说，梅子的大衣是他用大的军大衣改成的。并自豪地说："这是当年根据地的一景儿。"

总之，凌导的家庭是幸福的。一家四口都是名人。子孝母慈，各有各的成就。这只能说是老爸领军作为带头人做得好……

三、爱下属

说实在的，在我们接触的老一代导演们大多都有和群众打成一片，关心下属的作风，但一般多表现在生活和工作上。但凌子风小有不同。他勤快、心细、动手能力强，所以，他对下属的关心有些与众不同。

首先说说他对下属生活和工作方面的关心。我和他的交集是从他想拍《毛泽民》，编辑部派我为他做责编开始的。后来虽没拍成，却使我们有了交情。所以，当我想把爱人从西影借调到北影，以解决夫妻两地分居问题时，汪洋厂长让我先给她"找个窝儿"，我首先想到了凌导，他当即就答应了。

他对在身边工作的其他人也是一样。那时，他的工作室在招待所的208房间。

我们吃饭都是在楼下招待所食堂。一天午饭后，他又让食堂给他包一包酱牛肉。我们还以为他是为晚上准备的。没想到，他径直上到二楼，告诉我们他要上三楼去看看姚云（《边城》的编剧），把酱牛肉给她送去。从编剧和导演的关系来说，是合作者而非下属。但从年龄和辈分来讲，这样说也未尝不可。

晓星在《李四光》做了场记之后，他感到很顺手，所以，去南宁改编《骆驼祥子》时，就把李唐和晓星带去了。一天，晓星起来，看到凌导正在给李唐和她擦皮鞋。晓星很过意不去："您怎么能给我们擦皮鞋呢？"他说："捎带手儿！"他不光把自己的皮鞋擦得锃光瓦亮，把李唐和晓星的皮鞋也都擦得锃光瓦亮。这就是他。

他对演员也是如此。凌导对当时还是青年演员的斯琴高娃和张丰毅从各个方面的关怀在各种报纸杂志和电视节目上都已说过多次，这里就不多赘述了。他对群众演员也是一样。有一次，我给《骆驼祥子》演群众，因要剃秃头，现场没人愿意，我就把头剃了。那是一场祥子在拉车时遇到暴雨的戏。戏很快演完了，而且是最后一个镜头，他看我浑身湿透了，有些瑟瑟发抖，担心我感冒，就叫我上车。戏里虽是夏天，但拍时已是秋凉了。拍摄的地点是后海，我说水里热，跳进去游游泳就过来了。他说胡闹！但我已经跳进去了。湖水被晒了一天真的挺暖和，我热乎了就爬上岸来。没想到，他的心这么细，在车里预备了毛巾被，他把我硬拉上车后，立刻就把我包了起来……我虽一点儿不冷，但他给予我的关心，很是令人难忘。

他和成荫一样，拍完戏从不像有些导演那样，自己坐上小车就走了。他总是和道具组，特别是照明组一起把东西都收拾好了，等大车走了，他才走。

还有一件小事。就是他对给他开车的司机的关心。有一次，他在中国电影资料馆看参考片，看完他还有事，他不喜欢在饭馆吃饭，就串到我家来了。让我和晓星给他们做碗炸酱面，又快又省事。吃完，他问晓星："有面汤吗？"晓星说："洗锅了。怎么了？"他连忙说："嗨！赖我！他（指司机）每次吃完面都习惯要喝碗汤，我要早点儿说就好了……"此事虽小，但能看出他对周围人特别是下属的关心。……

要说的事儿太多了。就此打住吧！

他病入膏肓后，家人问他还有什么要说的。那时他已没力气说话了，但他还是很有个性地给我们留下了这篇文章标题所说的那句很经典的话。

是的。他的生活为什么那么充实、精彩，有意义？看来这一切都是来自他留给世人的最后这句话：我爱这美丽的世界！

附记

当凌丽把《风——凌子风自述》的沂书首发式请柬送到我和晓星的手里时，还给了我们一个任务，叫我们俩发言。我们觉得我们过去说的已经不少了，再加上这种发言不宜过长，于是决定为这本书的首发仪式写首诗比较适宜。刚巧，前不久我收到了一位小师妹去重游凤凰城时，拍的一些小照。我于是就此写了一首怀念凌老的诗。本来是想在会上念一念的。结果我即兴还是说了几句。晓星觉得我讲的多了，就给打断了，没念成。

现在我把这首诗抄录在这里，也就算我没白写了。

感怀凤凰小照

——忆《边城》拍摄

凤凰的河街和小桥，
那曾是沈从文的骄傲。

为了《边城》美好的文字，
我们曾在这里苦苦煎熬。
一个镜头，一个桥段，
熔铸着我们的日夜辛劳。
难忘却，凌导那一声声
“如狼似虎”的嚎叫：
“不行！”“重来！”
“每个镜头都要细刻精雕！”
我们从命，仔细推敲。
终于迎来了，
老头儿眯眯的甜笑。
哦，远去了，远去了，
《边城》和可爱的凌老。
咦？眼前怎么又蓦然出现
凤凰的河街和小桥？
哦，是小学妹发来的旅游小照。
唤起我无限感慨
追忆起问鼎金鸡的欢笑。
香槟喷洒，互相拥抱。
那饱含青春的硕果哟，
只能用无限来形容她的美好！
小学妹！你太“残酷”了！
我还没老！没老！！没老！！！
我不想沉醉过去，
我还要写，还要拍，我还要创造！
我充满激情，
我的生命还在燃烧！
我将用我的生命化作美丽，
照遍天涯海角。

我要把这誓言写在天顶，

让它变成我向第二春进军的号角！

因为我是战士，

我的使命就是向着胜利奔跑！

2015年9月15日

凌子风与格利高里·派克和琼·芳登的一次会见

格利高里·派克去世了。消息传来，在影坛内外不免掀起了一片缅怀之情。同时也使笔者想起了他和琼·芳登来北影时与凌子风会面时的一些情景。

那还是凌导拍摄《骆驼祥子》的时候。

当时打倒“四人帮”没几年，封闭多年的电影界开放了一大批美国影片。而其中格利高里·派克的影片给人留下了很深的印象。比如：《太阳浴血记》《罗马假日》《乞里马扎罗的雪》《百万英镑》《爱德华大夫》都是较为突出的适例。

我们从年轻就进入了电影界，自然难有追星族那种对明星格外崇拜的劲头和心理，但对明星们出色的表演才华还是十分推崇的。其中最让人难忘的就是格利高里·派克在《太阳浴血记》中驯服烈马的戏。片中他被烈马拖着在地上走。马总想挣脱缰绳，而他想利用地上的一根马桩，把缰绳缠在马桩上以驯服烈马。他在这场戏中的表现十分精彩。在长达几分钟，甚至更长的一大场戏里，他不住地被马拖着在草地上翻滚。经过了不知多少回合，也不知排解了多少险情，结果不是他被马拖垮，而是他把烈马牢牢地拴在了马桩上。他的这段动作戏不仅使影片充满了惊险和动感的美，更使片中的主人公充分展示出美国西部男子汉的风采！……而如此高难的动作，从头至尾没用替身，全是由他自己独立完成的。这不能不由衷地让人感到敬佩！我们知道，凌子风从不崇洋媚外，但对格利高里·派克在这部影片里的表现却备加赞赏。他恐怕也没想到，就在他夸赞这位世界影坛巨星没几天，便在“西四一条街”的外景场地接待了这位巨星的来访。

那天，事前也没人通知，他们便悄悄来到了我们的片场。不知是哪个眼尖的同事一下就认出了他：“快看哎！格利高里·派克！……噢，还有琼·芳登！”大约人们认为这是不可能的，所以现场没有一个人回应。直到又有人叫道：“真的！真是格利高里·派克和琼·芳登来了！……”大家才不约而同向那人指的方向看去。

果然是格利高里·派克和琼·芳登！

远远望去，首先映入我们眼帘的是琼·芳登，她很高，面孔特别白。虽然近过六旬，但远远看去，依然楚楚动人。而格利高里·派克个子更是高得出奇。虽然已不年轻，但看上去仍很潇洒帅气。他，琼·芳登以及陪同一行人在厂办负责人的陪同下来到了凌子风导演面前。经厂办负责人介绍后他们就犹如一见如故似的攀谈起来。不过，一直是格利高里·派克在说，琼·芳登说的很少。看来，美国人的猎奇心理和探索欲望是很大的。而且对时代和世事的演进和变化特别具有电影人的商业眼光。他们此行就是想了解一下改革开放后，中国在电影方面有没有与美国合作的可能。因为在他们看来，中国已与世界隔绝多年。在他们心里，中国是一个神秘的国度。因此，他们想了解中国的欲望很强。在此时，通过电影把一个真实的中国表现出来，呈现给美国，呈现世界，一定蕴藏着巨大的商机……所以他说，“我很想拍一部与中国有关的电影……”另外，他此行也想对中国电影业的技术情况有个了解……凌导问：“你演？你导？……”但他的回答竟是：“我既不演，也不导，只是做制片人而已”“目的是给年轻人多提供一些机会……”他说，“电影是属于年轻人的。在美国有很多有才华的年轻电影人，但苦于没有机会……”他说，他想给这些人创造一些机会……过去，我们这一代人更多听说的只是我们党如何培养革命事业的接班人，但从没想到，更没听说过，作为“世界头号资本主义国家”的美国，而且是一位明星个人，竟对他们的电影事业是否后继有人如此关心！

他和琼·芳登此行的目的使我们有顿开茅塞之慨，至少感到很新鲜：原来美国人也是注重培养接班人的！

另外，他对我们拍摄影片竟有3.5∶1的耗片比一说（即使用的胶片与拍摄成功的胶片比例）感到很吃惊。他自谦地说：“我对中国的同行很钦佩。我就不敢说，我在三条半中就可以做到有一条一定成功……”我国的电影从开始放宽耗片比，到最后彻底放开，固然首先应归功于我国经济的飞速发展。但来访的外国人说这样的话恐怕说得多了，大概也起到了一定的推动作用……总之，他的那次来访非常友好。不像某些个别的西方人，总是自觉不自觉带着一点挑剔的眼光，提出一些带有挑衅性的问题。而他，从始至终他都非常友好，不仅没有明星的架子，微笑中总透着一种和善。难怪他去世后，好莱坞会写出那么多对他在为人方面做出很高评价的文章，把他称为“洁身自好的影坛君子”。噩耗传至中国，中国的报刊在纷纷缅怀他是“男人的榜样，女人的偶像”“明星的榜样，影星的偶像”……

格利高里·派克一行离开以后，凌导发了许多感慨，讲得最多的是格利高里·派克的为人。他感叹道：“这才是真正的艺术家呢！……”对琼·芳登，他的评价也很高，说他特别喜欢她的《蝴蝶梦》《深闺疑云》。

……

凌子风是对的。格利高里·派克和琼·芳登的影片是让人难忘的。但他们在做人方面给我们留下的东西或许更是我们应当珍视和记取的。总之，国门开放后，外国朋友开始了对我们的探求和了解，我们的视野也开始投向了世界……

2003年7月1日

忆钱江

钱江同志是钱壮飞烈士的遗孤。其父多年潜伏在国民党特务机关，担任徐恩增的机要秘书。其间，为党中央提供了许多重要情报。在他得知顾顺章被捕叛变后，果断地冒着生命危险，将这一消息报告给了周恩来。在周恩来和陈云的机智应对下，使党避免了一次灾难性的损失。可惜，钱壮飞在后来长征的途中牺牲了。他牺牲后，钱江同志就成了周总理事实上的养子。大家谁也没想到，像钱江这样百分之百根红苗正的艺术家在“文化大革命”当中也成了“黑线人物”，遭到无情的打击和迫害。

那时，我对“文化大革命”在思想上是完全接受的。我的思想实际上是处在一种盲从状态的。终日热血沸腾地打打杀杀，批这批那，热泪盈眶地高喊：“誓死保卫党中央！誓死保卫毛主席！……”虽情真意切，但所谓“反对毛主席的黑线人物”究竟是谁？他们的罪行是什么？却并不清楚。而实际上这些所谓的“黑线人物”大多是参加革命很早，艺术成就很高，对党贡献很大的人。当时，我对熟悉的，我们认识的、了解的，比如我们电影学院的老师（“文化大革命”整个文艺界是连在一起进行的），我们下不去手。但对领导指明的“黑帮”，我的冲锋陷阵是十分卖力的。理论根据就是当时的两报一刊（《人民日报》《解放军报》和《红旗》杂志）。我对当时的所有提法，都是深信不疑的。对钱江也是如此。我当时对他的出身、经历、为人以及艺术成就知之甚少，甚至全无了解。但他在我眼里就是标标准准的“黑线人物”。

对“文化大革命”的事，我和几个朋友深聊过。我们的确可以讲出一万条理由说明我们当时的做法是有道理的，是为了追求真理，响应号召。但我觉得，我们应该有勇气说我们错了。我们就是做了许多亲者痛、仇者快的蠢事。大的历史背景谁都知道，所以应当任由他人去评说，我们无须做任何解释。

回首往事，我得出一条真理：历史是糊弄不过去的。真相就是真相。即使在黑云压城、恶浪滔天的政治背景下，真理的声音、正直的声音和事实总要通过各种渠道传达出来。

我们北影是搞艺术的。而艺术的本质就是研究人的，所以北影人从老到小各行各业，每个人的思想都很敏锐，洞察问题也入木三分。“文化大革命”半程以后，尽管还有“派性”[1]存在，但绝大多数人都已感到味道不对了。从军宣队的角度，他们觉得他们代表无产阶级已经占领了电影阵地，但我们在各种会上的发言就都变了味儿。表面上听起来似乎“很正面”，但从语气和肢体语言上，早已经变成政治调侃了。开会极不严肃，讲笑话，主持会的人和群众想法一样，从不汇报。于是这种“小气候”愈演愈烈。胆大者已公开在骂“四人帮”了……

我就是在那样一个很特殊的“小气候”中一点点知道和了解了钱师傅（这是厂里人对他的昵称）的。我和他的友谊也就是在那样一个极不正常的政治生活中建立和开始的。

当时，他和谢铁骊等人正在受难。原因很荒唐。起因是1973年周总理和政治局委员召开了一次文艺工作者座谈会。会上对江青和“四人帮”把持七年的文艺界工作没有做好，点名批评了她。主要内容是：电影除了几部样板戏就没有其他艺术作品了，群众意见很大……整个电影界将近十年没拍电影了。听到这个消息广大电影工作者很受鼓舞，纷纷开始创作剧本，拍摄影片。钱师傅和谢铁骊也着手合作一部名叫《海霞》（导演：钱江、陈怀皑、王好为；编剧：谢铁骊）的故事片。这部影片无论从政治上和艺术上水平都是很不错的。大家认为是故事片生产恢复后“一部水平较高的作品”。其中最重要的是他们把“四人帮”总结出的歪理论“三突出”突破了。这一来，就动摇了江青在“文化大革命”中“旗手”的地位。于是她就百般刁难，不准发行。并且把这部影片当作“修正主义文艺思想回潮”的典型，从政治上加以否定和批判。一个人的本质，特别是政治品质，从平时正常的生活中常常是不会，或没有机会显现出来。而在逆境中，就像受到江青点名批判后这样严峻的形势下，弄不好就要成为“反革命分子”的压力下，人的品质才会真正显示出来。钱师傅和谢铁骊两位平时看上去很绅士的艺术家，而且一直还是拍摄样板戏的主将，他们的风骨和坚持真理的勇气在那种艺术与政治早已混为一团的情况下一下显露出来。他们一点没有胆怯和屈服，反而毫不躲闪地直接对江青采取了抗命的态度。他们的态度受到了我厂大多数人

[1]“文化大革命”中有一种现象，各个派别分别把自己的一派的观点看得比党性还重要。《人民日报》专门发了一篇社论叫《无产阶级的党性与资产阶级的派性》，派性一词由此而来。

的敬佩和支持。江青自然接受不了。手握重权的她不能忍受这样的挑战，于是屡屡对钱师傅和谢铁骊等人进行各种打压和迫害。钱师傅在北影的朋友很多，加之他心脏不太好，每次江青打算整他们时，总会有人把消息偷偷告诉他，使他总能以心脏不好为由得以到从化疗养，一次次躲过江青的迫害。

有一次江青又打算对钱师傅动手。我当时正借调在政治部宣传组工作，得到这个消息后，我想赶快告诉钱师傅，可惜苦于没有机会。刚巧，那天我下班从大门口到我们住的筒子楼的路上，经过李百万家时，碰到了钱师傅的女儿钱玲玲。我跟她说："钱师傅和你妈（钱江爱人史平）在家吗？我找他们说点儿事儿。"

玲玲当时好像还在读高中，人虽小，但很有头脑。她觉得我和她爸妈在"文化大革命"中一直处于对立的派别里，我找钱师傅和她妈妈很不正常，所以用一种充满警惕的眼光说："我问问吧！"就和我错肩过去了。等我到家过了没多久，她就从楼上下来了。她说："我妈叫你上去呢！"我立刻就趁当时楼道里人很少，快速到了钱师傅家。到了那里，我没说几句话，就把江青指令北影要组织批判钱师傅的事告诉了他们……这就是我们友谊的开始。

打倒"四人帮"后，钱江和谢铁骊敢于对江青的淫威说"不"的做法很受人们的尊重和推崇，自然而然变成了反对"四人帮"的英雄。我和他的往来也就无所顾忌了。过了一段时间，我又调到了编辑部，当了一名组稿编辑。钱师傅也改行当了导演。史平让我帮他组织剧本。我说，我自己就写了一个电影剧本，叫《台湾姑娘》。是根据林斤澜写的中篇小说改编的。她让我拿给钱江看，我立刻就送上去了。没想到钱师傅很快就看完了。第二天就叫我到他家去。进门坐下后，钱师傅递给我一支中华烟，并起身用打火机为我点着。我作为一个还没有编剧名头，也从没有成功写出能拍或发表的电影剧本的人，受宠若惊。我还没问剧本怎么样，他就说了："你的剧本写得不错，有基础。我很喜欢……"我当时的惊喜可想而知。钱江可是我们厂的四大师之一啊！而且，又是打倒"四人帮"的功臣。钱师傅很快就把剧本送到了厂长汪洋那里。汪洋厂长也很快就看过了，并叫编辑部认真讨论。有一次，我和钱师傅并肩从主楼东门谈着剧本，向楼外走去，刚好碰到汪洋同志进楼。他对钱师傅说："你就拍小霍的《台湾姑娘》吧！"并诙谐地笑着说，"就凭这个名字就值两毛五！"我们都笑了。这是因为这句话是有典故的。"文化大革命"前，他曾支持过成荫导演、张弦编剧的电影《上海姑娘》。在大会上他曾说过"就凭这个名字就值两毛五！""文化大

接待外宾后，作者与钱江（右二）、马炳煜（左一）、陈怀皑（右一）在汇报他下一部影片的设想

革命”中《上海姑娘》遭到批判。结果，汪洋同志为这句话付出了惨重的代价，挨斗，检讨不计其数。现在又出来一个《台湾姑娘》，他又说了这句话，把我和钱师傅都给逗笑了……《台湾姑娘》经编辑部讨论，也认为“有基础，给我们电影创作带来了一股清凉的风”。让我去上海、福建等地收集素材和修改剧本。我的剧本很快就改出来了。厂里派出了钱江、赵元（联合导演）、孙昌一（摄影师）和我建起了摄制组，一起到福建、广东、海南去深入生活和收集资料，继续修改剧本。就这样，我们在钱师傅带领下，一道出发了。

我们在广州到了×处。那是中调部在广东的一个专门处理对台问题的机构。他们知道钱江是钱壮飞的后代，为了表示对钱壮飞父子的尊敬，特地给了我们很多帮助。比如到图书馆查机密资料，查阅台湾的报纸，找有关人士介绍情况等，一切从优。生活上也如是。钱师傅有事，他们提供车子，包括把我们迎来送往……就在我们全身心地为影片的拍摄做准备，马上要去海南岛继续深入收集资料时，忽然接到厂里来电，说钱师傅要参加第五届全国人民代表大会和政治协商会议，要求我们即刻返京。钱师傅返京很正常，而我们既非人大代表，也非政协委员为什么也要一起返京呢？我们感到有些不解。

钱师傅到会后，还把剧本给了几位台湾代表和福建负责对台关系的代表看，听取他们的意见。如果没问题，他还要作为一个提案提交大会研究讨论，寻求支持。没想到，我跟赵元、孙昌一一如钱师傅电话通知中说的那样，赶到人大和政协的会场听取意见时，得到的消息却是《台湾姑娘》要下马了！原因很简单。就是这次代表大会后，我们将改变对台政策。不再提“我们一定要解放台湾！”，而将积极争取和平统一，尽早实现“三通”。

作为国家政策，我积极拥护。但作为一个想尽早拍出一部自己的处女作的我却备加伤心。眼看成功了，但国家政策改变了，好难过。钱师傅心很细，似乎看出了我的遗憾。跟我说："咱们能不能再写一个有关台湾题材的剧本？这样我们这几个月的努力也就不会白费了……"我于是又开始构思，有钱师傅这句话垫底，我写得很快。写完，我让赵元和孙昌一看了一下。赵元觉得除了结尾还有点儿意思以外，整个质量不咋地……但钱师傅没说话，他又找了一些人看，很想找出一条可以修改的路。我很感动。其实，我只为他做了那么一点点事，他却自那以后对我处处关切，从这些点滴中，我更看出了他的人品。他是真心希望我能早日有自己的处女作。

之后，我又写出了电影剧本《残雪》，他认为不错，只是他刚刚拍完一部与《残雪》相类的影片，没有接。《残雪》后在长影拍成了。虽然得了奖，但他看后还是给了我很多批评和建议。后来，我终于独立拍戏了。我的导演处女作是《月牙儿》。我拍完请他来看，他和史平都来了。看完给了我很高的评价。这里我想顺便说几句，除了钱师傅是我特意邀请的以外，谢添、伊明等著名导演也都看了。谢添看了以后居然说："拍得不错！能得奖！"伊明看完，一句话没说。我以为他觉得我拍得不好呢。其实，我和伊明关系很好。在黄镇同志到文化部后，要求编导专业的人一律坐班。而我们俩的办公室对门。我经常向他请教编剧和导演的艺术经验，很谈得来。他为什么一句话也没说呢？等回家后，过了一天，他才给我打来电话，说："我过去没有读过小说《月牙儿》，我读了以后，没想到你把那么短的一部小说改成这样，很不容易……"

这就是为什么我每每说到北影这些艺术家时，总会热泪盈眶，声音哽咽。因为像钱师傅、谢添、伊明这样关心我们晚辈艺术成长的老一代艺术家实在太多，太多了。

我时常在想，没有他们，我一个学表演的人能够成长为导演吗？

现在，他们都走了。我的思念却是深沉而持久的。说实在的，他们对于我实际上比我的亲人还重要。在我们各忙各的时候，逢年过节，我从来没有忘记去看望他们。有一次，我去看望钱师傅，他不在家。史平告诉我，他病了。说有一天他正在写钱壮飞的回忆录，准备拍电影，忽然感到胳膊麻，全身不舒服。史平当即就把他送到了医院。到了医院就给留下了。幸亏去得早，没多久就得以康复。当我再去看他时，他一下憔悴了很多。我虽装作和以往一样和他谈笑风生，但心里好难受，在回来的时候，有个执念一直在我的脑际盘旋：人为什么会老呢？……我最后一次去看他，他竟得了阿尔茨海默症，虽认得我，却想不起我的名字。史平在一旁启发他，说我是霍庄……他仍沉浸在回忆中。忽然他想起来了："你的爱人是小徐……"我、史平和他都笑了。再后来，他辞世了。开完追悼会，我去看望史平。史平情绪很平稳，她给我讲了许多有关安葬钱师傅的事。她说党对他的辞世很重视。因为他从小就开始为他的爸爸和地下党站岗放哨，做了许多有益的工作，所以就把他参加革命的时间按他为党开始工作的那年算起，改成了1926年。他的骨灰也放到了八宝山一个很重要的×室。具体是几室我记不得了。总之很高。

第二年再去时，史平也老了一大截，而且走路也不再平稳。我走时说您别出来了，但她坚持送我。没想到那次竟是我和她的永别。

不知是史平同志坚持丧事从简，还是我在出差，反正她的病故我竟一点不知道！也没能参加她的追悼会。后来是我给玲玲打电话时，她告诉我，她的妈妈已经离开了我们，而且有好一段时间了。

嗨！过往的一切不会再回来了！每每想起我在老北影呵护下的那段生活，我的心里至今仍然充满了幸福之感。那段幸福的生活，将永远留在我的记忆里……

钱师傅！史平老师！而今我也老了，但我还在想念你们！……

2017年10月

我们心中的朱今明

这是为了纪念朱今明同志所召开的一次座谈会上的发言。后发表在《电影艺术》上。我一共发了两次言。下面是我对我的发言所做的整理。

一

老头儿（指朱今明）对技术要为艺术服务，内容决定形式非常重视。刚才陈燕嬉说的《风暴》里那个长镜头就是一个突出的例子。当年我们在北京电影学院读书，正好赶上这部片子上演，我们看了都佩服得五体投地。他的镜头的运动始终是围绕着人物的思想和感情的起伏波动运转的。到北影后，每每听到老同志说起这个镜头来，也都赞不绝口。当年老烟火工赵振华放烟儿特别匀，所以朱今明总是让他放。那时候，我的电影技术知识很少，不懂放烟儿有多么重要。后来听一些老同志讲，放烟儿虽然只是营造气氛的手段之一，但可以为影片营造出凝重、浑厚的效果。说朱今明重视放烟儿，是和他追求凝重、浑厚的摄影艺术风格分不开的……其实这种评价也并不完全准确。他也能够营造恬淡、清丽，充满韵味的东西……这是我后来才知道的。

还有一个例子。那是和陈裕德聊天时谈起的。他说，拍《龙马精神》时，他饰演的留根是个二癞子。当有人说要给留根相亲时，他从屋里走出来，说："那人家多不好意思！"这么纤细的话出自一个二癞子之口，喜剧效果自然也就有了。但朱今明却喊了："停！"并从导演的角度提出："太干！能不能再找点儿东西？别站在那里干说！"陈裕德一时没招儿。在他转着弯子想办法时，忽然看到门框上有一个树结锯开、刨平时留在板材上的一个小洞。于是就对导演说，"行了！我有了！"然后就又开机了。当剧中介绍人说完要给他相亲的台词后，陈裕德以一种与二癞子性格迥异的动作，非常羞涩地在说出"那人家多不好意思"的同时扭捏着一转身将手指抠向了那个小洞。这个动作太让人意外了！朱今明"扑哧"笑了。这一笑，使摄影机出现了震动。老头儿说："对不起！我的问题！这个动作非常好！再来一遍！"后来再拍出的第二条就是现在影片的一条。喜剧效果非常强烈！老头儿在这部戏里虽是摄影师，但对艺术问题也从不放松。后来，我在和他一起去山东为电影剧本《炼狱》深入生活时，他是软卧，我是硬卧，所以就跑到他那里去聊天。当我问及此事时，老头儿在首肯此事的同时，又侃侃而谈向我说起了另一场戏的事。他针对当时有些人强调创新时过分追求形式提出了他的看法。他说，创新是好事。创新是干艺术的人终生的追求。但创新不是搞形式主义，形式一定要服从内容……他说的那场戏实际就是一个单镜头的一场戏。就是男主角终日操心队里的事，妻子有意见而回了娘家。他很痛苦，感到很孤独。按原来的分镜头，为了表现主人公的孤独设计了许多镜头……他们总觉得意思不逮。他们反复琢磨，最后，他说："我们就用了一个固定的长镜头。从院子的一头拍了一个俯瞰的大全。让主人公一个人长久地坐在屋门前的台阶上。结果效果很好。所以你追求的形式只要符合内容，贴切，即使办法很简单，照样可以达到目的。现在看不是仍然很新鲜吗？……"他还说了好多，都很精彩。只是我记不得了……

二

我和老头儿是因为电影剧本《炼狱》才开始近距离接触的。我以前对老头儿完全不了解，只听说他很厉害。但在我和他有了接触以后，却发现他是一个非常和善的老人。我每次向他汇报剧本的进展时，他常常是坐在卧室里的转椅上看书。看到我来，他总是笑着问我："你来啦？"当时我已年过不惑，但他对我说话的神态和语调却完全像对一个幼儿园的小朋友。我至今不解其意，我在他眼里就那么小吗？现在追忆起来还很温馨。

《炼狱》讲的是一个科技人员在"四人帮"的迫害下坚持搞科研，而并受到一位世界知名的老科学家的支持，并由于胡耀邦同志的关心给平了反……老头儿选择这个选材可以看出是很有社会责任感的。当时，"四人帮"刚刚打倒，中央为了使我们国家早日实现四个现代化，专门召开了科学大会。他是阅读了很多报纸，感到在"四人帮"为孽作患的十年里，我们国家在科学技术方面落后了很多，感到我们搞艺术的有责任在这方面做出贡献。他说这些话时所流露出的真情实感，令我至今记忆犹新……

为了很好落实老头儿的想法，我提出了许多种构思，老头儿都不满意。他反复给我讲要突出这个科学家的执着。他说科学题材很难写。执着就更难写。他很强调一定要把一个科学题材写得很美。让我一定要把该戏的真实原型的爱情写进去。他觉得他们在患难中的爱情很值得玩味。说到爱情，他还专门讲了他为什么在拍《孔雀公主》时一定要用李秀明。他说，我很重视心灵美。你从她的眼睛里就能看出一种来自心灵的美。所以要把《炼狱》写好，就要把这个故事里的爱情凸显出来……我一边写，他一边考虑导演构思、班子和演员问题。为了把戏里的爱情戏拍美，他提出了希望潘虹来演这部戏的女主角。后来，我们去长春采访。刚好碰到潘虹在长影拍《人到中年》，我们还在一起吃了一顿饭。只可惜，后来由于种种原因没能拍成。

说到老头儿的人品，我感到十分令人敬佩。当时厂里为了支持我们写好这部戏，专门为我们在招待所批了一间房。但我习惯在家写作，所以利用率很低。文学部对此有意见，要求退房。我觉得这对老头儿不公平，和办事员吵了起来。结果回来以后老头儿却批评了我，说人家说得对。我们的利用率就是不高嘛！后来，我们再聚会谈剧本，就只好改到了老头儿家里了。我们几个人都吸烟，每次都把他家搞得乌烟瘴气，一有争论还弄得他家鸡犬不宁。等到了饭点儿，他还得招待我们吃饭。老头儿为人诚恳，每次吃饭不仅总是一大桌子菜，还有酒。这可苦坏了他的老伴儿赵元同志……

在那段时间里，每到导演室一周一次的学习时间，开完会，水华导演总喜欢到他家坐坐。那时我曾对老头儿表示，我想当导演。他说："我支持你。你虽然已经写了几个剧本了，但要当导演，我劝你还是要从场记做起。要留心各种事物。""我和水华的聊天你应该注意听""记录下来都是最好的艺术生活"……我没按老头儿的话做，现在看来的确是一个很大的遗憾。

但有些特别令我震惊的事我还是记得很清楚的。

比方说，水华在筹备鲁迅先生的《伤逝》时，我曾听他身边的人说，他打算要把鲁迅全集通读一遍。对其中一些重要篇目还要精读。为此，他花费了很多时间。后来，他感到鲁迅这部作品和契诃夫有某种联系，他又要把契诃夫的作品读一遍……水华同志德高望重，没人会说他的坏话。但对他这样慎重地为一部戏做准备，有人颇有微词。不想，这些话我在朱老头儿家竟也听到了。水华说："现在拍摄鲁迅怎么成了一件很随意的事。我倒不是说只有我水华才能拍鲁迅，但拍鲁迅总要有个起码的严肃态度吧？我读了鲁迅和契诃夫，到现在我还是觉得不够，在内心里感到很饥渴，要学习……"水华走后我问老头儿，拍影片，即使是拍鲁迅，真要读这么多书吗？老头儿说："这就是水华！他这种在艺术上的严谨是我们谁都要学习的。他的这种精神我们谁都不敢比，也不能比的……”这对我后来的艺术生活影响很大。

还有一件事，因为太令人难以想象了，所以记忆犹新。那是我已经调进导演室以后的事了。在调我到导演室时，时任导演室主任的郭维对我是有具体要求的，他说：“你去了不能马上干副导演或者场记。你主要给水华组稿……”对这个要求，我是很认真去做的。但我没想到给水华组稿会这么难。我给他送了不知多少小说，他都不满意。最后，令我难以置信的是，他竟自己选中了一篇字数不足两千字的报告文学。主要内容是一条街上新开了两家私营的饭馆，开张后互相竞争的故事。我很吃惊。因为水华素来以政治严谨而闻名。他怎么会选中这样一篇内容尖锐而又没有什么文学性的作品呢？这确实令我吃惊不小。

后来，老头儿生病，我去看老头儿。刚巧，水华也来了。话题自然就转到了这部剧本。我没想到这样两位望七老人在谈到中国经济改革时，思想竟是那么前卫！他们谈论最多的就是周总理曾当面跟北影的许多老艺术家讲的那句话：“社会主义把你们都养懒了……”说到这个话题，他们还谈起叶楠当时写的一篇很受推崇的短篇小说《两车西瓜》。那篇小说虽很短，但很能说明问题。写的是一个坚信社会主义好的老头儿，推着一车自己种的西瓜进城，因反对某些人的“资本主义好”的言论，他非要把这车西瓜卖给国营的商业合作社。半路有一男一女两个小青年从玉米地里蹿出来，要以高于国营单位的收购价买他的西瓜。他说死也不卖。结果到了城里，合作社下了班。他百般请求让对方今晚收了他的西瓜，好让他不必住店。但恳求无果不说，态度还十分蛮横。几经周折，老头儿受了很多气。结果老头儿终于被那两个小青年的温言款语和诚恳感动，把西瓜卖给了他们……水华讲了叶楠这篇小说的构思后，老头儿连连叫绝。后来我才明白，他与其说是为这篇作品叫绝，不如说是在支持水华改编和拍摄那部报告文学，为水华找到了一个可以揭示中国经济的发展趋势的好题材而高兴！

当时，全国上下都在“解放思想”。对包产到户对不对，和面对大量青年待业，能否在城里恢复私营企业，争论很激烈。大凡经过“文化大革命”的人都知道，这按“文化大革命”时的说法是百分之百的走资本主义道路。即使可以争论了，许多人也是讳莫如深，生怕犯政治错误。但这两位老人这样旗帜鲜明地支持变革，并打算用艺术作品把它表现出来，却令我有瞠目之慨。

在我调到了导演室后，老头儿说，水华选的这个题材很好。你应该好好帮他组稿，这样你可以学到很多东西。他认为，这和《林家铺子》一样是反映经济问题的题材。拍好了很可能又是一部《林家铺子》……只可惜题材虽好，但写作的难度实在是太大了。这个报告文学是水华通过当时的副厂长马秉煜交给我的。我思索再三，把这个创作任务交给了思想比较活跃的年轻编剧曹洪祥。开始他热情很高，但听了水华同志的意见后，打了退堂鼓，说："这是我的经济学知识达不到的。"

这件事如果放在"文化大革命"前，也许不会让我觉得怎样。但"文化大革命"后，极"左"思潮还不曾完全退去，许多人还心有余悸，他们能站在时代的潮头，这样谈，这样想，不能不为他们虽已到了望七之年，思想依然没有僵化而令人钦佩！……

2008年6月

谈话实录话秦威

一

霍庄：最近《电影艺术》打算介绍一下北影当年拍摄著名影片的那些幕前和幕后的大师及参与者，为他们做几篇谈话实录。这一期有秦威。您是秦威的大弟子。您能就您了解的情况谈谈有关他创作和生活的情况吗？

张先得（北影美工师）：可以。秦威应该写，值得写。关于他，我认为首先应当说他是中国的一位水彩画大师。其次才是一位电影美工大师。尽管他大部分时间从事的是电影美工，但他在水彩画方面的成就也很大。他最后做了电影工作和当时国家的需要有关。当时新中国刚成立，电影事业亟待发展，但真正懂电影的人很少。很需要像秦威这样懂电影的美术人才。秦威在上海私营公司（像国泰、永华等公司）干过多年，对电影美工又很在行，又能带学生。所以，夏衍同志很希望他来。可当时吴作人已跟他说好，要他去美院教绘画；但在夏衍同志的劝说和力邀下，他还是来到了电影界。开始是在东影，后调上影，最后才定职在北影。老爷子对这一点好像有点儿后悔。如果当时他不是到电影界而是去了美院，他在绘画方面会有更高的建树……你看！我这儿还有他送我的一本水彩画册呢！是吴作人题写的书名。印刷差一点儿，但画儿是真好。他开过个展，还有许多画被美术馆和其他博物馆收藏……

秦龙（秦威之子、著名画家）：我父亲是北平国立剧专（隶属于北京大学）毕业的，后来又去日本留学两年。虽没上什么正规的美术学院，但还是学了很多东西。他去的是日本，但学的却是欧洲的东西，而且很多。这得益于日本明治维新以后对欧洲的介绍很全面。在美术方面也如此。他们对法国、英国、意大利的东西介绍得很多。我父亲非常喜欢法国、英国、意大利的东西，这对他后来的创作影响很大。

按理，他去美院可能对他的发展更好。这样他可能可以留下更多的绘画作品。但他从年轻就追随进步，和夏衍、阳翰笙、田汉、蔡楚生、张骏祥、白杨、陶金这

作者为撰写《谈话实录话秦威》一文与陈宝光先生一起前去秦龙家采访（中为秦威之子秦龙，右二为作者，右一为《电影艺术》主任陈宝光）

些老电影人都很熟。他又非常爱国。全国抗战开始后，他曾经想去延安。我母亲去成了，他不知为什么没去成……这些都决定了他后来能放弃美院这样一个对自己发展更为有利的去向，而来到电影界有很大关系。

霍庄：我看过一份材料。国共合作以后要求去延安的革命青年太多，已到延安接纳不了的程度。为此，毛主席曾写过一封信，说延安僧多粥少，抗日不一定非到延安去……语气中还对全国有志于革命的青年用了“告饶”这样的词语，请革命青年谅解，非常恳切。许多人当时都没去成。按你说的年代，可能是这个原因……

秦龙：他虽没去，但还是积极抗日和追求进步的。所以，新中国成立后，他和当时所有的人一样，热情都是很高的。那个年代嘛！都是党叫干啥就干啥。所以，他是心悦诚服地去电影界的。对没能去美院教书稍有遗憾。特别是晚年，他觉得他想画的一些水彩还没画。但不是牢骚。他搞片子还是很尽心的。尽管别人都叫他大师，他也的确为很多电影作品做过美术设计，其中很多还是名片。但他从来没觉得自己是大师。美工在电影这个行当里，终归不是独立的。他做人又很低调，所以不管他为多少大的电影作品做过美术设计，他的成就永远不可能像演员那样光鲜，甚至不为人知！但他对自己创作过一些自己比较满意的片子还是很欣慰的……

我父亲一生都在干电影，但他不管是下乡、下厂锻炼，还是看景，做片子，他总是一面搞电影，一面搞绘画。走到哪儿，画到哪儿。从哪儿回来他都会带回一摞速写小稿。所以他和一些专门单一从事电影美工的人不同，他在搞电影的同时，还是创作了不少水彩作品。

你们看！（他把秦威同志生前作品的照相资料展示给了我和陈宝光主任看）抗战期间，他在重庆生活和拍戏，就把他收集到的生活素材，主要就是现场作的那些速写，都画成了水彩。这张《饭馆门前》就是这样完成的。跪在地上这个人就是因为饥饿，吃了饭没钱付账，老板就让他头顶板凳跪在门前乞讨。等乞讨够饭钱，他才可以走。显然，这是一种侮辱性的惩罚了。

还有这张《无题》也是抗战时画的。当时各地方的人都撤退到了重庆，不仅使重庆物质供应空前紧张，百姓生活的方方面面都成了问题。这张画叫《无题》本身就很有深意。“陪都”的老百姓没地方生孩子，只好到茅厕里生。所以他在画中的茅厕前醒目地画了一张用破纸写的告示：“君子自重，内有产妇”。这是根据当时陪都真实的生活创作的。当然，除题材以外，在色彩、构图等方面有他自己的创造。《无题》就是他加上去的。这个标题实在是深刻而又高明，表明老百姓的生活艰难的程度已到了无话可说的程度。这样，他的控诉性不是比有标题更有力吗？

《工地之晨》是他拍《上海姑娘》时画的；《烧荒》是他拍《北大荒人》时画的；《白帝城》是他拍《双雄会》时画的……加在一起不知有多少幅。这些都是他在下生活锻炼和看景时画的。（霍庄：秦龙把秦威的画作照片翻过了一页又一页，他的作品不仅数量多，质量也非常高。）我父亲虽说大半辈子都用来干了电影，但他却始终没有间断过水彩画的创作。

张先得：这张《烧荒》是他最得意的一幅。据他自己说，他洗了好多遍，最后才弄成这种效果。就艺术成就而言，它无疑是一幅上乘之作，在业内评价甚高。它所以没被收藏，可能与它表现的烧荒在今天看来是一种古老的，甚至是落后的，对环境有破坏的生产方式有关。但当时谁能认识到这些呢？……

这张《干校小屋》是他在干校所谓“走五七道路”，实际是“四人帮”对知识分子进行变相劳改时画的。原本只是一张速写小稿。在打倒“四人帮”后他才以这张小稿为素材创作出这幅作品。虽说只是一张风景，但它很能概括“文化大革命”那段历史，所以被美术馆收藏了。在干校他一有机会也照样画，画了好多速写。那时因为他是“黑线人物”，在干校画画儿自然属于“胆大妄为”，结果全被没收了。有意思的是在打倒“四人帮”以后，厂里给我分工作间时，屋里有一张三屜桌。我打开抽屉一看，里面有一摞秦威在干校画的速写。很小，还是彩色的。我当即就拿给了秦威，老头儿乐坏了。后来他就在这张速写的基础上画出了这幅《干校小屋》。

秦龙：我父亲的画很有自己的风格，很抒情，又略带几分忧郁，有很强的叙事性，都有故事。你们看！这是这张画的局部，也有故事。即使是速写也有他主观的东西，并不是简单直截的状物。他走的不是现代派的路子，也不是学院派的路子，而是一种在客观表现对象的同时，加进一定主观的色彩。他认为大自然的冬去春来和寒来暑往与人世间的人情冷暖是一样的。风景同样也是表现人生的。他虽然一直搞电影美工，而且认为那是他的主业。但他一直也没放弃过水彩。在处理自己的个人创作——速写、水彩等和电影美工的关系时一直是互为补充，相得益彰的。

新中国成立后他的风格也有变化。比如《出钢》。那是1950年他在长春下厂锻炼、学习时，被炼钢工人建设新中国的热情所感动而画的。这张画应该是他的代表作之一，比较充分地表现了他对新中国的热爱与激情。与他原先那种总带着某种忧郁的调子形成了鲜明的反差。这幅画曾在许多杂志上发表过……

张先得：他还有一组画特别值得称道：就是抗战时期的重庆。那组画画得实在是太好了，几乎把抗战时期重庆的各种场景都概括了。后来田壮壮拍《古书艺人》找到我，我没去过重庆，不懂。所以就推荐了秦威。从他那部片子里你就可以看出他对当时的那段生活了解得有多深入。重庆写抗战标语不是刷在墙上，而是把一个个字写在用竹子编成的大筛子上，然后吊起来挂到街面上。影片里就是按照他的那组组画做的，非常有地域性和时代感。这种东西如果没有生活是做不出来的。老头儿在这部影片上好像没打名？（美工是宁蓝新）但他还是去了，而且和过去一样，很认真，倾注了很多心血……我当时所以给田壮壮推荐他，和我看过他那一组《重庆组画》有直接关系。

秦龙：这个组画确实画得非常好。有当时重庆的各种生活状态——飞机轰炸后的惨状，还有大后方的人怎么坐在火车顶上，扒着火车门口的栏杆逃难的情景……内容非常多。

关于这组画还有一个非常有意思的故事。我不知道他和马海德和苏菲是什么时候认识的，往来很多，交情很深。我父亲的《重庆组画》展出后，经苏菲阿姨介绍给了美国朋友。美国朋友非常喜欢。具体情况你可以采访一下苏菲阿姨……

霍庄：苏菲同志！您和秦威夫妇是什么时候认识的？

苏菲（马海德夫人、北影导演，现为马海德基金会负责人）：我和红缨在三四十年代就认识了。和秦威是到北影以后通过红缨认识的。秦威的画儿我非常喜欢。他真是不容易。当时，他就住在宝禅寺，他家房子很小，窗户还和他家的小厨房连着。红缨一炒菜，就要对秦威喊一声："我要炒菜了！"秦威赶紧把他正在画的画儿收起来，要不就被油烟熏坏了……但他在那种环境里还是坚持创作，画了很多好画儿……

霍庄：听说是在您的努力下把秦威那组《重庆组画》介绍到美国去的？

苏菲：是的。秦威和红缨夫妇是我的好朋友。抗日战争时去延安的美军观察组成员有些人也是我的好朋友，他们来中国旅游看到秦威的《重庆组画》，很喜欢。这些人年轻时都在重庆生活过，对重庆很有感情。看到这组组画，纷纷要求购买。我就从中牵线把这件事做成了。从美国来买他画的人很多，不只一次。大概都是在1992年、1993年左右吧！不过这都是一种民间往来。这件事，应当说是我们共同为增进中美两国人民的友谊留下的一段佳话吧！

秦龙：当时想买他这组画的美国朋友太多了，可画就只有一组。在这种情况下，他们想出了一个两全的办法。用丝网印的办法印了一批。20多种，各100张。画虽不是原作，但用丝网印的办法印制的画很接近原作，又有画家本人的签名，美国朋友也就很满足了。另外，通过这些美国朋友，还把他的这组组画发表在了美国的*American Art*杂志上。

这件事我父亲不是作为商业行为来做的。大概是爱国情结所致吧！他认为他那组组画本身就是对日本军国主义发动侵华战争的一种实证。而当年在重庆生活过的美国老兵这样喜欢和认可应当也是一种实证吧！所以他只象征性地收取了一点签名费，但他做得很认真，也很开心……

二

霍庄：您能讲讲秦威先生为一些电影名片做美术设计的情况吗？

张先得：好。不过，我对他这方面的了解只限于北影还在新街口的那一段。那时北影和新影还没分开，我正好跟他学美工，后来我和他分开了，但是往来一直很密切。有些事说起来可能还知道。不过你要具体了解他的许多片子，恐怕就得找程荣远、陈淑文、朱振江他们了。还有一些做过突出贡献的人，像许明、肖宏、冷元等好多老师傅都跟他合作拍了好多片子。可惜他们都过世了。这个事要早做就好了，可以留下很多珍贵的资料……

秦龙：他从事电影美工的时间很早。开始在上海就给私营公司拍过好多影片。像《火葬》《山河泪》《黑色二十八》是在国泰拍的。还有《华北是我们的》是在西北影业公司拍的。那是抗战开始后，他拍了许多抗战纪录片。还有一次见过朱德同志。朱德叫他们多拍一些抗日的东西……我不是搞文字的，对这些不太敏感，没多问。如果是现在我就会让他多说一些了。除了电影以外，他们还拍了许多照片，也都是反映八路军的。后来国民党就不给经费了，他们干不下去就去了重庆。在重庆也拍了一些电影。抗战胜利后，又跟着夏衍一起辗转到了香港。在香港一直从事进步影片的拍摄和制作……直到新中国成立后召开第一次文代会，他才从香港回到内地。开始在东影，后来到上影，最后才到北影……

张先得：关于秦威的电影作品我觉得有这样几个特点：

一是大片子多。像《赵一曼》《青春之歌》《风暴》《烈火中永生》《智取华山》等都是大导演、大题材、大制作，很有分量，很见功力；涉及的题材、风格、样式也非常广泛；是一个对什么题材、风格、样式都敢于尝试，乐于尝试，尝试也都非常成功的一位大师。比如：重大革命历史题材的作品有前面提到的几部；工业题材有《上海姑娘》；农村题材有《陕北牧歌》《黄花岭》《山里的人》《北大荒人》《红石钟声》；历史题材有《双雄会》《蔡文姬》；民国题材有《知音》；儿童题材有《小兵张嘎》《小白兔》；民族题材有《天山上的红花》；还有戏曲片《杨门女将》《野猪林》《大战洪州》《秦香莲》《诸葛亮吊孝》《铁弓缘》；川剧《杜十娘》；舞台纪录片等。他参加过的影片在风格样式上也是非常繁多的，有正剧、喜剧、悲剧，儿童片、戏曲片、舞台纪录片、艺术性纪录片等，也都十分成功。

二是他特别注意创作与生活之间的关系。不管是什么题材，看完剧本后，第一位的事就是下生活和看景。无论走到哪儿，他都要画速写。每看完景，他带回来的速写稿子都足足有两三指厚，他的气氛图都是在对生活所作的速写研究以后形成的。我分配到北影后，跟他的第一部戏是《陕北牧歌》。那时候我什么也不懂。他搭陕北的窑洞时，有一面墙上要挂一个笸箩。因为他下生活时，发现一个老挂笸箩的地方下面有个笸箩印儿。所以在搭景时就让我先挂上一个笸箩再喷底色，喷完了再把笸箩挂上。等摘下来的时候，一看便知那里平常就是挂笸箩的。像缸呀，灶台呀，油灯啊，戏里主人公在使用锅碗瓢盆等要经常碰到的地方，他都要根据剧情和人物性格让它留下生活的印记。在哪儿做，做成什么样儿很讲究，而且都来自生活，来自他对电影剧本的研究。

三是他的创作态度极其认真。不管对什么题材、样式、风格，他都非常认真。比如：他在拍摄历史题材时，特别注重史料的研究。他有一部没拍成的影片：《智取生辰纲》，当时我已离开了北影借调文管处。他就找我去要资料和宋代的文物图片，主要是解决片子里需要的道具问题。当时，他拿的照片资料非常多，然后回去研究，看都用什么和放在哪里……特别认真。可惜这部戏夭折了，没能拍成面世……

拍《杨门女将》时，光是第三场那一个“寿”字他就不知道写了多少种，最后才选择了现在这个“寿”字。比较脱俗，不一般……

秦龙：还有杨家一门女将向皇上请战那场开始的鼓的特写。因为是京剧，所以特地在鼓面上画了图案。看起来只是一种装饰，其实，这是为了有别于一般故事片。故事片一般强调的只是真实，而戏曲片强调的是在真实的基础上突出写意……

张先得：老头儿做片子不管大小，也不管导演是谁，都全力以赴，非常认真……

霍庄：对这一点，我听到过一个故事。说在拍《风暴》的时候，他设计吴佩孚接待工人代表林祥谦等人的那间办公室。吴一面和和气气对付工人代表，一面在报请枪毙他们几个工人领袖的文件上画钩，他知道吴是儒将，让道具准备朱砂。但那时朱砂要二百多一块，太贵了。制片部门没批，结果准备的是红墨水。秦威觉得不成，金山一到了现场就发了脾气，这才买了朱砂。样片出来后，大家才感到，朱砂的效果和红墨水就是不一样……

张先得：这事儿我只是听说过。具体的你就得问程荣远他们了。我对他拍的一部儿童片知道一些。他拍的儿童片不多，但很会挖掘童趣，想象也非常丰富。比方说，他搭的小兔子窝就非常有童趣，搭在了一棵大树的树根里，里面用蘑菇当桌子和椅子，很注意小朋友们的欣赏需求。这在中国电影史上是没有先例的。《小白兔》是孙维世导演的，她的要求很细。秦威的景做出来以后，她非常满意，没挑一点毛病。可惜这部电影好像没有公映过。

秦龙：在电影百年里我好像看到了部影片的片名。我这里还保存了一些他给影片设计的草图和气氛图。

霍庄：有《青春之歌》和《风暴》的吗？

秦龙：没有。

张先得：当时北影有规矩。所有的设计图都要交到资料室去。老头儿是个很守规矩的人。这些图纸在北影资料室都应该找得到。老头儿做故事片是非常认真的。这里还有一些非常有趣的故事呢！我当时不在《风暴》组，但有一个北影尽人皆知的故事，就是剧中吴佩孚在林祥谦等人去他办公室谈判那场戏。为搭这堂景，老头儿查阅了很多资料，连吴佩孚办公室的真实资料都查到了。所以，他的气氛图画得很真实。他设计的沙发（一说为写字台）和吴佩孚真实生活里用的沙发一模一样。金山也看了老头儿给他提供的资料。所以一到现场，就指出了沙发不对。当时这个组的道具组组长是张先春，很厉害，看的资料也非常多。导演指出问题后，便立即去找。经查资料，按图索骥，知道那个沙发在后来几经辗转已作为战利品上缴了。新中国成立初期在党中央邀请宋庆龄副主席从上海迁京时，送给了宋庆龄。道具组得知这一线索后，当夜就去了宋副主席家。说明来意后，马上得到了宋副主席的支持，并让他们搬走了。这样才没有影响第二天的拍摄。我们现在看到的这场戏所用的沙发就是那张沙发……

霍庄：林彪倒台后，干校原来那种紧张的气氛很快就消除了。军宣队也明令说可谈论业务与艺术了。那时候我和胡其明（原为二集体负责人，后为厂长），朱德熊（原为生产办主任，后为副厂长）同住在一个大房间。闲时大家常在一起聊天。我曾作为笑话问过他们是否有到宋庆龄家拿东西而被中央批评的事。他们说有。他们说那时是“大跃进”，干什么都雷厉风行，说干就干，真是天不怕地不怕。精神可嘉，但也做了不少蠢事。当时他们是作为笑话，甚至是丑事说的。但今天回过头来再看，却为我们提供了一段电影名片制作的珍贵史料和佳话……

不过，我听他们说的是《风暴》到宋庆龄副主席家除拿过沙发，还拿过吊灯……按理这事儿我应该去找张先春。可他现在已经成了横店的“大拿”了。我想采访，但太远了。

秦龙：这个故事，我也听父亲说过一点。不过，他说这个故事是因为在拍完这场戏后，对这场戏的吹捧太过了。我父亲说，其实那个想法并不全是他的。当时他同时上了两部大戏：《青春之歌》和《风暴》，都是给国庆献礼的，根本顾不过来。“大跃进”时代又讲求“多、快、好、省”，进度受到影响是说不过去的。当时主要的问题是没棚，没地方搭英国大使馆那堂景。大家很着急。在这种情况下，他的大助理程荣远（后为北影一级美工）提出一个想法。说我们完全可以在一堂实景里，装上几个吊灯，再加上两根柱子就可以把英国大使馆的景解决。我父亲觉得这个建议很好，就把气氛图画了出来……图纸出来以后，改景时才发现：图纸上的吊灯在当时很难找到。因为那时除了一些重要建筑和国家部门，是没人装修房屋的，也没有现在的灯具市场。在大家都为吊灯发愁时，又是道具组组长张先春说他去宋庆龄副主席家搬沙发时，看到宋副主席家有。于是，就再一次去了宋庆龄家。把她家的吊灯拆了下来安到了那堂景里。结果，效果非常好。

这件事后来不知怎么让中央领导同志知道了，对摄制组提出了严厉的批评："谁让你们去惊动宋庆龄副主席的！"但吊灯已经装上了！

霍庄：我听几位老人说，汪洋对这事儿在承担了主要责任以后，为了对上有个交代，还是在大会上"批评"了张先春："大春！你玩得太大啦！"但他是笑着说的。这实际上对他在艺术上的刻意追求的态度还是支持和欣赏的。

张先得：是。

霍庄：我们现在看《青春之歌》和《风暴》光知道它好。不光景和美术设计好，导演、摄影也都非常好。这和整个创作班底是分不开的。像张先春这样的工人师傅可以说还只是我们北影当时那一批人中的一个。他们这一批人默默工作，为打造"北影"这块金字招牌都是立下了汗马功劳的……这些有关影片生产和制作的故事的曲折经历使我们知道了当时我们有那样好的一批主创，那样好的一个创作群体。

在写这个"谈话实录"的过程中，我还问过一些北影厂的老人。他们虽不是组里人也了解不少当时的情况。提供了许多有关拍摄《青春之歌》的高潮戏，即"12·16"大游行的故事：

那是《青春之歌》中最大的，也是新中国成立以来较大，甚至最大的一个群众场面。当时北京市委对这部为国庆十周年献礼的影片很重视。由彭真同志亲自挂帅，由王昆仑现场指挥，给了摄制组十八个小时。在这十八个小时里，所有通往现场的道路通通戒严。为了按时按质完成拍摄任务，摄制组全体人员天没亮就出发了。以程荣远为首的三大美工助理、副导演和化装、服装、道具等几大部门便一起出发，大概从早晨六点开始，大家一起动手，把所有不符合那个时代的东西，诸如大跃进、公私合营等字样，××单位或厂家以及人民银行等字迹和饰物全用我们事先制作的幌子或其他很具当年时代特色的遮盖物盖了起来；服装和道具部门还对所有想看热闹的人做了工作：你想看拍电影，就要换上当年的衣服……所有的群众都很配合。而且那个年代所有人是不谈钱的，我们没给一分钱，但大家都热情高涨地投入了拍摄。事后，特别是过了许多年以后，人们都以为那场戏是在天安门广场拍的。其实不是。真实的情况是在崇文门到磁器口拍的。因为那时北京只有那里还有很小一小段有轨电车。等剧组的人一到那里，就开始换衣裳，发道具——就是游行用的大幅横标，小旗等。（那可是上千件的群众服装，上千件的道具呵！）美工部门也把一切该挡掉的都挡掉了。主创和器材一到位，就开拍，一个段落，一个场面，很快变成了一组组镜头。当时在摄制组从没人争名争利，各个部门也都非常尽心尽职，拍摄十分顺利。我们准备的一条街都没用完，就拍完了。北京市委市政府给的时间是十八个小时，但我们到下午就完成了拍摄任务……

霍庄：通过这次采访，我得出一个印象。这些大片之所以拍得好，首先是厂里知人善任。知道哪些大师、大帅对剧本中所表现的那段生活了解和熟悉；而那些大师、大帅们在接过创作任务后，又非常投入、非常认真地进行了必要的准备。因而才会产生了这些影片的艺术构思和设想。除此而外，当时各个部门的工作人员也都非常得力。全片的群众都是电影学院的学生，所有小角色也都是北影的好演员，充分体现了电影是一种综合艺术和集体创作。没有一个合格的过硬的制作班子，化、服、道以及照明、制景、烟火等，是不可能拍出那么好的片子的……

张先得：是的。那个年月没人争名争利。

霍庄："文化大革命"后，有一次和汪洋厂长聊天，他说过一段很客观的话。他说，国庆十周年我们之所以能拍出那么一批好电影不是偶然的。虽然我们经过近十年的打磨，锻炼成熟了一批主要创作干部，但更重要的是我们在这种打磨中也培养锻炼出了一支精干的各个行业的专业队伍。化、服、道、制景、照明等也都成熟了，这也是一个重要因素。有了这些因素，才使我们拍出了为国庆十周年献礼的那批影片……我觉得他的这些话是很准确，也很中肯的……

朱振江：我们几个和秦威合作是比较多的。开始是冷元给他当制景组组长，我是副组长。后来我们俩也一块干过。我主要是做龙骨的。秦威在确定美工部门的创作班底时，非常注意找人。对制景他特别注重敬业精神，用现在的话讲就是你是不是干专业的。我们当时都很小，但我们真爱电影事业……

崔秀荣：我就举一个例子您就知道我们当时爱电影爱到什么程度了。我是做表面效果的。做表面效果不是需要色标吗？那时候不像现在，什么都是公家的。我们为了学习，所有色标用的颜料都是我们自己花钱买的。要不我怎么会画画呢！……

朱振江：说起来我们是工人，但我们这行文化和艺术含量一点也不小。龙骨就有点儿像人脑袋里的颌面骨。一个人要是里边的骨头没长好，脸上的肉你想长好也办不到。人模样儿长得不好，怎么擦胭脂抹粉也没用，再抹也不是样儿。如果你骨头的底板儿好，有变化，有明暗，有层次，你怎么捯饬怎么是样儿。我们当时非常热爱电影事业，甚至觉得很神圣。所以秦威总是愿意和我们合作。他知道，他的气氛图到了我们手里不会糟蹋。我们肯定按图施工，把他的想法呈现出来。他一般比较重视画气氛图和三查一验，就是验景，验陈设道具什么的。到时候他准去，不好就让你改。我们干活他最放心。他作为大师，在艺术上很民主，很注意发挥我们的创造性。比方说，景的当中间有一条小路。你觉得太直，缺少变化，你想来道弯儿，他一看好，马上就能同意。只要你出的是好主意，一般他都能接受……

另外，他比较注意生活。比方说《青春之歌》，他对老北京非常熟悉。所以，他弄的老北京的胡同呵，四合院，学生公寓什么的，你怎么看怎么像是那么回事儿！

崔秀荣：干表面效果的其实就跟画画一样。甭管哪部影片，你总得把表面处理得跟生活一样。像《青春之歌》《风暴》那一批十周年献礼的片子，好多人还以为我们拍的是实景呢！其实，全是我们按一比一的比例搭起来的。所有门窗、影壁、地面都是我们一点一点在棚里做出来的，做得和当时老北京的真实面貌一样……

张先得：关于验景秦威有一句很经典的话。那就是你把景搭好了，道具陈设也都摆齐了，可你在中间还放着一个高凳那也不能叫交景。因为人家怎么看怎么觉得没完工。你只有把该清理的也清理了，这才能叫交景。

霍庄：说实在的，听了你们的介绍，我真想把秦威还有和他合作的所有人找到一起聊聊当年创作的情况，可一个多月跑下来，太困难了。不少人走了。有的人虽在，却又不知住哪儿；在世的好多人也都坐了轮椅。看了很心酸。岁月实在是太无情了……

下边咱们再谈谈秦威以及和他拍的戏曲片吧！

三

张先得：秦威的戏曲片是很值得研究的。他在电影美工方面的成就是多方面的。但我认为他和俞翼如对中国戏曲片的贡献是非常突出的，很有创造性。是他们闯出来的一条路，中外以前都没有……

朱振江：秦威可以说是经历了新中国成立以后历次电影美工改革的一位美工大师。我们是由硬天片到软天片，再到用幻灯打天片他都经历过，都懂，也都会。在各个阶段都有他的代表作。

崔秀荣：我们开始干制景的时候还是硬天片呢。那时候分工也没有后来那么细。

他为了效果好，常常自己也去画天片……

张先得：秦威和俞翼如对戏曲片的尝试，在中国应当说是最成功的。因为电影这种艺术就其本质而言是以实见长的。一般故事片的景基本上是营造生活真实，为戏服务。而戏曲片需要的是比较虚的东西。这就和电影的特质产生了一定的矛盾。一般故事片追求的是生活真实和艺术真实的统一。搭一堂景很接近生活虽然也有难度，但与戏曲片相比还是容易得多。因为戏曲的景很像国画，是写意的，不是写实的。戏曲的表演形式也是以虚见长。讲究唱、念、做、打，进门，出门，特别是人物的许多复杂的内心世界，包括景都是靠动作，靠舞蹈来展示和完成的。许多美工师一接到戏曲片就很挠头，有许多人都栽在了这上头。1961年全国电影美工师在上海开过一次读书会，其实就是现在说的研讨会。大家对他和俞翼如搞的戏曲片评价很高，主要还是秦威。

说秦威高，主要就是高在“以实带虚”上，把戏曲再现在银幕上时，他们能让戏曲几十年，乃至上百年的玩意儿不走味儿，拍出来还是京剧或者戏曲的原汁原味。这不是一件容易的事。电影的景不实是很难办到的。但出来以后得让人觉得还是戏曲，提供的景还必须得保证为戏曲的表演服务。这就难了。比如有的影片就因为搞得太实而遭到了业内的批评。其中有一篇就发表在《电影艺术》上，说的是有一场戏的主角要进殿去向皇帝进谏，内心斗争十分激烈。那位著名演员为了展示这种心情，在舞台上表现上台阶时，设计了一系列的舞蹈动作，用京剧的“虚”来表现他复杂的心理活动。由于导演和美工师对京剧缺少经验，没把握好，就为那个角色搭了一个近百级的台阶。那位演员在表演时，只好像一般故事片一样，一级一级跑了上去，把原本在京剧舞台上所设计的大段大段能揭示他内心活动的舞蹈放弃了。这很可惜。但秦威的戏曲片的景就不是这样。他谈到自己的成功也很实事求是。他说要没前面说的那位大师的失败，他也不会搞得那么虚，使戏曲电影和普通故事片区别开来。

秦龙：他的戏曲片代表作一般首推的是《野猪林》，其次就是《杨门女将》。这两部的景非常好，使京剧表演不仅没受到损失，反而得到一个更好发挥的平台。

张先得：其实，他最满意的还是《杨门女将》。因为《野猪林》里全是名角儿。《杨门女将》大部分都是当时戏校刚毕业的学生。所以人们总是把《野猪林》放在首位。而他本人实际上还是觉得《杨门女将》的景更好一些……

他很懂京剧，而且非常喜欢。所以在给京剧或者其他戏曲剧目设计景时，能做到虚实适度。太实，就不是戏曲或者京剧了。太虚，也不成。所以，什么地方实，什么地方虚，是把戏曲搬上银幕的一大学问。比方说《野猪林》一开场在鲁智深用唱段讲出他的身世时，后景是庙里的钟楼。前景是一株桃花盛开的桃树，远处是菜地。右边是那棵后来被他拔掉的垂杨柳，柳树下只有一个实体就是供鲁智深坐的树墩……而且那些背景还不是搭出来的，是画出来的。即是平面的，写意的，而不是立体的。前景的花也很“假”。他突出的是景的假定性，而不是一般故事片追求的纯粹的生活真实。但结果谁也不觉得假，反而觉得是京剧，很有味道，很有意境。从而给鲁智深用唱段和舞蹈来表现他的身世和性格提供了一个较为宽广的天地。而《杨门女将》的开场则只有一个远远的天片。天片上是一个在山顶上画的城楼和城墙。在设计时，他有意把透视关系搞得很夸张，所以看上去非常有气势，很有边关的味道。而这场戏表现的内容是：西夏王入侵边关得胜，得知对方元帅杨宗保被暗箭射死以后的得意忘形。第二场是孟怀源和焦延贵赶回京城搬救兵，两个演员从始至终不是唱，就是紧握马鞭“翻山越岭”。为了突出山高路远，他把背景处理成了两层。一层在天片上用国画的笔触画了一片远山，然后又在前面用景片画了一片比较近的远山。两个层次中间又有烟雾弥漫，很有景深，也很有意境。演员“骑马”跑上山来时，他又请特技部门放了烟儿，既美且虚。也没把演员身段里带的戏抢走，效果真好。

另外，戏里“葫芦谷”那场景是很有学问的。从第一场戏里就交代了那是杨宗保牺牲的地方。戏发展到接近高潮的时候，穆桂英审时度势，发现敌军一直按兵不动，以逸待劳，就是等我军粮草供应不上时再做打算……指出“只宜智取，不宜强攻”的方略。佘太君对此十分赞同。据先前曾给杨宗保带路的军士讲，葫芦口有栈道可直通敌军大营。只是路窄难行，没人认路……这样就把戏的高潮所需的景推到了葫芦口。

在高潮中有一场戏是崔嵬导演加的。曲牌叫“高拨子”。秦威看了剧本和演员的戏，感到难度很大。因为演员的表演和身段本身就带着景呢。比如：带路人和后来找到的采药老人带着队伍进山怎么难走，一次次地怎么过不去。要翻跟头，做各种身段。杨宗保又是在那里牺牲的。这对表现穆桂英前来探路复杂的内心世界有很多特殊的需要……他最后就没搁多少东西：远景就是在天片上画的远山，使人感到很荒僻。近景他又用景片做了一些狼牙似的深山绝谷。为了打，他还设计了杨文广和穆桂英把敌人挑下山崖的前景。一共三层。拍摄时一放烟儿，让人感到景既虚又丰富，而且还不夺戏。既能平视，又能俯拍，让观众在看了演员的表演后能展开想象，很觉过瘾……

景出来以后，特别是戏拍完以后，老崔非常满意。他自己也非常满意。

他设计景时对拍摄的需要很注意与京剧舞台的一面景相区别。好几堂景他都设计了反打背景。而且还都给摄影、照明安排器材留出了位置。

他对自己的要求是严格的。业内一致认为《野猪林》的景是戏曲片里做得最好的，是经典。但他却不这么认为。他说过好几次，总觉得押解林冲路过野猪林的树林一堂景还是实了一点儿，和一般故事片区别不大。而从景的角度来说，他始终觉得《杨门女将》更完整，遗憾也少些。就是字幕不好。

这就是秦威。永远没有他满意的时候。

崔秀荣：秦威拍戏曲片有几个秘诀。一个是挂纱；一个是放烟儿；还有一个就是和照明之间的互相要求，互相配合。在拍《草原小姐妹》时，就有一场戏非常需要照明的配合。他前面是景，后边是天，中间的过度就需要暗。这就必须要靠照明来配合。他讲了要求，双方达成默契，效果也就出来了。

朱振江：电影的景你还就得实。秦威搞戏曲片，包括咱北影，一般都比较讲究层次和过渡。一般至少是分三层。每堂景前边是第一层，都是实的。第二层就是三合板做的了。这种景片在一般故事片中是不可能使用的，因为它是画出来的。要放一般故事片里，那就假了，但在戏曲片里就很舒服。第三层就是天片了。天片就彻底是虚的了……

电影的景一般来说只能是实的。但它的实和一般故事片还是不一样。比方说《杨门女将》做寿那场戏。中间那个“寿”字就得实。整个寿堂的景就是对称的，一边三张桌子，一共六张。基本和舞台上差不多。但这种实，是京剧的实。一般故事片不会用这种戏曲才用的桌子。一看这些陈设道具，一下就能和普通故事片区分开了。有了这些简单的戏曲用的桌椅之类的道具，导演就好给演员安排调度了。

张先得：秦威作为一位电影的美工大师，他的成就是多方面的。但是，他在戏曲片方面的探索，我认为是比较独到的。是他全部电影作品中比较突出的一个侧面，值得研究。

还有一个值得研究的人物。那就是俞翼如。希望将来能有人专门研究一下。很有意义……

四

霍庄：人们常说“文如其人”，其实这句话我以为也适于其他各种艺术。一个人的作品肯定是和他的为人分不开的。秦威的成就我们已经谈了。您能不能再对他为人方面的情况做一些介绍呢?

秦龙:我父亲给自己的生活定了一个“三不主义”。第一个不，就是不生气;第二个不，就是不做官;第三个不，就是不发财。

他说的不生气是真的不生气。不管遇到什么事，他都能保持平和的心态。所以我们家里总是和和睦睦的。

他的不做官，主要是他对艺术太热爱了。为文不仕嘛!

他的不贪财，他对自己的作品从来都是非常认真的。但对片酬之类涉及钱的事，他从来没跟谁争过什么。另外当时也没什么发财的可能和条件，他也从来没有这样的奢望。

他一生都追求进步。虽然入党很晚，但他从没气馁。入党以后，对党的活动从来都十分认真，而且任劳任怨。他们党小组学习就在我们家。这样他就需要通知人。他每次都是一个挨一个地通知，费了好长时间和力气，最后还是把大家都召集到了一起。

霍庄:您能就您父亲的“三不主义”谈谈您的所见所闻和您作为儿子的一些感受吗?

秦龙:我说说我父亲说的“不生气”。他说的不生气可是真不生气。甭管遇到多让人不愉快的事，他都能调整，能真的做到不生气。比方说，他爱好很广泛。喜欢文学，特别是契诃夫。当时汝龙翻译的《契诃夫小说全集》刚出来，他立刻就全买回来了。他爱读，也爱和我们谈。在文学上也很有见解。对音乐他也很爱好。“文化大革命”前我们家有好多黑胶唱片，好多还是在东影的时候买的，全是世界著名的古典音乐。像贝多芬、莫扎特、舒伯特、柴可夫斯基的……我们家都有。搬到北京的时候，他还从东北全拉到北京来了。他对音乐很入迷，特别爱听。一没事他就要拿留声机来放着听。对了!还有京剧。他也买过好多著名京剧演员的唱片。可是“文化大革命”一来，他买的书、买的唱片全在抄家的时候，不是砸了，就是抄了!还有他的画稿，也被抄走不少。我们都是文化人。谁都知道这些东西在每个人心里的分量。换个人也许早气死了。可他就没生气!不是假不生气，是真不生气。而且事后过了多少年，有人问起他是谁干的，他说早忘了!其实怎么可能呢?都是一个厂里的人，怎么不认识，不记得呢?但他从没提起过，也从没打算追究过。因为那毕竟是一个特殊的年代嘛!他认为党已经说“文化大革命”错了，砸“四旧”错了，干吗还非要追究个人的责任呢？所以我觉得他的不生气可能和他的待人宽厚有关。

对“文化大革命”中那突如其来的厄运，他也能应对自如，不生气。他们在社会主义学院学习时，突然集体遭到冲击。回家后，又听说街道可能来斗。他见到有人被揪了头发，或被剃了阴阳头，自己就索性先把头用刮胡刀剃了。剃完，他也笑，我们全家也都笑了。一点没有以马上袭来的风暴为意。

另外，他很能看到别人的长处和优点。比方说，他很佩服池宁。他说池宁的画特别好，修养也好。另外，他也很佩服聂晶。他说他特别会用胶片。那时候拍戏胶片很吃紧，每部影片的耗片比都是3.5：1。聂晶就能把各种胶片，什么阿克发、富士、伊斯曼或者苏联胶片拍出一样的色调来！他很服。他对一个叫左山的录音师也很佩服，说他特别懂音乐……

他的不做官我倒没觉得有什么特殊的解释。我对他这句话的唯一的理解就是他可能对自己的事业太喜欢，太热爱了。官位以及官位所能给他带来的好处都远远不如他对艺术事业的热爱与喜欢……

所谓不发财就是他从不为自己争什么。他的话就是：“该是你的就是你的，不该是你的也用不着争，争也不是你的……”所以，所有有关争这争那的事从来都没有我父亲……

张先得：秦威这个人很正直，他从不整人。从新中国成立到“文化大革命”，中国经历过那么多政治运动，咱们厂从来也没听谁说过秦威参与过整人。另外他背后也从不议论人。他感兴趣的就是读书、画画儿、谈学问……

朱振江：老头儿人很好，从来没见他摆过什么大师的架子。跟我们工人也从来都是有商有量的。

崔秀荣：老头儿在现场也从不骂人。

张先得：要谈老头儿做人，我是他的学生。我感触最多的就是他带学生非常认真。你们看这张画。这就是他在没戏拍的时候，带我们在小西天剧团对面画的。当时，小西天对面还是一片菜地。正在打井。这就是他带我们画的。

还有这张。这是当时（新街口）豁口外边那个茶馆儿。也是他带我们画的。

秦龙：你们看这张铜佛。质感多好！这就是他带学生时画的静物。按理他即使带学生也完全没有必要再去画什么静物了。但为了带学生，他照样画。而且画得很认真。像这几张静物……都是他带学生时画的。

张先得：当时我们在美工科。没戏拍的时候也要坐班。坐班就是他带我们画画儿。

另外他教我们美工，不是先教怎么画气氛图或者平面图。而是先教我们怎么看剧本，然后根据戏的需要讲怎么设计。每堂景有多少戏，怎么用景来烘托人物，塑造性格，每堂景能出多少角度，怎么给照明和摄影留出放置器材设备的地方……非常具体。

其次，他带徒弟很尽心，随处需要随处讲。有时候也不说，但他做给你看，你往后就知道怎么做了……

霍庄：令尊大人是不是特有人情味儿?

秦龙：怎么讲?

霍庄：在干校他曾经给我看过几张糖纸，问我怎么样。如果是一张画儿，我还能说出点感受来。可他给我的是几张糖纸。我当时只觉得很好看，很别致，别的就说不出来了。我问："糖纸怎么了？"他这才说："这是我儿子设计的，我没想到他设计得这么好！"说时，脸上洋溢着一股难以抑制的自豪。当时他身处逆境，两个星期才能回家一次。他居然还有心思把儿子的小作品带在身上，给我印象很深。是你哪个弟弟设计的?

秦龙：是我。是我。

霍庄：嗨！我还以为是你弟弟呢！看来他是真爱你们这几个儿子呵！

秦龙：对。我们家从来都是非常和睦的。在重庆的时候日本飞机来轰炸，别人都是往城外跑，他是往城里跑。因为那天我妈正要生我！别人都说他是送死呢！可他却觉得对自己的老婆和孩子要负责任！结果飞机只是飞了一圈并没扔炸弹。要真扔了，可能也就没今天咱们这一段儿了。

另外，我父亲每次下生活或者拍戏，总是一个星期给我妈寄一封信和一张小画儿。我记得有一次他是去常熟，他总是把他每星期的生活，在哪儿，干什么，画给我妈。画那里的房子、风车、干活的人、船、河道，都寄给我妈。有早晨的，有黄昏的，有下雨的……很丰富。我们每个星期都盼着看他的画儿。这也许就是你说的人情味儿吧。可惜这些东西都在"文化大革命"中散失了。

我父亲就连他病重，就要离世了，还保持着很好的心态。那大概是离他去世还有一个月左右吧！他的癌已从后背拱出一个十五厘米左右的大包。他自己看不见，就用镜子从后边照着给画了下来。因为他写生功底非常好，把那个包的个头儿，颜色，以及各种突起都画得很真实。第二天，大夫来查房，他问大夫："这个包是怎么回事？"弄得大夫哭笑不得。想不到一个死之将近的人还有这么好的心态！事后，没过一个月，我的父亲就去世了……

那一天是1994年7月25日……

2008年1月

孙道临演《李四光》

当纪念中国电影百年的活动已进入尾声时，我们从《北京晚报》上得知84岁高龄的孙道临“面部三叉神经患病，记忆力严重衰退”，这消息立刻使当年和他一起拍摄《李四光》的同行们对他的健康产生了深度关切。但不久，中央首长接见中国电影百年来最有贡献的电影工作者时，我们在荧屏前又看到了他。虽说坐上了轮椅，但精神很好，使人们悬起的心又落了下来。但是，当年他与大家在一起拍摄《李四光》的事一件件、一桩桩又都浮现在了我们的眼前……

孙道临之所以成为孙道临，绝不会像现在有的演员那样，说起来他（她）早已成了“明星”或“大腕”，但在影视圈内对他（她）有没有当个演员的资格却还在争论。这固然和孙道临的诸多作品一个个都像钢块儿一样结实有关，但最重要的还是他的修养！他从不卖弄自己的修养，但一开口，便显水平，便有魅力。其学问造就的那种自然而然带出的学者气质让人不能不佩服。所以凌子风讲，在中国演李四光非孙道临莫属，别人没那种学者的气质。

说起他，故事自然很多，然而，我这里最想说的还是他对创作的一丝不苟的精神和他日积月累起来的修养。这，或许对当今许多青年的浮躁起到一些振聋发聩的作用。

其实，我们想介绍给大家的故事只有三个。

一个是他为了演好李四光这样一个科学家，居然把李先生的《地质力学概论》从头到尾读了一遍。如果不拍《李四光》，我们恐怕也很难知道那是怎样一部作品。我们是从他手里拿过一本厚厚的《地质力学概论》，经询问才知道那是一部纯粹的自然科学的著作。其中不光讲的是地质学，一些论述还涉及许多艰深的数学知识。如果他不是在燕京大学读的哲学系，而哲学系是必须懂数学的，恐怕哪一个大明星，即使知名度再高，人文科学的知识面再宽，也未必能读懂。然而，说实话，就是能读懂，为

《李四光》剧照

演科学家就一定要把这样一部著作读下来吗？我想绝大多数人都会这样想，而他却把这样一部著作认认真真从头到尾地读完了。这就是孙道临。我们这样说，并非意在所有演员在创作一个角色时也一定像孙道临一样把一本类似《地质力学概论》那样的科学著作读下来。但他这种精神是值得我们永远学习的。

面对今天越来越炽的浮躁之风，进现场前连词儿都不背，一切都靠导演“喂”，甚至喂了还做不出来的状况，讲一讲他这样一个极而言之的例子，我觉得很有必要的。

再一个故事就是他学小提琴。我们知道生活中的李四光是会拉小提琴的，而且拉得很好。当孙道临拿到剧本，见剧本里有李四光拉提琴的镜头时，就向摄制组提出给他买一把小提琴，他要练。有人建议用两极镜头，让演员在全景中装装样子，然后再拍特写，把脸部切到画外来完成。他虽不知道。凌导也不可能告诉他。但他还是非常认真地一有空就练习拉小提琴。虽然拉得不好，但他还是把拉小提琴的样子练会了。其实，在剧中李四光拉小提琴的镜头加起来不过几十秒，但为了这几十秒，他不知花费了多少个日日夜夜硬是把拉小提琴学出了一个样子。最后，影片里的李四光拉提琴的镜头就是由他自己完成的。

另外一个故事，就是孙道临能说一口流利的英语。当时，“四人帮”刚打倒，外国客人采访凌子风的特别多。每每给凌子风做翻译的就是孙道临。偶尔是黄宗江。有他在，实在给凌子风帮了大忙。

那时，一般影片是很少需要演员能说英语的，有也都是靠配音演员去完成。但《李四光》是留英的，而且在英国工作了很长一段时间，所以剧本里根据生活的真实设计了一个英国人的角色。他和那位英国演员有一段在普利茅斯海滨的戏。（外景场地是青岛）他告诉李四光，新中国已经成立了，两人谈了一路……假如孙道临不懂英语，他和那位英国演员演对手戏就会很困难，这么好的戏，最后要是靠配音演员来完成，那将是多让人遗憾的事啊！但孙道临的英语非常好。在青岛海滨非常顺利就把那场戏拿下来了，而且台词都是孙道临现场帮着写的。中国在当时能具备这样能力的人恐怕不多。

现在电视剧的拍摄已经越来越像在流水线上工作了。我不知道，我们把有关孙道临的这三个小故事讲给大家，能不能对那些在拍这部戏时却在背着下一部戏的台词，以致把戏都给演串了的年轻演艺人员有所启发。现在的年轻人是幸福的。每年不光有上百部的电影在等着你，更有上万集的电视剧在等你去挑选，而且每集的片酬也都不菲。但是，你在拿到每一份片酬的时候，你觉得你认真对待你的角色了吗？你想到过观众就是你的衣食父母了吗？

如果你没想到，或者想到的不多，我劝你们学学孙道临同志。

艺多不压身哪！

2015年3月

关于侯宝林先生“打雪柳儿”的一桩公案

1995年，北京电视台为纪念侯宝林先生诞辰80周年，打算拍一部长篇电视连续剧《侯宝林》。特提前两年请人开始撰写剧本。提纲出来后，接连召开了几次研讨会，邀请在京的一些熟悉或专门研究侯宝林的人以及一些报刊记者、评论家和编导对该提纲进行讨论。本人也有幸参加了北京台召开的几次研讨会。

有一次我在会上曾披露侯先生当年为李陀、滕文骥先生撰写《侯宝林》电影剧本时，曾亲自为他们介绍资料。其时，讲到过一个小史料。即：他在儿时为糊口而被别人叫去给出殡的主家打雪柳儿（即执事当中的一种）。从嘉兴寺到阜成门外，刚好遇到国民政府给孙中山先生的送葬。我觉得这是一个很有意思的情节。既可以清楚地交代出时代背景，又可以用来展示老北京的民俗。最重要的是还可以让人联想到许多时代的变迁……

我们知道，给孙中山先生送葬是国葬，其规格在当时是六十四抬。那时，北京所有城门外都是有护城河的。而有护城河就必须有桥。那时的桥大部分都比较窄，六十四人过桥按正常抬法是肯定过不去的。按当年老北京的风俗来讲是很有意思的。不管路多窄，杠头有多多，抬灵柩的阵型不能乱。遇到这种情况，原来六十四抬本是若干根小杠呈十字状向四外辐射开去的。每当遇到桥或窄路时，所有的杠头就要停下来，原地踏步，响器也不能停，周边的杠头要把原来在杠子底下负重的小杠抽出来按卡当放到横在前面的杠子上以保持原来的位置。然后根据号令，把两手放到杠子上把自己吊起来，依照原来的阵型把灵柩抬过去。这样抬底座的人肯定负重很大。越靠两边的人肯定也就越轻，但也不容易，因为他要与前后或左右卡在一根杠子上的人保持平衡，还不能掉下去……这个场面是不曾在任何影视作品中表现过的，我建议放到剧本里去，这会给将来导演的发挥带来较大的余地。至少让现在的年轻人看了会感到很新鲜，知道历史上国葬出殡是这个样子的。

不料，我刚发完言，《北京日报》的记者彭俐先生便给否定了。看来他是个治学严谨且熟悉历史的人。他说："侯先生是1917年出生的，孙中山先生是1925年去世的。那时他才只有八岁，不大可能。而且侯先生说他打雪柳那年是1929年，也对不上号……"

当时，我一看彭俐先生把时间搞得这么准确，我又没有第一手材料，所以就没说话，也无法反驳，就过去了。

但这件事在我心里一直是件事。因为侯先生的记忆力之好是惊人的。他在为人处事方面的严谨和实事求是也是大家了解的。难道是他记错了或者说错了？因为我手头总有些破事、琐事，心里虽有疑惑，也没去认真考证过。

事有凑巧。今年，我为另一部电视剧剧本查阅资料，正好需要了解孙中山先生的一些相关资料。当我看到资料中明确写着："南京政府于1929年1月18日成立'总理奉安委员会'""通电全国一律下半旗志哀。""由商震将驻扎北平黄寺大楼河北军政学校第二期学员4000名学生组成护灵团，进行训练。""孙夫人于5月18日从苏联回国为先生祭灵。""5月23日举行公祭。""事前对孙中山先生的遗体进行了改殓，殓具为英国进口的铜棺。殓衣为民族服装。所遗遗物葬于碧云寺，为衣冠冢……"此时，侯先生已十二岁，事件与侯先生所说的时间和情况完全吻合。

现在看来，侯先生说的他打雪柳儿那天正好与孙中山先生送葬一说并没有错。只是他当时太小，不懂得"移灵"与"送葬"的区别。他成人后由于没有需求，也就没有必要对此进行严格的考证。再说，谈资料不是写专著，遣词造句显然不一定十分严谨，儿时有所见，也就脱口如实说了出来。其实，他所遇到的那次是为孙中山先生移灵，而不是送葬。而且我们都知道孙中山先生是葬在南京的中山陵的，怎么会出现在当时的北平呢？但侯先生的记忆却是没错的。

这个问题是解决了。但也许会有年轻人提出新的疑问：一头是从嘉兴寺到阜成门外，一头是从中山公园去碧云寺，他们怎么会遇到一起呢？

这就又涉及老北京的一些老讲究了。北京的城门很多，但却各有各的用处。抵御外敌入侵或平定地方叛乱，即便战事发生在南方，部队也要从京北的安定门出城。打了胜仗，班师回京不管是从哪里回来都必须从德胜门进城。碧云寺虽走西直门最近，但皇上在时喝的是北京玉泉山的水。所以西直门是专门用来走水的。出殡走这里显然多有不妥……也许有人又会问，清王朝不是被推翻了吗？是的。但历史常常是有惯性的。清王朝虽早已被推翻，但很多民风民俗却没有立即改变。所有过来人都知道，老北京的许多婚丧嫁娶的习俗一直延续到北京解放才渐渐改变和消失。况且为孙中山先生送葬，队伍中大人物那么多，加之送葬的队伍又那么庞大，路线怎么定那就要做更细致的考证了。幸好今年是辛亥百年，从电视上看纪录片，给孙中山移灵还安排了从几处繁华地区走过。其中就有西四牌楼。两支送葬的队伍遇到一起看来是一点没错了。

《侯宝林》这部电视连续剧，乃至电影，我相信是早晚要拍的。但该剧作者是谁，很重要！我觉得即使是在当今顶尖的金牌编剧里恐怕能拿下的也为数不多。要写侯先生除了在编剧艺术本身要有很高的造诣而外，还要懂京剧。而且不是假懂，是真懂。还要懂南北的戏曲和曲艺；除此之外还要懂中国的方言土语，懂老北京的天桥、鼓楼、护国寺、白塔寺和什刹海；更要懂老北京的民风和民俗，特别是围绕着侯先生一生走过的道路所概括出的那段中国社会的风云诡谲的历史和复杂的背景。试想一下：一个撂地的杂耍艺人，最后一步步可以走进中南海成为党和国家领导人的座上客，成为人大代表和政协委员，与政治家和各界的精英一起参政议政，这样一个起点和归宿反差如此之大的人物形象，其思想内涵将是多么的深邃和广阔啊！没有一定的功力，如何概括？

现在研究侯先生的人越来越多。他们几乎都是抱着极其虔诚的态度，说自己只是给其他研究者“提供一些素材”或“抛砖引玉”。这绝不是谦词。因为他们是深入到了这个领域之后才感悟到其中的博大精深！“侯学”之说也就因此而起。对这一提法，我感觉以我的学识和我对侯先生的了解是无法判断的。但我感到如果这些人不是对侯先生有深度了解，对这一形象的意义有深刻了解，他们是不可能随便提出这样一个字如千钧的词语的……

扯远了。本文其实想说的只是：侯先生当年说他打雪柳儿时遇到了给孙中山先生“送葬”的队伍，并没有错。只是“送葬”一词不准确，当为“移灵”。

2012年3月

谈侯宝林先生对电影事业的贡献

提起侯先生，人们往往认为，他仅仅是一位相声界乃至曲艺界的领军人物，是一位语言大师、幽默大师，等等。这些一点也不错。他在他终生所从事的相声领域里，的确做出了令人瞩目的成就和贡献。但他的成就和贡献却远不止此。他的勤奋和诲人不倦，使他的影响还深入到许多相关的领域。譬如：他对电影事业就做出过许多贡献。而且说起他与电影的关系，还是相当久远而深入的。但由于他的谦逊和不愿与人谈，他的这些贡献，有些甚至鲜为人知。作为一个影人，我以为把这些材料加以收集、整理，并发表出来，既是我们的义务，也是我们的责任。

侯先生与电影的关系和贡献，大致可以从以下几个方面来谈。

一、侯先生与电影的渊源

说起这一点，可以一直追溯到中国电影史的早期。据侯先生亲自口述的《侯宝林自传》讲，他在天桥撂地的时候，有个外国人对中国的民俗很感兴趣，到天桥去拍一部片名叫《世界各地》或者《世界见闻》之类的纪录片。他要拍张宝忠耍大刀，请侯先生的师傅拉京胡伴奏。他师傅拉的曲牌是《夜深沉》，侯先生打板……他说："我没看过这部影片……要是有人能找到这部影片，那就可以看到我那时候的'庐山真面目'了……"这段话看起来只是一桩小事，说的无非就是侯先生与电影的渊源比较早。但我们只要把事情往深里一想，却又很不寻常。他之所以在晚年写自传的时候，还能记得并把它写进去，绝非偶然！由此使我想起他对电影与相声相互关系的重视。比如：他对卓别林就很有研究。他经常对他的弟子和同行说"要学习卓别林"。他的有些段子甚至就是直接受到外国小说或笑话的启发创作而成的。说到这里，我们不妨顺便提及几句题外话。我曾和几位热衷于研究侯先生的人聊起过，总觉得侯先生在他后来的大半生中，在学习外国的问题上，始终有一个正确的态度：既不崇洋媚外，又不妄自菲薄，总把外来的东西当作可以攻玉的他山之石……这恐怕和他有着较为丰富的人生阅历，包括这次较早的涉外经验有关。试想，一个在天桥撂地的苦孩子，平时见的只是那些穷得掉渣，土得掉渣的破烂摊子和卖艺的穷苦艺人，冷不丁见了高鼻子、金发碧眼的洋人带了一大堆洋器材，拍的又是能在银幕上现出真人的电影，对他无疑会留下很深的印象。当他还在饥饿线上挣扎时，留在他脑海里的可能就是一种印象。但等到他的社会地位发生变化，有了一定社会和物质条件时，当年给他留下深刻印象的一瞥，就会像深埋在地下的一枚核弹，爆发出巨大无比的能量！——他不光对卓别林有着特殊的兴趣，而且还阅读了大量的外国名著特别是一些著名喜剧作家的作品。比如：阿里斯托芬、莎士比亚、莫里哀、果格利等。他不仅读，而且把从这些作品中汲取的营养用于他的相声的创作与表演中去。我想，这与他童年的这一瞥恐怕或多或少有些联系。这些虽是离开了侯宝林先生与电影的题外话，但从广泛的意义来讲，也许倒是在更深的意义和层面上切中了这个主题。

作者在侯宝林先生85周年冥诞纪念活动

二、侯先生参与演出的两部影片

侯先生与电影最为直接的联系，是他作为演员曾参与两部电影的拍摄。一部是《方珍珠》，一部是《游园惊梦》。在前者中，他扮演的是矛盾的主要对立面，一个思想落后的旧艺人白二立。在后者中，他扮演的是该剧主角，一个缺少公共道德，爱占小便宜的人。在这两部戏中，他都有尚佳的表现。《方珍珠》虽是一部正剧，但他演的就是一个相声演员，所以演起来非常得心应手。当时新中国刚刚成立，随着新政权带来的政治清明和百废待兴，到处都是一片新气象……但因缺少经验，在电影管理上曾一度出现过较为严重的“极左”倾向：把文艺与政治等量其观。而新中国的电影又刚刚起步，不论是从领导创作的角度，还是从电影理论的角度来讲，都是相当幼稚的。而侯先生在那样一个很难产生优秀作品的年代（有一度连通过一部影片都很困难），却能把他所扮演的角色演绎得十分准确、真实和生动活泼。这恐怕是和侯先生在内心深处自己琢磨出来的朴素的现实主义分不开的。当时他的文化程度并不高，但却有着丰富的艺术实践经验和生活阅历。加之他十分勤于学习，善于接受新事物，再凭着他的聪颖和“悟性”，很快就把他原有的朴素的现实主义与新中国成立后所倡导的社会主义现实主义结合了起来。所以，他第一次“触电”就获得了那样的成功是一点也不奇怪的。而后一部他演的是一部讽刺喜剧，其表演也是非常成功的。“拥挤”的票房就是最好的证明。但由于那个时代排斥喜剧，总以为讽刺只能对旧社会；在新中国搞讽刺，“你讽刺谁”？所以，该片虽有成功的票房，但却没有太多的评论见诸报纸杂志，即没产生其应有的轰动效应。这是那个时代的悲剧。那时，侯先生对相声乃至喜剧表演已经有了较为完备的理论观念，他的文化水平虽已有了很大提高，但由于时代的以及其他诸多因素，使得他的这种观念仍更多的是以实践的形式，而不是理论的形式表现出来。在这部影片中，他无论是在对人物的理解和处理上，还是在形体及语言的运用上，诸如：怎样进入？怎样铺垫？怎样甩包袱……都达到了较高水平。譬如：他不买票溜进公园和他违反公园的管理规定掉进虎山等段落的表演就堪称精粹。这里特别应当提及的是，谢添导演（在本片中署名编剧）为了拍这样一部观众喜闻乐见的影片，在“文化大革命”中受尽了批判与折磨。当时他在北影是有名的“救命导演”。说的是当时由于政治审查很难通过，一到年底厂里完不成生产任务时，汪洋厂长就要找谢添去应急，拍一部离政治较远的题材以渡难关。这部影片据说就是这样搞起来的。谢导是演员出身，对电影手法又玩儿得滚瓜烂熟，虽也有通过的剧本，但临场发挥的东西很多。这种拍摄方法现在已越来越被更多的导演所接受，但在当时却被认为是“创作态度不严肃”，是“拿胶片当稿纸”“挥霍国家财产”。其实这才是拍电影，尤其是拍喜剧电影最能出彩的一个重要的条件和氛围。我之所以在谈侯先生的时候，要说几句谢添导演，就是当时能像他这样拍戏的导演不是很多，有些人会，但不敢。而正是因为有谢添这样的导演，才会给侯先生以一种难得的机会发挥他和郭启儒这样的相声演员“现挂”的本领。我当时还没进北影厂，只是从后来“文化大革命”中的大字报上了解到以上一些情况。而这样的了解，我以为是不足为凭的。该片中肯定有许多侯先生即兴发挥的东西。不然，“文化大革命”中，北影的大字报上不可能把侯先生的大名和谢添导演一起以“牛鬼蛇神”的名义写进大字报，并打上大红叉。但究竟侯先生即兴的创作有多少，我觉得这倒是当时知情的人们应当做的一件带有抢救性质的大事。

最后我想说的是：不管当时整个社会对喜剧的认识还处于怎样初级的阶段，也不管当时对该片的评价如何，这两部影片都是，也将永远是我们今天研究侯先生在相声以及喜剧表演方面的珍贵的音像资料。从中我们可以捕捉到侯先生许多关于喜剧理论的观念和技巧，并收获很多有益的启示。换句话说就是，这两部影片既是侯先生对喜剧表演及相声的贡献，也是侯先生对电影的贡献。

三、侯先生与电影教育

乍一听，这个问题似乎与侯先生无关，但其实却关联甚大。侯先生不管是在相声领域里，还是以外，对培养后继人才一直是非常重视的。从他经常到高等院校讲课这一点我们就能看到，侯先生不仅是一位杰出的演员，更是一位对相声乃至艺术和整个文化事业有着强烈责任感的活动家。对他人生经历稍有了解的人都知道，他对培养新人的重视，几乎贯穿了他整个的后半生。

而他对电影方面培养新人所做的贡献却鲜为人知。连我这样一个1964年就从电影学院表演系毕业的老毕业生，而且本身就是侯先生这些活动的直接受益者，也是在参加了“纪念侯宝林诞辰85周年相声艺术国际研讨会”才知道，我们语言技巧课中许多传统说唱艺术的教材绝大部分都是侯先生提供的。其中有：岔曲、京韵大鼓、绕口令、北京琴书等。还包括诸如山东快书、天津时调和许多地方曲艺和地方戏曲等对锻炼演员语言技巧非常有用的段子……

侯先生作为一个局外人怎么忽然关心起电影教育问题来了？

这就得从中央戏剧学院创建之初说起了。在侯先生诞辰85周年的国际研讨会上，中戏教授贺健女士首次披露：在学院创建之初，还是欧阳予倩当院长时，年轻的贺健被分配到了该校表演系任台词课教员。她非常想把这一任务完成好，但只做过演员而没当过大学教员的她，一时不知如何入手。当她找了欧阳予倩院长后，欧阳予倩劝她去找找侯先生。就这样，她便与侯先生结下了长达几十年的深厚友谊。每遇问题，她就去向侯先生请教。而这时的侯先生已是国家一级演员，不仅在经济上彻底摆脱了贫困，而且也有了较高的社会地位。侯先生作为一个有心人这时已不再是文盲，而是一个有着一定文化修养的人了。这时的他，对贺健教学所起的作用丰富多了。既有实践方面的，也有理论的。最令人感动的是，侯先生自打一摆脱贫困，便对藏书产生了极大兴趣。当贺健女士找到他时，他便慷慨地把他收集的许多平时连他的儿女都不让看的书，无私地借给贺健女士带回家去看。从而使她的教学受到了很大帮助。而她从侯先生那里“趸”来的种种玩意儿，又通过研究艺术语言的会议或其他交流形式，流传到电影学院、北京艺术学院和解放军艺术学院等高等艺术院校……据一个非官方的粗略统计，这些艺术院校培养的大本毕业生目前已达到六万多人。再加上各个大专毕业生、职高毕业生和剧院自己培养的演员（他们也都或多或少地使用过侯先生给提供的教材），人数肯定早已超过十万！其中不少人，已经成为中国影坛乃至世界影坛上颇有影响的演员。我猜想，恐怕连侯先生自己也不曾想过，他当年为贺健女士提供的那些教材竟在我国培养一代又一代的影视人才方面起到了这么大的作用！我们说侯先生为我国电影（应该把电视也囊括其中）培养后继人才立下了千秋之功，当不是过誉之词！

四、侯先生在高等艺术院校讲授喜剧课程

侯先生对影视更为直接的一种影响就是他到许多高等艺术院校讲授喜剧的课程。前面我们已经提到：侯先生到高校讲课这类活动几乎贯穿了他整个的后半生。而他的这种活动，随着我国政治气候和他个人处境的变化，似乎有过两次高潮。第一次是六十年代初期。当时，由于国际和国内诸多因素曾一度使我国的国民经济受到严重挫折。为了度过困难时期，电视台曾一度经常搞“笑的晚会”。学校的教学也随着当时的需要，对喜剧的教学给予了较大的重视，纷纷邀请侯先生去讲课。他的影响也随着这种邀请深入到了正在就读电影的莘莘学子；第二次高潮则是出现在打倒“四人帮”之后，侯先生虽深知与观众非常想念他。他也曾高频率地在舞台上出现过。但在艺术上一贯严谨的他，很快发现岁月的蹉跎，使他已经不能“满宫满调”地给观众演出了，于是便急流勇退，去为相声作史和进行理论总结了。恰在这时，又逢北大请他去做语言学教授，他的教学活动就较之以往增加了许多，直至病倒。这时的他已今非昔比，多年的勤奋学习和笔耕，艺术上的反复锤炼，使他早已从一个街头艺人变成了一个学者型的演员。这时他不仅能讲课，能著书立说，而且还能带研究生了……而这两次高潮的形成，都对影人在喜剧方面的创作和研究产生过巨大的影响。

五、侯先生在民俗学和市井文化方面的研究对电影的影响

我们知道，拍电影常常离不开对民俗学和市井文化的表现。特别是拍老北京的东西，更离不开。比如：根据老舍先生的原作改编而成的《茶馆》和《骆驼祥子》等影

片，如果离开了那些极具地方色彩的民俗和市井文化的展示，这些影片的品位一定会大打折扣。而侯先生对北京地方的风土人情的了解，可以说是十分深入而且细致的。大凡研究过侯先生作品的人都知道，在侯先生的相声里几乎时时处处都充满着民俗学和市井文化方面的内容。由于他在使用这些内容时都把它变成了笑料，所以许多人常常以为那只是侯先生的一种创造，是“瞎编的”。其实不然。侯先生相声里涉及的这些民俗学和市井文化的东西不仅都是从生活中来的，而且十分准确。这便使影人在编剧和导演时，多了一份教材。这种教材不仅对我们这些算是他的晚辈的人产生过巨大影响，就是对像凌子风这样与他同时代的大导演也产生过很大影响。譬如：在拍电影《骆驼祥子》时，凌老就曾请侯先生到摄制组做语言顾问。开始他答应了。但后来他又因觉得老舍先生是语言大师，又在中华人民共和国成立初期相声事业出现危机时救过相声；是自己和相声界同仁的恩人，怕不胜任又坚决辞去了这一职务。但就这样还是无偿地为剧组做了很多工作。比如，剧中孙侦探的发式原本是分头。侯老看了以后说这个发式不对。当时这种人的打扮是有讲究的，叫“温足亮顶”。所谓“温足”，就是不管什么时候，他们脚上穿的鞋都必须让脚是暖和的。（好像叫鱼鳞毛窝）因为他们随时都可能打架出脚，不然是很难踢人的。所谓“亮顶”就是这种人一年四季留的都是光头。目的是在出手时不能让对方薅到自己的头发，以免吃亏……凌导就是在听了侯先生这个意见后，将这场戏重拍了一遍。把孙侦探的发式从分头改成光头了。还有许多人走路和说话鞠躬作揖的姿态，他都学给了当时在场的人看。这虽只是一些小例子，但从这里我们可以看出侯先生对老北京民俗和市井文化的了解之深。他对《骆驼祥子》的影响只是非常直接的一种影响，而他对我们这些晚他一辈的影人影响就更大了。对我们后来人来说，侯先生的作品不仅是喜剧教材、幽默教材，同时也是民俗学和市井文化方面的教材。我们每每遇到此类问题，就常常请教侯先生的作品。而每次的这种请教，都很少令我们失望。我希望哪位研究者能将侯先生相声中有关民俗和市井文化的段落摘出来，使之成为民俗学和市井文化的一种教材。我相信他的作品在这方面可供挖掘的财富，应当并不比金受申、金寄水、殷继明诸位先生差。我期望着专门研究老北京民俗学的有识之士尽早把这一期盼变为现实。

2006年3月

侯宝林先生二三事

参加完侯耀文追悼会没几天，又收到侯宝林先生的爱女侯鑫女士的短信。她说，今年是侯宝林先生九十寿辰，打算为其父出一本书…… 我真不知在冥冥之中，老天是怎么安排的！好在侯老先生的寿辰是冥寿，耀文的匆匆西归莫不就是为了去关照老爷子？嗨！不管从哪个角度说，出这样一本书都是很有意义的。应该支持。为了纪念侯先生的九十寿辰，也为了寄托对耀文的哀思，我以为还是做一点实事为好。是为此文。

一

侯先生生前，我同他的接触一共只有三次。第一次是“文化大革命”前，我在北京电影学院上学时，听过先生一堂课。那是一堂至今还历历在目，难以忘怀的相声讲座。那时，我只是坐在下面听他讲课的学生。严格地说，还算不上是什么接触。第二次是20年后在北影的小放映间。那天开会的内容非常简单，就是大家见见面，座谈一下，然后观赏一部老舍先生的影片。当时，侯先生刚刚接受了北京大学的聘书，任语言文学客座教授。我自幼喜欢相声，所以一见侯先生来了，就赶紧凑了过去，并向他表示祝贺。他的回答也很俏皮。他说：“这只能说是件新鲜事儿。不过，对我总结和写书有帮助。 这就像上了套的骡子，你不往前走也不成了……”待到关于《骆驼祥子》的座谈开始，侯先生发言了，他让我认识了一个与我想象中完全不同的侯宝林。在此之前，各种报刊上讲的侯先生往往都是一个街头艺人，如何经过种种酸甜苦辣和努力，最终成为一个相声艺术大师的。在那个年代，这种宣传还多带“忆苦思甜”的色彩。 因而绝少有人提及侯先生的读书生活和他的广泛涉猎。但在这次座谈会上我见到的侯先生却是一个很有文学见地，而且涉猎广泛的侯先生。他对《骆驼祥子》可以说是熟透了，他与凌子风导演谈起祥子和虎妞，简直就像在说一个和他们相识多年的老街坊或老朋友。连这两个人物该在什么场合活动，吃什么小吃，花几个大子儿都熟知能祥…… 不仅如此，说起老舍先生的作品，侯先生竟如数家珍，篇篇都有很深的印象。当时，我正在给凌导改编《月牙儿》，可以说整天都生活在老舍的作品当中，我竟然不知道《老张的哲学》是老舍先生的处女作，而且是从伦敦寄回国来发表的。是侯先生说起，我才知道和记住的。

作者在侯宝林先生85周年冥诞纪念活动中与侯先生的爱女侯鑫（左）与到会的画家欣赏侯先生的粉丝送给侯先生的画作

第三次见到侯先生是在中影公司。即“文化大革命”前北京电影学院的小礼堂。这次活动的内容，还是看老舍的影片。那天，侯先生来得很早。凌导还没到，我怕冷落了先生，就主动坐在了他的身边。我问他：“您还记得您在这儿给我们讲过课吗？”他用眼仔细看了一会儿台上说：“不记得了！ 我去过的场子太多，记不得了……”我说：“您那次真把人逗坏了！”我因当年学的是表演，说话有爱模仿的习惯，就学着先生那种既高且亮的嗓门儿，讲起当年的盛况来：“这相声，讲的就是说、学、逗、唱。这要论‘说’，谁说得最好？您问问北京的曲艺界——侯宝林！这要论‘学’谁学得最好？ 您问问北京的曲艺界——侯宝林……”不想，我还没说完，侯先生竟把我的意思弄拧了。他说：“不会吧！我怎么能这样儿说呢？这也不实事求是呀！不会！”先生说时，声音不高，也没急，但眼里却鲜明地流露出充满克制的蕴怒。我这才告诉先生：“不！这是您在给我们讲相声的讽刺功能时举的例子，意思是形容一个人的自高自大。”侯先生听了，脸上才又重新浮现出平日常有的那种谦逊的笑：“噢！那可能是我的现挂。这是我们的行话，意思就是临时抓的词儿。讲讽刺说别人不好，只好自个儿说自个儿。不过，我记不得了。”

侯先生的那次讲课恐怕是“文化大革命”前电影学院客座教师“上座儿”最多的一次了。

那是1961年，为渡过经济困难，电视台经常搞“笑的晚会”。学校也要求我们表演系的学生学说相声和编写喜剧小品。侯先生就是在这样一种背景下，应邀到我们学校去讲课的。在此前，学校曾请一位著名画家讲课，因事前考虑不周，将讲课地点安排在了这间小礼堂。结果，全美术系的同学虽悉数到齐了，但小礼堂仍显得很空荡。弄得那位画家不太高兴。所以这次请侯先生来，便接受了上次的教训。除要求表演系同学都必须来外，还通知了导演系也必须都来。但就这样，也只坐满了小半场。然而，侯先生大约对艺术院校学生人数较少很了解，所以一点没以为意。讲课时，仍像平时在舞台上一样充满了激情。但是，他讲了大约不到一小时，情况就发生了变化。先是美术系的同学得知侯宝林来讲课，纷纷向老师请求来听课。接着摄影系也提出了同样的要求。美术和摄影虽与表演无关，但毕竟属于艺术门类。前来听侯先生讲课，说勉强，也不勉强。又过了一会儿，工程系录音、化工、机械三个专业的同学也来了。这就有点离谱了。其实，与其说是学生想来，不如说是老师也想来，所以才有这样的结果——整个小礼堂就像平日看电影一样，坐了个满满腾腾。相声与侯先生的魅力由此可见一斑。

侯先生讲课与别人不同。他不是讲完一个观点，而后没完没了地做推理和论证。他讲课也有论点。但每个论点都很短，一般就是他们行里的一句术语，甚至就是一个词儿。然后就对与他同来的郭启儒先生说："咱们来一段儿，给他们说说……"所以，整堂课几乎就是一次用演讲串起来的相声经典大荟萃。整整四个小时，全场一直笑声不断。那天，侯先生显然是经过精心准备的。他每讲一段，就要翻开他带来的小本子看一看，然后把每个段子之前那些铺垫都十分精练地说一下。等到该举例的时候，就用他和郭启儒先生的表演来完成。那天，他涉及的段子有《关公战秦琼》《改行》《戏剧与方言》《戏剧杂谈》《夜行记》等。还有一些可以很好地说明相声的规律，但并不完整的段落，也给我们留下了很深的印象。比如，他讲："喜剧有个规律，就是你把生活里正常的逻辑倒过来，观众就得笑。比方说你卖萝卜，叫唤'萝卜赛梨——辣了换！'谁也不笑。你要吆喝成'梨赛萝卜——甜了换！'观众就笑了。卖白薯都说，'我的白薯赛栗子'。没有一个卖栗子的说'我的栗子赛白薯'的……""另外，巧，巧到出奇，也可致人发笑。比如卖豌豆……"他学道："'豌豆哩，多给！多给哩豌豆！哎，赛过栗瓤儿——！'你的柳活儿再好，学得再像，观众也不乐。但你要说它是音乐，观众就乐了。为什么说它是音乐呢？您听它的曲子是不是'223-223-12332-16122——'这就是巧。其实这叫卖声谁都熟悉，但你就是没想到它是音乐。我这么一说，观众就乐了。”……我们这样聊了一会儿，侯先生忽然说：“我好像有点儿想起来了，我是到电影学院讲过一回课……”

在《骆驼祥子》已拍了不少镜头后，有一天看样片。凌导又派车把侯先生接来了。看完样片，他却表示他要辞去该片语言顾问的职务。并且带来了几条意见。我印象最深的就是孙侦探逼祥子把闷葫芦罐儿拿出来买条命的一场戏。他说，像孙侦探那种人是不可能留分头的。用他们的话讲，叫“温足亮顶”。“温足”说的是他们这些人一年到头，特别是冬天，脚上一定得穿得暖和。这样打架、抓人的时候，好出脚。“亮顶”，指的是他们这行全是秃子，主要是怕出手的时候让人薅住头发……凌导听了这个意见后就把这场戏全部重拍了一遍……但遗憾的是，侯先生不管凌导怎么坚持，侯先生还是把做该片语言顾问一事辞了。就他与凌导两人有点近乎急赤白脸争论此事中，我似乎听出了一点门道。侯先生的坚辞不就，好像有两个原因。一个是他正在写书，很忙。他不愿做那种“不干活就打名儿的事儿……”（其实，在此之前，他已干了不少“活儿”）另外，就是出于他对老舍先生的尊敬。他说：“老舍那是我的老师！”听他说，我才知道，好像在新中国成立初期，北京市政府为了净化相声，曾请老舍先生关心过一段相声。侯先生与老舍有过一段较长的接触，因而对老舍先生充满了尊敬之情。一个已在曲艺界堪称泰斗的人，却仍时时把自己当作一个学生，这实在太令人敬佩了！

二

春节拜年是北京人的老礼儿。但在侯先生的研讨会上人们却一再提到侯先生拜年的故事。而且这些故事个个都十分感人。人们之所以一再提到他的拜年，我想正是从这一个侧面可以更好地反映出他的崇高人品吧。

中央戏剧学院教授贺健女士说，她在教学中每有困难就去找侯先生，而侯先生每次都是热情接待，并使她的教学取得不小的成绩。当时人与人之间的关系是从不讲究请客送礼的。为报答侯先生，她想到了拜年。但是，她却不曾想到，她接连好几年前去拜年，竟没有一次见到过侯先生！每次她去，侯先生的家里人的回答总是：他给别人拜年去了！她一年比一年早，最后也没有给他拜上一次年……这成了她终生的一大遗憾。

侯先生究竟是去了哪里？又是给谁去拜年了呢？

全是他的恩人。

这第一个要说到的，就是老舍先生了。

在侯先生一生中视为恩人的人中，首推老舍。说到这里，就涉及侯先生的创作活动了。新中国成立之初，那是一个翻天覆地、百废待兴的伟大时代。但正如大家所熟知的一样，当时我们党在领导文艺方面的经验尚不十分成熟。“极左”的东西基本在左右着文艺活动的方向。相声就是在那样一种背景下，遇到了一次不应遇到的大劫难。

有一次，曲艺工作者下工厂为工人演出，但在演出中，有两位相声演员虽然热情很高，但却拿不出新段子。结果在说老段子时，因其中有一些“我是你老子，你是我儿子”之类互相占便宜的语言，让工人群众很反感，当场便把两个演员轰了下来。这件事在当时文艺界领导层中引起了极大关注。最后竟说：“相声是以讽刺为主的艺术形式。现在是新中国了，你要讽刺，讽刺谁呢？”因而得出结论：“相声不适合新社会文艺发展的需要。”将这门艺术取缔了。这一来不要紧，一下使得许多专靠在天桥、西单或鼓楼等地撂地卖艺的相声艺人没了饭碗。严重时，有些艺人已经到了饿肚子的程度。为挽救相声于危难，以孙玉奎、侯宝林、罗荣寿等几位艺人为首，成立了北京相声改进小组。这个小组一成立，第一项任务就是怎样创作符合新社会需要的新段子。然而，当时的相声艺人大多没有文化，让他们创作新段子自然困难。为此，他们想到了老舍。不过，他们又怕老舍不同意。因为老舍早已是全国知名的大作家，“他会帮我们写相声吗”？最后，他们是抱着“试试看”的态度找到了他。据现代文学馆馆长舒乙讲，当时老舍先生刚刚应周总理之邀从美国回来，住在北京饭店。侯先生见到他后，讲了相声界当时的困难处境。老舍先生马上就答应了。谈话中，还以自己抗战时在重庆不光写过相声，还说过相声为例，认为相声应该存在下去。侯先生等听了非常高兴。问老舍先生能否给他们写几个段子，老舍先生当即慨然应允。只要求他们挑几个老段子给他“参考参考”。就这样，几天以后，老舍先生就为他们改编出了《菜单子》《文章会》等几个新段子。相声改进小组经过认真的排练，终于在西单游艺社演出了。那天，特别隆重。当时文化部的主要负责同志几乎都来了。看过他们的表演后很兴奋。这才又收回成命，允许相声继续演出了。相声救活后，老舍先生除给他们提出希望，让他们努力学文化外，还进一步建议为提高相声的品味，将吴晓铃、罗常培两位对曲艺有研究的学者介绍给了他们。侯先生对这一建议十分重视。自打见过一面后，便“黏”上了他们，长年向他们虚心求教。而这两位学者，在后来，甚至可以说整个后半生都与侯先生一道，长期地，而且是一贯地，倾心关注相声艺术的发展，并与侯先生成了莫逆之交。侯先生对能结识这样两位学者高师也深感荣幸，并对给他们牵线的老舍先生也念念不忘。侯先生之所以每年必去给老舍先生拜年，而且要行跪地三叩首的大礼，除因为当年老舍先生在救活相声方面给他们帮过大忙，恐怕给他介绍了吴、常两位大师、学者也是原因之一。对侯先生的大礼，老舍先生自然不能消受，所以年年都要上前用力搀扶，但每回都未曾扭过侯先生的一片诚意。

而吴晓铃、罗常培也是他年年必然要去拜年的对象之一。

侯先生除给老舍、吴晓铃、罗常培这些大人物拜年而外，每年必去拜年的还有一些普通人。而这里我们最想提及的则是马三姐和晁师傅这两位普通人。他们可以说普通得不能再普通了。但侯先生却几十年如一日，年年去给他们拜年。而且每次去都要在经济上给他们一些接济。

何故？

说起来原因很简单。那就是在新中国成立前，侯先生正处于啼饥号寒的境遇时，他们曾给予过他以无私的帮助。侯先生在他的自传中说，他在鼓楼卖艺时，年龄尚小，常常说一天相声，挣的钱只够吃饭，而没钱住店。他只好到处“借宿儿”。即在收场子的时候，帮人家叠叠戏棚子。等睡时，把叠好的戏棚子往三条板凳上一搁，钻到里边儿就解决了睡的问题。这一招儿对付夏天还好办，可一到冬天就不灵了。戏棚子太薄，只能去租棉被。他挣的钱少，常常老欠着租被子的钱。那家人姓马，是回民。他一没钱住店，就去找马家租被子。时间一长，欠的被钱就多了。那位被他称为“三姐”的人，见他人小，又守信用，常常就背着她爹把侯先生的被子钱免了：“我爹要问，你就说给我了！”年幼的侯先生一直心存感激。这件事说起来不大，但侯先生却终生不忘。对晁师傅也是一样。晁师傅对侯先生的帮助用现在的眼光来说，就更小了。他就是每天晚上散了场，都到晁师傅那儿去买“两面焦”。所谓“两面焦”，就是用棒子面或小米面烙的饼子。当时侯先生虽然个子不大，但肚子油水儿少，吃得特别多。他要在晁师傅那里买着吃，就只能买四个，吃不饱。晁师傅就让他敲面铺的门买一点面回来，给他用剩火烙。这样，他就能吃五个，可以吃饱。侯先生对此也是终生不忘！“没有这些人，哪儿有我侯宝林呢？”所以，侯先生在给一些诸如老舍等曾为救活相声作过贡献的人拜年而外，就是给像马三姐和晁师傅这样的人去拜年。对此，曾有人说他这是“四旧”。但侯先生从不这样认为。他在自传中说：“我没念过书，没有从书本上学来的什么‘无产阶级道德’之类的学问。但我从戏词里和老百姓的谈话里知道‘受人家滴水之恩，就当涌泉相报’这些朴素的道理。我觉得做人就应当这样，我就这样去做……”从而，使他不仅没受“四人帮”那套歪理的影响，反而一直这样坚持做了下去……直到他自己挨斗时，仍一直坚持给这些人拜年和在经济上接济他们。有些人生活好了，像晁师傅，觉得到酒铺喝二两就是他晚年的幸福。他就陪他去喝二两。对马三姐也是这样。经济上不需要帮助了，那就过年去看看她。一个人对过去帮助过自己的人，给予一些报答并不难。但年年如此，终生不忘，这就不仅是个简单的知恩图报的问题，而是在做人上的崇高境界了。而侯先生就是一个具有这样境界的人。另外，相声界乃至曲艺界曾受过他无私接济的人就更多了。侯先生是一级演员，这在当时收入应该说是很高的了。但据耀文和侯鑫说，他们小时侯生活并不富裕。侯鑫是侯先生唯一的爱女，但却从来没穿过新衣裳，全是穿的耀文小了的旧衣裳。直到很大了，她都没穿过裙子。但在接济别人时，侯先生却从不吝惜。先生在世时曾有人撰文褒扬过他的这种品质。但他对此却谦逊地说：“这不是我一个人如此，大凡从旧社会走过来的艺人很多都是这样的。这是旧社会给我们逼出来的。我们不那样互相帮衬，就活不下去……”我以为，他最终能够成为相声界的一代宗师和领军人物，除了他本人具有天才和勤奋这些条件而外，那就是他的人品了。否则，他断乎是不会能有这样崇高的威望的。

侯宝林先生的人品永远是我们学习的榜样。他说观众永远是他的衣食父母，而观众，则永远认为他是人民所喜爱的优秀演员。

今年是侯先生九十大寿。他虽然已离开我们14年了，但他却依然而且永远活在人民的心中……

2007年10月11日

侯宝林先生与粮食

春节期间，我在京剧院工作的一个朋友来访。他正好刚看完我在《光明日报》上发表的文章《侯宝林拜大年》，话题不免就围绕着侯先生的人品艺品而展开了。其间，那位朋友向我讲述了一件侯先生的旧事。即在侯先生最后的时日里，他曾去看望侯先生。那天，侯先生的家人都在。闲谈中，不知谁忽然讲起家里有一袋子米忘了吹风而长虫了。侯先生听后非常生气。其心疼之状，俨若一个饿汉。事实上，这时他已做了全胃切除的手术，据说没有胃的人与正常人是不一样的。主要区别就是没有饥饿感。然而，他对此还是不能容忍，斥责孩子们："你们就是不知道心疼东西，不知道珍惜农民的劳动……"

事后，我打电话给侯先生的女儿侯鑫，向她求证是否确有此事。她说有。并告诉我她爸爸从小常挨饿，所以对粮食特别珍惜。后来又到农村参加过劳动，亲眼看到和亲身体验过生产粮食的艰辛。这就使他的这种品质变得更加自觉了……说到这里，她又向我讲了另外一件事。她说，她爸爸不仅对粮食格外珍惜，对其他东西也是一样。她举例说，她初中毕业，考上了××中学。那是一所很好的学校。所以，就向父亲提出一个在一般像她那么大的孩子很平常的要求：买一个适合中学生用的新书包……她本以为这样一个很小的要求，爸爸一定会同意。没想到爸爸却让她用三哥耀文的旧书包，因为这年耀文考上了铁路文工团，不再需要书包了。当时她很委屈，她考上了那么好的学校，为什么连个新书包都不给买呢？然而，她知道，这种问题在爸爸那里是没商量的。她只好不再提及了。她还讲起了另外一件事。她说："这事儿我说了您可能不信，我是一个女孩子，而且爸爸妈妈非常疼爱我，可我从小穿的都是哥哥们穿小了，剩下的男孩子衣裳。为这我经常被人讥笑是个假小子……"

侯先生是中国的第一批老一级演员。按理，他的家庭条件应当是相当富裕的。但为什么连给爱女买个新书包都不肯呢？侯鑫只简约地告诉我：是他节俭惯了。其实，

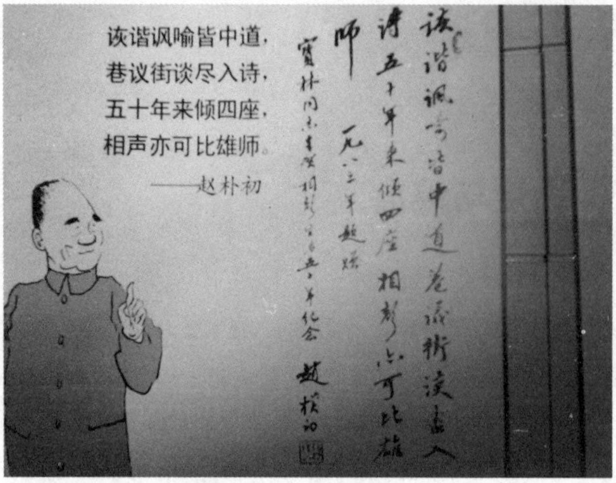

赵朴初题诗及侯宝林先生漫画像

事实也并非完全如此。后来，也是在这个春节，我给我的一个叫李慧颖的老师打电话拜年。闲谈中，又提起了侯先生这些往事。没想到我虽然早就知道李老师的老伴儿在京剧院工作，却不知他也是侯先生的老朋友。李老师说她听她老伴儿讲，侯先生当时收入虽然很高，但他长期主动接济的人太多了。所以才搞得他的家境并不富裕。李老师对侯先生的崇敬从话筒里也传递了过来……这件事更增加了我对侯先生的探索热情。为此，我又打电话给侯鑫，她说，这些都是事实。但她却很低调地解释说："这并不说明我父亲比别人高尚。这些事过去在演艺界很平常，因为那时的艺人在那个社会里是弱势群体，不这样互相帮衬着就混不下去！……"这不禁使我想到侯先生在他的自传里讲的"借场子"的故事。当时，在撂地的艺人中有一个不成文的规矩。即当天谁有困难，过不去了，只要找有场子的人说声："辛苦了！待会儿我说一个！"场子里的人没有不同意的。而且，需要逗的帮他逗；需要捧的给他捧；完了还帮他敛钱，敛好后还全数交给他，主人一文不留……在我曾读过的有关侯先生的纪念文章中，许多人都专门谈到过他的"仗义疏财"和"乐善好施"。然而我是在这回才知道，侯先生对他人的接济、帮助全是靠他的"心疼东西"和苦自己、苦儿女积攒下来的。而这种品质竟一直坚持到他生命的最后一息！他不仅自己这样做，而且要求子女也这样做。这不禁又使我联想起侯耀华写的那本《倒霉必读》。书中他以感激的心情讲到父亲对他的教诲：珍惜粮食。他说："熟悉我的人都知道，我这人不管在哪儿，也不管什么场合，我吃饭时，碗里从不剩一个饭粒儿……"一个公众人物在他写的关于自己的书里敢于这样说，我想他肯定也就是这样做的。不然，岂不是给自己找麻烦？我们在由侯先生的节约粮食引申开去，探索他的"仗义疏财"和"乐善好施"这一性格的闪光点时，又让我们了解到他的另一个闪光点，那就是他的严格的家教！

说到这里，一种痛心之感让我想起当今几乎每天都会在大小饭馆里看到的一幕：

整盘子整碗的饭菜，甚至是高级菜肴被扔掉的现象……我们国家是富裕多了，但毕竟还是发展中国家。许多偏远地区刚刚解决温饱。许多学龄儿童还上不起学。倘不这样浪费，我们不是可以实实在在地帮助许多还在贫困线上挣扎的人吗？……在许多发达国家，很难见到饭馆里随意浪费的现象。我访美期间，曾受同学之邀，到饭馆就餐。不论是高级酒店，还是普通餐馆，每当你就餐完毕，饭馆侍者一定会给你拿出一套一次性打包用的盒子，把剩菜剩饭装好让你带走。在那里不光有装剩菜剩饭的打包盒，而且还有一次性用来盛汤的"设备"——有盖子，并保证不会撒出来的汤罐儿！在那里不是你需要打包才给你打包，而是必须打。不光剩菜要打包，连剩汤也必须打包带走！这使我大为惊异。我不知道他们是用法律？道德？还是什么其他方法来约束顾客，使顾客对粮食菜蔬的珍惜达到这样一种水平的！总之，在那里浪费被视为不文明的表现。这是我在去美国之前完全不曾想到过的。我们中华民族是一个崇尚节俭的民族。为什么刚刚富裕起来，就把那样好的品质全丢掉了呢？

我之所以要把侯先生的这个故事写出来，就是针对当前社会上那些令人难以容忍的浪费现象由衷想说的一句久蓄于心的话：我们都应该向侯宝林先生学习，珍惜粮食！珍惜农民的劳动！

2012年8月

写喜剧，学侯公

——试论侯宝林先生的作品对影视喜剧的影响

这篇文章原本应该是我为《电影艺术》写的《侯宝林与电影》中的一节，而且是重要的一节。讲的是侯先生对电影创作的直接或间接的影响，是研究“侯先生与电影”不可或缺的一部分。作为影视编导，我十分喜爱相声。这种偏爱可能使我成了受益最多的一个。特别是近年转向电视连续剧的创作后，兴趣又主要是在喜剧方面。在同行中一块儿谈论喜剧创作时，总要时不时地提到侯宝林先生和他的相声。也许有人会问，一个影视编导在遇到困难时不在影视作品或电影本体论中去寻求解决，却去研究相声和侯宝林岂不是舍近求远？这就与我们成长的年代分不开了。因为在“极左”思潮长期统治文坛时，喜剧因其以讽刺为主要手段，很难得到发展。几乎没有太多成功的范例。向相声学习实际上是我们不得不做出的一种无奈的选择。直到“极左”思潮彻底结束，新的时代造就了以冯小刚为代表的一些中青年喜剧导演后，情况才有了较大改观。我们“写喜剧，学侯公”似乎就是从那时开始的。另外，相声篇幅短小，遇到问题，作为一种寻求借鉴的方式来得比较容易、便捷，这或许也是原因之一。倘我们把在创作中与侯先生这种不是师生的师承关系，以实例的方式写进文章就显得更为重要。如果没了这些实例，就像剧本没有高潮一样，很煞风景。但无奈当时来不及和相关人士商量，只好作罢。幸好，曲艺家协会在为侯公诞辰九十周年，适逢毛主席《在延安文艺座谈会上的讲话》66周年召开座谈会，拟将有关发言结集成册。这使我忽然想到，我何不把自己受侯公影响写出的喜剧段落作为例子写出来呢？这样不就可以弥补这一缺憾了吗？

于是就诞生了这篇文章。

我们知道，相声艺术由于历史的关系，在理论方面起步较晚。而且相声的理论形式也比较简单，甚至粗糙。它的实用性虽无可置疑，但往往带有鲜明的地摊文学的色彩。侯先生是相声的史与论的拓荒者。从20世纪70年代末80年代初开始，他感到自己已不能满宫满调为观众演出后，便把自己的主要精力和时间从舞台转向了案头，开始了对相声的史与论的拓荒。使相声理论彻底摆脱了地摊文学的粗糙，开始步入美学的殿堂，并搞出了一系列成果。但真正把相声艺术的经验与理论提高到美学的高度来加以概括并形成气候，似乎还是近年来一些既热爱相声事业，又有研究能力的年轻人接续侯先生的研究搞起来的。这是一个令人欣慰和深受鼓舞的事。

喜剧有多种样式。如结构喜剧、性格喜剧、生活喜剧、动作喜剧、轻喜剧、肥皂剧、悲喜剧、无厘头喜剧、闹剧、滑稽剧，等等，还有一些互相渗透，不拘一格的喜剧，名目繁多，难以尽数。[1]喜剧既是戏剧门类中的一个特殊剧种，它对整体结构的要求，对性格的塑造（乃至对情节、语言、细节、场景、化装、服装、道具等），都有特殊的要求。因此写喜剧，也就离不开以上所说的一切手段……这些东西表面看来全是一些纯粹的喜剧因素，似乎与相声无关。但只要你深入到相声领域的深处，特别是深入到侯先生的作品以后，就会发现，所有这些元素在他的相声里都存在，而且很丰富。我在写喜剧时，几乎不曾离开过侯先生的相声。对他的相声，我有一种手捧宝典，每遇难题就能从中汲取到灵感和营养的感觉。这种影响有时是有形的，有时是无形的。无形的一句话就可以说清楚：他培养了我的幽默感和喜剧想象。而有形的影响则须举例展开说明了。在这篇文章里，我想把侯先生的相声所涉及的各种喜剧因素与影视舞台喜剧的关系，以及他对我们个人创作的影响做一番梳理。我想，这既是对自己创作的一种总结，也是对侯先生的最好纪念。

我们知道，写正剧本就很难，写喜剧就更难。

我们夫妇在写喜剧时，习惯不同。每当我们被卡住时，我就要躺在床上听侯先生的相声。而她则是没完没了地看光盘。这样做，无论是她还是我，既是休息，也是学习。每当谁受到启发，有了想法时，我们就会中断这种"休息和学习"，重新坐到一起进入创作。

由于我在创作上受侯先生的影响主要是他的作品，所以本文不想过多涉及相声的理论。即使涉及，也都是在侯先生的作品里所提到的一些理论元素。但绝不展开，以免班

---

[1] 我这里没有说"情景喜剧"，因为在我接触的所有喜剧理论里似乎并没有这样一个提法。但时下这一提法却早已成了约定俗成的说法。其实，人们常说的所谓"情景喜剧"是很不科学的。高级一点的本应称为"结构喜剧"，通俗一些的实际就是外国早已有的肥皂剧。故没有提及。

门弄斧。这里更多论及的还是侯先生对我们影视人在喜剧创作方面的一些直接影响。

下面我想从侯先生涉及的一些喜剧样式和构成说起。

一、关于喜剧的结构和结构喜剧

我在一篇论及喜剧的文章里，说到结构我首先要提到的就是侯先生的《关公战秦琼》。因为它从构思时就是以结构作为主要手段为后面的喜剧情境做铺垫的。这个段子喜剧的源头是韩复榘的父亲。他不懂京剧却又“瞎指挥”，仅因关公是山西人就说：“他是阎锡山的队伍……”要求演员演一出关公与山东好汉秦琼打一仗的戏，看看谁厉害。这一来，一个汉朝人和一个唐朝人的滑稽较量便被迫展开了。喜剧也由此而生。后面一连串的喜剧情节也就在滚动中产生了：“你在唐朝我在汉，我俩打仗为哪般？”——演员为此生气而发出了一声：“嗨！……”这就等于叫板——于是，打鼓的、拉琴的都在被动中发现：“还有我事儿哪？”——最后又回到演员：琴拉起来了，按规矩就必须唱，于是只好现编现唱，台上一片混乱……一连串令人捧腹的事便接踵出现了。这个例子我之所以在各种场合一再提到，就是因为它是一种在我们业内被称为比较高级的喜剧样式，即结构喜剧。

《改行》也是如此。作品从帝制时代皇上死后“国服”期间，举国上下禁止娱乐而引出吃开口饭的人被迫改行为依据讲了三个人的故事。一个是唱老旦的龚云甫改行卖菜；一个是唱京韵大鼓的刘宝全改行卖早点；一个是唱花脸的金少山改行卖西瓜……身为艺人，他们如何会做买卖呢？喜剧的情景就也随之造成了。他们如何卖自然就成了观众关心的焦点。三个不会做买卖的人却不得不做，其过程势必十分滑稽。而且侯先生都是以其漂亮的柳活儿[1]和丰富的细节和语言展现出来的，令人喷饭。结局更可以想象：一个把好不容易等来的开张买卖叫黄了；一个把砂锅打漏了；一个拿着菜刀大叫“你们吃呀！”把围观的人们全吓跑了……戏剧的规律总离不开“情理之中，意料之外”。而喜剧则要求更多一层。即它需要“超乎寻常的情理之中，意料之外”……这个段子之所以能产生如此强烈的喜剧效果，道理正在这里。（还要顺便说几句的是：这里的笑不是一般给人带来那种开心的笑，开怀的笑，而是一种让人辛酸的笑，很深刻。是相声中颇为难得的一个段子。）

[1] 相声术语，指学唱各种地方戏曲和歌曲。

对以上的喜剧规律，侯先生运用得十分自觉。他在相声《规矩套子》里使的垫话儿[1]就是证明。他用语简单，就是“违反规律就可乐”一句话。然而，他真实的含义只有看了他的举例才能了解清楚。即“某人在A环境里做某事，因为与环境协调，所以一点儿也不可乐。假如你把他放进了B环境里，一下就变可乐了。”（大意）当然，用这样简单的话语，显然不能详尽地去阐述一个美学问题。但我们只要把这句话适当展开，它不仅具备一定的理论形式，而且还包含着丰富的理论含义。

他的例子说得很清楚：一个人穿游泳衣在游泳池出现，一点也不可乐。如果把他放到公众场合，就可乐了。这种不协调如放在故事开头，势必形成一定的喜剧倾斜。而这种倾斜在戏剧理论中即是人们常说的“悬念的提出、转换和传递”。我们写喜剧时，在开头总要使用“造成悬念”，在发展时又要使用“悬念的转换和传递”这些技巧。每到这时，我们常常要想到侯先生，道理就在这里。

比如，我们在创作大型电视连续剧《神剑奇仙吕洞宾》时，在使用结构的手段创造戏剧情境时就曾受到侯先生这一创作方法的影响。

吕洞宾拜师学医，是他人生中的重要环节。学医在当今虽是一件崇高而令人尊敬的事。但在那个只有“为官仕宦”才是“人生正道”的年代里却是一件荒唐事。特别吕家又三代为官。吕洞宾的这一想法就更难得到他父亲吕让的支持。如此严肃的话题如何才能造成喜剧？我们被卡住了。百般无奈时，我就是想到侯先生将人物“从A环境放到B环境去”的方法，才得以突破的。

我们设计的A环境就是拜师。我们知道，当年中医拜师都是在杏林中进行的。此事源于三国的董奉。他为人治病从不收钱，只求被治好的患者在他园中种一棵杏树。后来被他治好的人多了，就发展成一片杏林。称中医界为“杏林”即由此源起。拜师除须在杏林举行外，还要由朝廷里的太医主持；要高悬董奉画像；并请当地著名的仕官绅商出席……吕父当时是一位相当于现在部长级的高官，按理他应当属于被邀出现在这一隆重的环境之中的。但由于他不支持吕洞宾学习医术，儿子只好背着他，故未被邀请。他得知后很想知道实情。为此，经与家人商量，只好在杏林看守果实的破棚子里一探究竟……这样一个人出现在这样一个被废弃的破旧草棚里自然十分可笑。于是，一个从结构上给我们创造喜剧情境的机会便形成了。

[1] 相声术语，即开场白。

方法正确，喜剧的情节也就随之而来了。使原本很难产生喜剧情节的内容，却因方法正确而写出了一场效果较为强烈的喜剧。

吕洞宾拜师那段情节是这样的：

当吕父已弄清一切，知道自己儿子真的要从医时，正欲干预，草棚却忽然坍塌下来！使吕父脑袋朝下吊在了空中荡来荡去！他原本想与主持拜师仪式的太医要说的话，全是吊在空中荡悠时，忽隐忽现，以露一次头说一句话的方式高喊着说出来的。喜剧效果十分强烈。

请看剧本：

窝棚里。吕让一急，大叫着："岩儿——！"（吕洞宾出家前姓吕名岩）向前扑去。不料，这一扑，竟使整个窝棚猛地失去了重心。在坍塌时，将他们三个人全抛了出去！

幸好吕让被一根绳子挂住了，被甩出的力量荡出了老远。在倒挂中，于众人前面来回不停地晃动着，晃动着！

郑老先生（即剧中的太医）忙问："怎么回事？"

头朝下的吕让一边来回荡悠着，一边还在高叫："岩儿——！你不能从医呀！……"

郑老先生禁不住站了起来："什么人？"吕让却不见了！

及至荡回时，他赶紧答道："我是朝廷命官吕让——！"因有两面被砸下来的粗细不一的稻草捆挡在中间，使他与郑老先生总是时见时不见。等他又晃回来时，才又说了一句："在下对您非常钦佩——！……"接着就又看不见了。等又回来时，他才喊出："您千万别误会——！……"接着就又看不见了……及至再次荡回时，他才说出："我的岩儿不能从医呀！……"

这段戏就是我在听侯公的作品和"违反规律就可乐"，即以结构的手段，将人物"从A环境放到B环境去"的方法所带来的神奇效果。

二、性格喜剧和喜剧性格

《夜行记》也是侯先生的经典段子之一。这个段子所使用的手段和前面提到的两个段子完全不同，是一种类似小说的手段，通过人与环境的冲突塑造了一个无视公共秩序的人物。他无论走到哪里，总觉得是“受限制”。所以他都以一种缺少公德的方式来对待。其结果势必“尴尬人偏逢尴尬事”，总是闹笑话……通篇一共有在剧场、在马路上、在公共汽车里和买了自行车后屡屡违章几个段落。他性格中一个突出的特点就是矫情：上街在汽车道上行走受到批评，还责难警察：“放着平平整整的马路不让我走，非让我走便道！”结果险些被撞死；对上车要排队也要置疑，结果鞋子被夹在了车门上。追出去老远回来时，排队的人一下增加了许多人。想加塞儿又遭拒绝，可笑又可气！他为不“受限制”而买了一辆“除了铃儿不响，哪儿都响”的破车，还“玩儿命”快骑，结果把一个老头撞进了药铺。当故事发展至高潮时，他又撞在了汽车的尾部，被警察发现后只好由矫情而被迫承认错误。碰巧又被那个曾被他撞进药铺的老头发现：“你又跑这儿玩命来啦？”……但他并没改正自己的错误，结果只能是自食其果：掉进了沟里……这个作品之所以有很强的喜剧效果，主要就是侯先生在这里为我们塑造出了一个喜剧人物。

《买佛龛》也是一样。侯先生在这一名段里，塑造了一个在新中国成立后，科学知识已开始普及的背景下，依旧迷信灶王爷的老太太。通过她买佛龛回家路上的各种滑稽行为和与邻人的对话把人物立了起来。结尾却以她的一句对佛龛价格的不满做了画龙点睛的一笔：“就这么个玩意儿，八毛！”既造成了强烈的喜剧效果，也揭示出了她迷信的根源在于愚昧。他的这种以塑造性格为手段的段子还有很多。如：《相面》中他以夸张的手法，把那些以算卦、相面为职业的骗子骗人的手段用丰富的细节和语言描绘，活灵活现地勾勒出了一个骗子的性格。《武松打虎》中通过一个不负责任的演员醉酒后上台的一系列出乎寻常的举动，在造成喜剧的同时，将一个不负责任的演员对艺术的践踏揭示得十分有趣。这些都是我们在创作中经常可以从中得到启示的范本。

这些范本给我们最大的启示就是他在让人全无察觉中为人物设置出了一个非常好的“与环境的冲突和不协调”。对侯公相声的这种研究使我们受益匪浅。常常让我们在创作中遇到难题时，就会想到通过塑造喜剧人物的办法来摆脱困境。

我们创作儿童片《魔鬼发卡》时，前几稿写的只是一部正剧。为了让孩子们爱看，想对影片多注入一些喜剧因素。但几经努力，却一直没找到适当的办法。当时实在没有太多像样的喜剧范本可做参考，仅有的一些喜剧理论又写得既言之无物，又很晦涩难读。最后我们是通过听侯先生的相声，受到启发，用塑造喜剧性格的办法才修改成功的。我们的修改正是把原来设置的三个家庭和三个独生子女放到了一种与正常规律不协调的环境中去，并对他们原有的性格加以改动，最后才造成较为强烈的喜剧效果的。

原来我们也是设置的三个不同类型的孩子和家庭，也都有一定的社会思想含义和典型性：一个是“溺爱型”的；一个是“苛求型”的；一个是“愚昧型”的……但没在他们与环境的“不协调”上做文章。戏剧效果虽有，但缺少童趣，没乐子。后来我们就是对这三个儿童形象与他们各自所处的环境的不协调上下了功夫，才使三个孩子的性格鲜明起来。喜剧效果也随之产生了。生活在“溺爱型”家庭的孩子，虽是照相机、名牌童车等应有尽有。但学习成绩很差，为了在玩伴中找回自己的缺失和自尊，她玩儿起了小聪明，结果闹出许多笑话；而“苛求型”家庭长大的孩子，不管孩子做了怎样的努力，其父都不满意。连百分制得了99分也要挨打。但苛求并不是提高孩子成绩的正确方法，自然也笑话不断。而“愚昧型”的孩子因父母愚昧，终日沉浸于赌博之中，孩子也就随之对赌博产生了兴趣，结果更是笑话迭出……

我们这里还要特别说的是这部影片是一部童话。这就为三个孩子构筑了最大的喜剧环境。这就是在他们身边的快乐大王和他漂亮的老婆魔鬼幻真。他们用戴上发卡就“可以什么都不学就会”来骗取孩子信任，好把发卡戴在孩子头上。这样他们就可以吸取孩子身上的能量，使自己年轻起来，为全剧造成了一个很大的危机。这三个孩子虽各不相同，却又有着共同的想法：都想用“不学就会”的捷径得到好分数。这样的心理使他们都成了“有缝儿的鸡蛋”。最后果然都被快乐大王和魔鬼幻真的骗术所吸引，戴上了发卡。于是，三个孩子在一瞬间便都神奇起来。然而，就在他们沉浸在“什么都不学就会”的快乐中时，他们的能量已被快乐大王和他的老婆吸尽而变成了小老头儿和小老太太……喜剧效果一浪高过一浪。最后在一位像太空人一样的蒙面大汉的营救下击败了快乐大王和他老婆，才又重新回到他们宝贵的童年……

该片使我们获得了该年度的三个重要奖项：华表奖、“五个一工程”奖、童牛奖。同时还获得了一个娃哈哈少年评委奖。

然而，这一创作思路只是我们偶然一次在电视上看到侯先生的相声受到触发产生的。也正是从那一回开始才使我们把侯先生的相声与我们的创作联系在了一起，最后竟在不知不觉中变成了我的一种自觉和习惯。

写长篇电视连续剧《小区生活万花筒》时，我们就比较自觉了。在这部作品里，我们虽更多使用的是结构性的喜剧手段。但一部长篇电视连续剧洋洋数十万言，不可能像写电影那样纯粹使用结构的手段。所以在我们找不到喜剧手段时，也常常采取设置喜剧人物的办法来解决。这样既使我们摆脱了技巧过于单一的弊病，又能达到与结构性的手段相辅相成的效果。

该剧第三号人物齐建设就是根据这一思路设置出来的。塑造这一人物时，我们也遇到了较大困难。因为他是一个幽默诙谐、乐于助人的人。怎样把这样一个人写活和写出喜剧呢？我们在多次失败，非常茫然的情况下，我又没完没了地听起了侯先生的相声。连我自己都不明白我为什么反复听起了《夜行记》。最后，我才突然领悟到，是其中人物与环境的关系和冲突吸引了我。而我们正是没有很好解决为这一人物与环境之间的矛盾冲突来造成喜剧，所以都失败了。创作就是这样。不管你有多少经验和对戏剧理论的了解，在你没找到办法前仍然是很迷茫的。听侯先生的作品一个最大的好处就是它短小精悍，可以使你在创作的迷茫中受到提醒，受到启发，找到出路。

这次也是一样。

我反复听《夜行记》的原因就是他让我去思考它的笑料是怎么产生的。当我想明白是他为这一人物寻找到了一个能把人物性格揭示出来的环境，才使我豁然起来……齐建设这一人物是个信鸽部队的转业干部，在部队是专门从事信鸽的培育和驯养的。转业后不忍放弃自己的事业，还想继续从事信鸽的培育和驯养。为此，我们将他爱人的职业设置成了一个医生，有职业性的好洁癖，坚决不准。他只好偷着养——这就为他找到了一个比较尖锐的环境和冲突……除此而外，我们又为他的性格增添了一种缺点，即爱撒谎。不过不是品质问题，而是一种迫于无奈，使用的一些善意的谎言。于是，一连串的“尴尬人难免尴尬事”便出现了。

他因偷着养鸽子，所以他在生活中经常表现出许多令人生疑和鬼祟的事。他老婆又因不会生育而对他很不放心，经常对他的许多反常横加盘问。结果有一次终于被她抓住了。那就是他与主人公的儿子小龙（也是个小鸽迷）偷偷往来。一天，小龙带着一只病鸽请齐建设诊治，被妻子堵在了家里。当他把有关器皿藏好，又把小龙也藏好后才去开门。这么长的时间，他自然无法解释。而且屋里有人也骗不过去了。他妻子便不顾一切寻找起来。当他妻子眼看找到小龙时，他不觉大叫：“等等！……”他妻子在惊吓中回过头来：“怎么了？”他一时没编出一个好理由，只好说：“咱家灯怎么没开？”他妻子很生气：“谁家大白天开灯？”说完，又四下开始寻找……几次险些找到时，他都大呼小叫使小龙渡过了难关，终于跑到了门口旁边的壁柜里。结果，还是被他妻子发现了。他再大叫已没用处了。但小龙已披起一块花布，包着头逃出了他家。这一回他怎么解释也没用了。“你说刚才那个女人是谁？”他万分窘困，正胡说八道时，聪明的小龙却给他“送”来一个解释：他把隔壁张大爷家的猴儿穿上那块花布扔到了他家的窗台上！齐建设有理由了：“你看！那不嘛！”他妻子回头，果然发现有一只猴子披着刚才那块花布！他妻子仍然不信：“不对！刚才那女的穿的是一双耐克鞋！……”没想到，小龙想得很仔细，把自己的鞋子穿到了猴子脚上！齐建设一下有了说词：“对呀！你看那猴儿穿的就是耐克鞋！”

他妻子再看时，那猴子已把花布脱去，露出的正是那双耐克鞋！喜剧效果一下就出来了。

另一场戏也是这样，从给他增加环境人物入手。

喜剧情境是从给他制造绯闻开始的。由于他对信鸽的培育和驯养水平很高，被一位外国鸽商看中后，为他建立了一家弓棚，即信鸽公司。让他出任总经理。公司虽给他派了司机，但他还是喜欢自己开车。公司的司机只好把他送到离家很近的街心公园再把车开回去。这位司机偏偏又是一位相貌姣好的姑娘……传闻很快出来了。他妻子得知后，为把事情查清，便将此事告诉了水平不高，专门关心别人的男女私事的居委会主任哈大姐。哈大姐认定他与那位女司机关系不正常。为了“维持他们的家庭稳定”，并把这一问题提到了“小区构建和谐社会重要组成部分”的高度。

于是，在哈大姐主持下的一场捉“现行儿”的闹剧便开始了。

小龙虽知道他每天驾车回家的真相。但因齐建设偷养鸽子不能公开，自己面临高考，自己养鸽子的事儿也不能让家里知道。他只能为齐建设开脱，说那是一个和齐建设长得极像的人，而绝非本人。哈大姐不信。当哈大姐摆好阵势准备弄个水落石出时，齐建设在不能躲避的情况下，只好急中生智在街边理发馆用一点染发水给自己脸上弄了个黑点，并假装帮一个带孩子的老太太推童车，哈大姐使出了浑身解数叫他，他都假装他人不予理会，使哈大姐也不得不怀疑自己确实错了，这才蒙混过去。但黑点必须马上洗掉，他只好迅速来到主人公家里。主人公也不知情，对他的绯闻也有耳闻。面对主人公的询问，他不便作答，十分狼狈。在一段一问一答的喜剧中，他关心的只是怎样才能把脸上的黑点除去。当主人公刚刚告诉他染发店用的实际就是阿摩尼亚，即氨水后，哈大姐就来了。吓得他赶紧藏进了卫生间。待哈大姐走后，齐建设从卫生间出来时，他脸上的黑点已经没了。主人公问他脸上的黑点哪儿去了，他的回答很风趣：“自制葡萄干，问题解决了！”……说实在的，这一连串的笑料都是在不经意中，为他设置的特定的环境和喜剧冲突当中来的。表面看来似乎与侯先生的《夜行记》关联不大，但那次听相声受到触发，使我在类比中找到了问题和出路，至今使我感到十分侥幸。

在写喜剧时听侯先生的相声，有时可以给你直接的启发，有时可从规律中给你启示，但更多的时候，他给你的就是一种喜剧的氛围和感觉。在他给你的这种氛围和感觉中创作，既轻松又便当！实在是个既简便而又实惠的好办法！

三、侯先生作品中的喜剧元素拾零

在侯先生的作品中还有很多值得我们研究和总结的零碎儿。像对比、跳跃、矫情、抬杠、夸张、巧合、顺拐、把事物的正常规律掉过来，等等。虽说都只能算是一种“零星说法”，但对我们在喜剧的创作中都是有启发和指导作用的。对比等规律我们在前面已经说过了；矫情则是《夜行记》里侯先生塑造那个反面人物所用的主要性格；抬杠则有专门的作品；这里我们想着重谈谈巧合和顺拐。

“巧合”和“顺拐”都不是侯先生的原话，是我们从侯先生的作品里概括出来，也是我们影视人在创作中口头常用的一些土概念。比如“巧合”，一位在电影史上和卓别林齐名的巴斯特·基顿就曾在他的喜剧里用过。一面墙忽然倒塌了，而基顿偏偏在这一刻来到了墙下。就在观众为他担心的一瞬，他却十分幸运地从那面墙上的窗户里漏出而毫发无损！并浑然不觉地离开了那里！剧场里立刻爆发出阵阵强烈的笑声。这里的笑就来自“巧合”。这样的“巧”或“巧合”在侯先生的作品里几乎比比皆是。像他的《戏剧与方言》就是一个非常突出的例子。生活中人们说话虽有啰唆与简洁之分，但绝不会出现一个人夜间解手，吵醒邻居那几种对话的巧事：北京人可以每句四个，一共十六个字就概括出夜间解手而吵醒邻居的对话。山东人用每句三个，一共十二个字；上海人用每句两个，一共八个字；河南人用每句一个，一共四个字……就能把同样的内容概括出来！这个段子之所以常演常新，剧场效果十分强烈，这就是侯先生使用“巧合”规律十分经典的范例。

“顺拐”也是一样。在著名喜剧影片《天堂里的笑声》里就曾出色地使用过这一手段。该片是一部十分杰出的结构喜剧。开头就是以一种十分荒诞的手法为全片造成悬念的：一个著名喜剧作家马上要死了，但临死还跟后人开了一个大玩笑。他请了律师把他的三个弟弟和一个妹妹叫到了他的床前宣布了一份遗嘱，分别对他的几个弟妹提出了一个要求。大弟弟好色，于是他要求他必须在宣读完遗嘱后和他见到的第一个女人结婚；他的二弟是个黄色小说家，所以要求他去蹲半个月的监狱；他的妹妹总爱虐待保姆，所以他要求他妹妹要去做一个月的保姆；他的小弟弟性格胆怯，所以他要求他去抢劫一次银行。只要他们能按照他遗嘱中的要求去做，他们就能得到一笔巨额的遗产……

这样一部电影的开端，无疑给死者四个弟妹的命运造成一个巨大的喜剧倾斜。让观众不能不关心他们的发展。影片在塑造其他三人时，没用“顺拐”的技巧，这里不赘。只想着重说一说老二。他在执行遗嘱的过程中有两次精彩地使用过“顺拐”这一技巧，很值得一提。

所谓“顺拐”就是在设置情节时，作者使用的手段与一般正剧不同，不是怎样想办法激化矛盾，而恰恰相反，总是出人意料地向着对方期望的要求和方向发展。所以称为“顺拐”。

该剧第一次使用这一手段，主要是他为能按遗嘱的要求去蹲监狱而去找警察局咨询，咨询后决定去珠宝店偷东西。到了那里他一到柜台前就拿了一串珍贵的珍珠手镯，遗憾的是根本没人发现。而他偷东西的目的并非贪财。当他环顾左右并没人发现他偷时，只好又把手镯扔了回去！——这就与一般的小偷有了不同。他不回避他人，而且在他得手之后不是拿走，而是又扔了回去！——这里作者使用的“顺拐”技巧非常高妙，所以取得了很强烈的喜剧效果。

第二次是他再次下手。这次他瞄准的是一个长串珠宝。令他不曾想到的是：那个长串出奇得长。当他拿起那个长串的一头开始往口袋放的时候，才发现那个长串很长，很长。他掴（音：读一声）来掴去，总也掴不完。直到周围人包括保安都惊呆在那里时：“世界上竟有这么胆大的人？”他还在不停地掴，掴，掴，掴……没完没了。这时观众席里已发出了笑声。继而，在保安吹起哨子时，一个盗窃团伙也发现了他！他还在那里掴，掴，掴，掴……就在保安抓住他，问他：“你是不是偷了这里的珠宝？”他一点也不回避，马上说：“是。”保安又问：“赃物在哪里？”他回答得更干脆：“就在这个口袋里！”不期，在保安翻找前，他偷的那个长串已被那个盗窃团伙拿走了。他非常懊恼：“这是怎么回事？”他再三强调：“我确实偷了东西，而且就放在我这个口袋里呀！……”因为警察抓他并不让他感到惧怕，而是他最想得到的……观众席里的笑声已达到顶点。——这是他使用“顺拐”的又一成功范例。

而这样的手法在侯先生的作品里几乎到处可见。比如：

例1:《相面》里甲说乙“五官长得好”。原因是“全长在前面！而且鼻子在中间儿！……再一个好处是，小头在上，大头朝下。这样好！要不下雨存水！……而且耳朵也好：一边儿一个……”；还说：“你的手好！”乙问：“我手怎么好？”甲的答案竟是：“肉的！而且五个指头都能分开……”

例2:《卖布头》里，先是以漂亮的柳活儿把当时卖布头的叫卖德国青[1]学得活灵活现之后，落在“你怎么洗也不掉色儿呀”！乙问：“对！它是黑的嘛！”甲才将话锋一转，说：“不！是白的！”乙说：“白的是掉不了色儿！”

例3:《三棒鼓》里说中国地大物博，人口众多，但就是一样儿，一个人一模样儿！……这样儿好！要都一样，照相馆就没活儿干了……

这些都是先生使用顺拐十分成功的例子。

把事物的正常规律掉过来也是一样。街头叫卖说：“萝卜赛梨！”或“栗子味儿的面老倭瓜！”都很正常，如果你喊“梨赛萝卜”或“面老倭瓜味儿的栗子”就会令人发笑，产生喜剧效果。

前面的例子说的是电影，而侯先生的例子说的是相声。一个是行动的艺术，一个是语言的艺术，但两者却有着异曲同工之妙！这些例子看上去都只是一些“零碎儿”，但只要我们善于由此及彼，举一反三，展开喜剧的想象，对我们构筑影视中的喜剧情节是有着其他艺术无可替代的作用的。

最后我想顺便提的一句是：对待传统相声的理论，我们是应该认真加以研究的。它可能不具备比较完善的理论形式，但毕竟是经过近百年的沉淀和检验，是绝对可以给人带来笑的规律。只是我们在使用和借鉴时，要做一番去粗取精、去伪存真的工作，不仅能使其不致失去其原本应有的美学价值和理论含义，对相声本身的发展也可起到积极作用；而且只要我们再做一番向戏剧的“翻译”和“转换”工作，还可以使它以一种新的形式进入我们的影视喜剧的创作。而这，恐怕就只能靠年轻的一代去完成了。

这是值得我们期待的……

2010年8月

[1] 指德国人生产的一种布料。

浅议侯宝林先生表演艺术中的书卷气

侯先生在相声的表演艺术中有书卷气这是一个早有定评的事。但为什么像他这样一个从在天桥撂地的艺人，到后来当他表演艺术发展至巅峰时能被业内业外，特别是知识界和学者们一致认为他的表演风格具有书卷气呢？这就不是一个简单和孤立的问题了。要把这个问题弄清楚，就必须和侯先生的一生以及他所生活的那一段漫长的时代——从旧中国到新中国——的历史联系在一起加以考虑。这里既有个性问题：他的天资，他的超常的个人奋斗，他的特殊经历，等等，也有共性的问题，比如：新中国的成立，以及随之而来的一系列的社会变迁。这些都很值得我们分析、研究和总结。

随着我国经济发展的速度和水平越来越快，特别是人民生活水平的迅速提高，广大人民对文艺作品中的文化品质要求也越来越高了。因此，侯先生在表演艺术上这个很有文化品质的现象，就很值得我们注意和研究了。它不仅十分必要，而且很有普遍意义。既关乎相声艺术如何继承、发展与提高的问题，也关乎整个表演艺术的继承、发展与提高的问题。

对这个问题的研究，我以为首先应当从表演艺术的材质说起。

任何艺术的创意，不管是构思、设想、设计，在体现和完成时都需要一定的材质。比如：绘画要用画笔、画纸和颜料；雕塑要用塑泥、硬木和其他可塑金属或其他雕塑材料；建筑艺术则使用的是各种建筑材料……但表演艺术则与各种艺术都不同。它使用的材质就是演员自己。即演员自己的形象、肢体以及耳目口鼻，乃至内心深处的感觉、修养、性格和气质，等等。而其中我以为最重要的就是个人气质。

一个人的气质似乎看不见，摸不着，但它的形成却又是一个有规律可循的东西。要想说清先生在表演艺术风格上的书卷气，就须围绕着侯先生这个具体对象，对他个人的气质是怎样形成的加以分析和研究。

我认为大致有以下三个方面：

（一）阅历；

（二）学养；

（三）交友。

……当然，这个问题还涉及很多方面。其中还有一个时间问题。即一个人的某种气质，只有在长期的锤炼和磨砺当中，和有意、无意的追求当中才能慢慢形成。所以势必要有一个磨砺过程。而这个过程时间短了是不成的。这里就不去细说了。

我就只从以上提及的三个方面入手，讲一些我个人比较粗浅的认识。

一、阅历

对侯先生的阅历，大家都很了解了。我只择其扼要，就那些对他特殊气质的形成有重要影响的方面谈几点自己的看法。

1. 学艺

在他的学艺过程中，有几个非常突出的特点。即不管是他在学习京剧的阶段还是改学相声的阶段，他始终贯穿着一种精神：向有本领的人学；向有文化的人学；向有创新精神的人学……这在当时是十分难能可贵的。那时候他接触的人大多都是一些穷苦艺人。他们学相声、说相声其实就是为谋生和养家糊口。再加上社会的黑暗，绝大多数人文化又很低，学习方式基本上都是口传身受……因此从这个意义上说，他起点很低。所处的环境应当说是相当恶劣的。社会对他们很歧视，称他们为“下九流”。长时间处于这样的环境，使艺人们自己都不敢高看自己。所以，那时候的相声出现一些不健康的东西是很正常的。我们不能，也没有权利苛责他们。但即使在那样的环境下，也还有不少艺人是很讲艺术良心的。这些人对自己手中的“玩意儿”和“杂耍儿”艺术，有一种敝帚自珍的爱。他们认真钻研，倾注心力提高自己，视观众为他们的衣食父母，总要拿出最好的玩意儿给他们看！侯先生就是这些人中的一个。在他的“玩意儿”里就没有“荤口儿”，没有低级庸俗的东西，没有作践自己的东西。当时天津的报纸对此就有很多文章可以证明这一点。许多行家评论员都说：他的相声干净。

而这种与众不同，正是对他性格和气质的形成起着决定作用的东西。即他在逆境中，对自己的人格非常看重。不管在任何时候，都充满了自尊、自爱和自强。比如：他在台上可以把人逗得哈哈大笑，但在台下他却是一个极其严肃的人；他从来不说“我是您的欢喜虫儿！”这类低看自己的话；甚至连别人在他名字后面加个儿化音都不成！这虽只是一些细节，但很说明问题。他最著名的格言就是："人没钱没关系，穷也没关系，但不能没格儿。"这就是他之所以成为后来的侯宝林的一个重要原因。这可以说是他整个人生苦旅中在精神上非常重要的一个点。而这个点正是他有后来的发展的一个根。我以为：他表演书卷气的形成最原初的起点就应当是在这里。

但是，侯先生在那样的背景下，为什么能"出淤泥而不染"，特立独行地做到这一点呢？

为此，我曾想过很长时间。

我觉得这很可能与他学过京剧有关。我们知道，梨园行在带徒弟方面有一个"三立"的讲究。这就是：立功、立言和立德……在侯老的自传里曾对他在学艺中挨打表示困惑："我不是个懒人，我的老师很善良，而且与我无冤无仇，为什么要打我呢？……"最后他的结论是："当时有打的坏传统，目的是严要求。"所以他认为："打不好……但严格要求的精神还是要发扬的……"我想这"严格要求"几个字里恐怕除了教戏以外，也包括教"做人"吧？侯先生的自传偏重资料性，没过多涉及理论，所以没有展开。但他在后来自己一生的做人、做艺的实践中展开了。侯先生在他的一生中，立功、立言、立德……他都做到了。侯先生在自传和有关相声的学术文章里对艺术的要求曾以这样的理论形式表达："学到知羞处，方知艺不高。"一定要做到："学问渊博，经验丰富，见解独到，善于表达。"即精益求精。在做人方面他的做法就是："滴水之恩，涌泉相报。"他说得非常朴实，但做得却非常到家，从不丢格。时时处处都充满着自尊、自爱和自强的精神。一个撂地做艺的人，如果没有这种清醒的自律和傲骨，以及对艺术那种近乎苛求的高标准、严要求，他后来的表演风格是绝不可能会有书卷气的。

2. 尊崇文化

于连仲先生在最近由侯鑫女士主编的《七嘴八舌侯家事儿》那本书里有一篇分量很重的文章：《江湖侠骨恐无多》。说的是在戴少甫被大汉奸袁文会迫害致死后，侯先生在台上长跪大哭为戴的遗属募集丧葬费用的故事。这固然是当时艺人之间的一种仗义之举，把这个例子放在后面写侯先生"交友"的标题下似乎更合适。但我却有意放在了这里。因为它也是侯老的一种阅历。于连仲先生的文中讲的是侯老的高风亮节，但给我更强烈的感受却是侯先生对文化的尊崇。在侯老的自传或其他有关他个人成长的文章里他都说过，他对戴少甫这种有文化，能自己写段子拾掇段子，说得好的几个人都充满了钦佩之情。对戴尤其推崇。所以他在戴死后能那样长跪大哭为其募捐，把他对文化的尊崇表现得淋漓尽致。我看到于先生文章时，我哭了。侯老的长跪大哭，与其说是当时的艺人为了生存，互相帮衬的一种仗义之举，毋宁说是他怀着一种惜才之心和对迫害戴和令戴致死的汉奸及那个黑暗的社会所发出的控诉和怒吼！如果没有他对文化这样的尊崇和挚爱，也就不会有侯先生后来对书籍的酷爱、苦读和与诸多学者的密切交往！因此也就没有他特殊气质的形成。这也就是我把交友的故事放在阅历的标题下的用心所在。

3. 演话剧和攒底争份儿

他的这两段生活和阅历对他表演艺术风格上书卷气的形成是很有说服力的。

他演话剧时，曾经说过一句很绝对的话："往后，我要让我的后人再说相声，你们可以骂我十八辈儿祖宗！"当时相声不景气固然是一个原因，但更主要的还是他无法容忍那个社会把他们视为"下九流"的愤慨。那些人又要从艺人身上获取欢乐，又看不起他们，使他深感屈辱！这种久蓄于衷的屈辱在相声不景气的背景下，便彻底爆发了出来！演话剧就是他在探索生活、探索艺术的人生的旅程中为了争回自己做人的尊严和人格所进行的一次大胆实践。也是他想脱离这种不应受到蔑视所迈出的掷地有声的一步。只有这样，我们才能对他这一举动作出解释。因为他太爱相声了。像他这样一个对相声爱到了发痴地步，宁可放弃当时在杂耍业处于"拔尊"地位的京剧而去学相声的人，为什么最后能不去说相声，并说出这样绝对的话来？这就说明他对那个社会把做艺的人视为"下九流"已到了忍无可忍的地步。

至于他为自己攒底争份儿的故事，侯先生从不以这件事涉及钱而有所避讳。因为他认为，他争的不是钱，而是一个理儿。从小处说，他是为自己争人格，从大处说则是为一个行当在当时杂耍行当里争一个他们本就应该有的地位。这是一种有力的抗争，而且是一次胜利的抗争！

4. 留分头，穿西装

开此先河者，据说是张杰尧。但侯先生在天津说红以后，为了把相声引向一个更高的境界，就在那个保守、因袭势力极其严重的背景下，也果敢地改梳分头，穿起西装说相声了。此举立刻遭到了周围各种人的讥讽："喝！人啦？"这是一句骂人的天津话。有"猪鼻子插葱，装象！"的意思。他立刻反诘道："人怎么啦？说相声的本来就是人嘛！我就是要把自己当人，把相声当艺术！"这个小故事是最能反映侯老在备受压迫，备受歧视时的自尊与傲骨了。他的求真求新、锐意改革、勇于进取的心理在这个小故事里也得到了充分的彰显。他的这一理想终于在新中国成立以后得到了实现。

以上四点说的显然都是他在旧中国的生活。那时，他虽人在底层，但却从不甘屈辱，不甘寂寞，始终站直了做人。虽然弱小，但他却以蚂蚁不畏虎豹的果敢顽强地生存了下来，并崭露头角。他之所以能够如此，就是我前面所说的“根”在起作用。但是没有新中国的建立，也是不可能有后来的侯宝林的。但有了新中国，没有他自身那种顽强的不懈努力和奋斗，也不可能有后来的侯宝林！

这就是说，侯宝林是在具备了客观与主观双重的条件以后，他才渐渐从一个天桥撂地的艺人成为一个有书卷气的演员和艺术家的。

二、学养

我们这里讲侯先生的学养，主要不是说他业内知识和技能方面的努力。这里我们想讲的主要是他的读书生活。因为我们知道读书生活是学养逐渐积累的一个过程。而且是一个长期的、持之以恒的过程。很像武行练内功的人所说的“修炼”。一个人，不管是谁，他的学养都不可能离开这样一个长期的“修炼”过程。而气质的改变则正是这一过程的结果。

这里我想只举一个例子就足以说明问题了。因为这个例子太惊人，太有概括性了。这就是最近由侯鑫女士出席北京人民广播电台“开心茶馆”所讲的故事。最近，中华书局出版了一本《侯宝林旧藏珍本民国笑话选》。该书问世后，影响较大，便做了这样一期节目。在这本书中，侯鑫披露了侯先生在四十年代，他解决了吃饭问题以后，开始收集各个时代的笑话的过程和取得的成果。

在这期节目中有两个亮点。第一个亮点是：对侯老收集和整理的资料所达到的系统和权威程度。

节目披露：在五十年代，国家图书馆在举行书展时，为使这次国家级的书展达到预期的水准，只有把侯老收集的各种藏本借去，才得以实现。因为他那里有两个明版《笑赞》没有了这些，就会失去这次书展的权威性。而这些书全是一个人的私人藏书呵！试想，侯老能把他的藏书达到这样一个水准，在这背后他需要付出怎样的艰辛和努力呵！

第二个亮点是：在吴晓铃教授带研究生时，须把自己的学生（栾贵明）推荐到侯先生那里，动用他的私人藏书才能解决课题所需，完成论文。而这位研究生现在已成了一位世界知名的学者。他的成长肯定是多方面造成的。但他在侯老家得以阅读那些珍贵典籍不能不说是他的幸运之一。我们今天能够看到侯鑫奉献给我们的这本《侯宝林旧藏珍本民国笑话选》，正是栾贵明在侯老家借阅侯先生的藏书时很有心地做了一个目录，这样才使这批资料在“文化大革命”被毁，散失殆尽后，又由侯鑫按图索骥，把侯老当年珍藏的笑话得以部分地复原……

说实在的，我在收听了北京台做的这个节目时，我的心的确深深地被侯先生当年在学术上的追求感动和震撼了！

如果说，我们前面谈到的侯先生早期对自己人格的珍重是使他后来的表演具有书卷气的一个根；那么这时，即在他解决了文盲问题和新中国给予了他探索高境界的艺术以条件后，他便开始了漫长的对文化的汲取、消化和积累的“修炼”过程。而这个过程就是侯先生学养的养成过程，也是对他后来表演有书卷气起关键作用的重要因素！

我想不管谁，也不管是出于搞创作、写文章、搞专著或从事其他学术活动，都离不开到书店、书摊买书、收集资料或到图书馆去查阅资料的经历。而做这样的事，头一件就是挑。而挑本身就是一种类似大海捞针一般的挑选的过程。挑完，才是阅读。这种阅读肯定不是简单的欣赏，而是在阅读中去比较、筛选、汲取和消化并为我所用。在用时又势必有所发现，有所创造。从而形成一套特定的思维方式和工作方法。我想在这个做学问的过程中不仅使他的相声向着文学的高度发生了质的飞跃，同时也使侯先生的学养有了极大的提高。而一个人的气质在经历了这样一个过程后，想不变都是不可能的。而这才是侯先生读书生活的一个组成部分。从目前我们能看到的有关侯先生的读书生活的资料看，他的涉猎还不限于这些与相声和曲艺有关的作品，还包含政治、经济、文学（特别是喜剧方面的中外名著）、历史、语言、电影、话剧、民俗等众多学科。一个昔日撂地的艺人在这时候事实上已变成了一位名副其实的学者。他的气质如何能不具备我们这里所说的书卷气呢？而且这种气质是想装都装不出来的。这种气质上的改变，势必要从他的表演艺术上反映出来。而这就是侯老表演艺术风格上书卷气的由来！同时也使他在晚年能摒弃各种诱惑，果断地去著书立说的举动成为可能。如果不是侯宝林，如果他没有这样的境界，他是绝想不到要为后人留下什么的。那么他单独或与他人合作共同完成的几部重要著作：《侯宝林谈相声》《相声溯源》《相声艺术论集》《曲艺概论》也就难以问世了……而这些论著则又反过来以一种结果性的事实为他表演风格上的书卷气做了最有力的注脚。侯先生这方面的适例还有很多。但我以为有北京台“开心茶馆”这一期节目所讲的故事就足以说明问题了。在此我也就不再赘述了。

三、交友

侯先生的交友非常广泛，这对他气质的影响很大。这里我们想着重提一下他与党和国家三代领导集体的主要负责人和与一些著名学者的交往。因为这两种交往对侯先生的思想性格和气质的影响最大，和他在表演风格上的书卷气有着直接关系。

由于篇幅和他本人年龄的关系，我觉得集中谈谈他与共和国第一代领导人，即毛泽东、周恩来、刘少奇、朱德等几位开国元勋的关系可能更便于把问题说清楚。因为那是我们国家由旧中国向新中国转变的一个地覆天翻的伟大时代。而当时侯先生仅38岁，在表演艺术上处于上升时期，正是他努力学习、勤于精进的时候。因此对他气质的影响和他表演艺术风格上的变化和改进也较大。

几位开国元勋都非常喜欢侯老的相声。而他们又都是共产党的领袖，党和领袖是为人民的，所以他们都能以人民之所爱为自己之所爱。他们一反以往的任何朝代的皇帝或军阀那种又要用相声艺人们的创作来娱乐，又把其视为“下九流”的蛮横无理，而把相声艺人们尊称为艺术家和灵魂工程师。对侯先生和相声的接触从毛主席进入北京，到了香山双清别墅以后就开始了，新中国成立以后侯先生到中南海去演出的次数就更多了。我认为他们的这种“请”的行为本身就是对相声艺术的最大肯定。而这种肯定我认为也是一种决策。毛主席当时曾和李银桥说过：“侯宝林是个人才，是个语言研究家。”当时彭真同志是总提调，他对毛主席说：“侯宝林学艺很刻苦……也算这一行里的一个状元了！”毛主席听后，对他同梅兰芳、程砚秋的演出一起评价说：“……今后这些人要有地位，要受人尊敬了。”[1]使相声这种本来曾被不公平地视为“下九流”的艺术品种，从此走进剧场，走进电视，以至提高到被国家视为传统艺术的国宝之一了。到了20世纪七八十年代，相声一进入春节晚会，便从此一发而不可

[1] 摘自《历史的真言：毛泽东和他的卫士长》，新华出版社，2006年。

遏止，成了中国这一传统节日不可或缺的演出项目了。

这种交往，不仅使党和国家领导人认识和了解了侯先生，并被推选为人大代表和政协委员。而这些举措更使相声艺人从原来的“下九流”，提高到了可以登上国家政治的最高殿堂，与政治家和各行各业的精英一起参政议政的地位。这种变化不仅提高了相声的地位，也使侯老的思想、视野、性格和气质发生了质的飞跃和改变。

但这种改变是一个渐变的过程。有许多小故事。据侯先生自己讲：中华人民共和国成立之初，他在为主席演出之余，曾被党和国家领导的夫人邀请跳舞。有一次跳舞时，他“一不小心正撞毛主席身上”。他说：“我当时心情非常紧张……那种心情不亚于契诃夫笔下谨小慎微的小公务员伊万……当我怀着忐忑的心情看主席时，我发现他笑了……”他是在一种非常细致的交流中才知道在新中国，党和国家领导人与普通老百姓是真正平等的了。到了后来，用于世猷的话来讲，就是“进中南海的次数多了，也就随便了”。“侯老牌瘾很大，在演出和休息时已经敢打牌了！”还有一次，侯先生演出已经完了，结果又被杨尚昆等中央首长邀去喝酒，他一连喝了十七杯茅台，首长都夸他酒量好！试想，这是一种什么样的融洽的同志关系呀！这种关系为侯先生后来的改变，给我们提供了一个非常大的想象空间。

这种关系还在发展。

有一次侯夫人王雅兰同志跟周总理跳舞，周总理说：“让宝林同志放手一点，写点东西嘛！”后来，侯老真写了。而且还是有关相声的学术文章。他没想到毛主席那么忙，竟认真看了。在侯老再去中南海时，毛主席还专门提到了这件事：“怎么？你也要当博士哟？”给了侯先生以极大的鼓励……这些看来都是小事，但因发生在党和国家领导人的身上，就不能看作是小事了。这些势必都会给侯先生在艺术上从内心深处增添了许多自信。而自信在表演艺术的诸种基本元素中是占有非常重要地位的！没有自信的表演是永远不可能有魅力的！试想，一个得到了毛主席肯定的人，在表演上的底气会是怎样的。他的帅气、他的书卷气到这时几乎成了势所必然的一种结果。而这种结果既在给党和国家领导人的演出中经受了检验，同时也使他的表演风格在无比自信中得到了进一步的发扬光大！

这种交往对侯先生还有一个作用，那就是使他自觉地认同了各个时期我们党在意识形态方面的主张。比如，新中国成立伊始，他们对马克思主义还知之甚少，但他却认真地学习了毛主席《在延安文艺座谈会上的讲话》，搞出了第一批新相声。到后来他就变得非常自觉了。当斯大林所著《马克思主义与语言学问题》刚刚译完发表，他就拿来读了。而且马上把那句名言："语言是没有阶级性的，可是使用语言是有阶级性的。"当"垫话"放在了演出里。周总理听了很高兴，还小声对坐在身边的毛主席和陈毅评论了一番："看！连艺人也在学马列主义了！……"反过来，他的作品也被中央领导同志在工作中引用。在党内一度主观主义横行时，有一天少奇同志和王光美携孩子来晚了。毛主席就曾向少奇同志推荐侯先生的《关公战秦琼》并返场请少奇同志看。陈毅同志和陶铸同志就此也都多次在讲话中引用说："我们都不要做侯宝林相声里描写的韩复榘和他父亲那种瞎指挥的人！"使他的这一作品被当成了批判主观主义的有力武器。因此，我认为对侯先生与党和国家领导人的这种往来与其说是一种交往，不如说是一种政治活动，是使侯老在政治上成熟起来的特殊的条件。而一个人气质中是不可以没有政治修养的，而他的这种政治修养一旦成为政治智慧出现在他作品里时，他的书卷气自然而然也就在不经意之中流露出来了。试想，侯老如果没有上面所说的特殊经历和锻炼，在出国访问，遇到个别对中国持有偏见的记者向他提出十分刁钻的问题时，他如何能在一瞬间做出准确而又机智的反映呢?

下面我们再谈谈他与著名作家和学者的交往。

说到这里，我想大家都会自然而然地想到他与老舍、罗常培、吕叔湘、吴晓铃等人的关系。因为这是曾为相声艺术起死回生作出过特殊贡献的人。根据当时在北平军事管制委员会文艺部旧剧处工作的刘乃崇同志讲：侯先生在当时是第一个提出要求学习和第一个说新相声的人。而他之所以能做到这一点，则是与前面这几位作家和学者一起组成的"相声改进小组"分不开的。而我们这里想说的是，侯先生自初出茅庐就十分注重"向有本领的人学，向有文化的人学，向有创新精神的人学……"到了新中国，他犹如久旱的土地遇到了甘霖。不仅虚心向他们请教有关相声的学问，而且注重开阔他的视野，向一个更为广泛的领域和更为高远的境界去努力了。

他最大的本事就是像他的相声一样能"黏住人"。他与这些作家和学者一俟有过接触，他就能和他们成为终生好友。这和他对这些人的高度尊重和谦虚求教又有很大关系。我们知道，阅历本身就是一种文化。而他不仅阅历极深，又见多识广，这样就使他的"即问之学"充满了聪慧、机智和幽默。他虚心求教，用勤很深，在与学者的交往中，他很快就从他的单向求教，而变为一种充满学术意味的互动和交流了。他每年都给老舍先生拜年并带去许多欢乐，是老舍家最受欢迎的贵客之一。当凌子风拍《骆驼祥子》时，我奉凌导的意思从资料室借了许多老舍著作，以解决语言问题，并请侯先生出任该片语言顾问。当我读够《微神》后，总对这篇小说的名字难以理解。不想，侯老在开会时竟脱口而出，说这是英文，是“心象”的意思，中国没有这个词儿。老舍先生很想像林语堂把humor音译成幽默那样让vision变成一个中文的词儿（即微神）流传开来……还说：“这篇小说的女主人公就是老舍先生早年唯一的一次恋爱。模特儿就是宗月大师的女儿，只是她最后并没当妓女，而是出家当了尼姑。她与老舍先生的爱情就这样结束了。”他还说中国虽然很早就有“幽默”这个词，但不完全是林语堂先生引用的意思。是后来他这么用了，才成现在这个意思的……像这些不曾上书的细节和故事，我是直到改编三十集电视连续剧《月牙儿与阳光》时，从舒乙先生那里才得到证实。这个故事太小了，但他却可以使我们有从一斑而窥全豹的感觉，从中想象到他与老舍先生的交往之深和他对学问上的用勤之苦。

和吴晓铃先生的交往就更有趣了。他们经常约到一起去逛书摊，而且还曾一起为人民出版社编辑笑话集，一起追寻中国笑话的来源，等等。我们知道学者之间的聊天聊的都是精华。他们在这一次次的“逛”与“聊”中，彼此的切磋与交流的收获是我们可以想象得出的。这种交往对他的气质必然产生影响。

而他与许多语言学家，诸如罗常培、李方桂、王力都有交往。既是语言学家，又是政治家的许嘉璐对他与任二北的交往曾有极为细致的记载。

许嘉璐在文章中说，任二北先生的《优语录》完稿后还没出版时，就把稿子给了侯先生看。侯先生对任先生这样国家一流的语言学家能视自己为知己而感动。总是拿着任先生的手稿不肯释手，遇到精彩之处还亲手抄录。他对任先生学识的渊博赞叹不已。他对文中引用的《史记·滑稽列传》与唐朝的《因话录》和《唐语林》中记载的唐玄宗优人黄幡绰的机智非常推崇，并把文中提及的许多故事与相声联系在一起，把黄幡绰和唐玄宗的对话称为：“多好的现挂！”……在他得知自己得了癌症还没住院时，还请许嘉璐为他翻译，称赞黄幡绰的语言高妙！我之所以把许嘉璐这篇文章说得这么细，目的在说明他与中国许多语言学家的往来不是一般的泛泛之交，而是有许多学术往来的，而且往来既深且久。这种细致深入的往来和耳濡目染怎能使侯先生的气质不发生改变呢?

所以，侯先生与党和国家领导人的交往，与作家、学者的交往都是对侯先生气质有重大影响，以至于最后在表演艺术风格上以“书卷气”的形式体现出来的重要原因。

四、作品

最后，我想说说侯老表演艺术风格上的书卷气在作品，即在艺术实践上的表现。我们说侯老的表演风格有书卷气表现在很多方面。他说相声确实已经彻底跨过必然王国进入了自由王国的状态。不管说学逗唱，还是垫话，还是相声其他技巧，只要由他之口说出来，听上去都给人以旁征博引，纵横捭阖，却又举重若轻，信手拈来的印象。前面我们谈到他对政治、经济、文学（特别是喜剧方面的各种名著）、历史、语言、电影、话剧、民俗，特别是戏曲和曲艺等众多学科的涉猎，在他作品里时时处处都有表现。比如：他对晚清、民国和军阀混战时期、抗战时期各个历史阶段的政治制度、社会面貌、民风民俗、市井生活、五行八作等各色人等和各种场面虽是以相声的形式表现出来的，但无论从段子本身还是文字，还是从他表演的形象生动与刻画人物的鲜活来看，应当说早已进入了一种文学的境界。

比如：对封建帝王收买人心的政治伎俩的描写；

比如：对帝制时代封建皇帝所谓驾崩和国服的描写；

比如：对当时艺人悲惨命运那种令人笑中含泪的描写；

比如：在批判封建婚姻时所带出的婚丧嫁娶等民风民俗的描写；

比如：对当时庙会和大小商业运作形式，如叫卖和市声的有声描写；

比如：对当时剧场里吆喝喊叫，手巾把儿满天乱飞的场面和细节的描写；

比如：对新中国成立以后，社会秩序井然良好，人们都自觉排队上车，也有个别人总想搞些小聪明的讽刺，等等。太多了！太多了！……这里我们不想再“比如”下去了。我想说的是他的相声之所以有书卷气是和他作品里那种浓郁的文学意味和学术气息分不开的。

我们知道，文学是注重对历史风貌、生活场景、叙述语言、人物语言、生活细节等的描写的。有些艺术作品尽管在政治思想上站不住了，但由于它在以上各种方面很真实细致、生动形象，依然具有存在的价值。比方说：美国的《飘》和中国的《创业史》。尽管在政治思想上站不住了，但因为它们对其所表现的那个时代的生活场景、民居状况、语言服饰等各种细节，当然也包括艺术技巧……都很突出和到位，因此依然有它们存在的价值！而侯先生的相声不仅在思想上站得住，而且在以上我们论及的各个方面都有极佳的表现，给我们留下了一笔宝贵的艺术遗产。这样的作品，再加上由侯老这样具有书卷气这种特殊气质的演员说出来，怎能没有书卷气呢?

比如:《歪批三国》，其中有一段垫话。说《三国演义》中有“三个不明”。这既反映出了他对三国阅读得仔细，又反映出了他对有关三国相关的戏剧作品的了解之深。如不经过非常仔细的阅读是绝不敢如此决绝地说出“甘露寺”中乔玄（乔国老）的名字，是做剧本的人为了在舞台上便于表演才加上去的！尤其是对貂蝉的有名无姓的描写就更有读书人那种对学问穷追根底的索引色彩了。他不仅明确地说了那是一种饰物，而且还说了她姓任，名洪宏昌，是任昂之女。还说出了她是山西邑州人……这哪里还是相声的垫话呢?这分明早已上升到了一种在文学研究中常见的对各种版本的比较研究了!

再比如:《戏剧杂谈》中对话剧、电影和京剧在艺术形式上的异同的叙述，那真是太见水平了。话剧和电影是写实的，京剧是写意的。侯先生仅用话剧的门是真门，而京剧不用真门；在吃喝上，话剧和电影是真吃，而京剧就是一句“酒宴摆下”拿方酒杯一比画就算吃完了为例。而没用任何理论的语言和形式来阐明这个问题，只轻轻松松用表演一演就把我们电影界争论了多年的问题说清了。

对侯老这方面大家知道得比我多，我就不费篇幅去说侯老说得怎样形象生动了。我这里只想说我们电影界的两个例子，两相比较就可以看出侯老这段相声在美学学术上的水平了。在五六十年代，我们电影界在拍摄戏曲影片时缺少经验，闹出不少笑话。比如：在拍摄周信芳的《徐策跑城》和《四进士》时，竟把原来京剧大写意的舞台设计，完全变成了和生活本身一模一样的实景。而周信芳对这一人物原本在京剧艺术上是极有创造的。他为了刻画他去给皇上进谏，内心充满矛盾的心情，设计了很长的一段舞蹈，把人物内心的复杂、矛盾刻画得淋漓尽致。但因那堂景的设计太实，最后把周信芳这段精彩的舞蹈全丢掉了。拍出的结果就是周信芳从最底的一层台阶一直跑到大殿！而沪剧《双推磨》就更让人哭笑不得了。设计师不仅为该戏设计了真磨，还在背景挂上了很多农家门口长挂的玉米、辣椒等实物，看上去是真实了，可让沪剧演员在这样的背景下演唱是怎么看怎么不舒服！我们在这里把我们失败的例子和侯老在相声里讲在京剧《三娘教子》里演员怎么“用手一抓，上扦关儿，下扦关儿，拉开，门分左右，几句话，就抓出一个门来”，便以一种令人发笑、充满趣味的办法，把京剧“以戏代景”“以动作代景”的大写意的创作理念说清楚了。而我这里想说的则是：与此同时，侯老也把他，一个活脱脱的戏剧理论研究者的形象，自然而然带出来了……试想，这样的内容、这样的表演倘若不是侯老这样一个有书卷气的演员来演肯定只能是一层皮毛。

当然，我们在这里探讨侯先生的表演风格，不是说只有书卷气表演风格最好。这就把问题绝对化了。我们想说的只是书卷气是侯先生的表演风格中的一种特色，值得我们学习和探讨。但绝没有唯此为大的意思。因为表演风格是因人而异的东西。赵本山的表演就没有书卷气，但我们能说他不是中国顶级和最受观众爱戴的好演员吗？我们探讨侯先生的表演艺术这个值得研究的现象，是因为它能给我们以多种启示：

首先是门槛不高。因为他的起点只是上了三个月免费班的小学，后来就是在天桥学艺。侯先生能做到的事，应该说，只要你想做，也能做到；

其次是演员只有刻苦学习，广泛涉猎，加深修养，才能登上艺术高峰；

最后是书卷气的风格在表演上是一种文化品质较高的一种风格，很值得我们研究和探讨；这种璀璨耀眼的风格，是侯老给我们留下的一笔珍贵的艺术遗产。我们应该珍惜它，研究它，使之更加发扬光大……

今年是侯先生诞辰九十周年。我们在这里聚会探讨侯老的表演艺术是一件十分有意义的事。相信我们这次和近年的研究成果一定会在我们今后相声艺术和表演艺术的发展上起到积极的推进作用！

2008年4月

第五部分

浅议中年艺术家

技巧是表演艺术的灵魂

——记斯琴高娃在《月牙儿》中的表演

我和斯琴高娃是在拍摄电影《残雪》时认识的。当时，我是编剧，她是演员。片子得了奖，我们就在颁奖典礼上认识了。说实在的，我虽说是电影学院表演系毕业的，但当时我对表演艺术中技巧的认识还很肤浅。我是后来当了导演，在启发演员时，才对演员的技巧慢慢有了认识。一个演员要想演好戏首先是要有生活。除了这一点，技巧和戏德也非常重要。而且很可能是仅次于生活积累以外的两个最重要的因素。我在拍了《月牙儿》之后，我曾写过一篇关于斯琴高娃的文章，发表在《北影画报》上，对她在《月牙儿》中饰演月容妈一角的心理技巧在拍摄中的应用感受颇多，于是就讲了一些自己的看法。但最近我在把我所写的文章结集成册准备出书时，却死活没找着。我跑了几次国家图书馆，最后还是失望而归。好在我对自己写的东西还有印象，加之，又过了许多年，我对表演艺术中的技巧和戏德问题又有了一些新的认识，我便决定再写一篇，于是就有了这篇文章。

《月牙儿》中有一场戏。写的是她（斯琴高娃饰）的女儿月容（宋丹丹饰）自从知道了母亲是暗门子（即暗娼），感到无法容忍，便离家出走和母亲断绝了关系。但当自己小学毕业，有了一定的文化后，还是找不到工作。最后，迫于生计，还是走上了和母亲当年一样的道路……在这时，她“想妈妈了”！当她得知母亲已沦为乞丐后，便开始给母亲送钱。我这里要说的这场戏就是她第一次给母亲送钱，被母亲发现，最后确定是自己的女儿送的后，她哽咽着叫了一声：“容儿！”流下了眼泪的那场戏。

拍这部戏时，我们还年轻，胆子很大。想学外国电影里曾用过的所谓“单镜头”，即一场戏只用一个镜头的拍法来完成。事实上，最后由于节奏太拖沓，还是剪开了。但这场戏还是一个镜头下来的。开始，我们用了升降机。把升降机升到了最高

《月牙儿》剧照(斯琴高娃饰演月容妈)

点，一个俯瞰镜头拍下来，把她栖居在破庙的生活的贫穷和窘困状况揭示清楚后，便是下摇，表现月容妈要饭归来的疲惫。她一点点走到了一大堆铺草中间坐下后，镜头推摇到全人，表现她的饥渴。镜头还在慢慢推进，她抱起一个瓦罐“咕咚咚”就喝起了凉水。喝完，我们用镜头跟拍，她拿出自己讨要来的，已经发硬干裂的剩窝头。再接下来，就是她开始啃剩馒头和剩窝头。突然，她发现她原来家里剩的唯一的一件比较像样的东西——镜子，被人动过了，她怕自己仅有的一点东西也被人行窃，赶紧翻开去看。不料，却意外发现镜子底下有很多钱。她迅疾趴了下去把钱捂住了。她很奇怪：谁会给她钱呢？她立即调转身子把脸转向了庙里的佛爷，连磕了三个头。我们的镜头也随之摇拍，随着她的视线摇向了佛龛上的一个佛爷。我们又把镜头拉起来，将她磕头的情景拍了下来。然后向后拉，拍摄她想清楚了的镜头。她的表演异常准确，虽然没有台词，但她觉得除了自己的女儿，不会有其他人给她送钱。我们又使用了摇移和拉的镜头拍她又转回头来，翻开镜子，仰起头，流着泪叫了一声：“容儿！”拍完后，我们又开始推，把镜头慢慢地一点点推成了特写，她的泪水也随之打湿了面颊……她真挚的表演把全组工作人员都打动了。我很满意。正准备拍下一个镜头时，高娃忽然说，“霍导！你是不是想让我在镜头推到特写时再把眼泪流下来？”

我说：“能那样儿当然好啊！”

她说：“再来一条吧！我能做到。”

我见她对艺术的追求这么狠，就答应了：“可以！”

她说：“你不要喊‘预备，开始！’让我酝酿一会儿，我打个榧子，你们就开机，这样比较好。”

我喊了声：“静场！”她便开始酝酿情绪了。很快，她就酝酿好了，轻轻打了个榧子，摄影师便静静地开了机。全场安静极了。在拍法上我们一切都和前面那条一样。当镜头推到她的特写，大家都在平心静气地看。果然高娃像她自己说的那样，轻轻叫完一声“容儿！”，一大滴眼泪不早不晚，正好在镜头推到她的面前时流了下来！这一条比上一条更感人。

这是多么高超的心理技巧和控制能力啊！

若没有平时生活的积累，没有持之以恒对艺术技巧的追求，在镜头前的一瞬间如何能有这么精彩而又准确的表现？

我和高娃很有缘分。三次合作，三次获奖。我心里很清楚。其中很大成分是我沾了她的光。我们在一起合作时间最长的是《骆驼祥子》。她从准备角色到现场实拍所下的功夫我几乎是全部都亲见了的。另外，她当时那么火，片约不断。但就是在这种境况下，她还在业余时间学写电影剧本。这在我接触的演员当中是极少见的。因为我是演员出身，身体胖了不得不改行。先是编剧，后改导演，其中的艰辛我自然明白。所以我深知斯琴高娃在表演上能取得那样高的成就绝非偶然，更不是只凭着天赋。她天赋是很高的，但她从来没躺在天赋高上吃闲饭。在不久前央视四套请我去做嘉宾。我这才知道，她为了演戏还拜名师学了梅派的京剧，还学了许多种戏曲、曲艺，还自编自导了话剧《月牙儿》。她本身又是舞蹈演员出身……我真不知道，她为了表演还打算学多少东西。这就难怪她在那么多戏里都有出色的表现了。

在做节目时，郭宝昌发言说，如果换另外的演员演《大宅门》里的二奶奶,《康熙大帝》里的孝庄太后等许多同类角色，可能都是换了身衣服的二奶奶。但高娃不是。尽管这几个角色的性格都有相似之处，但她演的却一个是一个，一点不重复，而且区分非常清晰。这就是高娃与一些一般的演员不同的地方。

著名演员陈宝国对高娃的戏德还给予了很高的评价。他说他和高娃在《大宅门》里配戏的时候，总是为别人和对手想得很多。他说，他和高娃演对手戏，那是个近景，所以他只能和想象中的对手交流。导演又要求他流泪。周围除了摄影机还有许多灯和反光板，在这种情况下演员要流出眼泪来是很困难的。陈宝国万万没想到在他即将说台词的时候，高娃在镜外说了一声：“我的儿呀！……”他受到刺激，眼泪一下就流了出来。对高娃这种事事都为对手考虑的高尚戏德，他很感动。这恐怕是高娃能取得那么高的艺术成就的又一原因。最后，陈宝国为高娃打了一个比喻：“假如，我们把高娃在中国影坛的地位和美国影星做一个比较的话，她就是中国的梅丽尔·斯特里普。”全场观众报之以热烈的掌声，表示对这一比喻的认可。

说实在的，在我这部还未定名的电影散文集里，有的文章是可以去掉的。但这篇文章却不能没有。我之所以在丢了原稿的情况下，又重写一篇也要把它收进去，原因很简单。现在的戏是越来越多了，明星也越来越多了。多到我根本认不出谁是谁。但演技呢？冯远征在北京电影学院教授表演课时，讲到了现在年轻演员的浮躁问题。我觉得他讲的是对的。青年演员比起我们当年实在是太幸福了。但是，你们刻苦的程度又如何呢？艺术是要有担当的。我讲了斯琴高娃的故事，这是我的一种心情和期望。世界已经是你们的了。你们用怎样的努力才能不辜负这个时代呢？加油！

最后，我想把在央视四套做节目临时写给她的一首诗也收录在这里。这是我们永久的纪念。

致斯琴高娃

我不相信上帝，但我感谢上帝。
因为，在我生活的世界里有你。
哦，时间已经相当久远了，
我和晓星的处女作《残雪》
刚刚呱呱坠地。
你神奇地出现了。
带着你对电影事业的挚爱，
带着你《归心似箭》的才气，
把我们的女主角完美演绎。
《骆驼祥子》和《月牙儿》，
让我们再次相遇。
是巧合？还是天意？
三次合作，三次获奖。
铸就了我们记忆里永远不散的筵席。
你没有被接踵而来的荣誉压倒，
奋斗、进取永远是你生命的主题。
又是几十年过去了，
你依然还是你！

好像不曾有过成功的桂冠
也不曾有过华彩的外衣。
你还是那样质朴，像二愣妈[1]
永远记得朋友间的友谊。
哦，我们在央视又见面了，
注意！不许说“老”，
因为我们的生活充实而有意义。
况且，你也没老啊，
在我心里，你永远像我们
相识时一样美丽而充满朝气！
我只希望你珍重身体，
你还有一个长长的未来。
你还会再创奇迹！
我们的夕阳，一定比我们的青春
更加绚烂多姿，更加纯洁美丽！

2015年5月

[1]《党员二愣妈》是斯琴高娃于1996年主演的一部电视剧，其中塑造了二愣妈这一质朴善良的党员形象。

小品也能深刻

——浅议陈佩斯的小品

文章的标题虽然是“小品也能深刻”，却是意在言外。因为我想就春晚这个中国传统节日的大舞台和大家谈谈与全国观众久违了的著名喜剧演员陈佩斯和朱时茂以及观众对他们的一些希望和期许。

大家知道，喜剧是最受市场青睐的一种表演形式。每年春晚，最受欢迎的节目几乎都是喜剧小品。从春晚受到观众认可而出名的编导，特别是演员，主要也都是出自喜剧小品居多。像陈佩斯、朱时茂，直到刚刚成名的小沈阳等都是很好的证明。

陈佩斯、朱时茂从《吃面条》开始，一直到《王爷与邮差》都给大家留下了深刻的印象。后来由于大家都知道的原因他们二人中断了这种演出。这除了给央视春晚带来了巨大损失外，对广大观众也是一个很大的遗憾。为此，今年一年一度的春晚日渐临近，央视也以多集的方式，由周涛、孙小梅等著名主持人和老茂一起做节目，对陈佩斯、朱时茂对我国电视小品的特殊贡献做了长篇的回顾性的展演。这无形中又令观众对佩斯和老茂有无新的表现产生了巨大的期待。

于是，使我也产生了一种冲动，想写一篇短文，表示一下我这个老观众对他们在春晚能有新的表现的希望。

在我印象中，他们的小品与众不同，是别人无法替代的。

他们的小品有一个突出的特点就是：深刻！

这些年下来，许多人从看的节目出发得出一个让人无法苟同的说法，即喜剧小品似乎只是一种让大家开心，仅适合在春晚之类喜庆场合演出的一种形式，对其有过高的要求似乎是苛求……其实未必。这话或许有一定道理，但并不正确。

我这里想说的是：小品照样也能深刻！

这虽很难，甚至有要求过高的嫌疑：过年嘛，干嘛非要玩深沉呢！过年大家需要的是开心，而不是深刻和思考！这话也对也不对。过年当然要开心，要轻松。但让大家在高兴的同时也能有一些有深度的思考并非不应该和不可能。况且深刻并不等于让人一定费力思索，把过年的轻松都要丢弃才能理解或欣赏，甚至认为这只是某一特定人群的需求就错了。深刻同样可以给广大观众带来欢乐，同时还能把观众引向一个新的境界。即在欢乐、开心的同时，让观众得到更多的思想营养。

比如陈佩斯和朱时茂创作和演出的小品《王爷与邮差》就是这方面一个突出的典范。这个小品是一个思想的深刻性和艺术的观赏性兼而有之的适例。我们将其称为喜剧小品中的经典一点也不为过。

首先，这个段子的长度只有十四分钟。时间虽短，但写得，导得，特别是演得都非常成功。既深刻、有趣，又塑造出了两个非常动人和发人深省的人物。

佩斯和有些演员不一样。他不仅仅是参加演出，从来都是要参加编剧和导演创作的。而且，目的不在名利而在把节目搞成精品。另外，我们注意到在他诸多的喜剧作品中，他一般多使用的是结构性的喜剧手段。所以，品位较高。但他对于出色的性格喜剧的剧本也并不拒绝。一旦有好的，又非常适合他的剧本，他就会一头扎进去，直到使其放出异彩和光华为止。这也许就是《王爷与邮差》取得很好的喜剧效果的原因之一吧！在这个小品节目里，他不仅把人物性格演绎得十分生动，还使既严肃又深刻的爱国主义的主题得到了轻松而又深刻的阐释，这实在太难了。特别是这个节目能在上世纪末的1997年，也就是香港回归这一年的春晚演出，实在太有深意了。

其实，这个戏要说简单也很简单。从头到尾就只有一个事件：王爷和邮差遵老佛爷的旨意去参加万国运动会……但老佛爷有旨：只许输，不许赢，目的就是讨得洋人的欢心……这样就使王爷和邮差之间发生了尖锐的冲突。王爷在本心也不想输，但上面有老佛爷的旨意，他不敢不让邮差输。而邮差虽是那个时代最底层的小人物，但却从没想输！一个苟活在帝国主义阴影下的普通老百姓，看上去好像很是懦弱、胆怯，甚至有些猥琐，但他的内心却是对自己的国家有着很深的“位卑未敢忘忧国”的高尚情怀。为塑造好这样一个虽是“小人物”，却有“大胸怀”的性格，这个段子的设计十分巧妙。不是直抒胸臆，把邮差写成“高、大、全”。恰恰相反。它只是通过他参加万国运动会这样一个很小的事件，把邮差塑造成了一个表面看上去“很傻”，甚至是“傻”得出奇的人。但正是通过他这种“傻”，骗过了王爷一关又一关加在他头上的限制。在他睿智而又机警的“傻”的周旋下，不仅没输，反而借题发挥，把我们中华民族在那黑夜中的企盼、挣扎和最终我们一定将以强大的面貌自立于民族之林的信心淋漓尽致地展现了出来！

表面看，邮差自始至终都处于劣势。既卑微，又弱小。但全戏的每一个跌宕的胜利者却都是他！其原因和武器实际就只有一个：装傻。

对他们创作出的这一性格做一个简单的剖析是很有趣的。

（1）邮差这个人物从一出场就以他的语言、装扮和动作等方面描绘出他是一个地位低得不能再低的小人物。陈佩斯的表演也全是从这样一个性格基调出发，自始至终都弯着小腿，只有最后一场戏他跑了第一后，才扬眉吐气地把腿直起来。他的出现就是因为他是个邮差，送信全靠两条腿，跑得快，所以才让他来参加万国运动会……但这显然不是王爷的本意。王爷一再招呼他“不要跑太快！”但他始终没听！这说明他从开幕前就已经看透了王爷的心：不想赢！所以他才故意听不懂王爷的话，直到王爷发了飙，他才违心停下。最后还叫王爷给踢倒在地上，压在了他身下。表面看，他完全是处于劣势的。但一进入矛盾冲突，他在内心深处却始终未改初衷：不想输！而且决不输！……却没变过。王爷说：“你怎么回事？我叫你想着京剧里的‘慢长锤’慢慢跑，‘哐一嘁一，才一嘁一，哐一嘁一，才一嘁一……’，你怎么就……？”但他却以快速的模仿解释道：“对呀！我不就是照您说的‘哐嘁才嘁，哐嘁才嘁’跑的吗？”王爷说：“不对！应该是‘哐一嘁一，才一嘁一……’”他却仍然像傻子似的以很快的速度说：“对呀！我就是‘哐嘁才嘁，哐嘁才嘁’……”结果让王爷用折扇接连打了好几次脑袋，他也没领会，把整个央视演播室都笑翻了。

（2）在王爷告诉他老佛爷给下的旨意只是：“陪洋人玩玩儿……”时，他作为一个半殖民地半封建国家的国民最敏感的反应就是：“是洋人玩儿我呀？还是我玩儿他们哪？”得知结果是“你玩儿得过洋人吗？”，他的第一反应就是“那就是他玩儿我呀！姥一姥一！”（北京话的意思是“没门儿！”）王爷问他：“你说什么？”他却用他的“傻”给遮掩过去了。在王爷交代他我们跑的名次时，他再次聪明地一针见血就看透王爷不想让他赢的意思。当王爷问他大拇哥是第几时，他便成心不去正面回答，而故意装傻说成是“大拇哥”，王爷只好改问他小拇指是第几，他又成心说是“小拇指！”逼得王爷只好明说：“我问你这是第几？”他干脆说出了自己的想法：“是第一。”王爷急了：“这怎么是第一呢？”他的回答可以说是“傻”到家，也聪明到家了：“从我这儿看就是第一！”王爷只好竖起大拇指说：“那你就给我跑这个！”这回他的“傻”就更可爱了：“这个从上边数还是第一。”王爷怎么给他解释，他也“弄不懂”。而这正是编导者对这个小人物的内心世界挖掘得非常深刻的地方：表面看上去他的地位很低下，但他并不麻木。他一听王爷说：“你要惹老佛爷生气，她就要把你们一家子的脑袋‘咔嚓！’……剁下来了”，邮差竟脱口就骂出：“这老娘们儿可够毒的！”把锋芒直接指向当时的封建王朝最高统治者。王爷吓坏了，问他：“你怎么能管老佛爷叫老娘们儿呢？”面对如此严峻的政治话题给他所带来的危机，他也用他的“傻”聪明地给化解了：

“他不是老爷们儿呀？”

“那是太后！”

“那她就更不是小媳妇儿啦！”

他用他的“傻”又一次在和王爷一来一往的对话中取得了胜利。

（3）王爷见他太傻，只好自比洋人给他说明问题。这一次，他又一针见血地看透对方意图，便用“抬杠”的办法装傻拒绝进入王爷的圈套：让他对洋人屈膝！他当然不干。当王爷告诉他：“那这样吧！我好比是洋人，你就跟在我的屁股后边跑！”使他不得不入套时，他便拿王爷指着鼻子的动作调侃起来：“哦，您是洋人，那您也别老指着这儿呀！”王爷不解：“我指这儿怎么了？”“那不成屁股了？”把王爷调侃了个够。

王爷很生气，但又觉得跟这傻人也说不出什么“名堂”时，只好采取“简单办法”教他，“你就跟在我的屁股后边跑……”当他得知“跟在哪个洋人屁股后边跑都行”时，他心灵深处真实的想法一下就冒了出来：“那我就撒开了往前跑！”王爷说：“不行！这样儿洋人要生气！”他不管。当王爷让他道歉时，他干脆做出了明明白白的拒绝：“道哪门子歉哪？”王爷告诉他，这是老佛爷的旨意。要“给洋人一个脸面”。他的回答堪称绝唱：“这能给吗？我要把我这黄脸蛋子贴到他的白脸上，那他不就成了二皮脸了吗？”办法曲折，但王爷却只能接受：“你小子少跟我犯贫！”当话题从道歉扯到应该是他们给咱们道歉时，对这个人物的塑造就更精彩了。他听王爷说对洋人的割地赔款不叫割，“叫租，租用”时，他立刻有了他的解释：“那咱就是地主，洋人就是佃户了！”在王爷还没琢磨过味儿来，他就又骂上了：“可谁见过有这么对主子横的佃户呀？”气得王爷也只能骂他怎么哪壶不开提哪壶呀？

王爷只好再次改变办法：“那你傻笑一下总可以吧？”他答应了，但把王爷顺嘴按他性格说出的“傻笑”，变成了真的傻笑。他连做两次，只要一跑过假洋人，他就回头“嘿！”地傻笑一次。他一跑过假洋人，就回头“嘿！”地傻笑一次。结果王爷说他“比哭还难看”！逼得王爷再次改变了办法。“算啦！你有礼貌地笑笑，弯弯腰总可以吧？”结果他更“傻”了，他就是死也学不会。每次都像闹肚子一样，“哎哟哎哟哎哟……”而且一次比一次更甚！王爷气坏了。他在被王爷逼得没辙时，只好拿出耍赖的办法：“王爷！我也不知道是怎么回事，我就是做不出来……”这真是深入骨髓的一笔。他虽不可能像鲁迅那样有能力起而呐喊和抗争，用笔去教育国民。但他身体里流淌的却同鲁迅一样是“半殖民地的人民最宝贵的性格”，那种鲜红的充满了民族自尊的血！叫他给洋人道歉，他就是做不出来！当时他的样子可怜极了，也正因为如此，所以也可爱极了：绝不肯做一点对洋人卑躬屈膝的事！他又一次用“傻”让王爷改弦更张，改了主意。在这一连串的小的跌宕中，他又取得了胜利……

这样的例子在这一短短的小品中几乎比比皆是。

最让我们感到难能可贵的是：小品里有一条由三个点连成的线，格外深刻。其中第一个点是王爷在骂他“傻瓜！”时，他对如此贬低他智力的称谓不仅不反感，反而欣然接受：

“您怎么知道我的小名儿呀？”

“那你的大号呢？”

他异常明确地告诉王爷：“二傻呀！”从而引出新的一串笑料。

王爷又问：“那大傻呢？”

“那是我哥！”

“你们家还有更傻的吗？”

“有呵。老傻。”“老傻是谁？”“是我爸呀！”

“这一家子！都傻一块儿去了！”

他的回答竟是：“哟！您连我妈的名字都知道呵！……”把一家人的名字都与“傻”又联系在一起并介绍了出来……

第二个点则是王爷问他：“你们这一家子还都傻活着哪？”

他回答：“托王爷的福，还凑合！”……这两个点是全剧最深刻，也最有着寓意的一个段落。编导者在这里绝不仅仅为了逗笑，而讲的是当时生活在老佛爷统治下的底层老百姓的一种生活状态。而这种生存状态和后面一个点连在一起，其含义就非同一般了。

第三个点是他说完“二皮脸”那一段时，王爷说：“你少跟我在这儿犯贫！”他一下露馅了：“我没犯贫。我这不是在您这儿装傻呢吗？”王爷听后很敏感：“什么？”他马上用话遮掩过去了：“我是真傻！真傻！”不敢丢去这张他赖以生存的“傻”皮。

这三个点在各自的位置上都十分搞笑。但作者的用意绝不仅仅在让观众喷饭，而是在把观众逗笑的同时，把观众引向更为深长的思索：在晚清统治的黑暗年代，在老佛爷的淫威之下，你要生存，又要保持尊严，特别是要保持民族尊严，你就只剩下了一条，而且是唯一的路：装傻！这三个点在让我们发笑时，不得不为这个小小的十四分钟的小品竟有如此深刻的笔触而击节赞叹！

这个小品的编、导、演真是太高明了。他们的高明告诉了我们一个真理：小品也能深刻！

2011年3月

盛中国的感恩情结

我们在央视四套的节目里看了盛中国和南昌大学在读生万红芸的故事后非常感动，很想以他和万红芸的故事拍一部艺术性的纪录片，于是就把他请到了我们公司。为深入了解他和万红芸的故事，我又到了他的寓所长谈了一次。交谈后，他给了我一些相关资料。有文字的，也有音像的。看后使人不能不对他的这种感恩情结肃然起敬。

交谈时，他很少谈及自己。即使谈也是为了说明问题。话题更多的是对中国慈善事业的关注。

当我问道："目前我国的慈善事业虽然发展迅猛，但也有些不尽人意的地方。您是怎样看的？"他十分乐观。他说："会好起来的。中国的慈善事业刚刚起步，自然没有许多发达国家做得成熟。只要我们大家都能从自我做起，事情就好办了……"

他对我国慈善事业的关注是从一个很特殊的角度切入的，而且完全是主动的。当他在电视上看到圆梦行动报道后，主动打电话问："我看了你们的节目很受感动，很想知道那些受过别人资助的大学生情况怎么样？……"旨在推动这一事业向着成熟和健康的方向发展。于是，这才有了央视新闻频道专门安排的主持人忠民和他一起去南昌大学访问万红芸的那期节目……

万红芸是南昌大学的一名在读生。2006年，当她接到南昌大学录取通知书后，却怎么也高兴不起来。因为她还不知道能让她走进大学校门的学费在哪里。她是在突然得知她得到了圆梦行动的资助，才使她圆了自己多年的大学梦……万红芸是个知恩图报的人。她在学校里参加了学生会和青年志愿者小组等许多社会活动，主动去帮助那些需要帮助的人。她除了要搞好学习，勤工俭学和帮助妈妈经营一个卖干货的小摊外，还要到SOS村去和一个孤儿结成对子，帮助她摆脱缺少亲情的孤独感；到盲童学校里帮助身患残疾的学生；到学习有困难的贫困家庭学生家里去支教……同学们都说她太忙了，但她的学习却一点也没耽误，成绩在班里始终名列前茅……她之所以这样做，想法非常简单。那就是："我曾经受过别人的帮助，圆了我的大学梦。所以我觉得我也应该像那些帮助过我的人一样，去为需要帮助的人做些什么……"盛中国对她这种积极参加社会活动，以实际行动传递爱心、回报社会的做法非常赞同。为此他当即打电话给自己的夫人，日本钢琴家濑田裕子，把她请到南昌大学举办盛中国公益音乐会，成立"盛中国基金"，主动加入到"圆梦行动"里面来。中国联通江西分公司为这次公益音乐会捐助了100万元。当他得知他们很想把自己的小提琴留下作为传递爱心的标志，作为藏品放在公司大厅时，他慷慨应允，立即将自己心爱的小提琴捐赠给了他们。南昌大学也积极跟进，捐助了360万元……使这次义演募集到的"圆梦基金"达到了465万元。全部并入圆梦基金，用于资助那些有出息的莘莘学子。但盛中国的圆梦基金与以前的基金不同，过去的基金只是帮助贫困学生解决由家门进校门的问题，而他的圆梦基金是要资助那些进入大学后积极向上，勤奋学习，有回报社会举动，特别是在爱心传递方面有所作为的学生的……据江西有关人士说，这一基金的设立很重要。一方面它可以使更多的贫困生得到资助，另一方面也可以使得到资助的孩子健康成长……意义重大。

与他交谈使我了解到，他之所以对感恩情结这样看重，并从感恩情结这样一个特殊的角度切入，是和他所受的教育，他的经历分不开的。他认为知恩图报是一种很高尚的情感。他做事，交友，也从来都是很看重感恩的。因为他自己就是一个很有感恩情结的人。

首先，他对脚下这片祖国的热土就充满着感恩之情。他在一次为儿童做的电视节目里曾对孩子们讲述过他的名字的来历。他出生在旧中国，正是列强欺辱中国的年代。他的父亲想到自己姓盛，就给儿子起了盛中国这个名字。意思是希望他长大后能为中国的强盛做出贡献。他妹妹的名字也是这个意思，叫盛中华。他的父亲是一位提琴演奏家和教育家，妈妈是一位歌唱演员。他们为孩子起这样的名字，事虽小，却发自肺腑。把他们对祖国的深挚的热爱表达得淋漓尽致。他们希望旧中国那种暗无天日的时代尽早结束，希望一个充满阳光的新的中国早日诞生！他们的这种爱自然也就通过家庭生活的耳濡目染，根植到了他幼小的心灵里。

但他对祖国的爱，主要还是来自祖国对他的培养。他永远也忘不了他九岁成名的经历。他第一次被人了解是从武汉开始的。那时，他只有九岁，他所在的那所小学对这位少年的音乐才华很重视，就把他介绍到武汉广播电台去录制节目。节目播出后他收到了来自全国各地的来信，说的都是一些鼓励的话。甚至有人称赞他是中国的梅纽因。也正是这次录音使他更加受到了学校乃至社会的广泛关注。当年，武汉市有许多在抗美援朝战争中负重伤的伤员住在当地的各家医院里。学校就把去医院演出的任务交给了他。这样的关怀与信任，和这样的机遇以及所取得的收获，使他至今谈起来仍充满着深深的感念之情！

后来，他很快又收到中央人民广播电台的邀请去录制节目。据李德伦先生生前留下的影像资料介绍："有一次我们中央乐团去中央人民广播电台录音。录音棚里有人在录音，是一首小提琴曲目。我们就等在那里听。他拉得很好。出来我们才知道，那是一个戴着红领巾的小男孩儿。他拉得不错，也很乖。后来我们就把他请到我们乐团来合作演出了……"再后来，他又考取了音乐学院附中。毕业后，又经国家选派，送到了苏联柴可夫斯基音乐学院师从著名小提琴家列·柯岗学习小提琴。如果说，他九岁时领导就让他去电台录制节目和给最可爱的人演出，那还只是祖国对他这个有为少年的一种关怀；那么，后来把他请到中央乐团演出和到中央人民广播电台去录音，特别是送他去苏联深造，则不能不说是祖国对他这样一个有才华的青年的特殊厚爱了！而正是这种厚爱，才成就了今天蜚声世界的小提琴家盛中国。每言及此，他的话语和脸上的表情都会毫不掩饰地流露出感恩之情。

其次，就是他对父母的感恩之情。他对父亲给他起名叫盛中国很是感激，也很骄傲。因为这是一种无言而长久的激励。对父亲的严格要求他有着说不完的故事。他说，他父亲虽然学的是西方音乐，但对中国的传统习俗又非常尊重。按理他父亲就是小提琴教育家，想让自己的儿子学琴，自己教就是了。但他父亲认为，作为父亲给自己的儿子教琴是很难教好的。只有把父子变为师生才好教，也才能教好。因为便于严格要求。所以，便按照中国传统的拜师大礼，做了面，吃完又给他父亲磕了三个头，然后他父亲才开始教他拉琴……

原来他是很想学琴的。但真正把它作为一种事业来学的时候，他才知道原来并不好玩。因为那是需要有献身精神的。尤其父亲不是拿他当儿子，而是拿他当学生来要求的，其严格程度恐怕一般人是想象不出来的！

那时，他还很小，所以也曾抱怨过，自己为什么没有其他孩子那样的游戏的童年？那时，他一年三百六十五天，除了阴历的大年三十晚上和大年初一可以不练琴以外，每天都要练。而且不分严冬和酷暑。在他的记忆中，冬天还好过，夏天最难熬。武汉是中国四大火炉之一，而且还有蚊虫叮咬。在这种境况下，父亲给他脚下四周放一圈蚊香，也要让他在酷暑中练琴。练得不好还要挨打，而且有时打得还很厉害。有一次连妈妈都看不下去了，说："我们不练琴了！我们长大当叫花子，讨饭去！"父亲让步了。但要求并没有降低……直到这时，他才知道父亲为什么要让他给自己的父亲行三叩首的拜师大礼，把父子关系变为师生关系！幼年的盛中国并没有被皮肉之苦和练琴的难熬吓倒。挨打之后，他的要求竟然是哭着向父亲表示："我还要学琴！"

既是播种就有收获。当他可以开始演出，特别是那次到武汉各家医院给最可爱的人演出得到了掌声、鲜花和糖果以后，他才觉得自己多年的付出终于有了回报。这时，也就是这时，他才开始理解了父亲对他严格要求背后那种深沉的爱和渴望他成材的殷殷之心……

这种理解使他对练琴从被动地练渐渐转为主动，甚至是一种发自内心的爱了。他看到提琴背后的虎皮纹络，常常觉得它是有生命的，所以经常会不自觉地把脸贴到琴上，与琴交流。有一种要与琴相伴一生的感觉。我们知道热爱是最好的老师。正是这种爱才伴随他走到了今天。儿时，他是受了不少苦，也挨了不少打。但他却非常感谢他的父母。"打，肯定是不对的。但是严格要求却是必须的。没有父亲的严格要求，没有母亲那种悉心的关怀和照料是不会有我后来的成果的……"这就是他对自己父母的评价。这评价看似冷静、公允，但在这冷静和公允的底下所蕴藏的，难道不是他对父母那种同常人一样，甚至还要远远超过常人的爱与孝吗？如果没有这样的严父慈母，他又怎么可能有今天如此之高的成就呢？

对父亲的感激还包括对文化的学习。他说，他的文化教育大部分是在家里完成的。父亲给他开的课很怪。是《古文观止》和西方许多著名诗人，诸如海涅、济慈等的诗作，父亲不光给他讲，还要求他背。而且最有意思的是，在五十年代他父亲就让他学习毛主席的著作……这种学习使他对我们中华古老而灿烂的文化和西方文化的精华有了一个概貌的，但也是颇为深刻的了解。这对他后来音乐事业的发展起到了很好的理解和启示作用。另外，他父亲对他的身体也很关心，专门给他编了一套很奇怪的体操，让他当众去练。效果很像耍猴儿，但对他体质的锻炼还是起到了积极的作用……

据盛中国自己讲，随着年龄的增长，他对父母的爱也与日俱增。而且愈发深挚了……

再次，他对老师的感恩情结更是令人感动。盛中国一生只上过两年小学，中间还跳了一班。因为他从小学提琴，所以乐感非常好。因而深得音乐老师的喜欢。他从音乐老师那里学到了很多东西。他还清楚地记得，那时升国旗他升得最好。有的同学对国歌的节奏和长度把握不住。升旗时，不是国歌播送完了，国旗还没升到顶；要不就是国旗早已升到顶，而国歌还没播放结束。而他却永远是可以让国旗和国歌同步的。不仅速度一样，而且每次他都可以做到在国歌结束时，国旗刚好到顶。这些虽都是一些琐碎小事，但老师的每一次表扬、每一个鼓励的眼神对一个成长中的少年来讲都是莫大的激励，甚至可以对他一生起作用。其实，他在那所学校只待了将近两年的时间，但那位音乐老师却给他留下了永生难忘的印象。事隔半个世纪了，他还清楚地记得那位老师的名字叫江杰。直至湖北省台邀请他去做节目，他的母校也邀请他回校参观访问时，他还通过电视台寻找当年给他以恩惠的老师。他说他很想念他，希望那位老师的亲朋好友如果看到节目一定将这位老师的联系方式提供给他。很希望送给他老师一套他所有节目和资料的光盘作为纪念……

最后，他对家乡的感恩情结也是很深的。他虽并非生在家乡和长在家乡，但他却始终把家乡看作自己的根。家乡有什么需求，他一概应允。他的演出活动和社会活动很多。时间很珍贵。但一听到家乡有个名叫《天南地北进贤人》的栏目，他便辞去了所有活动在寓所里等候。“我是搞音乐的。从事的是感情的劳动，所以很重感情。俗话说‘每逢佳节倍思亲’，在这‘亲’中，一个很重要的‘亲’就是家乡。我不管走到哪里，我都以自己是进贤李渡人而感到自豪……”他在南昌参加春节晚会演出的时候，说的第一句话就是：“在这新春佳节之际，我在这里先给家乡的父老乡亲拜一个早年！家乡永远是我的根。就像母亲一样，不管走到哪里，家乡永远在我心上……”但他对家乡的血脉之情不是停留在口头上，而是放在行动上。时时关注着家乡的发展。他收集了不少进贤、南昌乃至江西经济社会发展的资料和信息，认真进行分析和探讨以及献计献策……比如：他回家乡时，听说家乡发现了一个元代的酒窖。为此他提出了许多重要建议：“发展是主题，质量是生命，特色是品牌……”一定把这个酒做好。甚至还答应了给家乡免费做广告，甚至连家乡办的音乐学校请他回去讲课的要求，他都不曾拒绝……

这就是盛中国，一个充满了感恩情结的艺术家。他对自己这种特别重视感恩情结的品格很珍惜，并有着自己的解释。他说他是搞艺术的。事实上，一个一流的演奏员和二流的演奏员在技巧上是没有多大区别的，甚至是一样的。区别就在于每个人在人格的修炼上做得如何。关心他人，为他人献爱心实际也是对自己人格的一种修炼。如果一个人没有人格的魅力，他拉琴的技巧再好也是征服不了观众的！

或许，这就是他放弃了大量的商演的机会，而去从事慈善活动的动因。

让我们一起像盛中国一样为我国慈善事业的发展做出我们自己的努力吧！

2009年9月

浅议黄磊的表演艺术

——在2004年中国电影表演艺术学会年会上的发言

最近我和徐晓星拍摄的长篇电视连续剧《月牙儿与阳光》与黄磊首次合作，他给我留下了很深的印象。在开始讨论演员阵容时，我们从没想过他。这得感谢华谊兄弟的王中磊先生，是他作为投资方的意见提出来的。虽与我们本来的想法相去甚远，但我们却马上表示了赞成。原因很简单：首先，黄磊是一个绝好的演员，又很有观众缘，请他扮演剧中反面一号谭保罗对我们戏的收视率肯定会有好处。其次，从他的实力出发，我们也认为他肯定能演好。但实话实说，最终他会将这一人物演成什么样，我们想象不出来。但随着拍摄进度一天天向前进展，黄磊让人大出意外地塑造了一个活灵活现，一点也不脸谱化的“大色鬼”“大坏蛋”和“大阴谋家”的形象！我不知道他是否演过这样的“坏蛋”。在这部戏里，他这种探索性的转型是很成功的。

过去，我们就很喜欢黄磊的戏。他在《橘子红了》和《人间四月天》中都给我们留下了深刻的印象。而这次与他的合作更使我们感触颇多。联想起当前影视圈的浮躁之风，觉得有许多话想说。我虽不是表演学会的会员，但我在电影学院读书时学的是表演，对表演领域的变化一直很关注。会后我还和刘诗兵会长探讨过，觉得表演学会既然可以把总结每年电影新作中优秀演员的表演经验的任务肩起来，何不将我国影视表演的基础理论的研究也肩起来？这一方面是影视表演艺术发展的需要；同时，我以为对扭转当前影视圈的浮躁之风也会起到很好的作用。他很赞同。

表演艺术从来就不是孤立的。要了解表演艺术，同时就需要了解表演艺术与文学、历史、政治、哲学、民俗等其他许多人文科学和学科之间的关系。单一地了解表演艺术本身，到了一定时候就再也深入不进去了。我们之所以在接受了新的创作任务之后，还要在极度紧张的工作中拿出一些时间来谈黄磊，就是觉得从他的身上我们看到了一个具有基础理论方面修养的演员，与没有这种修养的演员在创作角色时是怎样的不同！

黄磊有几个特点是很鲜明的：

一、总体感强

首先，黄磊在演戏时，关心的绝不仅仅是自己饰演的角色，而是时时处处能从总体的角度注意自己表演的风格是否与全剧的风格统一。《月牙儿与阳光》是根据老舍先生小说改编的。我们在写剧本时，为体现老舍先生幽默的风格，采取了一些结构喜剧的手法。对这一点，许多演员只觉得有些喜剧段落写得不错，也很想演好，但却不能从对老舍先生作品中的幽默的关注出发，和自己的表演紧密地结合起来。而黄磊却不是这样。他在剧中饰演的谭保罗是个阴险狡猾，杀人不眨眼，且又极其好色的北洋警察厅长。作为编剧，我们觉得他演的这个角色并不那么需要幽默和滑稽。所以在写戏时，只安排了几处有他参与的喜剧段落而已。而作为导演，我也从没想过让他赋予那么多喜剧色彩，至于滑稽就更没想过。然而，他却抓住一切可能，在自己的表演中玩起了幽默。他不仅玩得合理，玩得准确，而且还十分到位。在为若干场次增加了喜剧因素的同时，还使用了滑稽。这是十分难能可贵的。由于后面我们还要专门谈到，这里就不再多说了。

他的总体感强还从其他很多方面可以表现出来。比如：人物的出场。严格来讲，这是一个文学的命题。然而由于他写过多部影视剧本，有着较深的文学功底，所以在表演中也就自然而然地把这种文学的意识加到了他的表演中去。那是警察厅办公室的一场戏。当走完地位，他突然提出和我商量一个问题，说："这是'我'长大后的第一次出场，能否让镜头从我的后面跟着我，等说到'……咱们聚一聚，我做东！'时，我再转成正脸好不好？"我马上表示了同意。因为这个戏的两个主要人物和他都有童年的戏，而且很重。现在两个主要人物（即长大后的张小月和罗灿阳）长大后都出场了，唯独他扮演的谭保罗还没露面。这样无形中就为他这个人物留下了一个很强的悬念：他长成什么样儿了？而且，我们在写这一人物长大以后的第一次出场时，是以"正面人物"来写的……人们越想看，越让人看不到，这样才能给这一人物增加神秘感，在加强了悬念的同时也为这一人物在转过脸来那一瞬增添了不少魅力。

其次，他对有他出现的每一场戏的文学意念都琢磨得很清楚。所以，抓戏眼也都抓得很准。在每场戏的戏眼上他总能找出一些动作、细节等细致而微的东西把戏眼点亮。

比如：罗家前来为他送礼的幕僚表示罗家知道他和罗家小姐是儿时的同学后，表示“想经常走动走动”……对此，他很奇怪。因为平时前来找他的人，“不是为了解决蹲大牢的问题，就是解决砍脑袋的问题……”，而罗家派幕僚来就是解决“走动问题”时，他不信。所以，过了一会儿，他干脆直说了：“罗家到底出什么事儿了？”幕僚还是说“就这么点儿事儿！”后，他设计了一个很长的笑，笑得以至于把罗家的幕僚都笑毛了……在这段时间里，他一直坐在一张转椅上不停地左右晃动……当罗家的幕僚最后终于说到“如果有什么事的话……”，他那一直不停晃动的身体便突然停住不动了。而且脸上的表情也一下严肃起来……但等到罗家的幕僚说“那就是在厅长方便的时候把东兴楼一个叫张小月的女招待弄走……”时，他还是不信，追问道：“就这么点儿事儿？”罗家幕僚说：“就这么点儿事儿！”他又笑了起来，并让罗家别客气：“甭管什么事儿，在我这儿都不是事儿！”当罗家幕僚说就是这么点儿事儿后，他才答应道：“行！明儿我就把您这事儿给办喽！……”在这段戏里，他那身体由不停地晃动到蓦然停止，他脸上的表情由随意地说笑而转为严肃，都恰好在我们戏里所需要的戏眼上。如果不是一个在文学上有着较深造诣的演员很可能就没有或者设计不出这一系列的变化的。

这还只是一场戏。待影片拍完，我们把整个戏都接起来后发现，他关注的不仅仅只是一场戏的戏眼，还有整个戏和他所扮演的人物的起伏和发展的曲线。对这条曲线他不仅勾勒得十分清晰，而且脉络和层次都很到位。我想，假如他不是一个在文学上很有修养的人，在创作角色时是绝不会如此注意文学的结构的。

另外，他在总体上非常注意布局。这个问题如果也展开来谈，篇幅就太大了。这里我只以他对警察厅办公室这一个场景里的几场戏的处理为例就可以看出，他在演戏时的总体概念有多强了。

警察厅一共有十几场戏。他在研究了剧本后因每场戏的内容和基调都不一样，所以他对在这同一场景中的每场戏的开场都十分重视。“花招”也非常多。在这个场景里他第一次出场时是背身向纵深走去的；在他接见下属时，他是威风凛凛地端坐在他的那张大写字台后的。当某场戏需要幽默时，他或者是从桌子底下钻出来，或者是从画右向画左同他的下属一起像齐步走一样，一步一步地向前走去；而和他的情人约会时则多是在沙发上……最有代表性的是他在仕途上遇到了大的危机，在“易帜”后，马上就要被他的对手赶下政治舞台时，他的出场竟是在一根柱子前撞头！总之，都是在警察厅，他的开场没有一次是一样的，而且每次都与那场戏中的他所要展现的内容十分吻合。由于有了这样变化不一的开场，再往下走戏就容易多了。在这些方面黄磊都表现出了他较高的文学水准和修养……

二、注重人物内心世界的刻画

在银幕或者荧屏上，我们常常说某某演员的表演很“生动”或者很“鲜活”……其诀窍在哪儿？办法虽多，但演员对角色内心线索的把握与揭示则是诸多诀窍中最重要的办法之一。而做到这一点，首先需在研读剧本时，就要从字里行间把人物的心理线索发展的脉络和层次分析清楚，把每场戏被称为“戏核儿”的那些点找到，其次再调动各种手段把它们一一点亮，角色的魅力自然而然就显现出来了。现在有很多演员常常不注意，甚至不懂这一点。演了半天，演的都只是一些台词和表面性的东西，甚至就是用台词“说”情节本身，表演沦于干瘪和苍白也就没什么奇怪了。

黄磊不同。他在揭示人物的内心世界时，对剧本提供给他所扮演的人物在发展过程中的每一个层次集中在哪一个点上，包括以什么形式（是动作？语言？停顿？）来表现都琢磨得非常清楚。所以，他找到的表现手段也都比较准确。比如：他和秘书谈他夫人的那场戏。戏一开场，是他从外面回来，还没进屋，他的秘书就慌慌张张向他跑来了：“厅长！……厅长！……”而他却表现得十分沉稳：“慌什么！出什么事儿了？”（这是在事件发生前他的状态）他的秘书告诉他一个坏消息：剧中一个叫文山的记者把他多年来一直不为外人所知，而又不想为外人所知的事全打听出来了。即：他的老婆比他大好几岁，而且特别丑；他们是政治夫妻；他能当厅长全是靠着他老婆的家庭背景，等等。听到这里，他虽然淡淡地说了一句：“就这呀！……他还给我编排了些什么？”而且不露声色地继续向办公室走去。接着，他便停下并把身体转过来对准他的秘书笑了：“这小子鼻子还挺灵呵！”（这是他在这场戏中的第二个状态：在下属面前佯装镇静）他的秘书谄媚地笑着说：“是呵！”但他却没说话，而是安排了一个较长的停顿：思考。当他的秘书谄笑着说：“您看这事儿……？嘿嘿！”时，他突然拿起手中的卷宗冲着秘书的脸上便打了一下：“你笑什么你笑！”（这是他在这场戏中的第三个状态：他在内心深处对这件事是非常恼火的！打人是在失控中做出的）当秘书收回了笑脸后，他便又恢复了原有的平静说：“知道就知道吧！”做出一副无

电视剧《月牙儿与阳光》工作照（作者与黄磊在现场探讨对感化院一场戏的处理）

所谓的样子转身向办公室走去。在这里他加了一个非常强烈的动作，“哨”地一脚把门踢开了，而不是正常地推开了。（这是他在这场戏中的第四个状态：他对这件事的恼火是非同寻常的！）进屋后，他加快了向自己办公桌走去的速度，并且向他的秘书问道：“北字08号的案子结了没有？”秘书说：“没有！”，他便做出一个决定说：“我看可以结了。”让秘书“两案并一案”，尽快了结掉！秘书虽心领神会地说了声：“高！”同时也担心地问道：“那文山能干吗？”他说：“那就由不得他了！”（这是他在这场戏中的第五个状态：他对这件事已拿出了解决方案：通过制造冤案致对方于死地！）……这样，一个阴险、狡猾而又毒辣的北洋时期的警察厅厅长的形象便活灵活现地出现在了我们的面前。

三、熔多种情愫于一炉

我们评价一个剧本的好坏时，对剧中的人物有多少侧面，以及对每个侧面的表现是否结实、丰富十分重视。对演员扮演的角色也是一样。在欣赏一部作品时，我们期望看到的人物总是能熔多种情愫于一炉，才会觉得丰满、厚实和有立体感；否则就会觉得淡而无味甚至形同嚼蜡！黄磊的表演为什么可以从他同龄的演员中脱颖而出，成为其中的佼佼者？我以为这和他演的人物可以做到熔多种情愫于一炉有很大关系。在拍摄过程中我虽注意到了这一点，但没像在把片子接起来后感受那么突出。就剧本而言，这个人物写得还是比较丰满的。黄磊显然也注意到了，所以在表演时他对每一场戏在色彩上的安排都很不一样。比如：在他第一次出场时，他自称“晚辈”，对罗家派来的幕僚显得“十分谦恭”；但遇到自己儿时的女同学后，他又表现得温情脉脉，眼睛带钩！对自己的下属则是呼来喝去；对那个能给他带来官位利禄、又老又丑的夫人，他却能极尽其乖觉听话和侍奉左右之能事……对自己的秘书虽亲近，但当他不得不讲出自己的难言之隐时，也会流露出尴尬、不好意思和窘态；对构不成威胁的对手，他表现得十分伪善；对那些足以致他于死地的对手，他则又表现得十分凶残！而在与情人在一起时他则较多地使用的是帅气……真是变化多端，却又非常统一。而在这里我们必须提到的一点是：他很知道演员必须“从自我出发”这个原则。不管他在哪场戏，也不管他要表现的是哪种情愫，他从不挤眉弄眼做坏人状，而永远是从他那儒雅的样子出发来处理每一场戏，从而使他扮演的人物可以将其灵魂进入他的躯体，成为艺术形象，而不是脸谱！

四、幽默与滑稽的运用

我们知道，如今的艺术如不同市场结合，实际就等于自杀。但同市场结合又绝非媚俗。我们为了把老舍的《月牙儿》这样严肃的文学作品搬上荧屏，从一开始就考虑到了观众的因素，所以才想到与另一部以喜剧人物为主人公的小说《阳光》糅在一起。并在改编时采用了结构喜剧的手法，以便“点火就着”。但对于黄磊扮演的谭保罗，因其在剧中只是一个阴险狡猾，杀人不眨眼，又极其好色的北洋警察厅厅长，所以我们并没想让他给角色赋予什么喜剧色彩。滑稽自然也就更没在我们的设想之中。但黄磊却抓住剧中几处有他参与的喜剧段落，从全剧出发，自创机会玩儿了多处幽默与滑稽。而且玩儿很合理、准确和到位。如果他只玩儿幽默，我可能误解为这是他在追逐眼下的时尚。而玩儿滑稽我却以为这是绝对需要勇气的。因为滑稽不像幽默那样被人们所理解和推崇，弄不好还有“耍活宝”之嫌。

试举几个例子来谈：

剧中有一段他和他夫人的戏，他夫人既老且丑，而且又是个极爱吃醋的女人。因特别爱吃醋而养成了一个习惯，即一发现他与什么女人有染，就势必摇头和打嗝儿。而谭保罗却偏偏好色。在那个军阀混战、政局多变的时代，他们为个人政治地位的需要和发展又必须分居两地，使谭保罗不仅有条件寻花问柳，而且可以让他的夫人无从了解……他夫人对此虽早有耳闻，但却始终没有抓到什么证据。所以每次来京“都要在暗地给他查个溜够，才与他见面……”此时，南军马上就打进北京，奉系通电退回东三省，北京正面临南北交接的重要时刻。而他却陷入了困境，急需其夫人利用其家庭影响为他击败对手。现在，他夫人马上就要来了，而他在外宿娼、娶小的事可能败露……怎么办？经过这一系列的铺垫，剧情的发展显然已给他的行为造成了“点火即着”的喜剧情境；黄磊正是紧紧抓住这一机会，在充分展现他的幽默和喜剧才华的同时，巧妙地加进了几处滑稽……

例一：当他陷入困境，在失意中破例喝了许多酒，回到与他姘居的名妓石榴家时，对他头上戴的具有象征意义的警察厅厅长的帽子便给予了特殊的关注。石榴用毛巾给他热敷，一碰他的帽子，他立刻便神经质地做出反应："别动我的帽子！"并接连两次把被碰歪的帽子用手扶正。……再加上他的借酒浇愁，语无伦次，把他的那顶象征"乌纱帽"的警帽玩儿得十分滑稽。接下去是说他夫人来了电话，他一听，吓得像丢了魂儿一样，对石榴说："你还不赶紧挂上！"石榴告诉他："是高秘书来的！"他才惊魂甫定，埋怨道："你也不说清楚！"惊喜中，他一下由仰面躺着，而蓦地趴向石榴递过来的电话，双脚也随着他的身体由仰而卧，在兴奋中不停地朝天晃动起来……他这一动作来得太突然了，由于全没思想准备，致使我不由笑出声来。同期声遭破坏，只好重来一条……（遗憾的是由于其他原因而无法把这一条接进去，从而成了我们的一个永久的遗憾。）

例二：当他夫人提出为她的来京设接风宴时，他嘱咐秘书在酒楼门口一定要安排小伙子，一个女人也不许有。而且一定安排得要非常多，以示隆重。他夫人来后看到排场隆重虽很高兴，但还是看出了破绽："这都是你安排的吧！"他只好支吾说："对！"但他夫人马上一点不给面子地说："你当我是夸你哪！"说完，就用高跟鞋狠狠地在谭保罗的脚尖跺了一脚！恰巧此时酒楼的掌柜的来了："哎哟！谭夫人！……请请请！"向高级单间让去。但他却走不动了。而他夫人还是全然不顾地向前走去。他只好很夸张地一瘸一拐地跟了上去……这里跺脚这一动作是剧本中原本没有的。而这正是我们剧本的一个先天性的缺陷，即所有的铺垫都靠的是人物的语言和剧本的文字描写完成的，很缺少这样正面推到前景的戏！而他在这里加上了这样一个细节，就填补了剧本的这一不足，使人透过这一细节，一看便知他怕老婆怕到了什么程度！而他的表演，即让夫人跺他一脚，和作为高官从怕老婆到一瘸一拐跟在后面追进餐厅等一系列动作，演得非常滑稽……在现场就引来了阵阵笑声。

例三：在他得知夫人被情妇约去后，很紧张，遂急忙要车追去打算阻止。当他追到他的情妇与夫人会面的饭馆时，问："是不是我夫人来了？"掌柜的先是大声说："没有呵！"然后又改为小声说："这是您夫人让这么说的！"他正欲溜进去瞅瞅，另一跑堂的却厉声将他喝住了："不许动！"然后也是堆出笑脸告诉他："这也是您夫人让这么说的！……"他听后，一反平时的威风凛凛，而格外平和地连连点头并伸出大拇指，表示对方做得很好。而恰在此时，楼上他的情妇已告知对方：“我是他的姘头儿！”他夫人一下便控制不住地连连打起嗝儿来……此前他在给夫人的接风宴上，因见一个假女人，便使其夫人连连摇头打嗝儿，在京城众位要员面前出了大丑。在那场戏中他就为自己设计了一个很有张力的动作——只要他夫人一打嗝儿，他就要跟着伸一下脖儿——用以说明他们平时在一起的关系。当他对饭馆的掌柜刚说完刚才那段话后，又刚好听到楼上他的情妇添油加醋地告诉他夫人：“他正要把你休了！……”而他夫人正大打其嗝儿呢！嗝儿声传到楼下，他便连连随着夫人打嗝儿声而不停地伸脖儿……给这一段本就很逗乐的戏，更增添了几分滑稽而又亮丽的色彩……

这里，我们只谈了黄磊的文学修养和他表演之间的关系。其实，在这部戏里，他还展现出了他在政治、历史等诸多方面的修养对他表演的支持和帮助。比如：在剧中他扮演的是一个大色鬼，这样就很难避免一些“敏感”的镜头。我也曾很为这种内容的表现而发愁。但他都巧妙地处理了。有些他不想演，经我坚持他还是演了，结果审查时还是被剪掉了。从这里我感到了他在政治上的成熟。另外，我们这个戏是北洋时期的戏，他演就不像有些演员穿是穿了一身历史上的衣裳，演出来的还是一个现代人。这就不是临时抱佛脚可以解决的了。从这里，可以看出他平时至少对这段历史是有一个起码的概念的……由于时间的关系，我就不一一展开了。总之，一个演员，一个好的演员，绝不是仅仅懂一点表演技巧就可以创作角色的，只有那种平时肯在文学、历史、政治、哲学、民俗等多种人文科学方面下功夫的人，才能创作出深刻鲜活和有分量的人物形象！

2004年11月

坚强乐观的张连文

说起张连文，现在许多年轻人竟不知道，这让我很觉遗憾。但使我欣慰的是问起“30后”到“80后”这几代人还是都记得他和热爱他的。一部《艳阳天》，他凭借出色的表演便赢得了广大观众的喜爱；后来的《创业》又使他红遍了大江南北；再有《沸腾的群山》，这三部不同题材的电影就让他把“工、农、兵”形象演全了。他作品好，人品好，艺德好。说起他，本应是谈论他在表演艺术上的成就的。可是，天有不测风云，人有旦夕祸福。一次又一次的厄运在毫无思想准备的情况下向他袭来。换个人，早颓唐下去了。但他却表现出人们难以想象的坚强与乐观。于是，这才产生了我这篇文章的标题：坚强乐观的张连文。

他的第一次厄运是得了癌，而且很重。他的儿子非常孝顺，得知父亲得了癌后，背着他哭得十分伤心……但他本人却很坚强、镇定。他相信任何情绪的焦急、烦躁都于事无补。好的心态对疾病的治疗和康复十分重要。所以采取了“既来之，则安之”的态度，科学对待，积极治疗。经过他持续耐心的寻医问药，不断总结，终于治好了。谁说起他的这段经历，都觉得是一个传奇。他跟我谈起这段经历时就像说书一样，讲给了我。

他说：“我找到一个‘偏方’……”他说他选定这个偏方不是像某些人病急乱投医，最后蒙上的。他说：“我是经过多方了解，知道了那些被治好的人的疗效才确定的。”这个方子非常简单，就是喝牛蹄筋熬的汤。在他之前这个方子已治好了几个人。他见确实有疗效才决定一试。儿子非常孝顺，见爸爸能如此科学地对待疾病，自己信心也增强了，开始每天给父亲熬牛蹄筋汤。他说开始喝觉得有点儿膻，但还能喝得下去。可时间一长，喝着，喝着就有点儿受不了了。喝到最后他见到牛蹄筋汤就想吐。但是为了治病，他仍然坚持一次次地按时喝，从不间断。牛蹄筋汤的膻味儿挺冲的，弄得街坊四邻每家都充满了牛蹄子汤的味儿。他们采取了很多措施，也解决不了。他只好向邻居解释，求得邻居的谅解。邻居得知他得的是癌，熬牛蹄筋汤是为治病，就原谅了他。他很感激。

他好了以后，消息不胫而走。许多癌症患者得知张连文和他们是一样的癌，于是经过多方打听找他问询治好的办法。张连文是一个乐善好施的人。他慨然将自己得病和治疗的过程全部告诉了别人，从不保守。袁木得的和他是一样的癌，也找上门来，讨他的方子。回去如法炮制，一样按时按量喝，最后也把病治好了。

他又可以重返银幕和荧屏了。而且有一部戏已经定了他，他正准备走呢，我因为答应了中石油老干办找他看剧本的事，就赶紧把他抓住了。我很担心他不愿意管，最后，他听说和石油有关，不仅管了，还管得很认真。把中石油老干办托我的事解决了。

当时事情很巧。我正发愁怎么找到他呢，在北影小食堂吃饭碰到了他。寒暄之后，我说："我正有事儿找你呢！"他问什么事儿。我说朋友写了一部有关石油题材的话剧。我帮他看了，非常感人。但中石油老干局领导说我说的不算数儿，只有张连文看了才算数儿。他说："别逗了！"我说是真的。这么多年石油人只承认一部影片《创业》和一首歌《我为祖国献石油》。最近咱们拍的一部石油题材的电影，还得了金鸡奖呢，人家石油人照样不认可。在玉门首映许多人没看完就走了。他们对你非常认可，想让我找你看看。他说身体不好，看不了电脑。我就打印了一份给他送去了。

一般来讲，不用说像他这样大的演员，就是小编辑、编剧、导演、副导演都不会给别人看稿子。因为时间对谁都是成本。况且，有许多专门替别人看外稿的小编辑还指着给人看稿子挣钱呢！免费看本子，有毁他人饭碗之嫌。但他却一点儿没犹豫就答应了。我高兴极了。我送去以后，他很快就看完了，而且意见和我的看法差不多。我和中石油老干局约好时间就和他一起去了。

因为是纪念周总理三次去大庆，剧本写得很有激情。他非常激动，说："写得真好！我是老了，我要还是剧本里角色那个岁数，我非演不可！……"

我这才知道，中石油老干局的领导为什么对他这么认可。原来，他演完《创业》后，和石油界的许多人都建立了深厚的友谊，他和中石油老干局的局长、副局长从聊剧本的话题慢慢就进入整个石油工业发展的许多故事和历程去了。中国石油工业发展中的许多重要人物和许多坎坷，他都知道。许多领导他也非常熟悉，他们在一起还曾酝酿过下一个《创业》，虽没弄成，但他们彼此间都成了好朋友……

看他们谈得那么投机，那么深入，我很高兴。觉得把中石油老干局交我的任务完成了。中石油老干局领导非常满意。谈完意见，老干局领导还纷纷和他合影留念。决定对排练这部话剧表示支持。

后来，我们都各忙各的，逢年过节发个短信，如此而已。

谁知，老天竟如此的不公平，就在他第二次准备大展宏图的时候，厄运再次降临到他的头上！

一天，我到厂区去，又一次看到了他。原来他的身体康复以后，已经变得十分健康，动作一如过去一样机敏。但现在的他却拄了一根拐杖，胳膊和身上还包着多处纱布。我大吃一惊："你怎么了？"

他说："我出车祸了……"这么沉重的话题，他居然是笑着告诉我的。

我问："是你撞了人，还是人撞了你？"

他说："对方全责……"

我说："那对方应该赔偿啊！……"他说："是呀！可对方说他没钱，你说怎么办？所有法律程序该走的都走了，现在还拖着呢！"

我真佩服他的乐观与坚强。他说起这次车祸，就和聊闲天一样，一点儿也没为此陷入痛苦。依然像上次一样，谈笑风生，还说，他现在好多了，刚出事以后，连动都动不了。

我说："你这还怎么上戏呀！"他说："那就不上呗！"但我还是觉得："那可惜了！"

我之所以想写这样一篇文章，就是想跟大家谈谈他是怎样面对疾病和意外事故给他带来的伤害的。他表面很乐观，依然参加各种活动。但说实在的，事故对他绝对不仅仅是一次身体上的伤害，更是一次很深的心理伤害。

哪有演员不想上戏的？

他不仅是一位好演员，而且是一位高产的演员，有一系列的电影佳作值得我们去研究、探讨，除前面提到的三部影片外，还有《巨澜》《婚礼》《许茂和他的女儿们》《海囚》《普通人家》《泰山恩仇》《挺立潮头》等都很有看头……但是，他的艺术青春很可能只有等待病愈才能焕发了，看情况时间会很长。

这不仅对他个人，对我国电影界也是一个极大的损失。

但我佩服他的乐观与坚强。他的艺术才华已经给我们很多了。我这里想说的是他的那种难得的精神。

我和他分别后一直在想，这要换了我，一定会很烦恼。绝不会这样乐观。特别是现在演员的片酬已经高到了吓人的程度，看着别人在大把大把地挣钱，自己本来是个身价很高的演员，却没戏可演，心里肯定不是滋味，但他却一点不以为然。这就使我们理解和知道了他原来的戏为什么演得那么好。因为，他演戏的目的明确，根本不是为了钱。他把自己的演艺生涯当作了一种社会责任和担当。现在，他不仅法院判的赔偿没得到，演戏的机会也大受影响。换别人一定会懊恼死，但他却依然可以谈笑风生，说起他的伤病来，就好像在说别人的事！我实在是太佩服他了！

作者与张连文（右）在老厂长汪洋同志百年诞辰纪念活动时的留影，张连文坐在轮椅上依然谈笑风生

最让我想不到的是，在纪念汪洋同志一百周年诞辰之时，他居然拖着病体，坐着轮椅参加了！这说明他不光是一个坚强乐观的人，还是一个十分感恩的人。是老厂长汪洋同志把他从一个地方剧团调到北影。汪洋虽走了，但汪洋同志的恩情他却始终没忘！

最后，我希望同志们都能好好学习连文的乐观与坚强。医生和从病痛中走过来的人常说：心态很重要。连文不是给我们提供了一个很好的例子吗？

衷心希望他的身体能尽早康复！

2016年9月

老牛还是老牛

——记著名演员牛振华

《魔鬼发卡》一开机，文文爸这一角色我想的就是牛振华。我把这个想法告诉了副导演郭淑香。我虽跟郭导说了老牛是朋友，可牛振华现在毕竟是两次大奖的得主，又是为观众熟悉和热爱的大明星了。现在请他，这……？副导演虽心存疑虑，还是按我的意思去办了。接连两个星期，电话、寻呼机打了不知多少遍，好容易联系上了，却得知他在外地。副导演只得又四处忙活着另找他人了。事有凑巧，那天拍文文爸这场戏时副导演找的那位演员说有急事，没来。这可急坏了副导演。她除了自己想办法外，又发动演员们帮她一起想。中铁文工团的演员刘力（艺名刘馨阳）在片中饰演文文妈。文文爸一角由谁演，能否准时到场对她也十分重要。她问的第一句话就是："牛哥行不行？"副导演问："哪个牛哥？"刘力说："牛振华呀！"副导演泄气地说："那是天上的月亮，够不着！"随即把前两天找他的事说了一遍。不期，刘力却斩钉截铁地告诉她："他回来了！我呼他！"二人一起奔向电话。一遍、两遍、三遍……回话终于来了，但牛振华说："我刚下飞机，想睡一会儿。"刘力着急地说："不行！马上就要拍到你了！"牛振华这才说："我就是去，也得让我弄明白了是个什么戏，我演什么角儿啊？"刘力这边早已急得满头大汗，连衣服都透出了微微的汗渍。但她还是以十分简练、准确的语言把故事给他讲了一遍。牛振华那边听完便立即做出了决定："行！儿童片我都支持。我去！"刘力听后顿时笑出了声："你快点来啊！"她刚要撂电话，牛振华又说了声："等等！……"刘力又是一惊，牛振华问："导演是谁？"刘力告诉他是霍庄。牛振华笑了："嗨！是霍导啊，行！我马上就到！"牛振华说话算话，不一会就开着自己的车来了。我更利索，他一到场就让他换衣服，化妆，一切停当就立刻开机，没过一会儿就拍了好几个镜头。

这一次的拍摄现场是在一个单元楼内，地方窄、人又多，再加上灯具、移动轨，早就没地方下脚了，可巧牛振华上楼时又叫周围的群众看到了，这下不得了了，单元门不关还好，一关上不到半分钟便有人敲门，来的人全是来看牛振华的。不是请他签字，就是找他合影。老牛真有办法，看来他对此早已适应了。他不仅能满足对方的要求，而且一点不影响拍戏。

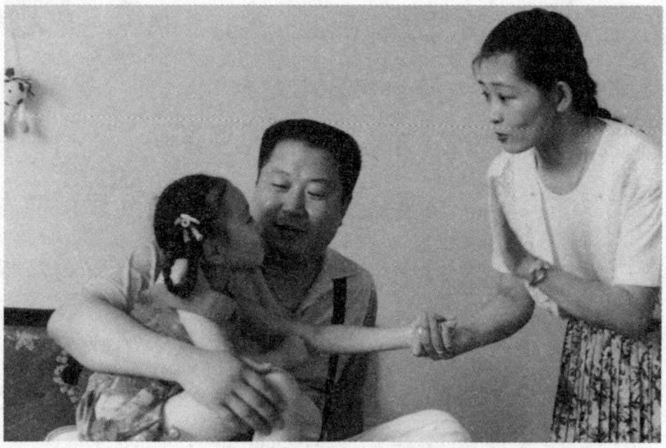
《魔鬼发卡》剧照（牛振华饰文文爸，刘馨扬饰文文妈）

几个小时过去以后，牛振华的戏拍完了，他说想去洗个脸，哪知他是打算不结账就悄悄溜走的。结果，被制片主任发现了。牛振华执意不要报酬，他说："儿童片没多少钱，这个我知道……"二人争得脸红脖子粗，一个坚决给，一个坚决不要，引来了组内和前来看拍戏的观众们一片议论，"这种场面近年来实在太少见了！""这样的人，应该多给！"但议论最多的还是这样一句话：牛振华连连得奖，但朴实的本质并没有变！

老牛，还是老牛！……

附记

说实在的，这篇文章只是一篇配合影片发行所写的宣传文章。内容很单薄，说的就是以不要片酬来支持儿童电影。我之所以还是坚持把这篇文章收到了我的散文集里，是和当前的天价片酬紧紧联系在一起的。

报纸、电视、网络以及各种媒体都在发声，谈论天价片酬对不对。特别提出了演员的片酬和一些航天专家、导弹专家、航母专家相比，不仅明确表示了不对，甚至进一步用一句很难听的话来表达对这种事情的不满，曰："戏子误国……"为科学家们抱不平的精神可取，骂演员是戏子终归不好。我以为平心静气讲道理才能令人服气。

目前坚持高片酬的人，除了一些著名演员、名导和名编剧以外，连圈内人都不怎么支持。这绝不是一句嫉妒或"气人有，恨己无"所能解释的。绝大多数我以为还是出于理智和为国家的发展考虑而表现出来的。

主张高片酬的有很多说法，其中有两种较为具有代表性。

一曰：物有所值。二曰：愿打愿挨……有这样主张的几位演员大部分都是我比较推崇的演员。他们在业务上应该说，都是很敬业的。这就是说，他们在创作角色方面还是体现了他们的职业精神，或者说，他们是有担当的。但是，演员绝不应该把自己仅仅当作一个演员。作为演员，首先应该记得自己是人，是一个社会人，一个中国人。作为人，作为中国人，他的担当，就不能仅仅局限在自己的职业上了。国家的利益、国家的发展和国家的前途都是与你息息相关的。目前在分配问题上，两极分化极为严重。你作为一个人，一个中国人，应不应当和你做演员一样，也有所担当呢？如果从这个角度来思考，高片酬难道不应该考虑一下它形成的原因、过程和合理性，以及对中国的社会和经济改革是否有利吗？我觉得，如果从理智上做一个判断，事情的孰对孰错就很明显了。艺术是有担当的，艺术家也应该是有担当的。在这样的时候，我们究竟应该拿出怎样的姿态和行动来，我觉得这对一位艺术家的艺术良心是一个严峻的考验。

老牛在百忙中帮我们拍儿童片，拍完就溜，不打算拿片酬，这种精神是很了不起的。只可惜他在一次意外事故中离开了我们。我至今还很怀念他！

这样做的还有我的一个好朋友刘亚津。

我们国家的改革开放走到了这样一个十字路口的时候，我希望我们现在所有拿高片酬的人能放下自己的利益，把影片的质量和我们的片酬放到一个大环境里去考虑一下它的合理性。这也就是我为什么把牛振华这篇小文章一定收在我的散文集里的原因。

1994年3月

第六部分

家族篇

在霍氏家族研讨会上关于家训的发言

尊敬的各位领导，尊敬的各位宗亲：

关于家训我想讲三个方面。

一

我的父亲没给我留下只言片语。但他却用他的生命给我们晚辈留下了比任何语言分量都重的家训。我们平时常说："身教重于言教。"我想我父亲的死就是对我们后人最好的身教。

他走的时候我只有五岁。没人告诉过我的父亲是谁。当时我还是个淘气的孩子，所以也从来没问过我父亲的情况。大约是到了初中三年级，我第一次从舅舅那里听到有关父亲的情况。以后从我叔叔、婶婶、父亲的同学同事、街坊邻居还有我的堂兄堂弟、表兄表弟、表姐表妹那里陆陆续续听到一些有关父亲的情况。特别是我们都长大以后，兄弟姐妹谈起爷爷和几个叔叔的情况时，我才越来越多地知道关于父亲的情况。他不仅是清华大学毕业生，还是首届清华研究院的毕业生，他的导师是朱自清和陈寅恪，研究国学和西夏文，懂四门外语，是陈先生最喜爱的高徒之一。他主编过许多报纸和杂志，或当过主编或主笔，宣传学生运动和抗日的情况。故事很多，他的遗作和译作也很多。至今在那些报刊和杨植霖[1]、杨令德[2]、朱自

［1］ 杨植霖：中华人民共和国成立初期，曾任绥远省人民政府主席，省委第一书记，中共甘肃省委书记、顾问，甘肃省政协主席。

［2］ 杨令德：内蒙政协副主席、和平解放绥远的签字人之一。《西北民报》《绥远日报》《绥远民国日报》总编辑，国民政府监察委员。

清[1]、章叶频[2]等人的文集中还可以看到他的作品和在世时的活动情况。1996年由章叶频先生编辑的《20世纪30年代内蒙古西部地区文学作品选》还收录了我父亲的多篇诗歌、散文和论文。他的作品至今在网上也可以查到。这里我只想讲一下关于他的死。父亲当时在清华和北大任教。后因较为复杂的社会原因，需要避祸，而老家归绥一中（即现在的呼市一中，当时的中学校长社会地位是很高的）又正好缺一名校长，邀请他前去任教，他就去了归绥（即现在的呼和浩特）。再后来，因母亲怀大姐胎位不正，需回北平生产。七七事变爆发，不能返绥，就留在了北平，住在绥远会馆。日本人占领北平后，急于建立他们的大东亚共荣圈的新秩序，不用说大学教授，连普通的中学老师都要动员出来教书。父亲不愿给日本人贴金，更不愿意拿日本人的薪水和津贴，就从清华辞职到北平的私立中学去“混钟点儿”，用以养家糊口。但日本人却不肯放过他，整天登门找他，他只好东躲西藏。后在一位绥远老乡，又是他的一位学生（我党的早期党员）的帮助下，搬到了大后仓10号，这才摆脱了日本人的跟踪、骚扰。但很不幸，就在这期间，不知怎么患上了肾结核。大家知道，当时还没有链霉素，各种结核病和现在的癌一样是无药可医的绝症。开始，他只有一个肾染上了结核，如果割掉一个肾还是可以活下来的。他和我母亲四处借债，却怎么也没能把钱凑足。在举债无门的情况下，如果回到清华或北大教书，每个月是可以有两百大洋收入的，做手术的钱是可以拿得出的。母亲和亲戚朋友都劝他回清华去：“回去吧！留得青山在不怕没柴烧！”他很想活，心情不好，脾气焦躁，便不近情理地骂了母亲和亲戚：“你们还是不是中国人？！”最后，因为家庭贫困，缺医少药，活活熬死了！

是的。他没给我留下只言片语，但他宁死不给日本人脸上贴金，不拿日本人的薪水和津贴这种民族气节是留给我们孩子最好的家训。是他用生命对爱国主义做了最好的诠释！父亲永远是我的榜样！如今，我们这个社会是个多元化的社会，人可以有不同的信仰，不同的追求，但我认为爱国应该永远是我们做人的底线。你既生在了这片热土，你就永远要有为她牺牲一切的准备！

[1] 朱自清：中国现代散文家、诗人、学者、民主战士。

[2] 章叶频：作家，新中国成立前曾历任绥远文艺界抗敌协会常务理事兼出版委员会委员，绥远中华民族解放先锋队队长，绥远民族抗日救亡会理事，《绥远抗战日报》副刊主编，绥远抗日刊物《一条线》主编，西北战地服务团组织干事，中共宣化、丰镇县县委宣传部部长，怀仁县委副书记，沙县县长。中华人民共和国成立后，历任归绥县委书记，中共归绥市委宣传部部长、政协副主席，内蒙古党委宣传部秘书长、教育厅副厅长、文委副主任、党校副校长及顾问。晋察冀文艺研究会理事，内蒙古离休老干部写作协会副理事长。

二

这是一个关于读书的家训。家训原本是有文字的，由于我和两个姐姐当时都很小，母亲只有相当于现在的高中文化，实际只是在医院里学的护理，也不大懂得父亲手稿的珍贵，不知怎么就弄丢了。

这个家训是明明白白写给我们三个孩子的。

我当时小，记忆好。内容虽记得，但不知它的重要。直到我认识到它的重要和真正用上时，已经是我上大学以后的事了。如果我早一点懂得，我会倍加珍惜地把它保存下来的。在我上大学后，曾翻箱倒柜认真寻找过那只有一页多的稿纸，但经过两次搬家，房子越来越小，早不知道哪里去了……

内容只有八个字，说的就是读书和成长。这里我只能凭着记忆，用今天的语言，而不是他所用的民国时期的语言来复述了。虽不是原作，但我依然还是很珍惜。因为它指导了我大半生的读书生活。

1. 志向

人一定要有志向。志向越大，动力就越大。要立志，就一定要有一个敢字。何谓敢？就是要敢立大志，不为环境和世俗的嘲笑所左右。比如：在儿时你想当个顶尖的学者或教授，说出来可能会被人讥讽为异想天开。对此，你完全可以不去理会。只要它能使你动力十足这就够了。你从小不立志，你的动力肯定小。奋斗的结果就不一样。当然，志向大并不一定能实现，但有志向和没志向是完全不一样的。至于奋斗结果，最后可能没实现。比如：你没成为顶尖的学者或教授，却成了一名讲师，那也很不错。这也是你

作者在香港与霍英东公司的掌门人霍震寰（右二）、中华霍氏宗亲会秘书长霍小强（左二）和霍氏宗亲代表霍飞燕（左一）合影留念

当初立志的结果。如果当初没想法，你连个讲师也当不上。即使当了，也绝不是一名好的讲师。况且，有时你的志向没能实现，并不一定是你不够努力，很多时候是外在的社会因素造成的。那立个大的志向也是需要的。志向会让你在逆境中依然努力前行，不会因此消沉。外力可以阻止你成功，但绝不能阻止你成长。只要你成长，就有机会。目标、志向是人不可缺少的。缺少了，很可能就会生活得浑浑噩噩，无求进取，没有灵魂……

2. 兴趣

你对你所从事的事业一定要有兴趣。没兴趣，硬着头皮去干一件你不情愿的事是不能持久的，也不可能有所成就。有兴趣，遇到难题，你只会觉得这是一次有趣的挑战，而决不会知难而退。在你像钻头一样去钻研解决你面临的难题时，你会觉得那是一种享受。享受解决难题的过程。即使有如煎熬，也是一种幸福的快乐。没有哪一件事是可以轻轻松松做成的。只有你对你做的事充满兴趣，你才不会被困难吓住，而且会不知疲倦地坚持下去。无论你走路或者吃饭，你都会惦记着你遇到的困难：下边怎么办？于是，困难就成了你幸福的来源。人是要靠成功来鼓舞自己的。你解决的难题越多，你的成功就会鼓舞你，使你越感兴趣，越觉得幸福。人生什么是幸福？用你一生去做你想做的事就是幸福。不管你想的事或大或小，你准有成就。这就是兴趣的重要。

3. 方法

许多人只知道努力。这绝对是一种好习惯。但光努力，不注意方法也不行。一个人能否取得成功，方法十分重要。比方说切肉，原始人使用锋利的石头也能把野兽的肉撕开，但肯定很费力。而我们现在有了刀，切肉就容易多了。刀，就是人类在切肉的方法上取得的进步。过河和漂洋过海一样。游泳能过去，但有船会更好。木船不仅能过河、过海，还能抵御巨大的风浪和运载很多货物。现在有了超大的钢铁巨轮，这一切更不消说了。这就是人类过河与漂洋过海在方法上的进步。读书也一样。只有有了一定的方法，你的进步才会更快和更加有效。比方说学文学。就要有学文学的方法。开始恐怕就要建立起精读与泛读相结合的好习惯。这就是：读一本书，先把它读熟读烂，把书中的真谛弄懂，这就叫精读。与此同时还要广泛涉猎，也就是泛读。精读为你找到了一套读书的方法，当你泛读时，你就会自觉不自觉把这种方法用于你的阅读，这样，你的收获就比别人多。这就是方法在起作用。当你读书读多了的时候，你就可以集中读一个作家，一种流派的书籍，然后到一定时候再读文学史……再往下就可以广泛涉猎其他人文科学了（事实上常常是同步进行的）。当你对文、史、哲、经都有所涉猎，甚至钻研后，你就具备了一个使自己成为文学家或研究者的知识构架，可以在知识的海洋里自由地遨游了。没有这些方法，你再努力也不会有什么大成就。另外，一个学科有一种方法。每当你想学习一门新的学科时，一定要在开始学习时，先寻找学习这门学科的方法。这样，你才能把这门学科学好。这也就是每门学科的教科书在开篇时，常常会先讲方法论的原因。

4. 毅力

当你解决了立志问题、兴趣问题和方法问题后，剩下的就是毅力问题了。人总是有惰性的。有人多一些，有人少一些。要想有所成就，就要克服自己的懒惰，让自己能持之以恒。毅力这种品质一般来说都不是与生俱来的，需要靠锻炼才能具备。但是怎么锻炼呢？我觉得从小就开始锻炼比较好。家长要管，自己也要管。不能放任自流。让毅力成为自己在任何情况下都具有的一种品质。不过，说到毅力，有一件事必须首先提到。那就是：方向。在确定你准备做的一件事情之前，首先要确认方向。只有方向正确，你的毅力才会起作用。如果方向不对，你的毅力再顽强也没用，就像想发明永动机一样，纯属浪费时间。而且，还有可能对你带来负面影响。我觉得锻炼毅力对小孩子来说，可能从两个方面开始比较好。一个是习字。就是练习大楷和小楷。这很考验毅力。首先，你须挑选一本你最喜欢的字帖，然后开始练习。对小孩子最容易出现的毛病就是"三分钟热度"，练几天就不练了。家长督促固然重要，但在督促时，启发孩子的兴趣和让他懂得意志品质的重要就好了。兴趣上来了，又知道了这是在锻炼自己的毅力，孩子就有自觉性了。这时候，你想叫他停下来都不可能。这就是说，用兴趣支撑的毅力是比较容易坚持的。否则，很难。另一个就是学外语。这门课其实很容易，难就难在持之以恒。其实，你只要养成习惯，每天保证能念十五分钟到二十分钟，从不间断，你就可以学会。但就这一点，95%以上的人都做不到……理由谁都有，甚至很正当。但什么理由都是遁词。对孩子来讲，出现"三分钟热度"是很正常的。停顿不要怕，停顿了，再捡起来就是了。能捡起来，再坚持下去，还是有毅力的表现。经过多次反复停顿，捡起，再停顿，再捡起，慢慢锻炼出来的毅力就巩固了。另外，毅力也是要和自己的雄心壮志、自己的兴趣、训练有素的方法结合起来，再加以坚持，那就无往而不胜了……

最后，希望你们要格外注意身体，记住我的教训。只有具有一个健康的体魄，前面的八个字才有用。至嘱！

三

关于我的爷爷。爷爷在我老家县志上“知名人士”一栏里位居第一。他有很多故事。其中一条就是非常注重教育。在托克托那么偏远的一个小县城生活，居然把五个儿子全送到了北平或者南京，并考进了名牌大学。现在的人可能都无法相信，绥远是在五四运动爆发后一个多月才知道北平发生的这次学生运动。伯父和父亲正值十八九岁，正处在壮志冲天、激情澎湃的年龄，他们和绥远的同学、朋友办报纸、写文章，传播新文化、新思想，一直战斗在文化斗争的第一线。在五叔考上北大以后，还受到了当时绥远省省长傅作义先生的接见。在抗日战争中他们又和长大的三弟、四弟和五弟各自发挥了重要的作用。因此绥远人把我爷爷的五个儿子称为“霍家五虎”。（摘自《塞外忆往——杨令德回忆录》）

但我只在初中时见过我爷爷一面，而且时间不长。父亲排行老二。我是父亲唯一的儿子。母亲从来没有重男轻女的思想。但爷爷有，而且很重。他在京期间，只一个多月。他很少在家吃饭，总是下馆子。出去时只带我一个人，从未带过两个姐姐。另外，那时住的都是四合院，洗澡都在澡堂洗。他洗澡也总是带着我。现在回想起来，他带我出去吃饭、洗澡大概是有目的的。因为他不在北平生活，没时间教育我。就在吃饭和洗澡时，把他一生的经验和教训都非常浓缩地变成了故事，细细地讲给了我听。当时，我不理解，也听不太懂。现在回想起来，他说的有些话，的确是至理名言。

1. 关于家庭的经济生活如何打理

他对我讲过一句话，叫：“节流不如开源。”他说，人的一生起起伏伏，总会有顺的时候和倒霉的时候，也肯定会有富裕的时候和贫穷的时候。富的时候好说，穷的时候就要想法子了。千万不要靠拼命省钱来解决问题。而应该想办法去挣！说实在的，我当时实在听不懂这些话。也不明白他对我讲这些话干什么和有什么用。我长大了，慢慢想起这些话才感到，他可能是有意而为之的。可这句话，在毛泽东时代实际是用不上的。因为我大学毕业就分到了北影厂，大半生衣食无忧。一般来说，在那个时代我们大学毕业生都是比较富裕的。因此也就谈不上什么“节流”和“开源”了。但等到北影改革以后，不仅不再有工资，而且还要交劳务和住房基金、养老基金等各种将来的需求。那时，我正处在第一线，虽感到有了危机，但年年有戏拍，交劳务对我一点不困难。但自那之后，我们在毛泽东时代长大的这一代人，开始有了挣钱的概念。但我没想到新厂长一到，我就再没有了原来一年一部戏那种稳定的高收入了。而且还需自己到处找饭吃。这时，爷爷那句话起了非常大的作用。我爱人开始缩减开支，我虽觉得不是办法，也不敢说。我是男人，要去想办法。爷爷那句话对我起了很大作用，那就是要“开源”。我四处去闯，应朋友之邀，去给他们开办的广告公司和影视公司当老总；上班挣钱的同时，研究影视市场的需求去拍戏和写剧本……直至今天。我这个在计划经济年代长大的人并没被经济改革的大潮所吞没，反而因为勤奋和敢闯，生活倒比原来好了。退休以后，没戏拍了。我就去教书。结果又教出一片天地。许多所大学和艺考学校都很欢迎我，我还写出了一套教科书，正在陆陆续续出版。生活水平不仅没有因为年老而降低，反而比没退休时更好了。而且好了很多。对此，我感到我应该好好感谢我的爷爷。

2. 关于真理与生命

这个标题是我提炼的。不是我爷爷的原话。但我觉得他想讲的，就是这个意思。他说，人活一辈子不容易，会经常碰到许多你想象不到的情况。比方说，你明明是对的，可别人硬说你是错的。尤其是军阀混战时期，只要是个比你大的官儿说你是错的，你不服，他就会收拾你。这些人凭借他们的权力，说你不对就是不对！有时下手还非常狠。那时的社会黑暗得很。好多好人经不住收拾，就自杀了。他说，你要记住，这辈子不管遇到多大的冤屈、多难的处境，都不要自杀。人活着，就有把事情说清楚的机会和可能。你死了人家想咋说咋说，把你说成啥是啥。他还讲了一句江湖上的人爱说的一句话：人倒霉了要沉住气，“三十年河东，三十年河西”。总有你翻身的时候。他讲了许多人许多事，我都没记住。但他的基本意思我却记得很清楚。就是“不管怎样都别自杀”“只要你行得端，做得正，咸鱼也能翻身。”因为他无端给我讲的这些话太奇怪了。我一名初中生，跟我讲这些干什么？事情过去，我也就基本上把他说的话忘了！但到了“文化大革命”后期，我被打成“5·16分子”审查六年，而且是以敌我矛盾来进行批斗的，批斗非常猛烈。和我同样情况的人有的自杀了或自杀未遂。除了北影有，其他文艺单位也有。我也陷入了极度的苦恼之中。这时，也只有到了这样的时候，我才想起和理解爷爷的那句话。绝不能自杀！不过，我倒从来也没想过自杀。总在集中想我怎么对付每天遇到的现实问题。最后想清楚了，事情总有个完吧。你说我是“5·16分子”我就是了？总得拿出点儿证据吧？我看你能拿出什么来！我就开始不说话了。直到四人帮打倒，我才彻底平反。不仅得到了平反，还受到厂里的表扬，是十五个人中“没胡咬，坚持实事求是的模范”。我能这样做，应该感谢爷爷对我在还没成年时的教导。心里只要有公平和正义，不管你遇到的环境多恶劣，压力有多大，你都不会害怕！最后，我想以李清照写的一首词中的一句话来总结这个段落：生当作人杰，死亦为鬼雄！我无意涉及刘邦与项羽在历史上的是非功过，我想说的就是这句话的表面意思。

3. 关于爱国

爷爷没给我讲过任何一句教条主义的我们应该怎样怎样爱国的概念性的话，他给我的也是身教。抗战时，因为他抗日坚决，日本人非常记恨他，所以归绥一沦陷，就把他经营了半辈子的院子一把火全烧了。而且明确说了，就是杀鸡给猴看的意思。有趣的是日本投降后，我不知道是绥远，还是归绥，还是托县，反正当地老人都知道这回事。说国民政府把一个曲线救国的大汉奸安排到了一个非常重要的位置上。爷爷天天站在大街上大骂。我这才理解了汉语为什么把骂人称作“骂街”，爷爷真是高声骂街呀！一骂就是几条街。因为支持他的人太多，当局拿他也没办法。但始终也没把那个人换下来。爷爷见光骂没用，于是就买了刻字用的钢板，油印用的滚子，自刻自印传单四处散发，最后终于把那个汉奸拉下了台。可惜，他的这件事没写进地方志。但地方上可以说人人皆知。这件事也一直是我们全家引为骄傲的事，所以代代相传。了解我的人都知道我对我们国家的对日关系非常敏感，而且反应激烈。原因就在这里，我觉得这是一个中国人能牢记百年耻辱所必须具备的品质。

2016年6月

写在母亲节的忏悔

这是我必须写的一篇忏悔。文学对作者的要求是诚实的。当一种感觉总在你的心里搅扰，不说出来就会寝食难安的时候，那就要如实地把它写出来。这对自己是解脱，对读者和他人也十分有益。

这就是我想对已经身在天堂的母亲说的一些心里话。

母亲辞世前，我还住在小西天北影宿舍的筒子楼里。筒子楼又黑又暗，但有一个好处，谁家有事，大家都听得见，看得着，便于互相帮助。在那一段时间里，楼里的人看我一日三餐都要骑自行车给母亲送饭，夸我是大孝子……但是，没人知道，我也没说过，我曾经和母亲有过很长的一段时间不说话。这就是说，我根本谈不上是什么孝子，简直纯属忤逆！

在那段时间里，我很恨母亲。非常恨。原因有二。

第一个是：母亲把父亲一本完整的相册扔到炉子里烧了，致使我们到今天连一张父亲的照片都没有。

那天事情发生得很突然。好像是寒假的一天，我和姐姐在炉边翻看着我们家的相册。里面有父母和我们儿时的许多照片。我们就相册里儿时的样子说笑着，玩得很开心，母亲突然下班回来了。我不记得是我，还是我姐，指着相册里的照片对我母亲说："妈！您看我爸这张照片多逗呀！……"

母亲不知哪里来的一股邪火，上去就把相册抢去，扔进了火炉……

我们家的火炉不是一般的火炉，如果是普通煤球炉子，相册很难塞进去的，也很难烧掉。关键是我们家原本有一个很大的炉子，样子像个邮筒。既高且大，虽比邮筒细一点儿，矮一点儿，但很能散热，能把屋子烧得很暖。父亲去世后，我们家的住房面积越来越小。那个大炉子自然也就闲置下来。新中国成立后，一个老乡回绥远了，请我们看房。他家的房子和院子都很大。这样一来，原来的火炉就很难把四间房子烧暖了。我母亲就把过去那个一直闲置没用，放在屋檐下的大炉子请人把炉盖周边的螺钉拧开后，用那个大炉子取暖。四间房也就都烧暖了。炉盖很大，很重，还有一些很精致的花纹和图案。平时除了生火，是从来不盖盖儿的。这样一来炉口就像一个直径一尺多长的敞口大烟囱。那本很厚很厚的相册，很容易就能扔进火炉去。那时的底片又都是易燃片，相册很快“轰”地就烧着了。我大姐手快，想伸进去抢出来都没来得及……

我大姐年龄稍大，懂得那些照片的珍贵，所以哭了。她埋怨我母亲不该烧，母亲却大骂：“就是这个死鬼坑了我一辈子！他走了，把你们仨全都扔给了我！”母亲的声音之大，很吓人。大姐吓得就没敢再闹。二姐也不知是怎么想的，傻傻地站在那里，无言地接受了这个结果。我不懂，对相册被烧也不以为然，已经烧了就烧了呗，能怎么样呢？但是随着年龄的增长，加之，我尝到了许多在未成年时没有父亲的痛苦，我才知道母亲那次的举动给我们带来的损失实在是太大了！

第二件事是父亲的手稿。我不知那些珍贵的手稿写的什么，是否发表过，总之，非常多。原来房子大些，成摞成摞地整整齐齐摆在一个有一面墙大小，专门用来摆书稿的架子上。后来房子变小了，就胡乱摆在屋里的许多犄角旮旯。但从来也没扔，没卖。因为那时我家很穷，豆儿纸（这是当时卫生纸的名称）虽很便宜，但那也是要花钱买的。而我父亲的稿纸都是为写毛笔字用的，很软，很吸水。所以就被我母亲拿来当卫生纸用了。一用就是多少年！那时，我们都太小，根本不知道我父亲是干什么的，更不知道这些稿纸上面的文字有什么价值。就这样，我们把那些稿纸当卫生纸用了很多年……直到我们长大了，知道了那些稿纸上的文字是我父亲的心血和价值后，为时已晚了！

有一次，大约是在我上初三的时候。我一面“方便”，一面读父亲稿纸上面的文字。那是一篇悼文。我吃惊地发现：父亲原来还有过一次婚姻。他的那位妻子是他大学同学，看来感情很好，所以在他写的那篇纪念性的文字里，感情色彩十分浓烈，很美。父亲甚至在和母亲结婚后还背着母亲到她的坟前烧纸祭奠过……

后来，我记得还看过一篇散文。写的是他从屋檐下看到的一张蜘蛛网，从而起兴，想到了当时社会的黑暗，他的一位挚友在反动派追杀时东躲西藏，终于还是被抓了起来，最后也没能逃脱。那位挚友东躲西藏却最终没能活命让父亲感到这个社会就像一张无形的蛛网……结尾是人们怎么样才能摒弃冷漠，将这张杀人的网撕破、铲除。文字很隐晦，不知他骂的人是谁，也不知那位挚友犯的什么罪。总之，他写的那个人最后是被枪杀了。很悲壮。我父亲写得好极了，使我居然流下了眼泪……嗨！想到这里，一种痛彻心扉的感觉深深地刺到我心里，每每想起来都很难平静！按理，当时我也不小了，我的姐姐就更大了，我们怎么就没想到把那些已经所剩无多的文稿留下来呢？

痛！撕心裂肺的痛！

我和母亲的关系那一段不好，主要就是因为这两件事。大约就是这两件事在心底发酵了很多年，有一种很深的怨恨一直藏在心底。最后，终于在一次并不很大的纠纷中爆发了！我和母亲大吵了一架！把许多事，包括这两件事全都抖落了出来。事后，我就离家出走了。原来每个月给她的十块钱也没有再给。我把行李搬到了厂里的宿舍，除了去家里对门的粮店取粮票，取完就走，从不回家也不和她说话。就这样我们一直僵持了很多年。

人是很奇怪的。我出走了，发誓再也不回去看她了，但我时不时地还会想念她。想到她会有什么困难需要我。想到……嗨！一想到这些，就想起烧相册和父亲的手稿当卫生纸的事，一下就不想了。更奇怪的是我那时连父亲长什么样都不记得了，但我时时还会想念他！而且想得很苦……嗨！这可能和我从小没有父亲，受过很多欺负有关。

我想念父亲，想得很苦，最苦的时间有两次。一次是在上初三时。起因是在暑假的某一个星期天，母亲正在家院里晾晒洗过的衣裳。门口忽然进来了一个身着明代服装的人，当时我只是觉得他穿得很怪，并不知道那是明代的衣裳。那个人大约五十多岁，很健硕。他进院就问："这是赵临岩家吗？"

我母亲说："是呀！"

他开门见山就问："你们家霍世休的坟还要不要了？"

母亲连想都没想，就回答了那人："不要了！"

那人很吃惊："啊？不要啦？"

母亲说："不要啦！"

那人说："不要，您可别后悔。我们那儿正闹合作化呢，您不要那地可就归了公啦！"

母亲说："归就归吧！"

那人总觉得母亲的态度不正常，劝说道："您这话儿怎么说的！家人的坟怎么能不要呢！我们那儿有备好的骨头匣子，二尺半长，一尺半的宽高，木头也不错！……"

母亲不耐烦了："我说了我们不要了就是不要了，你磨叽什么？"

那人也不高兴了："我这不是为您好吗？您不痛快，也别拿我们坟孙子撒气呀！(旧社会把看坟的人都叫坟孙子，他们也并不觉得这是贬称，问及职业，他们也会自称"坟孙子"。) 您说您，这么多年了，您给过我们一个子儿没有？您瞅瞅我！都什么年头儿了，大清、民国都没多少年了，我这还穿着明朝的衣裳呢！您……"

看得出，他是想让我母亲好歹给他几个钱，可我们家当时那么困难，哪儿有钱给他？所以母亲就说："当初咱不是说好，那块地我们不要了，以后钱也不给了吗？"

那人说："是。可那块地能有多少出息？"

母亲也很不客气："这你跟我说不着！"

那人说："您不要了，行！您给我立个字据。"

母亲说："我都多少年没去了，连那块地在哪儿我都不知道了，我立什么字据？"

那人见母亲不大好说话，只好说："得！有您这句话也成！"就走了。

大概我对母亲连父亲的坟都不要了心怀不满，所以，打那天以后，我接连好多天心里都不痛快，一到夜里就做梦。而且梦的内容都是一个。在大风中，父亲回来了，模模糊糊，朦朦胧胧好像是在跟我说："三儿！我的坟不能不要啊！"儿时，姥姥很会讲鬼故事，我在梦里几乎把姥姥给讲的鬼故事的情节都梦了一遍。但都和父亲想把他的坟留下来有关。长大后，我曾多次想过，人死了是不是会有灵魂存在？不然为什么会在那段时间我天天梦到父亲？而且，父亲为什么每次来都是希望我出面把他的坟留下来呢？莫非他是在给我托梦？

在那个年纪，我和我的发小们经常出城玩儿。玩儿时我曾认真找过。因为我曾去过那个坟孙子的家，也去父亲的坟前磕过一次头。那时我虽很小，但已经能走长路了。我们怎么走的，那家人的房子什么样儿我都不记得了。但我们从西直门外白石桥前走过我却记得清清楚楚。我和我的发小出城玩儿，每次也要从白石桥前走过。至于往西要走多远，那家人的房子什么样儿，我是一点儿也记不起来了。那次是姥姥、大舅带着我父亲唯一的儿子——我，一起去的。据说，是为了上坟。到了那儿，我们给父亲的坟头儿拔了草，大舅还让我在碑前磕了三个头。然后去了一个农民家。我之所以记得很清楚，就是因为我们当时还算是那家人的东家吧，那家人招待我们非常热情。吃的是馒头和炖肉。那时，我们在家也很少吃馒头，炖肉就更少了。而且那馒头很特殊，一看就是从外边儿买的。因为所有馒头都一般大，白白的像个桃子，上面还点着一个红点儿，所以我记住了。另外让我记住的就是他们家很黑。吃饭时只有一盏油灯。暗极了。等吃完了饭，那家主人说，咱们说话儿就别点灯了吧！把那仅有的一点光亮也给吹灭了。油灯一灭可真黑呀，绝对伸手不见五指！大人们说的什么我不懂，也没兴趣，走了那么远的路，很累，加之吃得又有点儿多，所以很快就睡着了。据说，后来是大舅把我背回来的……说实在的，那时距我唯一的一次给父亲上坟并没有几年，而且，当时城外的建筑也没多大改变。但我就是怎么也想不起父亲的坟在哪里了。其实我知道，早就没有什么坟头儿了，但我始终有一种侥幸和执念，或许在哪儿能看到有一块被遗弃的碑，上边刻着霍世休之墓？有了石碑我不就可以按图索骥，找到父亲埋在哪里了吗？……显然这是一个十三四岁小男孩幼稚的胡思乱想。但我就是想找。非常想。后来，时间渐渐久了，我连这种根本没有可能的可能也不再想了。

第二次是在我长大成人以后，不！实际是我了解了父亲的学术成就以后，我又思念起父亲来。母亲是很少谈及父亲的。但是，父亲的亲戚、朋友和学生，还有许多我根本不认识，但却都是父亲十分相熟的人，说起他时，几乎个个都是充满敬佩，为他的英年早逝而惋惜："太可惜了！一肚子学问，年纪轻轻就都带到棺材里去了！……"对他赞美最多的就是他的语言天赋和博学强记。可惜，我连他的样子都不记得了。我后来对他的思念，严格地来说，多半是我对他那孜孜以求，刻苦钻研，却十分短暂的一生很好奇。我常常胡思乱想，他如果活着现在应该怎样怎样，可是，这纯粹是一种没有用处的胡想。我实在没办法理解，父亲是得病死的，母亲怎么会有那么大的气：老说父亲把她坑了，他走了，把三个孩子都扔给了她。这是什么逻辑嘛？难道这是父亲愿意的吗？每念及此，我都会对母亲产生一种极深的怨恨。

一个人对自己的母亲不好，不管有什么理由，心里总是不会安宁的。一种沉重的负罪感总在萦绕着我。这大概是人类的天性。我最后经过很长时间的自我折磨，我还是和母亲言归于好了。

这里有两个原因。

第一个原因和姥姥有关。主要是在她的晚年我没有把她接到身边是我心中永远不能原谅自己的一件事。那时我在大兴县的"五七"干校。姥姥在山海关和二舅在一起生活。母亲那年去山海关看她，回来说二舅不知犯了什么毛病，整天和姥姥吵架。吵架的内容永远是一个。他非要问姥爷去哪里了？姥姥第一次告诉了他，姥爷带着他的小妾把他们扔下走了，从此下落不明。但二舅却说，走了也要有个去处呀！姥姥说，他跑了能告诉我去处吗？二舅却仍没完没了地追问，而且天天追问，姥姥只好闷不作声。母亲临走还劝过二舅，他跟我母亲也吵起来。据说这是一种精神疾病，我听了也非常生气，因为我是姥姥带大的。我虽很为姥姥的处境担心，但当时干校在清查“5·16”，我在接受审查。所以，鞭长莫及，使不上力气。一天，我看到一个同学的爱人从四川来探亲，两人蹲在自来水旁的地脚亲亲密密地洗菜，我忽然想到干嘛不把姥姥接到身边来呢？那时，干校有很多空房。而且，还把一些人连户口都迁到大兴县去了。当时，我是处于没有人身自由的状态，我想如果把姥姥接到干校，我不也可以像把户口迁到干校的人一样，能有一间和姥姥共同居住的房子，而不用睡大通铺了，也能有一点儿自己的自由空间了吗？在干校也无须姥姥做饭做菜，到食堂去打饭就可以了。这个想法老在我的心里翻腾着，却始终没下决心这样做。我心里的主要障碍是户口问题。我要想接姥姥到干校去，我就要把户口迁到大兴去。再一个障碍是，我不希望姥姥那么大年纪看到我整天挨批挨斗的生活，让她为我担心。但这个想法老在我的脑子里转，不停地在想象着姥姥和我在一起共同生活的情景。这种想象也是可以给我一种莫名其妙的幸福感的。当清查“5·16”的运动过去，大家都平反了，迁到大兴的那些同志又全都迁回到城里后，我更后悔了。我要是把姥姥接来，我现在不也毫发无损地回来了吗？等我听说姥姥去世了，我躲开大家，自己偷偷地大哭了一场。我后悔的心情别提有多难受了。

真后悔！后悔有时也会很让人心痛的……

我和母亲言归于好了。这除了我的内心总在纠结，让我不得安宁而外，我很怕我像没接姥姥到身边那样后悔得让我心痛，这才下了决心给母亲写了一封信，回到她的身边。

第二个原因是我在纠结中一次又一次回想起母亲的不容易。

据姥姥讲，姥爷和他哥哥不安于在山海关狭小的一隅生活，想到大地方去闯荡闯荡。姥爷的母亲很支持。他家是王族后裔，有很多田产。为了支持这两个儿子到北平闯荡，居然卖了两顷地，让他们俩去了北平。

谁知，他们这一去就是好几年，除了大年三十回家一趟外，一年也就往家写一两封信。写信内容基本上都是要钱。日子一久，姥姥和她的妯娌俩觉得老是这样两地分居不是事儿，就跟婆婆说她们也想去北平。她们的婆婆很支持，她知道她的儿子不着调，说是在北平做买卖，但老是赔，从来没赚过。一没钱就找家里要，好在祖上留下来的产业多，一没辙就卖地。现在两个媳妇儿想过去，她很高兴。让她们过去不光对儿子有个照料，也能替她看着点儿。那么多钱，怎么说没就没了？就这样，她们俩就带着孩子去了北平。

一到北平才知道，人家早就找了小的过上小日子了。她们俩想告诉婆婆，婆婆没回音。这哥儿俩一身的八旗子弟的臭毛病，吃喝嫖赌，提笼架鸟，斗蛐蛐，逮蝈蝈，玩戏子，只会糟践钱。钱自然不够花。那时候电影是个新玩意儿，看的人很多。他们就开了个电影院，就是现在的红楼电影院。开张后很是红火了一阵子，赚了不少钱。这一有钱，他们哥儿俩八旗子弟的臭毛病就更厉害了。大约山海关那边听了儿子说了什么，不再护着这两个儿媳妇儿了。刚来的时候，姥爷他们哥儿俩还是按正房的规矩对待她们妯娌俩的。她们俩虽心有不甘，但早已生米煮成熟饭了，能怎么着？为了一家子安生，那年月的女人命运都是如此，她们也就接受了眼前的事实。但自打婆婆不再护着她们，姥爷他们哥儿俩就越来越放肆了。红楼影院虽然赚钱，但不幸一场大火全给烧成了灰烬，眼看这笔好买卖也黄了，只好把影院的残骸盘给了人家。人家是很懂品牌效应的。新的影院重新盖好，修葺一新开张后，还叫红楼。买卖还是那么红火。他们哥儿俩后悔也来不及了。他们就凭着生在王公贵胄家对古玩字画了解一二，倒腾起古董来。挣不挣钱不知道，但过了一段时间以后，有个奇怪的现象引起了姥姥的注意，就是姥爷不再往家里买古董，而老是往外倒腾古董，而且越倒腾越少。姥姥不让，两人就整天干仗。打得姥姥满脑门子都是疤。时间长了，姥爷对姥姥的存在很觉碍手碍脚，就在外面买了房，打算在外边和他的小妾再建一个窝儿。所以老往外搬东西。姥姥虽不明就里，但坚决不干。但她看得再紧也不成。老虎还有打盹儿的时候呢！家里值钱的东西慢慢就搬完了。紧接着，姥爷突然就消失了。

开始，姥姥还没慌。她觉得有房产在，他早晚得回来。但没想到姥爷把房产也卖了。新房主来看房和收房钱时，姥姥才知道他跑了！

这一下，姥姥傻了。一个除了家务什么也不会干的女人，带着三个未成年的孩子日后怎么生活？不用说孩子上学，连吃饭也成问题呀！她们妯娌俩只剩下哭的份儿了。母亲就是在这时候勇敢地站了出来：“妈！我去试试！”

姥姥问："试什么？"

母亲说："找个事啊。"

姥姥不同意："你才十五，哪有一个女孩子出头露脸去挣钱的？再说你不念书啦？"

母亲说："我不出去，咱们吃什么？"

姥姥没话了。

就这样母亲踏上了求职之路。开始很不顺，没有地方要女性。最后，母亲在报纸上的招聘广告栏里找到一家私立医院招收护士。只收女性。她就大着胆子去应聘了。结果出奇得顺。因为母亲很漂亮，身材也好。虽然只有15岁，但个子很高。发育得也很好，不像十五。尚志医院的院长姓励，是留美的，当即就收了她。月薪很高，是十二块大洋。主要是学打针和护理病人。母亲干活认真，深得励大夫好评。她出师很快，不久就单独出去为病人打针了。她每次出诊收病人十二块大洋。往来车钱是病人那边付，收来的十二块大洋，交医院十块。她得两块。她年轻漂亮，打针不疼。请她登门打针的人很多，所以收入也很多。就这样，姥爷甩下他们四口不管以后，母亲硬是把一个家撑了起来。

当时，她才15岁啊！说起来母亲真是不容易。

再一个不容易就是供我们三个孩子上学。

据我所知，当时像我们这种经济状况的家庭最后三个孩子都是大学毕业的极少，极少。这一点我觉得对母亲的功劳绝不是仅仅一个"不容易"就可以概括的。现在回想起来简直可以用伟大来形容！

据大舅说，父亲临终时，母亲在后院姥姥那里赶着缝装裹，没在身边，是大舅转告的。他说，他对不起母亲。他没别的希望，只希望他走后母亲不管怎样困难，也要让我们三个都能住大学（当时上大学叫住大学），都能有一个好的教育……母亲虽然对父亲抱怨了一生，但她最后还是完成了他的遗愿。我们三个都在六十年代考上了名牌大学，并且毕了业。说起来容易，做起来，她一个年轻的寡妇将要付出多少艰辛哪！

再说，恐怕就要从我们上小学开始说起了。

先说作业本。

现在的小学生作业本都是统一的。但我们上小学时，虽然学校要求也是要统一的。价钱也并不太贵。但对母亲的收入来讲也是很大的一笔开支。况且我们不是一个，而是三个孩子啊！我和老师谈了：“我妈说买不起，让我们使我妈税务局办公用过的废纸背面订本子……”老师不同意。我告诉了母亲，母亲说：“我找你们老师说去！”没想到还真说成了。母亲说的办公用的废纸，其实在纸质上较之校门口卖的本子好多了。只是正面有打印的方框和字而已，但背面都是很白很白的好纸。母亲每天上班，不知她什么时候画的格子。税务局有切刀，所以母亲做出的本子都切得和学校要求的一样齐。废纸背面是全白的。画上的格子和语文、数学这两门功课用的本子是一模一样的。这得占用母亲多少下班休息的时间啊！我就是用这种税务局办公用的废纸做成的本子一直读到北平和平解放。北平解放后，人民生活水平上升很快，我们不仅吃的好了，我们姐仨也不再用那种本子了。

还有一点就是母亲的着装所遇到的窘境。

有一次开家长会。那时刚刚解放，人们的着装都换了。女同志最流行的是列宁服。母亲没有。她只能穿过去的旗袍和高跟鞋。等到开家长会时，母亲的穿着实在是太抢眼了。掐腰高领暗花的白旗袍，肉色的丝袜，半高的白高跟鞋……再加上她年龄又不大，看上去很是漂亮。老师对此倒没说什么，但我的同学却从中好像发现了什么，有人却说母亲是个国民党的官太太。这样的叫法在那个“改朝换代”的年代是带有侮辱性质的。同学们都刮脸羞我，不停地叫：“没羞！官儿太太！没羞！官儿太太！……”

我哭了。

母亲知道以后，第二天就到学校把她的情况说了。当时刚刚解放，老师们都受了新社会的教育，非常通情达理，了解了我们家的变迁和近期的经济状况后就把事情的原委对同学们说了。同学们从此再没有人对着我喊：“没羞！官儿太太”了。但这段往事想起来，我的心依旧是充满酸楚的。

另外，我也想起了母亲是爱我的。平时，母亲从来没说过：“妈妈是爱你们的！……”我们看到的就是她整天的忙碌，每天做饭、洗衣裳、归置屋子，然后骑车上班。她上班的地点在前门煤市街。下班再骑车回家……我现在简直想象不出她哪里来的那么大精力！在我都到三年级升四年级的时候，母亲突然接到二舅的来信，说他病了，而且病得很重。希望姥姥到他那里去照顾他一段时间。姥姥就到二舅家去了。姥姥一走，谁来照看我们三个正在上学的孩子呢？两个姐姐都上中学了，可以吃学校的伙食团（当时不叫食堂）。但我还在读小学，小学没有伙食团。母亲犯了愁，最后就将我送到了颐和园附近的一所叫一亩园的小学。那里是可以住宿的。这样就可以把母亲解放出来了。

我很少坐三轮，觉得很好玩，我把它当成是一种享受，就像现在的小孩没坐过小轿车想坐一次一样。母亲问我，我带你坐三轮送你去一个好玩的地方上学你乐意吗？我马上就说了乐意。就这样，母亲叫了两辆三轮，拉上我的行李，把我送到了那所叫一亩园的小学。到了那里我才知道，那个学校就是一个两进大院加一个操场的破庙。而且是农村小学。母亲在和学校老师办手续的时候，我跑到了学校外面去抓青蛙了。那里有一口泉水，水量很大，而且喝起来清凉甜净。我玩得很开心，完全没有想到我不久就要和母亲分别，一周只能回一次家了。等母亲办完手续，和校长嘱托了一番以后，就要回去了。她把我带到操场上一个用砖砌成的讲话土台子边儿跟我说："妈妈要走了……"

我哭了。

母亲也哭了。她像央求似的对我说："妈妈也不想把你扔在这里，妈妈不是没办法嘛！"

刚说了这么一句，她不知想到了什么，忽然不提我们就要分开的话题，独自一人呜呜地哭了起来。哭得很厉害。我吓坏了，问我母亲："妈！您怎么了？"母亲这才慢慢止住了哭泣，喃喃自语地又说了一句："你爸爸这辈子可真把我坑苦了！……"我不知道她为什么会忽然扯到父亲那里去了。后来母亲的情绪慢慢平复下来，对我说："在这儿没妈妈管你了，你要好好听老师的话，好好念书……"我点了点头，母亲看我已经接受了留下来的现实，她抹去了我脸上的泪水，又擦了擦自己脸上的泪水，站了起来。现在我都不记得她是怎样走的了。我只记得她不忍心把我留在乡下，哭得很厉害，使我幼小的心感受到了一种别样的，但很真挚的爱。

那里的同学大多数是本地农村的孩子。城里来住宿的同学住的宿舍就是围一圈成凹字形的大通铺。没有单人床。我就是在那里第一次知道什么是虱子。那一年给我印象最深的就是想家。除此而外就是让我充分地接触了大自然。以前，我都不知道青蛙是什么样子，但那里遍地皆是。我一放学就会跑出学校去抓青蛙，摸小鱼。但我在那里学习有些跟不上。我虽说是从城里来的，一亩园是一所农村小学，但办得很不错。一切为当地农村服务。那里的孩子多半上到初小毕业就不上了，家长们希望孩子们能把珠算学好，毕了业就能帮家里算账。所以我到那里别的功课都能跟得上，就是珠算我每次都是零分……总之，我在那里的一年心里是很压抑的。等到了初小毕业，我坚决要求回城里读书。母亲见我在农村小学染上了一身虱子，成绩也有所下降，最终还是选择了让我回到城里就读。

我回到城里就读，这一下可累坏了母亲。两个姐姐原来可以在学校伙食团就餐的。这样可以省去她操心给她们买菜、做饭等这些琐碎的家务。我一回来，她单独为我一个人做饭就不值了。所以就把两个姐姐也改成了带饭。晚上回家吃。两个姐姐当然高兴。因为学校里的饭终归没有母亲做的好吃。中午往学校带的也是母亲做的。我不知道母亲哪里来的那么多精力。她白天要上班，中午还要出去在单位附近买菜，晚上带回来，再做熟以备我们次日带饭……她不光要做，还要让我们吃好。我们都不爱吃窝头，母亲就把窝头切成薄片拿一个她自制的烤炉烤焦，烤得就像饼干一样，很脆。再切上一些细细的水疙瘩丝，放些醋和香油，我们就会抢着吃。她做的最好吃的就是肉末炒雪里红。到现在我都想吃。我觉得那是人间最美的美味。那时，我们家的床不够。只有一张大双人床。我母亲用。两个姐姐一人一张床，住在最西边的房子里。我没有床，只好睡在客厅一张很宽很长的大沙发上。那时我很瘦小。沙发又有弹簧，我很愿意睡沙发。在睡沙发的年月里，我每天早上醒来，一仰头就可以看见母亲两脚蹬在一个板凳上给发好的面对碱的情景。无冬历夏，年复一年，她的这种劳作从来没有停止过。当然这中间也包括她怎样给我们烤窝头片和切水疙瘩丝和别的好吃的。当时我们不以为然，现在我们也都到了望八之年，才知道当时母亲有多么不容易。一个女人身体里有多少精力才可以支撑下来呀！……

说实在的，如果光凭母亲的工资是很难完成父亲的遗愿的。另外她也不懂得怎样教育孩子，所以，母亲不得不经常求教于学校、叔叔和舅舅。

我从小是一个没人管束的孩子，就像没人修剪的树木一样，是疯长乱长起来的。母亲不能允许，于是就打骂相加，严加管束。打骂虽不好，但对孩子的管束绝对有效。于是乎，我就慢慢成了一个乖乖男。时间长了，母亲倒没发觉什么，是她一个做老师的朋友发现了问题。她说："你这样教育孩子是要出问题的！你没发现他已经不像男孩子，倒像个女孩子了吗？"

母亲这才发现她的朋友说得对。因为我确实做到了母亲说什么是什么，从不顶嘴，也不胡闹，说话也斯斯文文，不！干脆说，像个女孩子了……

母亲对学校说了我的情况后，学校给我最大的帮助就是让我看小说，我看的第一部现代小说就是苏联著名作家法捷耶夫写的《青年近卫军》。那是一部纪实小说。其中主人公奥列格是生活中的一个真实的人。后来牺牲了。奥列格母亲为他写的回忆录叫《我的儿子》，给我印象也极深。我清楚地记得，他在儿时，拿着一根木棍当武器，把院子里的一堆乱柴当敌人，奋力搏斗来锻炼自己的性格。这个故事很打动我。打那以后，他成了我的偶像。我在学习他的过程中，身上开始有了男子气。从此，我读书就越读越多。那次读书不仅养成了我对文学的爱好，也慢慢使我开始有了思想。

我的叔叔都不在北京，他们对我和姐姐关心的只是学习和健康。他们都是大学教授，在治学和教育子女方面都有一定的经验，那些信如果都留着，编成一本书的话，绝对是一本好的教育子女成才的教科书，可惜我们没能留下来。他们，特别是四叔和五叔，对母亲经济上的支持是使我们最后得以上大学的重要条件。（五叔在1957年错划为“右派”后，不得已停止了给我们寄钱）尤其是每到学期或学年的开始他们都会多寄一些钱给我们，让母亲能渡过难关。但对我的性格开始出现的女里女气的现象却全无办法。舅舅的办法就是告诉我如果有人欺负你，你就要反抗，打破头都不要怕，这样他们就不敢再欺负你了。这就是我后来养成了爱打架的原因。另外，就是鼓励我练习踢足球。当时，官园有个大的体育场。时常有足球比赛。他得到比赛消息就会带我去看。大舅没有太多的钱，他叫我去看足球，实际就是在官园体育场北边的铁丝网外边看。他虽并不怎么真懂足球，但却是带我走进足球世界的领路人。他是一个很好的足球爱好者。他给我讲位置，讲身体接触和冲撞，讲战略战术，最重要的是说体育对一个人性格的锻炼是最重要的。他说守好自己的位置是锻炼一个人有责任心的好方法……我对足球发生了兴趣，并一直踢到六十八岁从未间断，就是从那个时候开始的。和男孩子在一起玩足球使我的性格有了很大变化。足球的确是雄性的运动。我当时是二附中的守门员，一旦对方攻到了我的门前，在乱阵中，我就会像雄狮一样扑上去把球拿到。如果在场上我失了一个球，我会痛苦很长时间。下来针对我的失误，去琢磨应对的办法。我性格中的女气也在不知不觉中消失了……在这个过程中，母亲一直在关注我性格的变化。知道我又恢复了男子气，她才放心。现在回想起来，这要操多少心哪！

关于我的成长，母亲操的心还远不止这些。我最后得以成人，没走什么邪路这也应该归功于母亲。其实，我以为这才是她最不容易的一件事！

……不说了！总之，母亲为我们做的这一切都是我离开她的那些年心里纠结的原因，也是最后我主动回到她身边的理由。我们的关系虽然变得非常融洽了，但每当想起烧父亲的照片和拿父亲的手稿当卫生纸，我的心里还时不时会泛起阵阵不快。我万万没想到，母亲虽然骂了父亲一辈子，但实际她的心里一直是有他的。晚年的有一天，我照例按时给母亲去送饭。吃完之后，我总要和她聊很晚很晚才回家吃饭。那天，她不知怎么忽然谈起了父亲。她说，她刚退休的时候有一阵挺想他的。可一想起他把我们仨扔给了她一个人，她就又恨起他来，也就不想了。现在老了老了，眼看就要入土了，她不知怎么又想起这个“死鬼”来……

我听了，感到人心真是复杂。

突然，电视里出现了日本首相带着一些内阁成员又去参拜靖国神社。母亲生气了！她骂道：“我没见过比日本人更不要脸的人！……”因为她一生最好的时候是在日本人的屠刀下度过的。她经常给我讲，由于爷爷在绥远抗战最坚决，在当地成了出头的椽子，日本人一到，就把他经营了大半辈子的院子烧了，把我们家私人图书馆里的书也抢光了！……我这时才理解，1956年母亲带我去西郊公园（就是现在的北京动物园），回家时路过苏联展览馆（即现在的北京展览馆），看到第一次中日民间联合举办的日本展览会日本的国旗和我们的五星红旗一起飘扬在苏联展览馆门前。我看着很刺眼。我母亲看着一定更刺眼。有人给我们票，说免费。我想去，我母亲说要去你去，我不去！我就也没去……

说到这里，我母亲说了一句：“要不是日本人，你爸爸根本就死不了！他身体非常好，肩膀宽宽的，篮球打得特别好……就是死性！坑了我一辈子！……”

她说到了这里，我憋不住弱弱地问了一句：“爸爸是病死的，这又不怨他，你怎么老说他坑了你呢？”

母亲说：“嗨！我说了你可能都不信！我怀你大姐查出胎位不正，只好从绥远回到北平。回北平后，卢沟桥事变就爆发了。我们只好就留在了北平。后来，又有了你二姐和你。他如果一直还在清华教书，根本就死不了。谁知道，他一看日本人强占了清华就辞职了。我问他辞了咱们吃什么？他说，他到私立中学混钟点儿去！谁知，他辞职了，日本人并没饶过他。为了建立大东亚共荣圈的新秩序，整天追着你爸爸回去教书。你爸爸只好东躲西藏，就这样不知怎么就得了肾结核……

“当时，还没有链霉素，所以得了结核就和现在得了癌一样无药可医。你爸爸开始只是一个肾得了结核，如果他能回清华去教书，完全是能有钱做手术，把那个病肾拉掉的。拉掉一个，照样可以活。他不干！他说，他就是死也绝不拿日本人的一文钱！整天东躲西藏。最后，是在一位绥远老乡的帮助下，住到了大后仓10号，这才结束了东躲西藏的日子……

“我劝过他，回去教书吧！留得青山在，不怕没柴烧！他不干！后来，家里的进项越来越少，你们三个又都正是花钱的时候，每个月光‘哈厘八’(一种红色的颗粒，是小孩子健身要吃的一种营养药)是就要花不少钱，还得吃和穿……他每个月能交给我的钱越来越少，我急了。但不敢开导他。他脾气暴躁。特别是在那样的时候，我一提这个事，他就要骂。他想活，心里烦躁，脾气更坏。我只好求你大舅去开导他。他们俩平常关系最好，经常在一起下棋聊天，很谈得来。没想到，这一回你大舅劝他也不行了……你大舅还没把话说完，他就骂开了：‘你还是不是中国人？！……’

“我只好到处去借，可借钱谈何容易啊！最后，他纯粹就是活活熬死的。人活着是要有志气，可也不能像他那么死性。他倒是志气了，可把命丢了！他要能活下来，我跟你们仨就不会那么苦了……”

我大吃一惊：“什么？我爸爸是可以活下来的？”

“完全可以！他有半年多一直是有一个好肾的。没钱治，他还不愿意回清华，最后愣是因为缺医少药熬死的！……”

当时我听了，我的心就像遭了雷击一样，突然意识到，我冤枉了母亲大半辈子！原来父亲是可以活下来的呀！

父亲要能活下来，那母亲还能受那么多苦吗？我立刻想到了闻一多的为气节而死！他，一代文学巨匠住院期间，听说医院吃的是美国的救济粮，他就拒绝进食了。谁劝也没用。最后也是饿死的！

一道闪电把母亲的小屋照得贼亮贼亮的。接着就是一声炸雷，随后又是一阵闷雷。真是太巧了！这闪电，和闷雷就好像是冲着我的心打来的！我惭愧极了！母亲早已经够苦的了，我还要加罪于她，我是什么儿子啊！……

我哭了！

但我不想让母亲看见。就推说我没带雨衣，再不走就要挨浇了。我把母亲扶回床上，拿上给她送饭的保温罐，匆匆地，逃似的离开了母亲的家。

我骑着车，使劲往前蹬，还没到新街口，豆大的雨点就“噼啪噼啪”下了起来。

作者母亲89岁时与孙女泥泥在院门口合影留念

雨很快就把我打湿了。不知怎么，我一点儿不觉得冷，反而有一种大梦初醒的感觉！原来，父亲是可以活下来的！原来，他是为了民族的气节而死的！原来，我和母亲是可以有一个完全不同的人生的！原来，哦，母亲是如此伟大的一位母亲！母亲！原谅你不懂事的儿子吧！我错怪了您大半辈子！母亲！我！完全理解了您为什么抱怨父亲！母亲！我错了！我真的错了！母亲！我苦命的母亲！……

大雨把我浇了个精透，但我却充满了快感，有一种近乎发疯的兴奋。我真想张开双臂，大声地高叫："爸爸——！……爸爸——！……您是世界上最好的爸爸——！……"我知道，我不会那样做。那样会吓着路人的。但我的心里却真的有这样的需要。

他离开我几十年了，我连他的样子都不记得了，但还是让我备感温暖！我从来没有觉得他离我这样近！他，一个给了我生命的人，同时也给了我怎样做人的标杆和尺度！我们既然生在了这片热土，我们就要为她献出我们的一切，包括生命！父亲！您是我最好的学习榜样！父亲！请你放心！我会永远记住您这无言的嘱托，无论何时，何地，我都不会辜负您这比泰山还重的嘱托！啊！父亲！……父亲！……不知为什么，从五岁就从我人生的字典上被勾去的这个字忽然回到了我的心中，那天我在嘴里，不！在我心里一直不停地这样叫着，叫着，叫着……

后来，我和母亲的关系越来越好了。每次我到她那里总要把她那蜂窝煤炉子挑开，把屋子烧得暖暖的，和母亲面对面地聊天，讲她年轻时的故事。她的声音早已失去了甜美，说话时，常让我想起高尔基笔下的伊泽吉尔老婆婆用骨头发出的声音。她常问我她讲的故事对我写作有没有用，我说有用，她就很高兴。每天一吃完饭她就开讲，讲了许多许多。而且都是我不知道的事情。有许多对我写作都非常有用。我写的长篇电视连续剧《月牙儿与阳光》里面与好多故事都是她讲给我的……那恐怕是我一生最幸福的日子。不过，我从来没想过要写什么忏悔录。我是后来读了杨绛先生写的《我们仨》，巴金先生的《忏悔录》，还有许多涉及母亲的小说、散文之类的东西……读了，总是要在心里发酵的。有一天我在手机的朋友圈里看到一篇回忆母亲的文章，很感人。从此便让我寝食难安了。母亲！您好伟大！经过一段时间的思索和回忆，我终于在难以忍耐中打开电脑，打出了这篇散文的名字：写在母亲节的忏悔……

2015年6月

我的父亲

关于父亲我知之甚少。原因我在《写在母亲节的忏悔》一文中已做了解释。他是一个很有民族气节的人。性格可能有些绝对。当他得知自已有一个肾得了结核之后，如果听从亲人的劝导，回到清华去教书，光薪水一项就完全可以把病肾割去而存活下来。但清华那时已被日本人和汉奸统治，他拒绝领取日本人的薪水和津贴，结果生生在缺衣少食和无药可医的情况下，离开了这个世界。对这段生活母亲是很不愿意提起的。一提，她就对父亲充满了艾怨！觉得："他倒是志气了，结果把三个孩子扔给了我！"

她认为父亲把她坑了！所以她很少谈及他的身世、际遇。这也就是我对父亲知之甚少的原因。

我只是听我几个叔叔、舅舅、堂兄弟和姑表兄和表姐及认识我父亲的人谈及他的一些事。他们大多只是说他学问如何如何好，说得最多的是他的语言天赋。他懂四门外语，很会写诗，长于填词，等等。由于他辞世的时间太早了，对他的情况我听了也就算了，并没以为然。

直到我改行当了编辑，有了比较多的机会出差，才有机会和叔叔婶婶堂兄堂弟有了比较多的接触。因此，对父亲的了解也渐渐多了起来。其中有几段生活我是极其感兴趣的。比如：我从杨令德（我的表叔）写的日记里发现记述的有我厂的大导演、四大帅之一的崔嵬和陈波儿到绥远去宣传抗日，演出《放下你的鞭子》，接待的人竟是我的父亲。这是多么让我震惊的巧合呀！他怎么会想到几十年以后，他的儿子竟会和崔嵬同在一家电影厂，并且一起在导演室工作呢？

还有他和五叔互赠即兴写的诗句，令人想到了那个时代革命青年奔赴延安的许多动人故事：

五叔奔赴延安前，因为没见到父亲，就将他自己的一本诗集（何其芳著）送给了我父亲。上面留诗一首。如下：

星斗下，
我看到了饿狼寻食。
风声里，
我听到了蛇蝎的呼啸。
在远方，
传来了一声鸡啼。
笑声里，
他们在迎接着明朝……

这首诗，用语虽然隐晦，但平时他们彼此交流很多，各自的想法、打算对方还是十分清楚的。

我父亲回赠给他的诗就更有趣了。他回赠的是一首他用译作改写的诗：

停止了你的歌唱吧，夜莺！
只有往日的诗人才把你吟咏。
你的歌声诚然是悦耳而婉转的，
但永远不会被普罗里塔利亚传颂。

去吧！向你心中的爱神奔去吧，
她的美远远超过百合的娇婷。
不要畏惧任何的荆棘和坎坷，
隐秘的希望正如旭日在冉冉高升！
…………

诗集早已发黄了，封面上当年陈旧的毛笔字字迹，越过了大半个世纪，依然把他们的手足之情，记录得那么真挚、清晰。这次我抄录他们这些东西的时候我才忽然意识到：他们在写这些诗句的时候，还都是年轻小伙子啊！他们追求真理、追求光明的激情在今天的我看来既让我感动，又让我有一番别样的滋味！

可惜五叔因得了肺结核，在延安无法治疗，离开了延安。临走时，还为他开了欢送会，祝愿他早日康复仍然回到延安来。回家休养后，他身体一直不是很好，就没有再回延安。他是北京大学英语系毕业的。当时的延安多缺少这样的人才啊！他没能回去真让人感到遗憾……说实在的，我真后悔为什么我没在父亲接触过的那么多老同志在世时，把这些情况了解清楚。可当时我什么也不知道啊！父亲1945年就去世了，我根本就不知他是个什么人，我也不会想到去了解。当我知道了他原来是一个如此爱国，如此在学界有影响的人，我肯定会把他做的事弄个一清二楚，并写成文章以资纪念。因为我是他唯一的儿子。我现在知道的就这么一点儿，其他就什么也没有了。虽然我从书籍上找到一些照片，又到北图报库查到一些，用手机拍了下来。但编辑们从书籍出版的印刷水平考虑认为：与其把清晰度很差的照片放上去发表，还不如我把查到的史料，一段一段地复印出来，整理成文，附在有关父亲的文章后面。我觉得这个想法很好，就把找到的有关文字，整理了出来，补写了这篇文章。

下面的内容都是从杨植霖、苏谦益、章叶频、杨令德等当年绥远的著名作家（实际大多为革命家，在建国后都是绥远省的重要干部，在当下的各种报刊中，他们均称我父亲为前辈）编著的作品选，如《20世纪30年代内蒙古西部地区文学作品选》《塞上忆往——杨令德回忆录》《托克托地方志》以及一些纪念活动留下的消息，和从报纸杂志登载的有关我父亲的作品、消息、报道抄来的。为了阅读方便起见，我稍稍在连接的文字上做了一些小的改动，但在内容上，我一点也没动。

大致情况如下：

我父亲名叫霍世休（1905—1945），字佩心，绥远省（今内蒙古自治区）托克托县人。1930年毕业于清华大学中国文学系，毕业后进入清华中国文学研究院深造。当时主持教务的是朱自清，也是他的导师。《唐代传奇文与印度故事》一文即于此时完成。受到朱自清的赏识，并予以推荐。于1934年发表于《文学》第二卷“中国文学研究专号”。

从清华文学研究院毕业后，一直在清华大学中国文学系任教。后为教授。

霍世休是绥远最早的文学刊物《火坑》的主要成员。绥远文艺界抗敌协会常务理事，出版委员会委员。

1936年4月，半月刊《燕然》问世。这个刊物是霍佩心、杨令德、章叶频、武达平、袁尘影等为了团结绥远文艺界，活跃绥远文坛而创办的。霍佩心任《燕然》半月刊主编。

绥远抗战，特别是百灵庙大捷后，全国一片欢腾。在各地的支援声中，绥远文艺界由《塞原》社武达平、章叶频、杨令德、霍佩心等同其他文艺团体几经联系、协商，在左联负责人之一任白戈[1]同志的指导和推动下，于1936年5月16日，在绥远新闻社举行了一次规模盛大的文艺恳谈会。参加会议的有五十多人，会上首先由霍佩心代表发起人讲了这次会议的目的和意义。1937年5月30日，霍佩心与杨令德、章叶频等组织成立了绥远文艺界抗敌协会。霍佩心代表筹委会宣读协会的宗旨。选出：霍佩心、杨令德、章叶频、李柯、马映光等21人为理事。霍佩心、杨令德、章叶频等7人为常务理事。

他除了积极推动抗日参加了许多重要活动而外，还有很多著述。既有诗歌、散文、小说，也有文学理论著述。散见于当时绥远的《西北日报》《边防文垒》《塞风》《洪荒》《星原》《绥远青年》《塞北诗草》《塞原》等报纸或杂志。

目前能查到的作品有：《王昭君的故事在中国文学史上的演变》《我所认识的鲁迅先生》《谈诗》《霍佩心诗五首》《这时代的苦痛》《我是一湾寂寞的池水》《我愿》《春之踪迹》《冬夜》……网上还能查到一些，但不知是操作问题，还是显示问题，字数有大有小，前后顺序也很乱，弄的不知哪篇作品是他的，还是别人的。为慎重起见，索性一篇没用。不过这件事我是要做的。只要是父亲的作品，我都会一篇篇把它们集中编在一起，为我早逝的父亲出一本书。我甚至幻想，或许那是一本厚厚的，有各种题材和体裁的能让我感受到甚至看到父亲内心世界的书。当然，根据现有的资料看，那也应该是一本很有研究价值的书。

另外在网上呼市一中历史上历任的校长名单中仍能查到当年的绥远省立中学校长是我父亲。

2017年11月

---

[1] 任白戈：南充县人。1926年入党。历任中共重庆市委宣传部部长、西南文联主任、四川省副省长、中共重庆市委第一书记、西南局书记处书记、四川省政协主席、中顾委委员。

不是回忆录的回忆录

——忆我的岳父

岳父是1932年就入党的老红军。听干休所里他的那些老战友和老同事讲，他有很多传奇的战斗故事。他在世时，我曾有个愿望，把他的战斗经历写成回忆录。而且，我明确地向他表示了我的愿望，但都被他拒绝了：“有啥好写的？我说无非就是说我自己，可那些牺牲的战士呢？谁去写他们呢？”大概他习惯了指挥员的角色，不论何时何地，他永远一脸严肃。即使在家里，他也永远带着一种说不出的威严，使子女们在他面前不敢造次。我也有些怕他。他不愿干的事，我是绝不敢勉强他的。但我不死心。不是为我，是为了我们党所走过的那一段艰难的历程，为了那些在战斗中牺牲了的烈士。是一种良心。我不忍放弃，不能放弃！因为在大学时，所有的老师都曾告诉过我，艺术是有担当的！我觉得，岳母说过的一些事很有意义，应该通过文字把他们记录下来。可我让他讲时，他永远不讲。请读者原谅，不是我没责任心，也不是没努力过，只是我面对的是一个永远都不愿意讲自己事迹的人。但在我们聊天时，他也会讲起一些当年的事。但都是一些零章断句。我之所以把文章的名字叫做“不是回忆录的回忆录”，就是因为：第一，讲述者没认可这是回忆录；第二，他的话没头没尾，没前没后，无法成篇，难以成为“回忆录”。其中有些十分感人，甚至让我感到震撼。但不是故事。大家知道这都是一些曾经发生的真事就足够了。

有一次，我家来了客人。请他讲他在粉子山战役[1]中的事迹。理由很简单，客人说：“有人把您参加的粉子山战役说是他们打的，连政委和团长的名字都改了。你去了，说明真相他们就无地自容了……”但岳父不愿意去。他的回答很简单：“让他们说去吧！当地的党史、军史都有记载，他们想改就能改了吗？那些为了这次阻击战

[1] 1946年，为粉碎国民党的重点进攻，保卫胶东解放区，我军先后组织了一系列战役，其中有掖县粉子山战役。

作者岳父、岳母年轻时的合影

的战士们，为了掩护主力连命都丢了，他们找谁说去？”还是没有应邀前去说明真相。

若干年后，他得了癌。我又旧话重提，我怕那些珍贵的史料会随着他的辞世而丢掉，希望他把那次阻击战的情况告诉我，我把它写出来。他仍不以为然，但还是讲了一些当时的情况。我万没想到，他的第一句话竟是：“那是一次败仗！我们损失非常大……”我说：“那不是一次阻击战，您不是完成了上级的任务，还立了功吗？”他说：“是。可你不知道，我们牺牲了多少战士！死那么多人再吹我们有多大功劳，我也不觉得是胜仗……”他忽然一反往常兴致勃勃地讲了起来：“那次，战斗非常激烈。我连续指挥了几天几宿，困得不成了，我叫我的副手接替我指挥一阵子，让我眯一会儿！他不敢，怕完不成任务。我只好坚持。我一直在不停地抽烟。我的食指和中指都被烧得满是燎泡，我都不知道。我的兵已经从战士升到了连长，你说我们死了多少人？”我和我爱人结婚后，从没见岳父流过眼泪。他是一个非常坚强的人。但大概是他得了癌，感情变得脆弱了，所以流泪了。他说：“战斗结束后，我没去参加庆功会。我躲在我的营房里在整理我们团的花名册。过去，我打过损失比较大的仗，歼敌一千，自损八百。有过。但这一次，我是整班整班、整排整排地把他们的名字从花名册上钩掉了，你说，我有心去参加庆功会吗？”说到这里，他的眼泪已成为一绺流了下来。我不忍心再问了。他是个肺癌晚期的患者啊！这就是关于他参加粉子山战役留给我们的简短的不能再简短的话了。他辞世后，我很后悔，我为什么不紧追不舍地再追问几句呢？无非就是挨顿骂嘛，能怎么样？但是……一切都来不及了。

还有一次聊天。他说的话更让我震撼。我只知那是淮海战役，具体是哪次具体的战役和战斗我就不知道了。他实在太不爱讲他自己了。我只记得，他非常自豪地说：“国民党咋能战胜我们？当时，土改以后，农民为了保卫胜利果实，参军的人非常多，而且战斗情绪极高……那天许世友（时任胶东军区司令员）和陈华堂（时任十三纵司令员）来看望战士。许司令讲话说，‘以前我许世友对不起为新中国牺牲的战士。他们牺牲了，连一口棺材都没有！这次，我可以负责地告诉大家，我保证，谁牺牲了，保证一人有一口棺材！’……这话要放到今天人们肯定会觉得很丧气。但是当时战士们听了许司令的讲话，情绪非常高昂。纷纷举着枪高喊‘新中国万岁’！可当时，新中国还没建立呢！这么不怕死的战士，这么高昂的战斗热情，国民党能战胜我们？我相信，没有哪个国家，哪支军队能战胜我们！”说这话时，他好像又沉浸到他说的那个时代当中去了。但是……淮海战役中还有许多小的战役和无数的战斗，他说的这一次究竟是哪次战役，哪次战斗，我当时很想问，但总觉得以后还有机会，还有机会……哪知，随着他病情的陡然恶化竟再也没有机会了！

还有一件事。那就是他年轻的时候，在哈尔滨一个小饭馆做交通员。后被敌人发现被捕了。敌人对他一个还不到二十岁的孩子使尽了几乎所有的残酷手段，逼他讲出他们的任务和谁是共产党员。他宁死一言不发，说的全是不知道。后来敌人看他那么小，觉得这么上酷刑都不开口，可能真不是共产党，就把他放了。这样的事他一次没对别人讲过，连对岳母都没讲过。直到“文化大革命”，造反派知道他有过一段被捕的经历，立刻去哈尔滨找敌伪档案去调查，在尘封的档案里，通过敌人审查的记录人们才知道他的表现如此英勇。但是他一次也没说过……

我们只知道，他一身枪伤，有一粒子弹打中了肺部，转个弯从肩膀又窜了出去。治了很多年，才治好。到现在他的右臂上端还有拳头大的一块伤疤。中间能看到一寸长短的骨头包在薄薄的皮肤里。行动小有不便。而且右臂比左臂短一截。另外就是腰，每到天冷，总会有疼痛的病症发生……

我很想知道他负伤的故事，他从来也不肯讲。

他对写回忆录这种事有些偏激。看了有些人写的回忆录不够实事求是，他就会骂一句：“吹牛！”他对不实事求是写回忆录的人极其反感。所以我能写的，就只能是这不是回忆录的回忆录了。全是片片段段，零章断句，这只能怪我岳父寡言的性格。他太不爱讲自己了！

我原以为他只是个个例。哪知，他身边许多老同志都和他一样，都不愿将自己的光辉历史写出来。

岳母去世后，从只有他和岳母保管钥匙的保险箱里找出许多份简历。我们按照简历提供的线索，查阅每一个人，把他的经历整理出一个大概。结果仍是一无所获。上面的文字大部分只有他们担任过的职务，和大约的简历，比如：参加过某某战役，重要的战斗，除此以外便什么都没有了。但我却从这什么都没有的简历中读懂了他们。原来，他们知道的只有奉献，从来没想到宣传自己。他们的心里在新中国成立前只有一句话：为了新中国，前进！新中国成立后，他们心里仍然是只有一句话：为了祖国的强大！奉献！

请现在的年轻人记住，我们党曾经的伟大和辉煌！

让我们一齐努力，清除污垢，让她恢复本来所具有的灿烂和辉煌，“不忘初心，牢记使命”！

2017年5月

没有结论的争吵

岳父和岳母在打济南的时候，有过一次争吵。为了谁对谁错，他们几乎争论了一辈子。后来，在他们的大半生里，只要一提到这件事，两人就要旧话重提，唇枪舌剑一番。直到岳父去世，他们这场争论才算结束。

其实，他们争吵的内容很简单：就是打济南的时候岳父带着他的那个团去解决一个关键性的隘口，路过岳母所在的电话班。岳母眼看着他在敌人飞机的轰炸和炮火中“上去”了，非常期望他能来看她一眼。而他明明知道她就在他身边的一间大房子里，而且这个地点还是他根据上级指示选定和安排的，但他却连向她所在的电话班看都没看一眼就走了。这使她很生气。因为上去打这个山头前后一共动用了三个团。他上去前已经有一个团上去了。他这个团和另一个团是留待前面那个团把口子豁开，用以扩大战果的。前面那两个团的团长来到这里后，都到电话班看望了自己的妻子，而只有他没去。就为这，战斗一结束，他们吵开了。她说：“你明明知道我就在你旁边的大房子里，你为啥不来看我一眼？”他说：“你这个人！我是上去打仗，又不是休假，看你干啥？都像你这么想还能打胜仗？”她很委屈：“你‘上去’了，要是‘光荣’了怎么办？”他说：“我看了你，你就能保证我不‘光荣’了？”她说：“刚才上面飞机，下面大炮打得那么激烈，我们住的房顶都给震得一个劲儿掉土，屋角也给掀掉了。万一一个炮弹落到我们房上怎么办？”他说：“你为啥不想想万一耽误了一个司令部给前方的电话，那会牺牲多少人？”……据说当时他们两人争论得非常激烈，直到纵队司令员把他们拉开，才算暂告一个段落。我之所以说是“暂告一个段落”，就是因为他们后来为这件事又不知争论了多少回，多少年，乃至一辈子！

他们最后的一次争论是在岳父去世前的最后一个春节。春节那天，全家在一起陪他看了一部老的战争片。如果在平时，准确地说，应该是在他没得癌的时候，他手里的遥控板早就让几个孙子孙女抢去换了台。而这一回，大家都知道他不久人世了，所以三代人都静静地陪着他看那部老旧的电影。那虽是一部褪了色的战争片，但却真是一个激情燃烧的岁月呵！他看得来劲极了。我们开始虽并不想看，但随着情节的进展，也都慢慢被吸引住了。直到影片全部演完，我们才一起到饭厅去吃年饭。一坐到桌边，大家的话匣子就都打开了。开始我们只是围绕着影片在艺术上的成败在谈；待岳母插进来以后，话题很快就围绕着这部影片和他们所经历的战争生活展开了。岳母说："影片里那个团长真像你爸爸！一钢二铁豆渣三嘛！"她还没提到什么具体事，他就先把她给批了一顿，"你这个人！你这个说法就不对！什么'一钢二铁豆渣三'，不利于部队团结嘛！当年这个说法一出来，就让师政治部给批了回去。这么些年了，你还记得那些歪说法！"岳母说："这都是过去的事了，影响什么团结！"他说："事情是过去了。可不对的话啥时候也不应该说！当年的人不少还健在。人家知道了能高兴吗？再说，人家三团有三团的情况。三团的政委对做刚刚解放过来的战士思想工作特别有经验，人家还没完全把队伍整编好，当然不如我们一水由老红军做种子组成的一团和二团战斗力强。"她好像觉出了自己有些理亏，就没再说什么。而把话题转到那段最使她感到光荣和骄傲的往事上去了："徐团长那可是有了名儿的能打仗。上去之前，总攻的时间就要到了，可是敌人把守的那个隘口还没拿下来。我在电话里就听纵队首长在发火，'把一团换上去！把一团换上去'！一团就是你们爸爸的那个团。但三团团长就是不肯下，最后是兵团司令下了死命令，'等不及了！让一团上'！你爸爸没一会儿就带着人回来了。当时我是又高兴又担心。我倒不担心你爸爸打不下来。我最担心的就是枪子炮弹不长眼……"岳母对他的爱掩饰不住地从她那闪亮的眼睛里流露了出来！她越说越兴奋："我一边接电话，一边看着三团往下撤，一边等着你爸爸带着一团往上上……我刚接完一个电话，就看见了三团团长带着三团撤了下来。任务没完成，三团团长脸急得焦黄焦黄的，真难看哪！就在这个时候，你爸爸上去了。没两分钟……"岳父插上来说："不对！是十八分钟！"岳母不愿意中断她的话头儿，又接着说了下去："对！十八分钟！可打仗的时候好像就是一会儿，猛地就听山上'轰！'的一声响，接着冲锋号就响了。冲锋号一响，我就知道你爸爸把炮楼炸掉了。那一声真响呵！连我们电话班的屋子都震得直颤。我们一边接电话，一边斜着眼从窗户里看大部队往上冲。听着大部队'咚咚咚'跑的脚步声从我们电话班的两边响，真让人高兴呵！没多一会儿，你爸爸就带着队伍下来了。纵队司令问，'拿下来了'？你爸爸说，'拿下来了'！我看见你爸爸囫囫囵囵地回来了，心里的一块石头才算落了地！可一看见他，我的气就来了……”说到这里，他们就又一次地争吵起来。只不过因为是春节，岳父有病，加之我们两代子女都在，所以没真吵起来。但两个人还是互不服气地拌了几句嘴。一个说：“你应该去看看我，你的背影我都看见了……”一个说：“那是打仗，都那么看起家属来，军心涣散了怎么办？”

架是没吵起来，但看得出两个人在这个问题上，还是谁也不肯相让。

对他们在这个问题上的拌嘴，我们已经习惯了。而我真正感兴趣的是：岳父为什么在别人没打下来的情况下，他一上去怎么就打下来了，始终充满了强烈的好奇心。

晚饭后，春节联欢晚会的节目刚演到一半，他就独自一个人回卧室去了。我以为他累了，就跟了过去。我把他的被子拉开了说：“爸爸！您躺一会儿吧！”没想到他只说了一句：“我不累！……”就不往下说了。我注意到他的情绪，便一切听便地按他的示意在床边的小沙发上坐了下来。坐着，坐着，他忽然问我，“爸爸是不是老了？……”我知道他自打病了以后，情感和情绪变得很脆弱，不像以前那么硬朗了。我假装不解地问：“您怎么想到这上头去了？”他只“嗨！”了一声说：“那次，我真不该让！……”

让？让什么？听到后来，我才知道，那次战斗上级本来是由他们一团负责攻坚的。但在战前动员会上，因为经过忆苦，三团中许多本来就是贫苦人出身，后被国民党抓壮丁抓去打仗的战士觉悟空前提高，坚决要求由他们团攻坚。岳父是看他们团的热情非常高涨，不便打击，就没坚持，把这次攻坚的任务“让”给三团了。

“让”与“不让”这句话看起来好像有点儿师出无名，其实我是非常明白他是接着晚饭和妈妈吵架的那个话题说的。因为过去我听他讲过那段战斗经历。没想到三团上去以后，打得很好。但后来打到最后一个关口时，遇到了困难。因为敌人在一片开阔地前安排了一个十分坚固的地堡。地堡里又安排了几挺重机枪，当时战士们都打红了眼，那位团长在乘胜追击时应变能力受到影响，结果损失不小。——那是他上去以后才知道的——所以，他说完：“那次我真不该让！”眼睛就湿润了。

这是我第一次看到他流泪，所以一下竟不知道该怎么安慰他才好了。我下意识地再次把他的被子拉开了，并再一次劝说道：“您躺一会儿吧！”但他仍然只是一声：“我不累！……”紧接着，泪水就像断了线的珠子一样，流了下来。我只好把话题转到他当年的战斗生活上去。我知道，只要谈起过去，他很快就会眉飞色舞起来。这是自打他得了癌症，感情变得脆弱以后，我发现的一个绝招儿。这既能在他情绪不好的时候帮他转移情绪，也能让他在病中尽可能多吃一点儿……刚才他和岳母的拌嘴，使我产生了一种好奇。他既然不累，我就把我埋藏心底的一个问题提了出来：“爸爸！您究竟有什么绝招，那么快就把敌人的碉堡炸飞了？”

这一问，他果然来了精神。他说，“我也没有什么绝招儿，打仗跟平常办事一样，干什么都要符合客观规律。那个三团长是个好同志。就是有点儿古尔洛夫……古尔洛夫你知道吗？那是当时我们胶东军区文工团在整风的时候演的一出苏联话剧。主题是批判主观主义的。大家看了那出话剧以后，古尔洛夫就成了主观主义的代名词了。战士打了胜仗热情肯定高涨这是很自然的事儿，但作为指挥员，就要冷静了。这我且不去说。关键是他对地形的判断不对。眼前明明是一片开阔地，你就是打了再大的胜仗也不能让战士凭着一股子热情硬往上冲呵！……”

因为敌人是在一片开阔地前建了两个钢筋混凝土的炮楼，十分坚固。地堡里安排的又是几挺重机枪，当时战士们打红了眼，一个个都硬往上冲。那位团长在乘胜追击时，没考虑到那两个炮楼不是那么容易端掉的。但不端掉这两个炮楼，部队就上不去。那个团长也想了一些办法，从两边迂回，伤亡虽然不大，但等拖到总攻时间到了以后，他们只好开始硬拼，结果伤亡就大了……

听完他讲了那里的地形后，我问：“那您是怎么打的呢？”

他说：“我这个人打仗跟别人不一样，从来是带着队伍直接上前沿。这样地形看得清楚。上级批评，下级反对，我从来不管。那一天也是。纵队司令员一命令我们一团上，我就带着队伍直接上了前沿。我手下的营连长都不同意，说太危险，叫我在团指挥所指挥。我没理，带着两个最好的机枪手就上去了。敌人看有人来了，虽然都是匍匐着前进，但还是在拼命扫射。我和那两个机枪射手上去前，我就下了命令，让整个团一齐开火。一定要把敌人的火力压下去。压的时间越长越好。打响以后，敌人的火力很快叫我们压下去了。我和那两个机枪手很快就爬到一个天然的掩体后边，把枪架好了。枪架好以后，我马上就让他们俩对着敌人碉堡上的枪眼儿打。因为敌人的碉堡都是高标号的钢筋混凝土修筑的，非常硬。子弹一打进去，在里边来回转着跑。撞上谁，谁就得完。我带那两个机枪手的枪法特别好，没扫几下，就把敌人的碉堡打哑巴了。打的时候，我还安排了两组爆破手，一人背上一个用木头架子捆好的炸药包，从几个方向一块匍匐接近敌人的碉堡。敌人的碉堡火力一被我们打哑巴，我们的几组爆破手就冲上去了。当时我们离那个碉堡特别近，里边的情况都能看得清清楚楚。当我们的爆破手往上冲的时候，虽然还有人组织火力想把我们挡住，可实际他们已经没这种可能了。他们一露，我们就打；他们一露，我们就打；我带那两个机枪手枪法准得很，一打就能打进碉堡的枪眼儿里。打得他们始终喘不过气来。我们那几组爆破手在碉堡彻底被压住的情况下，很快就冲到了碉堡底下。几个炸药包向几个枪眼里往里一塞，一下就把碉堡端了！

"我们这儿刚把碉堡端掉，总攻的冲锋号就响了。等着扩大战果的部队就像潮水一样冲上去了。一下，就把敌人全打垮了……

"那天下来作战斗总结，虽然兵团司令和纵队司令都表扬了我们，可我心里还很不是滋味。如果一开始就是我们一团上不就好了？！"他的眼睛又湿润了。

这就是他来卧室后问我"爸爸是不是老了"的原因所在。但我还是对他劝慰道："打仗嘛！情况瞬息万变，谁还能没点儿失误？再说，已经过去多少年了……"

但他却说："不能那样原谅自己……"

我知道我劝慰他的话是没用的。所以，就又用了转移的办法，把话题扯到别的问题上去了。他这才又恢复了平静。

年过了没多久，他就不行了。他的身体急剧消瘦。饭量越来越小，最后大概是因为烧心，他总是不断地要求吃冰棍儿。为了给他补充营养，我们给他买的都是最好的，奶油最多的冰棍……我们所有的子女都守在他的床边，和他东拉西扯，分散他的病痛，设法让他最后的时光过得轻松些和愉快些……但这却不能阻止病魔吞噬他生命的步伐。他昏迷和休克的次数越来越多了。一天，不知怎么，他在昏迷中竟叫着岳母的名字说了一句那次他不应该去看她！……

岳母虽然知道他是在说胡话，但还是喃喃着在坚持她的看法："他这个人哪！一辈子都是我谦让他，凡事都是我不对，他对！可他怎么就不想想，我当时才二十几岁，和他结婚没几个月呀！"她对岳父虽有抱怨，但始终不肯离开他的床位。子女有轮班，可她除了上厕所，几乎没有一分钟离开过他。他一有动静，她就要醒。几个月下来，她的眼睛都睁不开了。说话办事，特别是在护理他的时候，她的眼睛总是疲倦地眯着。但我没想到，她对他谦让了一辈子，支持了一辈子，却在这个问题上始终没有改过口。

岳父最后的时日是在军区总院度过的。部队为了这位曾在沙场上报效祖国，为民族的自由和解放付出过一切的老同志使用了一切能够使用的办法，但终究没能把他从死亡线上拉回来。他走了。我们哭了。但我们的悲痛只是一时的。因为我们知道这是自然规律。八十好几的人了，得的又是绝症，我们虽然希望他能永远活下去，但这怎么可能呢？看到他最后的时日那么痛苦，所以当他离去后，我们似乎为他的解脱感到了一丝也许是不应有的宽慰。所以，一俟丧事办完，我们各个屋里又都传出了笑声。但岳母却做不到。她总是一个人躺在卧室里。除了吃饭，她反复重复的就是一句话：“他这个人哪！就是脾气急！最后连死都是这样！他这个急脾气永远也改不了！……”从她的语气里似乎岳父还有改正的机会似的！

一年很快就过去了。我们又都从祖国各地回到了岳母身边。我们夫妇和孩子是第一个到的。因为火车到的时间太早，我们不想打搅她，所以既没打电话，也没拍电报。来到家门口时，拿出钥匙打开门就悄悄溜了进去。

进去以后，我们才发现家里没人！我们很奇怪。我女儿还叫了一声：“奶奶！”也没人回答。我吓坏了，正要四处去找，却听到楼上有人说话。我们这才悄悄走上楼去。岳母在跟谁说话呢？我们家从来没有把客人请到楼上去的习惯呀！……

我们来到楼上才知道，那是她在一个人跟岳父说话！

我们怕搅扰了他们“谈话”，全都僵在了原地。生怕脚下出的声音会使她和他这人间和天堂的对话中断！

她说了好多好多。把我们每一个人，特别是岳父疼爱的几个孙子孙女的进步都说了一遍。虽然说的都是好事，是高兴事，可不知怎么，我却止不住地一直在流泪。最后，她居然又说起了那件他们争吵了一辈子的事。

我惊呆了。

她把当年的事又说了一遍以后，还是埋怨道：“你一辈子就知道坚持原则，那一次我就是想让你路过看我一眼有什么不对？”

我实在不懂，岳父已经走了，而她无论在哪里都是一个胸怀和视野都非常宽阔的老同志。为什么单单这件事，却成了她永远解不开的心结呢？

这件事直到我们给岳父过完周年，在一个非常意外的情形下，看到了他们当年的一张照片，我才对他们的这种互不相让有了一点点了解。

那天，是侄女给岳父设在灵堂里的画像买了花，她因为有事，是由我把花给送到楼上去的。我给岳父送花时，我在供奉他照片的桌子上发现了一张我们从没见过的一张照片。那是岳父岳母两个人穿着解放战争时的军装在战争的废墟上追跑的半身照！

他向正面跑来，岳母在后面追。前景是花，后景是战争废墟。两个人都在笑。我看着那张照片，好像连当年他们的笑声都听见了！哦，好浪漫呵！年轻时的他好英俊呀！很像我的几个弟弟。岳母更是漂亮，很像小妹。这么好的一张照片为什么不给我们看呢？

其实，连我自己都知道，这个问题提得有点蠢。因为岳父是个非常有“父道尊严”的人。他在子女面前绝少笑容。大概他不愿意让我们知道他和岳母有关爱情的一面，所以才把这张这么好的照片珍藏了几十年也没让子女看！

这照片一下把我带到了当年那个战火纷飞的年月。而那就是他们人生中最好的年华呵！在他们身边随时都有可能付出鲜血和牺牲，而且就是在他们身边曾倒下过无数个和他们一样正处花样年华的姐妹弟兄！他们那时虽然没有我们年轻时的花前月下，更没有现代青年的蹦迪、K歌和五花八门的娱乐等恋爱方式，但是他们的青春，他们的爱，不同样迸射出过灿烂的火花吗？

岳母是对的。那时，她还年轻，岳父就要“上去了”，万一……这是一个多么可怕的“万一”呵！然而，这种万一却是他们一生最好的年华中随时都可能出现的。岳父为的是理想。岳母好像更多的是亲情，但这种亲情难道不也正是理想造就的吗？在那战火纷飞的年月，还有什么比关注对方能够在战火中幸存更宝贵吗？作为晚辈，我们能对他们这种和我们现在小夫妻之间吵着玩儿一样的拌嘴说些什么呢？

要知道，那就是他们无怨无悔的青春呵！

如果可能，我宁愿像他们那样度过自己的青春！

看着照片，我心里不觉漾出一句：岳父！您安息吧！

2017年6月

姐夫

我说的姐夫其实是我的表姐夫。大概因为这样叫不顺口，再加上父亲和二姑之间的关系太亲密了，二姑又是爷爷分外疼爱的老闺女，所以从没分过哪个第三代是儿子生的，哪个是女儿生的。把姐夫前边的“表”字去掉，也就是一件很自然的事了。

在说姐夫之前，首先应该先说说表姐。

我第一次见到她时，新中国刚成立。北平刚刚改叫北京。她来北京考大学，住在我家。表姐给我的第一印象有两样：一个是好看；一个是超级爱干净。那时我刚上小学，还不大懂得品评人的长相。大概是我表姐长得太漂亮了，所以给我一种十分奇妙的感觉：她长得怎么比画的画儿还好看呢？整个脸庞几乎没有可挑剔的地方。再加上皮肤白皙，性格开朗，走到哪儿都给人以活泼、靓丽的印象。连我们院儿里的房东刘大娘，也常用我们家乡的绥远话问她：“女子！你这是咋长的嘛！”闲聊时也常常对我妈说：“咦！你这个外甥女怕是天上的仙女下凡呢！……”

她长得美，也爱美。她住在我家的那段时间里，即使是在考大学前那紧张的时刻，每天也要花一两个小时梳洗打扮！她梳洗打扮的时间主要花在洗头上。她头发既黑且长，长到齐腰，十分浓密。那时一般人，即使是女人也都是三五天，甚至一个星期才洗一次头。一般都是用篦子篦。因为洗头太麻烦了。而她却是天天洗。我之所以说洗头麻烦，是因为那时不像现在，拧开水龙头，冷热水一兑就可以洗了。那时洗头，不光要先从井里打水，烧热，然后再兑凉水，把温度调好才能洗。当时又没有香波、护发素之类的东西，还要用皂角或者用肥皂洗完，再用头油对好的水把肥皂冲下去，这样洗完头发才能梳得开，否则就要打疙瘩……烦琐极了。尽管如此，她每天依旧乐此不疲。就像是获取一种难得的享受一样，一天一洗。她皮肤不仅白皙，还透着一层红润，永远闪烁着一种充满青春气息的光泽。大大的眼睛，高高的鼻梁，长长的睫毛和非常清楚的双眼皮，与她那一头齐腰长的头发梳成的辫子搭配起来，就使她的美显得更加突出和有生气了！即使连她在不显眼的地方有几粒小小的雀斑，也让人感到是一种缺陷美。没了这几粒雀斑，反倒会让人觉得是一种遗憾！

她洗衣服就更“邪性”了。她大凡穿过的衣裳，哪怕只穿了一小会儿，根本不脏，她也要洗。而且天天如此！洗完还要熨烫，然后再整整齐齐叠好收起来。穿出去永远是整洁和平展的。她腰身很好，又会买衣服和鞋子。她穿的那双鞋我好像从没见有谁穿过。俗话说：“人靠衣裳，马靠鞍。”但这句老话套在她身上是没用的。她即使不打扮，也会给人以高挑和帅气的印象。而这一切都是她每天那样苦重的洗涮和熨烫的劳作换来的！她对洗衣服从不犯怵。每次洗常常还会把我妈妈和我们姐弟三人的衣裳捎带洗了。那时既没有洗衣机，也没有洗衣粉之类的东西，洗衣裳全要靠打肥皂和用手搓洗，那是一种怎样苦重的劳动呵！但她不仅不以为然，而且干得非常轻松！幸好那时的北京大多数人家用的都是井水。我们住那院子的井又是苦水，吃不得；所以没有人对她那样全无节制的用水有意见。而且，她洗完衣服很少像我们院里的街坊，把脏水倒在院子里。她从来都是用盆端着穿过三进的大院子泼到街上去。顺便还把门口当街扫一遍。她泼水从来泼得很匀，这样好把浮土压下去，然后再把大门口也弄得很干净。所以很招街坊四邻的喜爱。

有一天，我们家的房东刘奶奶看到她又在梳洗打扮，禁不住走过来叫着她的小名逗她：“竹子！你长大要嫁个甚呀？”其实，我表姐有个很好的名字叫：竹君。

我表姐被逗得害羞了：“我才不嫁呢！”

我妈听了以后说：“不嫁？过两年你就不嘴硬了！‘男大当婚，女大当嫁’，谁也躲不了这一关！不过，我看这丫头不愁嫁，就凭这个样儿也能嫁个好人家！……”

我太小，虽说插不上嘴，但我觉得我妈说得很对。表姐那么漂亮，又那么有味道——当然这是我长大以后才懂得的词汇——怎么会嫁不好呢？……

而我表姐则还处在充满幻想的年龄。所以大家一说这个，她就觉得很不好意思：“二妗！人家连大学能不能考上还不知道呢！别老说那好不好！……”我生在北京，长在北京，对家乡的称呼不大熟悉，我问了我妈才知道，“二妗”实际就是二舅妈的意思。

我妈只好笑着同意了：“好！不说了！不说了！……”并把话题转到了考大学方面的事上去。

我表姐功课不错，考完以后她很有信心。没多久就发榜了，她说她能考上，果然她就真考上了。她报的是师范大学俄语系。那时中苏刚刚订立友好互助同盟条约，两国关系正处在蜜月时期。学俄语是很时髦，也很吃香的专业。所以一毕业就把她分配到了北京一所著名的中学当上了俄语教师，而我则已经是小学五年级的学生了。

从上大学到毕业分配，她经常在我家过周末。不管是我妈和她聊天谈话，还是绥远老家的来信，又开始提及她的婚姻问题了。那时一个二十出头的姑娘还没结婚，甚至还没谈婆家就已有嫁不出去的感觉了。而且那时上大学对结婚并没有限制，她怎么一点儿动静都没有呢？她的爸爸妈妈自然为她着急，我妈妈也很为她着急。但她却像没事人一样，每次都是哼唱着苏联歌曲来，洗完头发和衣裳，又哼唱着苏联歌曲返校，俨然还是刚来北京考大学时的那个小姑娘！

她和我妈很有话说，因为那时妈妈也在追求进步。但她就是从来不说她的婚事。因为她知道，她对我妈说，就等于跟她身在绥远的爸爸妈妈说了。我妈对她的婚姻问题着急，实际是替她爸爸妈妈着急；我妈的观点，实际都是来自绥远老家，或者干脆说，就是她爹娘的意见，只不过是从我妈嘴里说出来而已。所以，她从不正面回答。我妈问得紧了，她也只是说："二婶！您就告诉我大大（我们老家管爸爸叫大大）和我妈吧，我的事不用他们操心。这是我自己的事。现在解放了，讲自由恋爱了！……"她已经把话说到了这个份儿上，我妈还有什么话说呢？

其实，按现在的话说，她早有男朋友了！只是碍于一些她感到不好说的因素，一直没说，或不想说罢了。当然，这也都是我见了我姐夫以后的一种猜想而已。

因为大约在她大学刚毕业不久，我们终于在事前一点消息都不知道的情况下，由表姐带着她自己选择，并已登记结了婚的夫婿来到了我们家。

"二婶！这是我爱人。他叫章秉文。跟我既是同学，又是同事。他比我早毕业两年！现在在同一所中学教书……"我表姐向我妈介绍时，没有一点儿羞涩之感，说得也非常轻描淡写，就像在说她买了一棵大白菜一样。

我妈妈听完她的介绍，惊得竟半天都没说出话来！我也十分惊诧，我那么漂亮的表姐怎么找了这么难看一个丈夫？！怪不得她始终也不肯透露一点消息呢！让我们全家更为吃惊的是：她是抱着一个刚出生的孩子来的！我实在不明白，我表姐，她……她究竟怎么想的呢？

说实话，在第一次见了这位名叫章秉文的姐夫后，我对他的长相实在不敢恭维。一张国字脸，前额有棱有角地向前突起，眼窝深陷。长得本来就小的眼睛往里一窝，再戴上一副瓶子底儿一样的眼镜，镜片后的眼睛就显得更小，乃至小得像就豆子一样了！鼻子和嘴虽说不出有什么好看或者难看，但却很难给人留下什么印象！总之，他和我那漂亮的表姐站在一起实在是太不般配了！

最让我不能接受的是他的文弱。我爸爸他们哥儿五个虽都是大学教授，但个个身强体壮，言谈举止虽也都少不了教书先生的斯文，可不论说话还是办事，都很有男子气概！我无论如何也想不通表姐怎么找了这样一个如此文弱，才二十多岁就开始含胸的人！

我最不喜欢的是他的寡言。

他在和表姐来我们家之前似乎就已经猜到了这种结果，所以不管大家说什么，他都始终一声不吭。那时我父亲已经去世，家境比较贫苦，所以招待他们吃顿饺子，拌一两个凉菜就已算是丰盛了。他很笨。既不会包饺子，也不会做凉菜。那时我们家没有厨房，包饺子、做菜全在院儿里。好在当时正值初秋，我妈和表姐躲在房东家耳房和东房北墙拐角的阴凉里做凉菜、包饺子挺凉快。而他在这样的时候，什么都插不上手，只会傻呆呆地坐在一个小板凳儿上闲待着。实在无聊了，就从地上拾起一根小草棍随意在地上画上几笔，或抠抠地面上的砖缝儿。总之自始至终都是一副百无聊赖的样子，直到吃饭。他的这种表现，使得我对表姐找他作为自己的丈夫，感到实在是莫名其妙！

找谁不好呢？干吗要找这么个又丑又笨的人做丈夫？！

但我表姐却是深爱着他的。我尽管很小，但从她的眼神里还是能看得出来。在我表姐帮我妈忙活的时候，我经常看到我表姐的眼睛时不时地总要对他投去一个只有初恋情人才有的那种眼神。而且是一个正在干活的人总在关照着另外一个闲坐在那里的人，一会问他：“茶凉了没有？”一会又问：“杯子里的茶还有味儿吗？”一会又告诉他：“太阳都斜了，你坐那儿不热呀？哎呀！你就不知道挪一挪？……”不一而足。

我不知这位姐夫有什么特殊的魅力竟把我表姐“迷惑”成这样。这实在是一个让人不得不去暗自揣摩的问题。

他们走后，在妈妈和姥姥不满的唠叨中，总算让我对这一不可思议的问题有了些微的了解。

原来，他们在上大学时就相爱了。学的都是俄语，又都喜欢文学，所以早就好上了。只是……只是我表姐知道我二姑长得很漂亮，自己也漂亮，所以对女婿在长相上的要求也很高。但我姐夫偏偏不具备这样的条件！她只好“先斩后奏”！这也是我妈对表姐最大的意见，不管怎么说，她来北京上学都是我二姑家对我妈的一种托付。像婚姻这么大的事儿怎么可以连招呼都不打就结了呢？“竹子胆儿也忒大了，婚姻大事不拿我这个舅妈当回事，可以！怎么连跟她父母都不言语一声儿？再者说，你再急也不能连招呼都不打就把孩子生出来了呀！您说这叫什么事儿呀！”（那时新中国缺少人才，上大学全是免费的。我表姐自己顾自己没问题。我姐夫已毕业两年，用他一个人的工资结婚和养个孩子还是蛮轻松的。）

对这种话，我并不太感兴趣。孩子嘛，总是觉得老师说得对。那时学校里对政治学习抓得是很紧的。从《婚姻法》一颁布，连我们小孩子都要学，再加上当时社会上一直有配合《婚姻法》宣传的各种戏剧，如《小女婿》和《刘巧儿》等都在上演。我们小孩子虽没钱到剧场看演出，但房东家有话匣子（即：收音机）。匣子里经常整出整出的播，使我断断续续地对其中的内容也知道了一个大概。这种艺术节目很管用，使我们小孩子在听戏中也不知不觉已对婚姻法有了一个大概的了解。不管我对姐夫是否满意，但我对表姐的做法似乎并无多大的异议。我最关心的还是那一条：表姐为什么会找这样一个又笨又丑的丈夫？而且还如此钟情于他呢？

在那段时间里，妈妈和姥姥经常唠叨：“竹子也太傻了！我问她章秉文哪儿好？您猜她说什么？她说他思想好！关心同志！这和过日子有什么关系？闹了半天，他们从大二就认识了。说章秉文是他们系里入党最早的学生。又是系里学生的团总支书记。他办事‘特别有原则，无私，特别会做思想工作，还特别会团结人，同学都特别服他’！您说……”我妈又悻悻地对姥姥重复着说了她的那句名言：“您说，她这一串儿‘特别’和过日子有什么关系？！……”

我表姐跟我说，秉文特别善良。他们大学的时候，有个同学隐瞒家庭收入骗取了学校的甲等助学金。这件事被发现后，同学们都很气愤。但他却觉得对这个同学是要批评，而且要严厉，但也要给他改正错误的机会。“我去找他谈吧！看他认识错误的态度怎么样！最好让他能争取主动，向系里坦白……”

我表姐对此非常欣赏。她问我妈：“二妗！您说！这要不是秉文，我看我那同学够呛！现在，我那同学特别感谢他。主动坦白后，在班里还做了一次深刻的自我检讨，系里最后对他做了免于处分的处理……”

现在的年轻人可能不知道，当年对这种“经济问题”看得是很重的。一旦入了档案，那就是一辈子难以抹去的污点了。

我妈听了很不以为然。

当时虽说没有代沟这个词儿，但这种现象无疑是存在的。我妈虽然也追求进步，那只是因为她对新中国成立前那种战乱频仍，通货膨胀，月月担心自己被裁掉的日子实在是过够了。那种日子使她这样一个拖着三个孩子的寡妇总是处在一种朝不保夕、担惊受怕之中。新中国成立了，他终于可以不再过那种日子了……所以她非常感念共产党。但她对当时的革命新思潮并没太多的理解。姥姥已经六十多了，自然就更难理解："哼！这就叫王八看绿豆，对上眼儿了！鬼迷心窍！"

我妈最后略感欣慰的是："竹子说他学问倒是不错，这倒像是霍家人。他不光能用中文看马、恩、列、斯，还能用俄文看！所以她才那么佩服他！您说这都哪儿挨哪儿呀！凭这能过一辈子？！……"

这些我当时还不太懂。所以我在心里实际是同意妈妈的说法的。难道姐夫就是凭着这把我漂亮的表姐夺走的吗？

这个答案是在经历了一个很长很长的时间，而且是在我不经意中才渐渐地理解了我的表姐。而且不仅仅是理解，甚至是觉得我表姐这个决定实在是太聪明了。在我了解了他之后，我比我表姐更疯狂地喜欢起我这个姐夫了！这一切究竟是怎么发生的呢？

后来我仔细回忆了一下，那好像是从一次我在家里练习朗诵开始的！

那是我上初中以后不久的事。那会儿学校里盛行朗诵。而且特别流行朗诵马雅可夫斯基和普希金。谁朗诵得好，就会受到大家的推崇和尊重。我那时虽很调皮，但也很喜欢朗诵。可学生会组织的朗诵小组却拒绝我加入！原因是说我太"闹"了！

但我二姐在女三中是好学生。她在她们学校参加了朗诵小组。在老师的辅导下正在练习普希金的《渔夫和金鱼的故事》。放了学，做完功课，她常常在家里练习。我很喜欢，也很眼馋。于是就成了她的忠实听众。那时我年纪小，记东西快。听的次数多了，我连普希金诗集看都没看过一回，就不知不觉把那首长诗背了个滚瓜烂熟。有一天，我趁二姐不在家，就偷偷把自己关在屋里朗诵起来。在我朗诵最起劲的时候，我姐夫突然来了。我很窘，不仅马上停止了朗诵，而且立刻想走。但却被他充满歉意地叫住了："哎？别走呵！三儿！接着来！接着来！你朗诵得不错嘛！"他很诚恳。这大概是我认识他以来，第一次听他说话。我这才发现他有一副和话匣子里播音员一样的好嗓子。圆润、洪亮，而且十分悦耳。

但我不愿意当着他的面朗诵，其实是缺少自信。在他那充满诚恳的一再鼓励下，我这才背诵了一遍。我觉得我朗诵得很糟，脑子里一片空白。没想到他竟鼓励我说我朗诵得不错！还说："你完全可以朗诵得很好！……"

他的目光很真诚。

我太想把这首诗朗诵好了。而且想了好长时间，打算到班里开新年晚会时露一手！所以我一听他说，"你可以朗诵得很好！"……便问他："你能教教我吗？"他说："别说教！咱们一起来。我朗诵，你听。你朗诵，我听！咱们俩互相挑毛病，这样不就都朗诵好了？……"

我同意了。

在我朗诵完以后，他并没就事论事地评论我朗诵的好坏，而是给我讲了一些有关朗诵的基础知识。诸如：这首诗说明了什么？有几个段落？这些段落和段落是什么关系？……只有把这些弄明白才能朗诵好……他举例问我："这第一句是什么意思呀？"我就照本宣科地背了一遍"就是：'在很久很久以前'呀！"他说："对！但是说给谁听呢？"他见我答不上来，就换了话题："你能给我讲个小故事吗？"我会讲的故事不多，想了半天，就把姥姥给我讲的一个鬼故事说给了他听。我没讲几句，他就打断了："好了！你讲得多好呵！为什么？因为你想吸引我！所以你并没扯着嗓子喊！朗诵其实和讲故事有相同之处。就是说给大家听……"他说："你看呵！……"他站起来，用一种非常亲切的给人讲故事的语气朗诵起来。他声音好听极了，对那首诗的处理既简单又朴素，但却充满了魅力！他的朗诵渐渐进入了佳境，我完全被吸引住了。我静静地听着，品味着：那个贪心的老太婆一次比一次贪心，那小金鱼却一次次都答应了她的要求，那么将来会怎样呢……？就在我如醉如痴地想往下听时，妈妈和表姐回来了。这虽使我很扫兴，但却让我对姐夫产生了一种痴迷追捧的感觉。当时我们家只有两间房，我们练朗诵的房子是妈妈的房子，我们总不能为了朗诵让妈妈和表姐等在院儿里吧！他虽中止了朗诵。但还是不顾妈妈和表姐叫他，把我叫到了一旁，鼓励我："你很有天分，应该练下去！这是一种修养！知道吗？"妈妈和表姐显然有些等不及了，一直在不停地招呼他："秉文！老家来信了！……"他还是把想跟我说的话说完，才去找她们。他说了很多，但给我印象最深的是《渔夫和金鱼的故事》是一首童话，只有读出童话的意蕴来，才算朗诵好了……这使我深受启发。我从来没想到要朗诵一首诗竟有这么多学问！他告诉我他下礼拜还来："下次咱不在家朗诵了！我带你去一个好地方！……"他好像还有很多话想说，但禁不住妈妈和表姐的一再招呼，这才扔下我，到妈妈和表姐那里去。

第二个礼拜他真的又和表姐来了。他只匆匆和妈妈寒暄了几句，就如约带我走了。我们去了离我家很近，而且就在同一条胡同里的一座大庙。（那时候北京的庙多极了！）我虽然每天上学都要从那庙的门口过，但却从没进去过。他带我进去以后才知道，寺庙原来是公共场所。不管是不是去进香和捐功德，都可以随便进。新中国以后绝大多数和尚都还了俗，庙里还只有两三个和尚了，而且也没有什么香客，所以显得很空旷。他带我来到一个十分冷僻、长满荒草的后院，躲在一堵大墙的阴凉里开始朗诵。他似乎已猜到了我完不成他给我"留的作业"，但还是非常耐心地听我说完我的"分析"，才一点点地把他的想法讲给我听。讲完，他又给我示范了一遍：

> 很久很久以前，
> 有一个渔夫和他的老太婆
> 住在蔚蓝蔚蓝的大海边……

他声音不高，就像给我讲故事一样，稍加装饰地把诗"说"了出来……是他的声音好？还是对诗有理解？抑或是他把握住了童话的风格？……总之，他很快又一次地把我抓住了，而且把我带进了一个令我迷醉和充满想象的境界里……

哦，我这才体会到什么是普希金！什么是诗！什么是朗诵！真美呀！我陶醉极了！

后来，他每次来不仅要给我辅导朗诵，而且还叫我多读点儿文学作品。不光说，还根据我当时的文化程度和接受能力给我带来一些书籍。像《我的儿子》——那是一部长篇报告文学，《青年近卫军》里的男主人公奥列格的妈妈根据儿子的真实成长历程写成的。还有《卓娅和舒拉的故事》，这本书是苏联卫国战争中壮烈牺牲的女游击战士卓娅的妈妈写的真实的故事。她不仅失去了自己的爱女卓娅，同时还在卫国战争即将取得胜利的时候，她的儿子舒拉也牺牲了……这两本书恐怕是在建国初期成长起来的一代人都读过的作品。我后来想，如果我没有这个姐夫也许我就不会接触文学，至少不会那么早地接触文学了！我现在之所以能以影视和文学为职业，还能写出长篇小说和十多部电影剧本，当上导演，真正的和最早的启蒙者不就是他吗？当然这都是后话了。

那天我们带着朗诵后的愉快回到家时，饭已经做好了。我表姐埋怨道：“你跑哪儿去了？二妗都把饭做好了，你也不回来！”他只是笑，一点也不做解释。是我说明了原委，表姐这才停止了对他的抱怨。

我是后来才知道，上个星期天我妈和表姐那么急着找他说话，原来是她们要找我姐夫谈爷爷的来信，爷爷要和二姑一起来京处理他们这桩婚事。

说到这里，我就不得不稍稍用一点篇幅，讲一讲爷爷了。

爷爷在我们霍家从来是说一不二的。他之所以能够如此，是和他的智慧和对霍家的贡献、关爱而来的。

我们霍家原来很穷。爷爷是在山西寿阳靠开一家很小的擀毡店糊口和勉强为生的。后来是从他走西口，做生意，才渐渐使家境充裕起来。他有了一些钱后，腐败的清政府就开始对他初创的家业实施“刮地皮”。为此他进行了顽强的抗争，创造了许多传奇故事。后又从军，从政，追随傅作义将军抗日，促成绥远的和平起义……从而使我们这个生活在绥远一个偏僻小县人家的五儿两女都得以到北平或者当时的首都南京上大学。使我们家第二代都成了有所作为的人……所以他的话在我们霍家就成了“圣旨”一般。凡事只要是他说的，他定的，一般就算有了结论，而且不能更改了！

二姑对表姐这桩婚事坚决不同意，即使已经有了孩子，她也坚决反对！但爷爷却觉得章秉文很好，是表姐可以托付终身的人。

表姐大概也是看到了这一点，所以在全家谁都不知道的时候，他就告诉了爷爷。

表姐真聪明呵！她知道她的婚姻肯定会出现麻烦，所以早早就把姐夫和她之间的感情问题全都用书信的方式写给了爷爷。在这些书信里有姐夫写的诗和散文，还有教育理论文章，当然也有他们相识的过程、原因，等等；这些信件积累起来，居然有两寸多厚！当二姑得知表姐已结婚后，大为恼火，用停止给她寄钱相威胁。爷爷不干了。就这样，决定带着二姑一起来北京为表姐和姐夫来了断这桩家庭纠纷。

爷爷很会处理各种复杂问题，他明知北平解放改叫北京后，这座古都的婚、丧、嫁、娶之类的民俗早已化繁为简了。但为了缓和二姑和女儿在婚事上的矛盾，还是决定依照北京当时还保存着一些新中国成立前延续下来的方式：着婚纱，坐汽车，到饭店走红地毯，大宴宾客的方式办了婚礼。二姑觉得既然爷爷已经同意了这门婚事，她也只能同意了。但她认为："那也不能登完记，两个床一并就算结婚了！"——其实，当时追求进步的年轻人都是这样办婚事的。唯一不可少和"奢侈"一点儿的就是要买许多糖送给亲友——既然二姑觉得那样过于草率，爷爷为了解决这个问题，就偷偷出钱，以姐夫的名义为他们以"铺张"的形式补办了婚礼。

其实那是为满足二姑的要求和给她顺气的。而当时的情况是，他们的第一个孩子已经快两岁了，而且肚子里的老二也已显怀了！当然，那次请的人不是很多，而且来的人都是了解内情的亲朋好友，大家都知道事情的原委，如此这般只为了给二姑下台阶，所以都来了。大家与其说是来参加婚礼，不如说是来参加一次亲朋好友的聚会。婚礼之后，这才算把这件事做了了结。表姐和姐夫的婚姻除在法律上早已合法而外，在霍家家族之内也合法了。打那以后，表姐和姐夫还是每个星期都到我们家来。开始，还只是两口子带着一个儿子来，等我表姐生产后，便是带着一个儿子和一个还在襁褓中的婴儿及一大堆给孩子喝水的奶瓶和营养品来了。我虽然非常喜欢我姐夫，但我却不希望他们的孩子长得像他……真是老天眷顾，他们的一对儿女都像我的表姐，两个都很漂亮。每次当我缠着他给我辅导朗诵时，他的大孩子非常有教养，从不打断我们的谈话，而且还像能听懂一般站在他的膝前静静地听我们说话。而那个小的从怀抱儿到会走虽说随时都要跟着我的表姐，她对我们的谈话虽有干扰，但由于她非常聪明、可爱，她会好多玩意儿：挤眼、噘嘴、抓挠儿，好玩极了。永远是我们全家聚会的中心……

而我则由于对朗诵的偏爱，连孩子黏爸爸妈妈都不管，总是抓住每次机会趁着姐夫的到来问这问那。

在姐夫的帮助下，我终于梦想成真：在我初三那年班里举行的元旦联欢会上朗诵了普希金的长篇叙事诗《渔夫和金鱼的故事》，并赢得了长时间的热烈掌声！

我满足极了。我知道这是姐夫辅导的结果。所以打那以后，我缠他就缠得更死了。我除让他给我辅导新的朗诵节目外，还向他询问许多近期有什么好的小说出版，或者请他帮我分析一些我没读懂的文学作品。从他的嘴里，我第一次知道了什么叫做"人物""性格""结构""语言"和"细节"等这些文学词汇。只要他一来，我就觉得他像一块磁石一样紧紧地吸引着我，使我总想跟着他走……事实上，我对他早已和我表姐一样产生了一种近乎崇拜的感情！那时我正是不大不小，求知欲正强的时候。我光顾了满足我的需求，却不知道这会夺走许多他和我表姐及孩子独处的时间。更不懂一对感情甚笃的夫妻即使分开一会儿也是很难忍难耐的！我表姐似乎并不在乎，有时还常对我妈说，“瞧这两人儿！快成亲哥俩了！”虽然看上去他简直就像我的叔叔一样，但我们的感情确实非常亲密……

有一天，我们刚吃完饭我去上了个厕所，回来就发现我表姐和姐夫不见了！我到处找也没找见他们的踪影！

不知为什么，我第一个想到的去处就是那座破庙。我拔腿就往那座破庙跑。果不其然，他们真的就在那里！不过不是他们两个人，而是一左一右，每人手里还各牵着一个小宝宝！

我一下怔在了那里！当时正值夕阳西下，一束金色的逆光射来，使我只能看到他们的背影和背影轮廓外的一圈金色的光晕。真美呀！表姐和姐夫手牵着手，两人轻轻地一起用和声唱着一首苏联歌曲。我没想到表姐也很会唱歌。他们的这首小二重唱，动听极了。他们俩也像新结识的情侣一样漫步在金色的夕阳里。庙宇的庭院虽很破败，地砖早已变得坑坑洼洼，砖缝儿里也到处长满了荒草，正殿和偏殿也因年久失修，显得十分破败。但这种破败并没有给人以凄凉与残破之感，反而更因它的古旧增加了几分诗意！再加上隐约传来的那首小型二重唱……使我突然感到，那是多么幸福的一家人哪！我这时才感到我原来那样死死缠住姐夫，把他和表姐和他们的孩子分开是多么多余和不懂事呵！

后来，我比较注意这个问题了。我主动减少了和姐夫交流的时间，但我们交流的深度和广度反而更加加大了……

后来我考高中时，考上了师大二附中。由于和姐夫的这种接触，我已从一个调皮捣蛋和爱淘气的孩子在不知不觉中开始喜爱上了文学，渐渐有了思想，懂得人生的价值和意义。这是我一生都要感谢我的姐夫的……

然而，在1957年那个暑假后，不知怎么，我姐夫就再没和我表姐一起回过我们家。我看到的老是我表姐独自来，来后也总是躲在我妈的房间里对着我妈哭，而且哭得很厉害。

我趴在窗外偷听才知道，原来是我姐夫被划成了“右派”。现在，她和我妈正在谈着是否和我姐夫离婚的问题。

我很吃惊。

我姐夫不一直都是一位优秀教师吗？

原来，姐夫大概是用俄语看原文的书太多了，于是就和他在学校时那个骗取学校助学金的朋友说了列宁全集里的一句话。即列宁遗嘱里写的接班人不是斯大林，而是托洛茨基……被当作他反苏的言论揭发了出来……那个朋友当年姐夫让他主动坦白好争取免于处分时，虽然千恩万谢，后来一直也表现得很积极，而且还入了党。现在又和他分到了同一所学校。那时，由新中国自己培养起来的大学生是很缺的。大部分老师都是过去留用的。所以上级对他们这些新中国培养起来的大学生都很重视。在上级正准备提拔姐夫当教导主任的时候，那个人却想自己当。他知道他不是姐夫的竞争对手，就把他们私下说的这句话当作"反党言论"抛了出来。他的目的达到了。姐夫成了"右派"，他当上了教导主任。

母亲听后在气愤之余，还在为姐夫辩解："这有什么！关键是列宁全集里有没有这句话？！"

表姐吓得当时就把妈妈制止了："嘘——！秉文就是因为说'有！'，不是他编的，才落了一个认罪态度不好划成'右派'的。您就别再说啦！"

母亲说："现在咱们党不老让我们实事求是嘛！"妈妈嘴上也渐渐有新名词儿了。

表姐再次像个受惊的兔子一样给妈妈打了个："嘘——！"并回头使劲看了看窗外。

其实，窗外只有我这样一个还不谙人事的小孩子。

母亲说："我不懂政治，可要单凭这几件事看，我看秉文是好人。他是被陷害的！……"

表姐在惊恐中却说："您别这么说！不管怎么说，这也是对斯大林同志的亵渎！没有斯大林，怎么会有反法西斯战争的胜利？没有斯大林，哪儿有苏联的今天？"

母亲下边的话也开始谨慎了："那你说秉文是不是好人嘛！"

表姐却哭了。她一面擤鼻涕，一面说："我不知道！……不知道！……"看来表姐是被当时铺天盖地的批判吓坏了。说什么，她都要不时地看看窗外。

母亲说："你别的我可以不管，你跟他离婚，孩子怎么办？你总得为孩子们想想吧？"

表姐却说："我就是为孩子的今后和长远想，我才要离婚的！要不我孩子就永远要背一个反革命'右派'分子的出身！……"

母亲不知该怎么跟表姐说了。

后来，又过了一段时间，爷爷突然来到了北京。那时爷爷虽早已年过六十，但说话依然底气很足，嗓门很高，尽管他在努力压低自己的声音，但躲在门外的我还是听了个清清楚楚。原来，是表姐向姐夫提出离婚后，爷爷不赞成！而且对表姐的态度十分反感！

那时，我只有十五六岁，实在弄不懂什么“右派”不“右派”的。但开学后老师给我们读报时读了很多那年的重要文章。诸如：《1957年夏季的形势》《这是为什么？》还有那篇社论：《右派是不是反革命？》，结论是：是。这使我听后两腿有一股带着几分恐怖的麻酥酥的冰冷之感。我实在难以理解：姐夫不一直就是一个思想很进步，受党信任，入党后一直在做基层党的领导工作的人吗？他还常常规劝我好好学习，争取早日加入共青团，还给我讲过许多我在学校里听团课才能听到的东西。他怎么……？难道他在我这样一个小弟弟面前还要装假吗？

在我开始关注这场政治运动时，学校里却变得一切如常了。只是禁止我们去阅览室。阅览室里究竟怎么了？我望着门窗都被封死的阅览室，很是奇怪。里面究竟有什么秘密，非瞒着我们学生呢？而对学生来说，总是喜欢对禁止的东西好奇，越禁止越想看！机会终于来了。有一天，学校的校工搬东西，我假装去阅览室对面上厕所，趁校工搬着东西去院里时，我立刻跑向敞开的阅览室门口向里望去！原来是我们的历史老师和物理老师也被划成了“右派”。阅览室里画有大幅漫画。标题是：“坚决打退×××、×××向党的猖狂进攻！”等等。我骇然了。当然，我不知道这两个老师怎么向党进攻了，但要说他们是反革命，我实在很难理解。使我更觉骇然的是，那些漫画使我想到了我的姐夫。难道他也是这样一个人？抑或也正处于这样的处境之中？

这次爷爷在我们家住的时间很久。一天，我正在院子里玩儿。忽然听到我们家里传来阵阵打人的声音和表姐的哭声。我冲了进去。我看到：表姐肯定是挨了打。我知道爷爷的脾气很暴躁。叔叔和姑姑们直到长大成人后，也都有过挨打的经历。表姐伸着胳膊护着自己的脑袋，但眼睛里却没有一点儿屈服的表情。爷爷虽已停止了动粗，但还是在问：“你就告诉我一句话，他是不是好人？”

表姐的回答很明确：“是。”

爷爷问：“那你为什么还要和他离婚？！”

表姐的回答很明确：“不离，我那三个孩子，还有肚子里这个怎么办？他们也要长大，他们也要活人呢！”她和爷爷讲的是老家话。“活人”就是长大怎么做人的意思。

我正想听爷爷怎么说，不想我竟被爷爷一声怒斥："出去！"赶了出来。

本来我就想不通，姐夫为什么会被划成"右派"？表姐那么深爱着姐夫，为什么要和他离婚？但听完她对爷爷申辩的话我开始有点儿理解表姐了。因为我们班里就有同学是住在郊区的。因为家里是地主，尽管他学习和表现都很好，但也不能入团和参加许多他想参加的活动。我表姐她不是一个，而是三个，而且马上就是四个孩子的母亲了，她怎能不为他们的前途考虑呢？

现在的年轻人可能不理解，表姐怎么竟生了三个孩子，还要怀第四个呢？其实这在当时是很平常的事。一般家庭不用说三个四个，就是五个六个也不在少数。因为那时不仅没有计划生育的政策，而且还在鼓励生育。表姐是个母亲，而且是个好母亲，她有三个孩子，而且马上还要生出第四个孩子。家里出了这样的事儿，她所面临的抉择是多么尖锐和困难呵！

但爷爷就是不同意。有一天，也是星期天。全家都在默默地吃饭，爷爷吃着吃着，忽然前不着村，后不着店猛地就站了起来。他几步就来到他带来的小柳条包跟前，并很快从里面拿出订得好好的一摞信来。他回到桌前，什么也没说就把那摞信摔到了表姐的脸上："我问你，这些是不是你写的？当初哭得死去活来要嫁他的是你，现在想离的也是你！这婚也是说结就结，说离就离的？我明天就走，你要敢再提跟他离婚，看我怎么收拾你！"

表姐的表情非常平静。那摞信摔到她脸上时，她几乎连躲都没躲！

爷爷看她是这么个表情，不放心，遂又追问道："你说呀！你到底跟秉文是离？还是不离？"

表姐的回答很明确："不离了！"但回答的语言却是冰冷的。

爷爷不信："你这女子从小就是主意正。你要敢在我走了以后跟秉文离婚，我马上就回来。到时候我不打断你的腿，你就别叫我姥爷！"这绝不是一句气话。爷爷是说得出就做得出的。

爷爷因爱抽烟而患有严重的慢性气管炎，大概是说话声音太高了，一说完这几句话，就不住地咳嗽起来。

开始我们并没在意。因为对他的咳嗽我们早已司空见惯，见怪不怪了。但爷爷却越咳越厉害，开始是妈妈，因为她坐的地方离爷爷最近，替他捶背、喂水，想尽快把他的咳嗽止住。但全没奏效。爷爷还是越咳越厉害，最后，表姐也赶紧绕过桌子走上前来给爷爷捶背。表姐心疼地哭了："姥爷！我错了！您放心走吧！我绝不跟秉文离婚了！"表姐一哭，大姐也跟着哭起来："爷爷！您就原谅她吧！"大姐一哭，我和二姐也都莫名其妙跟着哭了起来。最后，还是表姐喂他的水起了作用，爷爷这才止住了咳嗽。

这件事后来就这样平平淡淡地过去了。

我原以为表姐他们这个家就这样维持下来了，没想到，我表姐虽没再提离婚，但却在她产后不久，带着四个孩子离开北京去唐山一所中学去教俄语了。

这是我们整个霍家谁也没有想到的。表姐走了。姐夫在一个很长的时间里一直也没到我们家来。可我是多么希望他能来教我朗诵，跟我一起海阔天空谈文论史呵！但他却不愿意连累我们。后来是爷爷来了信，叫妈妈关照他一下，而且每月给我们家寄钱，用以接济姐夫。我的几个叔叔也纷纷寄钱给我们家，让我妈转交。我这才知道，姐夫的工资从原来的七十多块减到了三十二块！而他在工资到了如此之少的情况下，还依旧每个月坚持给孩子寄去十七块，自己只留十五块！当我妈拿着老家的来信去学校找他，一是把老家寄的钱转给他，另外也是让孤苦伶仃的他来我们家打打牙祭。开始他坚决拒绝，理由还是不愿意连累我们。后来我妈说，这能连累什么？直到我妈说出一句关键的话："三儿可想你了！……"三儿就是我。他这才同意了。

依我的想象，现在的姐夫一定情绪非常沮丧，来也肯定是灰头土脸的。没想到，也许他大概是猜到了我们会这样想，所以在来以前还特意理了发，刮了脸，给我带了几本小说，满面红光地到了我家。他带来的书里有几本至今令我记忆犹新！那是最新出版的苏联长篇小说《古丽雅的道路》《海鸥》和《勇敢》……这些小说都是教导青年积极向上，充满了理想主义的文学作品。从五六十年代走过来的人恐怕没有人没读过……那天他的话特别多。不过说的都是一些不关痛痒的事。他这样做，大概是不愿意让我们为他感到难过吧。及至我问他既然他并没有胡说，领导为什么还要说他反苏和划成了"右派"呢。他很吃惊："你怎么知道的？"我说是我偷听我妈和表姐谈话听到的。他立刻对我说："以后不准再提这件事了。在哪儿都不能提！你太小！不会明白这些事的。你现在的任务就是好好学习，争取早日加入共青团！……"但他却别有深意地告诉了我一句当时我很难理解的话："你不必为我担心。生活从来都是不公平的！倒了霉，不要抱怨，要让自个儿慢慢接受它！承受它！忍受它！逆境是可以炼人的！……”太深奥了！但我还是记住了这些话。而且我后来生活中真的遇到了不公正时，这些话使我不仅没有惊慌失措，而且能够泰然处之。当然，这更是后话了。

自从他在妈妈的劝导下又开始和我们走动以后，来的时间还是少多了。基本上是一个月只来一次，有时两三个月才来一次。但他时不时地总会来的。我从他身上没有看到一丝气馁、一丝抱怨和一点忧愁！

他跟我的谈话还像以前那样海阔天空、旁征博引，给我讲很多文史哲经方面的知识、动向和名人、掌故，等等，却不大谈及现实了。在那段时间里，他始终依旧保持着乐观、洒脱和积极向上的生活态度。而且一点儿不假！他有一句话我至今印象十分深刻：“有些事是你靠努力可以解决的；有些事是你死命努力也不能解决的。能解决的就解决，不能解决的，你就要努力使自己接受它，适应它；我能解决的就是摘帽儿，现在我已经摘了！别的，我再努力也没用，我何必还要为它难受呢？快快乐乐是一天，愁眉苦脸也是一天……我干吗和自己过不去呢？”

“那你整天除了教书，都干什么呢？”

他的回答更简单：“看书！过去我是班主任，现在我一礼拜就十来节课，轻松得很，不看书干什么呢？”

我说：“你现在读书还有什么用呢？”

他听了用纠正我的语气说：“嗳——！你长大就知道了，书到用时方恨少！学海无涯呀！你放心！我学的东西早晚能用上！再说，人生在世，总要活个明白！……”这最后一句话，使我看到了他对前途约略感到有些渺茫，但在这渺茫的底下，却有一种比渺茫更坚定的信念在支撑着他！

在我家的墙上一直还挂着表姐和他举办婚礼时，表姐肚子微微显怀的那张照片。妈妈看他每次来都要看上好久，就劝他把那张照片拿走。不知怎么，他始终没拿……

光阴荏苒。一转眼就到了1976年。那一年是我们中华民族难忘的多灾多难的一年。敬爱的周恩来总理和朱德委员长相继去世了；复出不久的小平同志又被打倒！报纸上虽一直还在敬祝毛主席万寿无疆，但他绝少接见外宾了。偶尔在电视节目上露一下面，也显得有些苍老。全国人民早已为他的健康状况担忧了。“四人帮”趁机为孽作乱，而且愈加猖獗……中国向何处去？中华民族的希望在哪里？一时间全国人民都处在了一片困惑与茫然之中！……就在这时又发生了里氏7.8级的唐山大地震！当时的党中央也果断采取了很多措施，派了大批解放军和机械设备前往救助，但那时的国力和民情是绝不可能像2008年汶川大地震那样全方位和立体地迅速出动，而且也没有提出“以人为本”的理念，其速度只能是做到在当时条件下最好而已。

然而，世界上的事常常和写小说或写剧本一样，总有“情理之中意料之外”。谁能想到，正是这次百年不遇的自然灾害使姐夫和表姐已分裂了将近二十年的家庭却出现让人高兴的转机！

地震那天北京的反应也是很强烈的。姐夫被震醒后，虽根本不知震中是在哪里。但他立刻想到了妻儿，因为唐山离北京没有多远。他稍微想了一下，立刻果断地带上一个大背包，跑到街上排队买了许多火烧，然后又把他为了省钱，自己腌制的咸菜疙瘩从缸里捞了好几个，然后又带了一大塑料桶水和一些防寒的衣物、药品就从他所在的学校徒步踏上了去往唐山的路。他知识面很宽。这种突发事件出现后，他立刻想出了他所能想出的应对措施。他不是不想别人，而是别人不需要，也不敢接受他的救助！他唯一能做的就是关心他的妻子和儿女。——当然这都是我在事后很久才知道的！

在姐夫向着唐山走去时，才渐渐发现，越是往唐山走，地震造成的后果越严重、越惨烈！这时，他才从路边听到广播，知道了震中是唐山！这使他更觉得自己来对了。当他走过玉山县城时，听当地老乡说“前面连自来水都断了！”以后，他发现自己赶路已把水喝得差不多了。为此，他转身又往回走了许多里路，喝饱之后，又把随身带的塑料桶灌满了。他下决心自己不再喝一口后，又继续往前走去！他大概总共花了一天一夜还要多的时间，终于在第二天清晨赶到了唐山。

眼前的一切证实了路上的传闻是真的：震中就是这里！他顾不得许多，便拿出随身带来的唐山地图开始寻找表姐家的方位。在他错划为“右派”的许多年里，他虽然从没来过表姐家，但他一直给表姐寄钱，所以地址还是知道的。他按照地图到处打听，几经周折终于才找到表姐家已随着墙垣倒在地上的门牌。

但表姐和孩子在哪里？他虽知道门牌，但毕竟没来过。他只好放开嗓子喊起来：“竹君！……竹君！……你在哪儿……竹君！……竹君——！……”

当时，解放军的大部队还没上来。周围一片全是倒塌的楼宇和残垣断壁。侥幸存活的人都在用各种工具抢救家人，求救声和失去亲人的哭泣声此起彼伏很是惨烈。在这种情况下，他唯一能做的也只有焦急地向四处高喊：“竹君！我是秉文，我来啦！你们在哪儿呀！……”

他很快就听到了表姐在呻吟中叫着："救命！……救命！……"姐夫马上高叫着："竹君！……竹君！……我是秉文哪！我来啦！……"扑了过去！……

他放下背包，不顾一切跑到一堆倒塌的房屋上寻声找去："竹君！……你在哪儿呀？……"

他很快听到了她微弱的回答："我……我在这儿！……"

他立刻寻声找去："你在哪儿？我怎么看不到你呀！"说时，他已爬上了一大堆垮塌下来的瓦砾堆上去了。最后，他终于在一个很深的黑洞里听到了表姐的声音："我……在这儿！……"底下很黑。他只能听到表姐的声音，但看不到她人！他没办法，只好从废墟里拽出一块白色的的确良[1]被面，从砖缝中撕扯着把它拽了出来，挂到旁边用灰蒙蒙的天光反射到里面，再往下看！这回终于模模糊糊地看到了表姐。

此时，她被深深地压在一个狭小的洞里。她原来住在三楼。但楼体一垮塌，他们现在的高度一下成了一楼半。钢筋水泥的墙柱和楼板丫丫叉叉地交错在一起和倒了一半的大衣柜，压得她动弹不得！

他努力寻找，却始终没看到孩子。于是他不顾一切地拼命喊了起来："竹君！咱们的孩子呢？"但表姐却再没有回答他。继她而后高声喊叫起来的却是两个孩子。他们虽都已十八九了，但至今还没见过父亲。然而，他们在内心里却始终对这个生养了他们的父亲很是思念，大概是他们对自己的出身太敏感了，所以从来没有为难过他们的妈妈……但在这样的时候，他们感到再不能沉默了。当他们听到是爸爸来了以后，立刻都完全失去控制地高喊起来："爸爸——！……爸爸——！……我们在这儿！妈妈晕过去啦！"姐夫听后，眼泪立刻就流了下来："哎——！爸爸来啦！爸爸来啦！你们要保护好妈妈！保存体力！不要再喊了！知道吗？爸爸会想办法的！……"但孩子们却仍控制不住地在高喊着："爸爸——！……爸爸——！……您快来救救妈妈吧！她快不行啦！……"姐夫只好对孩子规劝说："好的！爸爸马上去想办法！你们还是都别说话了！一定要保存体力！党和政府不会不管我们的！救援的队伍很快就会来的！……"说着，他就把衣服脱了。把最里面的衬衣撕成了一条条的，然后把他带来的塑料桶和装火烧的书包系了放下去："快！给妈妈喝口水，喝完水她可能就醒过来了……"

[1] 70年代一种很走俏的化纤布料。

救命的食物和水下去后，孩子们开始了对妈妈的抢救。虽然他们的行动也很不便，但他们还是竭尽全力在用尚能移动的胳膊和腿为妈妈解困……

底下安静了。姐夫立刻发疯地到四处去寻找可供自己挖掘的工具来……最后，他终于在附近一个震前的维修车间找到一根撬杠和一把铁锨。他拿着那根撬杠使出吃奶的力气撬动我表姐家一块很大的倒塌的长方形的墙体……他见没有效果，就开始搬动可以看到我表姐和孩子们那个窟窿周围的散乱的石块……窟窿越来越大了。底下可以有光亮了。但空气不好，他又跑到“楼下”——实际就是废墟下——用撬杠撬开了一个缺口，倒塌的房间里空间不大，所以有一种类似烟囱的抽力。一股细微的尘土立刻吹了进去！

他又跑到“楼上”，开始了艰难的作业——他想打开一条通道，使自己能钻进去！——但这项工作实在是太艰难了。每一块钢筋水泥砖块都很大，且十分坚固。他怎么弄也弄不走。他的各种努力事实上只是一种本能的愿望。那些早已被压垮压碎的砖头和水泥结成的巨大石块，事实上还都被钢筋连接着，不用说他，就是一个举重运动员恐怕也无济于事……就在他万分焦急的时候，忽然听到了那个年代几乎每到重要时刻都必然要喊的一句口号：“毛主席万岁！……中国共产党万岁！……”他知道，这是解放军的救援队伍到了！

解放军不愧是人民最可信赖的人。他们乘坐的大卡车一到这里，那些年轻的战士便如下山的小老虎纷纷跳下车来。经过简短的调查研究，立刻就分散行动起来。

接着，大吊车、铲车、发电车、风钻，还有各式各样的救援工具都上来了。再后来就是救助伤员的急救车也鸣着喇叭，闪着蓝灯开了过来。

当一辆大吊车来到表姐被困的废墟，把一块块巨大的水泥结成的砖块吊走了……一个由解放军战士组成的小组立刻展开了对表姐和她身边两个孩子的施救。没多久，就把他们救出来了……

当一个解放军战士把表姐从废墟中刨出来，用担架要抬表姐时，姐夫抢上前去说：“我来吧！她是我爱人！”年轻的解放军战士很通达人情，立刻把抬这个担架的任务让给了姐夫。而他的两个孩子也几乎是在同时被另外两队解放军战士抬走了。

表姐醒过来了。她看着姐夫正在抬她，内心很是激动。现在姐夫已走过几十个小时的远路，又经过了几个小时的抢救变得疲惫不堪了。不仅疲惫，样子也十分狼狈。就在刚才他想抢救表姐时，他那瓶子底儿一样的眼镜碰到了一根伸出的钢筋上，幸亏他反应还及时，所以镜片虽被碰出了许多类似蜘蛛网一样的裂纹，但并没掉落下来。脸上也布满了尘土和污垢，但他在抬着表姐往救护车跑去的时候，表姐还是看到了姐夫的眼里的泪珠……

当他和一个解放军战士吃力地从高高低低的废墟上走下来，跑上平地，把担架送到救护车里后，他才哽咽着向表姐问道："竹君！你怎么样？伤着哪儿了？"

表姐望着他摇了摇头，用以告诉他，她没大碍。姐夫心里不踏实，又向她问道："你快说呀？你怎么样？"我表姐这时才充满歉意，冲他说了一句与当时的环境和气氛完全不符的话："我……还好！哟！秉文！你……你的头发都白啦！……"姐夫却说："是吗？可能吧！"他很不会照顾自己，所以对此全没在意。表姐又问："你是怎么来的？"姐夫说："我，我是走来的！"表姐听后，立即把她那雪白而又纤巧的手伸向了姐夫："谢谢你！"姐夫知道这就是她对他所能表示的最深切的歉意了！他立刻把手伸过去，把表姐的手紧紧地抓在了自己手里。

表姐哭了："跟你按理是不该这么说的。可我……"

姐夫也哭了："我明白……"

两人又把对方的手使劲攥了攥。

表姐忽然又着急起来："孩子呢？"

两个孩子也在救护车里。而且就在她身边："我们没事儿！"

表姐又问："那两个呢？"

姐夫说："我这就去找！……"姐夫还想说些什么，但车上全是伤号，一切都要抢时间，一位大夫赶紧跟大家说道："同志！请让一让！让一让！我们要开车了！……"然后上车就把车门关了。

没多久，他们的另外一儿一女也让解放军给找到了。但救出时，已奄奄一息……没多久就得到消息，经抢救无效而遇难了。

中老年丧子丧女，无疑是一个沉重的打击。然而让人为他们庆幸的是也正是这次地震使他们断绝了十九年的关系，终于又重归于好了。这真是不幸中的万幸呵！……

地震过后，毛主席又去世了。但很快在这大悲之后，又传来了大喜的消息：党中央一举粉碎了"四人帮"！……后来经过一段时间的徘徊，邓小平同志又再度复出了！不久，姐夫的"右派"问题也得到了彻底的平反。遗憾的是爷爷早已过世了。在姐夫拿到给他补发的工资后，第一件事就是和表姐一起回绥远——这时早已改叫"内蒙古自治区”了——去给爷爷上了一次坟。

再后来，他就开始走好运了……

他不仅连续几年被评为优秀教师，还被提拔当了教导主任。不过他仍然坚持带班。这时俄文虽仍很有用，但却不再像当年那么吃香了。但他的英语也很好。——那是在尼克松访华以后，中美关系解冻，他已敏感到英语快要吃香了，于是便开始偷偷学起了英语。——这真应了他过去给我说的那句话：书到用时方恨少！新中国成立前他和表姐上中学时学的都是英语。而且学得还比较深。他的“右派”问题被摘帽儿后，还是“摘帽右派”，所以课时很少。于是，他没事就学英语。现在俄语课没有了，他很快又摇身一变，成了英语教员。

由于教学成绩突出，很快还是被提拔成了教导主任。后来上级又打算提拔他当校长，说这是过渡一下，然后让他出任区教育局局长。他没有同意。他说，我最适合的工作就是教书……

后来他一直在学校教英语。直到退休。

他没说错。他最适合的工作就是教书。在他退休之前，他年年都是模范教师。

在国庆六十周年即将到来的时候，我去看他。这时，表姐和孩子也早调回北京，在北京工作了。一家其乐融融。我问姐夫：“你不是说生活永远是不公平的吗？我看挺公平的！你没那段经历，你的晚年会这么幸福吗？……”

姐夫笑了。他说：“是呀！姐夫当年倒霉，看问题很难做到客观。那句话应该改一改，改成‘生活有时候是不公平的。但时间老人会还给你一个公平’！这么说怎么样？……”

他和我都笑了。

后来我们又聊到了那个曾经陷害过他的那个人：“他后来怎么样了？”

他却回答说：“嗨！提他干吗？人可以侥幸于一时，但绝不能侥幸于一世！”他是从不在人背后说人坏话的。后来，还是表姐偷偷告诉了我，那个人因收受贿赂，数额巨大而遭到了开除党纪和公职的处分！

老年的姐夫一头银发。虽说样貌还是那么丑，但他的学问，他的气质，以及由此带来的那种学者的风姿，却能给人一种难以仿效的内在的美。表姐虽说老了，但晚年的幸福却给了她以一脸慈祥的表情。她皱纹不多，轮廓基本没变。尽管脸上开始出现了一些老年斑，但谁看了都能知道，她年轻时一定很美……

他们幸存的一儿一女也都很好。他们都非常敬佩自己的爸爸，所以他们都从师范类大学毕业后当了中学教员。他们也都非常热爱自己的工作，而且非常尽职尽责。他们说他们生活的榜样就是他们的爸爸……

他们说得没错。姐夫也是我毕生的一个学习榜样……

2009年11月

表舅

一

我这里说的表舅是我的亲表舅。我们两家同住在马相胡同一号。那是一座西式的大院儿。我们和他一起住了那么多年，从我一出生，就只知道他家是我们家的老街坊。我们家人一直总是叫他金先生……直到有一次过年，妈妈和大舅带我去给一个我叫“姑爹”的老太太拜年，正好碰上我们叫做金先生的那个人也在，双方这才把彼此的亲戚关系弄明白。闹了半天，表舅竟是妈妈和大舅的亲表哥。而且，甭说没出五服，连两服都没出。于是，打那以后，我就不再叫他“金先生”，而改叫表舅了。这一称谓的变化，对大人自然是个质的变化：更亲近了。对我，则意义就更大了。因为表舅非常喜欢孩子。两家关系一说清，他对我就像亲外甥一样，经常带我出去玩儿，干一些类似逮蛐蛐儿之类我特别喜欢的事。这我当然高兴。但妈妈不知为什么，很不赞成。大概只是碍于情面，不便表示不赞成才没反对。然而，一有机会，她还是要提醒我：“你可千万别学你表舅，长大成个‘败家子’！。”因为他们平时在言谈话语之中，常常说表舅是个“败家子”。据说，他们家原来十分富有，有好多文玩古董，他一辈子没出去做过事儿，除了卖就是卖，把偌大一份家产都快卖光了。他的家道败落，没别的原因，就是玩儿。而且从不考虑出去找个事由儿干，多少年就一直坐吃山空。一没钱了，就找出个古瓶、字画之类的卖一卖，然后过上一年半载的，等钱花完了再卖。卖了钱，除了管住一家吃喝以外，就是玩儿。玩儿好像就是他的命。所以，妈妈总在叮嘱我，千万别学表舅。原因只有一个，就是表舅太会玩儿了。花鸟鱼虫，琴棋书画，无所不能，无所不爱。而妈妈虽说也是旗人，但对这些玩意儿一点儿兴趣也没有。不光没有，而且对表舅那种玩儿法，有一种从内心深处发出来的反感甚至是嫌恶。金姓的满族和赵姓的满族都是皇族。而且……据说，金姓的满族是努尔哈赤的后裔；赵姓的满族是爱新觉罗的后裔；所以，他们一见面就会常常问起哪位贝勒爷

（他们不像现在电视剧里那样，读“贝”勒，而是把贝字读成“杯”的音，叫“杯”勒爷）如何如何；或哪位格格，他们管格格也不是叫格格，而是叫“哥哥”（当然也是指读音）如何如何；哪位姑奶奶又怎样怎样了……妈妈对此，只有在对方提及时才说上几句，但兴趣不大。一般都是大舅和表舅互相这样称呼的时候多。我当时小，总觉得他们对人的称呼、问法，包括礼节很不入时。直到我渐渐长大才知道，有相当一部分清王朝的遗老遗少在“大清”覆灭以后，一直维持着这种称谓和习惯。其时间竟长达几十年之久。好像直至1957年反右才渐渐消失。至于对那位老太太，明明是女人，为什么非让我叫“姑爹”我很不理解。最后，也是表舅告诉我的，那是皆因她终生未嫁，且又年过六十，依照满族的习惯，就要以男性的称呼相称，否则就是不恭……当时，我虽没意识到，也不可能意识到这些东西对我长大以后从事文学创作有用，但我还是很觉有趣。而这些，也许是我常常想起他，特别喜欢他的另一个原因吧。

表舅的确非常可爱。首先，他的样子就很可爱。那时他虽说刚刚四十多岁，但已过早地谢了顶。除了脑袋后面有半圈儿头发以外，别处没一根毫发，头顶就像镜子一样光可鉴人。他头发虽少，却一点儿也不难看。他大大脸盘儿，又有一双大眼睛，再加上天生一副好嗓音，声音非常洪亮。什么时候见了他都让人觉着喜兴。而他又是一个十分注重穿着的人。所以，总给人一种非常庄重的印象……然而，他在妈妈和舅舅的眼里却永远是个“败家子”。这当然是他们在背后的议论。主要是，“那么大个老爷们儿，整天任嘛儿不干，光知道玩儿，玩儿能当饭吃”？！

但表舅在我心里却完全是另一种印象。玩儿固然不能当饭吃，但对小孩子玩儿就是一切。加之他又爱带我玩儿，我喜欢他也就在所难免了。其次，就是他的好心和善良。他在我父亲去世后对我们家，还有对那个被我称为“姑爹”的老太太——相比之下我们都很穷——他却从不嫌弃，而且逢年过节总想方设法，让我们一点儿不丢面子地给我们一些接济……我不明白，妈妈和大舅对这么好一个人为什么还要讲他的坏话。后来，我才知道，他们是为我好，怕我跟着学坏！但这对当时的我其实一点儿用也没有，我还是那么喜欢表舅，整天就像跟屁虫一样跟着他……因为他太会玩儿了。甭管玩儿什么，他都绝对能玩儿得地道，玩儿得精致，玩儿得到家。

就先说玩儿蛐蛐儿吧。他那玩儿法简直可以用玩儿到了“出神入化”的地步来形容。

有一回，那时父亲已经去世，我们家早已搬到一个普通四合院两间低矮的瓦房去了。与表舅家往来的次数也减少到屈指可数。尤其是年节，他不来，我们是绝不会去的。因为去了，不带孩子不好。带了，那不等于找人家要压岁钱嘛！所以，去得很少。但表舅却并没因为我们穷而不来。有一次过年，他照例来到了我们家，就在他不容分说，往我口袋里塞压岁钱时，我忽然听到几声清脆的蛐蛐儿叫：“嘟嘟嘟嘟！嘟嘟嘟嘟！……”寒冬腊月，能听到蛐蛐儿叫，实在是太神奇了。那叫声简直来自天际。一个七八岁的孩子哪儿有不喜欢蛐蛐儿的？尤其又是大冬天，那种神奇感就更甭提了！我突然叫了一声：“蛐蛐儿！”然后，一边在表舅身上找，一边说：“表舅！您身上有蛐蛐儿！”表舅洪亮的笑声又响起来。那笑声让人听了，没事儿都觉得开心。我说：“快！蛐蛐儿就在您身上！真的！”他却向我调侃说：“不——会！这大冬天的，哪儿会有蛐蛐儿呀！”说时，却把我的小脑袋放到了他的缎面棉袍上。我把头刚贴上去，一阵蛐蛐儿叫便从他衣服底下一个硬硬的鼓包里又响起来：“嘟嘟嘟嘟！嘟嘟嘟嘟！……”

听后，我就要解他的衣服：“您听！蛐蛐就在这儿呢！”

表舅问：“想看吗？”

我说：“想！”

表舅这才告我：“这是表舅养的！”

我这才明白蛐蛐儿为什么会从他衣服里发出来了。就在表舅把手伸进他的衣裳，打算拿给我看时，却被妈妈厉声制止了：“三儿！别缠你表舅！”我说：“我想看看蛐蛐儿！”妈妈一面捂住了表舅伸进衣服里的手，一面说：“不行！你知道那蛐蛐儿值多少钱！”但表舅却一点儿也不以为然：“没事儿！孩子嘛！”执意还是想拿给我看。但妈妈就是不让。但表舅已经从怀里把一个镶有金边儿、雕花精美的葫芦拿了出来：“跑不了！”说完，便对我说：“到这儿来！”把我带到了我们家唯一一处比较宽敞的空砖地上，把葫芦打开了。一只个头儿极大，黑亮黑亮，而且是全须全尾的蛐蛐儿呈现在了我的面前。表舅说：“个儿大吧？头几天我跟人掐了好几回，一回也没败。”我实在不理解，表舅那么大年纪了怎么竟然还有和我们孩子一样的爱好呢。长大以后，我才知道，有相当多八旗子弟的后裔都有这么一好。

后来，表舅还给我讲了好多关于蛐蛐儿喂养方面的知识。比如：“要想让蛐蛐儿过冬，除了要给它保暖以外，头一宗就是绝对不能让它见母儿。就是你们孩子说的三尾儿大扎枪。因为蛐蛐儿是草虫，一般是不能过冬的。给它保暖实际是给它造成错觉，以为秋天一直没过去，这样它才能活。其次，它不能见母儿是因为它一见了母儿，就要‘结婚生孩子，等生完孩子，它就死了’。……”我问表舅：“二尾儿不是公儿吗？公儿怎么会生孩子呢？”表舅大笑不已，说：“你太小，不懂！等你长大就懂啦！”到了儿，他也没给我讲明白。

表舅养蛐蛐儿的讲究还表现在他养蛐蛐儿用的那些家伙什儿上。在我们家还和他住一个院儿时，他的家伙什儿多得让我眼晕。诸如：比灰砖浅，并略带一些黄颜色的澄浆罐儿，起盆儿，斗盆儿，过笼儿，排子盆儿，乃至为了把好种儿留下进行培植用的洞房罐儿，等等，应有尽有，而且数量极多。一般来说，他自己是不去逮蛐蛐儿的。但偶尔来了兴致，想去逮一回的话，那些逮蛐蛐儿用的蛐蛐儿罩子、钎子、铁沙笼子，等等，他也一样不缺。而且样样精致……

要说玩儿蝈蝈儿那就更神奇了。那时我还和他住在同一个院子里。街头不断传来蝈蝈儿的叫声。他说：“这卖蝈蝈儿的肯定又逮着好蝈蝈儿了，他把担子挑到我这儿来，就是想让我买。我这有一只了。他的蝈蝈儿再好我也不买了。”

他又停了一会儿，忽然对我说：“三儿！你出去看看，有一只蝈蝈儿色儿不太绿，但是个一只贶（即蝈蝈儿的大腿）。”我出去一看，真是一只贶。我对表舅的佩服简直可以用崇拜来形容了。

小孩子总爱显摆。我听了这么一大套蛐蛐儿经，蝈蝈儿经，自然少不了到处去说，妈妈知道以后把我狠狠教训了一顿。而且，明确说了，再不准我跟表舅玩儿。尤其不能玩儿蛐蛐儿和蝈蝈儿……她说这些话时又一次提到一个人，那就是表姐。妈妈之所以提她，就是因为妈妈认为表姐就是他惯坏的！我觉得表姐可好了，妈妈怎么说她坏？我有点不理解。她无非就是偶尔喜欢打扮打扮，穿一些比较时髦的衣服，出门喜欢把头发烫得很漂亮，用头油抹得亮光光的。爱抹红嘴唇，但比较淡，很雅。一看就是很有气质和身份的人。她是大学生，长得又漂亮，所以很引人注目。但院里骂她最厉害的其实就一条，说她喜欢跟别人去住旅馆，所以坏！

什么叫住旅馆？我不懂。问也没人告诉我。后来我是听大人聊天才知道，住旅馆就是和男人跑到饭店去睡觉。说白了，就等于现在的和异性开房。

有一天，表姐叫一个男人用汽车押着回到了院里。那男人说我表姐勾搭他爸爸！我表姐臊眉耷眼地不说话，只顾快步往她自己的房里走。表舅知道后非常生气，于是就当着众人的面打起自己的嘴巴来：“呸！你还有脸回来！一个大姑娘家跟男人去住旅馆！不要脸！我哪辈子缺德了，养你这么个闺女！”他的脸气得惨白惨白，而且一直不住地在抖动，一个接一个地抽自己的嘴巴，把我都吓哭了！

这样的事儿又出了几回，表舅实在承受不住了，就把她轰出了家门。妈妈为了切断我和表舅的关系，不准我们泡在一起玩儿，就把表姐那些十恶不赦全都搬了出来。显然，以后再和表舅去玩儿也就一点儿缓儿也没有了。我很沮丧。没想到——那才真叫巧呢！——就在妈妈给我下了禁令，不准再找表舅玩儿的当天，大舅便提出要带我上表舅家。我妈当然不干。但不知大舅跟我妈说了些什么，妈妈很快就同意了。我事后才知道，原来那时平津战役已经打响。北京（当时叫北平）已被解放军团团围住。当时，人们对什么是共产党，什么是解放军，还没概念，所以纷纷开始囤积粮食。大舅很有眼光。花钱找人买通了通道，从城外趸了一大批粮食，想狠狠赚一笔。他出于好心，同时也是想多弄点儿本钱，把买卖做大，这才想到表舅。他知道表舅特别喜欢我，把我带上好有个由头儿，就说是我闹着要去找他。我妈从一家人的生计考虑，还是答应了大舅的要求。

一回到我幼儿时期住的大院儿，我就和表哥野上了。直到我们玩儿累了，我们才在一处树荫下，玩儿起“天下太平”来。所谓“天下太平”，就是当时北平小孩儿非常流行的一种游戏。具体的玩儿法很像现在孩子们玩儿的“石头、剪子、布！”。不同的只是双方要在各自面前的地上画一个田字格，两人一面划拳，一面要同时高叫：“天下太——平！……天下太——平！……”谁赢了，谁就可以在自己的田字格里写一笔，谁先用“天下太平”四个字把田字格填满，谁就是赢家。就在表舅和大舅聊他们的事儿时，表舅忽然听到了我们在频频高叫：“天下太——平！”他听到后，眼里不觉若有所感地问道：“你们玩儿的是什么？”

我说：“‘天下太平’呀。”

他说：“‘天下太平’？”

我说：“对！”

他听后竟禁不住又侧耳听了一下当时终日不间断从城外传来的隆隆炮声，叫道：“好呵！好！什么时候真能天下太平就好喽！”说完，他坐到了我们身边，愣怔了一会儿，躺在一张藤椅上眯着眼睛想起事来。

城外的大炮还在没完没了地响着。

大舅拿了个小板凳坐到了他身边，和他聊起了向他借钱的事。他不好驳大舅的面子，但也不想借。大舅就扯东扯西跟他磨了起来。

看得出，他完全没有心思。

大舅问他："你想什么呢？"

表舅说："天下太平。你说说，我从小到大，这北京城打多少年仗了？"大舅立刻把话头儿接了过来："所以呀！打仗都把咱打成精了。打仗最怕关城门。城门一关，要吃没得吃，要喝没得喝。咱要不趁着现在抓挠一笔，真到没吃没喝的时候，那可就惨了！……"

表舅问："你想要借多少？……"

大舅说："我跟一家粮栈说好了，交钱就给现货。整整两间屋子，从地面儿一直码到屋顶。有冰船面[1]，有骆驼粉[2]，荞面，莜面还有小米……"

表舅说："好买卖！不过，我可以把钱借你。但是我绝不入股。2分利。货出了手就把钱还我……"

大舅说："成！"当即和他立了字据。

立完字据，大舅说："玩儿会儿（他说的玩儿指的实际就是唱京剧），怎么样？好久没唱了！"

他刚说完，城外就又是一连串的炮声。

表舅说："我没心思。你听这一声一声的，你还有心唱戏？"

大舅说："那好！等你哪天想吼两嗓子，你言语一声儿，我马上过来。"

大舅带着我走了。

我们刚走到南门，一阵古琴声就从我们身后，严格地说，就是从表舅家那边传了过来。非常好听。大舅的脚步停了。我也不想走了。我早就听说，表舅很会弹古琴，但我一次也没听过。我大舅也是个爱听音乐的人，在那种终日除了炮声听不到一点儿丝竹之声的年月里，谁不想听听优美的音乐呢？

表舅虽然爱玩儿花鸟鱼虫，但也很爱弹琴。他是起小练的，弹得非常有水平。谁听了都夸，他在京城是"蝎子粑粑独一份儿"。他弹琴来从不马虎。他家的小孩儿虽说跟我一样，也很调皮，但对他弹琴它的规矩，遵守得十分严格。尤其是他家的六姨太，不仅年轻貌美，又学过钢琴，外边谁也看不上表舅，唯独她总认为他是块宝。还说他是生不逢时，里里外外总是把他伺候得周周到到的。她管家极有方法，对全家

[1] 这是当时美国进口的一种洋面，很白，也好吃，一般只有富裕人家吃得起。

[2] 这是以春小麦为原料生产的一种面粉，比较便宜，口感差，有些黏牙。

人的管束从来是“恩威并施”；尤其对表舅弹琴的事儿，她要求极严。孩子们虽有不满，但她说得从来都极有道理，且又都是为了他们的老家儿，孩子们除了服从，只有服从。所以，不管何时，只要他的琴声一响，他家的孩子便会立刻像在军队里受过训一样，二话不说就安静下来了。我从小就是他家的老街坊，再加上大舅在场，都知道他有这样的习惯，于是也就跟着安静下来。

整个院子除了恼人的炮声，安静得有如一潭死水，表舅的琴声则有如“叮咚”奔流的泉水，款款从他的书房流泻出来。

院子里静极了。只有琴声。

我听傻了。虽然我说不出他弹的是什么，但这悠悠扬扬从窗口流泻出来的琴声实在是太美了。在美丽的琴声后面似乎还透出了某种幽怨和一种说不出的厌恶……我当时很小，说不清，但还是能感受到的。它忽高忽低，忽疾忽缓，嘈嘈切切，切切嘈嘈，像是有许多久蓄于衷的话想向世人倾诉。忽而又舒缓平和，像是有所期冀，有所渴望；忽而琴声尖厉，嘈杂……像是对战争表现出的反感和厌恶。继而又变得徐缓下来，像是对和平，对未来，抑或是对某种生活的向往和追求……我当时实在太小，也不懂音乐，但他的琴声，只留下了一片朦胧的感受和记忆。那天他的反常情绪，却使我终生难忘……

当琴声停止以后，我怀着好奇，跟表哥一起向屋里走去时，我还没看清表舅，就被表哥推了出来。原来是：表舅哭了！他抚着琴，一声不吭地任泪水沿着两颊流落下去，流落下去……

这是为什么？

我不知道。但一个男人何以哭成那样，我在一个很长的时间里一直大惑不解……

表舅究竟是为了什么哭的呢？

二

我把这事儿告诉了姥姥。姥姥听了，一点也不奇怪。她说：“他呀，就是个神经病。想起什么就弹琴，想死去的老婆他要弹，想在南方的哥哥、弟弟他要弹。你说他是在他闺女的屋里弹，我估摸，那就是想他闺女了！”我说：“他闺女不是跟人住旅馆，叫他轰走了吗？”姥姥说：“你一个小孩子懂什么！他轰你表姐是皆因他闺女不争气，可再怎么说也是他闺女呀！……”并警告我：“以后不准胡说呵！”

我更糊涂了："他轰走了他的女儿，又想他女儿，这究竟是为什么？"

我还是不懂。

后来，我和表舅接触多了，发现他果然每次哭的确都是为了他女儿。而且一遇伤心事，他就要去弹琴，一弹琴准哭。而且，他的哭还有一个规律，那就是去他的蝈蝈儿房——那是表姐在家时住的房子。

原先表姐没给赶出家门时，她特别爱干净，给我印象极深。当时北平自来水极少。我们家的大院儿可以算是绝对一流的了，但也没自来水。一个压水机压出水就是供人吃的水，是深水井，水质极好。一年到头总是凉凉的，可以冰镇西瓜。另一口井是苦水井。历史上就与洗澡用的各种器物连在一起，所以就成了人们洗衣服、洗澡的自然去处。我表姐不仅皮肤白皙，而且有一头非常好的头发，她给我的印象之所以深，就是她的爱干净。

由于次数多，表舅每次都为什么哭，哭了有多久，我就不记得了。但有一次，大约和我有关，所以印象特别深……

那已经是距离北京解放没多久了。

那一年的寒假好像特别长。一天，妈妈听大舅说有一家粮店卖粮食。于是，就和我、姥姥一起全家出动去抢购粮食了。我很奇怪。大舅不是给家里积蓄了很多粮食吗？为什么还买？姥姥只说："要打仗了。一打仗就要关城门，城门一关，再想买粮食就难了。能买多少买多少呗！……"

粮店门口的人果然特别多，很挤。姥姥带着我不方便，怕挤坏我。妈妈要上班，这样只好把我打发到表舅家去了。就这样，我就又得到一次宝贵的机会去找表舅玩儿。

其实，我早就想去了。因为表舅在那年夏天买了一只非常好的蝈蝈儿。据表舅说，他是打算让它过冬的。现在冬天已经到了，那只蝈蝈儿究竟怎么样了？我很想知道。我虽早就闹着要去，可我妈一直没让。今儿终于能去了，我自然高兴。但我没想到，等我到了表舅家要求带我去看一眼他的蝈蝈儿时，表舅说，他那只蝈蝈儿头两天死了。表舅说时显得非常懊悔："都怪我！昨儿我就懒了那么一下，没给它添火，它就一气给我来了招儿绝的……"我看了一眼蝈蝈儿房里那只大约有尺把高的小炉子还没灭：便说，"表舅！这火没灭呀！"表舅说："那是我昨儿后生的，我想让它缓过来，可惜没办到！……嗨！死就死了吧！要不，再过俩月，等城里连煤供不上了，它恐怕还是个死。与其看着它冻死，还不如这么死呢，这样儿倒让我心里舒服点儿！……”

话是这么说，可我还是很为表舅惋惜：“多好的一只蝈蝈儿呀！”

“是呀！在崇元观，没人不夸它！”他说的崇元观，是位于崇元观的一家茶馆。

就在我和表舅为那只蝈蝈儿伤心的时候，刚好那家茶馆的一个小伙计忽然匆匆跑了进来。他一进门就说：“金先生！您赶紧帮忙去救个场吧！……”表舅问：“救什么场？”那小伙计一五一十告诉他，有位梨园行的名角儿到了他们茶馆。他的戏迷们非得叫他唱两句，他答应了，但有个条件，就是必须由金先生操琴……伙计说，他们茶馆好长时间没这么上座儿了。他们掌柜的抽不出身，特意叫他来一趟，说无论如何表舅也得去给救个场。表舅刚刚死了蝈蝈儿，哪儿有那心思？就推说不去。那小伙计听他这么说，当时就两眼一眯，小嘴儿一张，“哇！”地就哭了。一边哭，一边就要给表舅跪下。表舅哪儿看得了这个？只好说：“行行行！你总得让我捯饬捯饬，拿上胡琴儿再跟你走吧？”

这样儿，那小伙计才不哭了。

表舅在换衣裳的时候告诉我，那位角儿很没出息。“都这年头儿了，还有今儿没明儿的抽大烟！他是看戏园子里卖不出座儿去才跑茶馆唱。可去茶馆他又怕掉价，这才找个台阶，让我陪他！……”我本来就不想表舅去，就劝他：“那就别去了呗！”但表舅说：“别呀！说起来，他也怪可怜的！这年头儿谁也不易！”就这么着，他还是去了。

那是我第一次进茶馆。不承想到了那儿，戏没听几句，倒让我看见了一个平时就是在我表舅那儿也难见着的蝈蝈儿。

那情景真是太奇特了！所闻所见，至今历历在目……

当时，城外的仗正打得如火如荼。城里的老百姓虽说还得照常过日子，但见天还去坐茶馆的人比起抗战胜利那两年，还是少多了。但一遇着什么新鲜事，那茶馆里偶尔还是可以弄个一回半回满座儿的。那些到茶馆喝茶吃早点的人，说是去喝茶，其实是带着自己的稀罕物件，就像蛐蛐儿、蝈蝈儿之类的玩意儿到那儿去招摇显摆。聊聊梨园行，也就是京剧界名角们的趣闻轶事，再说说有什么新电影，这才是他们的“正章儿”。当然，战事“吃紧”，又事关每个人和家庭的命运，所以悄悄小声议论也是常有的事儿。不过，那天茶馆里的爆满却是因为那位角儿的“屈尊”前来献演……

那家茶馆其实就是一间六十平方米左右，四四方方的一间平房。靠东有一张八仙桌，桌边有两把太师椅。中堂挂着一张老画儿。我们到时，屋里早已坐满了人。表舅的到来，的确使茶馆里热闹了一阵子。掌柜的、那位“角儿”以及他的戏迷和票友一面把靠东墙放的八仙桌和椅子给他腾了出来以外，一面与他用那种早已被人扔掉的互相打千、作揖等烦琐的礼节问候了一阵子，然后便坐下来开锣，操琴，开唱……

那角儿唱得就是好。没多一会儿，茶馆里不光所有的座儿全坐满了，而且还在一张张八仙桌中间加了好多站座儿。门外窗户上也都趴满了人……茶馆掌柜的自然高兴，不停地帮着伙计们给客人们沏茶、续水，忙得不亦乐乎……但没想到，就在那角儿唱得来劲儿、表舅也拉得来劲儿的时候，临街的窗户底下，忽然传来一阵蝈蝈儿叫：“蝈蝈蝈蝈，蝈蝈蝈蝈！”

一个戏迷听后禁不住愤怒地发出了一声高叫：“谁这么不懂事儿？！”

整个茶馆立刻从刚才那充满京剧艺术美的行腔与文武场的喧响中静了下来。

那角儿一住嘴，便用一种难以相信有人对他如此不恭的眼光向发出蝈蝈儿叫声的方向望去。表舅自然也随之把头扭向了那位老人。他们俩的态度对整个茶馆的气氛是有很大左右作用的。他们俩这么一看，屋里那超乎寻常的静，便立刻充满了火药味。我透过人缝儿望去，发现坐在南窗临街的窗口下正在玩儿蝈蝈儿的，竟是一个年约六十开外，穿着一身破棉袄的老头儿！他坐在窗下，好像根本就不知道这边有一大堆戏迷在听一位名角儿唱戏。他不仅玩儿得专注，玩儿得潇洒，而且在玩儿中还透出了一种发自内心的傲气。

他那蝈蝈儿也的确与众不同。此刻，它正在窗外温暖的阳光照射下，从镶着金边儿，雕有精美图案的葫芦口儿里爬出来，扎着响翅儿，“蝈蝈蝈蝈！蝈蝈蝈蝈！”叫着，那情形就好像是在故意与那位名角儿一决高下一样，叫得格外动听。

那老头儿也如入无人之境，一任那只蝈蝈儿叫个不停……

忽然，一个人发现：“哎？那不是金先生的座儿吗？”我这天虽是头次来这家茶馆，但我早听表舅说过，一般在茶馆里都有一个不成文的规矩：谁的蝈蝈儿好，那窗户底下可以直接享受阳光的桌子就属于谁。这家茶馆也一样。表舅年年养蝈蝈儿，而且年年都是最好，他又是这家茶馆的常客，那张桌子属于他也就势所必然了。但这一天玩蝈蝈儿的老头儿不仅没跟表舅打招呼，又是在那位角儿来唱戏的时候，堂而皇之地坐到了表舅的那张桌子上，这无疑等于他同时在和这家茶馆里的两位巨头挑战！

众人不觉一齐把目光向表舅看去。但表舅竟一句话没说！

人们又把目光转向了那位角儿：“白老板！……”

显然，人们很希望那位角儿说句话，好让这突然被迫停下来的演出继续下去。不期，那位角儿竟和表舅一样，也是一句话没说！

那老头儿仍在自得其乐地显摆着他的蝈蝈儿，并且故意带着几分迷醉欣赏着那蝈蝈儿的鸣叫，而屋里竟没有一个人说话！

据说，那位角儿平日脾气是很大的，可今儿……却一点脾气没有！

表舅虽说脾气很好，可遇着这种事儿，他也是很少让人的！可今儿……？

我不解，大家也都在静观事态的发展……突然，那位角儿却猛地叫了一声："好东西！"

这时，大家才一齐把眼光转向了那只蝈蝈儿。我也随之看去——

那蝈蝈儿的确与众不同。真算得上要个儿有个儿，要样儿有样儿，不仅浑身碧翠，不带一点儿杂色，而且也和表舅养的蛐蛐一样，是全须全尾。再加上那一对晶莹剔透的眼睛，和它摆弄它的两根须子透出的一种一般蝈蝈儿所没有的机灵劲儿……总之，确实漂亮。要说起它的叫，就更甭提了。它叫的那声儿，不仅干净、好听，而且清脆中还带着几分金属声，特别脆生。我问表舅："那蝈蝈儿好吗？"我表舅两眼发直，有些激动地说，"敢情！这才叫极品中的极品呢！要不……"他指了指那位角儿说："他早跟他翻车了！"

一场更加让我感到惊奇和开眼的打问在我面前展开了：

他们——当然主要就是那位角儿和表舅——连连打听谁认识那位老头儿……

我不懂了。那老头儿就在眼前，走过去向他问一声儿不就完了？干嘛还要托人呢？表舅告诉我："那不成！那叫不懂规矩！"

闹了半天，养蝈蝈儿的旗人是有很多讲究的。就像宫里"妻以夫贵，母以子贵"是亘古不变的道理一样，人的身价是随着手里的玩意儿走的。谁有一只好蝈蝈儿，你哪怕再穷，只是一名普普通通的贩夫走卒，但你在玩儿蝈蝈儿的人群里也是位"爷"，你手里的玩意儿，即使是在王公贵胄面前，也不是谁想看就能看的！谁想看，就得托人，花钱。表舅告诉我："你哪怕是位王爷，养蝈蝈儿的主儿是个要饭的，你想看一眼他的蝈蝈儿，也得求认识那位要饭的，'您能在那位爷跟前美言几句吗？我想瞜一眼他那蝈蝈儿！'……直到那个要饭的首肯，你才能看上。"

表舅和那位角儿之所以那么焦急地打听谁认识那个穷老头儿，原因也正在这里。

但结果却让人沮丧：没人认识！

就在我也为表舅从心里发急的时候，忽然发现，我见过那个老头儿：“哎？他不就是住我姑爹家对门儿破庙里捡破烂儿那老头儿吗？”我脱口而出便这样说了一句。

这一来，我一下便成了整个茶馆里所有人注意的中心。人们的目光立刻齐刷刷地向我扫视过来。就连那一直旁若无人，有些倨傲的老头儿也憋不住向我看了一眼。

表舅问我：“你认识他？”

我说：“认识！他跟我姑爹住一个院儿。”

表舅说：“唉？过去我怎么没理会。”

我说：“您找着我姑爹不就知道啦！”没想到，就这么一句话，竟把那个老头儿给说走了！

表舅本来是想带我尾随着他一起去找姑爹的。但不知怎么刚走了没几步，他又改了主意，又伺候那位角儿唱戏去了。因为这才是他来这儿的“正章儿”。

那位角儿唱得真好，表舅的京胡拉得也真好，和那位角儿的配合也天衣无缝，迎来了一阵阵掌声和叫好声……但人们在听戏的同时，始终也没断过对那蝈蝈儿的悄声议论。

唱完戏，表舅并没去姑爹那儿，而是来到了我们家，找到了姥姥聊了半天那位捡破烂儿的老头儿……又过了好几天，才带我同姥姥一起向姑爹家走去。

姑爹住在一个早已被遗弃的破庙里。这时，城里战争的味道加浓了许多。几天之间，几乎每条街都建起了坚固的碉堡。各家院里全住满了傅作义的大兵。还有大兵在四面墙上画供练习瞄准用的靶子，即一个直径约十二三厘米，圆形的一块白，上方有一个黑色的小三角。那娑婆庙也不例外……我们去时，那些大兵正趴在地上对着画在墙上那些靶子在练习打靶。我看到很多机关枪，很觉瘆人，不敢近前。但姥姥马上就把我拉到姑爹住的那间在正殿和配殿衔接处的小跨院里去……

那天，表舅大方极了，一到那里，就把他最心爱的两只过冬的蛐蛐儿给了我，让我玩儿。我有了这么可心的玩意儿，既不害怕大兵，也不再关心表舅和姥姥他们干什么去了……但直到姥姥和表舅从姑爹那屋出来。我这才发现，时间已经不早了。我抬起头来，冷不丁看见：表舅又哭了。脸上虽已擦过，但仍明显地布满了刚刚擦过的泪痕。而且，对他平时嗜爱如命的蛐蛐儿——现在还在我的手上——也全然没有了兴趣，连问也没问一声！

我望着表舅满脸挂的泪痕，禁不住想到：表舅又怎么了？不就是一只蝈蝈儿吗？

他不卖，你不买就是了，能怎么着？但表舅好像舍不得那只蝈蝈，很难从沮丧的神情中摆脱出来。

这是为了什么呢？

我又一次陷入了大惑不解之中……

三

过两天之后我才知道，表舅真是个败家子！那天，他一回到家，就把珍藏多年的一些宝贝拿出来，准备挑一件小的向外倒腾。当时，北京正围城，古董卖不出价儿，可他偏偏要把家里几件值钱的东西往外捅，这不是犯傻吗？这可急坏了他家的六姨太。平时，这位六姨太对付他是很有一套的。周围的人都说，他是败家子，只有她不说。周围的人也说，他们家要没六姨太，早不知穷成什么样儿了。大约正缘于此，两人关系一直很好。表舅为了玩儿，往外倒腾家里的好东西，她总是睁一眼闭一眼。但这回也不知是怎么了，表舅想把那只蝈蝈儿买回来，打算卖掉一只青花瓷瓶，六姨太就是不答应。为这两人吵了一整天，连饭都没吃，直到吵得不可开交，才一起找我姥姥来……闹了半天，他想卖的那只青花瓷瓶虽不是稀世珍宝，也是个很值钱的东西。现在明知炮火连天的卖不上价儿，还非要倒腾出去岂不可惜？就算能卖个好价儿，也不过就是换个蝈蝈儿，是能当吃呢？还是能当穿？他的六姨太说了，如果能像大舅那样，倒腾点儿买卖，就是赔了，她也不反对；可他……六姨太问姥姥："您说，这年头儿拿古玩换蝈蝈儿是不是败家子？！"她用"败家子"这样的词儿来形容表舅是第一次。而且，他素来很听姥姥的话，而今儿她不仅用了"败家子"这样的词儿，又把架打到我们家，姥姥不给评评理就实在说不过去了……

其实，姥姥根本就不想管他们的事儿，见她说得诚恳，也就只好顺着她说了表舅几句。谁知姥姥本就是和表舅串通好的，六姨太刚走，姥姥和表舅只互相交换了一个眼神，就带着我一起向院外跑去。我很奇怪，他们去哪儿呢。那情景分明是怕六姨太知道和追来……

直到姥姥和表舅带我走进姑爹住的那座破庙，我才知道，他们是去找我姑爹。

这回和上回一样，一到那儿，表舅就把他那只过冬的蛐蛐儿给了我，让我玩儿。可这回我却一点儿兴趣也没有了！我很想跟他们一块去找姑爹，但姥姥和表舅就是不让我去。我很不高兴。等他们一走，我还是偷偷跟了上去。

不期，我刚刚溜到姑爹那间小屋所在的跨院，姥姥和表舅便已从里面出来了。其匆匆忙忙与偷偷摸摸的样子，好像做了什么亏心事！姥姥和表舅看到我后立刻就把脸绷了起来：“刚才你看见什么了？”我说：“什么也没看见！”表舅有些不信：“真的？”我说：“真的！”他这才把我的手一拉，连蛐蛐儿都忘了跟我要，便和姥姥一起带上我走了……

回家的路上，起风了。

姥姥走在我前面给我挡风，表舅拉着我的手走在后面，但走得很快。两人都不说话。我只觉得，他的手很凉，和过去不一样。我禁不住抬头看了一眼表舅，他好像有点儿紧张。可究竟为什么？我想问，但是没敢……

走出破庙，表舅问姥姥：“这老头子不简单呀！”

姥姥问：“怎么了？”

表舅说：“他怎么知道我闺女的名字？”

姥姥：“所以，我怕三儿看见里边有什么脏事……”

表舅说：“所以我说肯定不是什么价码的事儿！”

姥姥说：“那是什么事儿？”

表舅说：“你没看见，他屋里有个人吗？而且千叮咛万嘱咐，千万不让我们跟别人说！”

姥姥问：“你说他是八路？”

表舅说：“可能。所以这蝈蝈儿贵贱不能买。别为一只蝈蝈儿再惹出是非来。”

没想到那个卖蝈蝈儿的老头儿追上来了。而且把表舅和姥姥说的话全听见了。他从一间侧殿冲了出来。一反在茶馆里的那种倨傲，变得谦恭起来：“您别不买呀！不用高价儿，您能给几个算几个……”

表舅说：“对不起！你现在就是白给，我也不要了！”

老头儿说：“别呀！我实话跟您说了吧！我那天去茶馆，专拣您的座儿坐是成心的。我就是想跟您吵一架，可您没搭理我……”我表舅问：“你什么意思呀？我怎么越听越糊涂！”老头儿说：“您闺女的字儿您总认得吧？”他递过一张条子来：“这是您闺女叫我给您的。”

表舅立刻接了过来。字条上写的是：“爸！您赶紧躲一下吧！要不了多少天就过去了！可现在您必须躲几天……”

他问老头儿："为什么？"

老头儿："我哪儿知道去！她让我把条儿给谁，我就给谁。给了就没我事儿了！您可千万别把这不当回事儿！"

表舅说："我一不偷，二不抢，三来没做过亏心事，我跑什么！"

老头儿："您千万别这么想，您闺女还能坑您吗？"表舅还是不理解："那她也得告诉我为什么呀！"老头儿说："能告诉，她不早告儿您啦！说实在的，我真不知道您能找着我！咱要在茶馆把这条给了您就好了，可没机会。我这儿正盘算着想法找您去呢！您来了。那蝈蝈儿什么钱不钱的，根本就没那么八宗子事儿！您喜欢就拿走……"

表舅问："我到底怎么了？"

老头儿说："您什么也别问了！您就按您闺女说的办。最好躲到城外去。躲得越远越好……"

表舅既没答应他也没反驳他，只说："我再想想吧！"

那老头儿："您就别想啦！赶紧跑吧！"

表舅和姥姥都没再理他，就继续往前走去了。

走出一段路，见老头已经回破庙去了。表舅才说了一句："我招谁惹谁了？"

姥姥虽文化不高，但很有些阅历，所以就说了一句："你还是想想你跟你闺女一块儿干过什么吧！"

表舅觉得有理："我闺女？"说完，就加快脚步向前走去。

他把我的手撒开了。

我依旧跟在姥姥的身后向前走着。

风越来越大了。

表舅显然已没心思再管我和姥姥了，我从姥姥的腋下向前望去，他甩开大步往前走去。一看就是心思很重，而且越走越快了……

四

那天，等到了家，姥姥和表舅的情绪才算平静下来。那天，姥姥给表舅做了炸酱面。我在家属老小，遂也跟着吃了一碗。在姥姥给他做炸酱面的时候，他一声没吭。两眼一直看着前方，直到姥姥已把一碗做好的炸酱面端到他的面前时，他才说道：

"我知道了！可能是三贝勒出事儿了。"

姥姥说："为什么？"

表舅说："我只给我闺女办过一件事，就是给三贝勒送过一次皮包……"

姥姥问："皮包里有什么？"

表舅说："我没看。她说是大烟膏。我送到了以后，三贝勒把他儿子请出来跟我见了一面。"姥姥问："他儿子怎么样？"表舅说："我看不怎么样。长得倒是一表人才，说话倒也得体。就是他把我女儿给勾搭上，跑六国饭店住旅馆去了。您说，后来有人抓他们的奸，他一个大男人居然撂下我闺女，自个儿跑了！您说他是人吗？"说时，他脸上的肌肉又抖动了起来。

姥姥劝他："嗨！过去的陈芝麻烂谷子不提也罢了。这回她让你跑，总有她的道理。再怎么说，她也是你闺女，绝不会坑你！"

表舅不知怎么突然说："她不说我还真忘了，我还真得往乡下跑一趟。"

姥姥问："干嘛去？"

表舅说："上雀儿沟呀！我的画眉还在那请人帮我带口呢！"

我立刻叫了起来："我也去！我也去！……"因为他说的雀儿沟是我陪他去的。那真是一个好地方。因为它是一个只能进不能出的死沟。所以兵家没人对这个沟感兴趣。那个沟里各种会叫的鸟很多。另外，那里以出产核桃、山里红、花椒等干果和香料为主，没有小麦和谷子之类的作物，很少有带脏口的鸟在那儿筑巢。所以很难给鸟带出脏口来。所谓脏口，就是玉鸟、老鸹之类的叫声。表舅在北平围城前曾带我到那去找了一个老东家租给他一明两暗的北房，还请他们给粉刷了一遍，弄得四白落地。冬天能睡觉，夏天能玩儿鸟。

跟着表舅有人给做饭，吃得好，表舅也不寂寞。在那儿还可以复习功课，不会的就问表舅，他不仅能解答得很好，还从来没脾气。那一年因为解放军围城，所以寒假特别长。妈妈看我整天野玩儿，从不做寒假作业，知道表舅会给孩子辅导功课就允许我跟表舅走了。

我高兴坏了。到了那儿，我天天按时写寒假作业，这样回家好给妈妈交账。做完寒假作业就和表舅一起去接触大自然。那一段生活恐怕是我童年时期最幸福的一段时光了。

最开心的事是抓鱼。那儿有一条不宽不窄的河，河水极其清澈。表舅带着我搬石头垒河床。把河面垒成一个三角形，河床垒得由低到高，到三角角尖的部位，水就变浅了，所有的鱼、虾、螃蟹、龟都集中到了这里。而中间，我们只留了一个口子。各类的鱼、虾、螃蟹、龟被冲到这里时，都必须从我们垒的口子上过。我们准备好一个大桶搁在旁边，一看到有鱼过来了我们伸手一抓，抠住鱼的腮，往大桶里一扔，鱼就跑不了了。偶尔也会有螃蟹、龟之类的，那就是大收获了。我们站在水里，很凉，但是真有意思。几乎每天都有收获。当地的农民在我们没去捕鱼时，他们也到那儿去抓鱼。表舅很大度从不管他们。偶尔还溜达过去，看他们抓鱼。

表舅是一个极有耐心的人，垒河床如此，统计他的画眉有多少种叫法也如此。他把鸟笼挂在屋前的树上，让鸟去叫。从第一声，叫到最后一声，他那个小本一种一种的记，看这鸟在这儿跟着别的鸟带口究竟带出了多少新花样。

有时候还带我把带着的一丈多长的粘网，到鸟经常飞过的山道上架起来，鸟飞的速度是很快的，粘网用的丝线又很细，鸟在飞行中是不可能看见的。特别是在清晨天还没亮的时候，或者天黑还没黑的时候，鸟一撞到粘网上，头过去，身子却过不去了。因为脖子上的毛全是从前朝后长的，一下就被卡在了网上。等我们收网时，所有的鸟就只有挣扎的份儿，而没有挣脱的可能了。我最喜欢的就是天黑前收粘网时，一只只往下摘鸟了。表舅在他住的那间房子里，有好多普通的鸟笼。回去以后，就把捉住的那些鸟分别放进一个个鸟笼里。有些鸟是观赏鸟，叫得很难听。他就把那些鸟送人了，不准那些鸟把他的画眉的口带脏了……

远处的炮声告诉我们，北平马上就要开战了。但我们爷儿俩过的却是世外桃源的日子。几个月很快就过去了。一天我们正要出门，忽然听村里人说："北平和平解放了！……"

表舅听了，很快就回去收拾东西准备回家。可收拾到一半，他又停住了："再待两天吧！北平刚解放，城里可能很乱。咱等消停一点儿以后再回去可能好一点儿"过了没几天，听说城里秩序井然，一切都恢复得特别好，又听说解放军的入城式也开始了，他这才把他的包车叫来，把我们拉回了城里。

一到城里，那可真是大变样了。解放军长长的队伍前面看不到头儿，后面看不到尾。大路两边有很多提前预备好的腰鼓队，"咚咚，齐咚齐！咚咚，齐咚齐"！

有些路旁还聚集了许多人，一面看解放军入城式，一边有年轻女战士教大家唱时兴的革命歌曲《解放区的天》《没有共产党就没有新中国》等。此起彼伏，一派新气象。我们的洋车没地方走，我们干脆就下车步行了。一面走一面看……表舅忽然说：

“这是改朝换代啦！……”

“改朝换代？”我不懂，问表舅，“什么是改朝换代？”

表舅说：“那就是旧朝玩儿完了，新朝又开始了！……”

我又问：“谁是新朝？谁玩儿完了？”

表舅说：“新朝就是八路。旧朝就是国民党！”

我更糊涂了：“八路是谁？国民党是谁？”

表舅指着解放军队伍里高举着的毛主席和朱总司令的照片说：“这就是新朝。一个叫毛泽东。一个叫朱德……”

我还想问得更清楚，表舅已经加快脚步向前走去了。因为他看见了破庙里的老头儿此时正敲着一面大鼓指挥着两面小鼓手在敲花点儿。他加快脚步，不断地往后照看着我，一面就朝老头儿走去了。

他一走到他面前，老头就打了一个收点儿，几面鼓便按照一定的节奏慢慢停了下来。

老头劈头就说：“你闺女回家看你去啦！”

表舅一怔：“什么？”他拉起我的手就往前走。

一拐弯儿，洋车就跑起来了。那时候，马相胡同有个大广场。平常人们都只走直角，因为直角有路。但表舅心急，就叫车夫：“抄近道儿！斜插过去！……”

车夫说：“斜插过去太颠！”

表舅说：“没事儿！……”

车夫就斜插过去了。一到家，他推开大铁门就直接走了进去。他绕过矮墙，穿过假山石夹侍的小路，就向表姐的房间走去，却被人们给拦住了。

大家几乎是齐声说的：“哎呀！您怎么才回来！您闺女是八路！”“她回来看您，等了您好半天，说的全是新名词儿。可出息啦！……”

表舅只问：“那她跟人住旅馆是怎么回事儿？”

六姨太说：“什么住旅馆！那是掩护一个共产党的大官，她和那男的才自毁形象，保护那个共产党的大官跑了！她立大功啦！”

表舅完全听晕了：“什么？我闺女是八路？”

六姨太：“对！还嫁给了一个大八路……”

“啊？”表舅一下接受不了这么多信息，而且还有以国民党为正统的观念：“可八路……？”

六姨太：“别可这可那的啦！八路军是人民的大救星！你没听大街上人都在唱呢！‘民主政府爱人民！共产党的恩情说不完！’老百姓都拥护，咱能不跟着走吗？”

没想到他们刚说到这儿，表姐回来了：“爸！”她刚叫了一声“爸”眼泪就倏倏地流了下来。

表舅见她女儿已经完全换了一副模样。一身灰色的列宁服，灰裤子，黑色的搭襟儿，千层底儿的布鞋。原来的一头卷发也都剪去，留了一个齐脖子的毛盖尔头。

表舅问：“听说，你在了八路啦？”

表姐说：“对！过去我打扮得花枝招展的是为进出城方便。”

表舅问：“你咋不跟我说一声？”

表姐说：“那时候我们是地下的。不能说！”

表舅说：“你六妈跟我说，在六国饭店你没给爸爸丢人现眼！”

表姐说：“我是您闺女，您还不知道我？我能干那事儿嘛！”

表舅说着哭了：“爸爸冤枉你了！我说我们老金家也不会出那烂脏货嘛！你别生爸爸的气啊！……”

表姐大叫了一声：“爸——！”把头深深地扎在表舅的怀里，也放声哭了起来。

周围的人都哭了。

事后，表舅就像祥林嫂似的逢人就说：“我闺女那次在六国饭店不是跟人家住旅馆去了，她是掩护共产党的一个高级干部逃跑才假装跟一个男的去住旅馆，让那家子人跟他吵架，让共产党的高级干部趁乱跑了的，她干的是好事！……”他见谁就跟谁说，见谁就跟谁说，后来都成了别人口头的笑话了。其实，他们不知道，她闺女成共产党了，她闺女掩护党的一位高级干部逃脱国民党特务的追捕立了大功对他并不重要。对他来说，她闺女没跟别的男人住旅馆这才是最最重要的。因为他老金家丢不起这个人！

这就是表舅……

附记

有一天，表姐请表舅到长安大戏院去演出，叫他好好准备一下。这可不是在家里给亲戚朋友弹，这可是在大戏院里弹。

表舅是一个给个针鼻儿就纫针（认真）的主儿，听后，他就把自己写的对战争高度厌烦的一首《怨》练了好多遍。后来他渐渐了解了他女儿，原来她是一个可以直接往来于傅作义和共产党高层领导的通讯员，慢慢知道了许多共产党做的了不起的事，他的思想发生了很大变化。于是，又在《怨》的后面揉进去一个新的乐段，叫《天亮了》。曲调非常明亮、悠扬、悦耳。那是他一辈子都没写过的一种曲子。最后，真的到长安大戏院演出了。他万万没想到，那次演出那么重要。后来统战部文化组请他去开了一次会。说周总理有指示，问眼前会弹古琴的还有多少人。他说，没几个了。找他谈话的人说，希望他能把会弹古琴的人都搜罗组织起来。并说，这是一次抢救性的行动。希望他能为这一行动作出贡献。他当然高兴。他万没想到，他从那时起就成了古琴方面的一个组织者。最后在周总理的关怀下，成立了一个叫做古琴抢救协会的组织，推举享誉世界的古琴演奏家孙殿英[1]为会长，他做秘书长。一下子成了教授级的国家干部。各种会弹奏古琴的人越来越多，最后进了我们国家的各所音乐学院，还成立了中国古琴文化研究会。会长还是孙殿英教授。他，一个一辈子没出来工作的人竟成了古琴领域的一位专家。这是他过去连想也没想过的。他辞世的时候，把我也叫去了。那时，他原来住的马相胡同一号房子已经拆掉，改成了新影宿舍。他早搬到了女婿家去了。他躺在病榻上，拉着我的手说："三儿呀！表舅年轻的时候没出息。我最后能混成这个样儿，全靠的是共产党。你记住表舅你就知道什么是歪路、邪路和正路了。我不行了。我就希望你能永远走正路，别走歪路和邪路。跟着共产党走没错儿！别听现在有的人说的那些话。你可以把我的这辈子写出来，这是回击那些人最好的证据……"他说到这儿，不知怎么，他打了一个嗝儿，眼睛向上一翻，就不再说话了。表姐赶紧叫："大夫！……大夫！……"

几个穿着白大褂的人立刻跑着来到了这里。经过一番紧急抢救，但结果还是："不行了！"

我和表姐"哇！"的一声就哭了起来……

2008年4月

[1] 这里的孙殿英是中国古琴协会首任会长，与大军阀孙殿英同名同姓。

大后仓10号

看电视节目里讲的是有关北京老城区的改建问题。其实，结论早有了，制作和播放这个节目主要还是呼吁尽快把一些本该停下来，不要胡乱拆建的项目停下来，把该拆掉的拆掉而已……

一位名门之后的谈话深深把我打动了。她流着泪在说："我曾祖父到我父亲一直就生活在这个四合院里。一百多年了。而这一百多年刚好是我们中华民族从屈辱到扬眉吐气的一百多年。我曾祖父到我父亲，包括我都有很多故事。而这些故事就发生在这个院子里。我儿时曾听爷爷、父亲讲他们是怎么在这个院子里度过的。上小学时，我也曾给我的一些同学讲过我是怎么在这里度过的。那就是我们民族活的历史呵！现在，这些房子都被迫拆掉了。那些故事虽还留在我脑子里，但它们的根却没有了！永远没有了！"屏幕里展示了她家那座四合院拆迁前的照片：雕梁画栋，带有龙头和螭虎的飞檐、假山、回廊……我真不明白为什么要把这么好的民居建筑拆掉！

一位专家接着说："文化大革命前，老北京虽也有破坏，但她的'心肺'还在，没伤筋动骨。但开发商一来，就要了命了……"他把这种开发带来的拆迁称为"洪水猛兽"，使这样一批十分具有文物价值的民居建筑荡然无存了。他这样讲，我以为是一点儿也不过分的。我的心已随着节目里的谈话飞回到了我童年所居住过的那个令我至死也不会忘记的院子中去了！

那就是大后仓十号。

我虽然早已离她远去了，至今依然让我梦魂牵绕。

我的童年有一大半是在这个院子里度过的。大约是因为我长大后在大学里学的是电影，毕业后又留在了北京，所以才产生了一种对这个院落，不！应该说是对北京的莫名的，永远也难以割舍的关心。她让我一次又一次回到那里，在那门口站上一会儿，向里看上一眼……在她没被拆掉之前，我几乎每隔一段时间就要去看一看。究竟想看什么？连我自己也说不清。其实就是借着探寻那古老的胡同、古老的民居去看一眼自己童年曾住过的大门和院落，然后再带着孩提时的一些琐碎记忆和胡思乱想从中得到几丝幸福和满足悄悄离开……如此而已。而且，每次都是这样。

一、难忘的第一次农耕

那是一个在北京普通至极的一所三进的四合院，顶端是一个用砖砌成的像方池子一样的门楼。我印象中其边缘的厚度比一般的灰砖略厚一点儿，中间带一道缝儿的那种砖的厚度。而四框中间则是用整瓦很艺术地砌成一个个圆形的“古钱”。那圆形的古钱都是由四对瓦相对组成的一个个两头尖、中间鼓的梭子型的花。中间刚好是一个四边由整瓦向外弯曲的弧形组成的方框。它们的边最原初大概是白色的，只是因为年深日久，已变成了灰色。但工匠们为了美观并没彻底把那白色褪去，所以在整体上给人的印象是灰白色的。至于门那就更普通了，普通得连我都记不起来它是什么颜色了。门上没有字，小时候我非常羡慕别人家的大门上写有诸如“忠厚传家久，诗书继世长”之类的对子。但我们院子的门上没有。

在进二门时，我们那院子有一块用砖雕刻出来的匾，那匾是用雕出的钩子做成“挂”在那里的感觉。而拐进第二进的门呈花瓶状，十分有趣。就是它，曾给我的童年以启迪，使我产生过许多稀奇古怪的遐想……而第三进从一开始就是房东住的。全院都铺有灰砖。中间偏南还有一个宽约一米五六，长约三米四五，用砖砌成的花池。

我今生第一次“农耕”的经历就是在这花池子里完成的。

第一次是把几粒姥姥扔在地上的南瓜子种进了土里，后来竟发芽长出了许多幼苗。大人说，这么多养不活，要拔掉一些。只给我留了两株最壮实的。我虽很心疼，但还是听从了大人的劝告。后来又长出瓜蔓，一直长到了我不得不给它立了一竹竿任其向上爬去……没想到就是我种的这两颗瓜子到秋天居然结出了两个还不小的南瓜。而第二年则是我跟着舅舅把已经出了芽儿的蒜瓣种到了地里，而到秋天却收获了许多大蒜！这些经历实在是太有趣了。这可能就是我上中学时生物成绩特别好，而其他功课都一塌糊涂的原因吧？！

哦，我童年难忘的第一次农耕的经历呵！现在回想起来都十分甜美……

二、我家和这所院落的渊源

我是怎样住进这个院子的，我已记不清了。长大后听大人聊天和不断的追忆、补充，才弄清了一个大概。有些是直到退休以后我们霍家的堂兄弟姐妹的孩子一个个都考到了北京上大学，毕业后又都留在了北京，我的堂兄弟们又随着子女定居到了北京。他们又带来许多从他们父母那里知道的事，我才知道我们家在这个院子里曾发生过那么多大事小情。

说起这，还得从我的爸爸在清华念书的时候说起。

据几个叔叔讲，父亲当初在清华念书时，非常活跃。他在同学中很有威望，又有组织能力，所以当了好多年的学生会主席。毕业后又在清华读研究生，导师是朱自清和陈寅恪，学的是文学古汉语和西夏文。1927年后，全国各地都出现了白色恐怖。北京的政治形势非常复杂，他搞过学运，很怕危及自己，刚好老家来信说省立中学（即现在的呼市一中）缺少一位校长，问他是否能去。当时的中学校长无论从收入还是地位来说都是很高的。他得知后，便带着妻子，离开北京回了老家归绥。

而他重回北京时，北京早已易帜更名改叫北平了。他这次来，主要是我妈在生我大姐前在归绥检查出胎位不正。在当地生产，母女都会有生命之虞。所以才来北平。来之前并没打算久留。但没过多久，北平就发生了日本侵华的“七七事变”。北平很快陷落了。他和母亲想走也走不成了，只好再度在北平安家。要安家，就要解决生计问题。好在父亲原本就在北平教书，有很多人脉，大家都知道父亲学问好，是朱自清先生和陈寅恪先生的高徒。所以很快就找到了工作，在两所大学做兼职教授。但好景不长，日本人进城后，很快就知道了父亲在学界的影响。屡屡登门请父亲出来做事。父亲是个很有民族气节的人，自然不答应。每天都要想出很多办法疲于躲避和应付。这时，正好有一位同乡，姓刘。在北平开客栈赚了一些钱后，在大后仓10 号买了一所房子。他劝我父亲到那里去住。就这样，我们家的命运就和大后仓10号的命运产生了几十年的历史联系。

谁知道，我们家的厄运就这样开始了。等我出生并长到快五岁时，父亲染上了肾结核。当时，他还只有一个肾患有结核，假如日本人不来，他的收入是足以支付手术费用的。但日本人一来，他便从北大和清华辞职了。日本人为了做出一副北平一切很好的假象，逼迫所有的教授回去教书。他坚持不去。为了养家糊口，只好到育英、贝满等私立中学去混钟点儿。但这样的收入是无法支付高昂的手术费用的。妈妈和舅舅都劝他："留得青山在，不怕没柴烧！"他不想死，想活，心情烦躁，竟然骂了妈妈和舅舅："你们还是不是中国人？！"最后，就在北平，因为没钱，缺衣少吃，缺医少药，生生熬死了。

我就是在这个院子里，五岁的我在舅舅一招一式的教授下给我父亲摔盆、打幡把他送走的。飞撒的纸钱，凄婉的唢呐、笙箫和云锣在我家亲戚和他的学生的一片哭声中，缓步把他送到了西直门外掩埋了……

从此我便没有了父亲。而且是一个非常优秀的父亲。

嗨！……

三、老人说的一段往事

这里最值得说的就是我们房东的儿子刘耀宗逃离日军和汉奸的魔爪，奔赴延安的故事。

这里说的刘耀宗，中华人民共和国成立以后曾任包头市的市政府秘书长，市委副书记，包钢党委书记兼厂长和总工程师。

他的父亲就是我前面说的大后仓10号那位姓刘的房东。那时，我们家住在那个三进的四合院里的第一进；姥姥和舅舅以及房东家的小姨子住在第二进；他们家住最里面的第三进。

那位房东的儿子，即刘耀宗同志，是一位正在北大就读的大学生。他虽在上学，但早已经加入了党。而对此，父亲是一点儿也不知道的。他们两人的年龄虽有差别，但很有共同语言。一有空就在一起聊天。他很爱读书，而父亲的书又很多。他时常来借，就这样两人便成了忘年交。

父亲的书虽有来北平以后新买的，但绝大部分都是在回老家前留在北平朋友家的。走时因书太多，带不走，又不忍随意处理，这才放在朋友家里。原本准备这次返绥时带走的。现在既然留下来了又要教书，就陆陆续续都拿了回来。其中就有马克思写的《法兰西内战》。马克思主义的书在蔡元培当北大校长的时候并不是禁书。而且，还有人可以专门设置马克思主义的课。但到后来就不行了。在当时的北平，原来并非禁书的书籍早已成了绝对的禁书。谁家有这样的藏书，一旦被发现，是绝对要被列为"危险分子"而被抓，甚至杀头的。但据房东奶奶说，这些书父亲一直珍藏着——当然，这都是中华人民共和国成立以后彼此见面时说的后话了——房东奶奶还给我讲过一个故事。

她说，有一天，永生的父亲到父亲那里去借书，没想到在一个位于房间深处，十分靠里的书架上打开两本很不起眼的书。他一不小心被弄掉了，结果从中掉出的书竟是列宁写的《国家与革命》。两人立刻都紧张起来，但父亲很快就把脸转到别处去了。而刘耀宗也假装什么也没看见，把书重新包好，放回了原处。就这样，这件事宛如从没发生过一样便过去了。

但这件事对他们两个人或两家人却是一个重要事件，因为这增加了他们彼此的信任。尽管双方谁对谁的身份也没问过，但凭实际经验也还是能猜出几分的。因为他们的关系太不寻常了，既是同乡，又都同在一所大学，虽说是一师一生，其实只是因为当时父亲是老师，他是学生而已，父亲并没教过他。但同在一所大学，总有很多话好谈。两家又同住一个院子，关心的事务又差不多……所以互相有一种既不能说破，又彼此可以信赖的关系……没想到就是这样一种不能明说，却又有一种比普通人更可信任的关系，在关键时刻起了重要作用!

有一次，刘耀宗来北平工作，被日本特务携叛徒发现并被盯上了。上了火车很快就被抓住了，但他一点没有慌张。当日本特务和叛徒下车时发现他们来平的证件被偷了，到了北平无法再和北平的日本特务机关接头。刘耀宗很机智。为了稳住和麻痹他们，伺机逃跑，于是就把他们带到了大后仓10号自己的家中。给他们住，请他们吃饭，还给他们钱带他们去颐和园玩。他在路上一直想跑，但始终没找到机会。但在进门时，特务和叛徒在他前面进了院子，放松了对他的注意。刘耀宗进门，看我父亲正要骑车出去，他就赶紧把他拦住了："我叫日本人和汉奸抓住了！你把自行车借我行不行？"父亲二话没说便把车给了他。他骑上就跑了。

日本人和汉奸很快就发现他跑了。但想追已为时太晚了。

后来他是通过哪条路线逃跑的？又是怎么到了解放区的？后来又怎么辗转到的延安？我们就无从得知了。而他的妻子米志阿姨又是怎么和他一起在延安汇合的？我们就更不知道了。我们只知道他们去了延安，中华人民共和国成立以后又都成了共产党的大干部……

这些故事虽都是我听大人们在中华人民共和国成立以后讲的。但因那条胡同在，院子在，我眼前的一切视像都是十分具体和清晰的。但现在，不光院子没有了，连那胡同也没有了，只留了一个名字，实在可惜！如果它还在那里，我是一定还要到那里去看一看的！……

四、北平围城琐事

再一个特别值得提到的关于大后仓10号的，就是北平围城时的一些琐事。我虽不能讲出什么像前面那样有完整情节的故事，但那印象却是如此的清晰和牢固，使得那些琐事早已过去了大半个世纪，但一切的一切还历历在目，不曾远去。

先说一种游戏。

大凡在北平围城时尚处童年的人都应还记得“天下太平”的游戏。玩法非常简单，就是两个小孩对坐，每人各在自己面前画一个大四方格子。然后再把各自面前的大四方格子分成四个一般大小的小方格子。游戏开始后两人一边喊“石头、剪子、布！”一边划拳。谁赢，就在自己面前的小四方格子里依照“天下太平”四个字的比画和顺序写一笔。哪一方先把“天下太平”四个字写完，哪一方就赢了。这个游戏是谁先发明的无从查考。我就是从比我大的孩子那里学到的。但我现在想，一定是一个很有思想，又对连年的战乱早已厌烦的人在无奈中哄孩子时发明的。而这正切中所有当时老百姓的心理，于是便不胫而走，成为当时在儿童中间红极一时的游戏。但给我印象比这游戏更深的则是姥姥在看我和街坊小孩儿一起玩儿这游戏时的一声叹息：“嗨！什么时候才真的能天下太平哟！……”

姥姥当时为什么会发出这样的叹息是我长大以后才理解的。历史发展到解放军把蒋介石任命的华北剿总司令傅作义将军守卫的北平古都围得像铁桶一样。北平的老百姓已经历了八年抗战和将近三年的解放战争，加上军阀时期的大大小小的战争，已经几十年的战乱了！一个人能有几个几十年呵！但战乱仍在持续着！谁能对此毫无厌倦？当时的北平一天从早到晚都是毫无间歇的炮声，炮声，炮声。对于这炮声，除了明辨是非，懂得人心向背的人会在暗地里为之兴奋，管那叫“黎明前的黑暗”“天要亮了！”而外，对普通老百姓来说，他们的期望就是最质朴的要求：和平！因为日本鬼子毕竟已经被打走了……

人民期望如此，但和平的实现却谈何容易！当时事情的进展却似乎正朝着人们相反的方向在发展。第一个不祥之兆就是国民党大兵无可商量地住满了城里所有百姓家的大小院子。大后仓10号自然也难幸免。然后就是日渐一日，越来越浓的战争气氛。

先是家家都把玻璃上贴满了米字条，这样可以在玻璃被震碎时不致掉落扎人！再一个就是院儿里家家都挖了防空洞。另外就是每堵墙上都被国民党大兵画上了许多圆，并从圆心处往下的六分之一扇形一角全染成了黑色，用以练习瞄准。一有空，他们就要一组组地趴在地上用机枪或者步枪对着那个染黑了六分之一上面的圆心瞄准。至于瞄准为什么要把那冲下的六分之一染黑，我到现在也不知道。反正他们几乎每天都要那样训练。再往后，就是在每条胡同里修建炮楼。我们大后仓一共修了四个。西口一个，东口一个，胡同中间一南一北共有两个。而我们大后仓10号的门口则刚好建了一个。每个都不高，但全是用钢筋水泥修建的。其厚度足有一尺半。大人们看了说："这是要打巷战哪！"当孩子们问明白了"巷战"这个词的意思后，都哭了。大一些的说："我们不要打巷战！""我们还没活够呢！"小的们是在似懂非懂中感觉到了某种可怕，于是就也跟着哭了起来。直到大人告诉他们打仗只有当兵的打当兵的，两边都不打老百姓，更不打小孩儿后，孩子们的哭闹才慢慢平息……

再后来就是日常用品的匮乏。首先是粮食。虽说，那时不管是大户人家还是普通的平民百姓大都倾其所能储存了尽可能多的粮食。但一有粮食出售，家家户户还是要挤到粮店门口去抢购。当时的粮商大概都知道不管粮食多次也能出手，所以，买回的小米都掺了很多沙子。为了吃的时候不牙碜，大家互相切磋，用两个锅放满水后来回倒，这样就可以把沙子淘出去……这样的粮食虽然难吃，但毕竟可以果腹。饿死人的事并不曾听说。而在那个各种物资都极其匮乏的时候，最让人们担心的则是煤。当时的北京（北平）比现在要冷得多，一旦没煤烧，不仅饭做不成，冻死人是肯定的。但据大人们说，城外的解放军很"开恩"，为了不让城里的老百姓受冻，双方经谈判，还是允许一些贩煤的人进城。这些话是真是假，连大人们都无从证实，我们小孩子就更不可得知了。但我们能见到的就是每每隔三岔五的，总有很长的一队队骆驼，驮着一驮驮硬煤或煤末，伸着长长的脖子缓缓地从西直门走进，然后再向着一条条胡同里的煤厂走去……

当时，还有一个令所有在和平时期人们连想都想象不出来的事情。那就是垃圾和粪便的处理问题。那时，倒垃圾的和掏粪的，不叫"环卫工人"而被人叫作"倒土的"和"掏茅房的"。他们大多来自农村。北平围城一开始，"倒土的"和"掏茅房的"都跑回老家，不见了踪影。但城里人绝不会因为打仗就不扔垃圾，不排便。于是乎，"倒土"和"掏茅房"就成了一桩难以解决的大事。那时，老百姓家的垃圾主要就是烧过的煤球。没有了倒土的，煤球就不断往原来堆垃圾的地方堆。至于粪便就不像处理垃圾那么便当了。别人家我们不知道。我们大后仓10号反正住满了国民党大兵。实在没地方排便后，他们就会用挖工事的铁锹伸进茅坑一锹一锹从茅坑里挖出，然后“端”到外面的垃圾堆上去，然后再挖几锹炉灰把它们掩埋起来就算完事。幸好北平当年围城是在冬天。不然，那是极易闹起瘟疫来的！自古不就有大战之后必有大疫的说法吗？

北平一解放，所有的粮店都开了门，而且供应绝对充足。那些挣一天、吃一天的穷人家再也不用为买不到粮食而发愁了。

新成立的北平市政府立刻派了大批解放军用军车把北平围城期间堆积起来的大量垃圾清除掉了，又使北平恢复了原有的清洁。“倒土的”“掏茅房的”也天天上班了，我们再也不用怕厕所都冒了尖也没人管了！

北平是和平解放的。这一切过往的琐事虽已过去多年了，但却依旧清晰地留在我的脑海里。皆因党的英明决策和傅作义将军的大智大勇，不仅使北平这座古城完整地交到人民手中，也使北平的居民躲过了一场可怕的战争劫难！……

五、解放军的进驻

国民党大兵走了以后，住进来的就是解放军了。长大以后老师曾经教给过我们一种学习方法，叫做比较。没有比较就不能认识事物。我觉得让我感到了解放军比国民党大兵好，而且好得多，就是在比较中认识的。国民党大兵因为住在我们院里，倒没有欺负过我们，给我印象最不好的就是他们的官兵关系。我最害怕的就是打，当兵的犯了错，他们就会打，而且下手很重，被打的大兵叫得十分凄惨。一次有一个大兵不愿意再当兵就跑了，被抓回来时打得很惨，连连高叫：“我错啦！别打啦！”裤子都打烂了，也没停手。姥姥见我被吓哭了，就把我拉到屋里去了。但打他的声音和他的哭叫还是不住地传了过来。

还有一次，两个大兵为了两个窝头吵了起来。他们大概都是北方人，不喜欢吃大米，可住我们院儿里的国民党兵的伙食天天都是大米饭。所以对窝头都觉得比大米好。一天他们到城外去拆房子，弄劈柴。回来时，有个大兵拿回来两个窝头，放到了我家的炉子上烤，放下就走了。姥姥觉得把冷窝头烤热本是个很正常的事，没想到过一会又来一个国民党兵，骂着：“妈的！敢偷老子弄来的窝头！”就把那两个窝头拿走了。不想竟因此酿成大祸。他们两人在院子里撕扯起来。

打到一半，院里忽然吹起了哨子，集合了。

一位姓李的排长把一根他们从城外拆来的木窗框往地上一扔，就说：“有理四十，无理一百！说！怎么回事？两个窝头就打得头破血流？说吧！”

那个把窝头拿到我们家的大兵说：“我不要了！还不成吗？”

李排长“啪！”地就是一个耳光“你现在说不要了，晚啦！说！怎么回事儿？”

姥姥怕吓着我，赶紧把我拉到里屋去了。

那天我玩儿得比较累，听着听着就睡着了。

后来怎么样我就不知道了。我问姥姥。姥姥说：“两人都挨打了呗！”

果然第二天，那两个当兵的都没出操。我到他们住的那屋去看，他们俩都趴在地铺上呢。

解放军来了，和国民党兵完全不一样。从来没有打骂士兵的现象。他们住进来以后，解放军战士每天都争抢着给我们家挑水。有一个一脸麻子的战士挑水的次数最多。另外就是扫院子。那个麻子战士比别人起得都早，起完床洗过脸，他第一件事就是给我们扫院子。

另外，我第一次知道“生活会”这个词儿就是在解放军住进我们家的外屋后听说的。他们好像是定期要召开生活会，每次生活会大家都能彼此真刀真枪地对自己或者别人开展批评或自我批评。事后，批评者和被批评者似乎都不记仇，相处依然很好。

还有一个，就是解放军执行民族政策非常好。住在我们外屋有个战士是回民。每次开饭，炊事班给大家送饭的同时，都要用一把把儿勺，即我们现在说的炒锅给他单炒一锅菜和饭，从来不差一顿。

他们改善伙食就是吃饺子。全体战士一块儿包，包好了再送到炊事班去。解放军对我们非常热情，每次吃饺子都要送我们一大盆。解放军战士洗脸、洗脚和擦身都是用一个盆。包饺子装皮、装馅儿也使用他们那种盆，只是事前要用肥皂洗几遍。我和两个姐姐都拒绝吃解放军送来的饺子，嫌他们的盆脏。姥姥倒是不在乎，很给解放军面子，不仅接受过来，连连道谢，而且当着他们的面还吃了一个，连说：“好吃好吃！”至于她是真的觉着好吃，还是假的好吃我就不知道了。我比我两个姐姐馋，管什么盆，反正是白面的，而且是饺子，有什么不可以吃？没想到我尝了一个，说实话，真难吃！但我看到解放军战士一个个都吃得很香，我还是把送到嘴里那个吃下去了。但自打父亲去世以后，我们家一直处于一种比较贫穷的状态，姥姥很心疼东西，所以吃了不少。但解放军太实在了。他们送给我家的不是几个，意思意思，而是整整一盆！那时又没冰箱，我姥姥只好天天回锅蒸一蒸，以免坏掉。最后一天为了不要再剩，我姥姥用油把饺子加了佐料给煎了，我两个姐姐和我都吃了。这一次一下就全吃完了。饺子虽然真的不好吃，但解放军那种热情、真诚和实在还是给我留下了深刻印象。国民党什么时候管过我们的吃喝啊！

在他们要走的前一天，他们开会接受了麻脸战士入党申请。那天开会来的人比平常住在我们家里的人要少。气氛很严肃，谈的都是那位麻脸战士在战斗中多英勇，平时和群众关系做得有多好，等等，最后举手通过。这些本来是不准我们去听和看的。但我们里外屋的半截墙上是一片纸窗户，我从窗户缝儿往外看，就看到了这一切。只是那时我太小。许多打仗的话和地名全都没记住。直到外屋响起一片掌声过后，会议才散。散会后，大家都纷纷上去给那位麻脸战士握手祝贺。

后来他们的学习就都是关于南下的了。解放军印了许多小册子，而且都是彩色的。文字不多，大多是一些漫画。最醒目的是："打到南京去！活捉蒋介石！"一个高大威猛的解放军战士举着枪，把蒋介石踩在了脚下。他们给了我一张。我喜欢的不得了，一直玩儿了好久，后来丢了，我很心疼。但就是怎么也找不着，我才慢慢把它忘记。

他们走时，姥姥很舍不得。等告完别，解放军都走了之后，姥姥哽咽着说："好人呐！这一去，指不定得死多少呢！"说完，一串眼泪从眼睛流到下巴。

我长大以后才知道，平津战役结束，接下来的就是淮海战役、渡江战役和解放南京。觉得姥姥毕竟是有阅历的人，知道在我们家生活过的战士，肯定会有人牺牲在解放全中国的路上！

我们应该永远记住他们——为建立新中国而做过巨大付出的英勇健儿们！

六、西屋的李宝遥

西屋住着一个街坊叫李宝遥。当时，他在我心里已经是个大人了。实际他当时只有十八岁。婚后，我经常看见他和他媳妇打打闹闹，街坊邻居看了都笑。我们小孩儿也觉得非常有趣，经常对他们刮脸。他们也从来没生过气，一般就是骂我们一声"去"就完事儿了。

后来，大概是家里添了一口人生活变得拮据了，院里人也常议论："哪有十七八的大小伙子不去混事由，整天吃爹妈的！"他大概也觉得不好看，就出去找事儿了。那年月，找个事儿谈何容易！不想，有一天他穿着一身国民党军装回来了。原来他在走投无路的情况下，当了兵。这种事按今天的想法，肯定认为是坏事。可据李宝遥说，他当兵可以不去打仗。因为他有文化，当的不是那种需要上前线的兵。在家少了一张嘴不说，每月还能拿几块钱津贴。他媳妇看他穿着军装的样子也觉得很威武，很欣赏。

打那以后，就再也见不到他了。但隔个把月还能回家来。每次一回来，他媳妇还总要给他做点儿好吃的。两个人的恩恩爱爱在院子里总是一个最好的话题。但北平很快就和平解放了。院里的国民党兵都撤离城里好长日子了，李宝遥也没消息。他会怎么样呢？大家都很为他担心。正说着，李宝遥回来了。他穿的还是那套国民党兵的服装，只是没有了帽徽。大家对他的前途和未来很关心，他说，他马上就要去集训了。人们问他："到哪儿去集训？"他说："华北大学。"我妈还以为是上大学呢，就问："什么系？"他说："不是舅舅上的那种大学。我们的学习主要是准备南下。怎么接管城市，怎么做群众工作！……"

"嗬！全是新名词儿！"

"宝遥这回可是真出息了！"

总之是一片赞扬声。

国民党大兵走了以后，李宝遥几乎每个星期固定回来一次。就像一般大学生一样，每礼拜放假一天。不过，这时的他已不再穿国民党兵的服装，而是穿和解放军一样的制服了。

有一天，我和院子里的两个小孩玩儿。有个人鬼头鬼脑地凑过来跟我们说："你们认字儿吗？"我们说："认啊！"他看了看周围又问："你们会写'吃猪拔毛'吗？"我们院子有个孩子叫奎子（化名），他说："会！"说着就在墙上写了"吃猪拔毛"四个字。那个人就给了他两块用漂亮的糖纸包着的糖。

这时，我和永生在此之前在学校都听老师说过，如果有特务让你们写反动标语一定不要写。在举例中专门讲了"吃猪拔毛"。我立刻反应道："你这是反动标语！"那个鬼头鬼脑的人见我们已经受过这方面的教育，赶紧也给我们一人两块糖便转身匆匆跑掉了。正在这时，李宝遥回来了。永生立刻把这个事告诉了李宝遥。李宝遥警惕性非常高，立刻问我们："他人呢？"我们说："跑了！"然后对已跑远的那个人背影说："就在那儿！"李宝遥就追了上去。那个鬼头鬼脑的人见状便撒开腿跑了起来。干坏事的人该着倒霉。他向东口跑，正好碰到我二舅办事回来。李宝遥大喊了一声："临川！把那个人抓住！他是个特务！……"二舅一看是李宝遥穿着一身军装在喊，立刻往下一蹲，给对方来了一个扫堂腿，当即就把那个鬼头鬼脑的人绊倒了。李宝遥和我们很快也赶到了。那个人想抵赖，我们两个小孩子哪能允许！指着他鼻子说："就是你让我们写'吃猪拔毛'来着！"然后转对李宝遥说："你看！我们这儿还有他给我们的糖呢！"

李宝遥和二舅二话没说，就把他扭送派出所去了。——那时新政权的派出所已经建立了。

回到家，李宝遥表扬了我和永生。我们俩也非常高兴。

李宝遥把我们的事告诉了学校，希望学校能够表扬我们这两个"有觉悟"的好孩子，没想到校长对这事当面热情，实际却非常冷淡。他送走李宝遥以后，在每天早晨例行校长训话的时候，对我们俩的事只字未提。我很沮丧。后来也就不了了之了。但对李宝遥还是心存感激的。

后来，李宝遥回家次数就越来越少了。再后来就听院里的人说，李宝遥南下了。他年轻的媳妇整天盼的就是李宝遥的来信。每次来信，她都是跑着去接的。拆开以后，没等到家就拆开了，一路走一路看，思念之情溢于言表。

再再后来，就听说他留在湖南当了干部。希望媳妇也能搬去。他的媳妇真的就高高兴兴去湖南了。

打那以后，我再也没见过李宝遥。听他母亲说，李宝遥挺给他们争气，现在越混越好了。可以想象，原来一个失业青年，在人的一生最好的年龄段就接受了最正确的教育。他的发展肯定错不了！后来，他妈妈也退了房，搬到湖南去了。他究竟怎么样了，没事儿的时候，在我想起大后仓10号，想起那些老街坊，我就会想起他。他现在恐怕早已经是个大干部了吧！当然，按年龄他应该早已退休了。或许正在给儿子、女儿带孙子了吧？

想起来，他真是新中国诞生的幸运儿！

七、两位不曾留下姓名的烈士

大后仓10号留给我印象最深的还有两个解放军战士牺牲在天亮之前的故事。

那时我们在院子里玩儿，永生，就是房东家的孩子，告诉我，他们家住的那间北屋，抓来了两个共产党！——那时他还不知道，他的爸爸就是一个大共产党呢！

当时，我们那么小，自然不知什么党不党的，所以就怀着好奇到他家去看。在他家屋里的空地中间对着窗户放着两把椅子，每一把上都捆着一个解放军！

姥姥是个不识字的老太太，我是一个刚刚上学的孩子。所以住在我们院儿里的国民党大兵对姥姥和我从不警惕。而姥姥也的确全无目的。正因为如此，我才得以有幸接触这两位不知名的英雄。他们的胳膊被反绑在椅背上，双腿则与椅子腿儿捆在一起。所以从来没人看守。其中一个坦言自己是营长，另一个说自己是连长。他们都是山东人。据他们说，他们是从山东渡过渤海海峡到东北的部队。其他他们和我姥姥说的话我就不大懂了。但我却频繁地听到了两个伟大人物的名字，那就是毛泽东和朱德。我很为我智力的成熟太晚而惋惜，那时我要听懂了他们说的话，记载下来那是一件多么有意义的事呵！但我一生都感激他们给我的这一点点革命的启蒙教育——让我知道了毛泽东和朱德！正是北平和平解放后，老师在上课时问我们："谁知道我们教室挂的两幅画像是谁？"我第一个举了手。那时，我是一个十分顽皮的孩子，但我却说出了毛泽东和朱德，因此受到了表扬！那是我在小学期间所受到的第一次，也是唯一的一次表扬！如果那两位不曾留下名字的英雄地下有知，我真希望他们能够看到那个曾经从他们嘴里第一次知道了毛泽东和朱德的孩子如今已成长为电影编剧和导演，写出并拍出了许多歌颂党和新中国的电影，我想他们一定会为此而感到欣慰和高兴的！

或许这是他们临终前对革命的最后贡献？

那时住在院儿里的国民党兵时不时要整队出去。究竟干什么，我们无从得知。反正那时北平完全没有了劈柴的供应。他们出去，常常带回许多毁坏了的窗棂、门框和屋顶的椽子之类。有一次姥姥问："这不是房顶上的椽子吗？"一个大兵说："对！房子早打塌了！拆点儿门窗当劈柴！……"于是，我们一看到他们整队走了，就说"他们是去拆房子了……"其实未必。当时他们在城外肯定打过仗。因为有时回来有减员，有时还有伤员……就是在他们一次次的整队出发，又一次次整队回来的途中有一个被他们俘虏的共产党不见了。姥姥问那个排长："哟？怎么剩一个了？"那排长说："他逃跑，给打死了！"而另一个也负了伤，棉裤被撕开了。棉裤里还绑着渗血的绷带！……又过了一阵子，那位英雄也不见了。我问姥姥，姥姥告诉我："那排长说，给毙了！"

当时，这些问题在我童年的心里想了很久很久：他们怎么了？为什么要把他们绑在椅子上？又为什么把他们打死呢？说实在的，我也是在这无数想不清的问题当中迎来了北平的和平解放的！长大以后我常为那两位烈士感到惋惜。假如他们不逃跑，假如北平的和平解放再早几天，那真是仅仅几天呵！他们不就死不了了吗？

大概是我亲见了这样两位不知名的英雄，所以，我每每从天安门路过，一看到高高耸立的英雄纪念碑，我就要想到他们！每当我一切顺利的时候，我好像很少想到他们；但是，每当我遇到不愉快的事情，特别是我受到不公正的待遇和侵害的时候，我就会想到他们！比起他们，我那些小小的挫折算得了什么呢？他们多冤哪！离北平和平解放还剩下仅仅几天了呀！

这时候，也只有在这时候，我才理解了把烈士纪念碑建在天安门前以及毛主席亲笔题写的“人民英雄永垂不朽！”的含义有多么深刻！

八、结实儿结婚了

在大后仓10号的斜对面是一座破庙。破庙里早已没有了和尚。破庙大雄宝殿背后住着一个姑娘，她的名字叫结实儿。她没爹没妈，平时就住在大雄宝殿后面那个犄角里。没被卧也没褥子，就有一个破草垫子和一堆破棉花套子。冬天她有一件破花棉袄和一条夹裤。夏天，她穿得就是一件破夹袄。因为热，她只好把袖子卷得老高老高的。大概因为她的身体常年都在严冬与酷暑中度过使她得到了锻炼，所以，她从不感冒、拉稀或有其他常见病。她结实儿的名字可能就是这么来的。或许这是她父母当年对她的一种期许？

她没有固定收入，谁家有干不了或不愿意干的杂活就去找她，她总是有求必应。谁家叫她，她就去。这样不仅这一天，或者这一顿饭就有了着落，或许还能挣几毛钱的。她就整天这样有今儿没明儿地活着。从不知什么叫艰辛和痛苦……

她和我们大后仓10号有些特殊的渊源。在她连着几天没饭吃，实在饿得不成了的时候，她不会像别的要饭的站在人家门口，有腔有调地吆喝：“心好的老爷太太，您赏我口饭吃吧！”她从不吆喝，就在我们家门口站着。她知道房东和姥姥心眼儿好，出门时，见她站在那儿就知道她饿了，立刻回去给她拿个馒头或者别的什么吃的。

有时候叫她来干活儿并不是真的需要，纯粹是出于怜悯，觉得她一个孩子很可怜。

有一天，我妈想在院子里搭个小棚搁煤球，就把她叫来了。她一听是这活儿，很高兴。她正要干时，我妈却端来了一盆洗脸水：“不着急！先洗把脸再说！”妈妈是怕她干活的时候来人，她的脸实在是太脏了。她就在脸盆里把她那大约二百年没洗过的脸洗了一遍。她见我妈还给她递过去一块香皂，觉得简直是个稀罕玩意儿，搓了又搓，说：“您家的胰子好香啊！我今儿真是享了大福了！”然后，把脸把脖子洗了个干干净净。

洗完，两个姐姐发现：“嗬！结实儿好漂亮啊！”

她连自己都不信：“真的？我还从来没听谁夸我漂亮呢！”

其实她要不是太脏，真是一个漂亮姑娘。就是从来不洗头也不洗脸，所以再漂亮别人也看不出来。

洗完，她就用在院里事前给她准备好的黄土、瓦刀和石灰加上水和起三合土来。看得出，这活儿她在别人家肯定干过。所以很快就用我妈给她准备的破瓦烂砖头垒起了一个小棚，大小高矮都很合妈妈的意。妈妈就给她做了一顿好饭。还有我们上顿剩下的炖肉。其实那顿肉是我原本想吃的，可我妈给了她，我也就不好说什么了。她吃得香极了，只是饭量大得吓人。她一个女孩子绝对能超过大舅和二舅两个接近中年的大男人。大姐禁不住说：“你真能吃！”她对此一点不以为然，反而说：“我跟你们不一样，吃了这顿有下顿，我不行。我吃了这顿，下顿在哪儿还不知道呢！我必须撑。说不定我连着三天都没得吃，喝点儿水就熬三天。”妈妈听了觉得她实在可怜，就给她又盛了一碗饭并上了一个汤，她真的一点儿没客气地就把那饭连汤一起全吃了。姥姥怜惜道：“孩子！你别撑着！”但她却说没一点儿撑的感觉。吃完饭，拍了拍肚皮说：“哈！今儿我算真吃饱了。吃得又好，又多。三天没饭吃我也不怕了！……”

北平解放后，军管会很快就发现了这里有一户急需政府照顾的赤贫户。于是就给了她一个卖报的铜牌儿。有了这铜牌儿，她天不亮就可以到报馆门口去等派报了。拿到报纸再上街去卖，那就等于有职业了。她高兴极了。整天在街上跑着卖报时，就像吃了兴奋剂一个劲儿地高喊：“号外！号外！……解放军打到南京啦！哎！买报来！买报瞧！”

她哪里是在卖报啊？她简直就是在以自己的经历现身说法讴歌新社会，讴歌共产党，讴歌解放军！她一边举着报纸叫，一边含着眼泪在说：“共产党救济赤贫这可不是凭红口白牙说嘴啊！这可都是真的！我就是赤贫。是解放军给了我两床军被当褥子，还给了一床新军被当被子，我睡觉再也冻不醒了，解放军还让我去卖报，这一下我就有了饭吃了！……买报嘞！买报瞧！报上说的可都是真的！您买一份儿回去慢慢瞧吧！”说实在的，她是在卖报，也是在讲着自己在解放军进城以后她的感受。所以，她的报卖得最快，她的人缘儿也因卖报而变得比以前更好！

通过卖报，她为自己置办了新衣裳、新鞋子，还买了新脸盆和新毛巾。从此，她再也不像以前那么脏兮兮的，头发也不像以前乱作一团了。

一年多以后，发生了一件让我们大后仓10号，不！应该说是我们整条胡同都在传诵的一件喜事。原来是结实儿要结婚了！

过去，大家只觉得她是个小孩儿，可这一年多过去，它不仅长高了，也长胖了，一下子就变成大姑娘了。现在又有了进项，抽空再接点儿零活儿，手头一富裕也就知道捯饬自己了。

又有一天，我妈找她来干活，发现她穿戴整齐，头发也留成了当时最流行的毛盖儿头。我妈忽然发现：“哟！真是女大十八变，越变越好看！”

结实儿一下脸红了。刚好里院一个街坊出来找我妈有事儿顺嘴就说了一句：“哟！您还不知道哪！结实儿马上就要结婚啦！”

我妈问：“跟谁？”

那个街坊说：“就咱这片儿军管会的毕同志！”

“啊？”大家在吃惊的同时，把很长时间一直憋在肚子里不敢说，也不好说的话都说了出来：“我还以为老毕同志早结婚了呢！”

“就是！我看他怎么也小三十了，这么大还没结婚！”

这时街道积极分子才告诉大家，解放军的规矩可多了。老毕同志被留下来没南下，皆因他政治水平高，善于做群众工作。留下来以后，由于工作成绩特别突出，就给他提了一级。现在成了团级。八路军的标准是“二八七团”。

大伙儿问：“这是什么意思？”

街道积极分子说：“就是男的必须够二十八岁，七年军龄，级别在团以上才许结婚。老毕同志原来别的条件倒都够，就是差一个团级，现在提到了团级，可以结婚了。这才张罗……”

大伙儿知道以后都说，结实儿的命真好，从小没爹没妈苦哈哈过了这么多年，没想到最后跟了个解放军的大官儿。结实儿听了立刻生吞活剥地纠正道：“您可别这么说！老毕才不是大官儿呢！人家解放军叫干部。干部是为人民服务的。要吃苦在前享乐在后！……”大家听了都夸她：“啧！这可真是嫁鸡随鸡嫁狗随狗！嫁个老鹰飞着走。这还没跟解放军结婚呢，就满嘴都是新名词儿，说话都像个解放军了！”

她却说：“哪儿呀！他整天说我觉悟不高，剋我剋得可厉害了！”

她说的是真的。

老毕同志作风朴实，平易近人，处理问题十分公正，大家有什么问题都愿意找他。在我们那一带给群众留下的印象非常好。他要和结实儿结婚的消息传开以后，他就跟大家说了：“我们是人民的军队。我们进了城，就要移风易俗，决不能搞过去送钱随礼那一套！谁送钱随礼，我不光不感谢你，还要批评你！”

可谁知，大家出于好意，还是有人给送了许多便宜实用的东西，但很快就都让结实儿给退了回去。为此，他还召集街道里最先涌现出的积极分子，讲了一次毛主席在七届二中全会上“进京赶考”“我们坚决不做李自成”的教导，让咱们胡同再也不要出现这种资产阶级封建主义的旧风俗、旧习惯！大家听了，更觉得共产党好，解放军好，老毕同志水平高！

但结实儿毕竟是个苦孩子，她穷怕了，苦怕了，对钱有些抵挡不住。有人在毕同志讲过不要在我们胡同出现资产阶级封建主义的旧风俗、旧习惯以后，还是有人偷偷给结实儿送点儿彩礼钱，因为不送他们觉着心里过不去。结实儿开始是坚决拒绝的，但大家确实都是老街坊，完全是出于好意……她也就收了。没想到叫老毕同志撞见了，他把结实儿狠狠地批评了一顿。他比结实儿大九岁，原本只能算是个大哥哥，可批评起来，简直就像老子训闺女：“你怎么能干这种事儿！你这不是给我丢人嘛！我是党的干部，我不以身作则，往后我还怎么工作？你这不是给我拆台吗？”

结实儿刚说了一句：“人家街坊邻居都是诚心诚意的……”

老毕更急了：“你不接受是吧？那好！咱们俩吹了算了！”说着，就要走。

这一下，可把结实儿吓坏了。她往前一扑，抱住老毕同志的两腿，“哇”地一声就跪在老毕的脚底下哭起来：“我不！你是我碰到的最好的人，我这辈子跟你跟定了！……”

老毕看她跪在了他的脚下，立刻吼了起来：“起来！什么样子嘛！”

但结实儿却说：“我就不起来！”

老毕硬把她拉了起来：“我叫你起来！我最看不得给人下跪！现在解放了！人民当家做主啦！人就是死也要站着死！听见没有？！”

他一把就把结实儿拽了起来："站好喽！我为什么娶你？不就是因为你是个苦孩子，能跟我们党一条心吗？真没想到你是这么个人！"

结实儿赶紧说："我错啦！我改还不成吗？"

这件事很快就传开了。直到今天我还依旧觉得，这才是真正的共产党！这才是我们的人民解放军！老毕这样的共产党员，我今生永远都不会忘记的！

九、地覆天翻

我们大后仓10号有个有意思的事儿。所有孩子都在南草厂小学上学。有一天，放学回家孩子们都吵吵嚷嚷给家里讲学校里发生的一件大事。

那天同学们一到学校就感到气氛不对。所有的老师和职工都特别严肃。大家刚把书包在位子里放好，就听学校的馆驿使劲儿地摇起了上下课用的铃铛。一边摇，一边还在喊："紧急集合！……紧急集合！……都到操场去！……都到操场去！……"把全体师生都叫到了操场。

一到操场，我们就觉得学校肯定是出了大事。不然，怎么会来了这么多解放军和警察呢?

气氛严肃。

所有人都不敢讲话。和平常校长训话时站的队列一样，我们站好在等待校长训话。不料这时走上台的却是一位解放军干部。

"同志们！同学们！""今天，我们全校召开一次对敌特的斗争大会！现在请西四区教育局局长史××上台讲话！"

她一上台，同学当中就发出了一阵"嗡嗡嗡"的议论声。原来，她就是二一班原来的班主任。而我恰恰就正好在二一班。我们班有人悄声说："史老师是地下党！"大家吃惊的同时，也都对她投去了尊敬和钦佩的眼光。

史老师只说了一声："同学们！请安静！"

大家就都不说话了。

突然，她提高了嗓音，严肃地大声叫道："把特务分子蒋××押上来！"

这时，只见我们队列后面在解放军的押解下，我们原来的校长蒋××被押上来。

同学中又是一阵"嗡嗡嗡"的悄声议论："啊？咱们的校长是特务啊！……"大家都更吃惊了。

史老师讲了许多原来那位蒋校长秉承国民党和蒋介石的旨意，策划“应变措施”假作进步，悄悄潜伏下来，参加了国民党“新事业建设协进会”，在国民党国防部二厅系统的特务组织“华北督察组”领导下疯狂搜集中国共产党领导下的新生政权及人民解放军的情报。而且在新中国成立后，他还接连参加了几次国民党留下来的特务分子召开的如何进行地下活动的会议。不久前，他们在给他们的上级机关发电报的时候，被北平市公安局内二分局的公安战士破获了……

这时的学生老师和职工都已有了一定的觉悟，对共产党和解放军产生了良好的印象，与过去相比真是天上地下。一听他是反对共产党和解放军的，立刻纷纷高喊口号：“打倒特务分子蒋××！”“打倒国民党反动派！”这时我也明白了，当初李宝遥帮我们把一个小特务抓住以后亲自来找他，让他表扬我们他为什么没反应了。原来他是特务！

对蒋校长我原来就印象不好，倒不是别的，只是他明明是个男的，为什么在他的手上带那么多戒指呢？而且每个戒指都像镶有景泰蓝似的，宽宽的，而且色彩斑斓，头发也永远梳得整整齐齐，用发蜡打得锃光瓦亮。快解放时，他每天都要训话，唱完国民党的国歌：“三民主义，吾党所宗……”他就开始讲话。他每天讲的几乎都差不多，天天都是一口一个“共匪”，一口一个坚决“剿灭”。而且训话时总是咬牙切齿的。新中国成立以后，我们学校和别的学校就不一样，不那么活跃。很少唱革命歌曲。他被逮捕以后，我们学校就像过节一样变得活跃起来，《解放区的天》《没有共产党就没有新中国》很快就成了我们校园里天天都能听到的歌了。这两首歌我到现在依然会唱，就是当年在我们学校里学的。

刚解放，特务、流氓地痞扰乱市面的情况还比较频繁。但是，没几天就完全变了样。原来满街都是不停地颠着几块大洋边走边吆喝“买两块，卖两块”的叫声和到处都是赌摊的街景很快就绝迹了。原来先拿称约一捆钞票，然后再约你买的东西的年代一去不复返了。那时候有一个非常值得记上一笔的市井画面。当街如果有人（很少）发生了口角，只要有一个解放军走过，两个人都会立刻向那位解放军走去：“解放军同志！请您给我们评评理。”解放军也从来没有拒绝的。他问明事情的原委，当即就可做出判断：“你不对！”或“你的心意是好的，但应该注意说话的方式和方法……”等等。双方没有不服的，而且立刻息事宁人。那时的解放军威望极高，简直就像一个流动的法庭。随时随地都可以解决群众中发生的各种大小矛盾。人们好像都在争做新社会的人，“提高觉悟”“改造思想”是人们谈话中听到最多的话。那个时代虽然大家整体的生活水平并不高，但每个人都充满了幸福感。开始物价还有些不停地长，但北平市的领导在平抑物价方面非常有办法。没多久，物价就稳定了。我清楚地记得一块豆腐只要五十块钱，一个鸡蛋才二百块钱。要不当年每个月三十多万（旧币）能养四五口人呢！

最让我们院子里高兴的是，刘耀宗身着一身军装带着米志阿姨和两个孩子回来了！他们的回来给我们院子带来了极大的惊喜！一个曾被汉奸和叛徒抓住，最后又从这里逃脱的“八路”回来了！把他的妈妈，刘奶奶高兴坏了！大家问长问短煞是高兴！米志阿姨带回来的是永生的弟弟和妹妹。开始我们彼此还有些生疏，但孩子就是孩子，很快我们就玩儿到了一起……现在，我们虽都已步入老年，平时也并不多见，但一旦见面，仍和我们平常老见一样，无话不谈……

最让我值得骄傲的事是，我跟着姥姥参加了1949年10月1日的开国大典。我们是市民队伍，虽然男男女女，老老小小，多大的人都有，比起机关学校显然缺少纪律，但人们的情绪十分高涨。姥姥紧紧抓着我的手，生怕把我丢掉，我也紧紧抓着姥姥的手，四下里看着人们高涨的热情，特别是他们在高喊“毛主席万岁”“中国共产党万岁”时人人眼里几乎都含着泪花。我不大懂他们为什么哭，但我也十分高兴。说真的，当时我没觉得这是多么大的一件事，只是离不开姥姥。直到我长大了，我才知道，那一天，是一个“改朝换代”，推翻了旧世界，建立了一个新世界的伟大时刻。那时，我虽只有八岁，但是，我走了大半个北京城竟一点儿没觉得累！

回到大后仓10号，我把我的所见所闻，全讲给了我们院子里的人听。

大家也都十分高兴。

地覆天翻哪！我已经到了望八之年，但当年的一切都在我的脑海里记得清清楚楚。我们就是从那一天起，我们有了五星红旗，有了国歌，有了中华人民共和国！直到今天，我仍然会时不时地想起那个伟大的历史瞬间。真值得怀念哪！一想到当时的情景，地覆天翻几个大字就会在我的脑海里浮现出来！……

地——覆——天——翻，我越大对这四个字的理解就越深刻。地覆天翻！这是我最珍贵的记忆！……

2008年11月

小心吉普车!

女儿在北大附中上高中时，看了人民艺术剧院演出的老舍的话剧《茶馆》，很兴奋。而且还产生了一种冲动，想在学校话剧小组排演这部戏的一个片段。我很支持。排起来后，自然就要研究剧本。问题也就来了。有一天她忽然问我：“爸爸！老舍先生在《茶馆》的第三幕有一句台词我不太懂……”我问：“哪一句？”她说：“就是‘小心吉普车’那句。街上那么多车，为什么大人在孩子上街时，只嘱咐孩子‘小心吉普车’，而没别的车呢？”

开始我觉得既好玩儿，又好笑。觉得很像她小时候回答我问她的问题时一样好玩儿。有一次我问她，粮食是从哪里来的，她回答：“是从粮店买来的。”我又问她，煤是从哪儿来的，她回答：“是送煤的送来的……”实在可爱之极！但我继而一想，觉得自己没能尽到做父亲的责任后，我的心开始变得沉重了。因为只要设身处地一想就会发现：孩子没有错！她出生时，我们国家刚刚开始改革开放，经济也刚刚起步腾飞，长大后我国便以震惊世界的速度阔步走向小康了。很多人，包括我们这种寻常百姓家不也已经拥有自己的私家车了吗？他们没在祖国贫弱的时代生活过，自然不了解，也不知道我国还有过屈辱的年代！所以，我不能让她只知道祖国今天的强大，也应该知道祖国的过往，尽管我们国家经历的屈辱很多，多得让我们在读历史的时候都感到有些沉重。但也许正是这种沉重才让我感到有一种责任把我所知道的一切告诉女儿！

我不再觉得好玩。

我觉得我应该把我知道的一切告诉女儿……

我首先以简约的语言告诉女儿。艺术是来自生活的。老舍先生的《茶馆》是经典，每句台词都是经过对生活的筛选和千锤百炼才凝结成的。它之所以给人以凝重厚实的印象，催人泪下，就在于它的每句台词、每个细节、每个场景乃至每一件道具都来自生活；包含着丰富的社会的和历史的内涵……

当时我的孩子还没考上“中戏”，她排戏纯粹就是业余爱好，在课业重作业又多的情况下，北大附中能让他们排话剧，我已对这所知名的中学刮目相看了。我以为这才是真正的素质教育。但她面对的仍是大量的作业。倘若我给她讲很多历史和专业性的东西，她很可能听不进去，甚至还会觉得我啰唆。但我还是很想让她知道我们民族的历史。我最先问她的是，知不知道沈崇事件？她说知道。我说，那些大学生的示威充分集中代表了中国人民当时的反美情绪。我们是战胜国，凭什么可以这样欺负我们？最令人气愤的是法庭最后宣判的是主犯皮尔逊无罪！

接着，我就把我讲的内容转向了我们身边的事。那是两个真实的发生在我们身边的小故事：

第一个故事就发生在我们家。

那大概是在1947年！总之离北京解放还有一段时间。当时，我们家住在南草厂大街里的大后仓胡同。我们家买豆腐有两处可供选择。一处是出西口往南走在小乘巷斜对面，那里有家豆腐房；另一处是往北走，穿过西直门内大街过马路，到北草厂胡同南口靠东一些也有一家豆腐房。这一家掌柜的有腿疾，周围人都叫他瘸子（其实并无恶意）。他人很厚道，豆腐也好。在周围名气较大。街坊四邻都很爱吃。他家的豆腐房距我家较近，所以我们家买豆腐多是去他家买。但去他家买有个缺点，就是要过马路。在大人抽不出时间，必得让孩子去买的时候，我们就不能去他家，而去南边儿了。在大人有时间的时候则一般都是去他家。其实我们家是爱到瘸子那儿买豆腐的，不单单是为了近和好吃，还因为那个瘸掌柜很会照顾老顾客，每次都能给你“拿边儿”。

说到“拿边儿”现在的年轻人可能就不懂了。

所谓“拿边儿”就是一屉豆腐做下来，边儿上的豆腐比中间的要大些。因为做豆腐时是按着方形的笼屉大小做出来的。做时拿屉布挤压成型时，边儿上自然就被挤出一个小小的鼓肚儿。而切块儿时却是用一把大尺量着切的，块儿的大小基本一样，但“边儿”就不同了。切好后的豆腐在靠四边儿的一圈儿都鼓出一个边儿来。在豆腐大小一样的前提下，“边儿”要多一个鼓肚儿。这一点点豆腐在今天恐怕没人会计较了。但在新中国成立前，大多数老百姓尚处于饥饿边缘的情况下，这点儿“边儿”虽解决不了大问题，但在同样价格的情况下，人们还是要计较一下的。大人让孩子去买豆腐时常常要嘱咐一句：“要边儿呵！……”其实就是用同样的钱可以多买上一点儿豆腐。而这位瘸子掌柜对常去他家买豆腐的人，尤其是小孩儿，他是肯定会主动给你“拿边儿”的……

那么，为什么一定要“小心吉普车”呢？

这就要说一说那个年代的一种很有代表性的景象，而且是典型的半殖民地的景象！这景象对儿时的我来说，印象的确是很深刻的。那时候北京还叫北平。第二次世界大战虽然中国也是战胜国，但毕竟很贫弱。加之国民党在赶走日本侵略者以后又对解放区发动了全面内战。为了企求美国的金钱与武器的援助，蒋介石和美国签订了《中美友好通商航海条约》《中美空中运输协定》等一系列出卖中国主权的协定。为了得到美国的军事支持，时时处处都对美国谦让几分。于是就出现了美国吉普满街跑的景象……

而今天的孩子们是出生在中国私家车已渐成普遍，并很快就进入到了车多为患，到处塞车的时代。车型自然也随着这种繁荣而异彩纷呈。他们提出为什么让孩子只小心吉普车，而不提小心其他车也就没什么奇怪了。因为他们完全不知道当年的样子！

当年的马路上汽车是很少很少的。除了几乎半小时才有一趟的“当当车”（即有轨电车），好像全北平就只有一两路公共汽车，而且非常破旧。烧的还不是汽油，而是“嘎斯”（即乙炔）。那时还没有天然气，所谓的“嘎斯”实际是用木炭在车后背着的一个小火炉里生成的。所以，那时的车每辆车屁股上都背着一个偌大的炉子，用以生成煤气以做动力。即使小轿车，里边儿坐的不是大官儿，就是大资本家，也毫不例外，车后都背着这样一个火炉。车速都不很快。在没有吉普车出现之前，大人对孩子们出去上学或者去玩儿从来不会像现在那么担心。因为马路上的车子很少。有，也不横冲直撞。但自打吉普车出现以后就不同了。开这种车的司机大多是美国兵。他们开车不光野，速度快，轧死人还不管。这样，北平的大人们在小孩子出门时就出现了这句十分常见的话：“小心吉普车！”这在当时孩子们出门时，几乎家长都要这样嘱咐孩子……

在六十年代，老舍先生第一次在《北京文艺》上发表《茶馆》时，我看后实在是佩服极了！感到太真实了。我在儿时上街去玩儿或干什么，只要过马路，妈妈、姥姥不知嘱咐过我多少次：“小心吉普车！”“小心吉普车！”我的街坊邻居在孩子出门时也嘱咐的是同样一句话：“小心吉普车！……”觉得他提炼得真好！太真实了！

但嘱咐归嘱咐，孩子们总有自己的想法。二姐有一次出门买豆腐时，姥姥还特意嘱咐了她："别去北边儿！北边儿有吉普车！……"但她为了能在瘸子掌柜那里买到带"边儿"的豆腐，还是去了北边儿，结果就被美国吉普撞倒了。

一个街坊的小孩儿急匆匆跑着回来告诉姥姥："奶奶！你们家小二让美国吉普儿撞了！"

姥姥赶紧问："轧着没有？"她端下锅，盖上火，就往外走。

那孩子说："轧了。"姥姥问："轧哪儿了？"那孩子说："轧脚了！现在还躺在马路上哭呢！……"

姥姥吓坏了，"啊"了一声就叨叨着："这孩子！我说了叫她去南边儿！她怎么去了北边儿呢？"

我跟着姥姥跑到北草场胡同口时，二姐已被瘸子掌柜和路人抱到马路边上正哭呢，马路上还散落着已被摔碎的大海碗和早已碎成一片渣滓的烂豆腐！姥姥一看，二姐的脚踝已肿得像个大馒头了。周围有经验的大人们说："快带孩子去找剃头的吧！孩子的脚可能是掉环儿了（即脱臼了）！"那时的理发馆虽在门口挂的幌子是"理发馆"了，但人们却还习惯地叫他们"剃头的"。这大概是前清留下来的老叫法。剃头的在学徒时除了要学剃头以外，还要学正骨。这是从什么时候留下的传统，我不得而知。但在北平，大人小孩崴了脚或扭伤了，是必去理发馆的。姥姥二话没说，背起二姐就往理发馆跑。到了那里让剃头的一看，果然是"掉环儿"了。他让姥姥抱紧孩子就扭了几扭，一拉一推的弄了几下。看来他手艺还可以，只听二姐大叫了几声，刚才还明显看得见的一个大包儿（实际就是错了位的骨头）当即就没有了。剩下的只是肿胀。姥姥这才数落起二姐来："你这孩子真不听话！我叫你去南边儿，你怎么还去北边儿？！"

二姐哭着说："南边儿不给我'拿边儿'！北边儿给……"

姥姥看着二姐一脸稚气而又懂得家里经济艰难的样子便什么也不再说了……为此，二姐在家躺了大约有一两个月，甚至更长，直到过了所谓"伤筋动骨一百天"才去上学。不过还好没有留下任何残疾。

这就是我在饭桌上给孩子讲的第一个故事。

第二个故事也很简单，而且也和买豆腐有关。一天，我跟姥姥去北边儿买豆腐。刚出胡同口，就碰到一位老街坊。他看到了姥姥手里的大海碗就知道我们要去干嘛了。但她还是客套地问了一句："您干吗去呀？"姥姥回应道："买豆腐！"她却说："别去啦！瘸子叫美国吉普轧死啦！"

“啊？”姥姥一怔，但并没有转身去南边儿，而是攥了攥我的小手儿说：“走！看看去！”于是，加快了脚步。

我们很快就到了瘸子家的豆腐房，的确没有看到他。我们看到的只有那熟悉的豆腐房已关上了门板和窗板，屋里应是空空的没有人了。转身时，看到的却是流淌在马路上的一摊殷红的血……

围观的人们还在一种凝重的气氛中议论着。原来，瘸子掌柜从南边儿回来不知怎么，正好赶上一辆当当车从西向东驶去，挡住了他的视线。等他看到有辆吉普车正从当当车后面驶来时，他加紧快跑了几步。但他的腿不得劲，紧跑慢跑还是被那辆吉普撞了个正着！大家气愤地议论着：“你轧着人了，倒是下来看看哪！嘿！他们连停都没停就开车走了！”

大家望着地下的那摊殷红殷红的血问：“掌柜的人呢？”

有人答：“嗨！让一好心的蹬三轮的拉医院去了！”

姥姥这才说了声：“瘸子，真是好人哪！……”哽咽着拉起我的手走了。

消息很快就在我们这一带传开了。大家都很为这个好人的无辜死去而惋惜。在惋惜的同时都不觉想到了他的豆腐。其实，在这之前我并没吃出他的豆腐与南边儿有什么不同。但大人们总说他的豆腐好。说得多了，我似乎在吃南边儿买的豆腐时，感觉确实没有瘸子做得好。

但是，我再也吃不到瘸子掌柜的豆腐了！

让我常常想起的却是那天我看到的地上那摊殷红殷红的血。两次撞人，而且都发生在同一个地方，这频率实在是太高了。难怪当时的家长在孩子出门前，要千叮咛万嘱咐：“小心吉普车！……”

女儿也许了解了我的用意。她把原来选定的那个片段，改成了“小心吉普车！”据说，她排得非常精心……

我想，她也一定把剧本里为什么有“小心吉普车！”这句话的原因告诉了她的同学和朋友……

现在，我们国家强大了，在国际上也可以扬眉吐气了，但过去还是永远不应忘记的……

2005年5月

后 记

书编撰完了。但我仍感觉还有许多话要说。北影的第一个鼎盛时期我还在电影学院读书，没赶上。但有过几次来北影当群众演员。拍摄之余，我看到那些老北影人紧张的工作节奏、严谨的工作作风、精益求精的艺术追求，都给了我这个刚刚进入影圈的年轻人以深刻的印象。

毕业后，刚分配到北影便赶上了一次又一次的政治运动。特别是“文化大革命”，把北影昔日美好的秩序和艺术氛围都给破坏了。但以汪洋同志为首的老领导们还在，老艺术家也还在，虽然大多都横遭批斗或无情打击，他们的意志并没有被摧垮。

“四人帮”被打倒以后，一切又都云开日出，恢复了老北影的传统。汪洋重回他的位置，被“四人帮”践踏得不成样子的北影又焕发了生机。而我在大学毕业以后的成长经历正是从这时开始的。从1978年我开始给各报纸杂志投稿，到后来报刊向我约稿。我是来者不拒，写了不少小说、散文、纪事和影评之类的东西。但倍感遗憾的是，我有些比较好的文章或作品，甚至可以说比较得意的东西，由于自己的藏书较多，个人的剧本和文章的底稿也比较多，积压重叠得许多都没找出来。但出书的时间到了，也就只好如此了。

不过，在我编完通读的时候，有一点很觉欣慰。那就是：写这些东西的时候并没想过，我记录的虽是北影的一些与我个人有关的事，但结果却记录了北影曾经的一个时代！虽然它很不完整，也并不出色，可正如人们所常说的“一滴水也能反映出太阳的七色光彩”。回忆起我在北影度过的青春年华，虽也曾有许多挫折和苦痛，但我还是感到幸福多多。

人是需要懂得感恩的。本书记述的既有我对北影的感恩之情，也有我对父母和亲人的感恩之情。如今中影集团又把我这些文字变成一本书，我的幸福之感就更加浓烈了。这实在是一件功在千秋的事……

2017年末

图书在版编目（CIP）数据

电影·生活·梦：霍庄散文集 / 霍庄著. —北京：中国电影出版社，2017. 12

ISBN 978-7-106-04865-5

Ⅰ. ①电… Ⅱ. ①霍… Ⅲ. ①散文集—中国—当代 Ⅳ. ①I267

中国版本图书馆CIP数据核字（2018）第005789号

电影·生活·梦——霍庄散文集

霍庄 著

出版发行 中国电影出版社（北京北三环东路22号）邮编100013

电话：64296664（总编室） 64216278（发行部）

64296742（读者服务部） Email:cfpygb@126. com

经　　销 新华书店

印　　刷 中国电影出版社印刷厂

版　　次 2018年1月第1版 2018年1月北京第1次印刷

规　　格 开本/185×260毫米 1/16

印张/27.75 插页/2 字数/500千字

书　　号 ISBN 978-7-106-04865-5/I · 1217

定　　价 66.00元